十三經清人注疏

詩三家義集疏

下

〔清〕王先謙 撰
吳 格 點校

詩三家義集疏卷十四

鹿鳴之什第十四

【疏】陸德明曰：「『什』音『十』。『什』者，若五等之君，有詩各繫其國，舉周南即題關雎。至於王者施教，統有四海，歌詠之作，非止一人，篇數既多，故以十篇編爲一卷，名之爲『什』。」

詩小雅

【疏】史記司馬相如傳贊：「『大雅言王公大人而德逮黎庶，小雅譏小己之得失，其流及上。所以言雖外殊，其合德一也。』張揖曰：「謂文王公劉在位，大人之德下及衆民者也。己，詩人自謂也。己小有得失，不得其所，作詩流言，以諷其上也。」又上林賦『揜羣雅』，張揖曰：「小雅之材七十四人，大雅之材三十一人，故曰『羣雅』也。」（閻若璩云：「小雅除笙詩七十四篇，大雅三十一篇，以篇數言也。」以上魯說，大小雅並言。）荀子大略篇：「小雅不以於污上，自引而居下，疾今之政，以思往者，其言有文焉，其聲有哀焉。」淮南王離騷傳：「小雅怨悱而不亂。」服虔左傳注：「自鹿鳴至菁菁者莪，道文武、修小政、定大亂、致太平，是爲正小雅。」（陳喬樅云：「魯說以鹿鳴爲刺詩，而服虔又謂鹿鳴至菁莪爲正小雅者。案，琴操言『大臣昭然獨見，故歌以感之。』又言『乃援琴以刺之。』所謂『刺之』者，謂陳古以刺今。云『歌以感之』者，卽微言諷諫之義也。」）以上魯說。禮樂記：「恭儉而好禮者，宜歌小雅。」初學記二十一引詩推度災曰：「建四始五際，而八節通。」詩孔疏引詩汎歷樞曰：「大明在亥，水始也。四牡在寅，木始也。嘉魚在巳，火始也。鴻雁在申，金始也。」又曰：「卯酉之際爲革政，午亥之際爲革命。神在天門，出入候聽。卯，天保也。酉，祈父也。午，采芑也。亥，大明也。」孔疏云：「亥爲革命，一際也；亥又爲天門，出入候聽，二際也；卯爲陰陽交際，三際也；午爲陽謝陰興，四際也；酉爲陰盛陽微，五際也。」（「革政」舊訛「改正」，「神」訛「辰」，依郎顗傳正。）又後漢書郎顗傳李注引氾歷樞曰：「凡推其數，皆從亥之仲起，此天地所定位，陰陽氣周而復始，萬物死而復蘇，大統之始，故王命一節爲之十歲也。」漢書翼奉上封事曰：「易有陰陽，詩有五際，春秋有災異，皆列終始、推得失、攷天心，以言王道之安危。」孟康注曰：「詩內傳曰：『五際，卯、酉、午、戌、亥也。陰陽終始際會之歲，於此則有變改之政也。』」（臧鏞堂云：「孟引是齊詩內傳。」）又郎顗傳條便宜七事曰：「漢興以來三百三十九歲，於詩三基，高祖起亥仲二年，今在戌仲十年。詩氾歷樞曰：『卯酉爲革政，午亥爲革命。神在天門，出入候聽。』言神在戌亥，司候帝王興衰得失，厥善則昌，厥惡則亡。臣以爲戌仲已竟，來年入季。仲終季始，歷運變改，故可改元，所以順天道也。」李注曰：「『基』當作『期』，謂以三期之法推之也。」又引宋均注云：「神，陽氣，君象也。天門，戌亥之間，乾所據者。」（程易疇云：「河圖括地象：『西北爲天門。』楊炯少姨廟碑：『崑崙西北之地，天門也。』可與乾據天門之說相發明。又孟康引詩傳，於卯酉午亥外加戌，爲五際，又與『天門戌亥』之說合。」陳喬樅云：「詩正義引氾歷樞『辰在天門』而釋之曰：『亥又爲天門。』不可曉，當作『戌亥之間，又爲天門』，文義始足。詩三基之法，詳見齊詩翼氏學疏證。」）易林革之賁：「亥午相錯，敗亂緒業，民不得作。」又困之革：「申酉敗時，陰慝萌作。」又姤之歸妹：「將戌擊亥，陽藏不起。君子散亂，大上危殆。」又巽之比：「天門九重，深內難通。明登到暮，不見神公。」（此與詩緯及郎顗說合。）又噬嗑之坤：「甲戌己庚，隨時運行。不失常節，咸逢出生。各樂其類，達性任情。」（此與翼奉「五性六情」義同。）後漢張純傳引樂動聲儀曰：「以雅治人，風成於頌。」相如傳索隱引詩緯曰：「小雅譏己得失，及之於上也。」鹽鐵論詔聖篇：「王道衰而詩刺彰。」漢書禮樂志「周道始缺，怨刺之詩起。」（陳喬樅云：「怨刺之詩起，人表以爲在懿王時。」）以上齊說。

鹿鳴【注】魯説曰：仁義陵遲，鹿鳴刺焉。又曰：鹿鳴者，周大臣之所作也。王道衰，君志傾，留心聲色，內顧妃后，設酒食嘉肴，不能厚養賢者，盡禮極歡，形見於色。大臣昭然獨見，必知賢士幽隱，小人在位，周道陵遲，自以是始。故彈琴以風諫，（文選長笛賦李注引蔡邕琴操云：「鹿鳴者，周大臣之所作也。王道衰，大臣知賢者幽隱，故彈琴風諫。」乃節引之也。）歌以感之，庶幾可復。歌曰：「呦呦鹿鳴，食野之苹。我有嘉賓，鼓瑟吹笙。吹笙鼓簧，承筐是將。人之好我，示我周行。」此言禽獸得美甘之食，尚知相呼，傷時在位之人不能，乃援琴以刺之，故曰鹿鳴也。【疏】毛序：「燕羣臣嘉賓也。既飲食之，又實幣帛筐篚，以將其厚意，然後忠臣嘉賓得盡其心矣。」箋：「飲之而有幣，酬幣也；食之而有幣，侑幣也。」○禮學記：「宵雅肄三，官其始也。」注云：「『宵』之言『小』也。習小雅之三，謂鹿鳴四牡皇皇者華也。此皆君臣宴樂相勞苦之詩，爲始學者習之，所以勸之以官，取其上下相和厚。」儀禮鄉飲酒注云：「鹿鳴，君與臣下及四方之賓燕，講道修政之樂歌也。」鄭注禮時用齊詩，與毛義同。「仁義」至「刺焉」，史記十二諸侯年表文。「鹿鳴」至「鳴也」，御覽五百七十八引蔡邕琴操文。魯説最先以爲刺詩，乃相傳古訓，卽「思初」之義也。淮南詮言訓「樂之失刺」，高注：「鄉飲酒之樂，歌鹿鳴。鹿鳴之作，君有酒肴，不召其臣，臣怨而刺上者。非也。」是雖用魯説而意以怨刺爲不然。潛夫論班祿篇「忽養賢而鹿鳴思」，與馬蔡説同。琴操用魯詩，明魯毛文同。後漢明帝紀永平十年：「召校官弟子作雅樂，奏鹿鳴，帝自御塤篪和之，以娛嘉賓。」魏志曹植疏：「遠慕鹿鳴君臣之宴。」明帝陳思皆習韓詩，知韓與齊毛義合。

呦呦鹿鳴，食野之苹。【注】魯説曰：苹，藾蕭。【疏】傳：「興也。苹，萍也。鹿得萍，呦呦然鳴而相呼，懇誠發乎中。以興嘉樂賓客，當有懇誠相招呼以成禮也。」箋：「苹，藾蕭。」○「苹，藾蕭」，釋草文，魯説也。郭注：「今藾蒿也，初生亦可食。」陳喬樅云：「鄭訓『苹』爲『藾蕭』，是用魯訓改毛。孔疏：『箋易傳者，蓱是水中之草，非鹿所食，故不從之。』

又引陸疏云：『藾蒿，葉青白色，莖似箸而輕脆，始生香，可生食。』其義蓋本之三家。」愚案：管子地員篇：「其草宜苹蓨。」說文謂之「艾蒿」，以其色青白似艾也。陸賈新語道基篇：「鹿鳴以仁求其羣。」淮南泰族訓：「鹿鳴興於獸，而君子大之，取其見食而相呼也。」劉向楚詞七諫「鹿鳴求其友」，王逸曰：「鹿得美草，口甘其味，則求其友而號其侶也。」以言在位之臣不思賢念舊，曾且不若鳥獸也。」以上魯說。鄭駁五經異義曰：「此詩之意，言君有酒食，欲與羣臣嘉賓燕樂之，如鹿得苹草以爲美食，呦呦然鳴相呼，以款誠之意盡於此耳。」此齊說。孔疏云：「或以爲兩鹿相呼，喻兩臣相招，謂羣臣相呼以成君禮。斯不然矣。此詩主美君懇誠於臣，非美臣相於懇誠也。若君有酒食，臣自相呼，財非己費，何懇誠之有？據鄭解此詩之意，是君召臣明矣。」許君五經異義蓋據魯說，鄭用齊說駁之。但既是君宴羣臣，賢人旅進，榮君之賜，招呼成禮，理原一貫。如毛序云君宴羣臣，傳亦云賓客相招，齊詩言君與羣臣燕樂。（見上。）易林用齊詩，其升之乾云：「白鹿呦鳴，呼其老少。喜彼茂草，樂我君子。」師之比益之恒同。人之蹇明夷皆云：「鹿得美草，鳴呼其友。」則亦兩義相成也。

我有嘉賓，鼓瑟吹笙。吹笙鼓簧，承筐是將。【注】魯說曰：笙長四寸，十三簧，像鳳之身也。正月之音。物生，故謂之笙。詩云：「我有嘉賓，鼓瑟吹笙。」又曰：簧，笙中簧也。詩曰：「吹笙鼓簧，承筐是將。」韓說曰：承，受也。【疏】傳：「簧，笙也。吹笙而鼓簧矣。筐，篚屬，所以行幣帛也。」箋：「承，猶『奉』也。書曰：『厥篚玄黃。』」〇「笙長」至「是將」，應劭風俗通義六聲音篇文。「笙長四寸，十三簧」者，釋樂：「大者謂之巢，小者謂之和。」郭注：「列管瓠中，施簧管端，大者十九簧，小者十三簧。」宋書樂志：「宫管在中央，三十六簧曰竽。宫管在左旁，十九簧曰笙。」北堂書鈔一百十引三禮圖：「笙有雅簧十三，上六下七也。」「象鳳之身也」者，說文「笙」下注同。初學記十六引作「象鳳之聲」，誤。「簫」下注云：「參差管樂，象鳳之翼。」五經析疑云：「黃鐘爲始，象法鳳皇。」潘岳笙賦：「基黃鐘以舉韻，望儀鳳以擢形。寫簧翼以插羽，摹鸞音以厲聲。」「正月之音。物生，故謂之笙」者，樂緯：「六律，黃鐘十一月，大簇正月，姑洗三月，蕤賓五月，夷則七月，無射九月；六呂，大呂十二月，夾鐘二月，仲呂四月，林鐘六月，南呂八月，應鐘十月。陽爲律，陰爲呂，總謂之十二月律。」白虎通禮樂篇：「笙者，太簇之氣，象萬物之生，故曰笙。」陳暘樂書：「笙，律中太簇，立春之音也。」書皋陶謨鄭注：「東方之樂謂之笙。笙，生也，東方生長之方，故名樂爲『笙』也。」釋名：「笙，生也，象物貫地而生也。」「簧，笙中簧也」者，說文「簧」下注同。王逸楚詞九嘆注：「笙中有舌曰簧。詩云：『吹笙鼓簧。』」張衡東京賦：「我有嘉賓。」又南都賦：「嘉賓是將。」應王張習魯詩，所用皆魯文也。鹽鐵論散不足篇用「鼓瑟吹笙」句，明齊毛文同。「承，受也」者，文選盧諶贈劉琨詩注引薛君章句文。陳喬樅云：「毛傳『承』訓『奉』，奉、受義亦相成。說文：『承，奉也，受也。』此兼采毛韓之訓。左成十六年傳『使行人執榼承飲』，注：『承，奉也。』襄二十五年傳『承飲而進獻』，注：『承飲，奉飲。』此皆與毛訓同。禮玉藻『士於大夫不承賀』，注：『承，猶受也。』齊策『而晚承魏之弊』，注：『承，受也。』此皆與韓訓同。又易歸妹『女承筐無實』，虞翻注：『自下受上曰承。』則詩之『承筐』，從韓訓『受』於義爲長。」人之好我，示我周行。【疏】傳：「周，至。行，道也。」箋：「『示』當作『寘』。寘，置也。『周行』，周之列位也。好，猶善也。人有以德善我者，我則置之於周之列位。言己維賢是用。」○禮緇衣「詩云：『人之好我，示我周行。』」鄭注：「行，道也。言示我以忠信之道。」或以爲禮注據齊說，詩箋用魯訓。愚案：皆非也。班固世習齊詩，其東都賦辟雍詩云『於赫太上，示我漢行』，正襲用『示我周行』句義，是釋「周」爲「國」，釋「行」爲「道」，齊說如此。鄭釋「周」爲「忠信」，與齊說異。又箋讀「示」爲「寘」，釋「周行」爲「周之列位」，乃參用荀子解蔽篇卷耳詩「寘彼周行」句義，彼訓「周」爲「徧」，此釋「周」爲「國」亦不全同，皆下己意也。今就齊說推之，蓋言賢臣嘉賓之來，愛好我者皆示我以周邦應行之善道也。然則嘉賓之有益於人國大矣。

呦呦鹿鳴，食野之蒿。我有嘉賓，德音孔昭。視民不恌，君子是則是傚。我有旨酒，嘉賓式燕以敖。【注】三家「視」作「示」。魯「恌」作「偷」，韓作「佻」。魯「傚」作「效」，齊作「傚」，又作「謸」，亦作「效」。【疏】傳：「蒿，菣也。恌，愉也。是則是傚，言可法傚也。敖，遊也。」箋：「『德音』，先王道德之教也。孔，甚。昭，明也。視，古『示』字也。飲酒之禮，於旅也語。嘉賓之語先王德教甚明，可以示天下之民，使之不愉於禮義，是乃君子所法傚。言其賢也。」○孔疏引定本，「愉」作「偷」。釋文：「菣，去刃反。」釋草：「蒿，菣。」孔疏引孫炎曰：「荆楚之間謂蒿爲菣。」郭注：「今人呼爲青蒿，香中炙啖者爲菣。」陸疏：「蒿，青蒿也。荆豫之間，汝南汝陰皆曰菣也。」「三家視作示」者，儀禮鄉飲酒云：「德音孔昭，示民不佻，君子是則是傚。我有旨酒，嘉賓式燕以敖。」鄭注：「言己有旨酒，以召嘉賓，既來示我以善道，又樂嘉賓有孔昭之明德可則傚也。」陳喬樅云：「燕禮及大射儀注與此同。毛用古文，『示』作『視』。箋云『視，古示字』，知三家今文皆作『示民不恌』。孔疏：昭十年左傳引此詩，服虔云：『示民不愉薄也。』是服用三家今文作『示』之證。」「恌作佻」者，說文玉篇引詩，並作「示民不佻」。「亦作偷」者，張衡東京賦作「示民不偷」，張用魯，作「偷」，則說文玉篇所引作「佻」者，韓文也。「魯傚作效」者，蔡邕郭有道碑銘引「是則是效」，明魯作「效」。「齊作傚，又作謸，亦作效」者，鄉飲酒經文及鄭注皆作「傚」，儀禮注引作「謸」，漢書敍傳「是則是效」。蓋「亦作」本也。張衡司空陳公誄引「德音孔昭」，亦見蔡邕周巨勝碑銘，明魯毛文同。

呦呦鹿鳴，食野之芩。【注】韓說曰：芩，黃芩也。詩曰：「食野之芩。」【疏】傳：「芩，草也。」○「芩黃」至「之芩」，玉篇草部文，所引詩義蓋韓說。黃山云：「芩，不見於釋草。說文：『⿱艹金，黃⿱艹金也。』『芩，草也。詩曰：食野之芩。』『芩』下引詩與毛合。玉篇引詩訓『黃芩』，則爲說文之『⿱艹金』，雖急就篇廣雅均即作『黃芩』，而在許書固有別也。神農本草：『黃芩，一名腐腸。』陶注云：『圓者名子芩，破者名宿芩。其腹中皆爛，故名腐腸。』名醫别録作『虚腸』。吴普本草：『一名內虚，二月生。赤黄葉，兩兩四四相值，莖空中，或方圓，高三四尺。四月華紫紅赤。五月實黑根黄。』孔疏引陸璣云：『莖如釵股，葉如竹蔓，生澤中下地鹹處，爲草貞實，牛馬亦喜食之。』段玉裁云：『如陸説，則非黄芩藥也。集韻類篇皆曰莟、蘞、芩三字同音，菜名，似蒜，生水中。字林齊民要術皆曰莟似蒜，生水中。此則别是一草。』山案：莟生水中，既有葉如蒜，必非蘋藻之屬。依水而生，蓋卽陸説『生澤中下地』者，正毛所謂『芩』，非别一物也。且詳陸所言『芩』，卽藥之『石斛』，一名『金釵股』，亦可食。本草『蔛草一名蔛菜，一名蔛榮』可證也。本草綱目『金釵股』，李時珍曰：『石斛狀似金釵，故名，今藥肆多生種者，人皆識之。莖如釵股，葉似蒜，差短，亦如竹葉，灌以水則榮。』鹿食之芩在野，則生下澤者不類，自以『黄芩』爲合。釋文：『芩，其今反。説文：蒚也。又其炎反。』『其炎』反，讀如『黔』。本草『黄芩』注又云：『芩，黔也。』『黔』乃黑黄之色也，此同音爲訓，正今藥之黄芩。釋文亦兩説俱存矣。『蒚』，卽毛之『芩』，因毛訓『草』太寬，故引説文訓『蒚』以申之。知説文注原本作『蒚』，後人順毛改之耳。段注疑本作蒚屬，殆不然。説文『菣』下、『蓬』下皆訓『蒚也』，卽蒚屬也。』我有嘉賓，鼓瑟鼓琴。鼓瑟鼓琴，和樂且湛。【疏】傳：『湛，樂之久。』○風俗通義六：『詩云：『我有嘉賓，鼓瑟鼓琴。』雅琴者，樂之統也，與八音並行。然君子所常御者，琴最親密，不離於身。以爲琴之大小得中而聲音和，大聲不譁人而流漫，小聲不湮滅而不聞，適足以和人意氣，感人善心。故琴之爲言禁也，雅之爲言正也，言君子守正以自禁也。今琴長四尺五寸，法四時五行也。七絃者，法七星也。』我有旨酒，以燕樂嘉賓之心。【疏】傳：『燕，安也。夫不能致其樂，則不能得其志。不能得其志，則嘉賓不能竭其力。』○鹽鐵論刺復篇：『無鹿鳴之樂賢。』又曰：『殆非鹿鳴之所以樂賢也。』『樂賢』，卽指燕樂嘉賓而言。後漢鍾離意傳：『鹿鳴之詩必言宴樂者，以人神之心洽然後天氣和也。」説鹿鳴無刺詞，蓋用齊韓二家義。

鹿鳴三章，章八句。

四牡【疏】毛序：「勞使臣之來也。有功而見知，則説矣。」箋：「文王爲西伯之時，三分天下有其二，以服事殷，使臣以王事往來於其職。於其來也，陳其功苦以歌樂之。」○詩氾歷樞曰：「四牡在寅，木始也。」儀禮鄉飲酒鄭注：「四牡，君勞使臣之來樂歌也。勤苦王事，念及父母，懷歸傷悲，忠孝之至。以勞賓也。」燕禮注同。以上齊説。魯韓未聞。

四牡騑騑，周道倭遲。【注】齊「倭遲」作「郁夷」。韓詩曰：「周道威夷。」韓説曰：「威夷，險也。」【疏】傳：「騑騑，行不止之貌。周道，岐周之道也。倭遲，歷遠之貌。文王率諸侯，撫叛國，而朝聘乎紂。故周公作樂，以歌文王之道，爲後世法。」○「齊倭遲作郁夷」者，漢書地理志「右扶風郁夷」，班固引詩曰：「周道郁夷。」顏注：「小雅四牡之詩曰：『四牡騑騑，周道倭遲。』韓詩作『郁夷』，言使臣乘馬，行於此道。」陳喬樅云：「注『韓』是『齊』之誤。韓作『威夷』，不作『郁夷』，班引詩以證『郁夷』，此據齊詩文。如引齊詩『子之營兮』、『及自杜沮漆』可證，非用韓詩也。顏注蓋轉寫之誤。」愚案：匡謬正俗云：「遲音夷，亦云遲。」「陵遲」或言「陵夷」，「遲」即「夷」也。縣名「郁夷」，蓋因道險之故，後漢省。地道記：「郁夷省併郿。」一統志：「故城今隴州西五十里。」易林旅之漸：「逶迤四牡，思歸念母。王事靡盬，不得安處。」涣之復同。焦用齊詩而作「逶迤」者，「郁」、「逶」雙聲，「逶」、「夷」疊韻。説文「逶」下云：「逶迆，衺去之貌。」衺曲者必險阻也。「周道」至「險也」者，文選西征賦注、金谷集詩注、秋胡詩注、陸倕石闕銘注引韓詩薛君章句文。文選孫綽天台山賦亦引韓詩曰：「道威夷者也。」顏延年北使洛詩注引誤作「倭遲」，嵇康琴賦注引誤作「倭夷」，詩釋文亦誤云韓詩作「倭夷」。廣雅：「倭夷，險也。」即采薛説。「逶迤」、「威夷」並同聲字，齊韓詩義不異耳。禮少儀鄭注：「匪，讀如『四牡騑騑』。」明齊毛文同。豈不懷歸？王事靡盬，我心傷悲。【疏】傳：「盬，不堅固也。『思歸』者，私恩也。『靡盬』者，公義也。『傷悲』者，情思也。無私恩，非孝子也；無公義，非忠臣也。君子不以私害公，不以家事辭王事。」○案：「王」，謂殷王紂也。左襄四年傳：「文王帥殷之叛國以事紂。」使命頻煩，趨公奉職，周室之事，亦皆「王事」也。以公義爲重，故雖思歸而不歸。鄭鄉飲酒燕禮注皆云：「采其勤苦王事，念將父母，懷歸傷悲，忠孝之至。」齊義如此。

四牡騑騑，嘽嘽駱馬。【注】三家「嘽」作「痑」。【疏】傳：「嘽嘽，喘息之貌。馬勞則喘息。白馬黑鬣曰駱。」○「三家嘽作痑」者，說文：「嘽，喘息也。从口，單聲。詩曰：『嘽嘽駱馬。』」「痑，馬病也。从疒，多聲。詩曰：『痑痑駱馬。』」毛作「嘽嘽」，則作「痑痑」者三家文也。廣雅：「痑痑，疲也。」正釋此詩之義。玉篇：「痑，吐安切。力極也。」引詩「痑痑駱馬」。亦爲『嘽嘽』，通作「痑」，與「和」、「桓」音通爲一類，猶漢書地理志「沛郡鄲」，孟康音「多」，周緤傳「鄲侯」，蘇林音「多」也。說文『撣』字注：「讀若『行遲驒驒』。」漢書敍傳顏注引詩「驒驒駱馬」，亦三家詩之異文。豈不懷歸？王事靡盬，不遑啟處。【注】魯「遑」作「偟」，說曰：偟，暇也。【疏】傳：「遑，暇。啟，跪。處，居也。臣受命，舍幣于禰乃行。」○胡承珙云：「采薇出車皆作『不遑啟居』，采薇又有『不遑啟處』，是處、居義略同。」「啟，跪」，釋言文。左傳疏引李巡：「啟，小跪也。」釋名：「跪，危也。兩厀隱地，體危陧也。」「啟，起也，啟一舉體也。」此析言之，其實「啟」即是「跪」。「居」本當作「凥」。說文：「凥，處也。从尸，得几而止。」大約古人有危坐，如今之跪，詩所謂「啟」也；有安坐，乃說文之「凥」，詩所謂「處」也；若居，則今人之蹲。說文：「居，蹲也。」「蹲，踞也。」（「踞」當作「居」。）段注：「古人有坐有跪，有蹲有箕踞。跪與坐皆厀著於席，而跪聳其體，坐下其脽，詩所謂『啟處』。若蹲則足底著地而下其脽，聳其厀。若箕踞則脽著席而伸其脚於前，爲大不敬，三代所無。」此解分別甚晰。廣雅釋訓：「啟，踞也。」恐非其義。「魯遑作偟。偟，暇也」者，釋言：

偟，暇也。」郭注：「詩曰：『不偟啟處。』」陳喬樅云：「爾雅釋文：『偟音皇。「不遑」音皇，或作偟，通作皇。』是陸所見爾雅注引詩有依毛詩作『遑』者。然郭注所引詩本舊注之文，釋言正文既作『偟』字，則注所引當以或本作『偟』爲是。『偟』者魯詩之文，作『遑』者乃後人順毛改字耳。」韓詩外傳八：魏文侯問李克：「人有惡乎？」末引「不遑啟處」，此推演之詞，明韓毛文同。

翩翩者鵻，載飛載下，集于苞栩。【疏】傳：「鵻，夫不也。」箋：「夫不，鳥之愨謹者，人皆愛之，可以不勞，猶則飛則下，止於栩木。喻人雖無事，其可獲安乎？感厲之。」○廣雅：「翩翩，飛也。」釋鳥：「鵻其，夫不。」（「其」字衍，今爾雅作「隹其鳺鴀。」釋文「隹」如字，旁或加「鳥」，非與詩釋文毛「又作」本合，亦與繫傳引詩合，又與左昭十八年孔疏引詩及爾雅合。是此疏作「鵻」，後人順毛改之。今爾雅「鵻」作「隹」，據孔疏引正。）陸疏云：「鵻其，今小鳩也，一名鵓鳩。」又云：「斑鳩，項有繡文斑然。」「鶻鳩，一名斑鳩，似鵓鳩而大。鵓（今本作「鶉」，誤。）鳩灰色，無繡項，陰則屏逐其匹，晴則呼之，語曰『天將雨，鳩逐婦』是也。」胡承珙云：「此疏以『鵓鳩』爲『鵻』，是鳩之小者，即此詩之『夫不』。以『斑鳩』爲『鶻鳩』，是鳩之大者，即小宛之『鳴鳩』。」愚案：方言云：「大者謂之鳻鳩，小者謂之鵓鳩。或謂鶻鳩。梁宋之間謂之鵻。」「鵻」即「鵻」也。郭注：「鳻音班。」方言與陸微異。班鳩即鳻鳩，據陸說，與鵓鳩以有無繡項爲判。但逐婦之鵓鳩，吾楚通呼「班鳩」，不分大小也。說文「鶌鳩，鶻鵃也。」「鵻，祝鳩也。」不言大小。方言謂「鵓鳩」或謂「鶻鳩」，是鵓鳩又與鶻鳩無別矣。夫、鵓同音，俗呼「勃姑」，夫、勃音轉。楚俗呼鳩如「拘」，鵻、拘又雙聲字也。陳奐云：「左昭十七年傳：『祝鳩氏，司徒也。』杜注：『祝鳩，鵻鳩。鵻鳩孝，故爲司徒，主教民。』樊光亦云：『孝，故爲司徒。』案，詩言鵻集栩、杞，與養父母，故樊杜以『鵻鳩』爲孝，或本三家說。栩、杼詳鴇羽篇。」**王事靡盬，不遑將父。**【疏】傳：「將，養也。」○王符潛夫論愛日篇：「詩云：『王事靡盬，不遑將父。』言在古閒暇而得孝養，今迫促不得養也。」陳喬樅云：「據符說，魯詩之義亦以四牡爲刺詩。遑，本當作『偟』，此後人轉寫改爲『遑』字也。」愚案：「閒暇得孝養」、「迫促不得養」，順文解釋，義本如此，似不能即據此爲刺詩。韓詩外傳七載齊宣王問田過：「君與父孰重？」末引此詩二句，乃推演之詞。明韓毛文同。

翩翩者鵻，載飛載止，集于苞杞。【疏】傳：「杞，枸檵也。」○案，「杞，枸檵」，釋木文。郭注：「今枸杞也。」廣雅：「⿰木苟乳，苦杞也。地筋，⿰木苟杞也。」「⿰木苟」與「枸」同。王事靡盬，不遑將母。

駕彼四駱，載驟駸駸。豈不懷歸？是用作歌，將母來諗。【疏】傳：「駸駸，驟貌。諗，念也。父兼尊親之道，母至親而尊不至。」箋：「諗，告也。君勞使臣，述序其情。女曰我豈不思歸乎？誠思歸也，故作此詩之歌，以養父母之志，來告於君也。人之思，恒思親者，再言『將母』，亦其情也。」○案，說文「驟」下云：「馬疾步也。」「駸」下云：「馬行疾也。詩曰：『載驟駸駸。』」此訓蓋出三家詩。釋言：「諗，念也。」讀與「念」同。王引之云：『來，詞之『是』也。『將母來諗』，言我惟養母是念。箋訓爲『往來』之來，非。」

四牡五章，章五句。

皇皇者華【疏】毛序：「君遣使臣也。送之以禮樂，言遠而有光華也。」箋：「言臣出使能揚君之美，延其譽於四方，則爲不辱命也。」○鄉飲酒禮鄭注：「皇皇者華，君遣使臣之樂歌也。更是勞苦，自以爲不及，欲諮謀於賢知，而以自光明也。」燕禮注同。此齊說。魯韓未聞。

皇皇者華，于彼原隰。【注】魯「皇」作「葟」。【疏】傳：「皇皇，猶煌煌也。高平曰原，下溼曰隰。忠臣奉使，能光君命，無遠無近，如華不以高下易其色。」箋：「無遠無近，維所之則然。」○「魯皇作葟」者，釋言：「葟，華也。」邢疏：「樊光曰：『詩曰：皇皇者華。』孫炎曰：『皇皇，猶煌煌也。』」陳喬樅云：「『皇』字當作『葟』。據釋草『葟，華榮』，作『葟』可見。釋草音義云：『葟音皇，本亦作皇。』是後人改『葟』爲『皇』。樊光引詩當作『葟葟者華』，魯詩之文如此。孫炎云『葟葟』猶『煌煌』，此申明其義也。説文𠌶部『𩁹』下云：『華榮也。从𠌶，㞷聲，讀若皇。爾雅曰：𩁹，華也。』『葟』下云：『𩁹或从艸、皇。』許引釋言文，尤爲明證。毛作『皇』，乃古文叚借。又邵氏晉涵、臧氏鏞堂並據郭注釋草，引此作『華，皇也。』釋文亦先『華』後『皇』，謂今本誤倒作『皇華』。郝氏懿行又以説文所引爾雅『𩁹華』乃釋草之文。喬樅謂數説皆非也。説文『𩁹』下云『華榮』，此據釋草爲訓。又引爾雅曰：『𩁹，華也。』此稱釋言文，判然甚明，如以此句爲引釋草，是與上文詞複，又奪去『榮』字，羼入『也』字，許之引經必不然矣。且詳樊光引詩之意，證『葟』非以證『華』，故孫炎復申『葟葟』之意。郭本倒作『華皇』，自係舛誤。陸據郭本爲音義，先『華』後『皇』，皆非，宜據説文正之。」**駪駪征夫，每懷靡及。**【注】魯『駪』作『侁』，韓作『莘』。【疏】傳：「駪駪，衆多之貌。征夫，行人也。每，雖。懷，和也。」箋：「春秋外傳曰：『懷和爲每懷也』。『和』當爲『私』。衆行夫既受君命，當速行，每人懷其私相稽留，則於事將無所及。」○「魯駪作侁」者，列女晉文齊姜傳云：「周詩曰：『莘莘征夫，每懷靡及。夙夜征行，猶恐無及，況欲懷安，將何及矣。』」陳喬樅云：「列女傳引『駪駪』作『莘莘』，説苑奉使篇同。據王逸楚詞招魂注：『侁侁，往來行聲也。詩曰：侁侁征夫。』逸用魯詩，是魯詩文爲『侁侁』也。『莘莘』乃韓詩之文，見王應麟詩攷引韓詩外傳。説文引詩『莘莘』，亦本韓詩。三家韓最後亡，後人不曉『侁侁』爲魯詩，惟習見韓詩字作『莘莘』，又以國語所引與韓詩同，遂援以改列女傳説苑之『侁侁』。楚詞及注『侁侁』字，舊校云『侁』亦作『莘』，是後人改『侁』爲『莘』之左驗，幸所改未盡者，尚得據之以證列女傳説苑之譌。玉篇人部『侁』下云：『往來侁侁行聲。詩曰侁侁征夫也。』義與楚詞注合，皆本魯詩之訓。廣韻十九臻『侁』字引詩同，又本玉篇。今本楚詞章句作：『侁侁，往來聲也。一作侁侁，行聲也。』據玉篇，則『往來』下當有『行』字爲是。」「韓作莘」者，詩攷引韓詩外傳七：「趙王使人於楚，鼓瑟而遣之，曰：『愼勿失吾言。』」使者借瑟爲喻，末引詩曰：「莘莘征夫，每懷靡及。」蓋傷自上而御下也，此推演之詞。陳喬樅云：「說文及晉語並引作『莘莘』，與詩考引韓詩同。今本外傳引詩作『征夫捷捷，每懷靡及』，則在大雅烝民矣。今本誤也，從詩攷訂正。」

我馬維駒，六轡如濡。載馳載驅，周爰咨諏。【疏】傳：「忠信爲周，訪問於善爲咨，咨事爲諏。」箋：「『如濡』，言鮮澤也。爰，於也。大夫出使，馳驅而行，見忠信之賢人，則於之訪問。求善道也。」○釋文：「駒，本亦作驕。」說文：「馬高六尺爲驕。从馬，喬聲。詩曰：『我馬維驕。』」株林詩「乘我乘駒」，釋文作「乘驕」，引沈重云：「『或作『駒』字，後人改之。皇皇者華篇內同。」是沈所據此篇作「驕」也。

我馬維騏，六轡如絲。載馳載驅，周爰咨謀。【注】魯「謀」作「謨」。【疏】傳：「如絲，言調忍也。咨事之難易爲謀。」○陳奐云：「『易』字衍，左傳『咨難爲謀』，說文『慮難曰謀』，皆無『易』字。」「魯謀作謨」者，淮南修務訓：「詩云：『我馬唯騏，六轡如絲。載馳載驅，周爰咨謨。』以言人之有所務也。」高注：「詩小雅皇皇者華之篇，六轡四馬如絲，言調勻也。諮，難也。詩言當馳驅以忠信往謨難事，不自專己。沓之至，乃聖人之務也。」陳喬樅云：「毛詩『周爰咨謀』，釋文：『咨，本亦作諮。』『謀』引作『謨』者，謀、謨一聲之轉。釋詁：『謨，謀也。』書『謨明弼諧』，史記夏紀作『謀明輔和』。說苑貴德篇：詩曰：『載馳載驅，周爰咨謀。』據淮南書所引，魯詩當作『諮謨』，此作『咨謀』者，後人順毛改之。」

我馬維駱，六轡沃若。載馳載驅，周爰咨度。【疏】傳：「咨禮義所宜爲度。」○案，「若」，猶「然」也。氓傳云：「沃若，猶沃沃然。」

我馬維駰，六轡既均。載馳載驅，周爰咨詢。【疏】傳：「陰白襍毛曰駰。均，調也。親戚之謀爲詢。兼此五者，雖有中和，當自謂無所及，成於六德也。」箋：「中和，謂忠信也。五者，咨也、諏也、謀也、度也、詢也，雖得此於忠信之賢人，猶當云己將無所及於事，則成六德。言慎其事。」○案，傳箋據左傳魯語爲説。

皇皇者華五章，章四句。

常棣【注】韓序曰：「夫栘，燕兄弟也，閔管蔡之失道也。」【疏】毛序：「燕兄弟也。閔管蔡之失道，故作常棣焉。」箋：「周公弔二叔之不咸，而使兄弟之恩疏，召公爲作此詩，而歌之以親之。」○孔疏：「此解所以作常棣之意。咸，和也。言周公閔傷管蔡二叔之不和睦，而流言作亂，用兵誅之，致令兄弟之恩疏，恐天下見其如此，亦疏兄弟，故作此詩以燕兄弟，取其相親也。至厲王之時，棄其宗族，又使兄弟之恩疏，召穆公爲是之，故又重述此詩，而歌以親之。外傳云周文公之詩，曰『兄弟鬩於牆，外禦其侮』，則此詩自是成王之時周公所作以親兄弟也，召穆公重歌此詩。故鄭答趙商云：『凡賦詩者，或造篇，或誦古。』所云『誦古』指此。左傳：『王怒，將以狄伐鄭。富辰諫曰：「不可。臣聞太上以德輔民，其次親親，以相及也。昔周公弔二叔之不咸，故封建親戚，以蕃屏周。召穆公思周德之不類，故糾合宗族於成周，而作詩曰：常棣之華，鄂不韡韡。凡今之人，莫如兄弟。」』周之有懿德如是，猶曰『莫如兄弟』，故封建之。其懷柔天下也，猶懼有外侮，捍禦侮莫如親親，故以親屏周。召穆公亦云『周公弔二叔之不咸』，明本常棣是周公之辭，故杜預云『周公作詩，召公歌之』也。」「夫栘」至「道也」，呂祖謙讀詩記十七引韓詩序文。「夫栘」即「常棣」也，韓序與毛序義同。藝文類聚八十九引詩曰：「夫栘，燕兄弟也。閔管蔡失道。『夫栘之華，萼不煒煒。凡今之人，莫如兄弟。』」陳喬樅云：「類聚引詩直作『夫栘』，必韓詩也。讀詩記所引當即據類聚本，而今本類聚不云韓詩序，蓋文脱耳。」漢書杜鄴傳：「鄴聞人情，恩深者其養謹，愛至者其求詳。夫戚而不見殊，孰能無怨？此棠棣角弓之詩所爲作也。」以棠棣與角弓並言，蓋周公之作此詩與召公之歌此詩，皆言兄弟宗族之不宜疏遠，與角弓意同，故鄭並引之也。

常棣之華，鄂不韡韡。【注】魯「常」作「棠」，「鄂」作「萼」。韓「常棣」作「夫栘」，「鄂」作「萼」，「韡」作「煒」。

【疏】傳：「興也。常棣，棣也。鄂，猶鄂鄂然，言外發也。韡韡，光明也。」箋：「承華者曰『鄂』。『不』當作『拊』。『拊』，鄂足也。鄂足得華之光明，則韡韡然盛。興者，喻弟以敬事兄，兄以榮覆弟，恩義之顯，亦韡韡然。古聲不、拊同。」〇「魯常作棠」者，蔡邕姜伯淮碑：「有棠棣之華，萼韡之度。」邕習魯詩，知魯作「棠」，可以推知杜鄴傳之「棠棣」亦魯詩也。（引見上。）釋木作「棠棣，栘」，「常」乃「棠」之叚借字。「鄂作萼」者，姜伯淮碑作「萼」。（引見上。）又邕彈棊賦：「萼不韡韡。」說文：「韡，韡，盛也。詩曰：『萼不韡韡。』」知說文所引爲魯詩。「韓常棣作夫栘」者，讀詩記藝文類聚引韓詩文。（引見上。）釋文云：「毛傳『常棣，棣也』，本或作『常棣，栘。』」案，釋文以爲「常棣，栘」者是也。韓以「夫栘」代「常棣」，則常棣之爲「栘」無疑。秦風「山有苞棣」，傳云：「棣，唐棣也。」以「唐棣」釋「棣」，則必以「常棣」爲「栘」。說文：「栘，棠棣也。」「棣，白棣也。」玉篇亦云：「栘，棠棣也。」皆可證「栘」之爲「常棣」。惟爾雅云「唐棣，栘。常棣，棣。」蓋轉寫之譌。且文選甘泉賦注引爾雅正作「棠棣，栘」，則今本作「唐棣，栘」，或以聲同而誤。論語「唐棣之華」，何晏集解云：「唐棣，栘也。」然據春秋繁露竹林篇引論語，作「棠棣之華」，文選廣絕交論李注引同，則知論語本亦作「棠棣」，故何訓爲「栘」也。（孔安國論語解云：「唐棣，棣也。」是知孔作「唐棣」與何異，故以爲「棣」。）又何彼襛矣篇「唐棣之華」，毛傳：「唐棣，栘也。」經傳「唐棣」皆當爲「常棣」之譌，釋文轉據當時爾雅誤本，而以毛傳訓「栘」爲誤，失之。段玉裁謂「常」與「唐」同字，亦非。馬瑞辰云：「爾雅邢疏於『栘』下引陸疏云：『奧李也，一名雀梅，一名車下李。』藝文類聚引禮記義疏云：『夫栘，一名薁李。』今案，薁李實似櫻桃，有赤白二種。說文以『棣』爲『白棣』，則『夫移』爲『赤棣』可知，皆卽今郁李之類。郭注爾雅，直以『夫移』爲『白棣』，謂似今之白楊柳，失之。又案論語『唐棣』卽『棠棣』，而言『偏其反而』者，謂其華初開反背，終乃合并也。詩取以喻管蔡失道，亦取其始華反背爲興。」「鄂作萼」者，（引見上。）鄭訓「鄂」爲「萼」，卽本韓詩。「韡韡作煒煒」者，（亦引見上。）說文：「煒，盛赤也。」衆經音義十八引：「煒，盛明貌也。」「韡韡」作「煒煒」，韓蓋用叚借字。凡今之人，莫如兄弟。【疏】傳：「聞常棣之言爲今也。」箋：「『聞常棣之言』，始聞常棣華鄂之說也。如此則人之恩親無如兄弟之最厚。」○案，周公以二叔不咸是既往之事，天下既定，宜篤親親之誼。故及今燕樂兄弟之時，序述常棣之言，使宗族共知此意也。

死喪之威，兄弟孔懷。【注】魯「兄」亦作「昆」。【疏】傳：「威，畏。懷，思也。」箋：「死喪，可畏怖之事。惟兄弟之親，甚相思念。」○案，言死喪之可畏，於他人皆然，惟兄弟不以爲畏，且甚思念之。列女聶政姊傳：「君子謂聶政姊仁而有勇，不怯死以滅名。詩云：『死喪之威，兄弟孔懷。』言死可畏之事，惟兄弟甚相懷也。」明魯毛文同，事亦與經意合。「魯兄亦作昆」者，蔡邕童幼胡根碑用「昆弟孔懷」，「兄」作「昆」，蓋魯詩「亦作」本。原隰裒矣，【注】魯「裒」作「捊」，云：捊，聚也。兄弟求矣。【疏】傳：「裒，聚也。『求矣』，言求兄弟也。」箋：「原也隰也，以與相聚居之故，故能定高下之名。猶兄弟相求，故能立榮顯之名。」○「魯裒作捊，云捊，聚也』者，釋詁文，郭注：「詩曰：『原隰捊矣。』」明魯作『捊』。說文繫傳本手部『捊』下云：「引堅也。（堅，土積也。）从手，孚聲。詩曰：『原隰捊矣。』」玉篇引詩同。藝文類聚引詩作「褎」。爾雅釋文：「裒，古字作褎，本或作捊。」易謙卦釋文：「裒，鄭荀董蜀才作『捊』，毛作『裒』，通叚字。」愚案：「原隰」句承上「死喪」言。凡人之於兄弟，同氣相愛，不間幽明，生則求其人，死則求其穴，雖高原下隰，捊聚一邱，猶灑涕墓門，含悲永隔。卽或聞其野死，行邁呼天，如尹伯封之於伯奇，爲賦黍離之詩，列於王風，此正兄弟死喪相求之事也。

脊令在原，兄弟急難。【疏】傳：「脊令，雝渠也，飛則鳴，行則搖，不能自舍耳。『急難』，言兄弟之相救於急難。」箋：「雝渠，水鳥，而今在原，失其常處。則飛則鳴，求其類，天性也，猶兄弟之於急難。」○説文「鳽」下云：「石鳥。一名雝渠，一名精列。」「精列」、「脊令」，一聲之轉。上林賦：「煩鶩庸渠，箴疵鵁盧，羣浮乎其上。」「雝渠」又作「庸渠」，賦語足爲箋説「水鳥」之證。每有良朋，況也永歎。【注】魯説曰：「每有」，雖也。【疏】傳：「況，茲。永，長也。」箋：「每，雖也。良，善也。當急難之時，雖有善同門來，茲對之長歎而已。」○「每有，雖也」者，釋訓文，魯説也，郭注：「詩曰：『每有良朋。』辭之雖也。」玉篇：「詞兩設也。」其單文亦爲「雖」，故皇皇者華傳：「每，雖也。」釋文「況」作「兄」，非也。段玉裁云：「出車『況瘁』，箋云『茲益憔瘁』。戴氏云，『茲』今通用『滋』。説文：『茲，草木多益也。』『滋，益也。』詩之詞意，言不能如兄弟相救，空滋之長歎而已。國語韋注：『況，益也。』玉裁案，此與桑柔召閔傳及今文尚書『毋兄曰』、『則兄曰』正同作『兄』，是作『況』非。」胡承珙云：「古書中凡言而況，爲更進之詞。又『貺賜』之貺，古字止作『況』，皆茲、益義之引申也。此蓋本無其字，依聲託義字，或作『況』，又作『兄』，又作『皇』，不得定以何者爲是也。」

兄弟鬩于牆，外禦其務。【疏】傳：「鬩，很也。禦，禁。務，侮也。兄弟雖內鬩，而外禦侮也。」○馬瑞辰云：「釋言：『鬩，恨也。』郭注：『相怨恨。』據左昭二十四年傳正義引爾雅：『鬩，很也。』孫炎曰：『相很戾也。』李巡本作『恨』。爾雅釋文：『鬩，恨也。』孫炎作『很』。是知孫李本不同，郭注從李。今案，曲禮『很無求勝』，鄭注：『很，鬩也。』是狠、鬩二字互訓，當作『鬩』、『很』爲是。唐書高麗傳『今男生，兄弟鬩很』，義本此詩。説文：『鬩，恒訟也。』『訟，争也。』方言：『宋衞之間，凡怒而噎噫，謂之脅鬩。』俱與『很』義近，字以作『很』爲正。李巡本作『恨』，叚借字也。郭注釋爲『怨恨』，則非。」又云：「釋言：『務，侮也。』左僖二十四年傳及周語引詩，皆作『外禦其侮』。『務』即『侮』之叚借。『務』从『敄』聲，與『霧』从

『瞀』聲正同，以『霧』讀近『蒙』證之，則『務』亦得讀若『蒙』，（爾雅「天氣下地」不應曰「雺」。說文、漢五行志作「霧」，洪範作「蒙」，鄭王本作「雺」。鄭注：「雺，音近霿。」今案：「雺」即「霧」字之省，「瞀」从「敄」聲，讀「蒙」，則「務」从「敄」聲，亦讀近「蒙」。）正與『戎』音協，同在東、冬部。蓋古字亦有數讀，『務』本在尤、幽部，轉讀得與『戎』韻也。」每有良朋，烝也無戎。【疏】傳：「烝，填。戎，相也。」箋：「當急難之時，雖有善同門來久也，猶無相助己者。古聲填、寘、塵同。」○馬瑞辰云：「傳訓『烝』爲『填』，箋訓『烝』爲『久』，謂『古聲填、寘、塵同』者，據釋詁『塵，久也』、釋言『烝，塵也』爲說，謂傳『填』即『塵』也。填、塵同聲，猶古田、陳同聲。孫炎曰：『烝，物久之塵。』據史記集解引韋昭曰：『陳，久也。』知『塵』即『陳』之同聲叚借，非『塵埃』之塵。郭注爾雅，謂『人衆所以生塵埃』，失其義矣。」愚案：「戎，相」，釋言文。相，助也。以上三章皆就天性至情，兄弟宜相親厚之理開喻宗族，使皆知敦崇睦誼也。

喪亂既平，既安且寧。雖有兄弟，不如友生。【疏】傳：「兄弟尚恩怡怡然，朋友以義切切然。」箋：「平，猶正也。安寧之時，以禮義相琢磨，則友生急。」○陳奐云：「此言喪亂既平之後，兄弟不如朋友者，愈以見兄弟之當親。『既安且寧』，卽行燕兄弟、內相親之禮。以下三章皆是也。第五章爲承上起下之詞。」應劭風俗通義七引詩云：「雖有兄弟，不如友生。」應習魯詩，明魯毛文同。

儐爾籩豆，飲酒之飫。【注】韓「儐」作「賓」，「飫」作「醧」。韓說曰：夫飲之禮，不脫屨而卽席者謂之禮，跣而升堂者謂之宴，能者飲，不能者已，謂之醧。【疏】傳：「儐，陳。飫，私也。不脫屨升堂謂之飫。」箋：「『私』者，圖非常之事，若議大疑於堂，則有飫禮焉。聽朝爲公。」○「儐作賓，飫作醧」者，文選魏都賦張載注引韓詩曰：「賓爾籩豆，飲酒之醧。」「儐作賓」者，「儐」、「賓」經典字義互通，不可枚舉。廣雅釋詁：「賓，列也。」「賓」之訓「列」，猶「儐」之訓「陳」矣。「飫作醧」者，馬瑞辰云：「角弓篇『如食宜饇』，傳：『饇，飽也。』據廣韻：『飫，飽也，厭也。』彼『饇』乃『飫』之借，此詩又借『飫』爲『醧』。以古音讀之，『醧』與『豆』、『具』、『孺』韻正協。作『飫』則聲入蕭宵部，毛蓋讀『飫』爲『醧』也。韓作『醧』正字，毛作『飫』借字。」「夫飲」至「之醧」，初學記十二引韓詩內傳文。「夫飲之禮」，文選班固東都賦注引薛君韓詩章句，亦作「飲酒之禮」，本內傳及薛君章句也。「不脫屨而即席者謂之禮」者，即毛傳「不脫屨升堂謂之飫」也。周語：「王公立飫則有房烝，親戚宴享則有肴烝。」又曰：「飫以顯物，燕則合好。」此是立飫之禮，較燕爲大。立飫以立爲禮，故不脫履而即席也。毛既訓「飫」爲「私」，又云「不脫屨升堂者謂之飫」，溷二「飫」爲一，故段氏以爲「不脫」之「不」衍文。馬氏以爲毛廣異義，不云「一曰」，乃省文，鄭箋誤合爲一，故以「私」爲「圖非常之事」也。「跣而升堂謂之宴」者，東都賦注亦作「下跣而上坐者謂之宴」，即周語云「宴享則有肴烝」、「燕則合好」是也。燕則坐，坐則必跣而升堂，所謂「燕私以飫飽爲度煮」也。「燕私」，見楚茨湛露。脫履升堂，惟燕私爲然。「能者飲，不能者已，謂之醧」者，魏都賦注引同。說文「餱」下云：「燕食也。」引詩「飲酒之餱」，用毛詩借字。又「醧」下云：「宴私飲也。」（「宴私」倒，依段注正。）用韓詩正字。「醧」又通作「醞」，廣韻「醞，能者飲，不能者止也。」胡承珙云：「宴、醧是一事，言『宴』而『醧』在其中。鄭箋牽於國語之文，而以『圖非常』、『議大疑』爲『飫』，是謂飫別於燕。孔疏因之，遂謂此詩飫燕雜陳，非也。」兄弟既具，和樂且孺。【疏】傳：「九族會曰和。孺，屬也。王與親戚燕，則尚毛。」箋：「九族，從己上至高祖，下及玄孫之親也。『屬』者，以昭穆相次序。」〇釋言：「孺，屬也。」李巡曰：「孺，骨肉相親屬也。」黃山云：「皇侃論語『和爲貴』疏：『和即樂也。』趙岐孟子『地利不如人和』注：『人和，得民心之所和樂也。』詩言『和樂』，亦即兄弟怡怡和順而樂之義。（論語馬注：「怡怡，和順之貌。」）毛謂『九族會曰和』，蓋承上文『既具』爲說。然『具』之訓『俱』，猶『翕』之訓『合』，皆概言兄弟偕來，與上下文『兄弟』一也。鄭以上至高祖、下及元孫釋

『九族』，此古文之説，若今文家異姓有親屬者爲九族，與『閔管蔡』不合，可信其必無此説矣。」

妻子好合，如鼓瑟琴。兄弟既翕，和樂且湛。【注】齊説曰：琴瑟聲相應和也。翕，和也。耽，亦樂也。韓云：耽，樂之甚也。魯「湛」作「沈」。【疏】傳：「翕，和也。」箋：『好合』，志意合也。『合』者，如鼓瑟琴之聲相應和也。王與族人燕，則宗婦内宗之屬，亦從后於房中。」○「琴瑟」至「樂也」，禮中庸鄭注文。中庸引詩四句，明齊毛文同，惟「湛」作「耽」。鹽鐵論取下篇引「妻子好合」四句，亦齊詩也。「琴瑟聲相應和也」者，姜宸英云：「禮明堂位有『大琴大瑟、中琴小瑟』。凡用大琴，必用大瑟配之；用中琴，必用小瑟配之。然後大者不陵，細者不抑，而五聲和。蓋取其相配以爲和也。又有雅琴、頌琴，則雅瑟、頌瑟實爲之配，亦取琴瑟相合之義。」「翕，合也」者，與毛傳同。「耽，亦樂也」者，亦上「和樂」之文。毛詩釋文：「湛，又作耽。」是毛亦有作「耽」之本也。「樂之甚也」者，釋文引韓詩文。陳喬樅云：「耽、湛，皆『媅』字之叚借。説文：『媅，樂也。』『媅』又作『妉』。釋詁：『妉，樂也。』華嚴經音義云：『聲類媅，作妉。』一切經音義四：『媅，古文妉同。』是也。『耽』字本義，説文訓『耳大垂』。『湛』字本義，説文訓『没』，皆以音同叚借爲『媅樂』字。據韓詩云『樂之甚也』，則从『甚』作『媅』者爲正，『妉』字乃其或體耳。」韓詩外傳八：「子貢曰：『賜欲休於事兄弟。』孔子曰：『詩云：「妻子好合，如鼓瑟琴。兄弟既翕，和樂且耽。」爲之若此，其不易也，如之何其休也！』」引詩四句，明韓毛文同。「魯湛作沈」者，王逸楚詞招魂注：「詩曰：『和樂且沈。』」王用魯詩，故文與毛異。陳喬樅云：「宋玉招魂『娭酒不廢，沈日夜些』，王注引詩『和樂且沈』，所以證明『沈』字。今本楚詞注依毛詩改『沈』爲『湛』，失逸引詩之音矣。」

宜爾室家，樂爾妻帑。【注】齊説曰：古者謂子孫曰帑。此詩言和室家之道，自近者始。魯「帑」作「孥」。

【疏】傳：「帑，子也。」箋：「族人和則得保樂其家中之大小。」○「古者」至「者始」，禮中庸鄭注文，此總上文爲説也。古謂子孫爲「帑」者，言子而孫在其中，左傳「秦伯歸其帑」，書曰「予則帑戮汝」，皆是也。禮記釋文云：「帑，本又作孥。」知齊詩亦作「孥」也。「言和室家之道，自近始」者，思齊篇所云「刑于寡妻，至于兄弟」也，此箋言「族人和則保樂其家」，又由和兄弟而推及兄弟之室家，妻子無不宜且樂，則合族之恩至矣。「魯帑作孥」者，趙岐孟子章句云：「孥，妻子也。詩曰：『樂爾妻孥。』」趙用魯詩也。毛詩釋文：「帑，依字，吐蕩反。經典通爲『妻孥』字，今讀音『奴子』也。」與魯字異義同。**是究是圖，亶其然乎！**【疏】傳：「究，深圖謀。亶，信也。」箋：「女深謀之，信其如是。」○周公以管蔡被誅，致令兄弟恩疏，恐天下亦疏兄弟，先正朝廷，爲萬民法。故作是詩，欲人於此窮究之，於此圖謀之，信理道之必然，共親睦其宗族。所以召穆富辰於數百年後猶誦述此詩，爲後世法戒也。列女齊傷槐女傳引詩曰：「是究是圖，亶其然乎。」明魯毛文同。

常棣八章，章四句。

伐木【注】韓序曰：伐木廢，朋友之道缺。勞者歌其事，詩人伐木，自苦其事，故以爲文。魯說曰：周德始衰，伐木有「鳥鳴」之刺。【疏】毛序：「燕朋友故舊也。自天子至於庶人，未有不須友以成者。親親以睦，友賢不棄，不遺故舊，則民德歸厚矣。」○「伐木」至「爲文」，文選謝混遊西池詩注引韓詩序文。此文殘缺，不相通貫，言「伐木廢，朋友之道缺」者，此謂德衰道缺之後，故云「伐木廢」也。若是舊序，不得破空卽云「伐木廢」也。「勞者」至「爲文」，蓋是後來賢人幽隱，溷迹伐木，故歌此詩，如穆公之誦棠棣，後人卽以爲其人之文也。棠棣，周公所作，賴有左傳富辰之言可以尋攷，否則專據鄭箋，必謂召公所作矣。「勞者歌其事」，文選閒居賦李注亦引作韓詩序，其上尚有「饑者歌食」句。初學記十五、御覽五百七十三並引韓詩曰「饑者歌食，勞者歌事」，以是知此文殘缺也。「周德」至「之刺」，蔡邕正交論文：「古之交者，其義敦以正，其誓信以固。逮夫周德始衰，頌聲既寢，伐木有『鳥鳴』之刺，谷風有『棄子』之怨，其所由來，政之失也。」蓋言君怠於政，不復求賢自輔，故有伐木、鳥鳴之刺。風俗通義窮通篇同，是魯韓說合。易林夬之震：「君明臣賢，鳴求其友。顯德之政，可以履事。」此齊說，直云明君求友之事，故可敷政顯德也。鄭箋云：「昔未居位在農之時，與友生於山巖伐木，爲勤苦之事。」孔疏：「此遠本文王幼少之時結友之事，言文王昔日未居位之時，與友生伐木山阪。」是鄭雖不能溯其由來，然必有所承也。孔又引史記太王曰：「『我後世當有興者，其在昌乎？』則文王在太王之時，年已長大，是諸侯世子之子。太王初遷於岐，民稀國小，地又隘險，而多樹木，或當親自伐木，所以勸率下民，不可以禮論也。」愚案：文王未履位之時，親自伐木，容有其事。其志在求賢，不憚艱險，登山伐木，特其借端。迨後身爲國君，懷周行而陟崔嵬，求干城而舉罝罔，皆出自少年物色之人。昔日之朋友，已爲今日之故舊。此所爲宴飲作歌，或即此詩之本義與？

伐木丁丁，鳥鳴嚶嚶。【注】魯說曰：丁丁、嚶嚶，相切直也。【疏】傳：「興也。丁丁，伐木聲也。嚶嚶，驚懼也。」箋：「丁丁、嚶嚶，相切直也。言昔日未居位在農之時，與友生於山巖伐木，爲勤苦之事，猶以道德相切正也。嚶嚶，兩鳥聲也，其鳴之志，似於有友道然，故連言之。」○「丁丁、嚶嚶，相切直也」者，釋訓文，魯說也，郭注：「丁丁，斫木聲。嚶嚶，兩鳥鳴。以喻朋友切磋相正。」蓋舊注述魯詩之說，郭承用之。鄭箋即用以改毛。出自幽谷，遷于喬木。【疏】傳：「幽，深。喬，高也。」箋：「遷，徙也。謂鄉時之鳥出從深谷，今移處高木。」○徐幹中論貴驗篇「小人尚明鑒，君子尚至言。至言也，非賢友則無取之，故君子必求賢友也。詩曰：『伐木丁丁，鳥鳴嚶嚶。出自幽谷，遷于喬木。』言朋友之義，務在直切，以升於善道也。」徐用魯詩，以「遷于喬木」，喻聞朋友直切之言則升於善道，比例甚精。據此，明魯毛文同。易林坤之比：「出自幽谷，飛上喬木。」同人之坎同，明用齊詩文。嚶其鳴矣，求其友聲。【注】魯「嚶」作「鸎」。【疏】傳：「君子雖遷於高位，不可以忘其朋友。」箋：「『嚶其鳴矣』，遷處高木者。『求其友聲』，求其尚在深谷者。其相得則復鳴嚶嚶然。」○劉向楚詞七諫篇「飛鳥號其羣兮」，王注：「言飛鳥登高木，志意喜樂則和鳴，求其羣而呼其耦。詩曰：『嚶其鳴矣，求其友聲。』」明魯毛文同。「一作鸎」者。張衡東京賦：「雎鳩麗黃，關關嚶嚶。」又歸田賦：「王雎鼓翼，倉庚哀鳴。交頸頡頏，關關嚶嚶。」麗黃、倉庚，皆鸎也，是魯詩以「嚶嚶」屬鸎鳴。而「嚶其鳴矣」之「嚶」一作「鸎」乃魯別本。文選張茂先詩「屬耳聽鸎鳴」，李注引詩作「鸎其鳴矣」。梁元帝言志賦曰「聞鸎鳴而求友」，梁昭明太子錦帶書姑洗二月啟：「啼鸎出谷，争傳求友之聲。」皆承用魯家「一作」本耳。

相彼鳥矣，猶求友聲。【注】韓説曰：鳥，微物也。矧伊人矣，不求友生！【疏】傳：「矧，況也。」箋：「相，視也。鳥尚知居高木呼其友，況是人乎？可不求之。」○「鳥，微物也」者，文選顏延年曲水詩李注、鸚鵡賦注引薛君韓詩章句文。王符潛夫論德化篇引：「相彼鳥矣，猶求友聲。」符用魯詩，明魯毛文同。魏志曹植疏：「下思伐木友生之義。」曹用韓詩文也。

神之聽之，終和且平。【疏】箋：「以可否相增減曰和。平，齊等也。此言心誠求之，神若聽之，使得如志，則友終相與和而齊功也。」○淮南泰族訓、韓詩外傳九並引「神之聽之，終和且平」，班固答賓戲文引「神之聽之」句，明魯韓齊與毛文同。馬瑞辰云：「以經文求之，並無求通神明之意，且『神之』與『聽之』相對成文，不得言『神若聽之』也。釋詁：『神，慎也。』『慎，誠也』。『神之』，即『慎之』也。荀子非相篇『寶之珍之，貴之神之』，楊注：『神之，謂不敢慢也。』又曰：『辨之明之，持之固之。』句法與此詩同。廣雅：『聽，從也。』『聽之』，謂能聽從其言也。小明詩亦無求神之義，而言『神之聽之』，義同此。蜀志郤正作釋譏云『蓋易著行止之戒，詩有靖恭之歎，乃神之聽之而道使之然也。』其所云『神之聽之』，亦當訓爲『慎之從之』，不以『神』爲『神明。』」「終」，猶「既」也。

伐木許許，釃酒有藇。【注】三家「許」作「所」，亦作「滸」。「藇」亦作「醧」。【疏】傳：「許許，柹貌。以筐曰釃，以藪曰湑。藇，美貌。」箋：「此言前者伐木許許之人，今則有酒而釃之。本其故也。」○孔疏：「言嚮時與文王伐木許許之人，文王有酒而飲之，本其昔日之事也。」「柹貌」者，「柿」即「柹」之隸變。廣韻：「柹，斫木札也。」說文：「柹，削木朴也。」「朴，木皮也。」木皮曰「朴」，削木皮曰「朴」，亦曰「柹」，讀如「肝肺」之肺。說文：「釃，下酒也。」凡作酒者，以筐漉酒曰「釃」，「下」即「漉」也，可以去麤取細。「三家許許作所所」者，說文「所」下云：「伐木聲。詩曰：『伐木所所。』」玉篇同。許、所字古通，凡「何所」言「何許」，「幾所」言「幾許」也。「亦作滸」者，後漢朱穆傳、顏氏家訓書證篇、初學記器物部引詩作「滸滸」。許、滸皆借字，以「所」為正。玉篇草部云：「藇，酒之美也。詩云：『釃酒有藇。』亦作醹。」酉部云：「醹，美貌。亦作藇。」廣韻八語云：「醹，酒之美也。亦作藇。」即本玉篇，是據三家之異文。「有藇」，猶「藇藇」也，故曰「美貌」。經文凡疊句雙字者，或變文作「有」，如此「有藇」及「庶士有朅」之類甚多。或以「美貌」當作「美也」者，非。又毛傳或去「有」字作訓，與「有洸有潰」之例不符。而後人從之，亦未合也。既有肥羜，以速諸父。【疏】傳：「羜，未成羊也。天子謂同姓諸侯、諸侯謂同姓大夫皆曰『父』，異姓則稱『舅』。國君友其賢臣，大夫士友其宗族之仁者。」箋：「速，召也。有酒有羜，今以召族人飲酒。」○釋畜：「未成羊羜。」郭注：「今俗呼五月羊為羜。」傳以經稱「諸父舅」，序云「燕朋友故舊」，則此父舅是文王之朋友也。禮，天子謂同姓諸侯、諸侯謂同姓大夫皆曰父，異姓則稱舅，故曰諸父、諸舅也。愚案：詩是周公所作，故依文王尊為天子後稱之曰父舅。文王微時朋友，皆是後來內外大臣，故有父舅之名。而伐木求友之事，非周公亦無由知而述之也。寧適不來，微我弗顧。【疏】傳：「微，無也。」箋：「寧召之適自不來，無使言我不顧念也。」○陳奐云：「寧，猶『胡』也。胡，何也。適，之也。何之不來，言必來也。式微傳：『微，無也。』『式微』之微訓『無』，『無』與『有』對文。『微我』之微訓『無』，『無』與『勿』同義。二傳訓同意別。『無我勿顧』者，勿弗顧我也，『無我有咎』者，勿有咎我也，皆幸其來之詞。『我』，王自謂也。通章七『我』字同。」於粲洒掃，陳饋八簋。【疏】傳：「粲，鮮明貌。圓曰簋，天子八簋。」箋：「粲然已灑擹矣，陳其黍稷矣。謂爲食禮。」○釋文：「擹，本又作拚，甫問反。」孔疏：「公食大夫禮：『上大夫八簋。』此天子云八簋者，據待族人設食之禮。上『肥羜』、『釃酒』爲燕禮，此是食禮，互陳之也。知是食禮者，燕禮主於飲酒，無飯食，此簋陳黍稷，是食禮可知。燕言『諸父』，食言『諸舅』，互文相通。」既有肥牡，以速諸舅。寧適不來，微我有咎。

【疏】傳：「咎，過也。」○易林訟之井：「大壯肥牡，惠我諸舅。内外和睦，不憂飢渴。」此用齊詩文。

伐木于阪，釃酒有衍。【疏】傳：「衍，美貌。」箋：「此言伐木于阪，亦本之也。」○案，「衍」之爲言「盈溢」也。酒旨且多，故云『美貌』。」籩豆有踐，兄弟無遠。【疏】箋：「踐，陳列貌。『兄弟』，父之黨、母之黨。」○陳氏奐以箋爲非，謂「兄弟爲九族之親，不爲異姓」。孔疏云：「此燕朋友故舊，非燕族人，據族人爲朋友者，互說耳。」愚案：當日偕文王伐木者，有同族兄弟在內。語其名位，不及父舅之尊；論其恩誼，亦在故舊之列。既有酒食，燕享亦當無遠也。民之失德，乾餱以愆。【疏】傳：「餱，食也。」箋：「失德，謂見謗訕也。民尚以乾餱之食獲愆過於人，況天子之饌反可以恨兄弟乎？故不當遠之。」○釋言：「餱，食也。」說文：「餱，乾食也。」依「乾餱」言，故云乾食爲餱也。詩意極言人當謹於細微，隨事可以見人情，防失德。漢高祖以其嫂戛羹之故，封兄子爲羹頡侯，斯亦「乾餱」之比矣。漢書宣帝紀詔曰：「酒食之會，所以行禮樂也。今或禁民不得具酒食相賀召，由是廢鄉黨之禮，令民無所樂，非所以導民也。詩不云乎：『民之失德，乾餱以愆。』」顏注：「言人無恩德，不相飲食，則闕乾餱之事，爲過惡也。」又薛宣上疏曰：「是故鄉黨闕於嘉賓之懽，九族忘其親親之恩，飲食周急之厚彌衰，送往勞來之禮不行。夫人道不通，則陰陽否隔，和氣不興，未必不由此也。詩云：『民之失德，乾餱以愆。』」陳喬樅云：「薛宣之詞與孝宣詔書合。宣，東海郯人，與后倉同邑，所習當是齊詩。孝宣受詩東海澓中翁，亦當爲齊學，故述此詩大旨相同。顏注與毛詩傳箋不同，蓋襲舊注之文。」據此，齊毛文同。有酒湑我，無酒酤我。【疏】傳：「湑，莤之也。酤，一宿酒也。」箋：「酤，買也。此族人陳王之恩也。王有酒則泲莤之，王無酒酤買之，要欲厚於族人。」○「湑，莤之也」者，上章傳云「以藪曰湑」，「藪」是「籔」之誤字。說文段注：「筐，盛飯之器，籔，是漉淅之器。今人謂『籔』爲『浚箕』，漉酒較筐爲粗。」「莤」讀爲「縮」，束茅立之，祭前沃酒其上，酒滲下若神飲之，故謂之「縮」。甸師注：「縮酒，泲酒也。」鳧鷖箋：「湑，酒之泲者也。」陳奐云：「說文：『酤，一宿酒也。』『醴，酒一宿孰也。』此詩以酤、湑對文，猶行葦篇以酒、醴對文。韓詩以醴爲有汁滓者，酤與醴一酒也，然則有汁滓者謂之『酤』，滲去其汁滓者謂之『湑』。『一宿』，言易孰耳。『有酒湑我，無酒酤我』，此倒句也。我有酒則湑之，我無酒則酤之，言有酒則用滲去汁滓之酒，無酒則用有汁滓者也。汁滓之酒，禮非常設，故下文但云『飲此湑矣』，不更及酤也。」「酤，買也」者，漢書食貨志載王莽時羲和魯匡言：「酒者，天之美祿，帝王所以頤養天下，享祀祈福，扶衰養疾。百禮之會，非酒不行。故詩曰『無酒酤我』，而論語曰『酤酒不食』，二者非相反也。夫詩據承平之世，酒酤在官，和旨使人，可以相御也。論語孔子當周衰亂，酒酤在民，薄惡不誠，是以疑而弗食。」愚案：文王時必無榷酤之政，匡言豈足爲據。「酤買」之說，則三家詩義所有也，故箋用以改毛。坎坎鼓我，蹲蹲舞我。【注】魯「蹲」作「壿」，說曰：坎坎、壿壿，喜也。齊韓「坎」作「竷」。【疏】傳：「蹲蹲，舞貌。」箋：「爲我擊鼓坎坎然，爲我興舞蹲蹲然。謂以樂樂己。」○釋文：「蹲，本或作壿，同。」說文：「士舞也。从士、尊。」釋訓：「坎坎、壿壿，喜也。」此魯說。鄭注皆鼓舞歡喜。蔡邕禮樂意：「漢樂四品。三曰黃門鼓吹，天子所以宴樂羣臣，詩所謂『坎坎鼓我，蹲蹲舞我』者也。」據此，魯毛文同。毛詩既有「或作」本，蔡意亦引作「蹲」，則不得以「壿壿」爲魯詩也。風俗通義六：漢「樂人侯調依琴作坎坎之樂，言其坎坎應節奏也。詩云『坎坎鼓我』，是其文也。」蓋「坎坎」者擊鼓之聲，與鼓之節奏相應，故釋文引說文「云舞曲也。」「坎」，古音讀若「空」，故「坎侯」亦曰「疾侯」。「齊韓坎作竷」者，說文「竷」下云：「繇舞也。

(「繇」下衍「也」字，依段注訂正。)从文、从章。樂有章也。夅聲。詩曰：『竷竷鼓我。』」(依段注，從韻會訂舊本「舞」字之誤。)魯毛作「坎」，則作「竷」者齊韓文也。云「鼓我」、「舞我」者，亦是倒句，言我爲之擊鼓則坎坎然，我爲之興舞則蹲蹲然。**迨我暇矣，飲此湑矣。**【疏】箋：「迨，及也。此又述王意也。王曰及我今之閒暇，共飲此湑酒。欲其無不醉之意。」○案，詩言當日剏業未定，朋友故舊共任艱難，無暇燕樂，今幸及我國家閒暇之時，得共飲此湑酒。我文王之厚意，不遺故舊如此，諸臣孰不盡心以扶王室乎？

伐木三章，章十二句。【疏】陳啟源云：「此毛詩分爲六章，章六句。呂記朱傳從劉氏說分爲三章，章十二句。劉氏以三『伐木』爲章首，故分爲三章。其說良然，然此不自劉氏始也。案，凡傳箋下疏語統釋一章者，例置每章之末。此詩若從毛，當六句一疏，分爲六條。今乃總十二句爲一疏，作三次申述。又序下疏指『伐木許許』爲二章上二句，『伐木于阪』爲卒章上二句。又指『諸父』、『諸舅』爲二章，『兄弟無遠』爲卒章。是此詩三章，章十二句，孔疏已然，不始於劉氏也。但孔疏釋詩專遵毛鄭，何此詩分章忽有異同，又不明言其故？劉欲改毛公章句，當援孔疏爲說，而竟以己意斷之。朱呂亦止云從劉，俱若未見孔疏者。此皆不可解。」阮校勘記云：「案序下標起止，云『伐木六章，章六句』，正義又云『燕故舊』，卽二章、卒章上二句是也；『燕朋友』，卽二章『諸父』、『諸舅』，卒章『兄弟無遠』是也。與標起止不合，當是正義本自作三章、章十二句，經注本作六章、章六句者。其誤始於唐石經也，合併經注、正義時，又誤改標起止耳。」

天保【疏】毛序：「下報上也。君能下下以成其政，臣能歸美以報其上焉。」箋：「『下下』，謂鹿鳴至伐木，皆君所以下臣也。臣亦宜歸美於王，以崇君之尊而福祿之，以答其歌。」○三家無異義。詩氾歷樞曰：「卯酉之際爲革政。卯，天保也。」此齊說。

天保定爾，亦孔之固。【注】韓說曰：言天之所以仁義禮智，保定人之甚固也。魯說曰：言天保佐王者，定其性命，甚堅固也。【疏】傳：「固，堅也。」箋：「保，安。爾，女也。女，王也。天之安定女，亦甚堅固。」○「言天」至「之甚固也」，韓詩外傳六文：「子曰：『不知命，無以爲君子。』言天之所生，皆有仁義禮智順善之心。不知天之所以命生，則無仁義禮智順善之心。無仁義禮智順善之心，謂之小人。故曰『不知命，無以爲君子。』小雅曰：『天保定爾，亦孔之固。』言天之所以仁義禮智，保定人之甚固也。」「言天」至「甚堅固也」，潛夫論愼微篇文：「詩曰：『天保定爾，亦孔之固。俾爾亶厚，胡福不除？俾爾多益，以莫不庶。』此言也，言天保佐王者，定其性命，甚堅固也。使女性厚，何不治（此句字有脱誤。）而多益之，甚衆庶焉，（此下疑脱「罔」字。）不遵履五常，順養性命，以保南山之壽、松柏之茂也。」此文脱誤不可讀，今依陳喬樅略訂正之。

俾爾單厚，何福不除？【注】魯「單」作「亶」，「何」作「胡」。【疏】傳：「俾，使。單，信也。或曰，單，厚也。除，開也。」箋：「單，盡也。天使女盡厚天下之民，何福而不開，皆開出以予之。」○馬瑞辰云：「除、余古通用。爾雅『四月爲余』，四月箋作『四月爲除』，是其證。余、予古今字，（見曲禮鄭注。）『余』通爲『予我』之予，即可通爲『賜予』之予。說文：『与，賜予也。与、與同。』『何福不除』，猶言『何福不予』。予，與也，授也。凡史記言『除吏』，漢書言『除官』，皆謂授官也。左傳言『天方授楚』，猶說苑善說篇言『天方開楚』也。『開』與『閉』對文，左傳：『秦饑，晉閉之糴。』古以『不與』爲『閉』，則知以『開』爲『與』，是言『開』即有『予』義，故箋言『開出以予之』，以申明傳義。」「魯單作亶」者，桑柔篇引釋詁：「亶，厚也。」某氏注：「詩曰：『俾爾亶厚。』」潛夫論引同，（見上。）風俗通義七亦引「俾爾亶厚。」皆據魯文。「何作胡」者，潛夫論引作「胡」，（見上。）魯全詩例同。

俾爾多益，以莫不庶。【疏】傳：「庶，衆也。」箋：「莫，無也。使女每物益多，以是故無不衆也。」○孔疏：「又使汝天下每物皆多有所益，以是之故，無不衆多也。」

天保定爾，俾爾戩穀。罄無不宜，受天百祿。【疏】傳：「戩，福。穀，祿。罄，盡也。」箋：「天使女所福祿之人，謂羣臣也。其舉事盡得其宜，受天之多祿。」○釋詁：「戩，福也。」釋言：「穀，祿也。」皆魯說。言俾爾之福祿盡得其宜，即推之爾受於天之多祿，天降於爾之遠福，尚維日不足也。頌祝之詞，不以重複爲嫌，經似未言及羣臣。降爾遐福，維日不足。【疏】箋：「遐，遠也。天又下予女以廣遠之福，使天下溥蒙之汲汲如日，且不足也。」○案，此章承上「何福不除」言。

天保定爾，以莫不興。【疏】箋：「興，盛也。無不盛者，使萬物皆盛，草木暢茂，禽獸碩大。」○案，此章承上「以莫不庶」言。如山如阜，如岡如陵。【疏】傳：「言廣厚也。高平曰陸，大陸曰阜，大阜曰陵。」箋：「此言其福祿委積高大也。」○案，「高平」三句，皆釋地文。山岡爲一類，阜陵爲一類。風俗通義十：「詩云：『如山如阜。』阜者，茂也。言平地隆踊，不屬於山陵也。」又曰：「詩云：『如岡如陵。』陵有天性自然者。」應劭所引，當爲此詩魯說。北堂書鈔地部一引韓詩云：「積土高大曰阜。」文選長楊賦注引韓詩云：「四平曰陵。」當是此詩韓說。案，廣雅：「四隤曰陵。」隤，平隤也。四隤即四平，皆所謂大阜矣。如川之方至，以莫不增。【疏】箋：「『川之方至』，謂其水縱長之時也。萬物之收，皆增多也。」

吉蠲爲饎，是用孝享。【注】魯「蠲」作「圭」，「爲」作「惟」。魯說曰：「饎，酒食也。」齊「蠲」作「圭」。【疏】傳：「吉，善。蠲，絜也。饎，酒食也。享，獻也。」箋：「謂將祭祀也。」○「魯蠲作圭，爲作惟」者，釋文：「蠲，舊音圭。」蜡氏注：「蠲，讀如詩『吉圭惟饎』之圭。圭，潔也。」惠棟云：「呂覽『臨飲食必蠲絜』，高注：『蠲讀爲圭。』蓋三家詩作『吉圭惟饎』，故高讀從之。」陳喬樅云：「淮南時則訓『湛熺必潔』，高注：『湛熺必令圭潔。』孟子書『卿以下必有圭田』，趙岐注：『圭，潔也。』『圭潔』之意，卽本此篇魯訓，高、趙皆用魯詩者也。宮人注引詩與毛同，蓋後人轉寫改之。」「饎酒食也」者，釋訓文，魯說也。「齊作圭」者。儀禮士虞注引詩：「吉圭爲饎。」陳喬樅云：「鄭禮注所引多據齊、魯詩，此『爲』不作『惟』，蓋齊詩之文也。」「享獻」，釋詁文。祭先人，故曰「孝享」。

禴祠烝嘗，于公先王。【注】魯說曰：春祭曰祠，夏祭曰礿，秋祭曰嘗，冬祭曰蒸。【疏】傳：「春曰祠，夏曰禴，秋曰嘗，冬曰烝。公，事也。」箋：「公，先公，謂后稷至諸盩。」○釋文：「諸盩，周太王父名。」「禴，本又作礿。」禮王制鄭注：「詩小雅曰：『礿祠烝嘗，于公先王。』此周四時祭宗廟之名。」明齊毛文同。「春祭」至「蒸」，釋天文，魯說也，與毛同。孔疏引孫炎曰：「祠之言食。礿，新菜可汋。嘗，嘗新穀。蒸，進品物也。」陳喬樅云：「釋詁既釋『祠蒸嘗礿』爲祭名，而此復見者，彼釋四者爲凡祭之通名，此釋四者爲四時之祭名，專爲此詩作解。詩言『于公先王』，知四者皆爲宗廟之祭也。四時之祭，夏殷時禮，春礿夏禘秋嘗冬烝。周則四時祭之外更有禘，又有祫，與夏殷不同，見禮王制。據大宗伯文，則此四時祭名，周公所定也。郭注與孫炎文同，其襲用舊注，尤爲顯證。」愚案：春秋繁露云：「祠者，以正月始食韭也。礿者，以四月食麥也。嘗者，以七月嘗黍稷也。蒸者，以十月進初稻也。」又云：「始生故曰祠，善其司也。夏約故曰礿，貴所初約也。先成故曰嘗，嘗言甘也。畢熟故曰蒸，蒸言衆也。」張衡南都賦：「糾宗綏族，禴祠蒸嘗。」又東京賦：「躬追養於廟祧，奉蒸嘗與禴祠。」明魯毛義異文同。「烝」作「蒸」，說文：「烝，火氣上行也。」「蒸，折麻中榦也。」「折麻中榦」有「衆」義，是「蒸」正字，「烝」借字。五經文字艸部云：「蒸，爾雅以爲祭名，其經典祭、烝多去『艸』，以此爲薪、蒸。」今觀漢人引詩多作「蒸」，則去「艸」非也。又易萃卦虞翻注引詩「禴祭蒸嘗」，「祀」作「祭」。陳喬樅謂是齊韓之異字。說文：「祭，祀也。」是又文異而義同。

君曰卜爾，【注】韓說曰：卜，報也。**萬壽無疆。**【疏】傳：「君，先君也。尸，所以象神。卜，予也。」箋：「『君曰卜爾』者，尸嘏主人，傳神辭也。」○馬瑞辰云：「倬彼甫田詩『秉畀炎火』，韓詩『秉』作『卜』，云：『卜，報也』。則此詩『卜爾』猶云『報爾。』」

神之弔矣，詒爾多福。民之質矣，日用飲食。【疏】傳：「弔，至。詒，遺也。質，成也。」箋：「神至者，宗廟致敬，鬼神著矣，此之謂也。成，平也。民事平，以禮飲食，相燕樂而已。」○「質，成」，釋詁文。陳奐云：「成，當讀『先成民而後致力於神』之成。用，以也。日以飲食，此民成之實也。飲食者，民之大欲所存。」馬瑞辰云：「廣雅：『常，質也。』此詩『質』卽爲『常』，謂民安其常，惟日用飲食。猶言耕田而食，鑿井而飲也。」羣黎百姓，徧爲爾德。【疏】傳：「百姓，百官族姓也。」箋：「黎，衆也。羣衆百姓，徧爲女之德言則而象之。」○馬瑞辰云：「爲，當讀如『式訛爾心』之訛。訛，化也。『徧爲爾德』，猶言徧化爾德也。『爲』與『化』古皆讀若『譌』，故爲、訛、化古並通用。堯典『平秩南訛』，史記五帝紀作『南爲梓材』。『厥亂爲民』，論衡效力篇引作『厥率化民』。是其證矣。」

如月之恒，如日之升。【疏】傳：「恒，弦。升，出也。言俱進也。」箋：「月上弦而就盈，日始出而就明。」○釋文：「恒，本亦作緪，同。」馬瑞辰云：「說文：『緪，大索也。一曰急也。』又曰：『縆，引急也。』王逸注九歌云：『縆，急張弦。』廣韻：『緪，急張。亦作縆。』是『緪』爲急張弦之貌，亦以狀月之上弦也。」愚案：張衡冢賦「如日之升」，明魯毛文同。如南山之壽，不騫不崩。如松柏之茂，無不爾或承。【注】韓說曰：承，受也。【疏】傳：「騫，虧也。」箋：「『或』之言『有』也。如松柏之枝，常茂盛青青，相承無衰落也。」○「承，受也」者，文選盧諶詩注引韓詩章句文。陳喬樅云：「假樂詩言『受福無疆』，桑扈詩言『受福不那』，此詩承上章『貽爾多福』言之，以四者美頌多福，故言『無不爾或承。』猶第三章『以莫不增』，亦總『如山如阜，如岡如陵』二句言之。儀禮少牢饋食禮曰：『承致多福無疆，于女孝孫。』意亦猶是也。」

天保六章，章六句。

采薇【注】魯説曰：「懿王之時，王室遂衰，詩人作刺。」又曰：「古者師出不踰時者，爲怨思也。天道一時生、一時養人者，天之貴物也。踰時則內有怨女，外有曠夫。詩曰：『昔我往矣，楊柳依依。今我來思，雨雪霏霏。』」又曰：「家有采薇之思。」齊説曰：「周懿王時，王室遂衰，戎狄交侵，暴虐中國，中國被其苦，詩人始作疾而歌之曰：『靡室靡家，獫允之故。』『豈不日戒，獫允孔棘。』」又曰：「采薇出車，魚麗思初。上下促急，君子懷憂。」【疏】毛序：「遣戍役也。文王之時，西有昆夷之患，北有玁狁之難。以天子之命，命將率遣戍役，以守衛中國。故歌采薇以遣之，出車以勞還，杕杜以勤歸也。」箋：「文爲西伯服事殷之時也。昆夷，西戎也。天子，殷王也。戍，守也。西伯以殷王之命，命其屬爲將，率將戍役，禦西戎及北狄之難，歌采薇以遣之。『杕杜勤歸』者，以其勤勞之故，於其歸，歌杕杜以休息之。」○「懿王」至「作刺」，史記周本紀文，宋衷注：「時王室衰，始作詩也。」愚案：謂始作怨刺之詩。「古者」至「霏霏」，白虎通征伐篇文。「家有」至「之思」，蔡邕和熹鄧后謚議文，以此與「人懷殿吚之聲」對舉言之，是亦以采薇爲怨思之詩。皆魯説也。「周懿」至「孔棘」，漢書匈奴傳文。古今人表：「懿王，穆王子，詩作。」顏注：「政道既衰，怨刺之詩始作也。」「采薇」至「懷憂」，易林睽之小過文。其咸之渙云：「上下促急，君子免憂。」「免」字蓋「懷」之誤，此齊説也。韓詩大旨當同。案：采薇乃君子憂時之作，魯齊詩有明文。毛序立異，與下章出車杕杜稱爲遣戍、勞還、勤歸，意仿周公東山之篇，次於文王之世，可謂謬矣。

采薇采薇，薇亦作止。【疏】傳：「薇，菜。作，生也。」箋：「西伯將遣戍役，先與之期，以采薇之時。今薇生矣，先輩可以行也。重言『采薇』者，丁寧行期也。」○孔疏：「不待孟秋而仲春遣兵者，以患難既偪，不暇待秋故也。」曰歸曰歸，歲亦莫止。靡室靡家，玁狁之故。不遑啟居，玁狁之故。【疏】傳：「玁狁，北狄也。」箋：「莫，晚也。曰女何時歸乎？亦歲晚之時乃得歸也。又丁寧歸期，定其心也。北狄，今匈奴也。靡，無。遑，暇。啟，跪也。古者師出不踰時，今薇生而行，歲晚乃得歸。使女無室家、夫婦之道，不暇跪居者，有玁狁之難，故曉之也。」○釋文：「本或作獫允。」說文無「玁狁」字。史記匈奴傳：「唐虞以上有山戎玁狁葷粥，居于北蠻。」晉灼注：「堯時曰葷粥，周曰獫狁，秦曰匈奴。」漢書匈奴傳引「靡室靡家」二句，（見上。）明齊毛文同。

采薇采薇，薇亦柔止。曰歸曰歸，心亦憂止。憂心烈烈，載飢載渴。我戍未定，靡使歸聘。【疏】傳：「柔，始生也。聘，問也。」箋：「柔，謂脆脕之時。（釋文「脕」音「問」。）『憂止』者，憂其歸期將晚。烈烈，憂貌。則飢則渴，言其苦也。定，止也。我方守於北狄，未得止息，無所使歸問。言所以憂。」○孔疏：「言未得止定，無人使歸問家安否。」

采薇采薇，薇亦剛止。【疏】傳：「少而剛也。」箋：「剛，謂少堅忍時。」曰歸曰歸，歲亦陽止。王事靡盬，不遑啟處。憂心孔疚，我行不來。【注】魯「來」作「䅘」，說曰：「不䅘，不來也。」【疏】傳：「陽，歷陽月也。疚，病。來，至也。」箋：「十月爲陽時，坤用事，嫌於無陽，故以名此月爲陽。盬，不堅固也。處，猶居也。我，戍役自我也。來，猶『反』也，據家曰來。」○「來作䅘，曰不䅘，不來也」者，釋訓文，魯說也。釋文：「『不俟』宜从『來』，今本作『俟』字。」陳壽祺云：「說文來部『䅘』，稱詩曰『不䅘，不來』，即爾雅之文。重文『俟』云：『䅘或从彳。』今訛作『俟』。爾雅此訓即釋詩『我行不䅘』句。毛作『來』用本字，魯作『䅘』用借字。爾雅以『不來』釋『不䅘』，聲近爲訓。」陳喬樅云：「說文『詩曰』，是『爾雅曰』之誤，後人轉寫，因上『來』字引詩，並此亦誤書作『詩』耳。」黃山云：「說文『䅘』下云：『詩曰不䅘，不來。从來，矣聲。』『來』下云：『周所受瑞麥來麰。天所來也，故爲行來之來。』『矣』下云：『語已詞也。』是『來』爲『行來』，而『䅘』爲『已來』，『不糇』猶『不歸』。說文『歸』从『止』，止亦已也。因未歸來，知未行來，故曰『不糇，不來』，蓋魯詩說僅此四字，雅訓增『也』以合其書例耳。許書引經本多截句爲訓，又並所引經注而被以經名，亦西漢經師家法如此。如『達』下引詩曰『挑兮達』，止三字；『詁』下引詩曰『詁訓』，亦止二字，皆截句也。『閏』下引周禮曰『閏月王居門中終月也』；『牼』下引春秋傳曰『宋司馬牼字牛』，皆以注爲經也。此引『詩曰不糇，不來』，明卽引魯詩傳文。陳喬樅謂『詩』是『爾雅』之誤，則兩字不應誤成一字，且不應又脫一『也』字，殆不然矣。」

彼爾維何？維常之華。【注】三家「爾」作「薾」。【疏】傳：「爾，華盛貌。常，常棣也。」箋：「此言彼爾者乃常棣之華，以興將率車馬服飾之盛。」○「三家爾作薾」者，說文「薾」下云：「華盛貌。詩曰：『彼薾維何。』」是三家作「薾」，與毛異。馬瑞辰云：「說文『爾』下注：『麗爾，猶靡麗也。』三蒼解詁云：『爾，華繁也。』『爾』古讀如『彌』，與『靡』音同，又讀近『旖旎』之旎，皆盛貌。後人借爲『爾汝』之稱，而『爾』之本義晦矣。」彼路斯何？君子之車。【疏】箋：「斯，此也。君子，謂將率。」○陳奐云：「汾沮如傳：『路，車也。』『路』謂乘車，下文乃言兵車耳。或者軍帥自乘乘車，餘師旅乘戎車。」胡承珙云：「『爾』爲華盛之貌，非卽華名，則『路』當爲車大之貌，非卽車名可知。釋詁：『路，大也。』書疏引舍人注：『路，車之大也。』此言詩路車之大則可，若實以爲車名，與『彼爾』之文不相稱矣。」馬瑞辰云：「斯，爲語詞。『斯何』，猶『爲何』也。」戎車既駕，四牡業業。【疏】傳：「業業然，壯也。」○案，烝民『四牡業業』，傳：「業業，言高大也。」「壯」卽「高大」之意。豈敢定居，一月三捷。【疏】傳：「捷，勝也。」箋：「定，止也。將率之志，往至所征之地，不敢止而居處自安也。往則庶乎一月之中三有勝功，謂侵也、伐也、戰也。」○馬瑞辰云：「古者言數之多，每曰『三』與『九』。蓋『九』者數之究，『三』者數之成，不必數之果皆三九也。是故百囊罟而曰『九罭』，楚詞九歌、九辨皆十一章而並曰『九』，此以九爲紀也。

易『王三錫命』、『晝日三接』、『終朝三褫之』，論語『令尹子文三仕三已』，『柳下惠三黜』、『季文子三思』、『泰伯三以天下讓』，此以三爲紀也。此詩『一月三捷』，特冀其屢有戰功，亦『三錫』、『三接』之類。釋文：『三，息暫反。』是也。箋以侵、伐、戰三者當之，鑿矣。」

駕彼四牡，四牡騤騤。君子所依，小人所腓。【注】魯「腓」作「芘」，齊作「萉」。【疏】傳：「騤騤，彊也。腓，辟也。」箋：「『腓』當作『芘』。此言戎車者將率之所依乘，戍役之所芘倚。」○「魯腓作芘」者，陳喬樅云：「釋言：『庇，蔭也。』舍人曰：『庇，蔽也。』（左文十七年傳正義。）孫炎曰：『庇，覆之蔭也。』（衆經音義九。）芘、庇字通。詩桑柔箋『人庇陰其下者』，釋文云：『本亦作芘蔭。』雲漢箋『我無所庇陰處』，釋文云：『本亦作芘蔭。』是字通之驗。釋言『庇蔭』之訓，正釋此詩『芘』字。魯文作『芘』，箋蓋據以改毛。」「齊作萉」者，陳喬樅云：「稽古編云，『腓』亦作『萉』。班固幽通賦『安慆慆而不萉』，文選注引曹大家訓『萉』作『避』。漢書注云鄧展亦訓『避』，義與毛合。喬樅謂，班家學是治齊詩者，『萉』字當是齊詩異文。」案，張衡南都賦「駟飛龍兮騤騤」，衡蓋用魯詩文。四牡翼翼，象弭魚服。【疏】傳：「翼翼，閑也。象弭，弓反末也，所以解紒也。魚服，魚皮也。」（陳奂云：「『末』下『也』字、『魚』下『服』字當衍。」）箋：「弭，弓反末彆者，以象骨爲之，以助御者解轡紒宜滑也。服，矢服也。」○馬瑞辰云：「古者『弓末』通名『弭』，弓之無緣者亦名爲『弭』。釋名：『弓，其末曰簫，言簫梢也。又謂之弭，以骨爲之，滑弭弭也。』禮稱『獻弓者執弭』，此弓末通名『弭』也。爾雅：『弓有緣者謂之弓，無緣者謂之弭。』左傳：『左執鞭弭。』此以弭爲弓名也。李巡孫炎説各不同。左傳疏引李巡曰：『骨飾兩頭曰弓。』不以骨飾兩頭曰『弭』。儀禮疏引孫炎曰：『緣，謂繳束而漆之。弭，謂不以繳束骨飾兩頭者也。』當從孫説。既夕禮『有弭飾焉』，鄭注：『弓無緣者謂之弭，弭以象角爲飾。』孫説蓋本於鄭。爾雅郭注：『緣者繳纏之，卽今宛轉也。』今案，象弭特以象牙爲飾，弓之有緣者繳束而漆之，其弭不露，故謂之『弓』；無緣者其弭外見，故謂之『弭』。說文：『弭，弓無緣可以解轡紛者。』今傳作『解紒』。釋文：『紒，本或作紛。』以說文證之，作『紛』者是。說文：『彎，弓戾也。』」豈不曰戒，玁狁孔棘。【注】齊「曰」作「日」。【疏】箋：「戒，警敕軍事也。孔，甚。棘，急也。言君子小人豈不曰相警戒乎？誠曰相警戒也。玁狁之難甚急，豫述其苦以勸之。」○「齊曰作日」者，漢書匈奴傳文。（二句引見上。）陳喬樅云：「詩釋文曰：『戒音越。又人栗反。』校勘記云唐石經初刻作『曰』，後改曰作『日』，非也。箋云：『豈不日相警戒乎？誠日相警戒也。』鄭意是『日』。喬樅謂，毛本或作『日』，三家實作『日』。漢書顏注云：『豈不日日相警戒乎？』以『日日』釋『日』字，是其顯證也。」

昔我往矣，楊柳依依。今我來思，雨雪霏霏。行道遲遲，載渴載飢。我心傷悲，莫知我哀。【注】韓說曰：昔，始也。依依，盛貌。齊「飢」作「饑」，「知」作「之」。【疏】傳：「楊柳，蒲柳也。霏霏，甚也。遲遲，長遠也。君子能盡人之情，故人忘其死。」箋：「我來戍止，而謂始反時也。上三章言戍役，次二章言將率之行。故此章重序其往反之時，極言其苦以說之。行反在於道路，猶飢渴，言至苦也。」○「楊柳，蒲柳也」者，楊柳一名「楊」。爾雅「楊，蒲柳」是也。王風孔疏引義疏云：「蒲柳有兩種：皮正青者曰小楊，其一種皮紅者曰大楊。其葉皆廣長似柳葉，可以爲箭幹，故左傳云『董澤之蒲』也。」「思」，詞也。「昔，始也」者，釋文引韓詩文。廣雅釋訓：「昔，始也。」即本韓義。「依依，盛貌」者，文選潘安仁金谷集作詩注、謝玄暉休沐重還道中詩注引韓詩曰：「昔我往矣，楊柳依依」，及薛君章句文。車舝篇「依彼平林」，傳：「依，木茂貌。」重言之曰「依依」。韓訓「盛貌」，茂、盛義同。王逸楚詞章句云：「據時所見，自哀傷也，猶詩云『昔我往矣，楊柳依依』也。」廣雅：「霏霏，雪也。」始見楊柳而往，及雨雪而來，此遣戍北狄之詞也。白虎通征伐篇引「昔我」四句，（引見上。）明魯韓與毛文同。「齊飢作饑，知作之」者，鹽鐵論備胡篇云：「古者天子封畿千里，繇役五百里，音聲相聞，疾病相恤。無過時之師，無踰時之役。今戍邊郡者，殊絶遼遠，身在胡越。老母垂泣，室婦悲恨。推其饑渴，念其寒苦。詩云：『昔我往矣，楊柳依依。今我來思，雨雪霏霏。行道遲遲，載渴載饑。我心傷悲，莫之我哀。』」說文「飢」下云：「餓也。」「穀不孰爲饑」，此當作「飢」，作「饑」者齊詩通叚字。「知」作「之」，於義亦通。

采薇六章，章八句。

出車　【注】魯說曰：周宣王命南仲吉甫攘獫狁，威蠻荆。又曰：玁狁攘而吉甫宴。齊說曰：懿王曾孫宣王，興師命將以征伐之，詩人美大其功，曰：「薄伐獫允，至于太原。」「出車彭彭」，「城彼朔方。」是時四夷賓服，稱爲中興。【疏】毛序：「出車，勞還率也。」箋：「遣將率及戍役，同歌同時，欲其同心也。反而勞之，異歌異日，尊殊卑也。禮記曰：『賜君子小人不同日。』此其義也。」○「懿王」至「中興」，漢書匈奴傳文。古今人表以怨刺詩，爲懿王時，又以南仲與召虎方叔張中列第三等，次周宣王世。皆齊說。「周宣」至「蠻荆」，蔡邕諫伐鮮卑議文。「玁狁」至「甫宴」，蔡邕釋誨文。又史記衞將軍傳載益封衞青詔書，亦並舉六月出車二詩，皆以爲宣王時事，與漢書合，是魯說與齊同。易林睽之小過、咸之渙皆有「采薇出車」之文，謂以采薇之時出戎車，非指出車詩篇也。韓詩大指當同齊魯。

我出我車，于彼牧矣。自天子所，謂我來矣。【注】魯「車」作「輿」。【疏】傳：「出車，就馬於牧地。」箋：「上『我』，我殷王也；下『我』，將率自謂也。西伯以天子之命，出我戎車於所牧之地，將使我出征伐。自，從也。有人從王所來，謂我來矣。謂以王命召己，將使爲將率也。先出戎車，乃召將率。將率，尊也。」○「魯車作輿」者，荀子大略篇「天子召諸侯，諸侯輦輿就馬，禮也。詩曰：『我出我輿，于彼牧矣。自天子所，謂我來矣。』」史記匈奴傳「車」亦作「輿」。（見下。）車、輿古通作字，蓋魯作「出輿」也，亦詳秦黃鳥篇。**召彼僕夫，謂之載矣。王事多難，維其棘**

矣。【疏】傳：「僕夫，御夫也。」箋：「棘，急也。王命召己，己即召御夫，使裝載物而往。王之事多難，其召我必急，欲疾趨之。此序其忠敬也。」

我出我車，于彼郊矣。設此旐矣，建彼旄矣。彼旟旐斯，胡不旆旆。憂心悄悄，僕夫況瘁。【疏】傳：「龜蛇曰旐。旄，干旄。鳥隼曰旟。旆旆，旒垂貌。」箋：「設旐者，屬之於干旄而建之戎車，將率既受命，行乃乘焉。牧地在遠郊。況，茲也。將率既受命行而憂，臨事而懼也。御夫則茲益憔悴，憂其馬之政。」○易林大過之損云：「過時歷月，役夫憔悴。」蓋齊作「悴」，與箋合。釋文：「瘁，本亦作萃。依注作『悴』，音同。」

王命南仲，往城于方。出車彭彭，旂旐央央。【注】齊「仲」作「中」。魯「車」作「輿」。【疏】傳：「王，殷王也。南仲，文王之屬。方，朔方，近玁狁之國也。彭彭，四馬貌。交龍爲旂。央央，鮮明也。」箋：「王使南仲爲將率，築城于朔方爲軍壘，以禦北狄之難。」○「齊仲作中」者，人表作「南中」，列上之下，次周宣王世。魯說亦有南仲，宣王時爲將，詳見常武。文王時並無其人，此毛妄説也。六月篇云：「玁狁匪茹，整居焦穫。侵鎬及方，至于涇陽。」蓋玁狁居涇東之焦穫，偪近周京，縱兵四出，蹂躪方鎬涇陽之地。合此詩及六月采芑二篇觀之，當日周廷命將，以方叔統重兵阨駐涇西，屏蔽京邑，相機進擊；吉甫自涇陽進兵鎬地，南仲築城于方。玁狁見首尾受敵，遂大奔竄。於是吉甫追至大原，南仲移兵西戎，克獲而歸。兵事可考見者如此。「魯車作輿」者，陳喬樅云：「史記匈奴傳：周襄王時，『戎狄居于陸渾，東至于衞，侵盜暴虐，中國疾之，故詩人歌之曰：「戎狄是膺」，「薄伐獫狁，至于太原」，「出輿彭彭，城彼朔方。」』王應麟詩攷遂以出輿爲襄王之詩，非也。漢書匈奴傳，自李陵降匈奴以前，皆録史記之文，惟狐鹿姑單于以下，張晏以爲劉向褚先生所録，班彪又撰而次之。漢書既采録史記，不應彼此互異。又史記所引『戎狄是膺』，乃魯頌閟宮之詩，何得與雅詩之出輿六月合爲一事？此其舛錯顯然者。則史記此節蓋編簡爛脱，僅存引詩數語，後人掇拾遺文，次於『戎狄是膺』之下，遂致牴牾。宜援據漢書，爲之補正。」愚案：魯詩作「輿」，故史記與荀子文同，而衞將軍傳仍作「出車彭彭」，蓋出後人妄改。阮元云：「易『舍車而徒』，鄭注作『輿』。大有『大車以載』，蜀才本作『輿』，此以『輿』爲『車』之證。論語『夫執輿者爲誰』，漢石經作『車』。孟子『十二月輿梁成』，甫田詩疏作『車』。『以其乘輿』，御覽作『車剥』。『君子得輿』，董遇作『車』。此以『車』爲『輿』之證。」

天子命我，城彼朔方。赫赫南仲，玁狁于襄。【注】齊魯「襄」作「攘」。【疏】傳：「朔方，北方也。赫赫，盛貌。襄，除也。」箋：「此『我』，我戍役也。戍役築壘，而美其將率自此出征也。」○楊雄趙充國頌「天子命我」，明魯毛文同。鹽鐵論繇役篇：「戎狄猾夏，中國不寧，周宣王尹吉甫式遏寇虐。詩云：『薄伐玁狁，至于太原。』『出車彭彭，城彼朔方。』自古明王不能無征伐而服不義，不能無城壘而禦强暴也。」漢書衞青傳：「詩不云乎？『薄伐玁狁，至于太原。』『出車彭彭，城彼朔方。』」顔注：「詩人美出車而征，因築城以攘獫允也。」此魯齊家連引二詩中明築城之義。「齊魯襄作攘」者，漢書敍傳：「於惟帝典，戎夷猾夏；周宣攘之，亦列風雅。」潛夫論救邊篇：「是故鬼方之伐，非好武也；獫允于攘，非貪土也。以振民育德，安邊宇也。」後漢馬融傳疏云：「玁狁侵周，周宣王立中興之功，是以赫赫南仲，載在周詩。」馬治毛詩，亦從三家義也。

昔我往矣，黍稷方華；今我來思，雨雪載塗。王事多難，不遑啟居。豈不懷歸，畏此簡書。【疏】傳：「塗，凍釋也。簡書，戒命也。鄰國有急，以簡書相告，則奔命救之。」箋：「黍稷方華，朔方之地六月時也。以此時始出壘征伐玁狁，因伐西戎。至春凍始釋而來反，其間非有休息。」○案：「黍稷方華」，始城方也。「雨雪載塗」，始伐戎也。易林復之蠱「雨雪載塗」，明齊毛文同。説文：「簡，牒也。」凡鄰國有急難之事，則書之於簡，謂之「簡書」。管仲以狄伐邢，請齊侯救之，曰：「詩云：『豈不懷歸，畏此簡書。』簡書，同惡相恤之謂也，請救邢以從簡書。」見左閔元年傳。

喓喓草蟲，趯趯阜螽。未見君子，憂心忡忡；既見君子，我心則降。赫赫南仲，薄伐西戎。

【疏】箋：「草蟲鳴，阜螽躍而從之，天性也。喻近西戎之諸侯聞南仲既征玁狁，將伐西戎之命，則跳躍而鄉望之，如阜螽之聞草蟲鳴焉。草蟲鳴，晚秋之時也，此以其時所見而興之。『君子』，斥南仲也。降，下也。」○案，六月詩「至于涇陽」，涇陽北方獫狁，西卽西戎，所謂一舉而平二患也。鹽鐵論論誹篇引「未見君子」四句，列女傳齊威虞姬傳、韓詩外傳七各引「既見君子」二句，後漢東平王蒼傳明帝報書引「未見君子」四句，明齊魯韓文與毛同。潛夫論邊議篇云：「詩美薄伐。」齊家用此經文。

春日遲遲，卉木萋萋，倉庚喈喈，采蘩祁祁。執訊獲醜，薄言還歸。赫赫南仲，玁狁于夷。

【疏】傳：「卉，草也。訊，辭也。夷，平也。」箋：「訊，言。醜，衆也。伐西戎，以凍釋時反朔方之壘，息戍役。至此時而歸京師，稱美時物，以及其事，喜而詳之也。執其可言、問所獲之衆以歸者，當獻之也。『平』者，平之於王也。此時亦伐西戎，獨言平玁狁者，玁狁大，故以爲始、以爲終。」○說文：「卉，艸之緫名也。」禮王制鄭注：「訊馘，所生獲斷耳者。詩曰：『執訊獲醜。』」漢書衛青傳「執訊獲醜」，明齊毛文同。馬瑞辰云：「隸釋有『執訊獲首』之語，蓋本三家詩，以『醜』爲『首』之叚借。」愚案：此或魯韓文也。

出車六章，章八句。

杕杜【疏】毛序：「勞還役也。」箋：「役，戍役也。」○鹽鐵論繇役篇：「古者無過年之繇，無踰時之役。今近者數千里，遠者過萬里，歷二期不還，父母愁憂，妻子詠歎。憤懣之恨，發動于心，慕積之思，痛于骨髓，此杕杜采薇之詩所爲作也。」據鹽鐵論，是齊詩之說以杕杜及采薇同爲刺詩，與毛序異。魯韓當與齊同。

有杕之杜，有睆其實。王事靡盬，繼嗣我日。日月陽止，女心傷止，征夫遑止。【疏】傳：「興也。睆，實貌。杕杜猶得其時蕃滋，役夫勞苦，不得盡其天性。」箋：「嗣，續也。王事無不堅固，我行役續嗣其日。言常勞苦、無休息。十月爲陽。遑，暇也。婦人思望其君子，陽月之時，已憂傷矣。征夫如今已閒暇，且歸也而尚不得歸，故序其男女之情以說之。陽月而思望之者，以初時云歲亦莫止。」○西京雜記載董仲舒雨雹對云：「十月陰雖用事，而陰不孤立，此月純陰，嫌于無陽，故謂之陽月，詩人所謂『日月陽止』者。」董習齊詩，此齊說也。

有杕之杜，其葉萋萋。王事靡盬，我心傷悲。卉木萋止，女心悲止，征夫歸止。【疏】傳：「室家踰時則思。」箋：「傷悲者，念其君子於今勞苦。」

陟彼北山，言采其杞。王事靡盬，憂我父母。檀車幝幝，四牡痯痯，征夫不遠。【注】韓「幝」作「䌟」。【疏】傳：「檀車，役車也。幝幝，敝貌。痯痯，罷貌。」箋：「杞，非常菜也，而升北山采之，託有事以望君子。『不遠』者，言其來，喻路近。」○案：「我」，征婦自我，言征夫之父母常爲憂念。「幝作䌟」者，釋文引韓詩文，云：「幝，尺善反。䌟音同。」說文「幝」下云：「車敝貌。」「䌟」下云：「偏緩也。」廣雅：「䌟䌟，緩也。」卽韓義。段玉裁云：「說文古本當是『幝，巾敝貌。』故從『巾』。詩以爲『車敝』，其引申之義也。釋文蓋引說文『巾敝也，从巾、單。』今本『巾』訛『車』，殊失陸意。」馬瑞辰云：「說文訓『䌟』爲『偏緩』，義本韓詩，又云：『繟，帶緩也。』幝、繟、䌟古音義同。物敝則緩，義正相通。」爾雅：「痯痯，病也。」黃山云：「說文：『㡀，敗衣也。从巾，象衣敗之象。』『衣敗』卽『巾敗』。說文如常、裳，帬、裠，幝、褌，帙、袠，从『巾』之字，皆通作从『衣』。是『巾敝貌』，卽从巾之『㡀』。段注改『幝』爲『巾敝貌』，非也。左襄三十一年傳『巾車脂韠』，吳都賦『吳王乃巾玉路』，陶淵明文『或巾柴車』，周禮春官『巾車掌公車之政令』，鄭注：『巾猶衣也。』賈疏：『謂以衣飾其車。』說文：『巾，佩巾也。』玉篇：『巾，本以拭物，後人著之於頭。』明巾可拭，亦可著，飾車兼二義，故掌車者以巾名，此巾可說車之證。『幝』从『巾』，『單』聲。單，大也，亦盡也。巾敝盡則車敝之貌呈，『幝幝』敝之甚也。敝、罷同音字。罷則緩，故敝亦爲緩。馬更以『帶緩』之『繟』通幝、緩之間，可謂精能矣。」

匪載匪來，憂心孔疚。期逝不至，而多爲恤。【注】魯「期」作「胡」，齊「逝」作「誓」。【疏】傳：「逝，往。恤，憂也。遠行不必如期，室家之情，以期望之。」箋：「匪，非。疚，病也。君子至期不裝載，意不爲來，我念之憂心甚病。」○「魯期作胡」者，呂覽初學篇高注文，引詩曰：「胡逝不至，而多爲恤。」知魯作「胡」也。言胡以久往不來，而使我多爲憂也。「齊逝作誓」者，易林益之鼎云：「期誓不至，室人銜恤。」言家書之到，約期設誓，以爲必至而竟不至，使我多爲憂也。

卜筮偕止，會言近止，征夫邇止。【疏】傳：「卜之筮之，會人占之。邇，近也。」箋：「偕，俱。會，合也。或卜之，或筮之，俱占之，合言於繇爲近，征夫如今近耳。」○孔廣森云：「會、合之字皆从『亼』。說文：『亼，三合也。』禮，旅占必三人。『會』有『三』義，故云『會人占之』。若但以爲卜與筮、會，於文似便，於訓未精。」

杕杜四章，章七句。

魚麗

【注】齊說曰：采薇出車，魚麗思初。上下促急，君子懷憂。【疏】毛序：「美萬物盛多，能備禮也。文武以天保以上治內，采薇以下治外，始於憂勤，終於逸樂，故美萬物盛多，可以告於神明矣。」箋：「內，謂諸夏也。外，謂夷狄也。『告於神明』者，於祭祀而歌之。」○「魚麗」至「懷憂」，易林睽之小過文。當采薇出車之時，上下促急，故君子憂時而作是詩。「思初」，猶言「思古」也。此齊說。儀禮鄉飲酒鄭注：「魚麗，言太平年豐，物多也。物多酒旨，所以優賢也。」亦齊說。

魯韓當同。

魚麗于罶，鱨鯊。【疏】傳：「麗，歷也。罶，曲梁也。寡婦之笱也。鱨，楊也。鯊，鮀也。太平而後微物衆多，取之有時，用之有道，則物莫不多矣。古者不風不暴，不行火，草木不折不芟。斧斤入山林，豺祭獸然後殺，獺祭魚然後漁，鷹隼擊然後罻羅設。是以天子不合圍，諸侯不掩羣，大夫不麛不卵，士不隱塞，庶人不數罟。罟必四寸，然後入澤梁。故山不童，澤不竭，鳥獸魚鼈皆得其所然。」○大司寇注：「麗，附也。」釋器：「寡婦之笱謂之罶。」孫炎曰：「罶，曲梁。其功易，故謂之寡婦之笱。」言當水曲處爲梁，以曲竹爲笱，承梁之孔，使魚入而不得出，若附於罶然。說文：「鱨，揚也。」段注：「揚，各本從『木』者誤。小徐繫傳本作『揚』。」林朝儀蟲異賦注：「鱨，今黃鱨魚也，性浮而喜飛躍，故一名揚。」陸疏：「鱨一名揚，今黃頰魚，似燕頭魚身，形厚而長大，頰骨正黃，魚之大而有力解飛者。徐州人謂之揚黃頰，通語也。今江東呼黃鱨魚，亦名黃揚魚，魚尾微黃，大者長尺七八寸許。」陳啟源云：「孟詵食療本草有黃顙魚，亦名黃鱨魚，又名黃頰魚。無鱗而色黃，羣游作聲軋軋，故又名鉠魞，又名黃魞。其名『黃揚』，以其色黃而性揚也。」孔疏引舍人云：「鯊，石鮀也。」說文：「鯊，魚名。出樂浪番國。」寰宇記：「漳州出鯊魚皮。」未知卽一魚否。君子有酒，旨且多。【疏】箋：「酒美而此魚又多也。」○馬瑞辰云：「『旨且多』，『多且旨』，『旨且有』，自專指酒言之。下章『物其多矣』，又承上章而推及衆物，序所云『美萬物盛多』也。箋以此屬魚，非。」

魚麗于罶，魴鱧。【疏】傳：「鱧，鯇也。」○釋魚：「鱧，鯇。」舍人曰：「鱧名鮀。」郭注：「鱧，鮦。」馬瑞辰云：「鯇、鯶古今字，卽今俗稱鯶子魚。郭云『鮦』，今烏魚也。」說文「鱧」下云：「鱯也。」「鰥」下云：「鱧也。」「鱯」下云：「魚名。」玉篇：「鱯，似鮎而大。」君子有酒，多且旨。【疏】箋：「酒多而此魚又美也。」

魚麗于罶，鰋鯉。【疏】傳：「鰋，鮎也。」○説文「鮀」下云：「鮎也。」「鮎」下云：「鰕也。」「鰕」下云：「鮀也。」「鰋」下云：「鰕或从匽。」竊疑上章「鯊」當別一魚。君子有酒，旨且有。【疏】箋：「酒美而此魚又有。」

物其多矣，維其嘉矣。【疏】箋：「魚既多又善。」○案：「物」，即「萬物盛多」之物。

物其旨矣，維其偕矣。【注】魯「旨」作「指」，「維」作「唯」，下同。【疏】箋：「魚既美，又齊等。」○「魯旨作指，維作唯」者，荀子大略篇：「『物其指矣，唯其偕矣。』不時宜，不敬交，不驩欣，雖指非禮也。」楊倞注：「指，與『旨』同。」據此，則上三「旨」字魯皆作「指」。賓筵篇「飲酒孔嘉」，又言「飲酒孔偕」，是「偕」、「嘉」同義，皆謂「善」也。

物其有矣，維其時矣。【疏】箋：「魚既有，又得其時。」○説苑辨物篇：「詩曰：『物其有矣，唯其時矣。』物之所以有而不絕者，以其動之時也。」荀子不苟篇引二句同。説苑解「有」爲「常有」，「時」爲「用之以時」，於經恉最合。

魚麗六章，三章章四句，三章章二句。

南陔，孝子相戒以養也。白華，孝子之潔白也。華黍，時和歲豐，宜黍稷也。有其義而亡其辭。愚案：此三篇已見卷首，三家不入。

鹿鳴之什十篇，五十五章，三百一十五句。

詩三家義集疏卷十五

南有嘉魚之什第十五　　詩小雅

南有嘉魚【疏】毛序：「樂與賢也。太平之君子至誠，樂與賢者共之也。」箋：「樂得賢者，與共立於朝，相燕樂也。」○儀禮鄉飲酒鄭注：「南有嘉魚，言太平君子有酒，樂與賢者共之也。能以禮下賢者，賢者纍蔓而歸之，與之燕樂也。」此齊說，義與毛同。詩汜歷樞曰：「嘉魚在已，火始也。」亦齊說。魯韓無聞。

南有嘉魚，烝然罩罩。【注】韓「罩」作「淖」。【疏】傳：「江漢之間，魚所產也。罩罩，籗也。」箋：「烝，塵也。『塵然』，猶言『久如』也。言南方水中有善魚，人將久如而俱罩之，遲之也。喻天下有賢者，在位之人將久如而並求致之於朝，亦遲之也。『遲之』者，謂至誠也。」○釋器：「籗謂之罩。」李巡曰：「籗，編細竹以爲罩，捕魚也。」孫炎曰：「今楚罩也。」陳喬樅云：「淮南說林訓：『釣者靜之，罧者扣舟。罩者抑之，罣者舉之。爲之異，得魚一也。』郝氏懿行云：『今魚罩以竹爲之，漁人以手抑按于水中以取魚，故淮南云「罩者抑之」，「抑」即「按」也。』」愚案：烝，衆也。罩非一，故云「罩罩」。說文：「籱，罩魚者。」省作「籗」，今作「篧」者非。「韓罩作淖」者，廣雅：「淖淖，衆也。」正釋此詩之義。魯作「罩」，與毛同，則廣雅「淖淖」之異文當出韓詩。說文「鯙」下云：「『烝然鯙鯙』，从魚，卓聲。」或亦三家異字也。易林困之晉「南有嘉魚，駕黃取鰌。魴鯉瀰瀰，利來無憂。」（離之中孚「鰌」作「遊」，「鯉」作「鰅」，「瀰瀰」作「詡詡」。睽之泰同。「駕黃」二字疑有誤。「利來無憂」者，謂利賢者之來，與之宴樂，故無憂也。）君子有酒，嘉賓式燕以樂。【注】魯「燕」作「讌」。【疏】

箋:「君子，斥時在位者也。式，用也。用酒與賢者燕飲而樂也。」○「魯燕作讌」者，列女魯季敬姜傳引詩曰:「『我有旨酒，嘉賓式讌以樂。』言尊賢也。」陳喬樅云:「此所引『我有旨酒』，乃『君子有酒』之誤。鹿鳴詩『我有旨酒，嘉賓式燕以敖』，句法相同，因而致誤耳。毛言『與賢』，劉言『尊賢』，魯義與毛同，惟『燕』作『讌』異。鄭注言『與之燕樂』，字作『燕』，知齊毛文同。」

南有嘉魚，烝然汕汕。君子有酒，嘉賓式燕以衎。【注】魯說曰:「樔謂之汕。」齊韓「汕」作「滻」。韓「燕」作「宴」。【疏】傳:「汕汕，樔也。衎，樂也。」箋:「『樔』者，今之撩罟也。」○孔疏引孫炎曰:「今之撩罟。」案，孫說同鄭。「樔謂之汕」者，釋器文，魯說也。李巡曰:「汕，以薄汕魚也。」御覽八百三十四引舍人曰:「以薄罩魚曰罩。」邵晉涵云:「壅草澤畔，蓄魚其中，名爲罩也。」說文:「汕，魚游水皃。詩曰:『烝然汕汕。』」廣雅:「滻滻，衆也。」廣韻「汕」、「滻」二字並「所簡切」。「滻滻」又「汕汕」之異文，蓋本齊韓。說文:「衎，行喜貌。」「韓燕作宴」者，玉篇:「衎，樂也。詩曰:『嘉賓式宴以衎。』」玉篇所引蓋出韓詩，「燕」作「宴」，與毛異。

南有樛木，甘瓠纍之。君子有酒，嘉賓式燕綏之。【疏】傳:「纍，蔓也。」箋:「君子下其臣，故賢者歸往也。綏，安也，與嘉賓燕飲而安之。燕禮曰:『賓以我安。』」○據鄉飲酒鄭注「賢者纍蔓而歸之」，是齊詩以甘瓠纍蔓樛木，與賢者纍蔓君子，說與毛同。

翩翩者鵻，烝然來思。君子有酒，嘉賓式燕又思。【疏】傳:「鵻，壹宿之鳥。」箋:「『壹宿』者，壹意於其所宿之木也。喻賢者有專壹之意於我，我將久如而來遲之也。又，復也。以其壹意，欲復與燕，加厚之。」○馬瑞辰云:「『又』，即今之『右』字。古『右』與『侑』、『宥』通用。大祝『以享右祭祀』，注:『右，讀爲侑。』彤弓毛傳:『右，勸也。』『勸』即

『侑』也。大司樂『王三宥』，注：『宥猶勸也。』『宥』亦『侑』之借也，此詩又當卽『侑』之借，猶『侑』可通作『右』與『宥』耳。」

南有嘉魚四章，章四句。

南山有臺

【疏】毛序：「樂得賢也。得賢則能爲邦家立太平之基矣。」箋：「人君得賢，則其德廣大堅固，如南山之有基趾。」○儀禮鄉飲酒鄭注：「南山有臺，言太平之治，以賢者爲本。愛友賢者，爲邦家之基。民之父母既欲其身之壽考，又欲其民德之長也。」齊義與毛大同。魯韓未聞。

南山有臺，北山有萊。【疏】傳：「興也。臺，夫須也。萊，草也。」箋：「興者，山之有草木以自覆，蓋成其高大，喻人君有賢臣以自尊顯。」○陸疏云：「舊說：夫須，莎草也，可爲蓑笠。」都人士傳「臺，所以禦雨」是也。胡承珙云：「無羊傳：『蓑所以備雨，笠所以禦暑。』則臺止可爲蓑，不可爲笠，止以禦雨，非以禦暑可知。陳啟源以郭氏雅注、陸氏詩疏皆承鄭箋『臺皮』爲『笠』之誤，是也。其又引爾雅『薃侯莎』與『夫須』爲一草，則因本草別錄謂『莎一名夫須』，御覽引廣志云『莎可以爲雨衣』而誤。不知『薃侯莎』卽夏小正之『緹縞』，羅願以爲其根卽『香附子』者爲是，與『臺』不相涉。臺不妨亦有『莎』名，究不得以『夫須』爲『薃侯』也。」陸疏：「萊，草名，其葉可食。今兗州人蒸以爲茹，謂之萊蒸。」馬瑞辰云：「萊、釐、藜三字古同聲通用。爾雅：『釐，蔓華。』說文：『萊，蔓華。』『萊』卽『釐』，猶『來牟』一作『釐牟』。齊民要術引詩義疏曰：『萊，藜也。』玉篇廣韻並云：『萊，藜草也。』是『萊』卽『藜』也。萊草多生荒地，後遂言萊以概諸草，故周禮言『萊田』，詩亦言『汙萊』，孔疏乃云『非有別草名萊』，由不知『萊』卽『釐』與『藜』耳。」

樂只君子，邦家之基。樂只君子，萬壽無期。【疏】傳：「基，本也。」箋：「『只』之言『是』也。人君既得賢者，置之於位，又尊敬以禮樂樂之，則能爲國家之本，得壽考之福。」○左襄二十四年傳：「子產曰：『夫令名，德之輿也。德，國家之基也。有基無壞，毋亦是務乎！有德則樂，樂則能久。詩云：「樂旨君子，邦家之基。」有令德也夫！』」又昭十三年傳：「同盟于平丘。子產爭承。自日中以爭，至于昏，晉人許之。仲尼謂『子產於是行也，足以爲國基矣。詩曰：「樂旨君子，邦家之基。」子產，君子之求樂者也。』」案，兩引詩皆作「旨」，「旨」與「只」皆語詞。「求樂」，謂以固其邦家爲樂。「無期」，猶言「無竟」。易林復之賁：「使君壽考，南山多福。」言使君子多壽，與鄭注「欲其身之壽考」同義，齊說也。

南山有桑，北山有楊。樂只君子，邦家之光。樂只君子，萬壽無疆。【疏】箋：「光，明也。政教明，有榮曜。」○唐開成石經「只」皆作「旨」。丁晏云衡方碑「樂旨君子，口口無疆」，亦用此篇之文。旨、只聲同叚借。

南山有杞，北山有李。樂只君子，民之父母。【注】魯「樂只」作「凱悌」。樂只君子，德音不已。【疏】箋：「已，止也。不止者，言長見稱頌也。」○釋文：「杞音起。草木疏：其樹如樗，一名狗骨。」禮大學引詩云：『樂只君子，民之父母。』民之所好好之，民之所惡惡之，此之謂『民之父母』。」齊詩訓義極精。「魯樂只作凱悌」者，白虎通號篇：「凱悌君子，民之父母。」說苑政理篇同，皆魯說也。愷、凱、豈，經傳通作。凱悌，樂易也。德心寬厚，能順民情，故可以爲民之父母。鄭禮注云「又欲其民德之長」，謂此章「德音不已」是也。

南山有栲，北山有杻。樂只君子，遐不眉壽。樂只君子，德音是茂。【疏】傳：「栲，山樗。杻，檍也。眉壽，秀眉也。」箋：「遐，遠也。遠不眉壽者，言其近眉壽也。茂，盛也。」○「栲」、「杻」，已見山有樞篇。釋詞云：「遐，何也。遐不，何不也。」愚案：旱麓詩「遐不作人」，潛夫論德化篇引作「胡不作人」。隰桑詩「遐不謂矣」，禮表記引作「瑕不謂矣」，鄭注：「瑕之言胡也。」是三家訓「遐」爲「胡」，鄭非不知，及箋毛詩，遂不恤曲爲遷就。近儒糾正，驚爲新得，不知實古義也。陳奐云：「七月傳：『眉壽，豪壽也。』義與此同。方言：『眉，老也。東齊曰眉。』或三家詩有謂『眉』爲『老』

者。」愚案：箋訓「茂」爲「盛」，謂名德較前更進。

南山有枸，北山有楰。樂只君子，遐不黃耇。樂只君子，保艾爾後。【疏】傳：「枸，枳枸。楰，鼠梓。黃，黃髮也。耇，老。艾，養。保，安也。」○陸疏云：「枸，山木，其狀如櫨，一名枸檟。高大如白楊，所在山中皆有，理白可爲函板，枝柯不直。子著枝端，大如指，長數寸，噉之甘美如飴，八九月熟，江南特美。今官園種之，謂之木蜜。」明堂位注作「枳椇」。釋木：「楰，鼠梓。」郭注：「楸屬也。今江東有虎梓。」鼠、虎音轉。陸疏云：「其樹葉木理如楸，山楸之異者，今人謂之苦楸。」郝氏懿行云：「今一種楸，大葉如桐葉而黑，山中人謂之檟楸，即虎梓也。」艾、乂古通用。「保乂」，猶康誥云「用保乂民」也。依傳，似經文當作「艾保」。

南山有臺五章，章六句。

由庚，萬物得由其道也。崇丘，萬物得極其高大也。由儀，萬物之生各得其宜也。有其義而亡其辭。愚案：此三篇亦見卷首，三家不入。

蓼蕭【疏】毛序：「澤及四海也。」箋：「九夷八狄七戎六蠻謂之四海。國在九州之外，雖有大者，爵不過子。虞書曰：『州十有二師，外薄四海，咸建五長。』」○三家無異義。

蓼彼蕭斯，零露湑兮。【疏】傳：「興也。蓼，長大貌。蕭，蒿也。湑湑然，蕭上露貌。」箋：「興者，蕭，香物之微者，喻四海之諸侯，亦國君之賤者；露者，天所以潤萬物，喻王者恩澤，不爲遠國則不及也。」○蓼莪傳：「蓼蓼，長大貌。」此「蓼」義同。「蕭」，合馨香以供祭祀之用，諸侯有與助祭祀之禮，故詩以「蓼蕭」起興。「零」者，「霝」之借字。「湑」，盛貌，露在物之狀。既見君子，我心寫兮。【疏】傳：「輸寫其心也。」箋：「『既見君子』者，遠國之君朝見於天子也。」

『我心寫』者，舒其精意，無留恨也。」○「我」，諸侯自我。謂既見天子，我則盡輸其歸嚮之誠也。列女趙佛肸母傳引詩云：「既見君子，我心寫兮。」明魯毛文同。

燕笑語兮，是以有譽處兮。【疏】箋：「天子與之燕而笑語，則遠國之君各得其所，是以稱揚德美，使聲譽常處天子。」○陳奐云：「朱集傳引蘇氏曰：『譽、豫通。凡詩之「譽」，皆「樂」也。』蘇氏之說是也。爾雅：『豫，樂也。』『豫，安也。』則『譽處』，安處也。呂覽孝行篇注：『譽，樂也。』南有嘉魚篇：『嘉賓式燕以樂。』車舝篇：『式燕且譽。』六月篇：『吉甫燕喜。』韓奕曰：『韓姞燕譽。』射義引詩『則燕則譽』，而釋之曰：『則安則譽。』是『譽』皆『安樂』之意也。」愚案：詩言天子與之燕而笑語，則遠國諸侯是以咸有喜樂而居處兮。「燕」當從箋訓，陳氏奐釋爲「安」，與下句意複。左昭十二年傳，宋華定來聘，公賦蓼蕭，叔孫昭子以爲「宴語之不懷」，即指此章「燕笑語兮」也。釋「燕」爲「宴飲」，古義本如此。

蓼彼蕭斯，零露瀼瀼。既見君子，爲龍爲光。其德不爽，壽考不忘。【疏】傳：「瀼瀼，露蕃貌。龍，寵也。爽，差也。」箋：「『爲寵爲光』，言天子恩澤光耀被及己也。」○案：「蕃」亦「盛」也。「龍」，古「寵」字。左傳「寵光之不宜」，謂受魯君之寵光，以魯君比詩之「君子」也。易林恒之蹇云：「蓼蕭露瀼，君子龍光。鳴鸞噰噰，福祿來同。」晉之大有同，正用齊詩文。晉之蠱云「壽考不忘」，明齊毛文同。

蓼彼蕭斯，零露泥泥。既見君子，孔燕豈弟。宜兄宜弟，令德壽豈。【疏】傳：「泥泥，霑濡也。豈，樂。弟，易也。爲兄亦宜，爲弟亦宜。」箋：「孔，甚。燕，安也。」○言既朝見君子，我心皆甚安而樂易，君子之爲人，於同姓兄弟諸侯無不咸宜，故令德遠聞而有壽樂之福也。沔水傳：「兄弟，同姓臣也。」四海遠國，未必有同姓兄弟往封，此言君子接待同姓無不相宜，故遠人慕德而稱願之。昭子謂華定「令德之不知」，指此。杜注言「賓有令德，可以壽樂」，蓋誤。

蓼彼蕭斯，零露濃濃。既見君子，鞗革沖沖。和鸞雝雝，【注】魯説曰：和，設軾者也。鸞，設衡者也。韓説曰：鸞在衡，和在軾。前升車則馬動，馬動則鸞鳴，鸞鳴則和應。萬福攸同。【疏】傳：「濃濃，厚貌。鞗，轡也。革，轡首也。沖沖，垂飾貌。在軾曰和，在鑣曰鸞。」箋：「此説天子之車飾者。諸侯燕見天子，天子必乘車迎于門，是以云然。攸，所也。」○釋器：「轡首謂之革。」郭注：「轡，靶勒。見詩。」謂此。段玉裁云：「説文無『鞗』字，有『鋚』字：『鋚，鐵也。一曰轡首銅也。从金，攸聲。』石鼓詩『田車既安』之下有『鋚勒』字。焦山周鼎有『攸勒』字。博古圖周宰辟父敦銘三皆有『攸勒』字，疑詩經文『鞗革』皆『鋚勒』之譌。『鋚勒』，猶唐人所云『金勒』。古鐘鼎『鋚』省作『攸』，後人不知爲『鋚』字之省，輒製『攸』下从『革』之字。『革』者，『勒』字之省。轡首謂之『勒』，勒馬頭絡銜，所以繫轡，故曰『轡首。』」陳喬樅云：「載見詩『鞗革有鶬』，鄭箋以『鶬』爲『金飾貌』，與説文云『鋚，轡首銅也』訓合。『革』爲轡首，以皮爲之。『鋚』爲轡首飾，以金爲之。孔疏謂鋚以皮爲之，誤。」「和」、「鸞」均言「鈴」。賈子新書容經云：「古者聖王居有法則，動有文章。登車則馬行，馬行則鸞鳴，鸞鳴而和應。聲曰和，和則敬，故詩曰：『和鸞噰噰，萬福攸同。』言動以紀度，則萬福之所聚也。」續漢輿服志劉昭注引白虎通車旂篇云：（本書此篇佚，惟見藝文類聚七十一、御覽七百七十二。）「車所以有和鸞者何？以正威儀，節行舒疾也。鸞者在衡，和者在軾。馬動則鸞鳴，鸞鳴則和應其聲。鳴曰和敬，舒則不鳴，疾則失音，明得其和也。故詩云：『和鸞雍雍，萬福攸同。』魯訓曰：『和，設軾者也。鸞，設衡者也。』」又續漢五行志劉注引謝承書陳宣曰：（宣字子興，沛國蕭人，博學明魯詩。）「王者承天統地，動有法度，車則和鸞，出則佩玉，動靜應天。」張衡東京賦云：「珮以制容，鑾以節塗。行不變玉，駕不亂步。」薛綜注：「珮爲行容，鑾爲車節，行合容則玉聲應，馬步齊則和鑾響。並謂君子之禮法。」皆魯家說也。「鸞在」至「和應」，禮經解注引韓詩內傳文。又呂氏讀詩記十八引韓詩曰：「在軾曰和，在軛曰鸞。」軛在衡下，衡木縛軛，「在軛」卽「在衡」也。陳喬樅云：「周禮大馭注：『鸞和皆以金爲鈴。』大戴禮保傅篇：『在衡爲鸞，在軾爲和。馬動而鸞鳴，鸞鳴而和應。』毛詩傳曰：『在軾曰和，在鑣曰鸞。』許氏異義載此二說。謹案云：『經無明文，且殷周或異。』白虎通引魯訓。禮注引韓傳。鄭注大馭及玉藻，皆同此說。秦風駟鐵『輶車鸞鑣』，箋云：『置鸞於鑣，異於乘車。』周禮疏謂鄭以田車鸞在鑣，乘車在衡，然蓼蕭之『和鸞雝雝』，亦乘車也。毛傳云『在鑣曰鸞』，箋不易之者，正義謂駟鐵已明之，從可知也。商頌之『八鸞鶬鶬』，亦乘車也。箋又云：『鸞在鑣，四馬則八鸞。』正義謂以經無正文，且殷周或異也。今攷車制：『軾』者，車前橫木也，（漢書李廣傳注引服虔。）高三尺三寸，圍七寸三分寸之一。（攷工記注。）『衡』者，轅前橫木，縛軛者也。（莊子馬蹄釋文。）衡下有兩軛，以叉馬頸。（左襄十四年傳正義引服虔。）左桓二年傳正義曰：『案攷工記：「輪崇，車廣，衡長，參如一。」則衡之所容惟兩服馬耳。（見攷工記輿人注。）賈疏云：「以驂馬別有靷鬲，故衡惟容服也。」）詩詞每言八鸞，當謂馬有二鸞。鸞若在衡，衡惟兩馬，安得置八鸞？以此知鸞必在鑣。』說文金部『鑾』下云：『人君乘車，四馬鑣，八鸞鈴，象鸞鳥之聲和則敬也。』許氏異義亦引詩云『八鸞鎗鎗』，則一馬兩鸞也。又云『輶車鸞鑣』，知非衡也。（續漢輿服志注引「許慎曰」云云，不言出異義，今以文義定之。）然尚存兩疑，於說文則定爲鸞在鑣矣。若和之所設，諸家皆云在軾，惟韓詩云在軾前，軾前則近衡矣。服虔杜預解左傳『錫鸞和鈴』，以爲鸞在鑣則和在衡。（服說見史記禮書集解。）正義謂鸞既在鑣，則和當在衡。此兼用韓毛之說也。」愚案：同一金鈴而有曰「和」、曰「鸞」之異，明以在衡、在軾別爲二名，古訓相承，原有目驗。魯韓既合，齊說必同。徒以毛傳「鸞鑣」之訓曲成「鑣」義，是許鄭所不能定者，後人以臆斷之得，毋甚武乎？去古已遙，姑從蓋闕，餘詳駟鐵篇。天子以此車服，屈尊禮，接諸侯，遠人戴德，宜爲萬福之所同歸。昭子謂華定「同福之不受」，言其不答此詩也。易林「鳴鸞噰噰，福祿來同」，用齊詩文。雝、噰、雍字同，已見何彼襛矣篇。白虎通作「雍雍」，是魯齊詩與毛異文。新書作「噰噰」，蓋魯家「亦作」本也。

蓼蕭四章，章六句。

湛露【疏】毛序：「天子燕諸侯也。」箋：「燕，謂與之燕飲酒也。諸侯朝覲會同，天子與之燕，所以示慈惠。」〇易林屯之鼎云：「湛露之歡，三爵畢恩。」訟之恒同人之離同。又訟之既濟云：「白雉羣雊，慕德貢朝。湛露之恩，使我得歡。」是天子燕諸侯之說，三家與毛同也。左文四年傳「諸侯朝正于王，王宴樂之，於是乎賦湛露。」尤爲天子燕諸侯之確證。

湛湛露斯，匪陽不晞。【疏】傳：「與也。湛湛，露茂盛貌。陽，日也。晞，乾也。露雖湛湛然，見陽則乾。」箋：「與者，露之在物湛湛然，使物柯葉低垂，喻諸侯受燕爵，其儀有似醉之貌，諸侯旅酬之則猶然；唯天子賜爵則貌變，肅敬承命，有似露見日而晞也。」〇王逸楚詞九章注：「湛湛，厚也。詩曰：『湛湛露斯。』」「厚」與「茂盛」義近。又九歌注：「晞，乾也。詩曰：『匪陽不晞。』」明魯毛文義並同。**厭厭夜飲，不醉無歸。**【注】魯「厭」作「懕」，韓作「愔」。【疏】傳：「厭厭，安也。夜飲，燕私也。宗子將有事，則族人皆侍。不醉而出，是不親也；醉而不出，是渫宗也。」箋：「天子宴諸侯之禮亡此，假宗子與族人燕爲說爾。族人，猶羣臣也，其醉不出。不醉出，猶諸侯之儀也。飲酒至夜，猶云『不醉無歸』，此天子於諸侯之義。燕飲之禮，宵則兩階及庭門皆設大燭焉。」〇「魯厭作懕」者，釋訓：「懕懕，安也。」說文：「懕，安也。从心，厭聲。詩曰：『懕懕夜飲。』」是魯本字，毛借字。張衡南都賦：「客賦醉言歸，主稱露未晞。」衡魯家詩，用魯文也。「韓作愔愔」者，文選魏都賦李注引韓詩曰「愔愔夜飲」，薛君曰：「愔愔，和悅之貌也。」文選琴賦注引同。釋文引韓作「愔愔」，與選注合。三倉云：「愔愔，性和也。」聲類云：「愔，和靜貌。」魏都賦「愔愔醧燕」，即本韓詩。凡毛詩作「厭」者，魯韓字多从「音」，如「厭浥行露」作「湆浥行露」，「厭厭其苗」作「稽稽其苗」，「厭厭良人」作「愔愔良人」，及此皆是。

湛湛露斯，在彼豐草。厭厭夜飲，在宗在考。【疏】傳：「豐，茂也。夜飲必於宗室。」箋：「豐草，喻同姓諸侯也。『載』之言『則』也。考，成也。夜飲之禮，在宗室同姓諸侯則成之，於庶姓其讓之則止。昔者陳敬仲飲桓公酒而樂，桓公命以火繼之，敬仲曰：『臣卜其晝，未卜其夜。』於是乃止。此之謂『不成』也。」〇胡承珙云：「經言『宗』者，如左傳『肸之宗十一族』及『宗不余辟』之類。釋言：『茂，豐也。』故『豐』亦訓『茂』。『在』者，於也。『在宗』，猶言於同姓也。於其人，非於其地。言必於同姓乃有夜飲之禮，正以明異姓則否耳。」

湛湛露斯，在彼杞棘。顯允君子，莫不令德。【疏】箋：「杞也、棘也異類，喻庶姓諸侯也。令，善也。無不善其德，言飲酒不至於醉。」〇胡承珙云：「凡木叢生，被露獨厚，杞、棘並有『苞』稱，故以並言。」案，四牡「苞杞」傳，即「枸檵」也。

其桐其椅，其實離離。【注】韓詩曰：「其桐其椅，其實離離。」韓説曰：「離離，長貌。」豈弟君子，莫不令儀。【疏】傳：「離離，垂也。」箋：「桐也、椅也，同類而異名，喻二王之後也。『其實離離』，喻其薦俎禮物多於諸侯也。飲酒不至於醉，徒善其威儀而已，謂陔節也。」〇「其桐」至「長貌」，初學記二十八引韓詩章句文，引經明韓毛文同。陳喬樅云：「『離離』，毛訓『垂』，與『長』義相成。實長則垂，故其貌離離然也。」箋説「離離」爲「俎實」，非。張衡西京賦「朱實離離」，用魯詩文。又南都賦「接歡宴於日夜，終愷樂之令儀」，用魯詩「莫不令儀」文。

湛露四章，章四句。

彤弓【疏】毛序：「天子錫有功諸侯也。」箋：「諸侯敵王所愾而獻其功，王饗禮之，於是賜彤弓一、彤矢百、玈弓矢千。凡諸侯，賜弓矢然後專征伐。」○三家無異義。

彤弓弨兮，受言藏之。【疏】傳：「彤弓，朱弓也。以講德習射。弨，弛貌。言，我也。」箋：「『言』者，謂王策命也。王賜朱弓，必策其功以命之。受出藏之，乃反入也。」○荀子大略篇：「天子雕弓，諸侯彤弓，大夫黑弓，禮也。」陳喬樅云：「公羊定四年傳何休注：『天子雕弓，諸侯彤弓，大夫嬰弓，士盧弓。』所言與荀子略同。釋文：『嬰弓，見司馬法。』案，北山經『燕山多嬰石』，注：『石似玉，有符采嬰帶，所謂燕石也。』『嬰弓』之嬰蓋同。天子諸侯皆彤弓矢，天子弓有雕飾，故曰『雕弓』。大夫、士皆盧弓矢，大夫弓亦有文飾，故曰『嬰弓』也。」荀爲魯詩之祖，何亦用魯詩，皆魯說也。孔疏：歌敍王意，故箋易傳。案，「言」，我，王自我也。受策出入，反敍諸侯意矣，非是。我有嘉賓，中心貺之。鐘鼓既設，【注】韓詩曰：「鐘鼓既設。」設，陳也。一朝饗之。【疏】傳：「貺，賜也。」箋：「『貺』者，欲加恩惠也。王意殷勤於賓，故歌序之。大飲賓曰饗。『一朝』，猶早朝。」○馬瑞辰云：「說文無『貺』字。『況，寒水也。』釋詁：『況，賜也』。魯語『況使臣以大禮』，『況』即『貺』也。是況、貺通作。廣韻：『況，善也』。『中心貺之』，正謂『中心善之』，猶覲禮云『予一人嘉之』，『嘉』亦『善』也。『貺之』，與下『好之』、『善之』同義。箋云『貺者，欲加恩惠』，蓋亦訓『貺』爲『善』耳。」「鐘鼓既設。設，陳也」者，玉篇言部引韓詩文，明韓毛文同。皮嘉祐曰：「禮月令『整設于門外』，注：『設，陳也』。廣雅釋詁同。說文：『設，施陳也。』是『設』本訓『陳』，韓用古訓解之。」何楷云：「饗禮見大行人，其牲則體薦，體薦則房烝，亦有飯食。舂人云『凡饗食共其食米』，是饗禮兼燕與食矣。但燕或於寢，而饗則於朝，立成不坐，設几不倚，爵盈不飲，獻如其命數而止，不必時久，故一朝可以成禮。然亦見王者勤於待賓，賞不踰時如此。」胡承珙云：「天子饗禮雖亡，然大饗用鐘鼓，見大司樂樂師大師小師眡瞭鐘師鼓師鎛師典庸器者，皆有其文。魯語『金奏肆夏繁遏渠，天子所以享元侯也。』詩但言樂盛，即知禮隆。」孔疏：

燕或至夜，饗則禮成而罷，故以『一朝』言。」

彤弓弨兮，受言載之。我有嘉賓，中心喜之。鐘鼓既設，一朝右之。【疏】傳：「載之，載以歸也。喜，樂也。右，勸也。」箋：「『載之』，出載之車也。『右之』者，主人獻之，賓受爵，奠于薦右，既祭俎，乃席末坐卒爵之謂也。」○胡承珙云：「上言『鐘鼓既設』，則右、醻明是饗時之事。楚茨傳：『侑，勸也』。與此正同，是『右』爲『侑』之叚借。『右之』、『醻之』，當主侑幣、酬幣爲義。」詳見下章。

彤弓弨兮，受言櫜之。我有嘉賓，中心好之。鐘鼓既設，一朝醻之。【疏】傳：「櫜，韜也。好，說也。醻，報也。」箋：「飲酒之禮，主人獻賓，賓酢主人，主人又飲而酌賓，謂之醻。醻，猶『厚』也、『勸』也。」○何楷云：「禮，於饗有侑賓勸飽之幣，上章言『右』是也。於飲有酬賓送酒之幣，此章言『醻』是也。饗爲飲禮，兼言『右』、『醻』者，以饗亦兼食故也。公食大夫禮：賓三飯之後，『公授宰夫束帛以侑。』注：『謂君以爲食賓殷勤之意未至，復發幣以勸之，欲其深安賓也。』又聘禮云：『若不親食，使大夫致之以侑幣。』注：『謂君有疾病及他故，必致之者，不廢其禮。』又曰：『致饗以酬幣，亦如之。』然則不親饗以酬幣致之，明親饗有酬幣矣。侑幣，公食大夫禮用束帛，其酬幣則無文。聘禮注又引禮器曰：『琥璜爵，蓋天子酬諸侯也。』必疑琥璜爲天子酬諸侯之幣，以琥璜非爵名而云爵，明以送酒也。食禮無爵可送，則琥璜饗酬所用也。謂饗禮酬賓，以琥璜將幣耳。小行人：『合六幣，琥以繡，璜以黼。』則天子酬諸侯以繡黼而琥璜將之。」胡承珙云：「何說甚是，然尚牽合於食禮之『侑』。左莊十八年傳：『虢公晉侯朝王。王饗醴，命之宥。（杜注：「王之覲羣臣，則行饗禮。先置醴酒，示不忘古。飲燕則命以幣物。宥，助也，所以助勸敬之意，言備設。」）皆賜玉五瑴，馬三匹。』僖二十五年：『晉侯朝王。王饗醴，命之宥。』（注：「既行饗禮而設醴酒，又加之以幣帛，以助懽也。」）僖二十八年：『晉侯獻楚俘于王。王饗醴，命晉侯宥。』（注：「既饗，又命晉侯助以束帛，以將厚意。」）是則饗禮本有侑幣，王禮或更有玉與馬，不必以兼食禮之故。至酬幣，既見於儀禮。春秋時秦后子享晉侯，『歸取酬幣，終事八反』；晉侯享范獻子，『展莊叔執幣』，皆饗有酬幣之證。郊特牲：『大饗君三重席而酢。三獻之介，君專席而酢。』有酢必有酬，此所以用酬幣也。儀禮覲禮『饗禮乃歸』，注云：『禮，謂食燕也。王或不親，以其禮幣致之。略言饗禮，互文也。』疏云：『以此文爲互，則饗、食、燕皆有酬幣侑幣，是以掌客職三饗、三食、三燕云云，即云「若弗酌，則以幣致之。」』此節注疏最爲明晰。饗禮既有侑、酬，則此詩『右之』、『醻之』即饗時之侑幣酬幣，不必牽及於食、燕矣。」

彤弓三章，章六句。

菁菁者莪【疏】毛序：「樂育材也。君子長育人材，則天下喜樂之矣。」箋：「『樂育材』者，歌樂人君，教學國人，秀士、選士、俊士、造士、進士，養之以漸至於官之。」〇徐幹中論藝紀篇：「先王之欲人之爲君子也，故立保氏掌教六藝：一曰五禮，二曰六樂，三曰五射，四曰五御，五曰六書，六曰九數。教六儀：一曰祭祀之容，二曰賓客之容，三曰朝廷之容，四曰喪紀之容，五曰軍旅之容，六曰車馬之容。大胥掌學士之版，春入學，舍菜合萬舞；秋，班學合聲。諷誦講習，不解於時，故詩曰：『菁菁者莪，在彼中阿。既見君子，樂且有儀。』美育人材，其猶人之於藝乎。既修其質，且加其文。文質著然後體全，體全然後可登乎清廟，而可羞乎王公。故君子非仁不立，非義不行，非藝不治，非容不莊，四者無愆而聖賢之器就矣。」徐用魯詩，所説詩義乃魯訓也。古者育材之法備於此矣。齊韓無異義。

菁菁者莪，在彼中阿。【注】韓詩曰：「蓁蓁者莪。」韓説曰：「蓁蓁，盛貌也。【疏】傳：「興也。菁菁，盛貌。莪，蘿蒿也。中阿，阿中也。大陵曰阿。君子能長育人材，如阿之長莪菁菁然。」箋：「長育之者，既教學之，又不征役也。」〇

「蓁蓁」至「盛貌」，文選東都賦李注引韓詩薛君文。馬瑞辰云：「集韻一先：『葏，草貌。』『葏葏者莪』，李舟說。』案，說文：『菁，韭華也。』『蓁，草盛貌。』『葏，草貌。』則訓盛貌當以『蓁』爲正字。毛詩作『菁菁』，集韻引作『葏葏』，皆借字。」陳喬樅云：「桃夭詩『其葉蓁蓁』，傳云：『至盛貌。』義與韓合。王逸楚詞招魂注：『蓁蓁，積聚之貌。』『積聚』亦與『盛』義同。」釋草：「莪，蘿。」孔疏引舍人曰：「莪，一名蘿。」郭注：「今莪蒿也。」陸疏：「莪，蒿也，一名蘿蒿也，生澤田漸洳之處，葉似邪蒿而細，科生。三月中莖可生食，又可蒸，香美味頗似蔞蒿。」「大陵謂之阿」，亦釋地文，據經文，莪非獨澤田有矣。

既見君子，樂且有儀。【疏】箋：「既見君子者，官爵之而得見也。見則心既喜樂，又以禮儀見接。」○案，「君子」，謂在上者。左文三年傳：「公如晉。晉侯饗公，賦菁菁者莪。莊叔以公降拜。曰：『小國受命於大國，敢不慎儀？君貺之以大禮，何樂如之？抑小國之樂，大國之惠也。』」陳奐云：「莊叔釋詩『樂』，即經之『樂』。『慎儀』，即經之『有儀』。『貺之以大禮』，所謂『錫我百朋』也。」愚案，學士見君子，所樂非在得官。（孔疏云：「此樂者，爲得官而樂也。」）君子於人無不以禮儀相接，亦非所以詠嘆也。據莊叔言「慎儀」，又言「何樂如之」，「樂」、「儀」，皆屬己言。徐幹論育材之道，教以六藝、六儀，又云「既修其質，且加其文」，「且加其文」者，且有儀也，則可樂之事，當在修質，教以六藝，即修質之事。衆材入學，春秋講誦，習說羣樂，皆見君子後事也。序言「天下喜樂」，與此無涉。列女齊宿瘤女傳引詩曰：「菁菁者莪，在彼中阿。既見君子，樂且有儀。」又陳國辯女傳引詩曰「既見君子」二句，合之中論所引，明魯毛文同。

菁菁者莪，在彼中沚。既見君子，我心則喜。【疏】傳：「中沚，沚中也。喜，樂也。」○列女齊鍾離春傳引詩云：「既見君子，我心則喜。」明魯毛文同。

菁菁者莪，在彼中陵。既見君子，錫我百朋。【疏】傳：「中陵，陵中也。」箋：「古者貨貝，五貝爲朋。

『賜我百朋』，得祿多，言得意也。」○陳奐云：「淮南道應篇『散宜生得大貝百朋以獻紂』，高注：『五貝爲一朋，百朋，五百貝。』說文：『貝，海介蟲也。古者貨貝而寶龜，周而有泉，至秦，廢貝行錢。』是古用貝爲貨，周兼用泉布而貝不廢。漢書食貨志：『大貝四寸八分以上。壯貝三寸六分以上。幺貝二寸四分以上。小貝寸二分以上，二枚爲一朋，不盈寸二分。漏度不得爲朋。是爲貝貨五品。』貝不盈六分不得爲貨，此新莽制。」

汎汎楊舟，載沈載浮。既見君子，我心則休。【疏】傳：「楊木爲舟，載沈亦沈，（陳奐依正義訂作「亦浮」，是。）載浮亦浮。」箋：「舟者沈物亦載，浮物亦載，喻人君用士，文亦用，武亦用，於人之材無所廢。『休』者，休休然。」○釋文：「休，美也。」淮南說林訓：「舟能沈能浮，愚者不加足。」高注：「『舟船能載浮物，愚者不敢加足，畏其沈。詩曰『汎汎楊舟，載沈載浮』是也。」愚案：據高注，明魯毛文同。孔疏云：「『載飛載止』及『載震載育』之類，傳箋皆以『載』爲『則』，然則此載亦爲則，言『則載沈物』、『則載浮物』也。」案：「載」爲「則」，又於「則」下加「載」字，古訓皆不如此。

菁菁者莪四章，章四句。

六月【注】齊說曰：宣王興師命將，征伐獫允，詩人美大其功。魯說曰：周室既衰，四夷竝侵，獫允最彊，至宣王而伐之，詩人美而頌之曰：「薄伐獫狁，至于太原。」又曰：「嘽嘽推推，如霆如雷。顯允方叔，征伐獫狁，荆蠻來威。故稱中興。」又曰：周宣王命南仲吉甫攘獫狁，威蠻荆。【疏】毛序：「宣王北伐也。」箋：「『六月』，言周室微而復興，美宣王之北伐也。」○「宣王」至「其功」，漢書匈奴傳文。「周室」至「中興」，漢書韋玄成傳引劉歆議文。「周室」至「蠻荆」，蔡邕諫伐鮮卑議文。據此，齊魯與毛同，韓蓋無異義。

六月棲棲，戎車既飭。四牡騤騤，載是常服。【疏】傳：「棲棲，簡閱貌。飭，正也。日月爲常服，戎服也。」箋：「記『六月』者，盛夏出兵，明其急也。『戎車』，革輅之等也，其等有五。戎車之常服，韋弁服也。」〇馬瑞辰云：「棲、栖古同字，義與論語『栖栖』同，謂行不止也。廣雅：『徲徲，往來也。』『徲徲』即『棲棲』，謂往來不止之皃。『徲徲』通作『棲棲』，猶『瓠犀』通作『瓠棲』，皆音近借字耳。」采薇傳：「騤騤，彊也。」易林益之井：「六月騤騤，各欲有望。專征未壯，候待旦明。」蹇之小過同，惟「專征」作「後來」，焦用齊詩文。陳喬樅云：「『未壯』，皆『束裝』之譌，出車詩『召彼僕夫，謂之載矣』，箋言『召御夫使裝載物而往』，是謂『載』爲『裝』也。太玄玄錯云『裝候時』，與易林『束裝候時』語意正同。」馬瑞辰云：「『常服』，箋說是。左閔二年傳梁餘子養曰：『帥師者，有常服矣。』杜注：『韋弁服，軍之常也。』兵事以韋弁服爲常服，猶殷士以黼冔助祭，亦曰常服也。若傳以日月爲常，則於文王詩『常服黼冔』不可通矣。」

玁狁孔熾，我是用急。王于出征，以匡王國。【注】齊「急」作「戒」。【疏】傳：「熾，盛也。」箋：「此序吉甫之意也。北狄來侵甚熾，故王以是急遣我。于，曰。匡，正也。王曰今女出征玁狁，以正王國之封畿。」〇「齊急作戒」者，鹽鐵論繇役篇：「詩云：『玁允孔熾，我是用戒。』故守禦征伐，所由來久矣。」是齊文與毛異。盧文弨云：「『戒』，當作『悈』。釋言：『悈，急也。』」郝懿行云：「悈者，心之急也。『戒』即『悈』字之省。謝靈運述征賦云：『宣王用棘於玁狁。』是六朝本有作『我是用棘』者。『棘』即『急』也，亦本三家詩。」「王于出征，以匡王國」者，王引之云：「爾雅：『于，曰也。』『曰』，古讀『聿』字，本作『欥』，或作『曰』，或作『聿』。『王于興師』，王聿興師也。『王于出征』，王聿出征也。聿、曰古字通，故爾雅訓『于』爲『曰』。箋每以爾雅之『于』、『曰』爲論語『子曰』之曰，失其指矣。」馬瑞辰云：「『于』訓爲『曰』。曰，詞也。箋讀爲發聲之曰，失之。據詩云『以匡王國』、『以佐天子』，則知王不親征。『王于出征』，猶秦詩『王于興師』，不得謂王自興師也。王肅述毛，以前四章爲宣王親征，謬也。匡，助也。『以匡王國』，猶云『以佐天子』。『匡』又爲『救』。左成十八年傳『匡乏困，救災患』，杜注：『匡亦救也。』救、助義亦相通。廣雅：『救，助也』。是其證。」

比物四驪，閑之維則。【疏】傳：「物，毛物也。則，法也。言先教戰，然後用師。」○孔疏：「夏官校人云：『凡大祭祀，朝覲會同，毛馬而頒之。凡軍事，物馬而頒之。』注：『毛馬，齊其色。物馬，齊其力。』『比物』者，比同力之物。戎車齊力尚強，不取同色。而四驪者雖以齊力爲主，亦不厭其同色。無同色者，乃取異毛耳。『閑之』，是先閑習，故知先教戰而後用師也。」維此六月，既成我服。我服既成，于三十里。王于出征，以佐天子。【疏】傳：「師行三十里。出征以佐其爲天子也。」箋：「王既成我戎服，將遣之，戒之曰：日行三十里，可以舍息。又曰：令女出征伐，以佐我天子之事，禦北狄也。」○孔疏：「諸軍法皆以三十里爲限，漢書律曆志計武王之行，亦准此也。」

四牡修廣，其大有顒。薄伐玁狁，以奏膚功。有嚴有翼，共武之服。共武之服，以定王國。【疏】傳：「修，長。廣，大也。顒，大貌。奏，爲。膚，大。公，功也。嚴，威嚴也。翼，敬也。」箋：「服，事也。言今師之羣帥有威嚴者，有恭敬者，而共典是兵事。言文武之人備定安也。」○說文：「顒，大頭也。」陳奐云：「『其大有顒』，猶言『有顒其大』，與『有蕡其實』、『有晥其實』句法同，特倒詞以合韻。」馬瑞辰云：「釋文：『共，王徐音恭。』軍事以敬爲主，左傳所謂『不共是懼』也。『共武之服』，即言敬武之事，正承上『有嚴有翼』言之。嚴、翼皆『恭』也。」

玁狁匪茹，整居焦穫。【注】魯「穫」作「護」。侵鎬及方，至于涇陽。【疏】傳：「焦穫，周地接于玁狁者。」箋：「匪，非。茹，度也。鎬也、方也，皆北方地名。言玁狁之來侵，非其所當度爲也，乃自整齊而處周之焦穫，來侵至涇水之北。言其大恣也。」○易林未濟之睽云：「玁狁匪度，治兵焦穫。伐鎬及方，與周争疆。元戎其駕，以安我王。」「匪度」，毛作「匪茹」。箋云「度也」，即用齊義申毛，言其不自量度，敢與上國争彊也。「整」即「治」也，故焦氏以爲「治兵」。

「魯穫作護」者，釋地：「周有焦護。」是釋此詩。毛作「穫」，則作「護」者，魯詩也。郭注：「今扶風池陽縣瓠中是也。」水經瀘水注：「瀘水東注鄭渠。渠首上承涇水於中山西邸瓠口，所謂瓠中也。」漢池陽縣屬馮翊，晉屬扶風郡，今陝西西安府涇陽縣西北有焦穫澤，即此「焦穫」，在渭北、涇東。漢書西域傳：「自周衰，戎狄錯居涇渭之北。」史記匈奴傳：「犬戎殺幽王，遂取周之焦穫，而居于涇陽之間，侵暴中國。」蓋宣王時玁狁之整居焦穫，乃暫時逼處，一經驅逐，仍即遠竄。至幽王以後，犬戎遂據焦穫而有之矣。「侵鎬」，王肅以爲鎬京。王基駮之云：「下章『來歸自鎬，我行永久』，故劉向曰『千里之鎬，猶以爲遠。』」王駮是也，其地未聞。「方」者，出車篇「王命南仲，往城于方」是也。蓋玁狁駐兵於涇東，游騎蔓延，偏于涇北，特未敢踰涇水而南耳。「涇陽」者，涇水之北。秦有涇陽君，漢立涇陽縣，今甘肅平涼府平涼縣西四十里故城即其地也。據史記「取焦穫而居涇渭間」，是焦穫非遠方，爲南仲所城。鎬則劉向以爲「千里」，是鎬方非近。孔疏云：「鎬方雖在『焦穫』之下，不必先焦穫乃侵鎬方。」其說是也。

織文鳥章，白茷央央。【注】魯作「帛旆英英」。【疏】傳：「鳥章，錯革鳥爲章也。白旆，繼旐者也。央央，鮮明貌。」箋：「織，徽識也。鳥章，鳥隼之文章，將帥以下，衣皆著焉。」○「織文」者，段玉裁云：「毛無傳，蓋讀與禹貢『厥篚織文』同。鳥章、帛旆，皆織帛爲之。箋易爲『徽識』，則其字作『識』。周禮注、左傳注、說文皆作『徽識』。」胡承珙云：「『徽識』者，爲旗則大，在衣則小，鄭特推廣言之，非以『織文』二句專指在衣之徽識也。」「鳥章」者，釋天：「錯革鳥曰旟。」孫炎曰：「錯，置也。革，急也。畫急疾之鳥於縿。」郭注：「以革爲之，置於旐端。」「白茷央央」者，今本「茷」作「旆」。釋文云：「白茷，本又作『旆』。繼旐曰茷，左傳『蒨茷』是也。一曰，『旆』與『茷』古今字。」孔疏本同，是陸孔皆作「白茷」。「魯作帛旆英英」者，公羊宣十二年疏引釋天云：「旌旂，緇，廣充幅、長尋曰旐，繼旐曰旆。」孫氏云：「緇，黑繒也。帛續旐末，亦長尋，詩曰『帛旆英英』是也。」所引即孫炎爾雅注文。毛作「白茷央央」，則作「帛旆英英」者魯文也。陳喬樅云：「公羊注：『繼旐如燕尾，曰旆。』釋名：『雜帛爲旆，以雜色綴其邊爲燕尾，將帥所建，象物雜也。』據孫説，旐用黑繒爲之，其繼旐之旆，則以絳帛續之爲燕尾。緇絳相雜，故云『雜帛爲旆』。絳得專帛名者，周之正色，時王所尚也。此詩正義云：『言白旆者，謂絳帛猶通帛曰旃，亦是絳也。』説與前儒合。惟出其東門正義及周禮司常疏引此詩，皆以『白旆』爲白色，此賈孔誤解，疑六月正義乃襲劉光伯述義語，故得不誤耳。『央』，釋文：『音英，或於良反。』知舊讀以『央』爲『英』之假借，故音從『英』。『或讀』失之矣。」元戎十乘，以先啟行。【注】韓詩曰：「元戎十乘，以先啟行。」韓説曰：元戎，大戎，謂兵車也。車有大戎十乘，謂車縵輪，馬被甲，衡軛之上，畫有劍戟，名曰陷陣之車，所以冒突先啟敵家之行伍也。【疏】傳：「元，大也。夏后氏曰鉤車，先正也。殷曰寅車，先疾也。周曰元戎，先良也。」箋：「鉤，鉤般，行曲直有正也。寅，進也。二者及元戎皆可以先前啟突敵陳之前行，其制之同異未聞。」〇陳奐釋傳云：「『鉤車』以下，御覽六十五引古司馬兵法同。古司馬法：兵車一乘，甲士十人。然則甲士二五爲一乘，十乘百人，即甲士百人。諸侯有大功，賜以虎賁百人，得專征伐者謂此也。吉甫帥師，元戎十乘。左昭十三年傳劉獻公曰：『天子之老，請帥王賦，「元戎十乘，以先啟行」，正本此詩。」「詩曰」至「伍也。」史記三王世家集解引詩曰「元戎十乘，以先啟行」，及韓嬰章句文。「元戎」二句，本韓詩，明韓毛文同。所謂韓嬰章句，即薛君章句也。馬瑞辰云：「韓言車制較詳。言『所以冒突先啟敵家之行伍』者，左宣十二年傳孫叔曰：『進之！寧我薄人，無人薄我。詩云「元戎十乘，以先啟行」，先人也。軍志曰「先人有奪人之心」，薄之也。』是『以先啟行』即是『薄人』，故鄭訓爲『啟突敵陣之前行』，不爲自開其行列。左傳正義服虔引司馬法謀師篇云：『大前驅，啟乘車、大晨倅車屬焉。』所云『大前驅』，即元戎也。『啟乘車』與『大晨倅車』，皆爲所屬。則是『元戎』居啟行之先，與韓鄭以『啟行』爲『突啟敵陣』者義異。」或本魯齊詩説。班固燕然山銘「元戎輕武」，用齊詩文。

戎車既安，如輊如軒。四牡既佶，既佶且閑。【疏】傳：「輊，摯。佶，正也。」箋：「戎車之安，從後視之如『摯』，從前視之如『軒』，然後適調也。佶，壯健之貌。」○惠棟云：「『摯』當作『蟄』。淮南子高注：『蟄音至。從車，不从手。』」段玉裁云：「『軒輊』，即『軒輖』也。既夕禮鄭注：『輖，蟄也。』說文：『輖，重也，謂車重也。』士喪禮『軒輖中』，鄭：『輖，蟄也。』摯、蟄、輊同字，輖雙聲，許書有輖、摯而已。『摯』者，依聲託事字也。軒言車輕，輖言車重，引申爲凡物之輕重。」據此，淮南从「車」誤也。胡承珙云：「淮南人間訓：『道者置之前而不蟄，錯之後而不軒。』後漢馬援傳：『居前不能令人輊，居後不能令人軒。』皆謂平均調適，無所輕重低昂之意。凡車，輊前者必軒後，（軒，起也。前重則後輕，故後有軒勢。若後重則前輕，其前仰起亦可曰軒。集韻分「前頓曰輊，後頓曰軒」，非是。）然後從後視之，不見有輊狀，則前必過於輕，從前視之不見有軒狀，則後必過於重，故曰『如輊如軒』，非真有輊軒而不啻，其輊軒則一低一昂，自然調適。箋語善於形容。」又云：「說文：『佶，正也。』引詩『既佶且閑』。詩上二句言車之善，下二句言馬之善。車以平均調適爲善，馬以整齊馴習爲善。『佶』者整齊，『閑』者馴習，不必如箋說『壯健』也。」張衡東京賦「既佶且閑」，明魯毛文同。

薄伐玁狁，至于大原。【疏】傳：「言逐出之而已。」○案，漢書匈奴傳：「周宣王時，獫狁內侵，至于涇陽，命將征之，盡境而還。其視戎狄之侵，譬猶蝱蟲之螫，敺之而已，故天下稱明。」與傳義合。漢書敘傳：「薄伐獫狁。」鹽鐵論繇役篇：「周宣王尹吉甫式遏寇虐，詩云：『薄伐獫狁，至于太原。』」明齊毛文同。漢書韋玄成傳載劉歆引詩曰：「薄伐獫狁，至于太原。」明魯毛文同。顧炎武云：「朱子集傳以爲今太原陽曲縣，即詩之太原。案古之言『太原』者多矣，若此詩，則當先求涇陽所在，而後太原可得而明也。漢書地理志安定郡有涇陽縣，幵頭山在西，禹貢涇水所出。後漢靈帝紀『段熲破先零羌於涇陽』，注：『涇陽屬安定，在原州。』郡縣志：『原州平涼縣，本漢涇陽縣地，今縣西四十里涇陽故城是也。』然則太原當即今之平涼，而後魏立爲原州，亦是取古太原之名爾。計周人之禦玁狁，必在涇原之間。若晉陽之太原在大河之東，距周京千五百里，豈有寇從西來，兵從東出者乎？故曰『天子命我，城彼朔方。』而國語『宣王料民于太原』，亦以其近邊爲禦戎之備，必不料之於晉國也。」胡渭云：「漢安定郡治高平縣，後廢。元魏改置，曰平高。唐爲原州治，後徙治平涼縣西，去故州一百六十里，故州卽元開城縣，今固原州也。小爾雅：『高平謂之大原。』則大原當在州界，非平涼縣，縣乃古涇陽，在固原之東。玁狁侵及涇陽，而薄伐之以至於大原，蓋自平涼逐之出塞，至固原而止，不窮逐也。」陳奐云：「方輿紀要：陝西平涼府鎮原縣，在府北百三十里，縣西二里有高平故城。固原州在府西北百十里，鎮原爲唐之原州治，固原屬原州界西之中。疑古大原當在鎮原，平涼卽涇陽地。從涇陽直北，追至鎮原，不更向西北矣。史記匈奴傳『武王伐紂，放逐戎夷涇、洛之北』，當亦不甚相遠也。」案，當時吉甫直出涇陽，遂破玁狁。楊雄幷州牧箴所云『宣王命將，攘之涇北』也。（藝文類聚引。）淸鎬地而至大原，追逐千數百里，終宣王之世，邊境無事，功亦偉矣。文武吉甫，萬邦爲憲。【疏】傳：「吉甫，尹吉甫也，有文有武。憲，法也。」箋：「吉甫，此時大將也。」○案，崧高『作誦』，是其文也。『薄伐獫狁』，是其武也。漢書人表尹吉甫列上下第三等，次周宣王世。「憲，法」，釋詁文。

吉甫燕喜，既多受祉。來歸自鎬，我行永久。飲御諸友，炰鱉膾鯉。【疏】傳：「祉，福也。御，進也。」箋：「吉甫既伐玁狁而歸，天子以燕禮樂之，則歡喜矣，又多受賞賜也。御，侍也。王以吉甫遠從鎬地來，又日月長久，今飲之酒，使其諸友恩舊者侍之，又加其珍美之饌，所以極勸之也。」○漢書陳湯傳：「劉向曰：『吉甫之歸，周厚賜之，其詩曰：『吉甫燕喜，既多受祉。來歸自鎬，我行永久。』千里之鎬，猶以爲遠，況萬里之外，其勤至矣！』」向引魯詩，明魯毛文同。易林豫之萃云：「飲御諸友，所求大得。」小畜之大過同。賁之頤云：「炰鱉膾鯉。」明齊毛文同。胡承珙云：「大射儀『羞庶羞』，注：『有炰鱉膾鯉』者。天子諸侯之射，先行燕禮，此詩所言，其卽燕禮之庶羞與？」愚案：詩上明言「燕喜」，胡以爲庶羞之禮，是也。王夫之云：「禮，與卿燕則大夫爲賓，與大夫燕亦大夫爲賓。鄭注不以所與燕者爲賓，燕主序歡心，賓主敬也。公父文伯飲南宮敬叔，露堵父爲客，此之謂也。君燕卿大夫，膳夫爲主而別命賓，則君與所燕者皆尊安矣。天子之大夫稱字，張仲，大夫也。燕吉甫而命仲爲賓，此與卿燕大夫爲賓之禮也。」

侯誰在矣？張仲孝友。【注】魯說曰：張仲孝友。善父母爲孝，善兄弟爲友。【疏】傳：「侯，維也。張仲，賢臣也。善父母爲孝，善兄弟爲友。使文武之臣征伐，與孝友之臣處內。」箋：「張仲，吉甫之友，其性孝友。」○「張仲」至「爲友」，釋訓文，魯說也。漢書人表張仲列上下第三等，次周宣王世，「仲」作「中」，蓋齊詩「亦作」本。易林離之坎云：「六月采芑，征伐無道。張仲方叔，克勝飲酒。」又小過之未濟云：「六月采芑，征伐無道。張仲季叔，孝友飲酒。」馬瑞辰云：「歐陽集古録、薛氏鐘鼎款識並載有張仲簠銘五十一字，其文曰『用饗大正歆，王賓饌具，召飤張仲，受無疆福。諸友飤具飽，張仲畀壽。』簠銘言『諸友』，與詩『飲御諸友』合，簠蓋因此時得與燕飲作也。易林云：『張仲季叔，孝友飲酒。』蓋以詩言諸友，當時叔季皆在，詩特言張仲以該叔季也。」此皆齊說。蔡邕爲陳留縣上孝子狀：「張仲孝友，侯在左右。周宣之興，實始于此。」又張玄祠堂碑：「其先張仲者，實以孝友爲名臣，左右王室。」潛夫論志姓氏篇：「詩頌宣王，張仲孝友。」後漢書楊賜對書曰：「內親張仲，外任山甫。」此言張仲佐宣王處內，皆魯說。

六月六章，章八句。

采芑【疏】毛序：「宣王南征也。」○三家無異義。詩汜歷樞曰：「午采芑也。」此齊說。

薄言采芑，于彼新田，于此菑畝。【注】魯說曰：田一歲曰菑，二歲曰新田。【疏】傳：「興也。芑，菜也。田一歲曰菑，二歲曰新田，三歲曰畬。宣王能新美天下之士，然後用之。」箋：「興者，新美之喻和治其家、養育其身也。士，軍士也。」○孔疏引陸疏：「芑似苦菜，莖青白色，摘其葉，白汁出，肥可生食，亦可烝爲茹。青州人謂之芑。西河雁門芑尤美，胡人戀之不出塞是也。」馬瑞辰云：「據齊民要術引詩義疏，云『藘似苦菜，青州謂之芑。』說文：『藘，菜也。』是知孔疏引兩『芑』字皆『藘』之譌。藘、芑聲之轉，故藘謂之芑也。芑即苦菜，而陸云『似苦菜』者。宋嘉祐本草謂：『苦苣野生者名稨苣，今人家常食爲白苣。』是苦菜有二種，陸蓋以芑爲家中種者，以苦菜爲野苦苣，今北人呼『藘蕒菜』，故云『藘似苦菜』也。據詩下文，則芑種於田，不爲野苣明矣。」「田一」至「新田」，釋地文，魯說也。孔疏引孫炎曰：「菑音災，始災殺其草木也。新田，新成柔田也。」郭注：「今江東呼初耕地反草爲菑。」是魯毛不異。禮坊記鄭注：「二歲曰畬，三歲曰新田。」禮注多據齊詩說，蓋齊魯師說所傳異詞，故不同耳。

方叔涖止，其車三千，師干之試。【疏】傳：「方叔，卿士也，受命而爲將也。涖，臨。師，衆。干，扞。試，用也。」箋：「方叔臨視此戎車三千乘，其士卒皆有佐師扞敵之用爾。司馬法：『兵車一乘，甲士三人，步卒七十二人。』宣王承亂，羨卒盡起。」○漢書人表方叔列上下第三等，次周宣王世。此齊說。揚雄趙充國頌：「昔周之宣，有方有虎，詩人歌功，乃列于雅。」此魯說。說文：「竦，臨也。」涖、竦聲近，俗作「莅」。陳奐云：「箋據司馬法，一乘七十五人，正義因謂天子六軍千乘，三千乘十八軍。金氏鶚云：『天子六軍，七萬五千人耳，今用十八軍，二十二萬五千人，自古未有如此之多。司馬法本有二說，鄭詩箋及論語注引司馬法：「兵車一乘，甲士三人，步卒七十二人。」而小司徒注又引司馬法：「革車一乘，士十人，徒二十人。」鄭不詳其所以異，賈疏及春秋孔疏皆以七十五人爲畿內采地法。不知王者軍制，自畿內達之天下，安得有異？且士卒出於鄉遂，非出於采地也。江氏永謂「七十五人」者，邱甸之本法；「三十人」者，調發之通制。此說得之。然其解周官，亦謂戰車七十五人，則亦誤也。車乘士卒，經典有明文，周官：「五伍爲兩，兩者車一乘也。」是明言二十五人爲一乘矣。蓋兵車一乘，甲士十人，步卒十五人，甲士二伍，步卒三伍，士卒不相襍。凡用兵，選其强壯有勇者爲甲士，又選其尤者使居車上，左人持弓矢主射，右人持矛主擊刺，中人主御，是謂甲首。左傳言「獲其甲首三百」，甲首者，甲士之首也。三百人則車百乘也，餘甲士七人，蓋在車之左右，步卒十五人，蓋在車之後也。調發之制，一乘三十人，而戰止用二十五人，蓋用步卒五人將重車也。杜牧孫子注云：「炊家子十人固守，衣裝五人，廄養五人，樵汲五人。」此將重車二十五人也。每一乘兵車所出之卒，除五人將重車，是兵車五乘，重車一乘也。五乘凡一百五十人，馬二十四，其糗糧芻茭，宜以大車載之矣。重車在兵車之後，將重車者，大抵老弱之人，皆步卒而非甲士，故不用以戰，行則將重車，止則爲炊爨樵汲等事也。江氏謂四兩爲卒，以一兩之人將重車，抑又誤矣。伍兩卒旅皆戰士，將重車者非戰士也。以一兩之人將重車，則無以成卒，又何以成旅師與軍乎？惟以二十五人爲一乘，按之諸書皆合。方叔南征，車三千乘，每乘二十五人，三千乘得七萬五千人，是王六軍之制也。」案，金説確不可易。又歷引左傳「帥車三十乘，甲士三千人」、孟子「革車三百兩，虎賁三千人」與管子「一乘四馬，白徒三十人奉車兩」，並與司馬法「一乘三十人」合，可謂信而有徵矣。「師衆」，釋詁文。「干，扞」、「試，用」，釋言文。「師干之試」，言軍士之衆，足爲扞禦之用也。」

方叔率止，乘其四騏，四騏翼翼。路車有奭，簟茀魚服，鉤膺鞗革。【疏】傳：「奭，赤貌。鉤膺，樊纓也。」箋：「『率』者，率此戎車士卒而行也。翼翼，壯健貌。『茀』之言『蔽』也，車之蔽飾象席文也。魚服，矢服也。鞗革，轡首垂也。」○馬瑞辰云：「說文『衛』下云：『將衛也。』『將』下云：『帥也。』『帥』亦當作『衛』。毛作『率』者，『衛』之省借，韓詩多借作『帥』。說文『𨒅』下云：『先道也。』音義與『衛』同。後假『率』爲之，又借作『帥』。若『率』之本義，自爲捕鳥畢；『帥』之本義，自爲佩巾耳。」采薇傳云：「翼翼，閑也。」「奭」讀爲「赫」，「有奭」即「有赫」，猶言「赫赫」也。孔疏：「瞻彼洛矣云『韎韐有奭』，彼茅蒐染爲奭，故知『赤貌』也。」陳奂云：「載驅『簟茀朱鞹』，傳：『鞹，革也。諸侯之路車，有朱革之質而羽飾。』是路車有赤飾也。載驅傳又云：『簟，方文席也，車之蔽曰茀。』繕人：『凡乘車，充其籠箙。』說文：『籠，笭也。』『笭，車笭也。』車笭即茀。矢箙繫於笭，故曰『籠箙』，是即詩之『魚服』歟？」「鉤膺」者，陳奂云：「『樊』者，『緐』之借字。說文：『緐，馬髦飾也。』漢之羽葆幢，以犛牛尾爲之，如斗，在乘輿左。騑馬頭上馬纓，飾狀相似，是謂『緐纓』。亦與旄竿析羽注旄首相似，故左哀二十三年傳言薦夫人馬稱『旌緐』。蔡邕獨斷云：『緐纓在馬膺前，如索帬。』方言：『帬，陳魏之間謂之帔，自關而東或謂之襬。』蔡以漢索帬比況緐纓，皆謂下垂緐多之狀。晉語『亡人之所懷挾纓纕』，韋注：『纓，馬纓也。』蓋以當時夷吾出亡，未立爲君，故馬皆有纓而無緐。左成二年傳：『衛仲叔于奚請緐纓以朝。』新書審微篇：『緐纓者，君之駕飾也。』是緐纓爲尊者之馬飾，馬有緐纓，猶人有緌纓。緌與纓異材，賤者止有冠纓，尊者以緌爲飾。人之纓結頷下，馬之纓結胸前。纓即馬帶，以革爲之，緐下垂，其上有鉤金以爲飾。先鄭賈馬蔡許說『樊纓』大略相同。惟鄭康成讀『樊』如『鞶帶』之鞶，謂今馬大帶也；『纓』，今馬鞅。與古說異。『鞗革』，詳蓼蕭篇。」

薄言采芑，于彼新田，于此中鄉。方叔涖止，其車三千，旂旐央央。【疏】傳：「鄉，所也。」箋：「中鄉，美地名。交龍爲旂，龜蛇爲旐。此言軍衆將帥之車皆備。」〇馬瑞辰云：「『鄉』與『黨』對文則異，散文則通。玉藻鄭注：『鄉，黨之細者。』淮南道應訓『北息乎沈墨之鄉，西窮冥冥之黨』，是鄉猶黨也。左傳服注、公羊何注、國語韋注、釋名並曰：『黨，所也。』黨爲所，則鄉亦爲所矣。孟子『出入無時，莫知其鄉』，即『莫知其所』也。廣雅『所，凥也。』古者公田爲居，廬舍在內，還廬舍種桑麻雜菜，疆畔則種瓜果，小雅所云『中田有廬，疆埸有瓜』也。『中鄉』，當指『中田有廬』言之，傳訓『鄉』爲『所』，亦以『所』爲『凥』也。」方叔率止，約軝錯衡，八鸞瑲瑲。【疏】傳：「軝，長轂之軝也，朱而約之。錯衡，文衡也。瑲瑲，聲也。」○「約軝」者，戎車長轂，小戎謂之「暢轂」。「朱而約之」，朱其飾也。考工記輪人言置轂之制：「五分其轂之長，去一以爲賢，去三以爲軹。容轂必直，陳篆必正，施膠必厚，施筋必數，幬必負幹。既摩，革色青白，謂之轂之善。」鄭注：「篆，轂約也。」説文「軝」下云：「長轂之軝也。」引詩。或作「軧」。段注：「大車轂長尺五寸，田車、兵車、乘車轂長三尺二寸。五分三尺二寸之長：一爲賢，得六寸四分；三爲軹，得尺九寸二分；虛其一者，留以置輻也。考工記之『軹』，即詩之『軝』，軹，同音假借字。取此尺九寸二分者，以革約之而朱其革，詩所謂『約軝』也。『容』，如『製甲必先爲容』之容，先爲容轂之笵，盛轂於中，以治之飾之。『陳篆』者，刻畫其文，而以革縷若絲嵌約之，而後施膠施筋，而後幬之以渾革，而九桼之而摩之。革色青白，而後朱畫之。容轂以下，渾轂所同也。幬而朱之，軝所獨也，本是幬而朱之，毛云『朱而約之』，許云『以朱約之』者，既朱則似先朱其革，其意一也。」陳奐云：「『錯衡』，謂衡上束文也。説文：『𩌏，車衡三束也。曲轅𩌏縛，直轅𨏤縛。从革，爨聲，讀如論語「鑽燧」之鑽，或作𩍭。』案，曲轅即曲輈，曲轅車衡，其約束之革，是曰𩌏。錯、𩌏聲相近。『三束』者，衡之文也。或謂以金飾衡者，誤以錯衡爲金厄耳。」釋文：「瑲，本作鎗。」「瑲瑲」，鑾聲。

服其命服，朱芾斯皇，有瑲葱珩。【注】魯「芾」作「紼」。韓齊魯「珩」作「衡」。【疏】傳：「朱芾，黃朱芾也。皇，猶煌煌也。瑲珩，聲也。葱，蒼也。三命葱珩，言周室之强，車服之美也。言其强美，斯劣矣。」箋：「『命服』者，命爲將，受王命之服也。天子之服，韋弁服、朱衣裳也。」○「命服」者，上公之服，朱芾、葱珩皆是。張衡綬笥銘「服其命服」，明魯毛文同。斯干箋：「天子純朱，諸侯黃朱。」嫌於偪尊，故知此「朱」是「黃朱」也。「煌煌」，言其明也。「有瑲」，猶瑲瑲。「三命赤韍葱珩」，禮玉藻文。「魯芾作紼」者，白虎通紼冕篇：「紼者蔽也，行以蔽前者爾，有事因以列尊卑、彰有德也。天子朱紼，諸侯赤紼。詩云：『朱紼斯皇，室家君王。』又云：『赤紼金舄，會同有繹。』又云：『赤紼在股。』皆謂諸侯也。書曰『黼黻衣黃朱紱』，亦謂諸侯也。並見衣服之制，故遠別之，謂黄朱亦赤矣。大夫葱衡，別於君矣。天子、大夫朱紱葱衡，士韎韐。朱赤者，盛色也，是以聖人法之，用爲紱服，百王不易也。」陳喬樅云：「易乾鑿度：『天子、三公、九卿朱紱，諸侯赤紱。朱紱者，賜大夫之服也。』鄭注：『朱、赤雖同，而有深淺之別。』說與此合。然則諸侯惟得用赤紱，入爲王臣，始加賜朱紱。天子、三公、九卿，皆服朱紱葱衡。方叔爲宣王卿士，故詩言『朱紱斯皇，有瑲葱衡』也。」「韓齊魯珩作衡」者，玉府注引詩傳曰：「佩玉上有葱衡，下有雙璜，衡牙蠙珠，以納其間。」賈疏謂是韓詩，唐時韓詩尚存，其言可信。又晉語注引詩傳曰：「上有葱珩，下有雙璜。」（丁晏云明本舊本引國語注「珩」作「絎」，譌，今改正。）所引不知何詩傳也。大戴禮保傅篇：「下車以佩玉爲度，上有葱衡，下有雙璜，衡牙玭珠，以納其間，琚瑀以雜之。」蔡邕月令章句云：「佩上有葱衡，下有雙璜，琚瑀以雜之，衡牙蠙珠以納其間。」是齊魯家皆以衡璜衝牙爲佩玉之大名，中又有琚瑀雜貫之。賈疏云：「衡，横也。謂葱玉爲横梁，下以組懸於衡之兩頭，兩組之末，皆有半璧曰璜，故曰雙璜。又以一組懸於衡之中央，於末著衝牙，使前後觸牙，故曰衝牙。案，琚瑀所置，當於懸衝牙組之中央，又以二組穿琚瑀之内，角衺係衡之兩頭，組末係於璜。納其間者，組繩有五，皆穿於其間也。」

鴥彼飛隼，其飛戾天，亦集爰止。方叔涖止，其車三千，師干之試。方叔率止，鉦人伐鼓，陳師鞠旅。【疏】傳：「戾，至也。伐，擊也。鉦以静之，鼓以動之。鞠，告也。」箋：「隼，急疾之鳥也，飛乃至天，喻士卒勁勇，能深攻入敵也。爰，於也。亦集於其所止，喻士卒須命乃行也。『其車三千』，三稱此者，重師也。鉦也鼓也，各有人焉。言『鉦人伐鼓』，互言爾。二千五百人爲師，五百人爲旅，此言將戰之日，陳列其師旅誓告之也。陳師告旅，亦互言之。」○案，說文「鞠」下云：「蹋，鞠也。」「鞫」下云：「窮理辠人也。」鞠、鞫經典通作。陳喬樅云：「張衡東京賦『陳師鞠旅』，衡習魯詩，是魯亦作『鞠』。御覽三百三十八引詩『陳師鞠旅』，字作『鞠』，蓋齊韓異文。」顯允方叔，伐鼓淵淵，振旅闐闐。【注】魯説曰：「振旅闐闐，出爲治兵，尚威武也。入爲振旅，反尊卑也。」韓「闐」作「嗔」，齊作「輷」。【疏】傳：「淵淵，鼓聲也。入曰振旅，復長幼也。」箋：「『伐鼓淵淵』，謂戰時進士衆也。至戰止將歸，又振旅伐鼓闐闐然。振，猶『止』也。旅，衆也。春秋傳曰：『出曰治兵，入曰振旅，其禮一也。』」○「顯允方叔」，猶言明信之方叔，謂其號令明而賞罰信也。「淵淵」，猶「鼝鼝」。「振旅」至「卑也」，釋天文，魯説也。陳奂云：「爾雅釋詩，兼及治兵，則『振旅』爲習戰。周制，春秋二時教民，三年數軍實，皆有治兵振旅習戰之事。春秋莊『八年春王正月，師次于郎，以俟陳人、蔡人。甲午，治兵。』公羊傳：『出曰祠兵，入曰振旅，其禮一也，皆習戰也。』『祠』者，『治』之借字。穀梁傳：『出曰治兵，習戰也。入曰振旅，習戰也。』晉語：『治兵振旅，鳴鐘鼓以至于宋。』此行師習戰皆有治兵振旅，並與詩言『振旅』同。箋謂『戰止將歸』，失經恉矣。」爾雅郭注：「闐闐，羣行聲。」陳喬樅以爲襲舊注魯詩説。説文：「闐，盛貌。」「盛」與「羣行」義近。「韓作嗔嗔」者，説文「嗔」下云：「盛气也。从口，真聲。詩曰：『振旅嗔嗔。』」玉篇口部：「盛聲也。」引詩同。此韓説也。「齊作輷」者，左思魏都賦「振旅輷輷」，必是齊詩之異文。文選李注引倉頡篇曰：「輷輷，衆車聲也。呼萌切。今爲『輷』字，音田。」

蠢爾蠻荆，大邦爲讎！方叔元老，克壯其猶。【注】魯説曰：「蠢，不遜也。」韓説曰：「元，長也。」韓「猶」作「猷」，魯「猶」亦作「猷」。【疏】傳：「蠢，動也。蠻荆，（案，當原作「荆蠻」。）荆州之蠻也。元，大也。五官之長，出於諸侯，曰天子之老。壯，大。猶，道也。」箋：「『大邦』，列國之大也。猶，謀也。謀，兵謀也。」○案，此章兩「蠻荆」皆「荆蠻」誤倒，三家可證。傳釋爲「荆州之蠻」，孔疏亦有「荆蠻内侵」之語，知毛詩原亦作「荆蠻」。揚雄揚州箴「蠢蠢荆蠻」，本魯經文。漢書賈捐之傳：「詩云：『蠢爾蠻荆，大邦爲讎。』言聖人起則後服，中國衰則先畔，動爲國家難，自古而患之矣。」捐之爲賈誼曾孫，誼孫嘉尚承家學，捐之所習當亦魯詩，觀顏注釋爲「南荆之蠻」，知原引必作「荆蠻」。通典兵四及御覽兵部五十八引漢書，皆作「蠢爾荆蠻」，則今傳作「蠻荆」，乃襲毛本之誤。「蠢，不遜也」者，釋訓文。郭注：「蠢動爲惡，不謙遜也。」即魯家此詩之訓。王逸九歎注：「蠢蠢，無禮義貌。詩曰：『蠢爾蠻荆。』」無禮義則不遜，與雅訓合。「荆蠻」亦誤倒。後魏肅宗詔、文選吳都賦李注引詩皆作「蠢爾荆蠻」，蓋本韓詩。「元，長也」者，玉篇一部引韓詩文。易乾卦文言：「元者，善之長也。」故韓說以「元」爲「長」。後漢章帝紀「爲國元老」，李注：「元，長也。詩曰：『方叔元老。』」即據韓詩爲解。玉篇士部：「壯，大也。詩曰：『克壯其猷。』」是據韓詩之文。「魯猶亦作猷」者，鹽鐵論未通篇「五十以上，血脈益剛，曰艾壯。詩曰：『方叔元老，克壯其猶。』故商師若荼，周師若烏。」明齊詩作「猶」，與毛同。蔡邕胡公碑「方叔克壯其猷」，是魯詩亦作「猷」也。

方叔率止，執訊獲醜。戎車嘽嘽，嘽嘽焞焞，如霆如雷。顯允方叔，征伐玁狁，蠻荆來威。

【注】魯「焞」作「推」。【疏】傳：「嘽嘽，衆也。焞焞，盛也。」箋：「方叔率其士衆，執將可言問所獲敵人之衆以還歸也。言戎車既衆盛，其威又如雷霆。言雖久在外，無罷勞也。方叔先與吉甫征伐玁狁，今將往伐蠻荆，皆使來服於宣王之威。美其功之多也。」○案，王逸楚詞九歌注：「訊，問也。詩云：『執訊獲醜。』」明魯毛文同。漢書韋玄成傳載劉歆議引詩：「嘽嘽推推，如霆如雷。顯允方叔，征伐獫狁，荆蠻來威。」亦魯文。又陳湯傳載劉向亦引此詩五句，而「推推」作「焞焞」，「荆蠻」亦倒作「蠻荆」，與今毛本全同。向歆遞傳魯詩，不應有異。觀湯傳顏注「令荆土之蠻，畏威而來」，與玄成傳注「南荆之蠻，亦畏威而來服」，皆原作「荆蠻」釋之，湯傳之誤可見。陳喬樅曰：「段玉裁以漢書『推』字爲『⿰車隹』字之誤。玉篇：『⿰車隹，車盛貌。』廣韻：『⿰車隹⿰車隹，車盛貌。』『推推』即『⿰車隹⿰車隹』也。魯字與毛異，向必作『推推』，其作『焞焞』，亦俗人順毛所改。」愚案：楚爲荆蠻，見晉語；南有荆蠻，見鄭語。近儒引證尚多，但毛誤已久，故誤者皆襲之耳。

采芑四章，章十二句。

車攻【疏】毛序：「宣王復古也。宣王能内修政事，外攘夷狄，復文武之境土，修車馬，備器械，復會諸侯於東都，因田獵而選車徒焉。」箋：「東都，王城也。」○易林履之夬云：「吉日車攻，田弋獲禽。宣王飲酒，以告嘉功。」鼎之隨同，惟「宣王」句作「反行飲至」。班固東都賦「嘉車攻」，用此經文，皆齊詩說。魯韓無異義。

我車既攻，我馬既同。四牡龐龐，駕言徂東。【疏】傳：「攻，堅。同，齊也。宗廟齊豪，尚純也。戎事齊力，尚强也。田獵齊足，尚疾也。龐龐，充實也。東，雒邑也。」○案：「宗廟齊豪，戎事齊力，田獵齊足」，釋畜文。尚純、尚强、尚疾，傳增解之。孔疏引舍人曰：「田獵取牲於苑囿之中，追飛逐走，取其疾而已。」玉篇馬部：「驡驡，充實貌。」顧書所載多韓詩，此云「充實貌」，與傳云「充實」義合，知必韓詩異文同訓也。雒在鎬東，成王作邑於雒，謂之王城，大會諸侯。宣王中興，復往會焉，故云「徂東」也。

田車既好，四牡孔阜。東有甫草，【注】三家「甫」作「圃」。駕言行狩。【疏】傳：「甫，大也。田者，大芟草以爲防，或舍其中，褐纏旃以爲門，裘纏質以爲槸，間容握，驅而入，擊則不得入，左者之左，右者之右，然後焚而射焉。天子發，然後諸侯發；諸侯發，然後大夫士發。天子發，抗大綏；諸侯發，抗小綏。獻禽於其下，故戰不出頃，田不出防，不逐奔走，古之道也。」箋：「『甫草』者，甫田之草也。鄭有甫田。」○「魯甫作圃」者，御覽一百九十六引白虎通云：『圃，天子百里，大國四十里，次國三十里，小國二十里。苑圃在東方，所以然者何？苑圃，養萬物者也。東方，物所以生也。詩曰：『東有圃草』』，周禮閽人疏，廣韻同。王逸楚詞九歎注：「圃，野也。詩曰：『東有圃草。』」皆魯詩也。「齊作圃」者，班固東都賦：「豐圃草以毓獸。」班用齊詩，是齊作「圃」。後漢馬融傳注引韓詩曰：「東有圃草，駕言行狩。」薛君曰：

「圃，博也，有博大茂草也。」文選東都賦李注引薛説同，是韓作「圃」也。水經渠水注云：「渠水歷中牟縣之圃田澤，澤多麻黄草，故述征記曰：踐縣境，便睹斯卉，窮則知踰界。詩所謂『東有圃草』也。」元和志：「圃田一名原圃，東西五十里，南北二十六里，西限長城，東極官渡，上承鄭州管城縣曹家陂。」宣王時無鄭國，此尚在王畿之内也。御覽八百三十一資産部引韓内傳云：「春曰畋，夏曰獀，秋曰獮，冬曰狩。天子抗大綏，諸侯抗小綏，羣小獻禽於其下，天子親射之旍門，夫田獵因以講道習武簡兵也。」案，「天子抗大綏」以下皆言冬狩之事。「旍門」，旃門也，亦見爾雅注、周禮大司馬、穀梁昭八年傳。易林解之否：「鳴鸞四牡，駕出行狩。」用齊經文。

之子于苗，選徒囂囂。建旐設旄，搏獸于敖。【注】魯「獸」作「狩」。【疏】傳：「之子，有司也。夏獵曰苗。囂囂，聲也。維數車徒者爲有聲也。敖，地名。」箋：「于，曰也。獸，田獵搏獸也。敖，鄭地，今近滎陽。」○釋天：「夏獵爲苗。」周禮左傳穀梁傳並云「夏苗」，惟公羊傳以爲無夏田説異。「選徒」者，「選」讀爲「算」，説詳邶柏舟篇。説文：「算，數也。」大司徒「撰車徒」，鄭注：「撰讀曰算。算車徒，謂數擇之也。」「囂囂」者，馬瑞辰云：「釋言：『囂，閑也。』郭注：『囂然，閑暇貌。』此『囂囂』，亦閑暇貌也。」「搏獸于敖」，「搏」乃「薄」之誤。薄，詞也。臧玉林段玉裁皆云「獸」當作「狩」。箋上「獸」字亦當作「狩」。胡承珙云：「此經疑本作『薄獸于敖』，猶豳風言『一之日于貉』也。彼箋云：『于貉，往搏貉以自爲裘也。』『往』訓『于』，『搏貉』訓『貉』，故此箋以『搏獸』訓『獸』。然則經當作『薄獸』，箋當作『獸，田獵搏獸也。』若經作『狩』而箋云『狩，田獵搏獸也』，則上文已有『駕言行狩』，何不於次章箋之？釋文『搏獸音搏』，此爲鄭箋作音，非是經文作『搏』。正義釋經云『往搏取禽獸於敖地』，則經文已誤『薄』爲『搏』矣。鄭所見毛詩自作『獸』，不作『狩』也。」馬瑞辰云：「毛詩作『薄獸』，即『薄狩』之叚借。箋云『田獵搏獸』者，亦以經言『薄獸』非『禽獸』之獸，故以『田獵搏獸』釋之耳。」「魯獸作狩」者，張衡東京賦『薄狩于敖』，薛綜曰：「敖，鄭地，今之河南滎陽也。謂周王狩也。詩曰：『建旐設旄，薄獸于敖。』」衡所習者魯詩，故作「狩」，薛所注者毛詩，故作「獸」也。水經濟水注、後漢安帝紀注、班固傳注引詩作「薄狩于敖」，所引蓋皆三家詩。「于敖」者，續漢郡國志：河南滎陽縣有敖亭。劉昭補注：「周宣王狩于敖。左宣十二年傳：『晉師在敖鄗之間。』」即此。胡承珙云：「敖鄗，圃田，地本相近。周語『杜伯射王于鄗』，韋注引周春秋『宣王會諸侯田於囿，杜伯自道左』云云，『囿』當作『圃』。墨子明鬼篇略同，而云『宣王合諸侯田於圃』，蓋圃即圃田，鄗即敖鄗。韋以鄗爲鄗京，誤矣。」

駕彼四牡，四牡奕奕。赤芾金舄，會同有繹。

【注】韓說曰：奕奕，盛貌。齊作「𩧢𩧢」。魯「芾」作「紼」。

【疏】傳：「言諸侯來會也。諸侯赤芾金舄。舄，達屨也。（衍一「舄」字。）時見曰會，殷見曰同。繹，陳也。」箋：「金舄，黃朱色也。」○「奕奕盛貌」者，文選謝惠連秋懷詩注引薛君章句文。蔡邕胡廣黃瓊頌「奕奕四牡」，用魯經文。陳喬樅云：「『奕奕』，毛詩傳、箋皆無訓釋，正義以爲『四牡之馬，奕奕然閑習』也。韓以諸侯皆來會，故以『盛』言之。說文：『𩧢𩧢，馬行疾而徐也。』引詩『四牡𩧢𩧢』。『行疾而徐』，亦閑習之貌。馬瑞辰云：『𩧢』與『奕』古聲近，蓋即此詩『奕奕』之異文。」案，韓魯毛作「奕奕」，則作「𩧢𩧢」者齊文也。天子朱芾，諸侯赤芾。『魯芾作紼』者，白虎通紼冕篇引詩：『赤紼金舄，會同有繹。』詳見采芑篇。采芑傳解「芾」云：「黃朱芾也。」蓋以賜上公服之。此「金舄」亦黃朱色而以金爲飾，則達於天子，故曰「達屨」。晏子春秋上篇：「景公爲履，黃金之綦。」又晏子對曰：「古者人君大帶，重半鈞。舄履倍重，不欲輕也。」孟子「豈謂一鉤金」，趙注：「謂一帶鉤之金。」周禮鄭注：「今東萊稱或以大半兩爲鈞。」此「大帶重半鈞」者，當是一帶鉤之金重三分兩之一；「舄履倍重」者，當是兩舄之金重一鈞，爲大半兩，此古人金舄之制也。「時見曰會，殷見曰同」，大宗伯文，其禮各別，此連言之。「有繹」，猶「繹繹」也。文選甘泉賦注引韓詩章句云：「繹繹，盛貌。」

決拾既佽，弓矢既調。【注】魯「佽」作「次」。【疏】傳：「決，鉤弦也。拾，遂也。佽，利也。」箋：「佽，謂手指相佽比也。調，謂弓強弱與矢輕重相得。」○「魯佽作次」者，張衡東京賦「決拾既次」，薛綜曰：「決，以象骨著右手巨指，所以鉤弦也。拾，韝捍，著左臂也。」周官繕人鄭司農注：「抉者，所以縱弦也。拾者，所以引弦也。詩云：『抉拾既次。』詩家說或謂抉謂『引弦彄』也，拾謂『韝扞』也。」先鄭兼傳毛詩，而解詁所引詩「決」作「抉」，與毛「或作」本同，「佽」作「次」，乃用魯詩，是注周官時尚用三家也。又儀禮鄉射鄭注：「決，猶闓也，以象骨爲之，著右大擘指，以鉤弦闓體也。遂，射韝也，以韋爲之，所以遂弦者也，其非射時則謂之拾。拾，歛也，所以蔽膚歛衣也。」士喪禮鄭注：「決，猶闓也，挾弓以橫執弦。詩云：『決拾既佽。』」此齊說。玉篇手部：「詩曰：『決拾既佽。』拾，所以引弦也。」此韓說。射夫既同，助我舉柴。【注】魯「柴」作「胔」，齊韓「柴」作「㧘」。【疏】傳：「柴，積也。」箋：「『既同』，已射同，復將射之位也。雖不中必助中者，舉積禽也。」○孔疏：「此文承諸侯之下，『射夫』即諸侯也。夫，男子之總名。」「魯柴作胔」者，張衡西京賦「收禽舉胔」，即用魯詩。薛綜注：「胔，死禽獸將腐之名也。」說文：「㧘，積也。詩曰：『助我舉㧘。』」玉篇同，蓋出齊韓詩。馬瑞辰云：「石鼓詩有『射夫寫矢，具奪舉㧘』，與此詩義同。說文無『胔』有『骴』，云：『鳥獸殘骨曰骴。』引明堂月令曰：『掩骼埋骴。』蔡邕月令章句作『埋胔』。是知『胔』即『骴』之或體。」

四黄既駕，兩驂不猗。不失其馳，舍矢如破。【疏】傳：「『四黄』二句，言御者之良也。『不失』二句，言習於射御法也。」箋：「御者之良，得舒疾之中。射者之工，矢發則中，如椎破物也。」○「不猗」者，陳奐云：「『猗』，當作『倚』。釋文猗、倚二字音義迥別，具詳各篇，此詩釋文：『猗，於寄反。』則釋文本作『倚』字可證。『不倚』，無偏倚也。」孟子滕文公篇引「不失其馳」二句，趙岐章句云：「言御者不失其馳驅之法，則射者必中之。順毛而入，順毛而出，一發貫臧，應矢而死者，如破矣。此君子之射也。」趙習魯詩，此用魯說。

蕭蕭馬鳴，悠悠旆旌。徒御不警。【注】魯說曰：「徒御不警」，輦者也。大庖不盈。【疏】傳：「『蕭蕭』二句，言不讙譁也。徒，輦也。御，御馬也。不警，警也。不盈，盈也。一曰乾豆，二曰賓客，三曰充君之庖。故自左膘而射之，達於右腢，爲上殺；射右耳本，次之；射左髀，達於右䯚，爲下殺。面傷不獻，踐毛不獻，不成禽不獻。禽雖多，擇取三十焉，其餘以與大夫士，以習射於澤宮。田雖得禽，射不中，不得取禽；田雖不得禽，射中，則得取禽。古者以辭讓取，不以勇力取。」箋：「『不警』，警也。不盈，盈也。反其言美之也。『射右耳本』，『射』當爲『達』。『三十』者，每禽三十也。」○「不警」，各本作「不驚」，依孔疏訂正。「徒御」至「輦者也」，釋訓文，魯說也。郭注：「步挽輦車。」陳喬樅云：「此以『輦者』釋詩『徒御』。御猶駕也，漢書注：『駕人以行曰輦。』以其徒步而挽車，故曰『徒御』。魯義蓋如此。毛訓『徒』爲『輦』，『御』爲『御馬』，與雅訓異。」張衡西京賦「徒御悅」，用魯經文。

之子于征，有聞無聲。【疏】傳：「有善聞而無讙譁之聲。」箋：「晉人伐鄭，陳成子救之，舍於柳舒之上，去穀七里，穀人不知，可謂『有聞無聲』。」○「之子」，即「于苗」之有司，聿從王行歸也。號令嚴肅，有嘉聞而無讙聲，可想君臣平日講習之善。允矣君子，展也大成。【疏】箋：「允，信。展，誠也。『大成』，謂致太平也。」○案，此「君子」美宣王，則上「之子」非宣王明矣。後漢桓帝紀梁太后詔曰：「展也大成，則所望矣。」后通韓詩，望帝能致太平，與箋說合。禮緇衣引「允矣君子，展也大成」二句，明齊毛文同。

車攻八章，章四句。

吉日【疏】毛序：「美宣王田也。能慎微接下，無不自盡以奉其上焉。」○左昭三年傳：「鄭伯如楚，子產相。楚子享之，賦吉日。既享，子産乃具田備。」此吉日爲出田之證。車攻由會諸侯而田獵，吉日則專美田事也，一在東都，一在西周。三家無異義。

吉日維戊，既伯既禱。【注】魯説曰：「既伯既禱」，馬祭也。【疏】傳：「維戊，順類乘牡也。伯，馬祖也。重物慎微，將用馬力，必先爲之禱其祖。禱，禱獲也。」箋：「戊，剛日也，故乘牡爲順類也。」○班固東都賦「采吉日」，用齊經文。「既伯既禱，馬祭也」者，釋天文，魯説也。郭注：「伯，祭馬祖也。將用馬力，必將祭其先。」甸師「禂牲禂馬」，杜子春云：「禂，禱也，爲馬禱無疾，爲田禱多獲禽牲。詩云：『既伯既禱。』」説文「禱」下云：「告事求福也。从示，壽聲。」「禂」下云：「禱牲，馬祭也。从示，周聲。詩曰：『既禡既禂。』」重文「䮞」下云：「或从馬，壽省聲。」毛詩之「禱」，蓋即「䮞」之借字，故杜直引「既禱」以説甸師之「禂」也。段注説文，據小徐本「䮞」作「𩣡」，引詩四字亦爲小徐繫傳語，謂大徐解字本誤入正文，並以詩無此語爲疑。陳喬樅云：「小徐所引自是三家異文，如通論中引詩『亦孔之惡』，『僾』作『悉』。『鶴鳴九皋』，無『于』字。『布政優優』，『敷』作『布』。繫傳中引詩『求民之瘼』，『莫』作『瘼』。『滭沸濫泉』，『觱』作『滭』，『檻』作『濫』。皆與毛異。南唐書稱鍇讀書博記，『所校讐尤審諦。江南藏書之多爲天下冠，鍇力居多』，故三家詩遺文佚句，鍇多能稱述之也。『伯』得與『禡』通者。大司馬『有司表貉』，先鄭讀『貉』爲『禡』。甸祝『掌表貉之祝號』，杜子春讀『貉』爲『百』。書『亦或爲禡』，肆師『祭表貉則爲位』，鄭注『貉』讀爲『百』。古『禡』字借『貉』爲之音，讀如『百』，可爲伯、禡音近通借之證。」愚案：陳通「伯」、「禡」之讀，甚精確，其申小徐，雖足爲段氏解惑，惟「䮞」既「从馬，壽省聲」，則从「馬」、「𠷎」者爲誤，「𠷎」乃「䮞」字，非「壽」省也。王應麟之博雅，必非不見繫傳者，其詩考仍據「既禡既禂」爲許君所引詩文，則小徐本之見於注文，亦正如段氏之疑詩無此語而移改之耳。是其誤在小徐，若大徐奉敕修書，當不至併小徐之説亦誤爲許君正文也。

田車既

好，四牡孔阜。升彼大阜，從其羣醜。【疏】箋：「醜，衆也。田而升大阜，從禽獸之羣衆也。」○還傳：「從，逐也。」

吉日庚午，既差我馬。【疏】傳：「外事以剛日。差，擇也。」○漢書翼奉傳奉上封事曰：「知下之術，在於六情十二律而已。北方之情好也，好行貪狼，申子主之。東方之情怒也，怒行陰賊，亥卯主之。貪狼必待陰賊而後動，陰賊必待貪狼而後用，二陰並行，是以王者忌子卯也。禮經避之，春秋諱焉。南方之情惡也，惡行廉貞，寅午主之。西方之情喜也，喜行寬大，己酉主之。二陽並行，是以王者吉午酉也。詩曰：『吉日庚午。』上方之情樂也，樂行姦邪，辰未主之。下方之情哀也，哀行公正，戌丑主之。辰未屬陰，戌丑屬陽，萬物各以其類應。」又曰：「師法用辰不用日。」馬瑞辰云：「『日』謂十干，『辰』謂十二支。十干五剛五柔，甲丙戊庚壬五奇爲剛日，乙丁巳辛癸五偶爲柔日也。十二支六陰六陽，申子亥卯辰未爲六陰，寅午巳酉戌丑爲六陽也。毛言『外事用剛日』，則以庚爲吉。翼言『王者吉午酉』，又言『用辰不用日』，則以午爲吉。奉治齊詩，此齊毛師說之不同也。檀弓杜蕢曰：『子卯不樂。』左昭九年傳：『辰在子卯，謂之疾日。』『疾日』，與『吉日』正相反，以子卯陰類爲疾日，則以午酉陽類爲吉日。翼奉云二陽、二陰並行，是必子卯互刑、午酉相合之日方爲疾日、吉日，非凡遇子卯皆疾、遇午酉皆吉也。蓋五行有刑德，行在東方子刑卯，行在北方卯刑子，子卯互刑，是以爲忌。以是推之，午酉並行，方爲吉日。火盛於午，金盛於酉，庚爲金，與酉同氣，則即酉之類也，故翼引詩『吉日庚午』以爲午、酉二陽並行之證。則奉雖『用辰不用日』，未始不兼取日與辰相配耳。」陳喬樅云：「應劭風俗通義六引詩『吉日庚午』，謂漢家盛於午，故以午祖也。是亦『用辰不用日』。應劭用魯詩，然則魯說亦與齊同矣。」

獸之所同，麀鹿麌麌。【疏】傳：「鹿牝曰麀。麌麌，衆多也。」箋：「同，猶聚也。麕：牡曰麌。麌復麌，言多也。」○張衡東京賦「獸之所同」，西京賦「麀鹿麌麌」，明魯毛文同。薛綜曰：「同，聚也。言禽獸皆已合聚。」又曰：「鹿牝曰麀。麌麌，形貌也。」孔疏引釋獸：「麔，牡麌牝麜。」郭注：「詩曰：『麀鹿麌麌。』」釋文引說文，「麌」作「噳」，云：「麋鹿羣口相聚也。」與毛傳同。鄭箋改毛，以「麌」爲「麔牡」，與爾雅合，是據魯詩之訓，故郭用舊注同之。釋獸：「鹿，牡麌牝麀。麔，牡麌牝麜。」魯義以爲獸之所同，其類非一，既有牝鹿，又多牡麔也。**漆沮之從，天子之所。**【疏】傳：「漆沮之水，麀鹿所生也。從漆沮驅禽而致天子之所。」○案，漆水有二，詳見緜詩。詩言麀麌之生，皆在漆沮水旁。從，逐也。言自漆沮水旁驅逐此獸，而致之天子之所也。此田在岐周，與東都無涉。

瞻彼中原，其祁孔有。【疏】傳：「祁，大也。」箋：「『祁』，當作『麎』。麎，麋牝也，中原之野甚有之。」○「瞻彼中原」者，卽天子之所，上文所云「大阜」也。孔疏引釋獸：「麋，牡麔牝麎。」某氏曰：「詩云：『瞻彼中原，其麎孔有。』」鄭箋改讀與某氏引詩合，是據魯詩易傳之證。言此獸中原多有，不勞遠致也。**儦儦俟俟，或羣或友。**【注】韓詩曰：「駓駓俟俟，或羣或友。」韓說曰：趨曰䮆，行曰騃。【疏】傳：「趨則儦儦，行則俟俟。獸三曰羣，二曰友。」○「駓駓」至「或友」，後漢馬融傳李注引韓詩文。「趨曰䮆，行曰騃」，文選西京賦李注引薛君韓詩章句文。據此，則後漢注作「俟俟」者，轉寫之誤也。玉篇馬部云：「䮆䮆，字同駓駓，走貌。」楚詞招魂「逐人䮆䮆些」，王逸注：「駓駓，走貌也。言其走捷疾。」張衡西京賦「羣獸駓騃」，薛綜曰：「皆鳥獸之形貌也。」衡用魯詩，據此，魯詩文與韓同。廣韻：「駓騃，獸形貌。」卽本此文。說文：「俟，大也。从人，矣聲。詩曰：『伾伾俟俟。』」與魯韓及毛文皆異，蓋本齊詩。**悉率左右，以燕天子。**【疏】傳：「驅禽之左右，以安待天子。」箋：「率，循也。悉驅禽順其左右之宜，以安待王之射也。」○張衡東京賦「悉率百禽」，用魯經文。薛綜曰：「悉，盡也。率，斂也。」愚案：驅而斂之，以之左之右，薛訓「率」爲「斂」，較箋訓「循」爲長。

既張我弓，既挾我矢。發彼小豝，殪此大兕。以御賓客，且以酌醴。【注】韓說曰：「醴，甜而不泲也。」【疏】傳：「殪，壹發而死，言能中微而制大也。饗醴，天子之飲酒也。」箋：「豕牡曰豝。『御賓客』者，給賓客之御也。賓客，謂諸侯也。酌醴，酌而飲羣臣，以爲俎實也。」○「發」、「殪」互詞。「豝」，詳騶虞篇。六月傳：「御，進也。」「醴，甜而不泲也」者，文選南都賦注引薛君文。陳喬樅云：「酒正『二曰醴齊』，注：『醴，猶體也，成而汁相滓將，如今恬酒矣。』呂覽重己篇高注：『醴者，以蘖與黍相體，不以麴也，濁而甜耳。』釋名：『醴，禮也。釀之一宿而成禮，有酒味而已也。』漢書楚元王傳『常爲穆生設醴』，注：『醴，甘酒也。』蓋醴謂酒之不泲者。酒正五齊，自醴以上尤濁，其用之祭祀，必以茅泲之然後可酌，故司尊彝曰『醴齊縮酌』，包泛齊而言也。自盎以下差清，但以清酒泲之而不用茅，故司尊彝曰『盎齊涚酌』，該緹齊、沈齊而言也。醴又入於六飲者，以其甜於餘齊，且不泲之，故與糠酏爲類耳。」張衡西京賦「酒車酌醴」，用魯經文。

吉日四章，章六句。

南有嘉魚之什十篇，四十六章，二百七十二句。

詩三家義集疏卷十六

鴻鴈之什第十六　　詩小雅

鴻鴈【疏】毛序：「美宣王也。萬民離散，不安其居，而能勞來還定安集之，至于矜寡，無不得其所焉。」箋：「宣王承厲王衰亂之敝而起，興復先王之道，以安集衆民爲始也。書曰：『天將有立父母，民之有政有居。』宣王之爲是務。」○三家無異義。詩氾歷樞曰：「鴻鴈在申，金始也。」此齊說。

鴻鴈于飛，肅肅其羽。之子于征，劬勞于野。【注】魯說曰：劬亦勞也。韓詩曰：劬，數也。【疏】傳：「興也。大曰鴻，小曰鴈。肅肅，羽聲也。『之子』，侯伯卿士也。劬勞，病苦也。」箋：「鴻鴈知辟陰陽寒暑。興者，喻民知去無道、就有道。侯伯卿士，謂諸侯之伯與天子卿士也。是時民既離散，邦國有壞滅者，侯伯久不述職，王使廢於存省，諸侯於是始復之，故美焉。」○「鴻鴈于飛」者，陳奐云：「說文鳥部：『鴻，鴻鵠也。』『鴈，鵝也。』詩九罭之鴻謂『鴻鵠』，匏有苦葉之鴈謂『鵝』，其正字作『鴻』、作『鴈』。隹部：『雁，鳥也。』『琟，鳥肥大琟琟也。』或作『鳿』。此鴻鴈乃野鳥，其正字當作『鳿雁』。說文所云『雁鳥』，即今之野鵝，鳿其大者也。」案，陳說明晰。「劬亦勞也」者，王逸楚詞九嘆注文，引詩云「劬勞于野」，明魯毛文同。「劬，數也」者，釋文引韓詩文。衆經音義二十三引同。陳喬樅云：「『劬』得爲『數』者，『勞』與『勤』同義。釋詁：『劬，勞病也。』『勤，勞也』。『數』亦『勤』之意，數勞則病苦，故韓詩以『劬』爲『數』，毛傳以『劬勞』爲『病苦』也。廣雅釋詁：『劬，數也。』即本韓義。」爰及矜人，哀此鰥寡。【注】魯說曰：矜，苦也。齊說曰：「爰及矜人，哀此鰥寡」，上惠下也。【疏】傳：「矜，憐也。老無妻曰鰥，偏喪曰寡。」箋：「爰，曰也。王之意，不徒使此爲諸侯之事，與安集萬民而已。王曰當及此可憐之人，謂貧窮者欲令賙餼之，鰥寡則哀之，其孤獨者收斂之，使有所依附。」○「矜，苦也」者，釋言文，魯說也，正爲此詩「矜人」立訓。「矜人」，卽呂覽貴因篇所云「苦民」，總謂鰥寡孤獨可哀憐之人，不言「孤獨」者，文不備也。「爰及」至「下也」，漢書蕭望之傳望之議曰：「古者藏於民，不足則取，有餘則予。詩曰：『爰及矜人，哀此鰥寡。』上惠下也。又曰：『雨我公田，遂及我私。』下急上也。」蕭習齊詩，明齊毛文同。「爰及」者，言惠必及於此四者之窮民。宣王能行文王之政，以成中興之美也。

鴻鴈于飛，集于中澤。之子于垣，百堵皆作。【注】韓說曰：八尺爲板，五板爲堵，五堵爲雉。板廣二尺，積高五板爲一丈。五堵爲雉，雉長四丈。【疏】傳：「中澤，澤中也。一丈爲板，五板爲堵。」箋：「鴻鴈之性，安居澤中，今飛又集于澤中，猶民去其居而離散，今見還定安集。侯伯卿士又於壞滅之國徵民起屋舍，築牆壁，百堵同時而起。言趨事也。春秋傳曰：『五板爲堵，五堵爲雉。』雉長三丈，則板六尺。」○「八尺」至「四丈」，左隱元年傳孔疏引許愼五經異義韓詩說文，視此疏所引爲備也。毛傳「一丈爲板，五板爲堵」，鄭據春秋傳，以「板六尺」易之。異義言戴禮同韓，又言：「古周禮及左氏說：一丈爲板，板廣二尺。五板爲堵，一堵之牆，長丈高丈。三堵爲雉，一雉之牆，長三丈，高一丈。」其言「一丈爲板」，於毛合，則毛固據古春秋左氏說矣。今左隱元年傳「都城過百雉」，杜注：「方丈曰堵，三堵曰雉。一雉之牆長三丈，高一丈。」雖未言板數，以「五板爲堵」推之，亦以丈爲板，仍卽古說。又公羊定十二年傳：「五板而堵，五堵而雉，百雉而城。」則板與堵之數，經皆未著，無可推定，而何注以「八尺爲板」，反於韓合，與毛鄭皆異。孔謂鄭「春秋傳」爲指公羊，非也。據鄭駁異義，言：「古之雉制，書傳各不得其詳。今以左氏說，鄭伯之城方五里，積千五百步也。大都三國之一，則五百步也。五百步爲百雉，則知雉五步。五步爲度，長三丈，則雉長三丈也。雉之度量，於是定可知矣。」可知者，謂一雉三丈五堵。絫高一丈，仍長六尺，則可知板六尺，是鄭亦本春秋左傳爲說也。毛、鄭皆古文學，左傳正春秋古文，而其說有二，故傳箋各主其一。公羊乃今文學，故何注獨與韓同耳。綜諸說觀之，板廣皆二尺，雉高皆一丈，堵皆五板，城皆百雉。而韓詩及何休公羊說（詳公羊解詁。）則皆五堵爲雉，雉長四丈，板長八尺。古周禮、左氏說則三堵爲雉，雉長三丈，板長一丈。毛不言雉，準以一丈爲板，知亦同之。鄭「五堵爲雉」，與前說同；「雉長三丈」，與後說同；「板六尺」，則與二說皆異。陳啟源云：「鄭引公羊傳以破毛傳，又據左傳『都城百雉』爲說，於義較優。」胡承珙云：「古人以板爲橫數，堵爲直數。何注公羊云『八尺曰板，堵凡四十尺』，此誤以板爲長數。孔謂其取韓詩傳，其實所據韓詩惟『八尺曰板』之文，所云『堵四十尺』，乃自用春秋緯說，與韓絕異，知不足信也。孔引王愆期公羊『五堵』注云：『諸儒皆以爲雉長三丈，堵長一丈，疑五誤當爲三。』此正與古周禮、左氏合，勝何注多矣。毛雖不明雉數，亦必以三丈爲雉可知。然則韓詩『雉長四丈』之說，亦不足信也。古尺一丈，祇當今六尺有奇。鄭駁異義，不用古周禮、左氏說，其注考工，亦云『雉長三丈、高一丈』，是皆謂一丈爲板，並無板長六尺之說。」陳喬樅云：「何休解詁『八尺曰板，堵凡四十尺。雉二百尺，百雉二萬尺。凡周十一里三十三步二尺，公侯之制。禮，天子千雉，蓋受百雉之城十，伯七十雉，子男五十雉。』徐疏：『古者六尺爲步，三百步爲里，計一里有千八百尺，十里即有萬八千尺。更以一里三十三步二尺爲二千尺，通前後爲二萬尺，故云二萬尺，凡周十一里三十三步二尺也。』據此，公羊說雉制與韓詩合。何氏據春秋緯，以公侯百雉、二萬尺爲三千三百三十三步二尺推之，與鄭駁異義言五百步爲百雉不同。」愚案：稽古以鄭義爲優，特沿孔疏之說；胡承珙謂何、韓皆不足信，鄭箋說亦非意在申毛。然板廣二尺以直言，曰一丈、曰八尺、曰六尺以橫言，即是以長數言也。牆當先橫接，乃可直絫，「百堵皆作」，非堵自爲堵，即非板自爲板，此不足以破何也。毛與古周禮、左氏說板長一丈，堵五板仍長一丈，以三乘一，則一三如三，故一雉爲三堵而長三丈。鄭箋板長六尺，堵五板仍長六尺，以五乘六，則五六得三，故一雉爲五堵，亦長三丈。韓詩、何解詁板長八尺，堵五板仍長八尺，以五乘八，則五八得四，故一雉爲五堵而長四丈。皆積數之自然，不妨並存。鄭注考工，仍言「雉長三丈、高一丈」，並不與箋歧。王愆期疑「五堵」之五爲三，乃以古文說今文，實欲並廢「八尺爲板」之說，謬也。胡乃謂其勝何，此不足以傲鄭，尤不足以破韓也。陳喬樅推公羊之制，謂如徐疏之說，可合韓詩；如推何所據春秋緯之說，則與鄭駁異義所言者不同，是誠然矣。然徐疏所言步里，自本公羊舊說，不必更以緯說爲疑。陳立謂如鄭說則百雉之城不及二里，未免過隘。毛板說雖與鄭殊，亦雉長三丈，則其隘同矣。雉長三丈者爲過隘，則韓詩之雉長四丈者固宜勝之。魯齊不著，當同韓也。

雖則劬勞，其究安宅。【疏】傳：「究，窮也。」箋：「此勸萬民之辭。女今雖病勞，終有安居。」○陳奐云：「宣承厲王之變，萬民離散，遷徙無常，十月之交所謂『徹我牆屋，田卒汙萊』也。侯伯卿士爲之坏垣牆、補城郭，正勞來安集之事。箋謂『壞滅之國徵民起屋舍，築牆壁』，則是勞民役，非安民居矣。」胡承珙云，此章「劬勞」屬流民言，與首尾異。非是。

鴻鴈于飛，哀鳴嗸嗸。維此哲人，謂我劬勞。【疏】傳：「未得所安集，則嗸嗸然。」箋：「此之子所未至者。此『哲人』，謂知王之意及之子之事者。我，之子自我也。」維彼愚人，謂我宣驕。傳：「宣，示也。」箋：「謂我役作衆民爲驕奢。」○王引之云：「『宣驕』與『劬勞』相對爲文，劬亦勞也，宣亦驕也。左昭二十九年傳『廣而不宣』，『宣』與『廣』義相因。易林需之萃曰『大口宣舌』，大有之蠱曰『大口宣脣』；又小畜之噬嗑『方喙廣口』，井之恒作『方喙宣口』。是『宣』爲『侈大』之意。『宣驕』，猶言驕侈，非謂宣示其驕也。箋義爲長。」

鴻鴈三章，章六句。

庭燎

【疏】毛序：「美宣王也。因以箴之。」箋：「諸侯將朝，宣王以夜未央之時問夜早晚。美者，美其能自勤以政事。『因以箴』者，王有雞人之官，凡國事爲期，則告之以時。王不正其官，而問夜早晚。」○易林頤之損：「庭燎夜明，追古傷今。（剥之大有作『追嗣日光』。）陽弱不制，陰雄坐戾。」此齊説。陳喬樅云：「列女傳：宣王嘗夜卧晏起，后夫人不出房。姜后脱簪珥待罪于永巷，使其傅母通言于王曰：『妾之不才，至使君王失禮而晏朝，以見君王樂色而忘德也，敢請婢子之罪。』宣王曰：『寡人不德，實自生過，非夫人之罪。』遂復姜后而勤于政事，早朝晏退，卒成中興之名。宣王中年怠政，而庭燎詩作，脱簪之諫，當在此際。宣王感悟，能復勵精圖治，所以爲中興賢主也。」愚案：陳氏引列女傳姜后事以證易林之説，是魯齊説合。所謂『陰雄坐戾』者，殆即不出房之后夫人。宣王能納諫改過，所以爲賢，而庭燎之詩亦不爲徒作矣。韓説未聞。

夜如何其？夜未央。庭燎之光。君子至止，鸞聲將將。【疏】傳：「央，旦也。（『旦』當作『且』，阮校勘記已正。）庭燎，大燭。君子，謂諸侯也。將將，鸞鑣聲也。」箋：「此宣王以諸侯將朝，夜起曰：『夜如何其？』問早晚之詞。『夜未央』，猶言夜未渠央也。而於庭設大燭，使諸侯早來朝，聞鸞聲將將然。」○胡承珙云：「鄭風『士曰既且』，釋文：『且音徂，往也。』詳此傳訓『央』爲『且』，亦當音『徂』。凡歲月日時，過去者皆謂之『往』。『夜未央』者，言夜未往也。」陳喬樅云：「楚詞離騷云『時亦猶其未央』，王注：『央，盡也。』九歌云『爛昭昭兮未央』，王注：『央，已也。』廣雅釋訓：『央，盡也。』『央，已也』。訓與王同，皆本魯詩之義。毛傳『旦』字即『且』形近之譌。陸音『子徐反』，則讀與『渠』近。且、渠古通。史記孔子世家『雍渠』，孟子書作『癰疽』，韓非子作『雍鉏』。『渠』又通作『遽』，魏都賦：『其夜未遽，庭燎晣晣。』王楙曰：『夜未渠央，「渠」當呼「遽」，謂夜未遽盡也。』其説得之。」馬瑞辰云：「燕禮：『甸人執大燭於庭，閽人爲大燭於門外。』注：『庭大燭，爲位廣也。』『閽人』句唐石經無『大』字，無者是也。庭位廣，故特用大燭，足見其餘皆不用。今燭以葦爲心，灌以脂膏，古燭止用樵薪，或以麻稭爲之。説文：『蒸，析麻中幹也。』司烜『共墳燭庭燎』，故書『墳』爲『蕡』，當从鄭司農説，以『蕡燭』爲『麻燭』。」「君子」，謂諸侯者。胡承珙云：「『閽人』：『大祭祀喪紀之事，設門燎。賓客亦如之。』則庭燎惟諸侯來朝乃設之，而常朝不用也。今案諸書言賓至設燎，尚未必定是諸侯。末章『言觀其旂』，與覲禮『侯氏載龍旂弧韣』者合，故知『君子』是諸侯也。」

夜如何其？夜未艾。庭燎晣晣。君子至止，鸞聲噦噦。【注】魯「晣」作「哲」，「鸞」作「鑾」。齊韓「噦」作「鉞」。【疏】傳：「艾，久也。晣晣，明也。噦噦，徐行有節也。」箋：「芟末曰艾，以言夜先雞鳴時。」○馬瑞辰云：「『未艾』，猶未央也。傳訓『艾』爲『久』，正與説文訓『央』爲『久』同義。箋『芟末曰艾』，亦取艾割將盡之義。左傳昭元年傳『國未艾也』，哀二年傳『憂未艾也』，杜注並訓爲『絶』。小爾雅：『艾，止也。』艾之訓『絶』、又訓『止』，猶央之爲『盡』、又爲『已』耳。」「晣作哲，鸞作鑾」者，張衡東京賦「庭燎哲哲」，又云「鑾聲噦噦」，衡習魯詩，是魯文如此。釋文：毛「晣，本又作哲。」與魯合。而「鸞」無異作本。采菽泮水皆作「鸞聲」，是作「鑾」爲今文專字矣。「齊韓噦作鉞」者，説文：「鉞，車鑾聲也。詩曰：『鑾聲鉞鉞。』」魯作「噦」，與毛同，則作「鉞」者當爲齊韓，餘詳魯頌泮水篇。

夜如何其？夜鄉晨。庭燎有煇。君子至止，言觀其旂。【疏】傳：「煇，光也。」箋：「晨，明也。上二章聞鸞聲爾，今夜鄉明，我見其旂，是朝之時也。朝禮，別色始入。」○陳奂云：「言，語詞。箋訓『我』，失之。」

庭燎三章，章五句。

沔水

【疏】毛序：「規宣王也。」箋：「『規』者，正圓之器也。規主仁恩也，以恩親正君曰規。春秋傳曰：『近臣盡規。』」愚案，通篇意恉，非對王之詞。三家未聞。

沔彼流水，朝宗于海。【疏】傳：「興也。沔，水流滿也。水猶有所朝宗。」箋：「興者，水流而入海，小就大也，喻諸侯朝天子亦猶是也。諸侯春見天子曰朝，夏見曰宗。」○馬瑞辰云：「沔、衍聲相近。說文：『衍，水朝宗于海皃也。』廣韻引字統曰：『沔，水朝宗于海，故从水、行。』『沔』蓋『衍』之叚借。二章傳『其流湯湯』：『言放縱無所入也。』孔疏引定本作『放衍無所入』，正沔、衍同義之證。說文：『淖，水朝宗于海也。』『淖』即『潮』字，是古說『朝宗于海』謂海潮上迎，來受尊禮。」鄭注尚書「江漢朝宗于海」，則言納水趨海，若周禮春朝夏宗，與此箋同義，皆可通。鴥彼飛隼，載飛載止。【疏】箋：「『載』之言『則』也。言隼欲飛則飛，欲止則止，喻諸侯之自驕恣，欲朝不朝自由，無所在心也。」○陳奐云：「海之朝宗，隼之飛止，兩喻皆興諸侯朝天子。首章言朝，次章言不朝。」愚案：如陳說是。言隼已飛而仍止，飛者遭厲王之亂，止者因宣王之興也。嗟我兄弟，邦人諸友，莫肯念亂，誰無父母！【疏】傳：「邦人諸友，謂諸侯也。兄弟，同姓臣也。京師者，諸侯之父母也。」箋：「我，我王也。莫，無也。我同姓、異姓之諸侯，女自恣不朝無肯念此，於禮法爲亂者。女誰無父母乎？言皆生於父母也。臣之道，資於事父以事君。」○潛夫論釋難篇「且夫一國盡亂，無有安身。詩云：『莫肯念亂，誰無父母？』言皆將爲害，然有親者憂將深也。」言亂之既生，有父母者其憂更深，誰無父母，坐視亂兆而不肯一留念乎？言人盡放恣，大亂必成。王符用魯詩，是魯義如此。其愛日篇亦引此二句，患公卿苟先私計而後公義，謂其不肯憂國，則又與毛義合。

沔彼流水，其流湯湯。【疏】傳：「言放縱無所入也。」箋：「『湯湯』，波流盛貌，喻諸侯奢僭，既不朝天子，復不事侯伯。」〇揚雄荆州牧箴：「其流湯湯。」明魯毛文同。駃彼飛隼，載飛載揚。【疏】傳：「言無所定止也。」箋：「『則飛則揚』，喻諸侯出兵，妄相侵伐。」〇淮南精神篇高注：「飛揚，不從軌度也。」正與此詩「載飛載揚」義合。念彼不不蹟，載起載行。心之憂矣，不可弭忘。【疏】傳：「不蹟，不循道也。弭，止也。」箋：「彼，彼諸侯也。諸侯不循法度，妄興師出兵，我念之憂不能忘也。」〇「蹟」者，「迹」之或字。釋訓：「不蹟，（「也」字誤衍。）不道也。」知魯詩同訓。「載起載行」，與「載飛載揚」相對爲文，正指諸侯跋扈之實。周語賈逵注：「弭，忘也。」是「忘」與「弭」同義。

駃彼飛隼，率彼中陵。民之訛言，寧莫之懲。【注】韓説曰：譌言，諠言也。【疏】傳：「懲，止也。」箋：「率，循也。隼之性，待鳥雀而食，飛循陵阜者，是其常也，喻諸侯之守職順法度者，亦是其常也。訛，僞也，言時不令，小人好詐僞爲交易之言，使見怨咎，安然無禁止。」〇孔疏：「詐僞交易之言者，謂以善言爲惡，以惡言爲善，交而换易其詞，鬬亂二家，使相怨咎也。」説文無「訛」字，引詩作「譌言」。「寧」，猶「胡」也。言民之譌言，胡不禁止之也。「譌言，諠言也」者，玉篇言部引韓詩文。皮嘉祐云：「箋云：『譌，僞也。』韓訓『譌』爲『諠』，『諠』亦有『僞』義。説文：『諠，詐也。』廣雅釋詁：『諠，欺也。』欺、詐皆僞也。廣雅釋言：『譌，譁也。』左成十六年傳注：『諠，譁也。』是譌、諠二字轉訓並通。」我友敬矣，讒言其興。【注】韓説曰：讒言緣間而起。【疏】傳：「疾王不能察讒也。」箋：「我，我天子也。友，謂諸侯也。言諸侯有敬其職、順法度者，讒人猶興其言以毁惡之，王與侯伯不當察之。」〇馬瑞辰云：「上四句言王不能察讒，下二句勉諸侯以戒慎。敬者，戒也，士昏禮：『戒女曰：必敬必戒。』敬亦戒也。説文：『警，言之戒也。』又曰：『儆，戒也。』釋名：『敬，警也。』言苟不知戒，則讒言之興無已。箋謂能敬其職，讒人猶興其言，失其義矣。」「讒言緣間而起」者，文選范蔚宗宦者傳論李注引韓詩，王應麟詩考以爲此詩内傳文。（今本汲古閣文選「韓」誤作「地」。）又韓詩外傳七傳曰：「鳥之美羽句喙者，鳥畏之。魚之侈口垂腴者，魚畏之。人之利口贍詞者，人畏之。是以君子避三端：避文士之筆端，避武士之鋒端，避辯士之舌端。詩曰：『我友敬矣，讒言其興。』」此推衍之詞。

沔水三章，二章章八句，一章六句。

鶴鳴

【疏】毛序：「誨宣王也。」箋：「誨，教也，教宣王求賢人之未仕者。」○後漢楊震傳「野無鶴鳴之士」，楊賜傳「速徵鶴鳴之士」，皆指隱士言，二楊皆魯說。易林師之艮：「鶴鳴九皋，避世隱居。抱道守貞，竟不隨時。」无妄之解：「鶴鳴九皋，處子失時。」處子卽處士，詩言賢者隱居，此齊說。韓詩蓋同。

鶴鳴于九皋，聲聞于野。【注】韓說云：九皋，九折之澤。魯說曰：澤曲曰皋。【疏】傳：「興也。皋，澤也。言身隱而名著也。」箋：「皋，澤中水溢出所爲坎，自外數至九，喻深遠也。鶴在中鳴焉，而野聞其鳴聲。興者，喻賢者雖隱居，人咸知之。」○陸疏：「鶴鳴聞八九里。」「九皋，九折之澤」者，釋文引韓詩文。廣韻二引同。「澤曲曰皋」者，王逸楚詞離騷注文。引詩云「鶴鳴于九皋」，明魯毛文同。論衡藝增篇亦云「鶴鳴九折之澤」。二王皆治魯詩，釋「皋」爲「澤曲」，以「九皋」爲「九折」，折亦曲也，曲至於九，以言其深遠也，與韓同義。楊雄太玄經首次五「鳴鶴升自深澤」，蔡邕焦君贊「鶴鳴九皋」，楊蔡並用魯詩。古書引詩，「九」上或無「于」字，徐鍇說文繫傳通論中亦然，蓋有二本。**魚潛在淵，或在于渚。**【疏】傳：「良魚在淵，小魚在渚。」箋：「此言魚之性寒則逃於淵，溫則見於渚，喻賢者世亂則隱，治平則出，在時君也。」○孔疏：「此文止有一魚，復云『或在』，是魚在二處，以魚之出沒，喻賢者之進退，於理爲密；且教王求賢，止須言賢之來否，不當橫陳小人，故易傳也。」愚案：疏說精當。

樂彼之園，爰有樹檀，其下維蘀。【疏】傳：「何樂於彼園之觀乎？蘀，落也。尚有樹檀而下其蘀。」箋：「之，往。爰，曰也。言所以之彼園而觀者，人曰有樹檀，檀下有蘀，此猶朝廷之尚賢者，而下小人是以往也。」○案，檀宜樹者，蘀宜下者。「彼園」，猶國也。朝廷清明如此，故可樂。

它山之石，可以爲錯。【注】魯「錯」作「厝」。【疏】傳：「錯，石也，可以琢玉。舉賢用滯，則可以治國。」箋：「它山，喻異國。」○「魯錯作厝」者，淮南説林訓高注：「礛，諸治玉之石，詩云『他山之石，可以爲厝』是也。」修務訓注引詩同。説文「厝」下云：「厲石也。詩曰：『他山之石，可以爲厝。』」陳喬樅云：「釋文云『錯』，説文作『厝』，今據淮南注引詩作『厝』，知説文所引是魯文，非偁毛也。衆經音義九引詩亦作『厝』。漢書地理志『五方雜厝』，顏注引晉灼曰：『厝，古錯字。』易小過注『無所錯足』，釋文：『錯，本又作厝。』皆以音同通叚。」愚案：「他山」與「彼園」相應，箋謂「喻異國」，是也。

鶴鳴于九皋，聲聞于天。【疏】箋：「天，高遠也。」○論衡藝增篇：「詩云：『鶴鳴九皋，聲聞于天。』言鶴鳴九折之澤，聲猶聞于天，以喻君子修德窮僻，名猶達于朝廷也。」荀子儒效篇：「君子隱而顯，微而明，辭讓而勝。詩云：『鶴鳴于九皋，聲聞于天。』此之謂也。」史記滑稽傳東方朔答客難云：「詩曰：『鶴鳴九皋，聲聞于天。』苟能修身，何患不榮。」荀王東方皆謂君子德修于身，名聞于遠，申明魯義，其意相同。（史記東方傳爲褚少孫所補，少孫亦治魯詩。）張衡思玄賦：「遇九皋之介鳥兮，怨素意之不逞。游塵外以瞥天兮，據冥翳以哀鳴。」應劭風俗通義六：「詩曰：『鶴鳴九皋，聲聞于天。』」王逸楚詞九章注：「鶴鳴九皋，聞于天也。」蔡邕集蔡朗碑：「鶴鳴聞天。」此皆魯經文也。韓詩外傳七：孔子困於蔡陳之間，答子路以須時，末引詩曰：「鶴鳴于九皋，聲聞于天。」此推衍之詞，明韓毛文同。

魚在于渚，或潛在淵。【疏】箋：「時寒則魚去渚，逃於淵。」○愚案：見邦無道則隱。

樂彼之園，爰有樹檀，其下維榖。它山之石，可以攻玉。【疏】傳：「榖，惡木也。攻，錯也。」○易林明夷卦：「他山之錯，與璆爲仇。」歸妹之頤同。此齊詩以石攻玉説也。愚案：詩全篇比喻，與匏有苦葉同體。

鶴鳴二章，章九句。

祈父

【疏】毛序：「刺宣王也。」箋：「刺其用祈父，不得其人也。官非其人則職廢。祈父之職，掌六軍之事，有九伐之法。祈、圻、畿同。」○詩氾歷樞曰：「酉祈父也。」易林謙之歸妹：「爪牙之士，怨毒祈父。轉憂與己，傷不及母。」以養不及母爲可傷也，並齊説。「爪牙之士」，謂爪牙之屬也，祈父掌禄士，故其屬士怨之，與下「爪士」解異。魯韓見下。

祈父，【注】魯一作「頎甫」。【疏】傳：「祈父，司馬也，職掌封圻之兵甲。」箋：「此司馬也，時人以其職號之，故曰『祈父』。書曰『若疇圻父』，謂司馬。司馬掌禄士，故司士屬焉。又有司右，主勇力之士。」○「魯作頎甫」者，王符潛夫論班禄篇：「班禄頗而頎甫刺。」陳喬樅云：「今本作『班禄頗而傾甫賴』，顧氏廣圻以『傾甫』爲『頎父』之誤，卽詩『祈父』也。今案，隸釋載高陽令楊著碑『頎甫班爵』，宋洪适云：『詩以「圻父」作「祈父」，此云「頎甫」，蓋又借用。』案碑語正用此詩，知三家今文作『頎甫』，顧説甚確。頎、傾形近致誤。『賴』字亦當作『刺』爲是，今訂正之。」愚案：據易林（見上。）玉篇（見下。）作「祈父」，是齊韓並作「祈父」。王用魯詩，知惟魯作「頎甫」，用叚借字也。予王之爪牙。【注】韓「予」作「維」。胡轉予于恤，靡所止居？【疏】傳：「恤，憂也。宣王之末，司馬職廢，姜戎爲敗。」箋：「予，我。轉，移也。此勇力之士責司馬之詞也。我乃王之爪牙，爪牙之士，當爲王閑守之衛，女何移我於憂，使我無所止居乎？謂見使從軍，與姜戎戰於千畝而敗之時也。六軍之士出自六鄉，法不取於王之爪牙之士。」○「韓予作維」者。玉篇牙部：「牙，壯齒也。詩曰：『祈父，維王之爪牙。』」「予」作「維」，此據韓詩異文也。陳奂云：「維，爲也，與毛字異義同。我王之爪牙，斥祈父也。」愚案：漢書陳湯傳：「戰克之將，國之爪牙，不可不重。」辛慶忌傳：「右將軍慶忌宜在爪牙官，以備不虞。」馮奉世傳：「奉世居爪牙官前後十年，爲折衝宿將。」敍傳「爪牙信布」，謂韓信、英布也。是惟尊官大將方稱「爪牙」之職，武士卑官，不得以之自命。箋讀非，韓義是也。左襄十六年傳：「穆叔見中行獻子，賦圻父。獻子曰：『偃知罪矣，敢不從執事以同恤社稷，而使魯及此！』」杜注：「詩人責圻父爲王爪牙，不修其職。」此注尤晰，穆叔賦詩，卽以「圻父」斥獻子，皆謂大臣。箋用齊義也。

祈父，予王之爪士。胡轉予于恤，靡所厎止？【疏】傳：「士，事也。厎，至也。」○陳奐云：「『爪事』，謂祈父職掌我王爪牙之事也。說文：『厎，柔石也。從厂，氐聲。』或作『砥』。『至』乃引申義。『厎』與『底』音義均別，此篇之『厎』，與小旻之『伊于胡厎』同，作『底』者誤。爾雅：『厎，止也。』郭注：『厎，義見詩傳。』」

祈父，亶不聰！胡轉予于恤，有母之尸饔？【注】韓「饔」作「雍」。【疏】傳：「亶，誠也。尸，陳也。孰食曰饔。」箋：「己從軍而母爲父。陳饌飲食之具，自傷不得供養也。」○「亶，誠」，釋詁文，責祈父聽之不聰也。「饔」與「飧」同，說文：「饔，孰食也。」隸變作「饔」。孔疏：「許氏異義引此詩曰『有母之尸饔』，謂陳饔以祭，志養不及親。」（謂志於養，不及親存。或欲改「志」爲「恐」者，非。）「韓饔作雍」者，外傳七曾子曰：「往而不可還者親也，至而不可加者年也。是故孝子欲養而親不待也，木欲直而時不待也。是故椎牛而祭墓，不如雞豚之逮親存。」下卽引詩曰：「有母之尸雍。」「雍」古「饔」字，韓許說合，與齊詩「傷不及母」義同，古訓如此。黃山云：「詩三言『胡轉予于恤』，卽蓼莪『出則銜恤』之『恤』。蓋方居母憂而迫使服戎，故作詩以寫怨也。」禮曾子問篇子夏問：「三年之喪卒哭，金革之事無辟也者，禮與？」孔子曰：「記曰，君子不奪人之親，亦不可奪喪也。」又問：「金革之事無辟也者，非與？」孔子曰：「吾聞諸老聃，昔者魯公伯禽有爲爲之也。」鄭注：「伯禽封於魯，徐戎作難，卒哭而征之。」疏據史記，時周公猶在，此云「卒哭」者，爲母喪也。子夏見周代行金革無辟之事，故問。是母喪禦戎，周代沿習，雖已卒哭致事，不能辟役。而惟怨祈父之不聰，妨其饔祭。尸，主也，言己爲主祭之長子也。於義亦通。

祈父三章，章四句。

白駒【注】魯說曰：白駒者，失朋友之所作也。其友賢居任也，衰亂之世君無道，不可匡輔，依違成風，諫不見受。國士咏而思之，援琴而長歌。韓說曰：彼朋友之離別，猶求思乎白駒。【疏】毛序：「大夫刺宣王也。」箋：「刺其不能留賢也。」○「白駒」至「長歌」，蔡邕琴操文，魯說也。賢友居任而去，蓋有甚不得已者。范寧穀梁傳注序云：「君子之路塞，則白駒之詩賦。」說與琴操合。「彼朋」至「白駒」，藝文類聚二十一引曹植釋思賦文，韓說也。陳喬樅云：「文選王粲贈士孫文始詩云：『白駒遠志，古人所箴。允矣君子，不遐厥心。既往既來，無密爾音。』曹攄思友人詩云：『思賢咏白駒。』皆用韓義。」毛之說詩，每以詩先後限斷時代，其說多不可從。宣末失政，尚非衰亂，毛特以詩寘於此，斷爲一王之詩耳。其爲賢人遠引，朋友離思，固無可疑，而必謂刺王不能留，則詩外之意也。齊說未聞。

皎皎白駒，食我場苗。縶之維之，以永今朝。【疏】傳：「宣王之末，不能用賢，賢者有乘白駒而去者。縶，絆。維，繫也。」箋：「永，久也。願此去者乘其白駒而來，食我場中之苗，我則絆之繫之，以永今朝。愛之欲留之。」○楚詞九歌王注：「縶，絆也。詩曰：『縶之維之。』」據此，魯義與毛同。所謂伊人，於焉逍遥。【疏】箋：「伊，當作『繄』。繄，猶『是』也。所謂是乘白駒而去之賢人，今於何遊息乎？思之甚也。」○「於焉」者，玉篇：「焉，是也。」言於是逍遥也。蔡邕汝南周巨勝碑：「于以逍遥」。或魯詩有作「以」之本。

皎皎白駒，食我場藿。縶之維之，以永今夕。所謂伊人，於焉嘉客。【疏】傳：「藿，猶苗也。夕，猶朝也。」○陳奐云：「藿猶苗，承上章言也。禾初生曰苗，因之穀蔬初生皆曰苗。場、圃同地，場卽圃也。場圃毓草木，場有苗，非禾也。赤之少者曰藿，因之凡草木之幼少者皆曰藿。傳不謂藿爲赤，猶不謂苗爲禾也。夕猶朝，亦承上章言也。」愚案：在朝則皆王人，去則客之。

皎皎白駒，賁然來思。【疏】傳：「賁，飾也。」箋：「願其來而得見之。易卦曰：『山下有火賁。』賁，黄白色也。」○馬瑞辰云：「京房易傳：『五色不成謂之賁，文采雜也。』上言白駒，下不得言雜色。正義：『蓋謂其衣服之飾。』非詩義也。釋文：『賁，徐音奔。』賁、奔古通用，詩鶉之奔奔，表記、吕覽引詩俱作『賁賁』是也。弓人鄭注：『奔，猶疾也。』『賁然』，蓋狀馬來疾行之皃。」爾公爾侯，逸豫無期。慎爾優遊，勉爾遁思。【疏】傳：「爾公爾侯邪，何爲逸樂無期以反也。慎，誠也。」箋：「誠女優遊，使待時也。勉女遁思，度己終不得見。自訣之詞。」○案，言爾是公侯，則任大貴重，與國同體，慮逸豫之無期耳。今官位不高，誠爾優遊待時，猶之可也；若爾有速遁之思，則願勉抑之。

皎皎白駒，在彼空谷。【注】韓齊「空」作「穹」。韓説曰：「穹谷，深谷也。」【疏】傳：「空，大也。」○王符潛夫論本政篇云：「詩傷『皎皎白駒，在彼空谷。』『巧言如流，俾躬處休。』蓋言衰世之士，志彌潔者身彌賤，佞彌巧者官彌尊也。」明魯詩作「空谷」，與毛同。「韓空作穹，曰穹谷，深谷也」者，文選班固西都賦李注、陸機苦寒行詩注引韓詩薛君章句文。惠棟云：「韗人：『爲皋陶，穹者三之一。』鄭司農曰：『穹，讀爲「志無空邪」之空』。是古『穹』與『空』同。」陳喬樅云：「毛傳：『空，大也。』雖訓與韓異，而皆以『空』爲『穹』之叚借。釋詁『穹，大也』可證。節南山詩『不宜空我師』，傳訓『空』爲『窮』。案，説文：『穹，窮也。』是『空窮』之訓，亦以空爲穹之借字。」「齊作穹」者，西都賦「幽林穹谷」，李注引韓詩爲證，然班用齊詩，此語當本齊文，故知齊作「穹谷」也。生芻一束，其人如玉。【疏】箋：「此戒之也。女行所舍，主人之餼雖薄，要就賢人，其德如玉然。」○「生芻一束」，言欲以秣其駒。「其人如玉」，敬其德如玉也。易林坤之巽：「白駒生芻，猗猗盛姝。」用齊經文。後漢郭林宗傳載林宗有母憂，徐穉來弔，置生芻一束於廬前而去。林宗引此詩二句，言「吾無德以堪之」，可以推見詩義。毋金玉爾音，而有遐心。【疏】箋：「毋愛女聲音，而有遠我之心。以恩責之也。」〇「金玉」者，珍重愛惜之意，恐其別去之後不通音問，王粲所謂「無密爾音」。密，猶「秘」也。「遐心」，即「遁思」。

白駒四章，章六句。

黃鳥

黃鳥【注】齊說曰：黃鳥來集，既嫁不答。念我父母，思復邦國。【疏】毛序：「刺宣王也。」箋：「刺其以陰禮教親而不至，聯兄弟之不固。」〇「黃鳥」至「邦國」，易林乾之坎文。陳喬樅云：「據焦氏所言詩義，蓋女適異國而不見答，故欲復其邦族，與毛異。但在下者夫婦相棄，亦上之人禮教不至有以致之。竹竿詩不答於夫，出遊寫憂而已，望其機之轉也。此則直云『不我肯穀』、『不可與處』，乃不答之甚者。曰『復我邦族』，是自異國來嫁，蓋畿内小國也。」

黃鳥黃鳥，無集于穀，無啄我粟！此邦之人，不我肯穀。【疏】傳：「興也。黃鳥，宜集木啄粟者。穀，善也。」箋：「興者，喻天下室家不以其道而相去，是失其性，不肯以善道與我。」〇馬瑞辰云：「廣雅：『穀，養也。』小弁詩『民莫不穀』，甫田詩『以穀我士女』，箋並云：『穀，養也。』此詩『穀』亦當訓『養』，猶我行其野篇『亦不我畜』，畜亦養也。」言旋言歸，復我邦族。【疏】傳：「宣王之末，天下室家離散，妃匹相去，有不以禮者。」箋：「言，我。復，反也。」〇蔡邕述行賦「言旋言復」，又曰「復邦族以自綏」，皆用魯經文。

黃鳥黃鳥，無集于桑，無啄我粱！此邦之人，不可與明。言旋言歸，復我諸兄。【疏】傳：「不可與明夫婦之道。婦人有歸宗之義。」箋：「明，當爲盟。盟，信也。宗，謂宗子也。」〇陳奐云：「儀禮喪服不杖期節，女子子適人者，爲昆弟之爲父後者，傳：『爲昆弟之爲父後者，何以亦期也？婦人雖在外，必有歸宗，曰小宗，故服期也。』注云：『歸宗者，父雖卒，猶自歸宗。其爲父後服重者，不自絶於其族類也。曰小宗者，言是乃小宗也。小宗明非一也，小宗有四。』案此謂婦人雖外成他家，有歸小宗之義，故爲昆弟之爲父後者服期也。又齊衰節，婦人爲宗子宗子之母妻，傳：『何以服齊衰三月也？尊祖也，尊祖故敬宗。敬宗者，尊祖之義也。』注云：『婦人女子在室及嫁歸宗者也。宗子繼別之後，百世不遷，所謂大宗也。』案，此謂婦人適人，有出必歸宗，不自絶於宗子，故爲大宗之子服齊衰也。釋親宗族節：『男子謂女子先生爲姊，後生爲妹，父之姊妹爲姑，王父之姊妹爲王姑，曾祖王父之姊妹爲曾祖王姑，高祖王父之姊妹爲高祖王姑，父之從父姊妹爲從祖姑，王父之從祖姊妹爲族祖姑。』案，此謂女子適人而姑姊妹不絶九族之親，明有歸宗也。其姊妹與宗同父，同父宗者也。與宗同王父，同祖宗者也。與宗同曾祖王父，同曾祖宗者也。與宗同高祖王父，同高祖宗者也。婦人歸宗，父母在則歸婦室，父母既歿則歸於諸父昆弟，謂之小宗。小宗既絶，則或歸於諸大宗之家，猶之將嫁之女，祖廟既毀，則必教於大宗之室。」

黄鳥黄鳥，無集于栩，無啄我黍！此邦之人，不可與處。言旋言歸，復我諸父。【疏】傳：「處，居也。諸父，猶諸兄也。」○陳奐云：「小宗四，大宗一。五宗之昆，諸兄也。五宗之父，諸父也。故傳云『諸父猶諸兄也。』鄭駁五經異義云：『婦人歸宗。女子雖適人，字猶繫姓。』明不與父兄爲異族。」

黄鳥三章，章七句。

我行其野【注】齊說曰：黄鳥採蓄，既嫁不答。念吾父兄，思復邦國。【疏】毛序：「刺宣王也。」箋：「刺其不正嫁娶之數，而有荒政，多淫昏之俗。」○「黄鳥」至「邦國」，易林巽之豫文。陳喬樅云：「毛詩『言採其蓫』，釋文：『蓫，本亦作蓄。』據焦氏言『黄鳥採蓄』，是齊文作『蓄』，似我行其野與黄鳥爲一時事，故並舉之，如六月采芑吉日車攻之例。」毛序義異。

述一人之事，毛鄭則總一國而爲詞也。

我行其野，蔽芾其樗。昏姻之故，言就爾居。爾不我畜，復我邦家。【疏】傳：「樗，惡木也。畜，養也。」箋：「樗之蔽芾始生，謂仲春之時、嫁取之月。婦之父、壻之父相謂「昏姻」。言，我也。我乃以此二父之命，故我就爾居，我豈其無禮來乎？責之也。宣王之末，男女失道以求外昏，棄其舊姻而相怨。」○孔疏引王肅，以爲「惡木」喻「惡夫」。胡承珙云：「方就其居，何得遽謂之惡？至『爾不我畜』，乃可爲惡耳。不應首二句卽以惡木斥惡人。」愚案：箋謂仲春樗生，是也，但此女行野之所見非嘉木，所采亦非嘉卉，言外意自含蓄不盡。

我行其野，言采其蓫。【注】齊韓「蓫」作「蓄」。昏姻之故，言就爾宿。爾不我畜，言歸斯復。【疏】傳：「蓫，惡菜也。復，反也。」箋：「蓫，牛蘈也，亦仲春時生，可采也。」○「齊韓蓫作蓄」者，齊詩見上。曹植七啟云「霜蓄露葵」，曹用韓詩也。陸疏：「蓫，今人謂之羊蹄。」名醫別録云：「羊蹄一名蓄。」陶隱居注：「今人呼爲禿菜，卽是『蓄』音之誤。」引詩云「言采其蓄。」陸疏「羊蹄」，定本作「牛蘈」。釋草：「藬，牛蘈。」郭注：「高尺許，方莖，葉長而銳。有穗，穗間有華，華紫縹色，可淋以爲飲。」則毛云「惡菜」亦非。

我行其野，言采其葍。不思舊姻，求爾新特。【注】魯「思」作「惟」，「姻」作「因」。【疏】傳：「葍，惡菜也。新特，外昏也。」箋：「葍，蒚也，亦仲春時生，可采也。壻之父曰姻。我采蒚之時，以禮來嫁女，女不思女老父之命而棄我，而求女新外昏特來之女。責之也。不以禮嫁，必無肯媵之。」○釋草：「葍，蒚。」郭注：「大葉白華，根如指，正白可啖。」又云：「葍，蔓茅。」郭注：「葍華有赤者爲蔓。蔓、葍一種耳，亦猶陵苕華黃、白異名。」齊民要術云：「一種莖赤有臭氣，卽爾雅之『葍，蔓茅』，毛傳所云『惡菜』也。一種莖葉細而香，卽爾雅之『葍，蒚』，郭注所云『根白可啖』也。」「魯思作惟，姻作因」者，白虎通嫁娶篇「婚者，昏時行禮，故曰婚。姻者，婦人因夫而成，故曰姻。詩曰『不惟舊因』，謂夫也。」陳喬樅云：「魯毛文異而義同。釋詁：『惟，思也。』論語『因不失其親』，南史王元規云『姻不失親』，是其證也。」愚案：婦因夫而成，故曰「姻」，禮經所云「合二姓之好」也，不思此義之重而別求外昏，故曰「不惟舊因。」**成不以富，亦祇以異。**【疏】傳：「祇，適也。」箋：「女不以禮爲室家成事，不足以得富也，女亦適以此自異於人道。言可惡也。」○陳奂云：「成，卽『誠』之借字，論語引此以證愛惡之惑，與詩義略同。說文衣部無『祇』，疑唐以前無從『衣』之『祇』字。易坎釋文云：『祇，詞也。』『富』猶『賄』也，卽氓詩之『以我賄遷』也。『異』猶『貳』也，卽氓詩之『士貳其行』也。言誠不以外昏之有財賄，亦祇以舊姻之有貳行，爲可惡也。」愚案：周室中葉，卽有棄舊姻求新特之事。降及漢世，婚禮大壞，見於詩篇者甚多，女子重前夫，男兒愛後婦，其殆「亦祇以異」之嗣音與？

我行其野三章，章六句。

斯干【注】魯說曰：周德既衰而奢侈，宣王賢而中興，更爲儉宮室、小寢廟。詩人美之，斯干之詩是也。上章道宮室之如制，下章言子孫之衆多也。又曰：昔周王德衰而斯干作，應運變通，自古有之。【疏】毛序：「宣王考室也。」箋：「考，成也。德行國富，人民殷衆而皆佼好，骨肉和親。宣王於是築宮廟，羣寢既成而釁之，歌斯干之詩以落之，此之謂成室。宗廟成，則又祭先祖。」○「周德」至「多也」，漢書劉向傳向疏文。楊雄將作大匠箴：「詩咏宣王，由儉改奢。」張衡東京賦：「改奢卽儉，則合美乎斯干。」薛綜注：「斯干，謂宣王儉宮室之詩也。」以上美宣儉也。「昔周」至「有之」，蔡邕宗廟祝嘏詞文，皆魯說也。陳喬樅云：「蔡文上言遷都舊京，而卽引斯干之詩以證之，是魯說謂宣王中興，有遷都之事也。」姚鼐云：「周之都嘗數遷，文王居豐，武王居鎬，穆王居鄭，懿王居廢丘。宣王遭厲王之禍，宜更擇都邑、建宮室。以斯干詩及『王餞于鄗』度之，蓋宣王都南山之北、渭水之南、雍鄗間也。太史公云雍旁有吳陽武畤，雍東有好畤，晚周嘗郊焉，事不誣也。故宣王鼓出於陳倉。方周未東遷之時，而周人士之詩已作。『王在在鎬』，魚藻詩人以傷今而思古焉。則未知其在鄭與？在犬丘與？抑宣王之世與？」又漢書翼奉傳云：「奉以宮室苑囿，奢泰難供，乃上疏言宜東徙成周，遷都正本，『亡復繕治宮館不急之費，歲可餘一年之畜。必有五年之蓄，然後大行考室之禮。』注引斯干之詩爲證。奉齊詩學也，言遷都儉宮室，與劉楊張蔡說合，然則此詩魯齊同義矣。韓說當同。

秩秩斯干，【注】魯說曰：「秩秩，清也。」幽幽南山。如竹苞矣，如松茂矣。兄及弟矣，式相好矣，無相猶矣。【疏】傳：「興也。秩秩，流行也。干，澗也。幽幽，深遠也。苞，本也。猶，道也。」箋：「興者，喻宣王之德如澗水之源，秩秩流出，無極已也。國以饒富，民取足焉，如於深山。言時民殷衆，如竹之本生矣，其佼好又如松柏之暢茂矣。猶，當作『瘉』。瘉，病也。言時人骨肉用是相愛好，無相詬病也。」〇「秩秩清也」者，釋訓文，蓋專爲此詩立訓，狀澗水之清也，毛作傳所未及采。「干」卽「澗」之借字，「考槃在澗」，韓詩「澗」作「干」。馬瑞辰云：「猶、猷古通用。方言：『猷，詐也。』廣雅：『猶，欺也。』詩蓋謂兄弟相愛以誠，無相欺詐，卽左傳『爾無我虞，我無爾詐』也。」

似續妣祖，築室百堵，西南其户。爰居爰處，爰笑爰語。【疏】傳：「似，嗣也。西鄉户、南鄉户也。」箋：「似，讀如『巳午』之巳。『巳續妣祖』者，謂已成其宮廟也。妣，先妣姜嫄也。祖，先祖也。此『築室』者，謂築燕寢也。『百堵』，百堵一時起也。天子之寢有左右房，『西其户』者，異於一房者之室户也。又云『南其户』者，宗廟及路寢制如明堂，每室四户，是室一南户爾。爰，於也。於是居，於是處，於是笑，於是語。言諸寢之中，皆可安樂。」〇張衡東京賦「西南其户」，明魯毛文同。約之閣閣，椓之橐橐。【注】魯「閣」作「格」，「橐」作「櫜」。【疏】傳：「約，束也。閣閣，猶

『歷歷』也。橐橐，用力也。」箋：「約，謂縮板也。椓，謂擣土也。」〇案：「約」、「縮」皆謂以繩纏束之。「魯閣作格」者，考工記匠人注引詩曰：『約之格格。』釋訓：「格格，舉也。」正釋此詩，魯說也。舉板而束之然後堅，故訓「格格」爲「舉」也。說文：「輅，生革可以爲縷束也。」或據此以爲當作「輅輅」，其說亦通，但「格格」自訓「舉」，無勞改字也。「椓謂擣土」者。孔疏：「取壤土投之板中，擣使平均，然後椓之也。『擣』者，以手平物之名，故字從『手』。」玉篇：「椓，擊也。詩曰：『椓之橐橐。』」顧用韓詩，是韓作「橐橐」與毛同。廣雅：「槖槖，聲也。」作「橐」是用魯詩，「橐」即「槖」之省借。「椓之槖槖」，猶「椓之丁丁」，皆謂其聲耳。

風雨攸除，鳥鼠攸去，君子攸芋。【注】魯「芋」作「宇」。【疏】傳：「芋，大也。」箋：「『芋』當作『幠』。幠，覆也。寢廟既成，其牆屋弘殺，則風雨之所除也；其堅致，則鳥鼠之所去也；其堂室相稱，則君子之所覆蓋。」〇「魯芋作宇」者，案，陳喬樅云：「楊雄將作大匠箴：『牆以禦風，宇以蔽日，寒暑攸除，鳥鼠攸去。』「芋」作「宇」，蓋魯詩。大司徒「美宮室」，注：「謂約椓攻堅，風雨攸除，各有攸宇。」「芋」作「宇」，當亦用魯說。「宇」之言「覆」也，魯作「宇」正字，毛作「芋」，借字。

如跂斯翼，【注】韓「跂」作「企」。【疏】傳：「如人之跂竦翼爾。」〇孔疏：「如人跂足，竦此臂翼然。」韓跂作企」者，玉篇人部：「企，舉踵也。詩云：『如企斯翼。』」毛詩釋文云：「跂，音企。」此引作「企」者，韓詩之異字。跂、企音義並同。

如矢斯棘，如鳥斯革，【注】韓「棘」作「朸」，云：「朸，隅也。」「革」作「䩐」，云：「䩐，翅也。」【疏】傳：「棘，稜廉也。革，翼也。」箋：「棘，戟也，如人挾弓矢戟其肘，如鳥夏暑希革張其翼時。」〇「韓棘作朸，云朸，隅也」者，釋文文。玉篇木部：「韓詩云：『如矢斯朸。』朸，木理也。」說文「朸」下云：「木之理也。从木，力聲。」段注：「詩『如矢斯棘』，韓作『朸』，毛曰『棘，稜廉也』，韓曰『朸，隅也。』學者多不解。及觀抑詩『惟德之隅』，傳：『隅，廉也。』箋申之曰：『如宮室之制，內有繩直則外有廉隅。』然後知斯干詩謂如矢之正直而外有廉隅也。」陳喬樅云：「韓『朸』正字，毛『棘』借字。如矢之直，則得其理而廉隅整飭矣。毛韓詞異而意一也。」馬瑞辰云：「『棘』之通『朸』，猶馬勒通作『鞢』。水經注：『棘門謂之力門也。』」「韓革作翱，云翱，翅也」者，亦釋文文。陳喬樅云：「詩考引作『翱』，今本或作『勒』，乃『翱』字之譌耳。說文『翱』下云：『翅也。』正用韓詩。廣雅釋器云：『翱，翼也。』卽本韓詩之文，而訓從毛傳。毛詩作『革』，乃以『革』爲『翱』之省借，故訓爲『翼』，翼卽翅也。韓毛小異而訓義同。釋文云『革如字』，非也。」

如翬斯飛，君子攸躋。【疏】傳：「躋，升也。」箋「伊洛而南，素質五色皆備成章曰翬。此章四『如』者，皆謂廉隅之正、形貌之顯也。『翬』者，鳥之奇異者也，故以成之焉。此章主於宗廟，君子所升祭祀之時。」○馬瑞辰云：「爾雅又云：『鷹隼醜其飛也翬。』說文：『翬，大飛也。』此詩應取翬爲『大飛』之義，以狀簷阿之勢，猶今之飛檐也。」陳喬樅云：「詩上言『如跂』、『如矢』、『如鳥』，此言『如翬』，四『如』字皆以物象取譬，當以翬雉之義爲長。朱子集傳以爲『華采而軒翔』，其說得之。」

殖殖其庭，有覺其楹。噲噲其正，噦噦其冥，君子攸寧。【疏】傳：「殖殖，言平正也。『有覺』，言高大也。正，長也。冥，幼也。」箋：「覺，直也。噲噲，猶『快快』也。正，晝也。噦噦，猶『煟煟』也。冥，夜也。言居之晝日則快快然，夜則煟煟然，皆寬明之貌。此章主於寢，君子所安燕息之時。」○案，釋言：「冥，窈也。」本或作「幼」，卽「窈」之省借，後遂誤爲「長幼」之幼，致生曲說。陳奐云：「噲噲、噦噦，義未聞。箋蓋用三家義。劉向說『上章』、『下章』，上章謂前五章，下章謂後四章，此亦三家說。」

下莞上簟，乃安斯寢。乃寢乃興，乃占我夢。吉夢維何，維熊維羆，維虺維蛇。【疏】傳「言善之應人也。」箋：「莞，小蒲之席也。竹葦曰簟。寢既成，乃鋪席與羣臣安燕，爲歡以落之。興，夙興也。有善夢，則占之。熊羆之獸、虺蛇之蟲，此四者，夢之吉祥也。」○玉篇草部：「莞，似藺而圓，可爲席。詩曰：『下莞上簟。』」此韓說，與箋訓異。漢書藝文志「衆占非一而夢爲大，故周有其官，詩載熊羆虺蛇、衆魚旐旟之夢，明著大人之占，以考吉凶。」此齊説也。潛夫論敘録「詩稱吉夢。」用魯經文。

大人占之，維熊維羆，男子之祥；維虺維蛇，女子之祥。【注】魯「維」作「惟。」【疏】箋：「大人占之，謂以聖人占夢之法占之也。熊羆在山，陽之祥也，故爲生男。虺蛇穴處，陰之祥也，故爲生女。」〇「魯維作惟」者，潛夫論夢别篇「凡夢有象，詩云：『惟熊惟羆，男子之祥。惟虺惟蛇，女子之祥。』此謂象之夢也。」後漢楊賜傳賜上封事，引詩「惟虺惟蛇」二語，作「惟。」漢書五行志下引詩曰：「維虺維蛇，女子之祥。」志述劉向云云，則此所引乃魯詩之文，亦當作「惟」，「維」字誤也。

乃生男子，【注】韓説曰：男子生，以桑弧蓬矢，六射天地四方，明當有事天地四方也。載寢之牀，載衣之裳，載弄之璋。【疏】傳：「半珪曰璋。裳，下之飾也。璋，臣之職也。」箋：「男子生而卧於牀，尊之也。裳，晝日衣也。衣以裳者，明當主於外事也。玩以璋者，欲其比德焉。玉以璋者，明成之有漸。」〇「男子」至「方也」，文選二十九束據雜詩注引韓詩内傳文，此詩預言之擬議之詞也。「璋臣之職也」者，孔疏引王肅云：「羣臣之從王行禮者奉璋。又棫樸曰『奉璋峩峩，髦士攸宜』是也。」其泣喤喤，朱芾斯皇，【注】魯「芾」作「紼」。室家君王。【疏】箋：「皇，猶『煌煌』也。『芾』者，天子純朱，諸侯黄朱。『室家』，一家之内。宣王將生之子，或且爲諸侯，或且爲天子，皆將佩朱芾煌煌然。」〇「魯芾作紼」者，白虎通紼冕篇：「天子朱紼，諸侯赤紼。詩云：『朱紼斯皇，室家君王。』」詳具采芑詩「朱芾斯皇」下。愚案：諸侯赤芾而箋云「諸侯黄朱」者，諸侯入爲天子三公九卿，亦得賜朱芾，惟是黄朱，與天子纯朱有别故也。

乃生女子，載寢之地，載衣之裼，【注】韓「裼」作「禘」。韓説曰：禘，示之方也。載弄之瓦。【疏】傳：

「裼，褓也。瓦，紡塼也。」箋：「臥於地，卑之也。褓，夜衣也。明當主於內事。坊塼，習其一所有事也。」○班昭女誡曰：「古者生女三日，臥之牀下，弄之瓦磚，而齊告焉。臥之牀下，明其卑弱，主下人也。弄之瓦磚，明其習勞，主執勤也。齊告先君，明當主繼祭祀也。」此齊説也。「韓裼作褅」者，釋文文。「褅示之方也」者，孔疏引侯包韓詩翼要文。陳喬樅云：「褅，説文作『䙶』，引詩曰『載衣之䙶』。許引卽韓詩也。『褅』者『䙶』之省文耳。正義引侯包云『示之方也』，明褓制方，令女子方正事人之義。釋文云：『齊人名小兒被爲褅。』玉篇：『褅，褓也。』『褓，小兒衣也。』又云：『襁褓，負兒衣也。織縷爲之，廣八寸，長二尺，以負小兒於背上也。』則褅之製蓋方而長也。」**無非無儀，唯酒食是議，無父母詒罹！**

【疏】傳：「婦人質無威儀也。罹，憂也。」箋：「儀，善也。婦人無所專於家事，有非非婦人也，有善亦非婦人也。婦人之事，惟議酒食爾，無遺父母之憂。」○列女傳孟母曰：「夫婦人之禮，精五飰，羃酒漿，養舅姑，縫衣裳而已矣。故有閨門之修，而無境外之志。詩曰：『無非無儀，惟酒食是議。』以言婦人無擅制之義，有三從之道也。」馬瑞辰云：「説文：『非，違也。从飛下翅，取其相背。』廣雅釋言亦曰：『非，違也。』『無非』卽『無違』，此士昏禮記所云『父送女，命之曰夙夜無違命，母曰夙夜無違宮事』也。箋以『非』對『善』言，訓爲『惡』，失之。説文：『儀，度也。』『儀』通作『義』。左襄三十年傳『君子謂宋共姬「女而不婦。女待人，婦義事也。」』王氏引之曰：『義，讀爲儀。儀，度也。言婦當度事而行，不必待人也。』『儀』又通作『議』。左昭六年傳『昔先王議事以制議。』讀爲儀。儀，度也。制，斷也，謂度事之輕重以爲斷制也。今案，婦人，從人者也，不自度事以專制，故曰『無儀』，卽易家人爻詞所謂『無攸遂』也。公羊傳：『遂者，主事也。』婦人無義事，猶公羊言大夫無遂事也。左傳言『婦義事』者，處變之權，詩言『無儀』者，處常之道。孟母引詩此句而釋之曰：『言婦人無擅制之義，而有三從之道也。』『三從』釋詩『無非』，『無擅制』正釋詩『無儀』。三家詩必有訓『非』爲『違』、『儀』爲『度』者，爲列女傳所本。婦有婦容，毛傳謂『無威儀』，固非。婦人以孝敬爲先，卽善也，箋以『無儀』爲『無善』，亦非。」

三家無異義。

斯干九章，四章章七句，五章章五句。

無羊【疏】毛序：「宣王考牧也。」箋：「厲王之時，牧人之職廢，宣王始興而復之，至此而成，謂復先王牛羊之數。」○三家無異義。

誰謂爾無羊？三百維羣。誰謂爾無牛？九十其犉。【疏】傳：「黃牛黑脣曰犉。」箋：「爾，女也。女，宣王也。宣王復古之牧法，汲汲於其數，故歌此詩以解之也。誰謂女無羊？今乃三百頭爲一羣，誰謂女無牛？今乃犉者九十頭。言其多矣，足如古也。」○釋畜：「牛七尺爲犉。」郭注：「詩曰：『九十其犉。』」案，郭用舊注之文，此魯義也。陳奐云：「釋畜牛屬又曰：『黑脣犉。』某氏注：『黃牛黑脣曰犉。』蓋『犉』名兼二義，毛傳與某氏說同。但詩下章明言『三十惟物』，毛云『異毛色者三十也，』若以『九十其犉』爲專指黑脣而言，則與『三十惟物』句不合，當主『牛七尺曰犉』於義爲長。」愚案：邢疏引尸子說「六畜」云：「大牛爲犉，七尺。」此義最古。禮用羊者多，羊以多貴，故曰「三百維羣。」天子無故不殺牛，牛以肥貴，曰一元大武，曰博碩肥腯，則「九十其犉」已見物力之豐足，故雅訓用魯說，專主「七尺」言，以下兼有「三十惟物」句也。毛訓通謂「黃牛黑脣」，與此經不合，故舍人用之而邢疏不采。說文主毛，乃獨取之，然不能以之釋此經也。

爾羊來思，其角濈濈。爾牛來思，其耳濕濕。【疏】傳：「聚其角而息濈濈然，呞而動其耳濕濕然。」箋：「言此者，美畜産得其所。」○馬瑞辰云：「濈，釋文亦作『戢』。爾雅：『戢，聚也。』周南傳：『戢戢，會聚也。』故傳以爲聚角貌。」

或降于阿，或飲于池，或寢或訛。【注】韓「訛」作「譌」，云：「譌，覺也。」【疏】傳：「訛，動也。」箋：「言此者，美其無所驚畏也。」○玉篇口部引詩：「或寢或吪。吪，動也。」是正字當作「吪。」「韓作譌，云譌，覺也」者，釋文引韓詩文。

「譌」，古「訛」字。陳喬樅云：「衆經音義十二云：『訛，古文蔿、譌、吪三形同。』蓋皆以聲近通用。書堯典『平秩南訛』，史記五帝紀作『便程南譌』。釋詁：『訛，動也。』釋文云『訛』字又作『吪』，亦作『譌』。是其證也。」爾牧來思，何蓑何笠，或負其餱。三十維物，爾牲則具。【疏】傳：「何，揭也。蓑，所以備雨。笠，所以禦暑。異毛色者三十也。」箋：「言此者，美牧人寒暑飲食有備。牛羊之色異者三十，則女之祭祀，索則有之。」○說文「衰」下云：「艸雨衣，秦謂之萆。」「萆」下云：「雨衣，一曰衰衣。」衰从「艸」，後人加之也。孔疏：「經言『三十維物』，則別色之物皆有。『三十』，謂黑赤黃白黑毛色別異者各三十也。祭祀之物，當用五方之色。」犬人鄭司農注：「物，色也。」爾牧來思，以薪以蒸，以雌以雄。【疏】箋：「此言牧人有餘力則取薪蒸，搏禽獸，以來歸也。麤曰薪，細曰蒸。」○淮南主術訓高注：「大者曰薪，小者曰蒸。」明魯義與箋說同。爾羊來思，矜矜兢兢，不騫不崩。麾之以肱，畢來既升。【疏】傳：「矜矜兢兢，以言堅彊也。騫，虧也。崩，羣疾也。肱，臂也。升，升入牢也。」箋：「此言擾馴從人意也。」○「不騫不崩」者，馬瑞辰云：「說文：『騫，馬腹縶也。』史記仲尼弟子列傳，閔損字子騫。蓋『騫』本馬腹縶陷之稱，引伸通爲『虧損』之稱，故此詩及魯頌皆言『不虧不崩』。說文：『虧，气損也。』損曰虧，亦可曰騫，故漢書鼂錯傳：『外無騫污之名。』」胡承珙云：「騫，謂羊不肥。崩，謂羊有疾。齊民要術：『羊有疾，輒相污。』又云：『羊有疥者，間別之，不別相染污，或能合羣致死。』」「麾之以肱，畢來既升」者，馬瑞辰云：「列子：『百羊而羣使，五尺童子荷箠而隨之，欲東而東，欲西而西。』即此詩二句之謂。『升』，對上章『或降于阿，或飲于池』言，蓋謂升於高處，非入牢之謂也。」

牧人乃夢，衆維魚矣，旐維旟矣。大人占之：衆維魚矣，實維豐年；旐維旟矣，室家溱溱。【注】魯「維」作「惟」，「溱」作「蓁」。【疏】傳：「陰陽和，則魚衆多矣。溱溱，衆也。旐旟，所以聚衆也。」箋：「牧人乃夢見人衆相與捕魚，又夢見旐與旟。占夢之官得而獻之於宣王，將以占國事也。魚者，庶人之所以養也，今人衆相與捕魚，則是歲熟相供養之祥也。易中孚卦曰：『豚魚吉。』溱溱，子孫衆多也。」○「牧人」者，周官牧人之職，詳具孔疏。「魯維作惟，溱作蓁」者，潛夫論夢別篇：「詩云：『衆惟魚矣，實惟豐年；旐惟旟矣，室家蓁蓁。』此謂象之夢也。」此魯說。「溱溱」、「蓁蓁」，皆借以形容其衆多也。漢書敘傳注引應劭音義云：「周宣王牧人夢衆魚與旟旐之祥而中興。」應亦用魯詩也。漢書藝文志：「詩載衆魚旐旟之夢，明著大人之占，以考吉凶。」此齊說。馬瑞辰云：「衆，卽『螽』也，乃『蠡』或體字。春秋『有蠡』，公羊皆作『螽』。文二年『雨螽于宋』，何休解詁曰：『螽，猶衆也。』此詩『衆』又爲『螽』之省借。螽，蝗也。蝗多爲魚子所化，魚子旱荒則爲蝗，豐年水大則爲魚，卽蝗亦化爲魚。埤雅云：『陂澤中魚子落處，逢旱日暴，率變飛蝗；若雨水充濡，悉化爲魚。』是其證也。此詩牧人夢螽蝗化爲魚，故爲豐年之兆。『衆惟魚矣』與『旐惟旟矣』，二句相對成文。爾雅：『維，侯也。』『侯，乃也。』此詩二『維』字皆當訓『乃』。螽乃魚矣，謂螽化魚。旐乃旟矣，亦謂旐易以旟，蓋旟本以繼旐者也。說文：『旟，錯革鳥於上，所以進士衆。』旟有『衆』義，故爲『室家溱溱』之兆。丁氏希曾亦云『衆』乃『螽』字之省，引見盧文弨鍾山札記。」

無羊四章，章八句。

鴻鴈之什十篇，三十二章，二百三十句。

詩三家義集疏卷十七

節之什第十七【疏】案，毛詩「節」下有「南山」二字，今依三家文删。 詩小雅

節【注】齊説曰：「周室之衰，其卿大夫緩於誼而急於利，亡推讓之風而有争田之訟，故詩人疾而刺之曰：『節彼南山，惟石巖巖。赫赫師尹，民具爾瞻。』爾好誼則民鄉仁而俗善，爾好利則民好邪而俗敗。【疏】毛序：「節南山，家父刺幽王也。」箋：「家父，字，周大夫也。」○「周室」至「俗敗」，漢書董仲舒對策文，下云：「由是觀之，天子大夫者，下民之所視效，遠方之所四面而内望也。近者視而放之，遠者望而效之，豈可以居賢人之位而爲庶人之行哉！夫皇皇求財利常恐乏匱者，庶人之意也；皇皇求仁義常恐不能化民者，大夫之意也。居君子之位而爲庶人之行，其患禍必至也。」案，董以節爲刺周大夫争田之詩，此齊説。師尹不善之事多端，而以争田興訟，好利至此，鄙孰甚焉，故舉以爲言也。三家皆止以「節」標目，大戴禮引「式夷式已」二句，盧辯注云：「此小雅節之四章。」盧蓋據三家文也。左昭二年傳「季武子賦節之卒章」，亦止稱「節」，惟毛連「南山」爲文耳。

節彼南山，【注】韓説曰：節，視也。維石巖巖。【注】齊「維」作「惟」。赫赫師尹，民具爾瞻。憂心如惔，【注】韓「惔」作「炎」。不敢戲談。【疏】傳：「興也。節，高峻貌。巖巖，積石貌。赫赫，顯盛貌。師，大師，周之三公也。尹，尹氏，爲大師。具，俱。瞻，視。惔，燔也。」箋：「興者，喻三公之位，人所尊嚴。此言尹氏女居三公之位，天下之民俱視女之所爲，皆憂心如火灼爛之矣。又畏女之威，不敢相戲而談語。疾其貪暴，脅下以刑辟也。」○「節，視也」

者，釋文引韓詩文。陳喬樅云：「韓訓『節』爲『視』者，節有『省』義，『渻節』爲省，『省視』亦爲省，故節得訓『視』。下云『師尹具瞻』，故韓以『節』爲『視』，與下文相應也。」「齊維作惟」者，禮大學：「詩云：『節彼南山，惟石巖巖。赫赫師尹，民具爾瞻。』」鄭注：「巖巖，喻師尹之高嚴也。師尹，天子之大臣爲政者。在下之民俱視所行而則之，可不慎其德乎？」繁露山川頌云：「且積土成山，無損也；成其高，無害也；成其大，無虧也。小其上，泰其下，久長安，後世無有去就，儼然獨處，惟山之意。詩云：『節彼南山，惟石巖巖。赫赫師尹，民具爾瞻。』此之謂也。」據此及董策，（引見上。）齊作「惟」。山川頌言「成其高大」，蓋亦以「節」爲「高大」之貌，與毛傳同。又禮緇衣、漢書成紀詔、（伏理以齊詩授成帝，見後漢伏湛傳。）漢書敘傳亦引「赫赫師尹」二句，明齊毛文同。後漢郎顗傳顗拜章曰：「三公上應台階，下同元首。『節彼南山』，詠自周詩。」述齊義亦同。「惔作炎」者，釋文引韓詩文，又云：「字書作『焱，』說文作『𤆍』，才廉反，小爇也。」案，說文「惔」下云：「憂也。」引詩「憂心如惔。」段注謂說文引詩釋「惔」从「炎」之義，當作「憂心如炎」，雲漢詩「如惔如焚」，亦「如炎」之誤。說文「炎」下云：「火光上也。」「𤆍」下云：「小爇也。詩曰：『憂心如𤆍。』」段注：「節詩古本毛作『如𤆍』，故傳云『𤆍，燔也。』今各本「如𤆍」誤作「𤆍」。」鹽鐵論散不足篇引詩人傷而作詩云：「憂心如惔，不敢戲談。」明齊毛文同。

國既卒斬，何用不監？

【注】韓說曰：監，領也。【疏】傳：「卒，盡。斬，斷。監，視也。」箋：「天下之諸侯日相侵伐，其國已盡絕滅，女何用爲職，不監察之？」○「監，領也」者，釋文引韓詩文。胡承珙云：「『監』者，臨也。華嚴經音義引國語賈注云：『臨，治也。』領亦治也，禮樂記、仲尼燕居注並云『領』猶『治』。韓訓『監』爲『領』，猶訓『監』爲『臨』，義取『理治』也。」陳奐云：「用，以也。言國祚已盡滅斷絕。」愚案：陳說是。言國祚已盡滅斷絕，彼尹氏何以不起而臨治之。潛夫論愛日篇：「詩云：『國既卒斬，何用不監？』傷三公據人尊位，食人重祿，而曾不肯察民之盡瘁也。」又賢難篇：「夫胥小朋黨而固位，讒妬羣吠齧賢，爲禍敗

也豈希！三代之以覆，列國之以滅，後人猶不能革。此萬官所以屢失守，而天命數靡常者也。詩云：『國既卒斬，何用不監？』嗚呼，時君俗主，不此察也。」此魯說，言命之靡常，民之盡瘁，無言及天下諸侯意。「國既卒斬」，猶書祖伊所云「天既訖我殷命也」，不必如箋說。

節彼南山，有實其猗。赫赫師尹，不平謂何？天方薦瘥，【注】三家「瘥」作「嗟」。喪亂弘多。民言無嘉，憯莫懲嗟。【疏】傳：「實，滿。猗，長也。薦，重。瘥，病。弘，大也。憯，曾也。」箋：「猗，倚也。言南山既能高峻，又以草木平滿其旁倚之畎谷，使之齊均也。責三公之不平均，不如山之爲也。『謂何』，猶『云何』也。天氣方今又重以疫病，長幼相亂，而死喪甚大多也。懲，止也。天下之民皆以災害相弔唁，無一嘉慶之言，曾無以恩德止之者，嗟乎奈何。」○說文：「瘥，痛也。」無「疫」義。「三家瘥作嗟」者，說文：「嗟，殘薉田也。（段注據集韻類篇補「薉」字。）詩云：『天方薦嗟。』」本三家文。言天降凶荒，人民流散，田蕪不治，故云「天方薦嗟」，與董說「争田」事無涉，義較毛作「瘥」爲長。「憯，曾」，釋言文。陳奐云：「憯，當作『朁』。民勞『憯不畏明』，說文引作『朁』，云『曾也』。『曾』者，詞之舒也。朁、曾皆從『曰』會意。釋詞云：『朁莫懲嗟，朁莫懲也，言天降喪亂如此，而在位者曾莫知所懲也。嗟，末句語助耳，訓爲歎詞反贅。十月之交曰「胡朁莫懲」，下無「嗟」字可證。』案，『民言無嘉，憯莫懲嗟』，與沔水『民之訛言，寧莫之懲』，文義亦同。」

尹氏大師，維周之氐，【注】魯「氐」作「底」。秉國之均，【注】齊「均」作「鈞」。四方是維，天子是毗，俾民不迷。【注】魯「毗」作「痺」，「俾」作「卑」。不弔昊天，不宜空我師。【疏】傳：「氐，本。均，平。毗，厚也。弔，至。空，窮也。」箋：「氐，當作『桎鎋』之桎。毗，輔也。言尹氏作大師之官，爲周之桎鎋，持國政之平，維制四方，上輔天子，下教化天下，使民無迷惑之憂。言任至重。至，猶『善』也。不善乎昊天，愬之也。不宜使此人居尊官，困窮我之衆民也。」○馬瑞辰云：「說文：『氏，至也，本也。从氏，下著一。一，地也。』氏星一名『天根』，亦取『根本』之義。又云：『榰，柱氏也，古用木，今以石。』案，柱氏卽今之石磉。磉在柱下，而柱可立木，必有根而本始建。大臣之爲國根本，亦猶是也。」「魯氏作底」者，潛夫論志氏姓篇：「尹吉甫相宣王，著大功績，詩云『尹氏大師，維周之底』也。」陳喬樅云：「魯詩以此尹氏爲尹吉甫，論其氏族，溯其祖考，是此詩陳古刺今，傷師尹之不善其職也。穀梁隱三年注『氏羌之別種』，釋文：『氏，本作底。』此氏、底通叚之證。」「齊均作鈞」者，漢書律曆志：「鈞者，均也。陽施其氣，陰化其物，皆得其成就平均也。詩云：『尹氏大師，秉國之鈞，四方是維，天子是毗，俾民不迷。』」是齊「均」作「鈞。」陳喬樅云：「史記周本紀引書『其罪惟均』，作『惟鈞。』魏大饗碑『夏啟均臺之饗』，『鈞』作『均』。皆其證。」「魯毗作痺，俾作卑」者，荀子宥坐篇：「詩曰：『尹氏大師，維周之氏，（據此，上文作「底」者，魯之別本。）秉國之均，天子是痺，卑民不迷。』是以威厲而不試，刑錯而不用。」「痺」者，「毗」之叚借。「卑」者，「俾」之叚借，「俾」作「卑」，與詩釋文同也。說苑政理篇：「詩曰『俾民不迷』，昔者君子導其百姓不使迷，是以威厲而不試，刑措而不用也。」劉用魯說，與荀子合。「俾民」不作「卑」，乃魯「亦作」本也。韓詩外傳三引孔子曰：「詩曰『俾民不迷』，是以威厲而刑措不用。」此荀、劉所本，與魯義大同。蔡邕東鼎銘「毗於天子」，用魯經文。「不弔昊天」者。馬瑞辰云：「漢書五行志載左哀十六年傳『昊天不弔』，應劭注：『昊天不善于魯。』鄭衆周禮大祝注引左傳，作『昊天不淑』，淑亦善也。書大誥『弗弔天，降割于我家』，多士『弗弔昊天，大降喪于殷』，君奭『弗弔天，降喪于殷』，逸周書祭公解『不弔天，降疾病』，王引之云『弗弔天』、『弗弔昊天』，皆當連讀，猶此詩『不弔昊天』，其說是也。下章『昊天不傭』、『昊天不惠』，均與『不弔昊天』同義。」蔡邕焦君贊太守胡君碑崔君夫人誄皆云「昊天不弔」，用魯經文。

弗躬弗親，庶民弗信。弗問弗仕，勿罔君子。式夷式已，無小人殆。瑣瑣姻亞，魯說曰：

瑣瑣，小也。則無膴仕。【疏】傳：「庶民之言不可信，勿罔上而行也。式，用。夷，平也。用平則已，無以小人之言至於危殆也。瑣瑣，小貌。兩壻相謂曰『亞』。膴，厚也。」箋：「仕，察也。『勿』，當作『末』。此言王之政，不躬而親之，則恩澤不信於衆民矣；不問而察之，則下民末罔其上矣。殆，近也。爲政當用平正之人，用能紀理其事者，無小人近。壻之父曰姻。瑣瑣昏姻妻黨之小人，無厚任用之，置之大位，重其祿也。」○案，以下刺王之詞，言爲政必躬親之。淮南繆稱訓：「君子見善則病其身焉，身苟正，懷遠易矣。詩云：『弗躬弗親，庶民弗信。』」呂覽孟春紀高注亦引詩二句。説苑反質篇齊桓公謂管仲曰：「羣臣衣服輿馬甚汰，吾欲禁之，可乎？」管仲曰：「詩云：『不躬不親，庶民不信。』君欲禁之，胡不自親乎？」「弗」作「不」，蓋魯詩「亦作」本。古本考文「庶民弗信」，「弗」亦作「不」。「仕，察」，釋詁文。弗問弗察，則下人末罔其上矣。馬瑞辰云：「勿、末古通用。禮文王世子『末有原』，鄭注：『末，猶勿也。』故箋訓『勿』爲『末』。然以『末罔』二字連讀，義終未洽。釋詞以『勿』爲語詞，『勿罔』即『罔』，猶之『不顯』即『顯』，『不承』即『承』，其説是也。」又云：「兩『式』字與下章『式月斯生』，皆語詞。傳、箋訓爲『用』，非也。」胡承珙云：「大戴禮衛將軍文子篇子貢曰：『學以深，厲以斷，送迎必敬，上友下交，銀手如斷，是卜商之行也。』孔子曰：『詩云：『式夷式已，無小人殆。』而商也，其可謂不險也。』『險』，即危殆不險，謂子夏交友必慎，不因小人以致危殆也。」愚案：「夷」者平情，謂察吏必審。「已」者剛斷，謂不可必去。故得不以小人致危殆。「瑣瑣小也」者，釋訓文，魯説也。孔疏引舍人曰：「計謀褊淺之貌。」旄丘「瑣兮」，「瑣」訓「小」，是單文亦然也。陳奐云：「都人士箋：『尹氏姞氏，周室昏姻之舊姓也。』彼疏引此尹氏以證。雖彼箋所言非經義，而尹氏爲周室昏姻，要必有徵。此詩刺幽王，而經言尹氏爲政不平，欲王躬親，則所謂『姻亞』，當即指尹氏。」

昊天不傭，【注】韓「傭」作「庸」，云：「庸，易也。」降此鞫訩。昊天不惠，降此大戾。君子如屆，俾民心闋。君子如夷，惡怒是違。【疏】傳：「傭，均。鞫，盈。訩，訟也。屆，極。闋，息。夷，易。違，去也。」箋：「盈，猶多也。戾，乖也。昊天乎，師氏爲政不均，乃下此多訟之俗。又爲不和順之行，乃下此乖爭之化。病時民傚爲之，愬之於天。屆，至也。君子斥在位者：如行至誠之道，則民鞫訩之心息，如行平易之政，則民乖爭之情去。言民之失由於上，可反復也。」〇「傭，均」，釋言文。「傭作庸，云庸，易也」者，釋文引韓詩文。「庸，」「傭」之省。「易」者，平易也。晉書元帝紀引詩「昊天不融」，蓋本齊魯詩。「融」亦「傭」之同音借字。直言「昊天不平」、「昊天不順」，不斥尹氏也。鞠、鞫古通作。「如屆」者，言王不至行政之處，不視朝也，上章「弗躬弗親」，即其義。君子如至而躬親其政，則庶民弗信之心息矣。「如夷」者，君子如平其政，則庶民惡怒之心去矣。

不弔昊天，亂靡有定。式月斯生，俾民不寧。憂心如酲，誰秉國成。不自爲政，【注】齊「誰」下有「能」字，「政」作「正。」卒勞百姓。【疏】傳：「病酒曰酲。成，平也。」箋：「弔，至也。至，猶善也。定，止。式，用也。不善乎昊天，天下之亂無肯止之者。用月此生，言月月益甚也，使民不得安。我今憂之如病酒之酲矣，覲此君臣，誰能持國之平乎？言無有也。卒，終也。昊天不自出政教，則終窮苦百姓。欲使昊天出圖書，有所授命，民乃得安。」〇式，語詞也。言不善之昊天，亂無有止，而月且斯生，使民不得安。馬瑞辰云：「玉篇：『酲，一曰醉未覺也。』說文作『一曰醉而覺，』『而』下脫『未』字。正義據誤本解之。晏子春秋內篇諫上，云景公飲酒，酲三日而後發。晏子見曰：『君病酒乎？』又曰：『今一日飲酒，而三日寢之。』『三日寢』即上文『酲三日』也，則酲正醉而未覺之稱，從玉篇是。」曹植應詔詩「憂心如酲」，用韓經文。釋詁：「成，平也。」成、平互相訓，上章「秉國之均」，均亦平也，與「秉國成」同義，即執國政也。「萃」者，「瘁」之借字。國之大臣皆有爲政之責，何以不自爲政，坐視敗壞，使百姓至於瘁勞乎？此兼責朝臣。「齊誰下有能字，政作正」者，禮緇衣引詩云：「誰能秉國成，不自爲正，卒勞百姓。」鄭注：「傷今無此人也。成，邦之八成也。誰能秉行之，不自以所爲者正，盡勞來百姓，憂念之者與？疾時大臣專功爭美。」陳喬樅云：「周官八成，有以版圖聽人訟地者。齊家以是詩爲刺大夫緩義急利，爭田成訟，故傷今之無人，莫能秉國成而治之也。」潛夫論敍録「卒勞百姓」，用魯經文。

駕彼四牡，四牡項領。我瞻四方，蹙蹙靡所騁。【注】魯說曰：蹙蹙，述鞫也。韓說曰：騁，馳也。

【疏】傳：「項，大也。騁，極也。」箋：「『四牡』者，人君所乘駕。今但養大其領，不肯爲用，喻大臣自恣，王不能使也。蹙蹙，縮小之貌。我視四方土地，日見侵削於夷狄，蹙蹙然雖欲馳騁，無所之也。」○新序雜事五：「夫處勢不便，豈可以量功校能哉？詩不云乎？『駕彼四牡，四牡項領。』夫久駕而長不得行，項領不亦宜乎？」潛夫論三式篇：「人情莫不以己爲賢而效其能者，周公之戒，不使大臣怨乎不以。詩云：『駕彼四牡，四牡項領。』」汪繼培注：「此引詩以明大臣怨乎不以，則以四牡項領而不得騁，喻賢者有才而不得試。中論爵祿篇：『君子不患道德之不建，而患時世之不遇。詩曰：「駕彼四牡，四牡項領。我瞻四方，蹙蹙靡所騁。」傷道之不遇也。』此魯說。易林噬嗑之歸妹、未濟之明夷、履之剝、否之屯並云：「名成德就，項領不試。」此齊說。又隸釋堂邑令費鳳碑：「棲遲歷稔，項領滯畜。」抱朴子嘉遯篇：「空谷有項領之駿者，孫陽之恥也。」勸學篇：「項領之駿騁，迹於千里。」博喻篇：「兩絆而項領，則騏騄與蹇驢同矣。」皆用三家文，明古義如此，謂賢者之棲遲無所也。馬瑞辰云：「說文：『琟，鳥肥大琟琟然也。』傳蓋以『項』爲『琟』之叚借，故訓爲『大』。然三家之說皆如此，則不自毛始。蓋馬項負軛，不行蹙縮癰腫，有如重項，失其駿也。箋以爲喻「大臣自恣」，失之。「蹙蹙，述鞫也」者，釋訓文。釋言：「慄，慼也。」王引之云：「慼，當爲『蹙』。」儀禮古文，『縮』字皆作『蹙』。『栗』與『蹙』皆局縮不申之義，故此箋訓『蹙蹙』爲『縮小』。詩小明、召旻傳並云：『蹙，迫也。』釋訓：『速速、蹙蹙，惟述鞫也。』『述』者，『愃』之叚借，說文、廣雅並云：『愃，迫也。』『逑鞫』，義爲窮迫，『蹙蹙』蓋逼迫之皃，故爾雅以『逑鞫』釋之。」「騁，馳也」者，文選登樓賦注引薛君韓詩章句文。射雉賦注、左思詠史詩注引同。「馳」作「施」，形近致誤。

方茂爾惡，相爾矛矣。既夷既懌，如相醻矣。【疏】傳：「茂，勉也。懌，服也。」箋：「相，視也。方争訟自勉於惡之時，則視女矛矣。言欲戰鬭相殺傷矣。夷，説也。言大臣之乖争，本無大讐，其已相和順而説懌，則如賓主飲酒相醻酢也。」○「茂」，盛也。其相惡盛時，幾欲持矛相刺。及事平而怨釋，則如賓主相酬酢。總之争利而已，謂小人之情態無常。此卽指争田興訟而言。

昊天不平，【注】韓説曰：萬人顒顒，仰天告訴。我王不寧。不懲其心，覆怨其正。【疏】傳：「正，長也。」箋：「昊天乎，師尹爲政不平，使我王不得安寧。女不懲止女之邪心，而反怨憎其正也。」○「萬人」至「告愬」，文選任昉百辟勸進牋注暨沈約齊安陸昭王碑文注引薛君韓詩章句文。荀子正名篇楊注：「顒顒，體貌敬順也。」陳喬樅云：「箋釋『不弔昊天，不宜空我師』云：『不善乎昊天，愬之也。』此詩屢言『昊天』，如『昊天不庸』、『昊天不惠』，又『不弔昊天，亂靡有定』，及此『昊天不平』，皆呼天而愬之詞。章句云云，蓋卽釋此詩也。」愚案：詩言昊天不平，使我王不得安，王不懲止其邪心，而反怨諫正者，是末如何也。

家父作誦，【注】三家「家」作「嘉」。以究王訩。式訛爾心，以畜萬邦。【疏】傳：「家父，大夫也。」箋：「究，窮也。大夫家父作此詩而爲王誦也，以窮極王之政所以致多訟之本意。訛，化。畜，養也。」○「三家家作嘉」者，蔡邕朱公叔謚議：「周有仲山甫伯陽父嘉父，優老之稱也。」是魯詩作「嘉父」。漢書人表，嘉父與譚大夫寺人孟子並列中上。士冠禮「伯某甫」，鄭注：「周大夫有嘉甫，甫或作父。」是齊詩作「嘉父」，知韓同也。説文：「誦，諷也。」「訩」下云：「説也。从言，匈聲。」「詾」下云：「或省。」易林大過之坎：「坐争立訟，紛紛詾詾。」詩言王所言、所行紛詾不定，故作此詩以窮究王詾亂之說，而終望王化其心以畜養萬邦也。陸賈新語術事篇：「詩云：『式訛爾心，以蓄萬邦。』言一心化天下而（缺二字。）國治，此之謂也。」陳喬樅云：「魯詩學出荀卿，卿仕楚，陸賈亦楚人，其說詩當本荀卿。蓋魯詩『畜』或作『蓄』。」

節十章，六章章八句，四章章四句。

正月【疏】毛序：「大夫刺幽王也。」○三家無異義。

正月繁霜，我心憂傷。民之訛言，亦孔之將。【疏】傳：「正月，夏之四月。繁，多也。將，大也。」箋：「夏之四月，建巳之月，純陽用事而霜多，急恆寒若之異，傷害萬物，故心爲之憂傷。訛，僞也。人以僞言相陷入，使王行酷暴之刑，致此災異，故言亦甚大也。」○淮南泰族訓：「逆天暴物，則日月薄蝕，五星失行，四時干乖，晝冥宵光，山崩水涸，冬雷夏霜。詩曰：『正月繁霜，我心憂傷。』天之於人，有以相通也。」漢書劉向傳向上封事曰：「霜降失節，不以其時，其詩曰：『正月繁霜，我心憂傷。民之訛言，亦孔之將。』言民以是爲非，甚衆大也，此皆不和，賢不肖易位之所致也。」白虎通災變篇：「天所以有災變何？所以譴告人君覺悟其行，欲令悔過修德，深思慮也。『霜』之爲言『亡』也，陽以散亡。」王逸楚詞九章注：「孔，甚也。詩曰：『亦孔之將。』」皆魯說也。漢書五行志引五行傳曰：「聽之不聰，是謂不謀，厥咎急，厥罰恆寒，厥極貧。」馬瑞辰云：「訛言孔將，是聽不聰也。念國爲虐，是急虐也。民今無祿，是極貧也。而正月繁霜，箋以爲恆寒之異，信乎天人相感，其理不爽。」陳喬樅云：「漢志，夏侯始昌善推五行傳，與齊詩同一師法。劉向五行傳論，即夏侯所推傳，向集而論之。翼奉傳言奉事后蒼治齊詩，爲始昌再傳弟子，其言齊詩『五際』，皆推本五行以著天人之應。箋蓋用齊說也。」易林晉之蹇「正月繁霜」，用齊經文。念我獨兮，憂心京京。哀我小心，癙憂以痒。【疏】傳：「京京，憂不去也。瘨、痒，皆病也。」箋：「念我獨兮者，言我獨憂此政也。」○釋訓：「京京，憂也。」後漢質帝紀梁太后詔曰：「憂心京京。」后習韓詩，所用是韓經文。釋詁：「瘨、痒，病也。」舍人曰：「皆心憂憊之病也。」孫炎曰：「瘨者，畏之病也。」陳喬樅云：「爾雅釋文：『瘨，詩作鼠。』案，『鼠』即『瘨』之叚借，毛古文作『鼠』，三家今文作『瘨』。今毛詩云『瘨憂以痒』，此改從三家今文，非毛舊也。雨無正篇『鼠思泣血』，尚作『鼠』字可證。」

父母生我，胡俾我瘉。不自我先，不自我後。好言自口，莠言自口。憂心愈愈，【注】魯「愈」作「瘐」，說曰：瘐瘐，病也。是以有侮。【疏】傳：「父母，謂文武也。我，我天下。瘉，病也。莠，醜也。愈愈，憂懼也。」箋：「自，從也。天使父母生我，何故不長遂我，而使我遭此暴虐之政而病。此何不出我之前，居我之後。窮苦之情，苟欲免身。自，從也。此疾訛言之人：善言從女口出，惡言亦從女口出，女口一耳，善也、惡也同出其中。謂其可賤。我心憂政如是，是與訛言者殊塗，故用是見侵侮也。」○「魯愈作瘐，瘐瘐，病也」者，釋訓文。毛作「愈愈」，用叚借字，則作「瘐瘐」者，魯詩也。

憂心惸惸，念我無祿。民之無辜，并其臣僕。哀我人斯，于何從祿。瞻烏爰止，于誰之屋。【疏】傳：「惸惸，憂意也。古者有罪不入於刑，則役之圜土，以爲臣僕。富人之屋，烏所集也。」箋：「『無祿』者，言不得天祿，自傷值今生也。辜，罪也。人之尊卑有十等，僕第九，臺第十。言王既刑殺無罪，并及其家之賤者，不止於所罪而已。書曰：『越茲麗刑并制。』斯，此。于，於也。哀乎今我民人見遇如此，當於何從得天祿，免於是難。視烏集於富人之室，以言今民亦當求明君而歸之。」○「惸」，當作「慯」。釋詁：「慯慯，憂也。」漢書郭太傳，陳蕃竇武爲閹人所害，林宗哭之，既而歎曰：「人之云亡，邦國殄瘁。瞻烏爰止，不知于誰之屋耳。」李注：「言不知王業當何所歸。」郭鄭同時，郭之解詩與箋意合，義本三家，特箋參用傳意耳。

瞻彼中林，侯薪侯蒸。民今方殆，視天夢夢。【注】魯說曰：「夢夢，亂也。」韓說云：「惡貌也。」齊「夢」作「芒」。既克有定，靡人弗勝。有皇上帝，伊誰云憎。【疏】傳：「中林，林中也。薪蒸，言似而非。王者爲亂夢夢然。勝，乘也。皇，君也。」箋：「侯，維也。林中大木之處，而維有薪蒸爾，喻朝廷宜有賢者，而但聚小人。方，且也。民今且危亡，視王者所爲反夢夢然而亂，無統理安人之意。王既能有所定，尚復事之小者爾。無人而不勝，言凡人所定，皆勝王也。伊，讀當爲『緊』。緊，猶『是』也。有君上帝者，以情告天也。使王暴虐如是，是憎惡誰乎？欲天指害其所憎而已。」○韓詩外傳七載晏子對齊景公，末引詩曰：「『瞻彼中林，侯薪侯蒸。』言朝廷皆小人也。」韓說乃箋所本。「夢夢亂也」者，釋訓文，魯說也。孫炎曰：「夢夢，昏昏之亂也。」說文：「夢，不明也。」「不明」即「昏」義。「惡貌也」者，釋文引韓詩文。昏亂不明，即惡貌也。「齊夢作芒」者，文選陸機歎逝賦：「咨余今之方殆，何視天之芒芒。」李注：「芒芒，猶夢夢也。」淮南俶真訓：「其道芒芒昧昧然。」是「芒芒」之義與「夢夢」同。魯、韓同毛，則作「芒芒」者齊文也。黃山云：「十月之交傳：『騰，乘也。』箋：『百川沸出相乘陵者，由貴小人也。』此傳訓『勝』爲『乘』，即此義，故王述之申傳云：『王既有所定，皆乘陵人之事，言暴虐也。』傳又云：『皇，君也。』乃王自謂君如帝天，誰敢言憎怨乎？正傳所謂『爲亂夢夢然』也。箋乃云『欲天指害其所憎』，失之。」

謂山蓋卑，爲岡爲陵。民之訛言，寧莫之懲。【疏】傳：「在位非君子，乃小人也。」箋：「此喻爲君子賢者之道，人尚謂之卑，況爲凡庸小人之行。謂小人在位，曾無欲止衆民之爲僞言相陷害也。」○馬瑞辰云：「釋山：『山脊岡。』釋地：『大陵曰阜。』釋名：『岡，亢也，在上之言也。陵，隆也，體高隆也。』天保詩『如岡如陵』，明以岡陵喻高。詩意謂訛言以山爲卑，而其實爲高岡高陵。懲，當讀『無徵不信』之徵，謂訛言如此顯然，乃莫之徵驗，以刺君聽不聰。」愚案：馬說較晰，但「懲」字不必改「徵」。言訛言顯然，曾不懲止，此訛言所以益肆也。**召彼故老，訊之占夢。具曰予聖，誰知烏之雌雄。**【疏】傳：「故老，元老。訊，問也。君臣俱自謂聖也。」箋：「君臣在朝，侮慢元老，召之不問政事，但問占夢。不尚道德，而信徵祥之甚。時君臣賢愚適同，如烏雌雄相似，誰能別異之乎？」○漢書藝文志：「或者不稽諸躬，而忌訞之見，是以詩刺『召彼故老，訊之占夢』，傷其舍本而憂末，不能勝凶咎也。」此齊說，與箋意合。

謂天蓋高，不敢不局。【注】韓魯「局」作「跼」。**謂地蓋厚，不敢不蹐。維號斯言，有倫有脊。哀今之人，胡爲虺蜴？**【注】魯「維」作「惟」。齊「蹐」作「趚」，「脊」作「迹」，「蜴」作「蜥」。【疏】傳：「局，曲也。蹐，累足也。倫，道。脊，理也。蜴，螈也。」箋：「『局蹐』者，天高而有雷霆，地厚而有陷淪也。此民疾苦王政上下皆可畏怖之言也。維民號呼而發此言，皆有道理。所以至然者，非徒苟妄爲誣辭。虺蜴之性，見人則走，哀哉今之人，何爲如是？傷時政也。」○「韓局作跼」者，曹植卞太后誄「跼天蹐地」，用韓經文。「魯局作跼」者，說苑敬慎篇孔子論詩，至正月之六章，懮然曰：「不逢時之君子，豈不殆哉！從上依世則廢道，違上離俗則危身，故賢者不遇時，常恐不終焉。詩曰：『謂天蓋高，不敢不跼。謂地蓋厚，不敢不蹐。』此之謂也。」此魯說。「局」作「跼」，與釋文毛「又作」本同。薛綜西京賦注：「跼，傴僂也。」後漢李固傳「居非命之世，天高而不敢跼，地厚而不敢蹐。」（「敢」下疑脱兩「不」字，或「不敢」作「敢不」。）意與說苑合。張衡西京賦：「豈徒跼高天，蹐厚地而已哉。」蔡邕釋誨：「天高地厚，跼而蹐之。」皆用魯經文。「魯維作惟」者，列女楚野辨女傳引詩：「惟號斯言，有倫有脊。」說文「蹐」下云：「小步也。詩曰：『不敢不蹐。』」「趚」下云：「側行也。詩曰：『謂地蓋厚，不敢不趚。』」陳喬樅云：「蹐、趚古通用，故詩兩作。說文肉部以『脨』爲古文『膌』字，其明證也。魯韓皆作『蹐』，則作『趚』者當是齊詩。」「齊蜴作蜥」者，荀悦漢紀王商論：「是以離世深藏，以天之高而不敢舉首，以地之厚而不敢投足。詩云：『謂天蓋高，不敢不跼。謂地蓋厚，不敢不蹐。哀今之人，胡爲虺蜴？』以六合之大，匹夫之微，而一身無所容焉，豈不哀哉！」愚案：荀悦云「不敢投足」，卽説文訓「趚」爲「側行步」之義。悦用齊詩，所引「蹐」當作「趚」，今漢紀仍作「蹐」，蓋後人順毛改之。「蜥」作「蜴」，亦後人誤改。鹽鐵論周秦篇：「詩云：『謂天蓋高，（易林坤之師亦用此句。）不敢不局。謂地蓋厚，不敢不蹐。哀今之人，胡爲虺蜥？』」恒用齊詩，惟「蜥」字未改。説文「虺」下引詩曰「胡爲虺蜥」，亦據齊文耳。「齊脊作迹」者，繁露深察名號篇：「是非之正，取之逆順，逆順之正，取之名號，名號之正，取之天地。謞而效天地者爲號，鳴而命者爲名，名號異聲而同本，皆號名而達天意者也。事各順於名，名各順於天，天人之際，合而爲一，同而通理，動而相益，順而相受，謂之德道。詩曰：『惟號斯言，有倫有迹。』此之謂也。」陳喬樅云：「董子以『號』爲『名號』，與箋説異，據此推知齊詩之義，蓋局趚於訛言之相誣陷嫉時，是非倒置，邪説亂正，故陳此義以爲刺也。説文：『倫，一曰道也。』玉篇：『迹，理也。』故董云惟名號之言，有道有理，不可不深察也。」「胡爲虺蜴」者，後漢左雄傳雄上疏曰：「詩云：『哀今之人，胡爲虺蜴？』言人畏吏如虺蜴也。」陳喬樅云：「爾雅以『虺』爲『蝮』，虺、蜴皆有毒，能傷害人，故畏之。雄此説本齊詩之訓，尋鹽鐵論周秦篇引詩語意亦同。」

瞻彼阪田，有菀其特。天之扤我，如不我克。彼求我則，如不我得。執我仇仇，亦不我力。【疏】傳：「言朝廷曾無傑臣。扤，動也。仇仇，猶『謷謷』也。」箋：「阪田崎嶇墝埆之處，而有菀然茂特之苗，喻賢者在閒辟隱居之時。我，我特苗也。天以風雨動摇我，如將不勝我，謂其迅疾也。『彼』，彼王也。王之始徵求我，如恐不得我。言其禮命之繁多。王既得我，執留我，其禮待我謷謷然，亦不問我在位之功力。言其有貪賢之名，無用賢之實。」

○案，釋訓：「仇仇、敖敖，傲也。」(敖、警同。釋文引舍人本作「仇仇、警警，毀也。」)郭注以爲「傲慢賢者」。禮緇衣：「詩云：『彼求我則，如不我得。執我仇仇，亦不我力。』」鄭注：「言君始求我，如恐不得。既得我持我，仇仇然不堅固，亦不力用我，是不親信我也。」廣雅釋言：「执执，緩也。」王念孫云：「集韻：『执执，緩持也。』『执执』通作『仇仇』，緇衣注言『持我仇仇然不堅固』，卽此『緩持』之意，與廣雅同義，蓋本於三家也。」陳喬樅云：「『彼求我則，如不我得』，言求我之急也。『執我仇仇，亦不我力』，言用我之緩也。三復詩詞，緩於用賢之説爲切，而傲賢之義爲疏矣。」(「則」字句末語詞，箋但云「王之徵求我」，不釋「則」字，集傳始以「法則」釋之，非詩意。)

心之憂矣，如或結之。今茲之正，胡然厲矣。燎之方揚，寧或滅之。赫赫宗周，褒姒威之。【注】齊「揚」作「陽」，「寧」作「能」。魯「威」作「滅」。【疏】傳：「厲，惡也。滅之，(從陳奐補。)滅之以水也。宗周，鎬京也。褒，國也。姒，姓也。威，滅也。有褒國之女，幽王惑焉，而以爲后。詩人知其必滅周也。」箋：「茲，此。正，長也。心憂如有結之者，憂今此之君臣何一然爲惡如是。火田爲燎。燎之方盛之時，炎熾熛怒，寧有能滅息之者？言無有也。以無有喻有之者爲甚也。」○「齊揚作陽，寧作能」者，漢書谷永傳永對曰：「三代所以隕社稷，喪宗廟者，皆由婦人。詩云：『燎之方陽，能或滅之。赫赫宗周，褒姒威之。』」王應麟詩攷引如此，今漢書仍作「寧」，知後人所改也。漢書敘傳：「炎炎燎火，亦允不陽。」張晏曰：「天子盛威，若燎火之陽，今委政王氏，不炎熾矣。」據二文，知齊詩「揚」作「陽」，同聲借字也。五行志引「褒姒威之」，亦出齊文。「魯威作滅」者，列女周褒姒傳「褒姒者，童妾之女，周幽王之后也」云云，末引詩曰：「赫赫宗周，褒姒滅之。」楚詞天問章句言褒姒事同，蓋本魯詩。呂覽疑似篇高注亦引詩「赫赫宗周，褒姒滅之」，知魯「威」作「滅」，與釋文毛「或作」本同。威、滅古今字之異也。

終其永懷，又窘陰雨。其車既載，乃棄爾輔。載輸爾載，將伯助予。【疏】傳：「窘，困也。大車重載，又棄其輔。將，請。伯，長也。」箋：「窘，仍也。終王之所行，其長可憂傷矣。又將仍憂於陰雨。『陰雨』，喻君有泥陷之難。以車之載物，喻王之任國事也。『棄輔』，喻遠賢也。輸，墮也。棄女車輔，則墮女之載，乃請長者見助，以言國危而求賢者已晚矣。」○案：「終」，猶「既」也。言王之行事既其長可憂傷，又仍窘於陰雨。猶言又重之以陰雨，謂大亂作也。班固漢書敘傳：「敢行稱亂，窘世薦亡。」謂淮南父子兩世相仍，再亡其國。箋訓「窘」爲「仍」，蓋即用齊義易毛也。釋詁「郡」、「仍」並訓爲「乃」。邵晉涵正義云「郡」通作「窘」，引箋爲證。揚雄法言孝至篇「郡勞王師」，王引之謂即「仍勞王師」，是窘、郡音訓互通，魯詩當與齊同。（説本陳喬樅，微有改易。）陳奐云：「輔者，揜輿之版。大東傳：『箱，大車之箱也。』方言：『箱謂之輫。』爾雅：『棐，輔也。』『棐』與『輫』通，箱取『輔相』之義，則輔即箱矣。大車揜版置諸兩旁，可以任載。今大車既重載矣，而又棄其兩旁之版，則所載必墮，此其顯喻也。左僖五年傳，宮之奇設輔車相依、脣亡齒寒兩喻。呂覽權勳篇：『虞之與虢也，若車之有輔也。車依輔，輔亦依車，虞虢之勢是也。先人有言曰：脣亡而齒寒。』韓子十過篇、淮南人間篇並有此文。然則車之有輔，猶齒之有脣，最相切近。人之兩頰曰『口輔』，亦曰『牙車』，其命名即取車輔之義。自來解者，不識『輔』爲何物。正義謂輔是可解脱之物，以今人縛杖於輻爲比況之詞，若是則棄輔未即墮載，恐於經義無當也。」「載輸爾載」者，易林泰之同人：「多載重負，捐棄于野。」齊義是也。「伯，長」，釋詁文。

無棄爾輔，員于爾輻。屢顧爾僕，不輸爾載。終踰絶險，曾是不意。【疏】傳：「員，益也。」箋：「屢，數也。僕，將車者也。顧，猶視也，念也。女不棄車之輔，數顧女僕，終用是踰度陷絶之險，女曾不以是爲意乎？以商事喻治國也。」○「輻」亦作「輹」。易大壯九四「壯于大輿之輹」，釋文：「本又作輻。」壯，大也。大其輻，即益其輻，所謂

「員爾輻」也。然卽輔輻足恃，而將車之僕又當屢顧念之，則可以不輸爾載，雖絶險終必踰之，譬之世亂雖棘，終克有濟也，曾是不以爲意，可乎？黄山云：「毛、鄭不爲『輔』作訓，必當時所共知。釋詁：『輔，俌也。』説文：『俌，輔也。』俌從『人』，猶僕從人，本以人爲輔。大車載物，以僕御車，必以俌輔行而護持其車，蓋古法自如此。車行恃輪輻，老子『三十輻共一轂，當其無有車之用』，所謂無之以爲用者也。載重踰險，下有折輻之患，卽上有輸載之虞，爲之輔者或挽或推，所以助其車。兵車有車右，右，助也。輔，俌也，亦助也。箋言『棄女車輔，乃請長者見助』，猶言棄女車右耳。上章棄輔而呼將伯，伯人也。本章不棄而屢顧僕，僕亦人也，則『輔』同爲『人』可知。孔疏謂車不聞有輔，是車内確無名輔之件矣，故疑如今人縛杖於輻，爲可解脱之物，乃從釋木『輔，小木』生義。近儒或易爲『伏兔』，或易爲『車箱』，二者皆附車而成，不能解脱者也。且棄伏兔車先不可行，棄車箱物先不能載，其義視孔又短矣。」

魚在于沼，亦匪克樂。潛雖伏矣，亦孔之炤。【注】齊「炤」作「昭」。憂心慘慘，念國之爲虐。

【疏】傳：「沼，池也。慘慘，猶戚戚也。」箋：「池魚之所樂而非能樂，其潛伏於淵，又不足以逃，甚炤炤易見，以喻時賢者在朝廷，道不行無所樂，退而窮處又無所止也。」〇案，箋喻最晰，卽節篇「我瞻四方，蹙蹙靡所騁」意。「齊炤作昭」者，禮中庸引詩云：「潛雖伏矣，亦孔之昭。」言伏處而人見之甚明，意各有屬。鹽鐵論誅秦篇：「詩云：『憂心慘慘，念國之爲虐。』」明齊毛文同。漢書武帝紀引此二句，亦三家文。

彼有旨酒，又有嘉殽。洽比其鄰，昏姻孔云。念我獨兮，憂心慇慇。【疏】傳：「言禮物備也。洽，合。鄰，近。云，旋也。是言王者不能親親以及遠，慇慇然痛也。」箋：「彼，彼尹氏大師也。『云』，猶『友』也。言尹氏富，與兄弟相親友爲朋黨也。此賢者孤特自傷也。」〇案，詩言小人朋黨，飲食宴樂，合和鄰近，周旋昏姻，惟我孤特自傷，憂心慇慇然痛也。易林咸之无妄、睽之家人並引「婚姻孔云」，齊「昏」皆作「婚」。

佌佌彼有屋，【注】魯說曰：「佌佌，小也。」齊韓「佌」作「佡」。蔌蔌方有穀。【注】魯作「速速方穀。」民今之無禄，天夭是椓。【注】魯作「天夭是加」。哿矣富人，哀此惸獨。【注】魯「惸」作「煢」。【疏】傳：「佌佌，小也。蔌蔌，陋也。君夭之，在位椓之。哿，可。獨，單也。」箋：「穀，禄也。此言小人富而窶陋將貴也。民於今而無禄者，天以薦瘥夭殺之，是王者之政又復椓破之。言遇害甚也。此言王政如是，富人已可，惸獨將困也。」○「佌佌，小也」者，釋訓文。是魯與毛同。「齊韓作佡」者，說文：「佡，小皃。从人，囟聲。詩曰：『佡佡彼有屋。』」與魯異，當爲齊韓文也。「蔌」當爲「遬」。說文「速」，籀文作「遬」。此詩「遬遬」，三家作「速速」。釋訓：「蹙蹙、速速，惟逑鞫也。」「逑鞫」義爲「窮迫」。釋文：「『方穀』，本或作『方有穀』，非也。」是經本無「有」字。「魯作速速方穀」者，後漢蔡邕傳釋誨云「速速方穀，天夭是加。」王應麟詩攷云：「邕傳注載韓詩，作『速速方穀』，謂小人乘寵，方穀而行。『方』猶『並』也。」盧文弨云：「章懷先引毛詩『速速方穀』，及傳箋云云，然後云韓詩亦同，謂與毛鄭之說同作『穀』也。下云：『此作「穀」者，蓋謂小人乘寵，方穀而行。』乃章懷釋邕之文，故用『此』字、『蓋』字。王氏乃以爲韓詩之說，誤矣。」愚案：「速速方穀」者，言小人窮迫驟貴，方穀而行。邕用魯詩，此魯作「穀」也。郝懿行云：「蹙蹙，縮小之貌。與『遬遬』皆爲狹小之意，故釋以『逑鞫』，於義亦通。」「天夭是加」者，疑魯詩本無「椓」字，「哿」析「加」、「可」爲二字，「加」字上屬爲義，下作「可以富人」，故蔡文用詩作「天夭是加」也。馬瑞辰云：「說文：『誣，加言也。』是加與誣、譖義同。言民今貧而無禄者，雖天夭盛美，不免受譖於人也。天、夭形近易譌，毛詩本譌作『夭』，遂誤以『君』釋之耳。」「魯惸作煢」者。孟子書引「哿矣富人，哀此煢獨。」趙岐章句云：「哿，可也。詩人言居今之世，可矣富人，但憐憫此煢獨羸弱者耳。」王逸楚詞離騷注：「煢，孤也。詩曰：『哀此煢獨。』」趙、王皆用魯詩，是魯作「煢」。楊雄元后誄「哀此嫠獨」，雄亦用魯詩，以「煢」字不便施之元后，故便文易字。

正月十三章，八章章八句，五章章六句。

十月之交【疏】毛序：「大夫刺幽王也。」箋：「當爲刺厲王。作詁訓傳時移其篇第，因改之耳。節刺師尹不平，亂靡有定。此篇譏皇父擅恣，日月告凶。正月惡褒姒滅周，此篇疾豔妻煽方處。又幽王時司徒乃鄭桓公友，非此篇之所云番也，是以知然。」〇詩譜：「問曰：小雅之臣何以獨無刺厲王？曰：有焉，十月之交雨無正小旻小宛之詩是也。」此詩爲周幽王時十月辛卯朔日有食之，鄭箋用緯説，改爲周厲王時日食。阮元云：「大衍術日蝕議曰：小雅十月之交，梁虞劆以術推之，在幽王六年。開元術定交分四萬三千四百二十九入食限。授時術議曰：幽王六年十月辛卯朔，泛交十四日五千七百九分入食限。蓋自來推步家未有不與緯説異者。本朝時憲書密合天行，爲往古所無，今遵後編法，推幽王六年十月朔，正得入交，言厲王時者斷難執以争矣。」阮説詳揅經室集。馬瑞辰云：「唐傅仁均及一行並推算幽王六年乙丑歲建酉之月辰時日食。國語：『幽王二年，西周三川皆震。』又曰：『是歲三川竭，岐山崩。』與此詩『百川沸騰，山冢崒崩』合，仍從毛詩刺幽王爲是。」愚案：漢書梅福傳「數御十月之歌」，是「十月之交」三家亦有止作「十月」者。毛詩正義本詩末作「十月八章」四字，唐石經同，今諸本皆增「之交」二字矣。三家義當與毛同。

十月之交，朔月辛卯，日有食之，亦孔之醜。彼月而微，此日而微。今此下民，亦孔之哀。【疏】傳：「之交，日月之交會。醜，惡也。月，臣道。日，君道。」箋：「周之十月，夏之八月也。八月朔日，日月交會而日食。陰侵陽，臣侵君之象。日辰之義，日爲君，辰爲臣。辛，金也。卯，木也。又以卯侵辛，故甚惡也。微，謂不明也。彼月則有微，今此日反微，非其常，爲異尤大也。君臣失道，災害將起，故下民亦甚可哀。」〇案，漢書劉向傳，向上封事曰：「當是之時，日月薄蝕而無光，其詩曰：『朔月辛卯，日有蝕之，亦孔之醜。彼月而微，此日而微。今此下民，亦孔之哀』。」漢書元帝紀永光四年詔引「今此下民」二句，後漢章帝紀建初五年詔引「亦孔之醜」句，皆明魯毛文同。孔疏引詩推度災曰：「十月之交，氣之相交。周十月，夏之八月。及其食也，君弱臣强，故天垂象以見徵。辛者，正秋之王氣。卯者，正春之臣位。日爲君，辰爲臣。八月之日交，卯食辛矣。辛之爲君幼弱而不明，卯之爲臣秉權而爲政。故辛之言新，陰氣盛而陽微，主其君幼弱而任卯臣也。」漢書翼奉傳奉上封事曰：「臣奉竊學齊詩，聞五際之要，十月之交篇，知日蝕地震之效，昭然可明。」後漢馬嚴傳嚴上封事曰：「日者，衆陽之長。食者，陰侵之徵。」（嚴，援兄子。援習齊詩，嚴承家學，當亦齊詩。）郎顗傳顗上封事曰：「日者，太陽，以象人君。政變於下，日變於天，清濁之占，隨政抑揚。天之見異，事無虚作。」丁鴻傳鴻上封事曰：「臣聞日者陽精，守實不虧，君之象也。月者陰精，盈虧有常，臣之表也。故日食者臣乘君，陰陵陽。月滿不虧，下驕盈也。昔周室衰季，皇甫之屬專權於外，黨類彊盛，侵奪主勢，則日月薄食，故詩曰：『十月之交，朔月辛卯，日有食之，亦孔之醜』。變不虚生，各以類應，人道悖于下，效驗見于天。」皆齊說。

日月告凶，【注】魯「告」作「鞫」。不用其行。四國無政，不用其良。【疏】箋：「告凶，告天下以凶亡之徵也。行，道度也。不用之者，謂相干犯也。四方之國無政治者，由天子不用善人也。」○「魯告作鞫」者，劉向封事又引詩：「曰日月鞫凶，不用其行。四國無政，不用其良。」古告、鞫通，故魯作「鞫」。後漢章帝紀元和三年詔：「今四國無政，不用其良。」用魯經文。左雄傳雄疏曰：「詩云：『四國無政，不用其良』。」明齊毛文同。荀悦漢紀六引詩云：「日月告凶，不用其行。四國無政，曷用其良。」荀用齊詩，「曷」蓋誤字。韓詩外傳五言「君者民之源也」云云，末引詩曰：「『四國無政，不用其良』。不用其良臣而不亡者，未之有也。」彼月而食，則維其常。此日而食，于何不臧。【注】魯「食」作「蝕」。」

齊「維」作「惟。」齊説曰：「月食非常也，比之日食猶常也，日食則不臧矣。」韓説曰：「于何，猶奈何也。」【疏】箋：「臧，善也。」○「魯食作蝕」者，史記天官書：「月蝕常也，日蝕爲不臧也。」説苑政理篇：「詩所謂『彼日而蝕，于何不臧』者。」史記集解：「劉向以爲日月蝕及星逆行非太平之常，自周衰以來人事亂，故天文應之遂變耳。」及上引「日月薄蝕」、「日有蝕之」，明魯作「蝕。」食、蝕，今古文之異也。「月食」至「臧矣」，漢書天文志引詩傳文。上引詩云「彼月而食，則惟其常。此日而食，于何不臧。」「維」作「惟。」陳喬樅云：「此所引齊詩傳也。」（司馬彪續漢志言馬續述天文志。續，馬嚴子，馬援父子並習齊詩，續當亦傳其家學。）「于何猶奈何也」者，玉篇于部引韓詩文。皮嘉祐云：「于何，猶『如何』。于，猶『如』也。易『介于石』，即『介如石』也。如，又通『奈』。晉語『奈吾君何』，奈何，如何也。韓詩乃詁訓通叚之證。」

爗爗震電，不寧不令。【疏】傳：「爗爗，震電貌。震，雷也。」箋：「雷電過常，天下不安，政教不善之徵。」○王逸楚詞遠遊注：「靈爗，電貌。詩曰：『爗爗震電』。」此魯説。初學記二十、御覽六百三十五引詩含神霧曰：「爗爗震電，不寧不令。此應刑政之大暴，故震雷驚人，使天下不安。」漢書李尋傳尋對曰：「詩所謂『爗爗震電，不寧不令』，其咎在於皇甫卿士之屬。」此齊説。百川沸騰，【注】韓「騰」作「滕」。山冢崒崩。高岸爲谷，深谷爲陵。哀今之人，胡憯莫懲。【疏】傳：「沸，出。騰，乘也。山頂曰冢。『高岸』二句，言易位也。」箋：「『崒』者，崔嵬。百川沸出相乘陵者，由貴小人也。山頂崔嵬者崩，君道壞也。『易位』者，君子居下，小人處上之謂也。憯，曾。懲，止也。變異如此，禍亂方至，哀哉今在位之人，何曾無以道德止之。」○荀子君子篇「以族論罪，以世舉賢，雖欲無亂，得乎哉？詩曰：『百川沸騰，（漢書谷永傳亦引此句。）山冢崒崩。高岸爲谷，深谷爲陵。哀今之人，胡憯莫懲』。此之謂也。」孔疏引詩推度災曰：「百川沸騰，衆陰進。山冢崒崩，人無仰。高岸爲谷，賢者退。深谷爲陵，小臨大。」李尋傳尋對曰：「五行以水爲本，其星元武婺女，天地所紀，終始所生。水爲準平，王道公正修明，則百川理，落脈通；偏黨失綱，則涌溢爲敗。今川水漂涌，與雨水並爲民害，此詩所謂『百川沸騰』者也，其咎在于皇甫卿士之屬。惟陛下留意詩人之言，少抑外親大臣。」易林晉之困：「高岸爲谷，陽失其室。」又明夷之比：「深谷爲陵，衰者復興。」此齊說。「韓騰作滕」者，玉篇水部：「詩曰：『百川沸滕』，水上涌也。」玉篇所引據韓詩，知韓作「滕」也。「胡憯莫懲」，解見節篇。

皇父卿士，番維司徒，【注】齊「番」作「皮」，韓作「繁」。家伯維宰，仲允膳夫。【注】齊「仲允」作「中術」。聚子内史，【注】齊「聚」作「掫。」蹶維趣馬，【注】齊「蹶」作「蹷。」楀維師氏，【注】齊「楀」作「萬」，魯作「踽」。豔妻煽方處。【注】魯「豔」作「閻」，「煽」作「扇」。齊「豔」作「剡」。韓「煽」作「偏」，「處」作「熾。」【疏】傳：「豔妻，褒姒。美色曰豔。煽，熾也。」箋：「皇父家伯仲允，皆字。番聚蹶楀，皆氏。厲王淫於色，七子皆用后嬖寵方熾之時並處位，言妻黨盛，女謁行之甚也。敵夫曰妻。司徒之職，掌天下土地之圖、人民之數，冢宰掌建邦之六典，皆卿也。膳夫，上士也，掌王之飲食膳羞。内史，中大夫也，掌爵禄廢置、殺生予奪之法。趣馬，中士也，掌王馬之政。師氏，亦中大夫也，掌司朝得失之事。六人之中，雖官有尊卑，權寵相連，朋黨於朝，是以疾焉。皇父則爲之端首，兼擅羣職，故但目以『卿士』云。」○漢書五行志劉歆以爲「於詩十月之交，則著卿士、司徒，下至趣馬、師氏，咸非其才。明小人乘君子，陰侵陽之象也。」潛夫論本政篇：「否泰消息，陰陽不並，觀其所聚，而興衰之端可見也。稷禹皋陶聚而致雍熙，皇父蹶踽聚而致災異。」此魯說。漢書人表以皇父卿士司徒皮太宰家伯膳夫中術内史掫子趣馬蹷師氏萬並列下下，在幽王褒姒之後。此齊說。皇父卿士，箋言「兼擅」者，孔疏云：「於六卿之外更爲之都官，總統六官之事，兼擅爲名，故謂之『卿士』。」胡承珙云：「周禮六卿分職，三公不過兼官，都官之制，非經所有。經典言『卿士』者甚多，大率六卿中執政者是也。左傳：『鄭武公莊公爲平王卿士。』杜注：「『王卿之執政者』。是也。此章首言『皇父卿士』，下二章又專稱『皇父』，則此『卿士』當是六卿之長。」「番維司徒」者，陳奐云：「鄭語：『幽王八年，鄭桓公友爲司徒』。詩作於幽王六年，爲司徒者番也。」「齊作皮」者，地理志「魯國蕃縣，」應劭曰：「蕃音皮。」是「蕃」有「皮」音，故亦作「皮。」儀禮既夕云「設披」，注言今文皆爲「藩。」鄉射禮「皮樹中」，注言今文「皮樹」爲「繁豎」。「韓作繁」者，釋文文。漢書百官表「繁延壽」，注「繁」作「婆」。是古皮、繁同音，故又作「繁」也。「家伯維宰」者，家，氏姓，春秋桓十五年「天王使家父來聘」，是其證。「家伯」或作「冢伯」者，譌也。孔疏：「宰對司徒、內史等六官，是列職之事，五者皆是一官之長，宰不當獨爲太宰之佐，以此知『家伯維宰』是冢宰也。」易林萃之蒙：「家伯爲政，病我下士。」又漸之井：「家伯妄施，亂其在官。」此齊義。言「家伯爲政」，足見「宰」爲太宰，非宰夫矣。周官：「膳夫上士二人。」「齊作中術」者，陳喬樅云：「『術』與『述』同，古又通作『允』，亦通作『聿』。詩文王『聿修厥德』，傳：『聿，述也』。漢書東平王宇傳作『述修厥德。』詩大雅『聿懷多福』，箋亦云『聿，述也』。繁露郊祭篇作『允懷多福』，皆術、允古通之證。」周官：「內史中大夫一人。」「齊聚作掫」者，同音叚借字。周官：「趣馬下士阜一人，徒四人。」書立政篇有「趣馬蹶」，蓋宣王時蹶父之後，以字爲氏。「齊蹶作橜」者，漢書五行志注引詩「橜維趣馬」，人表作「蹶」，乃字誤。周官：「師氏中大夫一人。」集韻引詩作「搖維師氏。」據唐石經，初刻從「手」，後改從「木」，則「搖」乃「楀」之變字。「齊楀作萬」者，顏注「萬」讀曰「搖」。漢書游俠傳有長安萬章，急就篇有萬段卿。「魯作踽」者，潛夫論本政篇作「踽」（見上。）是魯作「踽」。「豔妻」，傳以爲卽褒姒。方言：「豔，美也。」「魯豔作閻，偏作扇」者，漢書谷永傳：「昔褒姒用國，宗周以喪。閻妻驕扇，日以不臧。」又云：「抑褒閻之亂外戚。」班倢伃傳云：「哀褒閻之爲郵。」是褒姒閻妻確爲二人。顏注：「閻，嬖寵之族也。魯詩小雅十月之交篇曰：『閻妻扇方處』。」顏不見魯詩，當是漢魏諸家舊注引述魯詩之說，而顏襲用之也。「齊作剡」者，中候擿雒戒云：「剡者配姬以放賢，山崩水潰納小人，家伯罔主異載震。」孔疏以皇父家伯仲允蓋與后同姓剡。中候又云：「昌受符，厲倡孽，期十之世，權在相。」自光武信讖，舉世風靡，説者遂以剡爲厲王后。故左雄傳雄上疏云：「幽厲昏亂，不自爲政，褒剡用權，七子黨進。」（以剡配褒，以厲配幽，今作「褒豔」者，乃後人妄改。）自康成用讖注經，中候更成鐵案，而此詩分屬厲王矣。案，閻、剡音隨字變，齊魯不同，學者各據所聞爲説，其非褒姒甚明。幽王之好內嬖，必不止一褒姒，詩人隨時紀實，亦猶漢成初年許班之貴，舉其寵盛者而已。幽王十一年，戎滅西周，其得褒姒，史記在三年。此詩作於六年，當時申后之眷已衰，而褒姒之嬖未甚，三夫人之內，必更有剡姓擅寵者。天子八十一御，妻則在妃嬪之末，皆得名妻，不必如箋「敵夫」之説也。至八年而鄭桓公友代爲司徒，可知剡氏已替，姒氏益張，遂有奪后之事。説詩者先褒後剡，正以褒爲后耳。「韓煽作傓，處作熾」者，説文：「傓，熾盛也。詩曰：『豔妻傓方熾』。」與齊魯不同，蓋韓詩如此。

抑此皇父，【注】韓詩曰：抑，意也。豈曰不時。胡爲我作，不卽我謀？徹我牆屋，田卒汙萊。【注】韓詩曰：汙，穢也。曰予不戕，禮則然矣。【疏】傳：「時，是也。下則汙，高則萊。」箋：「『抑』之言『噫』。噫是皇父，疾而呼之。女豈曰我所爲不是乎？言其不自知惡也。女何爲役作我，不先就與我謀，使我得遷徙，乃反徹毀我牆屋，令我不得趨農，田卒爲汙萊乎？此皇父所築邑人之怨詞。戕，殘也。言皇父既不自知不是，反云我不殘敗女田業。禮，下供上役，其道當然。言文過也。」○「抑意也」者，釋文引韓詩文。宋綿初云：「戴侗六書故：論語『抑與』之與，漢石經作『意與』之與。大戴禮武王問師尚父曰：『黃帝顓頊之道存乎？意亦忽不可得見與』？後漢書隗囂問班彪曰：『抑者縱橫之事復起於今乎？』抑、意一聲之轉。」「豈曰不時」者。馬瑞辰云：「時，謂使民以時。下言『田卒汙萊』，是奪民時之證。皇父不自以爲不時也。民之力作爲『作』，使民力作亦爲『作』。箋云『役作我』，正以『役』釋『作』。廣雅：『役，使也。』（「役」

卽古「役」字。)胡爲我役，卽『胡爲我使』也。孔疏云『汝何爲使我役作築邑之日』，於『役作』上增『使我』二字以釋之，失箋恉矣。」韓詩外傳七載司城子罕相宋事，末引詩曰：「胡爲我作，不卽我謀。」明韓毛文同。「卒」，盡也。田不治則下者汙而水穢，高者萊而草穢。「污，穢也」者，玉篇水部引韓詩文。皮嘉祐云：「左文六年傳疏：『洿者，穢之別名』。衆經音義引字林：『汙，穢也』。汙、污、洿字同。」

皇父孔聖，作都于向。擇三有事，亶侯多藏。不憖遺一老，俾守我王。【注】韓詩云：憖，闇也。魯「守」作「屏」。擇有車馬，以居徂向。【疏】傳：「皇父甚自謂聖。向，邑也。『擇三有事』，有司國之三卿，信維貪淫多藏之人也。」箋：「專權足已，自比聖人，作都立三卿，皆取聚斂之臣。言不知厭也。禮，畿内諸侯二卿。『憖』者，心不欲自彊之詞也。言盡將舊在位之人與之皆去，無留衞王，又擇民之富有車馬者以往居于向也。」〇向者，周東都畿内有二：一爲左傳隱十一年桓王與鄭之邑，寰宇記：「向城在孟州河陽縣二十五里，杜注所云『軹縣向上』，今河南懷慶府濟源縣西南有向城者也。」一爲襄十一年諸侯伐鄭師于向，杜注：「向城在長社東北。」水經渠水注：「沙水首受洧水於長社縣東，東北逕向岡西，卽鄭之向鄉也。長明溝又東，逕向城北，城側有向岡，左傳『諸侯師於向』者也。」方輿紀要云：「在開封府尉氏縣西南五十里。」愚案：濟源之向，周初爲蘇子邑，桓王與鄭，尚繫之蘇忿生，其前不得別封他人，則皇父所邑當爲尉氏之向。「三有事」者，陳啟源云：「傳云『有同國之三卿』，『司』是誤文。王制鄭注：『小國亦三卿』。白虎通封公侯篇引王度記曰：『子男三卿』。皇父作都，卽是列國，此箋作『二卿』，『三』之誤文也。」「憖，闇也」者，釋文引韓詩文。說文「猌」又讀若「銀」。憖从「猌」聲，故字與「銀」通。左昭十一年經「厥憖」，公羊經作「屈銀」，是其證也。銀、闇同音，故韓訓作「闇」。」說文：「闇，和說而諍也。」玉篇：「闇，和敬貌。」與說文訓「憖」爲「謹敬」義合。言皇父不能謹敬事君，商留舊人，以衞我王也。「魯守作屏」者，蔡邕陳太邱碑：「天不憖遺一老，俾屏我王。」又焦君贊：「不遺一老，屏此四國。」蔡用魯經文，「守」皆作「屏」。「以居徂向」者，馬瑞辰云：「『居』者，語詞。『以居徂向』，猶云以徂向也。猶之『爾居徒幾何』即言『爾徒幾何』也，『我居圉卒荒』即言『我圉卒荒』也。箋訓『居徂』爲『往居』，失之。」

黽勉從事，不敢告勞。無罪無辜，讒口囂囂。【注】魯「黽勉」作「密勿」。魯韓「囂」作「嗸」，魯又作「謷敖」。魯說曰：謷謷，毀也。下民之孽，匪降自天。噂沓背憎，【注】三家「噂」作「僔」。職競由人。【疏】傳：「噂，猶噂噂。沓，猶沓沓。職，主也。」箋：「詩人賢者見時如是，自勉以從王事，雖勞不敢自謂勞。畏刑罰也。囂囂，衆多貌。時人非有辜罪，其被讒口，見椓譖囂囂然。孽，妖孽，謂相爲災害也。下民有此，言非從天墮也。噂噂沓沓，相對談語，背則相憎逐，爲此者由主人也。」○「魯黽勉作密勿，囂作嗸」者，漢書劉向傳向上封事曰：「君子獨處守正，不撓衆枉，勉彊以從王事，則反見憎毒讒愬，故其詩曰：『密勿從事，不敢告勞。無罪無辜，讒口嗸嗸』！」密、黽雙聲字。勿，即「勉」也。說文：「勿，州里所建旗象，其柄有三游，所以趣民，故遽稱勿勿。」是「勿」有「勉」義，故得通假。向云「勉强」，正以「黽勉」說「密勿」。「又作謷敖。謷謷，毀也」者，釋訓：「敖敖，傲也。」釋文引舍人本作：「謷謷，毀也，云衆口毀人之貌。」即「囂囂」傳義。潛夫論賢難篇：「詩云：『無罪無辜，讒口敖敖』。『彼人之心，于何其臻』。由此觀之，妬媚之攻擊也，亦誠工矣；聖人之居世也，亦誠危矣。」此皆魯詩本也。「韓作嗸嗸」者，釋文引韓詩文。「噂」者，說文：「聚語也。」引詩「噂沓背憎。」「三家作僔」者，說文：「僔，聚也。」引詩「僔沓背憎。」此三家文，與左僖十五年傳引同。說文：「沓，語多沓沓也。」是「僔沓」即聚語也。聚則笑語，背則相憎，小人之情狀。其主競逐爲此態者，由人爲之，非天降之孽也。易林解之節：「下民多孽，君失其常。」又乾之臨：「疾愍無辜，背憎爲仇。」蒙之革謙之復恒之艮同，俱用齊經文。

悠悠我里，【注】魯「悠」作「攸。」韓「里」作「㾖」。亦孔之痗。四方有羨，我獨居憂。民莫不逸，我獨不敢休。天命不徹，【注】魯說曰：「不徹，不道也。」我不敢傚我友自逸。【疏】傳：「悠悠，憂也。里，病也。痗，病也。羨，餘也。徹，道也。親屬之臣，心不能已。」箋：「里，居也。悠悠乎我居今之世，亦甚困病。四方之人，盡有饒餘，我獨居此而憂。逸，逸豫也。『不道』者，言王不循天之政教。」○「魯悠作攸」者，釋訓：「攸攸、嘒嘒，罹禍毒也。」樊光曰：「詩云：『攸攸我里』。」陳喬樅云：「『攸』字卽『悠』之省，今本爾雅作『儵』，與樊本異。毛意以『里』爲『痗』之叚字，鄭用魯義，故與毛異。」是陳氏以雅訓「攸攸」爲「憂」，與毛釋「悠悠」同。「里」，讀如字，與鄭義同也。以「里」爲所居之地，與下「我獨居憂」句意不複。「韓里作㾖」者，玉篇疒部：「㾖，病也。詩云：『悠悠我㾖』。」玉篇所引是韓詩，與毛訓義同。「不徹，不道也」者，釋訓文，魯說也。陳奐云：「天命不道，言天之令不循道而行，遂有日食震電之變。我不敢傚我友自逸，親屬之臣，心不能已，故不敢傚友之逸豫，所謂『敬天之怒，無敢戲豫』也。」

十月之交八章，章八句。

雨無正【疏】毛序：「大夫刺幽王也。雨自上下者也，衆多如雨，而非所以爲政也。」箋：「亦當爲刺厲王。王之所下教令甚多而無正也。」○雨無正，集傳載劉安世見韓詩，作「雨無極」，序作：「正大夫刺幽王也。」篇首多「雨無其極，傷我稼穡」二句。呂東萊讀詩記載董氏引韓詩，則作「雨無政」，序亦作「正大夫刺幽王也。」並引章句曰：「無，衆也。」案，詩曰「正大夫離居，莫知我勩」，是兼刺正大夫之詞，非正大夫刺幽王也。劉董之說未足據信。易林乾之臨云：「南山昊天，刺政閔身。」蒙之革謙之復恒之艮同。陳喬樅云：「據此說，知齊家卽以昊天爲篇名，取首句『浩浩昊天』之語。焦氏以南山昊天二詩對舉，南山卽指『節彼南山』之詩。下句『刺政閔身』，『刺政』承南山言，謂『赫赫師尹，不平謂何』也；『閔身』承昊天言，謂『若此無罪，薰胥以鋪』也。愚案：陳説甚新，但節南山篇名，三家作節，毛作節南山，無以「南山」名篇者。焦氏以「南山」、「昊天」相對，究係文言以爲篇名，竊所未安，姑從蓋闕。三家詩義當與箋同。

浩浩昊天，不駿其德。降喪饑饉，斬伐四國。【疏】傳：「駿，長也。穀不熟曰饑，蔬不熟曰饉。」箋：「此言王不能繼長昊天之德，致使昊天下此死喪饑饉之災，而天下諸侯於是更相侵伐。」○案，詩每借「天」以刺王，箋謂「王不能繼長昊天之德」，非也。呂覽下賢篇高注：「鵠，讀『浩浩昊天』之浩。」據此，魯、毛文同。新序雜事五云：「夫政之不平，而吏苛乃甚於虎狼矣。詩曰：『降喪饑饉，斬伐四國。』夫政不平也，乃斬伐四國，而況一人乎？」言饑饉之災自天降之以喪我民也，王又不平其政，以斬伐我四國，則饑饉之災亦王召而降之也。魯詩訓義，無「諸侯侵伐」意。昊天疾威，弗慮弗圖。【注】魯「弗」作「不」。舍彼有罪，既伏其辜。若此無罪，淪胥以鋪。【注】韓「淪」作「勳」，「鋪」作「痡」。魯、齊「淪」作「薰」。【疏】傳：「舍，除。淪，率也。」箋：「慮、圖，皆謀也。王既不駿昊天之德，今昊天又疾其政以刑罰威恐天下，而不慮不圖。胥相鋪徧也。言王使此無罪者見牽率相引而徧得罪也。」○「昊」，或作「旻」。孔疏：「上有『昊天』，明此亦『昊天』，定本皆作『昊天』，俗本作『旻天』誤也。」漢書敘傳顏注引此，亦作「昊天」。玩箋語兩「昊天」，知古本作「昊」也。「魯弗作不」者，楊雄豫州牧箴「不慮不圖」，用魯詩文。敘傳注引詩「不慮不圖」，箋語亦同，知三家作「不」也。「韓淪作勳，鋪作痡。魯齊淪作薰」者，後漢蔡邕傳「下獲熏胥之辜」，李注引詩小雅曰：「『若此無罪，勳胥以痡。』勳，帥也。胥，相也。痡，病也。言此無罪之人而使有罪者相帥而病之，是其大甚。見韓詩。」漢書敘傳「薰胥以刑」，顏注引晉灼曰：「齊魯韓詩作『薰』。薰，帥也。胥，相也。從人得罪相坐之刑也。」今據李注，韓別作「勳」，晉云然者，蓋「亦作」本。熏、薰、勳古通用，故蔡用魯詩，字亦作「熏」。易艮卦「利薰心」，釋文引荀本作「勳」。釋訓：「炎炎，薰也。」釋文本作

「熏」，云亦作「薰」，皆其證。漢書楚元王傳注應劭引詩「淪胥以鋪」，應用魯詩，當作「薰胥」，疑後人順毛改字，謂「淪」爲「論」。鹽鐵論申韓篇：「詩云：『舍彼有罪，既伏其辜。若此無罪，淪胥以鋪』。痛傷無罪而累也。」「淪」字亦後人所改。

周宗既滅，靡所止戾。正大夫離居，莫知我勩。三事大夫，莫肯夙夜。邦君諸侯，莫肯朝夕。庶曰式臧，覆出爲惡。【疏】傳：「戾，定也。勩，勞也。覆，反也。」箋：「周宗，鎬京也。是時諸侯不朝王，民不堪命，王流于彘，無所安定也。正，長也。長官之大夫，於王流于彘而皆散處，無復知我民之見罷勞也。王流在外，三公及諸侯隨王而行者皆無君臣之禮，不肯晨夜朝暮省王也。人見王之失所，庶幾其自改悔而用善人，反出教令復爲惡也。」〇「周宗」，當爲「宗周」，傳寫誤倒。左昭十六年傳引詩正作「宗周既滅」，是詩本作「宗周」之證。鄭箋詩時所見毛詩尚作「宗周」，故解作「鎬京」，與「赫赫宗周」同，今箋作「周宗」者，後人因經誤作「周宗」而併改之也。孔疏謂宗周、周宗「文雖異而義同」，誤矣。國人作亂，厲王出奔，故云「宗周既滅，靡所止戾」也。馬瑞辰云：「大宰『建其正』，鄭注謂冢宰、司徒、宗伯、司馬、司寇、司空。左襄二十五年傳『自六正五吏』，杜注：『六正，三軍之六卿』。晉僭立六卿爲六正，則天子六卿本名『六正』可知。古以三公司天、地、人爲三事。白虎通引別名記曰：『司徒典民，司空主地，司馬順天』。是『三事』爲『三公』之義。周書立政：『任人、準夫、牧作三事』。某氏傳：『常任準人及牧治爲天、地、人之三事』。蓋官職雖多，天、地、人三事足以統之。」周語：「夙夜，敬也。」後漢章帝紀詔曰：「『三事大夫，莫肯夙夜。』小雅之所傷也。」帝學魯詩，明魯毛文同。左傳：「朝夕獻善，敗于寡君。」又曰：「子革夕，子我夕。」皆以朝夕見君爲「朝夕」。「莫肯」，承上文「離居」言，且畏其暴也。潛夫論救邊篇：「詩云：『庶曰式臧，覆出爲惡』。」明魯毛文同。言王流彘之後，靡有悛心也。

如何昊天，辟言不信。如彼行邁，則靡所臻。凡百君子，各敬爾身。胡不相畏，不畏于天。【疏】傳：「辟，法也。」箋：「如何乎昊天，痛而愬之也。爲陳法度之言，不信之也。我之言不見信，如行而無所至也。凡百君子，謂衆在位者。各敬慎女之身，正君臣之禮，何爲上下不相畏乎？上下不相畏，是不畏于天。」○蔡邕集蔡朗碑：「如何昊天。」明魯毛文同。詩謂王法言不信而已，不必專爲我言。「凡百君子」，承上文「三事大夫」等言之。既隨王行，因亂離而廢君臣之禮，不敬王即不敬身也，不畏王即不畏天也。

戎成不退，飢成不遂。曾我暬御，憯憯日瘁。【疏】傳：「戎，兵。遂，安也。暬，御。侍，御也。瘁，病也。」箋：「兵成而不退，謂王見流于彘，無御止之者。飢成而不安，謂王在彘乏於飲食之蓄，無輸粟歸餼者。此二者曾但侍御左右小臣憯憯憂之，大臣無念之者。」○國人仇王戎興於內，故成而不退。楚語韋注：「暬，近也。」「飢成不遂」，惟侍御左右之臣以爲憂病。獨夫情狀，可以概見。後漢蔡邕傳釋誨云：「暬御之族，天隆其祐，主豐其禄。」亦用魯詩文。凡百君子，莫肯用訊。聽言則答，譖言則退。【注】魯「訊」作「誶」，「答」作「對」。【疏】傳：「以言進退人也。」箋：「訊，告也。衆在位者無肯用此相告語者，言不憂王之事也。答，猶『距』也。有可聽用之言，則共以詞距而違之。有譖毁之言，則共爲排退之。羣臣並爲不忠，惡直醜正。」○釋文：「用訊，徐音息悴反。告也。」戴震云：「今本『訊』乃『誶』之譌。訊問、誶告，義各不同。陳風墓門『歌以訊之』，釋文云本又作『誶』，與此同，當作『誶』爲是。」「魯作誶」者，陳喬樅云：「陳風『歌以誶止』、『誶予不顧』，列女傳及楚詞章句所引魯詩皆作『誶』，此詩箋正云『誶，告也』，則魯詩作『誶』無疑。」新序雜事五：「齊宣王謂閭丘邛曰：『子有善言，何見寡人之晚也。』邛對曰：『讒人在側，是以見晚也。詩曰：「聽言則對，譖言則退。」庸得進乎？』」漢書賈山傳「退誹謗之人，殺直諫之士，是以道諛媮合苟容。天下已潰，莫之告也。詩曰：『聽言則對，譖言則退。』」「答」皆作「對」，雙聲變轉，此魯詩文。傳釋此詩云：「以言進退人也。」蕩傳：「對，遂也。」禮月令「遂賢良」，

注：「遂，進也。」易大壯：「不能退，不能遂。」虞注：「遂，進也。」爾雅：「對，遂也。」郭注引詩「對揚王休」。「對揚」，謂進揚聽言者順從之言。謂王聞順從之言則用而進之，聞讒譖之言則斥而退之，導諛受譖，此所以「莫肯用誶」也。

哀哉不能言，匪舌是出。維躬是瘁，哿矣能言。巧言如流，俾躬處休。【疏】傳：「哀賢人不得言，不得出是舌也。哿，可也。可矣世所謂能言也。巧言從俗，如水轉流。」箋：「瘁，病也。不能言，言之拙也。言非可出於舌，其身旋見困病。巧，猶善也。謂以事類風切剴微之言，如水之流忽然而過，故不悖遻，使身居安休休然。亂世之言，順說爲上。」○案，詩言哀哉此不能言之賢者，其趣事非恃舌之出話也，維以其身盡瘁於王事而已。若哿矣能言之小人，但聞其言之巧如流水然滔滔不絕，常使其身處於安閒之地，於事無裨也。是以君子務實。潛夫論本政篇：「詩傷『巧言如流，俾躬處休』，蓋言衰世之士，佞彌巧者官彌尊也。」此魯說。

維曰于仕，孔棘且殆。云不可使，得罪于天子。亦云可使，怨及朋友。【疏】傳：「于，往也。」箋：「棘，急也。『不可使』者，不正不從也。『可使』者，雖不正從也。居今衰亂之世，云往仕乎，甚急迮且危。急迮且危，以此二者也。」○馬瑞辰云：「釋詁：『使，從也』。故箋以『從』釋『使』。二『云』字皆臣答君之詞。『云不可使』，謂若事之不正者，即云不可從，此左傳所云『君所謂可而有否焉，臣獻其否以成其可』也。『亦云可使』，謂事雖不正，因君從之，亦云可使，此左傳所云『君之所可，據亦曰可』也。正義不知箋以『從』訓『使』，乃曰：『不從上命，則天子云我不可使。我若阿諛順旨，亦既天子云此人可使』。謂『可使』與『不可使』皆君論臣之意，殊失箋指。」愚案：馬說是。「可使」、「不可使」，即今諺云此事使得、使不得也。

謂爾遷于王都，曰予未有室家。鼠思泣血，無言不疾。昔爾出居，誰從作爾室。【疏】傳：

「賢者不肯遷于王都也。無聲曰泣血，無所言而不見疾也。遭亂世，義不得去，思其友而不肯反者也。」箋：「王流于彘，正大夫離居，同姓之臣從王，思其友而呼之，謂曰女今可遷居王都。謂彘也。其友辭之云：我未有室家於王都可居也。鼠，憂也。既辭之以無室家，爲其意恨。又患不能距止之，故云我憂思泣血，欲遷王都見女，今我無一言而不道疾者。言已方困於病，故未能也。往始離居之時，誰隨爲女作室，女猶自作之爾，今反以無室家距我。恨之詞。」○案，詩言我謂我友：爾何不遷於王之新都？則答以無室家可居，且憂思泣血無言，不以疾爲解。曾不思昔爾出宗周而離居於他處之時，誰相從爲爾作室乎？其友，蓋正大夫之等。

雨無正七章，二章章十句，二章章八句，三章章六句。

小旻【疏】毛序：「大夫刺幽王也。」箋：「所刺列於十月之交雨無正爲小，故曰小旻，亦當爲刺厲王。」○三家詩義未詳。」

旻天疾威，敷于下土。謀猶回遹，【注】齊「遹」作「穴」。韓作「歍」，云：僻也。又作「泬」。何日斯沮。【注】韓說曰：沮，止也，壞也。謀臧不從，不臧覆用。我視謀猶，亦孔之邛。【疏】傳：「敷，布也。回，邪。遹，辟。沮，壞也。邛，病也。」箋：「旻天之德疾王者以刑罰威恐萬民，其政教乃布於下土。言天下遍知。猶，道。沮，止也。今王謀爲政之道，回辟不循旻天之德，已甚矣，心猶不悛，何日此惡將止。臧，善也。謀之善者不從，其不善者反用之，我視王謀爲政之道，亦甚病天下。」○列女傳不疑母傳：「詩云：『昊天疾威，敷于下土。』言天道好生，疾威虐之行于下土也。」「昊」乃「旻」之譌，二字形近，故雨無正「昊天疾威」，亦譌作「旻」。劉向用魯詩，義與箋說合，知鄭亦用魯義也。「齊遹作穴」者，文選幽通賦「畔回穴其若茲兮」，曹大家注：「回，邪也。穴，僻也。」古「遹」讀如「穴」，「回穴」即「回遹」也。是齊詩文如此。「韓遹作欥，云僻也」者，釋文引韓詩文，云義同詩「欥彼晨風」。「又作泬」者，文選西征賦「事回泬而好還」，李注引韓詩曰：「謀猷回泬。」薛君章句曰：「回泬，邪僻也。」（「邪」上脫「泬」字，依文義補。）此韓詩「亦作」本。至幽通賦注亦引韓詩曰「謀猷回穴」，或韓詩亦有作「穴」之本，與齊同，不得以爲李誤也。「沮，止也，壞也」者，史記劉敬傳索隱引韓詩傳文。案：「止」義與箋合，「壞」義與傳合。漢書陳湯傳注亦云：「沮，止也，壞也。」或作「止壞」，漢書食貨志注：「沮，止壞之。」周勃傳：「沮，止壞之意也。」

潝潝訿訿，【注】韓「潝」作「翕」。韓說曰：「翕翕訿訿，不善之貌也。」魯作「翕」，又作「歙」，「訿」亦作「呰」。亦孔之哀。謀之其臧，則具是違；謀之不臧，則具是依。我視謀猶，伊于胡底。【疏】傳：「潝潝然患其上，訿訿然思不稱乎上。」箋：「臣不事君，亂之階也，甚可哀也。于，往。底，至也。謀之善者俱背違之，其不善者依就之，我視今君臣之謀道，往行之將何至乎？言必至於亂。」○「韓潝作翕，曰翕翕訿訿，不善之貌也」者，玉篇言部引韓詩文。「魯作翕」者，釋訓云：「翕翕訿訿，莫供職也。」此訓作「翕」。「又作歙」者，漢書劉向上封事曰：「衆小在位而從邪議，歙歙相是而背君子，故其詩曰：『歙歙訿訿，亦孔之哀。謀之其臧，則具是違；謀之不臧，則具是依』。」劉以「歙歙」爲「相是」之義，言其背正黨邪，翕然同聲，不顧是非也。衆經音義云：「吸，古文歙、噏二形。」是歙、噏字同。「訿一作呰」者。荀子修身篇：「小人致亂，而惡人之非己也；致不肖，而欲人之賢己也。諂諛者親，諫諍者疏，修正爲笑，至忠爲賊，雖欲無滅亡，得乎哉？詩云：『噏噏呰呰，亦孔之哀。謀之其臧，則具是違；謀之不臧，則具是依。』此之謂也。」荀爲魯詩之祖，此亦魯說。呰、訿字同，召旻「皋皋訿訿」，傳：「訿，窳不供事也。」說文：「呰，窳也。」「窳，嬾也。」是「呰」與「訿」同。史記貨殖傳注：「呰，病也。」漢書地理志注：「呰，弱也。」「訿訿」者，呰窳病弱，隨人畫諾，不以職事爲意也。此輩在朝，故謀臧具違，不滅具依，所謀之道，將何所至乎？言必亂也。

我龜既厭，不我告猶。謀夫孔多，是用不集。【注】韓「集」作「就」。發言盈庭，誰敢執其咎。如匪行邁謀，是用不得于道。【疏】傳：「猶，道也。集，就也。謀人之國，國危則死之，古人道也。」箋：「猶，圖也。卜筮數而瀆龜，龜靈厭之，不復告其所圖之吉凶。言雖得兆，占繇不中。謀事者衆而非賢者，是非相奪，莫適可從，故所爲不成。謀事者衆，訩訩滿庭，而無敢決當是非，事若不成，誰云己當其咎責者。言小人争知而讓過。匪，非也。君臣之謀事如此，與不行而坐圖遠近，是於道路無進於跬步，何以異乎？」○禮緇衣引詩云：「我龜既厭，不我告猶。」明齊毛文同。漢書藝文志：「龜厭不告，詩以爲刺。」用齊經文。潛夫論卜列篇：「詩曰：『我龜既厭，不我告猶。』」淮南覽冥訓高注引詩同，明魯毛文同。「韓集作就」者，韓詩外傳六載船人盍胥對晉平公，末引詩曰：「謀夫孔多，是用不就。」集、就雙聲字，故韓「集」爲「就」。王應麟詩攷引外傳作「不就」，而今本作「不集」，後人據毛詩妄改。藝文類聚九十引外傳作「蓋胥」。文選李注四引外傳，亦作「蓋胥」。左襄八年傳子駟引詩：「如匪行邁謀，是用不得于道。」杜注：「匪，彼也。行邁謀，謀於路人也。不得於道，衆無適從也。」諸家以杜解爲長。

哀哉爲猶，匪先民是程，匪大猶是經，維邇言是聽，維邇言是争。如彼築室于道謀，是用不潰于成。【疏】傳：「古曰在昔，昔曰先民。程，法。經，常。猶，道。邇，近也。争爲近言。潰，遂也。」箋：「哀哉今之君臣，謀事不用古人之法，不循大道之常，而徒聽順近言之同者，争近言之異者。言見動輒則泥陷，不至於遠也。如當路築室，得人而與之謀所爲，路人之意不同，故不得遂成也。」○鹽鐵論復古篇云：「詩云：『哀哉爲猶，匪先民是程，匪大猶是經，維邇言是聽』。此詩人刺不通於王道而善爲權利者。」桓用齊詩，引詩四句，明齊、毛文同。不法先民循大猶，是不通王道。聽邇言，卽務權利也。爲政不明大體，逐淺近之權利以爲經濟在，是不知其爲邇言也。所聽在是，所爭亦在是矣。班固幽通賦「迺先民之所程」，用齊經文。呂覽不二篇高注：「詩曰：『如彼築室于道謀，』是用不潰于成。」明魯毛文同。

國雖靡止，或聖或否。民雖靡膴，【注】韓「膴」作「腜」。韓說曰：靡腜，猶無幾何。或哲或謀。【注】齊詩「哲」作「悊」。或肅或艾，如彼泉流，無淪胥以敗。【疏】傳：「靡止，言小也。人有通聖者，有不能者，亦有明哲者，有聰謀者。艾，治也。有恭肅者，有治理者。」箋：「靡，無。止，禮。膴，法也。言天下諸侯今雖無禮，其心性猶有通聖者，有賢者。民雖無法，其心性猶有知者，有謀者，有肅者，有艾者。王何不擇焉置之於位，而任之爲治乎？書曰：『睿作聖，明作哲，聰作謀，恭作肅，從作乂』。詩人之意，欲王敬用五事，以明天道，故云然。淪，率也。王之爲政者如原泉之流行則清，無相牽率爲惡，以自濁敗。」○案，傳以「靡止」爲「小」，則「止」宜訓「大」。馬瑞辰云：「抑篇『淑慎爾止』，傳：『止，至也。』爾雅：『晊，大也。』釋文：『晊，本又作至。』易『至哉坤元』，猶言『大哉乾元』也。止、至同義，『至』爲大，則『止』亦爲大。『國雖靡止』，言國雖不大也。故傳云『人有通聖者，有不能通聖者』，箋云『有通聖者，有賢者』。此詩所言『聖否』，與論語『賢者識其大者，不賢者識其小者』，文法相類。彼對賢者言之，故識小爲不賢者，此對聖言之，故『或否』猶爲賢者耳。」「膴作腜，靡腜猶無幾何」者，釋文引韓詩文。上文「靡止」，「止」訓「大」，則「靡腜」之腜宜訓「盛多」。胡承珙云：「緜詩『周原膴膴』，文選魏都賦注引韓詩，『膴』亦作『腜』。左僖二十八年傳『原田每每』，亦與『腜』同。『𤱶』之義爲草盛上出，是膴、腜、每皆盛多之義。」愚案：王肅讀「膴」爲「幠」，云：「無大有人言少也。」讀與韓異而訓義同。詩言尚有哲謀肅乂之人可以輔治也。「齊哲作悊」者，漢書敘傳：「或悊或謀。」「哲」作「悊」，齊詩文。「無淪胥以敗」，言無令相率入於危亡，而無益於國事也。列女傳二：「詩云：『如彼泉流，無淪胥以敗。』」明魯毛文同。

不敢暴虎，不敢馮河。【注】魯説曰：「暴虎，徒搏也。馮河，徒涉也。」人知其一，莫知其他。戰戰兢兢，如臨深淵，如履薄冰。【疏】傳：「馮，陵也。徒涉曰馮河，徒搏曰暴虎。一，非也。他，不敬。小人之危殆也。戰戰，恐也。兢兢，戒也。『如臨深淵』，恐隊也。『如履薄冰』，恐陷也。」箋：「人皆知暴虎馮河立至之害，而無知當畏慎小人能危亡也。」〇案：「暴虎」二句，釋訓文，魯説也。「馮」者，「淜」之叚音。説文：「無舟渡河也。」荀子臣道篇：「仁者必敬人，凡人非賢，則是不肖也。人賢而不敬，則是禽獸也；人不肖而不敬，則是狎虎也。禽獸則亂，狎虎則危，災及其身。詩曰：『不敢暴虎，不敢馮河，人知其一，莫知其他。戰戰兢兢，如臨深淵，如履薄冰。』此之謂也。」呂覽安死篇高注：「無兵搏虎曰暴，無舟渡河曰馮，喻小人而爲政，不可以不敬，不敬之則危，猶暴虎馮河之必死也。『人知其一，莫知其他』。一，非也。人皆知小人之爲非，不知不敬小人之危殆。」淮南本經訓高注：「人皆知暴虎馮河，立至害也。故曰，知其一而不知當畏脅小人危亡也，故曰『莫知其佗』。」皆魯説，並言「宜畏慎小人」，此最古義。後漢郅惲傳：「暴虎馮河，未至之戒。」用韓經文。鹽鐵論詔聖篇引詩曰：「『不敢暴虎，不敢馮河。』爲其無益。」以比刑法峻則民不犯，雖係齊家言，然是斷章取義。説苑引零句尤多，不具録。

小旻六章，三章章八句，三章章七句。

小宛【疏】毛序：「大夫刺幽王也。」箋：「亦當爲刺厲王。」〇三家詩義未詳。晉語：秦伯宴公子重耳，秦伯賦鳩飛。韋注：「鳩飛，小雅小宛之首章，曰：『宛彼鳴鳩，翰飛戾天。我心憂傷，念昔先人。明發不寐，有懷二人。』言己念晉先君及穆姬不寐，以思安集晉之君臣也。左昭元年傳「趙孟賦小宛之二章」，又稱「小宛」，不稱「鳩飛」，蓋當時篇有二名故也。

宛彼鳴鳩，翰飛戾天。【注】韓「戾」作「厲」，云：厲，附也。我心憂傷，念昔先人。【注】齊「昔」作「彼」。明發不寐，有懷二人。【疏】傳：「興也。宛，小貌。鳴鳩，鶻鵰。翰，高。戾，至也。行小人之道，責高明之功，終不可得。先人，文武也。明發，發夕至明。」○馬瑞辰云：「釋鳥：『鶌鳩，鶻鵃』。郭注：『似山鵲而小，短尾。』淮南許注：『屈，短也』。屈與屈通，說文：『屈，無尾也』。玉篇：『屈，短尾也』。鶌鳩蓋以短屈得名，宛、屈義同。說文：『宛，屈草自覆也。』宛，蓋鶌鳩短尾之貌，短、小義近，故傳以『宛』爲『小貌』。考工記函人：『眡其鑽空，欲其窻也』。鄭司農注：『窻，小孔貌』。窻、宛義同。陸疏：『鳴鳩，班鳩也』。班鳩蓋非今俗所稱班鳩，或鶌鳩一名班鳩耳。呂覽季春紀『鳴鳩拂其羽』，高注：『鳴鳩，班鳩也，是月拂擊其羽，直刺上飛，數十丈乃復者是也。』淮南時則訓高注亦云：『鳴鳩，奮迅其羽，直刺飛入雲中。』是鳴鳩實能高飛，詩蓋以鳴鳩短尾，似難高舉，而翰飛可以戾天，以興人主當勉於爲善。傳謂以鳴鳩不可戾天爲興，非詩義也。」愚案：馬說精當。由高注「鳴鳩」推之，魯詩當云小鳥奮翼高飛，亦能至天，必無不可戾天之喻，如毛所云也。楊雄逐貧賦「翰飛戾天」，用魯經文。「韓戾作厲，云厲，附也」者，文選西都賦李注引韓詩曰：「翰飛厲天。」薛君章句曰：「厲，附也。」「厲」正字，「戾」借字。「厲附也」者，鳥飛極高，自下視之，如與天相附麗。附、傅字通，菀柳篇「有鳥高飛，亦傅于天」，義亦同也。廣雅釋詁：「厲，近也。」呂覽上農篇注：「厲，摩也。」近天、摩天，皆與「附天」義合。「念昔先人」者，王不能勇於爲善，行文武之道，故我心念先人文武而憂傷也。「齊昔作彼」者，繁露楚莊王篇：「詩云：『宛彼鳴鳩，翰飛戾天。我心憂傷，念彼先人。明發不寐，有懷二人。』人皆有此心也。」董用齊詩，是齊作「彼」。禮祭義：「詩云：『明發不寐，有懷二人。』」鄭注：「明發不寐，謂夜至旦也。二人，謂父母。」陳喬樅云：「祭義下云：『文王之詩也。』孔疏以爲詩人陳文王之德以刺，亦得爲文王之詩。案：毛傳訓『先人』爲文武，則『明發不寐』二語，卽陳文王之德。禮記云『文王之詩』，猶云詩言謂文王也。」愚案：詩言文，卽以該武，以「明發不寐」二語爲陳文王之德，說亦可通。文王爲子止孝，雞鳴問寢，是「不寐」、「有懷」之證。王逸楚詞招魂注：「發，旦也。詩云：『明發不寐。』」載驅篇「齊子發夕」，「發」卽訓「旦」，言旦夕皆在，與此詩「明發」義同。「明發不寐」者，猶言達旦不寐也。禮鄭注：「明發不寐，謂夜至旦。」訓同，傳衍一「發」字。

人之齊聖，飲酒溫克。彼昏不知，壹醉日富。【注】魯「壹」作「一」。」各敬爾儀，天命不又。

【疏】傳：「齊，正。克，勝也。醉而日富矣。又，復也。」箋：「中正通知之人，飲酒雖醉，猶能溫藉自持以勝。童昏無知之人，飲酒一醉，自謂日益富，夸淫自恣，以財驕人。今女君臣各敬慎威儀，天命所去，不復來也。」○王引之云：「爾雅齊、速俱訓爲『疾』。書大傳『多聞而齊給』，鄭注：『齊，疾也。』荀子修身篇：『齊明而不竭，聖人也。』非十二子篇：『聰明聖知，不以窮人。齊給速通，不以先人。』然則『速通』謂之『齊』，『大通』謂之『聖』。」禮內則「柔色以溫之」，鄭注：「溫，藉也。」正義言子事父母，當和柔顏色，承藉父母，若藻承藉玉然。禮器：「故禮有擯詔，樂有相步，溫之至也。」鄭注：「皆爲溫藉重禮也。」正義：「溫，謂承藉。凡玉以物緼裹承藉，君子亦有威儀以自承藉。」釋文：「溫，紆運反。」是「溫藉」卽「蘊藉」也。詩言飲酒雖醉，能以溫藉自勝，故曰「溫克」也。論語孔注：「富，盛也。」昏蒙之人，他無所知，知壹醉而已，且日益加盛，安望其勉於爲善。「魯壹作一」者，列女傳八：「詩云：『彼昏不知，一醉日富。』」是魯作「一」，箋云「一醉」，正用魯詩之文。「各」者，並王君臣俱戒之。新序雜事五：「詩曰：『各敬爾儀，天命不又。』」明魯毛文同。

中原有菽，庶民采之。螟蛉有子，蜾蠃負之。【注】三家「蜾」作「蟜。」教誨爾子，式穀似之。

【疏】傳：「中原，原中也。菽，藿也。力采者則得之。螟蛉，桑蟲也。蜾蠃，蒲盧也。負，持也。」箋：「藿生原中，非有主也，以喻王位無常家也，勸於德者則得之。蒲盧取桑蟲之子負持而去，煦嫗養之，以成其子，喻有萬民不能治，則能治者將得之。式，用。穀，善也。今有教誨女之萬民用善道者，亦似蒲盧。言將得而子也。」○「中原」者，謂原田之中。「菽」者，衆豆之總名，後以小豆名「荅」，遂專名「菽」爲大豆。「藿」者，豆之葉也，采者不禁。易林小畜之大過「中原有菽」，用齊經文。「螟蛉有子，蜾蠃負之」者。釋蟲：「螟蛉，桑蟲。」御覽五百四十五引舍人曰：「螟蛉，桑上小青蟲也，似步屈。」郭注：「俗謂之桑蟃，亦曰戎女。」又曰：「果蠃，蒲盧。」郭注：「即細腰蜂也，俗呼爲蠮螉。」楊雄法言學行篇：「螟蛉之子，殪而逢蜾蠃，祝之曰，似我似我。久則肖之矣。」此魯説。禮中庸鄭注：「蒲盧，蜾蠃，謂土蜂也。詩曰：『螟蛉有子，蜾蠃負之。』螟蛉，桑蟲也，蒲盧取桑蟲之子去而變化之，以成爲己子。」此齊説。凡物之渾沌無知而微有知者，謂之「冥靈」，然無定字，莊子書名木爲「冥靈」，詩名蟲曰「螟蛉」，聲同字變也。説文一作「螟蠕」，蛉、蠕同音通用。齊侯鎛鐘鼎銘「霝命難老」，即「令命」也。廣雅：「霝，令也。」是霝、令相通之證。「三家蜾作𧑓」者，説文「𧑓」下云：「𧑓蠃，蒲盧，細腰土蠭也。天地之性，細腰純雄無雌。詩曰：『螟蛉有子，𧑓蠃負之』。」「蜾」下云：「𧑓或从果。」據上文，魯、齊皆作「蜾」，則作「𧑓」者蓋韓詩文也。土蠭所負不止桑蟲，曾於春夏間目驗，或窗櫺，或筆管，此蟲累土成圓孔，長約半寸許，取花樹上青蟲，或灰白色蠅虎，及長脚緑蜘蛛如高粱子大者，皆寘其中。對孔作聲，煦嫗良久，以土封其頂。自累土負子封頂，每來必作聲，約近十日，乃去不復來。其後蟲出，遂成細腰蠭矣。「似」，當讀如「嗣續」之嗣。列女楚子發母傳：「教誨爾子，式穀似之。」此用魯文，明與毛同。

題彼脊令，【注】魯「題」作「相」，「脊令」作「鶺鴒」。載飛載鳴。我日斯邁，而月斯征。夙興夜寐，毋忝爾所生。【注】三家「毋」作「無」。【疏】傳：「題，視也。脊令不能自舍，君子有取節爾。忝，辱也。」箋：「『題』之爲言『視睇』也。『載』之言『則』也。則飛則鳴，翼也口也，不有止息。我，我王也。邁、征，皆行也。王日此行，謂日視朝也。而月此行，謂月視朔也。先王制此禮，使君與羣臣議政事，日有所決，月有所行，亦無時止息。」○「魯題作相，脊令作鴡鴒」者，釋鳥：「鴡鴒，雝渠。」郭注：「飛則鳴，行則搖。」漢書東方朔傳答客難曰：「王所以日夜孳孳，敏行而不敢怠也，譬若鴡鴒，飛且鳴矣。」中論貴驗篇：「詩曰：『相彼脊令，載飛載鳴。我日斯邁，而月斯征。』遷善不懈之謂也。」陳喬樅云：「中論說詩與東方生語，皆述魯義。『脊令』，當作『鴡鴒』，魯詩之文然也。『題』，魯作『相』，『相』亦『視』也。」潛夫論讚學篇：「詩云：『題彼鶺鴒，載飛載鳴。我日斯邁，而月斯征。夙興夜寐，無忝爾所生』。是以君子終日乾乾進德修業者，非直爲傳己而已也，蓋乃思述祖考之令問而以顯父母也。」王亦用魯詩，仍作「題彼鶺鴒」，疑後人順毛所改耳。「三家毋作無」者，據上引魯詩作「無」。大戴禮立孝篇：「詩云：『夙興夜寐，無忝爾所生。』」韓詩外傳八引詩「我日斯邁」四句，皆作「無」。又曹植魏德論謳用「載飛載鳴」，明魯齊韓「毋」皆作「無」，它文與毛同也。

交交桑扈，率場啄粟。哀我填寡，【注】韓「填」作「疹」，疹，苦也。宜岸宜獄。【注】韓「岸」作「犴」，云：鄉亭之繫曰犴，朝廷曰獄。握粟出卜，自何能穀。【疏】傳：「交交，小貌。桑扈，竊脂也。言上爲亂政而求下之治，終不可得也。填，盡。岸，訟也。」箋：「竊脂肉食，今無肉而循場啄粟，失其天性，不能以自活，仍得曰宜。自，從。穀，生也。可哀哉我窮盡寡財之人，仍有獄訟之事，無可以自救，但持粟行卜，求其勝負，從何能得生。」○釋鳥：「桑扈，竊脂。」郭注：「俗呼青雀，觜曲，食肉，喜盜脂食之，因以名云。」淮南說林訓：「馬不食脂，桑扈不啄粟，非云廉也。」高注：「桑扈，青雀，一名竊脂。」謂竊脂爲肉食，是魯說如此，而箋從之。以不啄粟之鳥而今循場啄粟，乃無所得食而亂其常也。易林同人之未濟：「桑扈竊脂，啄粟不宜。亂政無常，使我孔明。」齊詩說與魯同。「填作疹。疹，苦也」者，釋文引韓詩文。胡承珙云：

「古从『真』、从『㐱』之字互相叚借，毛訓『填』爲『盡』，蓋以『填』爲『殄』之借字。瞻卬詩『邦國殄瘁』，傳云：『殄，盡也。』」「韓作疹」者，「疹」，乃籀文「胗」字。胗，脣瘍也。非其義。韓蓋以「疹」爲「瘨」之借字。說文：「瘨，病也。」雲漢、召旻箋並云：「瘨，病也。」雲漢釋文：「瘨，韓詩亦作疹。」陳喬樅云：「古以病、苦互訓。呂覽權勳篇、貴卒篇注並云：『苦，病也』。廣雅釋詁：『病，苦也。』『苦，窮也』。然則韓詩『疹苦』之訓，其義當爲窮苦，猶毛詩『填盡』之訓，其義亦爲窮盡。故箋云『可哀哉我窮盡寡財之人，仍有獄訟之事，無可以自救』也。」「宜犴」至「曰獄」，釋文引韓詩文。初學記二十引同。說文：「豻，胡地野狗。从豸，干聲。或从犬，作犴。詩曰：『宜犴宜獄。』」豻、犴字通作。周官射人注：「豻，讀如『宜豻宜獄』之豻。」漢書刑法志「豻獄不平」，顏注引服虔云：「鄉亭之獄曰豻。」荀子宥坐篇「獄犴不治」，楊倞注引詩「宜犴宜獄」。御覽六百四十三引應劭風俗通云「宜犴宜獄，犴，司空也。周官，凡萬民有罪離于法者，役諸司空，令平易道路也。」是犴者訟繫之地，有罪令服此役也，獄則讞成而入，故韓以「鄉亭」、「朝廷」分屬之。「握粟出卜，自何能穀」者。鹽鐵論五刑篇：「法令衆，人不知所辟。此斷獄所以滋衆，而民犯禁也。詩云：『宜犴宜獄，握粟出卜，自何能穀』。刺刑政繁也。故治民之道，務篤其教而已。」淮南覽冥訓高注亦引詩「握粟出卜」二句，明齊魯文與毛同。管子云：「守龜不兆，握粟而筮者屢中。」說文：「貞，卜問也。从卜、貝。以爲贄。」繫傳引詩：「『握粟出卜』，謂古者求卜，必用貝握粟，其至微者也。」則粟所以酬卜。莊子人間世：「鼓筴播精，足以食卜人。」史記日者傳：「夫卜而有不審，不見奪糈。」皆酬卜之粟也。黄山云：「詩言『出卜』，自係貞卜於人。言『握粟』，自係爲贄甚薄。所望者奢而所持少，正由窮盡寡財，不能盡善也。管子『握粟而筮』，即用詩語。惠棟引此，以爲如求兆於豬肩羊髆，雖得吉卜，安能爲善。可謂得詩指矣。馬瑞辰乃以爲非詩義，則詩胡不云『以粟』而必言『握粟』乎？」

温温恭人，如集于木。惴惴小心，如臨于谷。戰戰兢兢，如履薄冰。【疏】傳：「温温，和柔貌。如集木，恐隊也。如臨谷，恐隕也。」箋：「衰亂之世，賢人君子雖無罪猶恐懼。」○韓詩外傳七載孫叔敖對狐丘丈人，引「温温恭人」四句；又載孔子言明王有三懼，引「温温恭人」六句，明韓毛文同。惟錯入「如臨深淵」句，當爲衍文。文選幽通賦：「蓋惴惴之臨深兮，乃二雅之所祗。」用齊經文。

小宛六章，章六句。

小弁【注】魯説曰：小弁，小雅之篇，伯奇之詩也。伯奇仁人，而父虐之，故作小弁之詩。又曰、履霜操者，尹吉甫之子伯奇所作也。吉甫娶後妻，生子曰伯邦，乃譖伯奇於吉甫，放之於野。伯奇清朝履霜，自傷無罪見逐，乃援琴而鼓之。宣王出遊，吉甫從之，伯奇乃作歌以言，感之於宣王，王聞之曰：此孝子之辭也。吉甫乃求伯奇於野而感悟，遂射殺後妻。齊説曰：讒邪交亂，貞良被害，自古而然。故伯奇放流，孟子宮刑，申生雉經，屈原赴湘。小弁之詩作，離騷之詞興。又曰：尹氏伯奇，父子生離。無罪被辜，長舌所爲。【疏】毛序：「刺幽王也。太子之傅作焉。」○「小弁」至「之詩」，趙岐孟子章句文。「公孫丑問曰：『高子曰：小弁，小人之詩也。』孟子曰：『何以言之？』曰：『怨。』曰：『固哉！高叟之爲詩也。小弁之怨，親親也。親親，仁也。』曰：『凱風何以不怨？』曰：『凱風，親之過小者也。小弁，親之過大者也。親之過大而不怨，是愈疏也。親之過小而怨，是不可磯也。愈疏，不孝也。不可磯，亦不孝也。』」「履霜」至「後妻」，蔡邕琴操文。文選舞賦李注引略同。御覽五百八十八琴部引楊雄琴清英云：「尹吉甫子伯奇至孝，後母譖之，自投江中，衣苔帶藻，忽夢見水仙賜其美藥，唯念養親，揚聲悲歌，船人聞而學之。吉甫聞船人之聲疑，思伯奇，作子安之操。」愚案：伯奇逐後，于野投江，蓋傳聞不一。履霜操是求之於野，子安操則求之於江，莫知所終也。後漢黄瓊傳：「伯奇至賢，終於放流。」李注引說苑曰：「王國子前母子伯奇，後母子伯封。欲立其子爲太子，（「欲立」上當有「後妻」二字。）說王曰：『伯奇好妾。』王不信。其母曰：『令伯奇於後園，妾過其旁，王上臺視之，卽可知。』伯奇入園，後母陰取蜂十數置單衣中，過伯奇邊曰：『蜂螫我！』伯奇就衣中取蜂殺之。王遙見之，乃逐伯奇」也。漢書馮奉世傳贊注，引說苑略同。愚案：尹吉甫爲周名臣，不聞封國所在，說苑稱「王」、稱「太子」，未知其審據。琴操後母子爲伯邦，說苑則欲立者爲伯封。王風黍離篇，三家以爲伯封求兄之作，而又載別說亂之，皆當闕疑。此魯說。「讒邪」至「詶興」，漢書馮奉世傳贊文。陳喬樅云：『小弁』句承伯奇言，『離騷』句承屈原言，蓋舉首尾以包中二人，否則文法偏枯矣。據此，班亦以小弁爲伯奇作，班用齊詩也。」漢書武五子傳壺關三老茂上書曰：「孝己被謗，伯奇放流，骨肉至親，父子相疑，何也？積毀之所生也。」「尹氏」至「所爲」，易林訟之大有文。中孚之井、家人之謙同。又豐之鼎云：「讒言亂國，覆是爲非。伯奇流離，恭子憂哀。」巽之觀同，亦齊說。韓詩未聞。

弁彼鸒斯，歸飛提提。魯說曰：鸒，卑居。民莫不穀，我獨于罹。何辜于天，我罪伊何？心之憂矣，云如之何。【疏】傳：「興也。弁，樂也。鸒，卑居。卑居，雅烏也。提提，羣貌。幽王取申女，生太子宜咎。又說褒姒，生子伯服，立以爲后，而放宜咎，將殺之。舜之怨慕，日號泣于旻天、于父母。」箋：「樂乎彼雅烏，出食在野甚飽，羣飛而歸提提然。興者，喻凡人之父子兄弟出入宮庭，相與飲食，亦提提然樂，傷今太子獨不。穀，養，于，曰。罹，憂也。天下之人無不父子相養者，我太子獨不然，曰以憂也。」○說文：「昪，喜樂也。」段注引此詩，「弁」卽「昪」之叚借。「鸒，卑居」者，釋鳥文，魯說也。孔疏：「此鳥名『鸒』而云『斯』者，語辭。傳或有『斯』者，衍字，定本無『斯』。」釋文前出「鸒斯」，後：「一云，斯，語辭。」並當以後說爲正。疏引爾雅，蓋亦無「斯」，今本有「斯」者誤也。傳又云「卑居，雅烏也」者，說文：

「鶡，卑居也。」鶡、鷽一字。又云：「雅，楚烏也。一名鷽，一名卑居，秦謂之雅。」「雅」卽「鵶」也。爾雅郭注：「雅烏小而多羣，腹下白，江東亦呼爲卑烏。」可悟「居」卽「烏」音之變轉。水經濼水注引犍爲舍人，以爲「壁居」，「壁」卽「卑」音之變轉。馬融説以爲「賈烏」，「賈」又「雅」音之變轉，非異名也。小爾雅云：「小而腹下白，不反哺者謂之雅烏。」法言學行篇：「頻頻之黨，甚於鶡斯。」「黨」卽「羣」也，「提」作「頻」，與「羅」不協。疑本作「題彼脊令」之題，而讀如「提」，「題題」猶「題彼」耳。左思魏都賦「𦐄𦐄精衞」，李注：「𦐄𦐄，飛貌也。」説文：「翄，翼也。」或作「𦐄。」廣韻：「翄翄，飛貌。」翄、𦐄同字，是「提提」卽「𦐄𦐄」之借字矣。伯奇言雅烏得食，羣飛而樂，天下之民，亦莫不得生聚爲樂，唯我一人失所而憂，我有何辜于天，橫被寃枉，我罪果伊何乎？心之憂矣，如之何而後得順於親也。趙岐孟子章句云：「詩曰『何辜于天』，親親而悲怨之詞也。」明魯毛文同。

踧踧周道，鞫爲茂草。我心憂傷，惄焉如擣。【注】韓「擣」作「疛」，云：疛，心疾也。假寐永歎，維憂用老。【注】韓「假」作「寤」，「維」作「唯」，魯作「惟。」心之憂矣，疢如疾首。【疏】傳：「踧踧，平易也。周道，周室之通道。鞫，窮也。惄，思也。擣，心疾也。」箋：「此喻幽王信褒姒之讒，亂其德政，使不通於四方。不脱冠衣而寐曰假寐。疢，猶病也。」○「鞫」，讀同「鞠」。詩言顧瞻周道，本平易也，今途窮而不通，乃爲茂草所鄣塞。楚詞東方朔七諫：「何周道之平易兮，然蕪穢而險戲。」喻意正同。蔡邕述行賦：「周道鞫爲茂草兮，哀正路之日荒。」用魯經文。「惄，思」，釋詁文。「擣作疛，云疛，心疾也」者，釋文引韓詩文。盧文弨云：「吕覽盡數篇『氣鬱處腸，則爲張爲疛』。高注：『疛，跳動也。』與『擣』義相近。」胡承珙云：「説文『疛』雖訓『腹痛』，然心、腹義本可通。玉篇『疛，心腹疾也』。引吕覽云『身盡疛腫』，是『疛』不專訓腹疾，毛殆以『擣』爲『疛』借，故直訓『心疾』與？」陳喬樅云：「廣雅：『疛，病也』。玉篇：『疛，心腹疾也』。『⿸疒壽，同上。又，病也』。廣韻『疛，心腹病也』。『⿸疒導，上同』。是『疛』與『⿸疒導』同字。」「假，寐」者，王逸楚詞九懷注：「不脫冠帶而臥曰假寐。詩曰：『假寐永歎。』」王用魯詩，明魯、毛文同，王注卽箋說所本。「韓假作寤，維作唯，魯作惟」者，後漢質帝紀梁太后詔曰：「寤寐永歎，重懷慘結。」李注：「寤，覺也。寐，臥也。詩曰：『寤寐永歎，唯憂用老。』」梁太后治韓詩，此詔卽用韓語，李注所引亦韓文，故「寤」字、「唯」字與毛不同。論衡書虛篇「伯奇放流，首髮早白。詩曰：『惟憂用老。』」此詩之爲伯奇作，信而有徵矣。王充用魯詩，「維」作「惟」。說文：「疢，熱病也。从疒、从火。」詩蓋借爲「煩熱」之義。後漢桓帝紀梁太后詔曰「疢如疾首」，明韓毛文同。漢書中山靖王勝傳對帝傷讒言，末引詩云：「我心憂傷，惄焉如擣。假寐永歎，唯憂用老。心之憂矣，疢如疾首。」靖王當景、武閒，此對蓋用魯詩。顏注：「擣，築也。言我心中憂思，如被擣築。」陳喬樅云：『擣築』之訓，蓋舊注據魯詩爲說，而小顏襲用之。」

維桑與梓，必恭敬止。靡瞻匪父，靡依匪母。不屬于毛，不離本誤「罹」，据唐石經正。**于裏。天之生我，我辰安在。**【疏】傳：「父之所樹，已尚不敢不恭敬。毛在外，陽以言父。裏在內，陰以言母。辰，時也。」箋：「此言人無不瞻仰其父取法則者，無不依恃其母以長大者，今我獨不得父皮膚之氣乎？獨不處母之胞胎乎？何曾無恩於我，我生所值之辰安所在乎？謂六物之吉凶。」〇穀梁傳「古者公田爲居」，范注：「損其廬舍，家作一園，以種五菜。外種楸桑，以備養生送死。」舊五代史王建立曰：「桑以養生，梓以送死。」此桑梓必恭之義也。其父祖所樹，子孫見之，則追念而加敬。何況我之父母，乃我所瞻仰而依附者焉，有不恭敬乎？張衡南都賦：「永世克孝，懷桑梓焉。真人南巡，覩舊里焉。」此用魯經文。桑梓必在里居，後遂稱桑梓爲故里耳。詩又言豈不附屬於我父之毛乎？不離麗於生母之裏乎？何爲如此無恩之甚也。「我辰安在」者，馬瑞辰云：「左傳：『日月之會是謂辰。』大宗伯疏：『辰，卽二十八星也。』蓋日月所會於二十八宿各有所值之辰，故日月所會爲辰，二十八宿亦爲辰。人生時月宿所值星吉則人亦吉，星凶則人亦凶。韓昌黎詩云：『我生之辰，月宿南斗。牛奮其角，箕張其口。』義本此詩。辰，當指月宿所值之星而言，非兼言六物也。」黃山云：「桑柔篇『我生不辰，逢天僤怒』，與此篇『天之生我，我辰安在』，義正相發。箋於桑柔亦訓『辰，時也』。即本此傳說。而此又別爲『六物吉凶』之說言『我吉安在』可也，豈可言『我凶安在』乎？馬瑞辰駁之宜矣。然日月之會是謂辰，引申即爲『時會』之義。公羊『大火爲大辰』，楚辭『夕宿辰陽』，皆訓『辰』爲『時』，毛說必與今文相合，若必泥爲生人時月宿所值，則桑柔之『不辰』，將爲無所值矣，此箋之所以仍訓『辰』爲『時』，而馬氏遂窮不爲說也。昌黎『我生之辰』，亦言我之時耳，非定指月宿所值之星也。」

菀彼柳斯，鳴蜩嘒嘒。【注】韓說曰：嘒嘒，小聲也。有漼者淵，萑葦淠淠。【注】魯「萑」作「莞」，韓作「藿」。魯說曰：淠淠，茂也。譬彼舟流，不知所屆。注魯「屆」作「艐」。心之憂矣，不遑假寐。【疏】傳：「蜩，蟬也。嘒嘒，聲也。漼，深貌。淠淠，衆也。」箋：「柳木茂盛則多蟬，淵深而旁生萑葦。言大者之旁，無所不容。屆，至也。言今大子不爲王及后所容，而見放逐，狀如舟之流行無制之者，不知終所至也。遑，暇也。」○「嘒嘒，小聲也」者，玉篇口部引詩文。毛傳云「聲也」。玉篇云「小聲」，是韓訓。說文亦云：「嘒，小聲也。」皆即用韓義。曹植蟬賦：「詩詠鳴蜩，聲嘒嘒兮。」亦韓經文也。「魯萑作莞」者，說苑雜言篇：「詩云：『菀彼柳斯，鳴蜩嘒嘒。有漼者淵，莞葦淠淠』。言大者之旁，無所不容。」「萑」作「莞」，通用字。儀禮公食大夫禮記「加萑席」，鄭注：「今文『萑』皆爲『莞』。」是也。「韓作藿」者，韓詩外傳七載楚莊王飲酒絕纓事，末引詩曰：「『有漼者淵，藿葦淠淠』。言大者無不容也。」「萑」作「藿」，字同。箋說「言大者之旁無不容」，即本魯韓舊義。「淠淠，茂也」者，廣雅釋訓文，與毛訓異，即本魯故。「魯屆作艐」者，釋詁：「艐，至也。」釋文引孫炎曰：「艘，古『屆』字。」陳喬樅云：「『艘』字從『舟』，即此詩『譬彼舟流，不知所艘』之艘。說文：『艘，舟著沙不行也』。方言：『艘，至也』。又曰：『艘，宋語也，古雅之別語也』。郭注：『雅，謂風雅。』毛作『屆』，魯作『艘』，故孫炎謂『艘』古『屆』字。」愚案：伯奇放逐，無所適歸，故云「譬彼舟流，不知所屆。」

鹿斯之奔，維足伎伎。雉之朝雊，尚求其雌。譬彼壞木，【注】魯「壞」作「瘣」。疾用無枝。心之憂矣，寧莫之知。【疏】傳：「伎伎，舒貌。謂鹿之奔走，其足伎伎然舒也。壞，瘣也，謂傷病也。」箋：「雊，雉鳴也。尚，猶也。鹿之奔走，其勢宜疾，而足伎伎然舒，留其羣也。雉之鳴，猶知求其雌。今大子之放，棄其妃匹不得與之去，又鳥獸之不如。太子放逐而不得生子，由內傷病之木，內有疾，故無枝也。寧，猶『曾』也。」○釋文：「伎，本亦作跂。」白帖引詩「維足跂跂」，即毛「亦作」本也。（以「維」不作「惟」之故。）淮南原道訓高注：「跂跂，行也。」是魯必作「跂跂」。說文：「趌，一曰行皃。」玉篇：「趌趌，鹿走也。又曰行貌。」顧用韓詩，是韓必作「趌趌」。」徐璈云：「伎伎，即奔皃。」馬瑞辰云：「徐說是也。伎，又通作『歧』。字林：『歧歧，飛行貌』。是『伎伎』乃速行。爾雅：『鹿其迹速』。說文：『速，疾也。』夏小正『鹿人從』，大戴傳：『鹿之養也，離羣而善之。』離、麗通。『善之』即『善走』也。說文：『麗，旅行也』。鹿之性，見食急則必旅行，皆鹿羣萃善行之證。詩言『維足伎伎』，蓋言鹿善從其羣，見前有鹿則飛行以奔之，與雉求其雌，取興正同。」傳訓爲『舒貌』，非。」淮南時則訓高注、呂覽季冬紀高注兩引詩「雉之朝鴝，尚求其雌」，明魯毛文同。禮月令鄭注亦引詩二句，明齊毛文同。「魯壞作瘣」者，釋木：「瘣木，苻婁。」釋文引樊光曰：「詩云：『譬彼瘣木，疾用無枝』。『苻婁』者，尩傴內病，磈磊無枝也。」此爾雅用魯詩經文之證。說文：「瘣，病也。詩云：『譬彼瘣木。』一曰，腫旁出也。」中論藝紀篇：「木無枝葉，則不能豐其根幹，故謂之瘣。」毛作「壞」，「瘣」之叚借。伯奇言鹿、雉尚有羣侶，已病自內發，無人相助，猶傷病之木，無枝菜相扶，故雖心憂而曾無知我者，徒自傷耳。

相彼投兔，尚或先之。行有死人，尚或墐之。【注】齊韓「墐」作「殣」。君子秉心，維其忍之。心之憂矣，涕既隕之。【疏】傳：「墐，路冢也。隕，隊也。」箋：「相，視。投，掩。行，道也。視彼人將掩兔，尚有先驅走之者；道中有死人，尚有覆掩之成其墐者。言此所不知，其心不忍。『君子』斥幽王也。秉，執也。言王之執心，不如彼二人。」○列女魏乳母傳「夫慈，故能愛，乳狗搏虎，伏雞搏狸，恩出於中心也。詩曰：『行有死人，尚或墐之。』」趙岐孟子章句云：「凱風言『莫慰母心』，母心不悅，知親之過小也。小弁曰『行有死人，尚或墐之』，而曾不閔已，知親之過大也。」是魯作「墐」，與毛同。「齊韓墐作殣」者，說文：「殣，道中死人，人所覆也。詩曰：『尚或殣之。』」所引當是齊韓文。左傳「道殣相望」，正用「殣」字。漢書馮奉世傳贊引詩曰：「心之憂矣，涕既隕之。」用齊經文。

君子信讒，如或醻之。君子不惠，不舒究之。伐木掎矣，析薪杝矣，舍彼有罪，予之佗矣。【疏】傳：「伐木者掎其巔，析薪者隨其理。佗，加也。」箋：「醻，旅醻也。如醻之者，謂受而行之。惠，愛。究，謀也。王不愛大子，故聞讒言則放之。『不舒』，謀也。掎其巔者，不欲妄踣之。杝，謂觀其理也。必隨其理者，不欲妄挫折之。以言今王之遇大子，不如伐木析薪也。予，我也。舍褎姒讒言之罪，而妄加我大子。」○言吉甫之信讒，如有人以酒相醻，得即飲之。由不愛伯奇之故，聞讒即逐，不復舒緩察究之。譬伐木者必以繩曳其顛，析薪者必順其理，今橫見枉害，乃伐木析薪之不如乎？然循此自明，則彼將有罪，故寧舍之而自他道，所以爲仁孝也。申生曰：「君實不察，其非我辭，姬必有罪。」伯奇之用心，正與之同。舊説以爲刺父不治，是視申生爲不若矣。上篇「舍彼有罪」，既伏其辜，伏辜之罪，罪已著者也，此未著者也。曰「予之佗矣」，明舍者在己，非爲刺之。蓋事本易明，而終不忍自明耳。

莫高匪山，莫浚匪泉。君子無易由言，耳屬于垣。無逝我梁，無發我笱。我躬不閱，遑恤我後。【疏】傳：「浚，深也。念父，孝也。（下全引孟子「高子曰小弁小人之詩也」至「五十而慕」。）箋：「山高矣，人登其巔。泉深矣，人入其淵。以言人無所不至，雖逃避之，猶有默存者焉。由，用也。王無輕用讒人之言，人將有屬耳於壁而聽之者。知王有所受之，知王心不正也。逝，之也。之人梁，發人笱，此必有盜魚之罪，以言褒姒淫色，來嬖於王，盜我大子母子之寵。『念父孝也』，大子念王將受讒言不止，我死之後，懼復有被讒者，無如之何，故自決云：我身尚不能自容，何暇乃憂我死之後也。」○胡承珙云：「詩言無高而非山，無浚而非泉，山高泉深，莫能窮測也。以喻人心之險猶山川。君子苟輕易其言，耳屬者必將迎合風旨，而交構其間矣。」馬瑞辰云：「釋詁：『繇，於也。』繇、由古通。抑詩『無易由言』，箋：『由，於也。』此詩『無易由言』，當與同義，戒君子無易於言也。」韓詩外傳五：「孔子侍坐於季孫，季孫之宰通曰：『君使人假馬，其與之乎？』孔子曰：『吾聞君取於臣謂之取，不曰假。』季孫悟，告宰通曰：『今以往，君有取謂之取，無曰假。』孔子正假馬之名，而君臣之義定矣。詩曰：『君子無易由言。』名正也。」據外傳，知韓毛文同。一言「正名」，知言不可不愼也，可證箋說訓「由」爲「用」之誤。「無逝」四句，義已具前谷風。特此詩伯奇念父之深，憂家之亂，我躬危苦，尚寘不言，較谷風用情，更婉而篤矣。黃山曰：「祖毛者皆謂此篇必爲刺幽王，而後可當『親之過大』，然公孫丑舉凱風爲比，則小弁本事必應與凱風同類。彼僅不悅其子，此則徑逐其子，故孟子以爲『親之過大』，論其過之大，非謂其事之大也。且幽王因廢申后而及太子，其事固以廢后爲主。得寵忘舊，不關信讒。太子辭宮廟而出奔，亦不當取喻桑梓。趙岐章句定爲伯奇自作，無可疑矣。」

小弁八章，章八句。

巧言【疏】毛序：「刺幽王也。大夫傷於讒，故作是詩也。」○易林隨之夬云：「辯變白黑，巧言亂國。大人失福，君子迷惑。」此齊說。魯韓無聞。

悠悠昊天，曰父母且。無罪無辜，亂如此幠。昊天已威，予慎無罪。昊天大幠，予慎無辜。【疏】傳：「幠，大也。威，畏。慎，誠也。」箋：「悠悠，思也。幠，敖也。我憂思乎昊天，愬王也。始者言其且爲民之父母，今乃刑殺無罪無辜之人，爲亂如此，甚敖慢無法度也。已、泰，皆言『甚』也。昊天乎，王甚可畏，王甚敖慢，我誠無罪而罪我。」○「且」，語餘聲，與「其樂只且」、「匪我思且」之且同。箋訓爲「且況」之且，非。釋文：「且，徐七餘反。觀箋意，宜七也反。」亦疑其誤。詩言思天，卽刺王也。曰王乃民之父母，且民本無罪辜，而刑政之亂如此其大矣。列女王章妻傳：「詩曰：『昊天已威，予慎無罪。』言王爲威虐之政，則無罪而遘咎也。」是此二句魯毛文同。魯釋「威」作「威虐」，與毛訓「畏」爲「愬王於天」異。「幠，大」，釋詁文。「大幠」，承上「亂」言。釋文：「大音泰。本或作泰。」箋卽作「泰」。新序節士篇引詩，作「太幠」。韓詩外傳四、外傳七三引，皆作「太幠」。說文：「幠，愛也。」是「幠」魯韓皆借字，亦與毛異。

亂之初生，僭始既涵。【注】三家「僭」作「譖」，「涵」作「減」，云：「少也。」亂之又生，君子信讒。君子如怒，亂庶遄沮。君子如祉，亂庶遄已。【疏】傳：「僭，數。涵，容也。遄，疾。沮，止也。祉，福也。」箋：「僭，不信也。既，盡。涵，同也。王之初生亂萌，羣臣之言不信與信，盡同之不別也。『君子』，斥在位者也。在位者信讒人之言，是復亂之所生。君子見讒人，如怒責之，則此亂庶幾可疾止也。『福』者，福賢者，謂爵禄之也，如此則亂亦庶幾可疾止也。」○「三家僭作譖」者，衆經音義五引詩，作「譖始既涵」。毛作「僭」，蓋以爲「譖」之借字。說文：「譖，愬也。」言譖愬之始，王盡涵容之。「涵作減，云少也」者，釋文引韓詩文。胡承珙云：「謂亂萌初起，僭端尚少也。」陳喬樅云：「禮月令『水泉涵竭』，呂覽仲冬紀作『滅竭』。漢書石奮傳『九卿咸宣』，服虔音『減損』之減，史記酷吏傳作『減宣』。蓋古音讀『減』如『咸』，故與『涵』通用。」愚案：涵、咸固可通，然與「減少」義不合。蓋王初聽言，人未能必王之信，不敢多言，故始雖譖愬，既亦減少。及見王信讒，則紛然並進，而亂成矣。當時情事蓋如此。廣雅釋詁三：「減，少也。」即本韓詩訓義。下「君子」，仍屬王說。君子如當讒譖之始，怒責言者，則亂可以疾沮，抑或降福於爲所言者之賢人，則亂亦可疾止。乃始則聽，終則信，讒人得志矣。潛夫論衰制篇：「詩云：『君子如怒，亂庶遄沮。君子如祉，亂庶遄已。』是故君子之有喜怒也，善以止亂也。故有以誅止殺，以刑禦殘。」此魯說訓「祉」爲「喜」。左宣十七年傳范武子曰：「吾聞之，喜怒以類者鮮，易者實多。詩曰：『君子如怒，亂庶遄沮。君子如祉，亂庶遄已。』言君子之喜怒，以已亂也。」與魯說正同。魯語「慶其喜而弔其憂」，韋注：「喜，猶福也。」是「福」亦「喜」也。莊子讓王篇「時祀謹敬而不祈喜」，「祈喜」即「祈福」也。

君子屢盟，亂是用長。君子信盜，【注】韓說曰：盜，讒也。亂是用暴。盜言孔甘，亂是用餤。匪其止共，維王之邛。【疏】傳：「凡國有疑，會同則用盟而相要也。盜，逃也。餤，進也。」箋：「屢，數也。盟之所以數者，由世衰亂，多相背違。時見曰會，殷見曰同。非此時而盟，謂之數。盜，謂小人也。春秋傳：『賤者窮諸盜。』邛，病也。小人好爲讒佞，既不共其職事，又爲王作病。」○傳引周官司盟。「屢」當作「婁」。潛夫論交際篇：「君子屢盟，亂是用長。大人之道，周而不比。微言相感，掩若同符，又焉用盟。」列女殷紂妲己、楚考李后二傳，引「君子信盜」六句，明魯毛文同。說苑政理篇：「詩云：『匪其止共，惟王之邛。』此傷姦臣蔽主以爲亂者也。」此魯說。「盜讒也」者，玉篇次部引韓詩文。上云「君子信讒」，今直云「信盜」，易「讒」言「盜」，恐讀詩者於此致疑，故申言之曰「盜，讒也」。讒人變亂國，是并人主刑賞之柄而盜之，故直謂之「盜」也。禮表記：「小雅曰：『盜言孔甘，亂是用餤。』」鄭注：「盜，賊也。孔，甚也。餤，進也。」

禮緇衣：「小雅曰：『匪其止共，惟王之邛。』」鄭注：「匪，非也。邛，勞也。言臣不止於恭敬，其職惟使王之勞。此臣使君勞之詩也。」愚案：詩釋文：「共，本又作恭。」此與毛「又作」本同。「止」，讀如「爲人臣止於敬」之止。訓「邛」爲「勞」，此齊說。韓詩外傳四兩引詩曰：「匪其止共，惟王之邛。」釋云：「言不恭其職事而病其主也。」此箋說所本。三家「維」皆作「惟。」

奕奕寢廟，君子作之。秩秩大猷，聖人莫之。【注】三家「秩秩」作「𢦔𢦔。」魯「莫」作「漠」。齊作「謨」，「猷」作「繇」。他人有心，予忖度之。躍躍毚兔，遇犬獲之。【注】齊韓「躍」作「趯。」【疏】傳：「奕奕，大貌。秩秩，進知也。莫，謀也。毚兔，狡兔也。」箋：「此四事者，言各有所能也。因己能忖度讒人之心，故列道之爾。猷，道也。大道，治國之禮法。『遇犬』，犬之馴者，謂田犬也。」〇戴震云：「國家宗廟宮室故在，皆君子之爲也。典章法度具存，皆聖人所定也。彼讒人者有心破壞之，我安得不忖度其故。忖度之則情狀得，譬如狡兔之躍，遇犬則獲矣。」「三家秩秩作𢦔𢦔」者，說文：「𢦔，大也。从大，𢦏聲，讀若詩『𢦔𢦔大猷』。」此三家文也。「秩」，蓋「𢦔」之叚借。「魯莫作漠」者，釋詁：「漠，謀也。」舍人注：「漠，心之謀也。」陳喬樅云：「詩釋文：『莫，又作漠。一本作謨。』然則三家今文有作『漠』者。洪範五行傳：『思心曰睿，睿作聖。』詩言『聖人漠之』，故爾雅注以『心之謀』爲訓」。愚案：釋文所引，自是毛詩「又作」本，與三家文同。陳說欲以釋文所引溷爲三家文，未敢附和。「齊猷作繇，莫作謨」者，班固幽通賦「謨先聖之大繇兮」，文選注曹大家曰：「謨，謀也。繇，道也。言人當謨先聖人之道。」漢書顏注：「詩小雅巧言之篇曰：『秩秩大繇，聖人謨之。』」陳喬樅云：「文選李注：毛詩『匪大猷』，是經或作『繇』字誤。案顏注引巧言詩爲證，正作『大繇』，此據舊說所引齊詩之文。班用巧言之篇，非用小緍也。李說非。繇、猷字與『猶』同。猶、繇古通。禮檀弓『咏斯猶』，注：『猶，當爲搖。秦人猶、繇聲相近。』釋詁：『繇，喜也。』注引禮記，曰：『詠斯猶，卽繇也。古今字耳』。釋詁漠、謨同訓爲『謀』。後漢文苑傳注引詩，亦作『聖人謨之』。」

繁露玉杯篇：「詩曰：『他人有心，予忖度之。』此言物莫無鄰，察視其外，可以見其內也。」明齊毛文同。韓詩外傳四載齊桓與管仲謀伐莒，末引詩曰：「他人有心，予忖度之。」明韓毛文同。「齊韓躍作趯」者，易林謙之益云：「狡兔趯趯，良犬逐咋。」未濟之師同。是齊作「趯趯」。史記春申君傳集解引韓詩章句曰：「趯趯，往來貌。獲，得也。言趯趯之毚兔。謂狡兔數往來，逃匿其蹟，有時遇犬得之。」是韓作「趯趯」。戰國策：白起與韓魏共伐楚，楚使黃歇説秦昭王曰：「王妬楚之不毀也，而忘毀楚之強韓魏也。」又曰：「楚國援也，鄰國敵也。詩曰：『他人有心，予忖度之。躍躍毚兔，遇犬獲之。』」高誘注：「他人有毀害之心，己忖度之。躍躍，跳走也。毚，狡也。喻狡兔騰躍，以爲難得也，或時遇犬獲之。喻讒人如毀傷人，遇明君則治汝罪也。」史記取國策文入春申傳，引詩「躍躍」誤「趯趯」，「他人有心」二句又誤倒在下。新序善謀篇引詩，又沿史記而誤倒，惟作「躍躍」尚不誤耳。説文：「趯，躍也。」字異義同。史記新序俱用魯詩，每與齊韓異，然因引此章四句誤倒，遂疑魯詩句前後亦與齊韓毛異，則非。説三家經文者，不可不知也。

荏染柔木，君子樹之。往來行言，心焉數之。蛇蛇碩言，【注】魯「蛇蛇」一作「虵虵」。出自口矣。巧言如簧，顏之厚矣。【疏】傳：「荏染，柔意也。柔木，椅桐梓漆也。蛇蛇，淺意也。」箋：「此言君子樹善木，如人心思數善言而出之。善言者往亦可行，來亦可行，於彼亦可，於己亦可，是之謂『行』也。碩，大也。大言者，言不顧其行，徒從口出，非由心也。顏之厚者，出言虛僞，而不知慙於人。」〇胡承珙云：「説文：『栠，弱皃。从木，任聲。』毛詩借『桂荏』之荏爲之。染，卽『冄』字之借。説文：『冄，毛冄冄也。』徐鍇云：『冄冄，弱也。又通作姌。』説文：『姌，弱皃。』廣雅釋訓：『栠栠、姌姌，弱也。』」愚案：據廣雅，魯韓詩「荏染」當有作「栠姌」者。「柔木」，非泛言柔弱之木，故傳以「椅桐梓漆」實之，而箋以「柔木」爲「善木」也。説文：「尌，立也。」廣雅：「樹，立也。」「樹」卽「尌」之借字。馬瑞辰云：「釋詁：『行，言也。』郭注：『今江東通謂語爲行。』是行、言二字平列而同義，猶云『語言』耳。箋以往來皆可行爲『行言』，非。」愚案：箋以立木喻立言，樹木必由我心擇而取之，行言亦必由我心審而出之，非可苟也。潛夫論交際篇：「詩傷『蛇蛇碩言，出自口矣，巧言如簧，顏之厚矣。』」此魯毛同字之證。「一作虵虵」者，呂覽重已篇高注：「虵，讀如詩『虵虵碩言』之虵。」魯詩「又作」本也。說文从「它」之字隸寫多誤爲从「也」，以篆文它、也形近而掍，前已辨之。「虵」卽「蛇」之俗體，「蛇蛇」又「詑詑」之借字。說文「詑」下云：「沇州謂欺曰詑。」玉篇：「訑，詭言也。」「訑」亦卽「詑」之俗體。「詑詑碩言」，正謂大言欺人，毛訓「淺意」，於義未确。易林師之乾：「一簧兩舌，佞言諂語。」（坤之夬下句作「妄言謀訣」，字誤。）用齊經文。

彼何人斯，居河之麋。【注】魯「麋」作「湄」。無拳無勇，職爲亂階。既微且尰，【注】魯說曰：「既微且尰」，骭瘍爲微，腫足爲尰。齊韓「尰」作「瘇」。爾勇伊何。爲猶將多，爾居徒幾何。【疏】傳：「水草交謂之麋。拳，力也。骭瘍爲微，腫足爲尰。」箋：「『何人』者，斥讒人也，賤而惡之，故曰『何人』。言無力勇者，謂易誅除也。職，主也。此人主爲亂作階，言亂由之來也。此人居下溼之地，故生微腫之疾，人憎惡之，故言女勇伊何，何所能也。猶，謀。將，大也。女作讒佞之謀大多，女所與居之衆幾何人，傃能然乎？」〇班固漢書敘傳「彼何人斯」，明齊毛文同。「魯麋作湄」者，釋水：「水草交爲湄。」郭注：「詩曰：『居河之湄』。」所引據舊注魯詩文。「湄」，正字。毛作「麋」，借字。齊語桓公問曰：「於子之鄉，有拳勇股肱之力秀出於衆者。」韋注：「大勇爲拳。」古書或作「捲」、「攡」字，同。漢書朱博傳龔勝議、及潛夫論三式篇皆引「職爲亂階」，明魯毛文同。（勝治魯詩。）「既微」至「爲尰」，釋訓文，魯說也。引經明魯毛文同。淮南俶真訓高注：「骭，自郄以下，脛以上也。」廣韻引三蒼云：「癓，足上創。」「癥」俗字，義與小雅合。衆經音義引通俗文曰：「腫足曰瘇。」「齊韓尰作瘇」者，說文：「瘇，脛氣足腫。」引詩曰「既微且瘇」，蓋齊韓文。「爲猶將多」者，廣雅：「猶，欺也。」猶、猷古通。方言：「猷，詐也。」「將多」，猶「孔多」。馬瑞辰云：「居，語助，讀與『日居月諸』、『以居徂向』、『上帝居歆』同。箋訓『居處』之居，非。」陳奐云：「徒，猶『直』也。定之方中傳以『直』訓『徒』，此以『徒』爲『直』。『爾居徒幾何』，猶言『爾直幾何』也。」

巧言六章，章八句。

何人斯【疏】毛序：「蘇公刺暴公也。暴公爲卿士，而譖蘇公焉，故蘇公作是詩而絕之。」箋：「暴也，蘇也，皆畿內國名。」○淮南精神訓：「延陵季子不受吳國，而訟閒田者慙矣。」高注：「訟閒田者，虞芮及暴桓公蘇信公是也。」陳喬樅云：「據高注，知魯詩之説是以暴公與蘇公因争閒田搆訟，而蘇公作此詩以刺之也。」愚案：暴蘇搆衅，起於争田，至暴之譖蘇，則必隙末之後，因事陷之，曲全在暴，非因争田搆訟而作此詩也。二人皆王朝卿士，其争田興訟，曲直固不可知，然亦輕朝廷而羞當世之士矣。大抵西周末造，朝臣競利營私，風氣日下，以尹氏太師而有與人争田之訟，其他更無論矣。是以移易風俗，必自上始。

彼何人斯，其心孔艱。胡逝我梁，不入我門？伊誰云從，維暴之云。【疏】傳：「云，言也。」箋：「孔，甚。艱，難。逝，之也。梁，魚梁也，在蘇國之門外。彼何人乎，謂與暴公俱見於王者也。其持心甚難知，言其性堅固，似不妄也。暴公譖己之時，女與之乎？今過我國，何故近之我梁而不入見我乎？疑其與之而未察，斥其姓名爲太切，故言『何人』。譖我者，是言從誰生乎？乃暴公之所言也。由己情而本之，以解『何人』意。」○「人」，卽下章「二人從行」之一人。明知其人而言「彼何人」者，深惡之。詩主刺暴，詩中暴止一見，專責此人，據文其意可知也。「孔艱」者，謂其心深而甚難察，胡爲至我國門外魚梁之上，不入我之國門乎？所從者誰？惟從暴之言耳。王夫之云：「春秋：公子遂壬午及趙盾盟于衡雍。乙酉，及雒戎盟于暴。相去三日，就盟兩地，暴與衡雍相近可知。衡雍，在今懷慶府。蘇者，蘇忿生之國，今懷慶府温縣。蘇暴二國，境土犬牙相入，故嫌忌而相謗。」胡承珙云：「路史：『暴，辛公采地，鄭邑也，一云隧。』（「隧」上脱一「暴」字。左成十七年傳云，楚侵鄭及暴隧，是暴一名「暴隧」，春秋時鄭地也。）其地在今懷慶府原武縣境，與温接壤。」

二人從行，誰爲此禍？胡逝我梁，不入唁我？始者不如今，云不我可。【疏】箋：「『二人』者，謂暴公與其侶也。女相隨而行見王，誰作我是禍乎？時蘇公以得譴讓也。女即不爲，何故近之我梁而不入弔唁我乎？女始者於我甚厚，不如今日也。今日云我所行有何不可者乎？何更於己薄也。」〇「此禍」者，蓋蘇被譖得罪，卒致失國。左傳所云桓王與鄭以蘇忿生之田者，卽司寇蘇公之世業也。詩言爲此禍者誰也？爾若無愧，胡以聞我受譴，至我梁而不入弔唁我乎？爾始於我厚，不似今日之疏，聞人云爾，不以我爲可者，何也。

彼何人斯，胡逝我陳？【注】韓說曰：堂塗左右曰陳。我聞其聲，不見其身。【注】魯「身」作「人」。不愧于人，不畏于天。【疏】傳：「陳，堂塗也。」箋：「『堂塗』者，公館之堂塗也。女卽不爲，何故近之我館庭，使我得聞女之音聲，不得覩女之身乎？女今不入唁我，何所愧畏乎？皆疑之未察之辭。」〇「堂塗左右曰陳」者，玉篇阜部引韓詩文。皮嘉祐云：「釋宮：『堂塗謂之陳。』孔疏引孫炎曰：『堂塗，堂下至門之徑也。』今爾雅作『堂途』。郝懿行曰：『鄉飲酒禮注：『三揖者，將進揖、當陳揖、當碑揖。』陳在堂下，因有『下陳』之名。晏子諫上篇云：『辟拂三千，謝于下陳。』蓋言屏退之，謝於堂下而去也。古者狗馬之屬，以爲庭實，故曰『充下陳』。婢妾卑賤，與庭實同，故亦曰『充下陳』。俱本爾雅也。『堂塗』，考工記匠人作『堂涂』，鄭注引爾雅，亦作『堂涂』。涂，借字。途，或體字。」陳奐曰：「匠人『堂涂十有二分』，鄭注：『謂階前，若今令甓祴也。分其督旁之修，以二分爲峻也。』賈疏：『漢時名堂涂爲令甓祴。令甓，今之塼也。祴，則塼道也。名中央爲督。假令兩旁上下尺二寸，則取二寸於中央爲峻。』焦循曰：『祴』卽『陔』，陔，階次也。蓋室南有堂，堂下有階，東西階及門之涂以甓甃之，是謂之『堂涂』，亦謂之『陳』。『陳』者，『敶』之借字。說文：『敶，列也。』謂敶列於東西也。」釋名：「陳，堂塗也，謂賓主相迎陳列之處也。」「塗」乃堂下本名，謂之「陳」者，塗之別名也。韓云「塗左右曰陳」，「左右」與「東西」無二義也。箋云「公館之堂塗」者，正義：「禮有公館、私館。公館者，公家築爲別館以舍客也。上云『不入我門』，則不得入所居之宮，以館者所以舍客，故雖不見主，得至其陳。」胡承珙云：「凡通問皆可謂之『聲』，聞其聲不見其身者，蓋通問而不請見也。」「魯身作人」者，列女衞靈夫人傳引詩云：「我聞其聲，不見其人。」詩又云，「爾行蹤如此詭秘，不愧於人之指目乎？不畏於天之監察乎？所以深責之也。禮表記：「小雅曰：『不愧于人，不畏于天。』」鄭注：「言人有所行，當慚愧于天人也。」明齊毛文同。

彼何人斯，其爲飄風。胡不自北，胡不自南？胡逝我梁，祇攪我心。【疏】傳：「飄風，暴起之風。攪，亂也。」箋：「祇，適也。何人乎，女行來而去，疾如飄風，不欲入見我，何不乃從我國之南，不則乃從我國之北。何近之我梁，適亂我之心，使我疑女。」○胡承珙云：「匪風傳用爾雅『迴風爲飄』文，此但云『暴起之風』者，惟狀其去來之疾，不取『迴旋』。此詩前四章三言『逝梁』，一言『逝陳』，則正義所云『數過其門而不入』者是也。」

爾之安行，亦不遑舍。爾之亟行，遑脂爾車。壹者之來，云何其盱？【疏】箋：「遑，暇。亟，疾。盱，病也。女可安行乎？則何不暇舍息乎？女當疾行乎？則又何暇脂女車乎？極其情，求其意，終不得一者之來見我，於女何病乎？」○馬瑞辰云：「脂音支，卽『支』字之叚借。『支』與『榰』通。爾雅：『榰，柱也。』楚詞王逸注：『軔，榰車木也。」玉篇：「輗，礙車輪木飾。」南山詩箋：「氐，當爲『桎鎋』之桎。」釋文：「桎，礙也。」輗所以支車使止，「脂爾車」，即楷爾車，亦以輗支而止也。詩蓋言爾之緩行，且不遑舍息，爾之急行，豈暇楷爾車以止之。「遑」，正言「不遑」也。舊訓「脂車」爲「膏車」，失其義矣。膏車所以行，非所以止也。」黄山云：「左襄三十一年傳：『巾車脂轄，隸人、牧、圉各瞻其事。』是諸侯賓至主國，當命主車之官爲脂其車，非賓自脂也。詩言爾之安行時，亦不肯止舍，以待我之牢禮。爾之亟行時，我卽欲脂爾車轄，以助爾行，而尚何及？故曰『遑脂爾車』，正怪其盱也。孔疏謂『言汝安舒，不見汝間暇舍息；言汝急疾，又見汝閒暇脂車』，夫脂車爲時幾何，既不舍息，何名『間暇』？此依箋爲説，非『云何其盱』之恉。」愚案：上章三「逝梁」、一「逝陳」，此章又分「安行」、「亟行」，是何人過蘇國者非一次，故詩云望其「壹者之來」，亦何病於女乎？

爾還而入，我心易也。【注】韓「易」作「施」，云：「善也。」還而不入，否難知也。壹者之來，俾我祇也。【疏】傳：「易，説也。祇，病也。」箋：「還，行反也。否，不通也。祇，安也。女行反入見我，我則解説也。反又不入見我，則我與女情不通。女與於譖我與否，復難知也。一者之來見我，我則知之，是使我心安也。」○行去而不入猶曰事亟，還則無可解矣。「易作施，云善也」者，釋文引韓詩文。馬瑞辰云：「易、施古音不同部而義近。皇矣詩『施于孫子』，箋：『施，猶易也。』易繫詞上『辭有險易』，京房注：『易，善也。』凡相善卽相説，韓毛義正相成。書盤庚『不惕予一人』，白虎通引作『不施予一人』，亦易、施通用之類。」愚案：何人以從暴譖蘇，内愧而不肯來見，詩人既知其從行，又知其不入，而仍望其來者，意切而詞婉也。箋以爲「疑之未察」，蓋非。刺「何人」，卽是刺暴，而以爲不直斥暴譖者，亦非也。

伯氏吹壎，仲氏吹篪，及爾如貫，諒不我知。出此三物，以詛爾斯。【疏】傳：「土曰壎，竹曰篪。三物，豕犬雞也。民不相信則盟詛之，君以豕，臣以犬，民以雞。」箋：「『伯仲』，喻兄弟也。我與女恩如兄弟，其相應和如壎篪。以言俱爲王臣，宜相親愛及與諒信也。我與女俱爲王臣，其相比次如物之在繩索之貫也，今女心誠信而我不知，且共出此三物以詛女之此事。爲其情之難知，己又不欲長怨，故設之以此言。」○漢書律歷志：「土曰壎。」小師字作「塤」。釋樂云：「大塤謂之嘂。」孫炎曰：「音大如叫呼也。」郭注：「塤，燒土爲之，大如鵝子，鋭上平底，形如稱錘，六孔，小者如雞子。」釋樂又云：「大篪謂之沂。」孫炎曰：「篪聲悲。沂，悲也。」郭注：「篪，以竹爲之，長尺四寸，圍三寸。一孔上出一寸三分，名翹。（邢疏引「寸」上無「一」字。孔詩疏引「一寸」二字，作「徑」一字，「三分」下無「名翹」二字。）横吹之小者尺二寸。廣雅云八孔。」小師注，鄭司農云「七孔」。蓋不數其上出者。又周官疏引禮圖，言「九孔」，風俗通義言「十孔」。傳聞異也。孔疏：「世本云：『暴辛公作塤，蘇成公作篪。』譙周古史考云：『古有塤篪，周幽王時暴辛公善塤，蘇成公善篪。記者因以爲作，謬矣。』世本之謬，信如周言，其云蘇公暴公所善，亦未知所出。蘇暴並公卿，不當自善於樂之小器以相親也。」愚案：詩言同爲王臣，班聯比次，如物在繩之相貫，親切極矣。我之信諒，爾猶不我知乎？故欲出三物以詛之。毛傳所言三物，分三等。左隱十一年傳：「鄭伯使卒出豭，行出犬、雞，以詛射潁考叔者。」此一時用三物。禮曲禮「涖牲曰盟」，賈疏載異義韓詩云：「天子諸侯以牛豕，大夫以犬，庶人以雞。」此於三物外增牛，合盟、詛言之也。

爲鬼爲蜮，則不可得。【注】韓説曰：「短狐，水神也。」有靦面目，【注】魯説曰：「靦，姡也。」視人罔極。作此好歌，以極反側。【疏】傳：「蜮，短狐也。靦，姡也。反側，不正直也。」箋：「使女爲鬼爲蜮也，則女誠不可得見也。姡然有面目，女乃人也，人相視無有極時，終必與女相見。好，猶善也。反側，輾轉也。作八章之歌，求女之情，女之情反側，極於是也。」○「短狐，水神也」者，御覽九百五十引韓詩内傳文。「内」誤作「外」，卽釋此詩「爲鬼爲蜮」之文，又奪「短」上「蜮」字。（九百九獸部引韓詩外傳曰：「狐，水神也。」亦因原書併「短」字奪去，輯書者遂誤載入獸部。）「狐」乃「弧」

字之叚借也。御覽引元中記曰：「水狐者，視其形蟲也，其氣乃鬼也。長三四寸，其色黑，廣寸許，背上有甲，厚三分許。其頭有物向前，如角狀，見人則氣射，人去二三步即射。人中十人，六七人死。」說文：「蜮，短狐也。似鼈，三足，以氣射人。」段注：「『狐』當作『弧』。」春秋經作「蜮」，穀梁莊十八年傳云：「蜮，射人者也。」注：「一名短狐。」左釋文：「狐作弧，一名射景。」詩義疏云：「人在岸上，景見水中，投人景則殺之，故曰射景。」一名「射工」，左、穀梁釋文並云：「蜮，本草謂之射工，亦名水弩。」漢書五行志「劉向以爲蜮生南越。亂氣所生，故聖人名之曰蜮。蜮猶惑也，在水旁，能射人，射人有處，其甚者至死。南方謂之短狐，近射妖，死亡之象也。劉歆以爲蜮盛暑所生，非自越來也。」顏注：「即射工也，亦呼水弩。」五行志「狐」亦作「弧」，此物以其能射害人，故受「弧」名。以居水中，故人又以爲「水神」也。文選東京賦李注引漢舊儀曰：「魃，鬼也。」魃、蜮蓋通作字。又引漢舊儀曰：「昔顓頊氏有三子，一居水中，爲魍魎蜮鬼。」是蜮亦鬼類，故與鬼並言也。荀子儒效篇、正名篇並引詩「爲鬼爲蜮」六句。王逸楚詞大招注：「蜮，短狐也。詩云：『爲鬼爲蜮。』」明魯毛文同。「靦，姡也」者，釋言文，魯說也。釋文引孫炎曰：「靦，人面姡然。」孔疏引說文：「靦，面見人。」（今本「人」作「也」。）「姡，面靦也。」（今本「靦」誤「醜」。）越語范蠡曰：「余雖靦然而人面哉，吾猶禽獸也。」韋注：「靦，面目之貌。」足正後人據誤本說文以「姡」爲「面醜」、「面慚」之非。極，窮也。

何人斯八章，章六句。

巷伯【疏】毛序：「刺幽王也。寺人傷於讒，故作是詩也。」箋：「巷伯，奄官。寺人，內小臣也。奄官上士四人，掌王后之命，於宮中爲近，故謂之『巷伯』，與寺人之官相近。讒人譖寺人，寺人又傷其將及巷伯，故以名篇。」○黃山云：「後漢孔融傳『寃如巷伯』，李注引毛萇注：『巷伯，內小臣也。掌王后之命於宮中，故謂之巷伯。伯被讒將刑，寺人孟子傷而作詩，以刺幽王也。』與傳言孟子將踐刑而作詩異。箋說又異二毛，其釋篇名，謂由『寺人傷讒言將及巷伯』，既非事實，尤涉不經。班固習齊詩，司馬遷傳贊言『小雅巷伯之倫』，顏注亦云：『巷伯，奄官也，遇讒而作詩。』馮奉世傳贊又言『孟子宮刑』，張晏注亦云：『孟子被讒見宮刑，作巷伯之詩。』後漢宦者傳李注，前引毛序、毛萇注，後又云『巷職即寺人之職』，與毛注異，不知所出。然使巷伯即寺人，則說『巷伯』者可云即寺人官名，說寺人孟子者可云即巷伯。而經師訖無此說，則亦難定。惟準之齊說，知此篇古無正解，不妨并存也。」

萋兮斐兮，成是貝錦。【注】韓「萋」作「緀」。彼譖人者，亦已大甚。【疏】傳：「興也。萋、斐，文章相錯也。貝錦，錦文也。」箋：「『錦文』者，文如餘泉、餘蚳之貝文也。興者，喻讒人集作己過以成於罪，猶女工之集采色以成錦文。『大甚』者，謂使己得重罪也。」○說文：「萋，草盛。」非「錦文」義。說苑立節篇：「詩曰：『萋兮斐兮，成是貝錦。彼譖人者，亦已大甚。』」是魯作「萋」，與毛同。「韓作緀」者，說文：「緀，帛文貌。詩曰：『緀兮斐兮，成是貝錦。』」未載何家經文。玉篇糸部「緀」下引韓詩曰：「文貌也。」（「緀」訛作「萋」，今從說文引詩訂正。）後檢唐卷子本玉篇，引韓詩實作「緀」，知許用韓文也。陳喬樅云：「文選陸機文賦李注引薛君韓詩章句曰：『靡，好也。』王應麟詩考屬之烈文篇『無封靡於爾邦』，其義未當。據曹植魏德論，以『荆人風靡』與『交益影從』對文，是讀『靡』爲『披靡』之靡，則義不得訓『好』。曹習韓詩者也。竊意『靡好』之訓，即釋巷伯詩『緀斐』之義。韓詩內傳『斐』字當訓爲『靡』，故薛君章句申釋之曰『靡，好也。』方言二云：『東齊言布帛之細者曰綾，秦晉曰靡。』郭注：『靡，細好也。』其義亦當本之韓詩。」「貝錦」者，禹貢謂之「織貝」。陸疏：「貝，水介蟲，古者貨貝是也。餘蚳，黃爲質，白爲文。餘泉，白爲質，黃爲文。又有紫貝，其白質如玉，紫點爲文，皆行列相當。」正義：「言非徒讒讓小辜，乃至極刑重罪，是爲『大甚』。」

哆兮侈兮，【注】魯「哆」作「誃」。」成是南箕。彼譖人者，誰適與謀。【疏】傳：「哆，大貌。南箕，箕星也。『侈』之言是必有因也，斯人自謂辟嫌之不審也。昔者顏叔子獨處于室，鄰之釐婦又獨處于室，夜暴風雨至而室壞。婦人趨而至，顏叔子納之，而使執燭，放乎旦而蒸盡，縮屋而繼之，自以爲辟嫌之不審矣。若其審者，宜若魯人然。魯人有男子獨處于室，鄰之釐婦又獨處于室，夜暴風雨至而室壞，婦人趨而託之，男子閉户而不納。婦人自牖與之言曰：『子何爲而不納我乎？』男子曰：『吾聞之也，男子不六十不閒居，今子幼，吾亦幼，不可以納子。』婦人曰：『子何不若柳下惠然？嫗不逮門之女，國人不稱其亂。』男子曰：『柳下惠固可，吾固不可，吾將以吾不可，學柳下惠之可？』孔子曰：『欲學柳下惠者，未有似於是也。』」箋：「箕星哆然，踵狹而舌廣，今讒人之因寺人之近嫌而成。言其罪猶因箕星之哆而侈大之。適，往也。誰往就女謀乎？怪其言多且巧。」○說文：「哆，張口也。」「魯哆作誃」者，釋言：「誃，離也。」郭注：「見詩。」陳喬樅云：「邢疏引此詩『哆兮侈兮』，以誃、哆音義同。今據郭注明言『見詩』，當是舊說據魯詩之文引『誃兮侈兮』爲證，故郭云然。說文：『誃，離別也。讀若論語「跢足」之跢。』今論語『跢』字作『啟』。啟，開也。『離』亦有『開』義，張口猶開口，故誃、哆訓義相通。」史記天官書索隱引詩氾歷樞曰：「箕爲天口，主出氣。」陳喬樅云：「天官書：『箕爲敖客，曰口舌。』索隱：「宋均曰：『敖，調弄也。箕以簸揚，調弄爲象。』故詩曰：『哆兮侈兮，成是南箕。』」孔疏：「箕四星，二爲踵，二爲舌。踵之二星已哆然而大，舌又益大。踵狹，對舌爲狹耳。『侈』者，因物而大之名。禮於衣袂半而益一謂之『侈袂』，星因物益大而名之爲『侈』也。」

緝緝翩翩，謀欲譖人。【注】韓「翩」作「繽」，云：「緝緝繽繽」，往來皃也。齊魯「緝」作「咠」。慎爾言也，【注】韓「也」作「矣」。謂爾不信。【疏】傳：「緝緝，口舌聲。翩翩，往來貌。」箋：「慎，誠也。女誠心而後言，王將謂女不信而不受。欲其誠者，惡其不誠也。」○「翩作」至「皃也」，玉篇糸部「緝」下云：「韓詩曰：『緝緝繽繽，謀欲譖言。』緝緝，往來皃也。」又糸部「繽」下云：「韓詩曰：『緝緝繽繽，謀欲譖言。』繽繽，往來皃也。」皮嘉祐云：「『緝緝繽繽』，韓皆以爲『往來貌』者，行葦篇『授几有緝御』，箋：『緝，猶續也。』往來相續，故曰『緝緝』。『繽繽』既訓『往來』，『緝緝』自當同訓。漢書揚雄傳『繽紛往來』，是繽繽之訓往來，尤爲有據。韓詩兩訓，較毛義爲優。」「齊魯緝作咠」者，說文「咠」下云：「咠語也。」引詩作「咠咠翩翩」，與韓毛異，蓋齊魯文。說文「聶」下云：「附耳私小語也。」與傳「口舌聲」之義合。毛作「緝緝」，乃「咠咠」之叚借。「韓也作矣」者，韓詩外傳三言：「受命之士正衣冠而立，儼然人望而信之。其次，聞其言而信之。其次，見其行而信之。既見行而衆皆不信，斯下矣。詩曰：『慎爾言矣，謂爾不信。』」是韓「也」作「矣」。

捷捷幡幡，【注】三家「捷」作「唼」，亦作「倢」。謀欲譖言。豈不爾受，既其女遷。【疏】傳：「捷捷，猶緝緝也。幡幡，猶翩翩也。遷，去也。」箋：「『遷』之言『訕』也。王倉卒豈得不受女言乎？已則亦將復訕誹女。」○「捷捷作唼唼」者，漢書揚雄傳反離騷云：「靈修既信椒蘭之唼佞兮。」蘇林注：「唼，音詩『唼唼幡幡』之唼。」「亦作倢倢」者，衆經音義十六引詩作「倢倢幡幡」。皆三家文。「豈不爾受，既其女遷」者，言倉卒問豈不受爾之譖言而憎惡他人，既而知女言不誠，亦將遷憎惡他人之心轉而憎惡女矣。

驕人好好，勞人草草。【注】魯「好」作「旭」，「草」作「慅」。蒼天蒼天，視彼驕人，矜此勞人。【疏】傳：「好好，喜也。草草，勞心也。」箋：「『好好』者，喜讒言之人也。『草草』者，憂將妄得罪也。」○驕、憍同字。「魯好作旭」者，釋訓：「旭旭，憍也。」即「好好」之異文。馬瑞辰云：「女曰雞鳴詩『旭日始旦』，釋文引說文『旭』，讀若『好』，此旭、好同音之證。又『好』古通『𢼸』，从『丑』聲，與『旭』从『九』聲同，二字並『許九切』，故通用。」「草作慅」者，釋訓：「慅慅，勞也。」

邢疏引詩「勞人草草」，是「慅」即「草」之異文。又廣雅云：「慅慅，憂也。」曹憲音「草」。「勞人」，即憂人也。呼天，即訴王也，欲其視察彼驕人，而矜憫此勞人。

彼譖人者，誰適與謀？取彼譖人，【注】齊韓「譖」作「讒」。投畀豺虎。豺虎不食，投畀有北。有北不受，投畀有昊。【疏】傳：「投，棄也。北方寒涼而不毛。昊，昊天也。」箋：「付與昊天，制其罪也。」○「彼譖人者」，三家皆與上同作「譖」。下「取彼譖人」，無「者」字，直呼爲「譖人」而已。或作「讒人」，其義同也。「齊韓作讒」者，禮緇衣鄭注：「巷伯六章曰：『取彼讒人，投畀豺虎。豺虎不食，投畀有北。有北不受，投畀有昊。』此其惡惡欲其死亡之甚也。」荀悦漢紀亦引詩云：「『取彼讒人，投畀豺虎。』疾之深也。」此齊作「讒」之證。後漢馬援傳朱勃上疏曰：「詩云：『取彼讒人，投畀豺虎。豺虎不食，投畀有北。有北不受，投畀有昊。』此言欲令上天而平其惡。」李注引續漢書曰：「勃能説韓詩。」此韓作「讒」之證。漢書武五子傳壺關三老茂上書曰：「詩云：『取彼譖人，投畀豺虎。』」又説苑建本篇：「詩云：『投畀豺虎。豺虎不食，投畀有北。有北不受，投畀有昊。』」二書合之，此章魯經文皆全，獨作「譖」與毛同也。

楊園之道，猗于畝丘。寺人孟子，作爲此詩。凡百君子，敬而聽之。【疏】傳：「楊園，園名。猗，加也。畝丘，丘名。寺人而曰孟子者，罪已定矣，而將踐刑，作此詩也。」箋：「欲之楊園之道，當先歷畝丘，以言此讒人欲譖大臣，故從近小者始。寺人，王之正内五人。作，起也。孟子起而爲此詩，欲使衆在位者慎而知之。既言『寺人』，復自著『孟子』者，自傷將去此官也。」○釋丘：「如畝，畝丘。」郭注：「丘有壟界如田畝。」邢疏引李巡曰：「謂丘如田丘曰畝丘也。」孫炎曰：「方百步。」孔疏：「楊園亦園名，於時王都之側蓋有此園丘，詩人見之而爲詞也。」漢書古今人表「寺人孟子」列中之上，張晏注：「寺人孟子，違於大雅，以保其身，既被宮刑，怨刺而作。」馮奉世傳贊「孟子宮刑」，張晏注：「寺人孟子，賢者，被讒見宫刑，作巷伯之詩也。」

巷伯七章，四章章四句，一章五句，一章八句，一章六句。

節之什十篇，七十九章，五百五十二句。

詩三家義集疏卷十八

谷風之什第十八　詩小雅

谷風毛序：「刺幽王也。天下俗薄，朋友道絶焉。」○潛夫論交際篇：「夫處卑下之位，懷北門之殷憂，內見謫於妻子，外蒙譏於士夫。嘉會不從禮，餞御不逮衆，貨財不足以合好，力勢不足以杖急。懽忻久，交情好，曠而不接，則人無故自廢疏矣。漸疏，則賤者愈自嫌而日引，貴人逾務黨而忘之矣。夫以逾疏之賤，伏於下流，而望日忘之貴，此谷風所爲內摧傷也。」據此，可推知魯詩谷風篇說。齊韓無異義。

習習谷風，維風及雨。將恐將懼，【注】韓詩曰：「將恐將懼。」韓說曰：「將，辭也。維予與女。將安將樂，女轉棄予。【疏】傳：「興也。風雨相感，朋友相須，言朋友趨利，窮達相棄。」箋：「習習，和調之貌。東風謂之谷風。興者，風而有雨，則潤澤行，喻朋友同志則恩愛成。將，且也。恐、懼，喻遭厄難勤苦之事也。當此之時，獨我與女爾。謂同其憂務。朋友無大故，則不相遺棄。今女以志達而安樂，棄恩忘舊，薄之甚。」○「東風謂之谷風」，見邶鄘衞谷風詩。「將恐」至「辭也」，文選任昉策秀才文注引韓詩薛君章句文，引經明韓毛文同。楊雄甘泉賦注引同。蔡邕集正交論云：「古之交者，其義敦以正，其誓信以固。逮夫周德始衰，頌聲既寢，伐木有『鳥鳴』之刺，谷風有『棄予』之怨。其所由來，政之缺也。」後漢書朱穆崇厚論云：「虛華盛而忠信微，刻薄稠而純篤稀，斯蓋谷風有『棄予』之嘆，伐木有『鳥鳴』之悲。」皆用魯經文。

習習谷風，維風及穨。將恐將懼，寘予于懷。將安將樂，棄予如遺。【注】魯「予」作「我」。

【疏】傳：「穨，風之焚輪者也。風薄相扶而上，喻朋友相須而成。」箋：「寘，置也。置我於懷，言至親己也。『如遺』者，如人行道遺忘物，忽然不省存也。」○釋天：「焚輪謂之穨。」孔疏引李巡曰：「焚輪暴風，從上來降，謂之穨。穨，下也。」孫炎曰：「迴風從上下曰穨。」趙坦云：「焚，當讀爲『鄭伯之車僨于濟』之僨。左襄二十四年傳『象有齒以焚其身』。」釋文引服虔云：『焚，讀曰僨。僨，僵也。』風之大者足以翻車，故曰『焚輪』。『焚』一作『棼』，皆叚借字。」胡承珙云：「焚，輪疊韻。文選海賦『湑濆淪而滀漯』，注：「濆淪，相糾貌。』又封禪文『紛綸葳蕤』，注引張揖云：『紛綸，亂貌。』皆疊韻形容字。穨風曰『焚輪』者，謂其回旋糾亂之狀，猶『濆淪』、『紛綸』也。」陳喬樅云：「釋文：『焚，本作棼。』『棼』亦『亂』也。左傳『猶治絲而棼之也』，義與『紛』同，亦足爲『棼輪』訓作『糾亂』之證。」愚案：傳言「風薄相扶而上」，似與雅注釋「穨風」爲「從上下」者相反。孔疏解爲「二風并力，相扶而上。」夫谷風東風，乘陽上達，理之正也。惟以風薄爲穨風，力薄則穨固是，暴風迴風也，其力正厚，安得言「薄」？故自陳啟源以下辨論紛起，皆謂「薄」當爲「迫」，此亦定義也。蓋谷風本和而柔能克剛，穨風暴下迴旋而來，迫於上升之風，則仍迴旋而上，此卽輕氣升物、紙鳶騰空之理。若穨風亦爲自下而上之風，則無待相扶，亦不得言「迫」矣。「焚輪」與「扶搖」，皆風之名詞。「焚」喻其暴，「輪」喻其迴，合言之卽紛綸棼亂之狀。稽古編謂焚取「火炎上」，固泥；卽趙氏以輪爲「翻車」，亦可存而不論也。「魯予作我」者。新序雜事五引詩曰：「將安將樂，棄我如遺。」陳喬樅云：「文選郭泰機答傅咸詩注引同。又釋言疏引亦然。」蓋魯詩作「我」。韓詩外傳七載宋玉見楚襄王，末引詩「將安將樂」二句，明韓毛文同。魏志曹植疏「谷風有『棄予』之歎」，用韓經文。

習習谷風，維山崔嵬。無草不死，無木不萎。【注】韓「崔嵬」作「岑原」。魯「維」作「惟」，「無」

皆作「何」。忘我大德，思我小怨。【疏】傳：「崔嵬，山巔也。雖盛夏萬物茂壯，草木無有不死葉萎枝者。」箋：「此言東風生長之風也，山巔之上草木猶及之，然而盛夏養萬物之時，草木枝葉猶有萎槁者。以喻朋友雖以恩相養，亦安能不時有小訟乎？『大德』，切瑳以道，相成之謂也。」○「韓崔嵬作岑原」者，玉篇山部引韓詩曰：「岑原，山巔也。」案，方言十二：「岑，高也，大也。」廣雅釋詁訓同。説文原作「邍」，云：「高平之野，人所登。」與皇矣傳「高平曰原」合。大司徒：「五曰原隰，其植物宜叢物。」爾雅釋地：「可食者曰原。」則岑原爲山巔可植草木處，猶孟子「岑樓」，趙注訓爲「山之鋭嶺者也」。毛作「崔嵬」，而爾雅釋山訓爲「石山戴土」，卷耳傳誤爲「土山戴石」。戴石之山不能毓草木，故此傳易前説爲「山巔」，與韓同，知魯、齊亦同矣。説文：「崔，大高也。」「嵬，高不平也。」「崔」義難同「岑」，而「嵬」義乃適與「原」反。魯詩「嵬」作「巍」。説文：「高也。」楚辭初放「高山崔巍兮」，王注：「高貌。」是特泛言山巔之高。毛訓「山巔」，亦讀「嵬」爲「巍」。要以韓義爲備矣。説文「萎」下云：「食牛也。」「矮」下云：「病也。」詩作「萎」，「矮」之通借字。中論修本篇：「『習習谷風，惟山崔巍。何木不死，何草不萎。』言盛陽布德之月，草木猶有枯落而與時謬者，況人事之報德乎？」「草」、「木」字蓋轉寫誤倒。此魯説，與毛義合。楊雄逐貧賦引「忘我大德，思我小怨」，明魯毛文同。禮檀弓鄭注：「萎，病也。詩云：『無木不萎。』」鄭正讀「萎」爲「矮」，引詩明齊毛文同。

谷風三章，章六句。

蓼莪【疏】毛序：「刺幽王也。民人勞苦，孝子不得終養爾。」箋：「不得終養者，二親病亡之時，時在役所，不得見也。」○釋訓：「哀哀、悽悽，懷報德也。」郭注：「悲苦征役，思所生也。」爾雅正釋此詩之旨，是魯説以「蓼莪」爲困于征役，不得終養而作。後漢陳寵傳寵子忠疏云：「父母於子，同氣異息，一體而分，三年乃免於懷。先聖緣人情而著其節，制服二十五月。是以春秋臣有大喪，君三年不呼其門。閔子雖要絰服事，以赴公難，退而致位，以究私恩，故稱『君使之非也，臣行之禮也。』周室陵遲，禮制不序，蓼莪之人作詩自傷，曰：『瓶之罄矣，惟罍之恥。』言己不得終竟子道者，亦上之恥也。」陳喬樅云：「忠於春秋稱公羊說，亦齊學也。此據齊詩之說，與大戴禮用兵篇引詩義同。」（見下。）是齊說與毛合，韓詩當同。

蓼蓼者莪，匪莪伊蒿。哀哀父母，生我劬勞。【疏】傳：「興也。蓼蓼，長大貌。」箋：「莪已蓼蓼長大，我視之以爲非莪，反謂之蒿。興者，喻憂思。雖在役中，心不精識其事。『哀哀』者，恨不得終養父母，報其生長己之苦。」○蓼蕭傳：「蓼，長大貌。」重言之則曰「蓼蓼」。又菁菁者莪傳：「莪，蘿蒿也。」釋草：「莪，蘿。」舍人云：「莪，一名蘿。」郭注：「今莪蒿也。」陸璣云：「莪，蒿也，一名蘿蒿。三月中莖可生食，又可蒸，香美，味頗似蔞蒿。」蓋蒿類衆多，此莪秋老，亦有「蒿」名，始生香美可食，謂之莪，成蒿則不可食矣。今見長大者，以爲是莪，不知非莪，乃是蒿也。故箋以爲憂思則心不精識。

蓼蓼者莪，匪莪伊蔚。哀哀父母，生我勞瘁。【疏】傳：「蔚，牡菣也。」箋：「瘁，病也。」○釋草：「蔚，牡菣。」舍人云：「蔚，一名牡菣。」郭注：「無子者。」陸璣云：「三月始生，七月華，華似胡麻華而紫赤。八月爲角，角似小豆角而長。一名馬新蒿。」孔疏引同。郭云「無子」，而陸云「有角」，蓋空角無實，故以「牡」名。莪三月尚可食，老則同蒿而莫辨矣。蔚則七月華似胡麻，雖不可食，宜若成實可期。及終無子，則望全空。詩人自傷不得養父母，義更進而意更深也。

缾之罄矣，【注】三家「缾」作「瓶」，「罄」作「窒」。維罍之恥。鮮民之生，不如死之久矣。【注】齊「生」下有「矣」字。無父何怙？無母何恃？【注】韓說曰：怙，賴也。恃，負也。出則銜恤，入則靡至。【疏】

傳：「缾小而罍大。罄，盡也。鮮，寡也。」箋：「缾小而盡，罍大而盈。言爲罍恥者，刺王不使富分貧、衆恤寡。此言供養日寡矣，而我尚不得終養，恨之言也。恤，憂。靡，無也。孝子之心，怙恃父母依依然，以爲不可斯須無也，出門則思之而憂，旋入門又不見，如入無所至。」○說文「缾」下云：「罋也。」或作「瓶」。「罋」下云：「汲缾也。」「罄」下云：「器中空也。詩曰：『缾之罄矣。』」「窒」下云：「空也。詩曰：『瓶之窒矣。』」毛作「罄」，作「窒」者三家文也。釋器：「罍，器也。小罍謂之坎。」郭注：「罍形似壺大者受一斛，一斛者十斗也。」（聘禮記：「十斗曰斛。」）三禮圖云：「罍大一斛，其所容甚多，瀉酒於缾，以供斟酌。」此缾小罍大之證。左昭二十四年傳鄭子太叔對范獻子曰：「今王室實蠢蠢焉，吾小國懼矣。然大國之憂也，吾儕何知焉？吾子其早圖之！詩曰：『缾之罄矣，惟罍之恥。』王室之不寧，晉之恥也。」此引缾喻己小國，罍喻晉大國，雖是斷章，亦取缾小罍大之義。缾小而盡，以喻己不得養父母。罍大而恥，以喻上之人征役不息。使人民有不得終養者，爲上之恥也。陳忠疏引詩二句意同，已見上。箋謂「不使富分貧、衆恤寡」，則恥在富與衆，不在上，非詩恉。「齊生下有矣字」者，大戴禮用兵篇：「詩云：『鮮民之生矣，不如死之久矣。』」盧辯曰：「小雅蓼莪之三章也，亦困于兵革之詩也。」明齊詩多一「矣」字。胡承珙云：「以無怙恃，故謂之『鮮民』，言其薄德而寡怙也。」「怙賴」至「負也」，釋文引韓詩文。衆經音義一引同。馬瑞辰云：「釋言：『怙，恃也。』說文：『怙，恃也。』『恃，賴也。』是『怙』與『恃』散文通，對文異。唐風以『陟岵』與望父，即取『可怙』之義。釋名『岵，怙也』是矣。恃、負互訓。說文：『負，恃也。』漢書高帝紀『嘗從王媼武負貰酒』，如注：『俗謂老大母爲負。』顏注：『劉向列女傳「魏曲沃負者，魏大夫如耳之母也。」此則古語謂老母爲「負」耳。』謂母爲『負』，蓋取『可恃』之義。」

父兮生我，母兮鞠我，拊我畜我，【注】三家「拊」作「撫」。長我育我，顧我復我，出入腹我。欲報之德，昊天罔極。【注】魯「昊」作「皡」。【疏】傳：「鞠，養。腹，厚也。」箋：「『父兮生我』者，本其氣也。畜，起也。育，覆育也。顧，旋視也。復，反覆也。腹，懷抱也。之，猶『是』也。言欲報父母是德，昊天乎我心無極。」〇「三家拊作撫」者，後漢梁竦傳「撫我畜我」，蓋三家文。韓詩外傳七言爲人父之道，末引「父兮生我」六句，作「拊我」，與毛同。然則作「撫」者齊、魯文也。說文：「慉，起也。」箋蓋讀「畜」爲「慉」。「腹，厚」，釋詁文。馬瑞辰云：「『腹』與『複』通。說文：『複，重衣貌。』重衣亦『厚』之義。詩歷言拊、畜、長、育、顧、復，而終以『出入腹我』，蓋言『出入』，則已舉在內、在外無所不該，故以『腹我』括之，見其無所不愛厚也。」黄山云：「初學記十七引詩『出入復我』，『腹』作『復』，疑三家異文。禮月令『水澤腹堅』，呂覽作『水澤復』，高注：『復，或作複。』是腹、複、復互通。作『復』，與上『復我』同文異解。」「魯昊作皡」者，漢書鄭崇傳哀帝詔云：「欲報之德，皡天罔極。」帝從韋玄成韋賞受魯詩，此詔所稱詩詞當是魯文。顏注：「『皡』字與『昊』同。」曹植責躬詩「昊天罔極」，曹習韓詩，明韓毛文同。魏志植疏「終懷蓼莪『罔極』之哀」，用韓經文。

南山烈烈，飄風發發。民莫不穀，我獨何害。【疏】傳：「烈烈然至難也。發發，疾貌。」箋：「民人自苦見役，視南山則烈烈然，飄風發發然，寒且疾也。穀，養也。言民皆得養其父母，我獨何故覩此寒苦之害。」〇胡承珙云：「傳云『至難』者，義當如《行路難》、《蜀道難》之『難』，以『烈烈』爲險阻之狀。玉篇廣韻：『巁，巍也。』集韻類篇：『巁，力櫱切。山高貌。古有巁山氏。』禮祭法注：『厲山氏，炎帝也，起于厲山。或曰烈山氏。』然則『烈烈』爲山之高峻，故傳以爲『至難』。」三家無異文，則「烈烈」當同訓也。漢書王吉傳吉疏云：「是非古之風也，發發者。」又曰：「冬則爲風寒之所匽薄。」顏注：「發發，飄風貌。『匽』與『偃』同，言遇疾風則偃靡也。」吉用韓詩，鄭云「發發然寒且疾」，當即本韓說申毛。

南山律律，飄風弗弗。民莫不穀，我獨不卒。【疏】傳：「律律，猶烈烈也。弗弗，猶發發也。」箋：「卒，終也。我獨不得終養父母，重自哀傷也。」○「律律」，王安石以爲「山之崒嵂。」説文無「嵂」字。玉篇有「硉」字，云：「硉矹危石。」文選七發「上擊下律」，注云：「律，當爲『硉』。」是律、硉同字，故傳云「律律猶烈烈也。」楚辭怨思「飄風蓬埃拂拂兮」，王注：「拂拂，塵埃貌。」文選顏延年應詔讌曲水詩「滯瑕難拂」，李注：「拂，亦作『弗』，古字通。」是「弗弗」即「拂拂」矣。

蓼莪六章，四章章四句，二章章八句。

大東【疏】毛序：「刺亂也。東國困於役而傷於財，譚大夫作是詩以告病焉。」箋：「譚國在東，故其大夫尤苦征役之事也。魯莊公十年，齊師滅譚。」○潛夫論班禄篇：「賦斂重而譚告通。」陳喬樅云：「『譚』，本皆誤作『譯』，莫知其爲指此詩矣。顧廣圻據毛詩序『譚大夫作此以告病』，證『譯』字即『譚』之譌。其説是也。」愚案：「譚告通」者，蓋魯詩原有此文，言譚大夫告東國之病苦，具詩上達於周廷也。後漢楊震傳震疏云：「大東不興於今。」震習魯詩，是魯篇名亦作「大東」。易林復之兑：「賦斂重數，政爲民賊。杼軸空虛，去其家室。」否之豐、晉之復同，焦用齊詩經文，與毛序義合。漢書古今人表「譚大夫」次厲王世，然則非幽王詩也。

有饛簋飧，有捄棘匕。周道如砥，其直如矢。君子所履，小人所視。睠言顧之，潸焉出涕。【疏】傳：「興也。饛，滿簋貌。飧，熟食，謂黍稷也。捄，長貌。匕，所以載鼎實。棘，赤心也。如砥，貢賦平均也。如矢，賞罰不偏也。睠，反顧也。潸，涕下貌。」箋：「『飧』者，客始至，主人所致之禮也。凡飧饔餼，以其爵等爲之牢禮之數陳。興者，喻古者天子施予之恩，於天下厚。天子之恩厚，君子皆法傚而履行之，其如砥矢之平，小人又皆視之、共之無怨。言，我也。此二事者在乎前世，過而去矣，我從今顧視之，爲之出涕。傷今不如古。」○説文：「饛，盛器滿貌。」方言、廣雅並曰：「朦，豐也。」義亦與「饛」近。馬瑞辰云：「詩蓋以饔飧之滿，與古者邦國之富，不若今之杼柚其空也，不必如箋以爲致飱之禮。」又云：「匕，所以載牲體，亦以取黍稷。少牢饋食禮：『雍人所摡者牲體之匕，廩人所摡者黍稷之匕。』『棘匕』，承上『簋飱』言。王氏念孫以爲『黍稷之匕』，是也。說文：『匕，所以比取飯。一名柶。』士冠禮鄭注『柶，狀如匕，以角爲之。』是以角爲之名『柶』，以木爲之名『匕』。雜記：『匕用桑，長三尺。』『棘匕』對『桑匕』言，古者喪用桑匕，吉用棘匕，皆取聲近爲義。桑言『喪』，則棘爲『吉』，非必如傳之『赤心』爲喻也。」說文：「厎，柔石也。」重文作「砥」。孟子引詩「周道如厎」四句，趙注：「厎，平。矢，直。視，比也。周道平直，君子履直道，小人比而則之。」趙用魯詩也。愚案：詩言昔者邦國殷富，王道平直，君子率履，小人遵守。世教陵遲，民多踰犯。今顧念之，惟傷懷出涕而已。魯義如此。鹽鐵論刑德篇：「詩云：『周道如砥，其直如矢。』言其易也。『君子所履，小人所視。』言其明也。故德明而易從，法約而易行。法者緣人情而制，非設罪以陷人也。」韓詩外傳三：「詩曰：『周道如砥，其直如矢，』言其易也。『君子所履，小人所視，』言其明也。『睠焉顧之，潸焉出涕，』哀其不聞禮教而就刑誅也。」言賦斂困窮，民不知急公奉上之義，踰越禮教，終陷刑罪，故睠顧而出涕。齊韓所說與魯義合。荀子宥坐篇引詩，「睠言」作「眷焉」，「潸焉」作「潸然」，亦魯異文。

小東大東，杼柚其空。糾糾葛屨，可以履霜。佻佻公子，【注】魯「佻」作「苕」，韓作「嬥」，云：往來貌。行彼周行。既往既來，使我心疚。【疏】傳：「空，盡也。佻佻，獨行貌。公子，譚公子也。」箋：「小也、大也，謂賦斂之多少也。小亦於東，大亦於東。言其政偏，失砥矢之道也。譚無他貨，惟絲麻耳，今盡杼柚不作也。葛屨，夏屨也。周行，周之列位也。言時財貨盡，雖公子衣屨不能順時，乃夏之葛屨，今以屨霜送轉餫，因見使行周之列位者而發幣焉。言雖困乏，猶不得止。既，盡。疚，病也。言譚人自虛竭餫送而往，周人則空盡受之，曾無反幣復禮之惠，是使我心傷病也。」○惠周惕云：「『小東大東』，言東國之遠近也。魯頌『遂荒大東』，箋：『大東，極東也。』大司徒：『以土圭之法正日景，日東則景夕，多風。』鄭注：『謂大東近日也。』皆以『大東』爲『極東』。遠言『大』，則近言『小』可知矣。譚爲東國，因其國而及其鄰封，故言『小東大東』。」馬瑞辰云：「釋文：『杼，說文云盛緯器。』『柚，本又作軸。』案，說文：『杼，機持緯者。』釋文引作『盛緯器』，蓋誤。玉篇：『桫，織桫也。亦作梭。』御覽引通俗文：『所以行緯謂之桫。』說文無桫、梭字。『杼』即『梭』也。說文：『縢，機持經者。』段注：『縢即軸也，謂之軸者，如車軸也。』『縢』通作『勝』。淮南子曰：『後世爲之機杼勝複，以便其用。』又曰：『黼黻之美，在于杼柚。』作『柚』者叚借字也。」易林『杼柚空虛』，(引見上。)陳忠疏『杼柚將空』，並用齊經文。「糾糾」，義具魏風。「魯作佻佻」者，釋訓：「佻佻、契契，(見下。)愈遐急也。」是魯與毛同。「愈遐急也」者，明爲大東作訓，是「佻佻」本義，狀其遠行急切之意。「一作苕苕」者，王逸引詩作「苕苕公子。」(詳下。)「佻」本音「苕」，文選魏都賦注引爾雅郭注云：「佻音葦苕。」蓋以音近通借，乃魯「亦作」本。「韓作嬥嬥，往來貌」者，釋文引韓詩文。廣韻二十九「篠嬥」下引同。韓訓「往來貌」者，蓋以「嬥嬥」爲「趯趯」之借字。廣雅：「嬥嬥，好也。」說文：「嬥，直好皃。」此「嬥嬥」本訓，蓋出齊詩，字同而義異也。楚詞九歎「征夫勞於周行兮」，王逸注：「行，道也。詩云：『苕苕公子，行彼周道。』」陳喬樅云：「『周行』作『周道』，『道』與『疚』亦韻。」臧鏞堂云：「逸訓『行』爲『道』而引詩以證之，字當本作『行』。其說亦通。」愚案：此詩訓「周行」爲「周道」，詞義俱順，魯詩實勝箋說。馬瑞辰云：「『既往既來』，謂數數往來，疲於道路，並無厚往空來之義。箋說非。」

有冽氿泉，無浸穫薪。契契寤歎，哀我憚人。薪是穫薪，尚可載也。哀我憚人，亦可息也。【疏】傳：「冽，寒意也。側出曰氿泉。穫，艾也。契契，憂苦也。憚，勞也。載，載乎意也。」箋：「穫，落木名也。既伐而析之以爲薪，不欲使氿泉浸之，浸之則將濕腐不中用也。今譚大夫契契憂苦而寤歎，哀其民人之勞苦者，亦不欲使周之賦斂小東、大東極盡之，極盡之則將困病。亦，猶『是』也。『薪是穫薪』者，析是穫薪也。尚，庶幾也。庶幾析是穫薪，可載而歸蓄之，以爲家用。哀我勞人，亦可休息養之，以待國事。」○釋文：「穫，鄭木名也，字則宜作『木』旁。」釋木：「穫，落。」某氏注：「可作栝圈，皮韌，繞物不解。」邢疏即引此箋作「檴」爲證，雅訓本魯詩文，是箋乃據魯改毛。陳喬樅云：「陸疏：『今椰榆也，其葉如榆，其皮堅韌，剝之長數尺，可爲絙索，又可爲甑帶，其材可爲杯器。』與某氏爾雅注合，皆本魯訓也。」王逸楚詞九歎注：「契契，憂貌也。詩云：『契契寤歎。』」陳喬樅云：「楚詞『契』字，舊校云一作『挈』。案，廣雅釋訓：『栔栔，憂也。』曹憲音『栔』爲『挈』。臧鏞堂云：曹音『挈』字，疑與正文互易。『栔』本作『契』，蓋毛作『契』，三家作『挈』。廣雅據三家本作『挈』。挈，憂也，與逸注合。今楚詞及注『契』，契字是後人所改，有舊校可證也。」釋詁：「癉，勞也。」郭注：「詩曰：『哀我癉人。』」是魯作『癉』，用本字。毛作『憚』，用借字。毛釋文字亦作『癉』，是毛『又作』本，與魯同。釋木：「采薪，即薪。」陸釋文引樊光注：「詩云：『薪是穫薪。』荆州曰柞木，采木。時人不曉薪意，言薪謂身，即薪伐之也。」

東人之子，職勞不來。西人之子，粲粲衣服。舟人之子，熊羆是裘。私人之子，百僚是試。【疏】傳：「東人，譚人也。來，勤也。西人，京師人也。粲粲，鮮盛貌。舟人，舟楫之人。『熊羆是裘』，言富也。私人，私家人也。是試，用於百官也。」箋：「職，主也。東人勞苦，而不見謂勤，京師人衣服鮮絜而逸豫。言王政偏甚也。自此章以下，言周道衰。其不言政偏，則言衆官廢職，如是而已。『舟』，當作『周』。『裘』，當作『求』。聲相近故也。周人之子，謂周世臣之子孫，退在賤官，使搏熊羆，在冥氏、穴氏之職。『私人』云云，言周衰，羣小得志。」○案，東人非獨譚人，大東、小東皆有之。據雅訓「佻佻、契契，愈遐急也」，是譚國在遠東，故作詩者以「大東」名篇。

或以其酒，不以其漿。鞙鞙佩璲，不以其長。【注】魯「鞙」作「琄」，齊、韓作「絹」，「佩」作「珮」。維天有漢，監亦有光。跂彼織女，終日七襄。【注】韓說曰：「襄，反也。」【疏】傳：「或醉於酒，或不得漿。鞙鞙，玉貌。璲，瑞也。漢，天河也。有光而無所明。跂，隅貌。襄，反也。」箋：「『佩璲』者，以瑞玉爲佩。佩之鞙鞙然，居其官職，非其才之所長也，徒美其佩而無其德。刺其素食。監，視也。喻王闓置官司，而無督察之實。襄，駕也。駕，謂更其肆也。從旦至莫七辰，辰一移，因謂之『七襄』。」○案，韓詩外傳七載陳饒對宋燕語，末引詩曰：「或以其酒，不以其漿。」與毛義同。「鞙作琄」者。釋訓：「皋皋、琄琄，刺素食也。」孔疏引某氏曰：「琄琄，無德而佩，空食祿也。」是魯作「琄琄」，與毛「或作」本同。集韻四十一迥：「琄，佩玉貌。」言「琄琄」而係璲之組自見，故詩以「長」言之。云「不以其長」，而無德而佩之，刺意隱然言外，箋說正本雅訓。又御覽六百九十一引詩「絹絹珮璲」，「鞙」作「絹」，「佩」作「珮」，疑齊韓異文。或云：「或以其酒」四句，承上起下。言東人貢賦入周，或以酒往，而視之不以爲其漿。佩璲琄琄然，而不以爲其長。承上文「不來」意，言羣小驕貴，不解恤下，惟王如天，略無所察，故下皆以天爲喻。「漢」者，天河也，亦曰「雲漢」。監，視也。光，謂如水光。天河不辨有星，故毛云「有光而無所明」。孔疏：「說文：『歧，頃也。』字從『匕』。」孫毓云：「『織女三星，跂然如隅。』然則三星鼎足而成三角，望之跂然，故云『隅貌』。」開元占經引詩氾歷樞云：「織女內正紀綱。」此齊說。春秋合誠圖曰：「織女，天女也，成衣立紀，故齊制成文，繡應天道。」「韓說曰襄反也」者，文選顏延之夏夜呈從兄詩李注引薛君文，與毛傳同。上引韓詩曰：「跂彼織女，終日七襄，雖則七襄，不成報章。」明韓毛文同。孔疏謂：「終一日歷七辰，至夜而回反。」胡承珙云：「經言日，並不及夜，況移七襄而至夜，亦不得謂之『回反』。蓋『反』卽『更』也，呂覽察微篇、知度篇高注，並以『反』爲『更』，此傳言『反』者，亦謂從旦至莫，七更其次。箋言『更其肆』者，申傳非易傳也。爾雅：『襄，除也。』斯干傳：『除，去也。』『除去』者，『變更』之義，故韓毛皆以『襄』爲『反』。」御覽八百二十五載王逸機賦云「終日七襄」，明魯毛文同。

雖則七襄，不成報章。睆彼牽牛，不以服箱。【注】三家「不」下有「可」字。東有啟明，【注】三家「啟」作「启」。西有長庚。【注】韓詩曰：「太白晨出東方爲启明，昏見西方爲長庚。」有捄天畢，載施之行。【疏】傳：「不能反報成章也。睆，明星貌。河鼓謂之牽牛。服，牝服也。箱，大車之箱也。日旦出謂明星爲啟明，日既入謂明星爲長庚。庚，續也。捄，畢貌。畢，所以掩兔也。何嘗見其可用乎？」箋：「織女有織名，爾駕則有西無東，不如人織，相反報成文章以用也。牽牛不可用於牝服之箱。啟明、長庚皆有助日之名，而無實光也。祭器有畢者，所以助載鼎實，今天畢則施於行列而已。」○傳云「反報」，猶「反復」也。易林小過之比：「天女踞牀，不成文章。」大畜之益「踞」作「推」。焦用齊經文。「河鼓謂之牽牛」者，釋天文。今爾雅「河」作「何」。釋文音「胡可切」。胡承珙云：「郭注：『今荆州人呼牽牛星爲擔鼓。擔者，荷也。』鼓星在天漢之旁，故名『河鼓』，牽牛在鼓星之下，故謂之『何鼓』。」天官書：「牽牛爲犧牲。其北河鼓。河鼓大星，上將；左右，左右將。」明河鼓與牽牛異。郝懿行云：「牽牛三星，牛六星，天官誤以牛星爲牽牛，故以何鼓、牽牛爲二星。牟廷相云：牛宿其狀如牛，何鼓在牛頭上，則是牽牛人也。何鼓中星最明，故詩曰『睆彼牽牛』。」「三家不下多可字」者，文選思元賦李注引詩：「睆彼牽牛，不可以服箱。」與下文「不可以簸揚」、「不可以挹酒漿」句法一例。毛詩無「可」字，有者三家文。馬瑞辰云：「考工記：『大車，牝服二柯，又三分柯之二。』先鄭注：『牝服，謂車箱服，讀爲負。』說文：『箱，大車牝服也。』皆以『牝服』與『箱』爲一。後鄭云：『牝服長八尺謂較也。』蓋以牝服爲左右較，而以箱爲大車之輿，其義當與毛傳同，故此箋申毛云『不可用於牝服之箱。』然以經文求之，『服』當作虛字解，不得以爲『牝服』。『服』之言『負』也，車箱以負器物謂之『服』，牛以負車箱亦謂之『服』。思元賦『羈要褭以服箱』，李注：『服，駕也。箱，車也。』蓋取驥服鹽車之義，而服、箱之字則本之於詩。又古詩『牽牛不負軛』，亦本此詩爲說。自軛牛頸處言之則曰『負軛』，自牛負車言之則曰『服箱』,『服』與『負』一也。淮南説山訓:『剥牛皮鞹以爲鼓,正三軍之衆,爲牛計者,不若服於軛也。』『服於軛』即『負軛』也,則知『服箱』猶云『負箱』耳。」「三家啟作启」者。説文:「啟,教也。」「启,開也。」釋天:「明星謂之启明。」是魯作「启」,韓亦作「启」。(見下。)大戴禮四代篇:「詩云:『東有開明。』」疑景帝諱,改「启」爲「開」。「太白」至「長庚」,史記天官書索隱引韓詩文。何氏古義云:「廣雅:『太白謂之長庚。』知長庚與啟明是一星,特從來解説,東西不明,似每日東西兩見。夫東西非同時,當晨見東方,去夕見之期甚遠,及夕見西方,去晨見之期甚遠,啟明、長庚,因東西見而異其名耳。」胡承珙云:「太白名長庚,不止見廣雅。鄒陽上梁孝王書曰:『衛先生爲秦畫長平之策,太白食昴。』張衡週天大象賦曰:『衛生設策,長庚入昴。』此太白爲長庚之證,又在張揖前。若何氏疑太白不能一日東西兩見,則又不然。新法表異云:金星或合太陽而不伏,水星或離太陽而不見。所以然者,金緯甚大,凡逆行,緯在北七度餘,而合太陽於壽星、大火二宮,則雖與日合,其光不伏。一日晨夕兩見者,皆坐此,故水緯僅四度餘。設令緯向是南合太陽於壽星,嗣後雖離四度,夕猶不見也。合太陽於降婁後,雖離四度,晨猶不見也。此二則用渾儀一測便見,非舊法所能知也。」「有捄天畢,在施之行」者,孔疏云:「祭器、掩兔之畢,俱象畢星爲之。必易傳者,孫毓云:『祭器之畢,狀如畢星,名象所出也。「畢弋」之畢,又取象焉,而因施網於其上。』雖可兩通,箋義爲長。」胡承珙云:「此説非也。史記天官書:『畢曰罕車,爲邊兵,主弋獵。』後漢蘇竟傳:『畢爲天網,主網羅無道之君。』是天官家言皆謂『畢』爲田器。證一。説文:『畢,田网也。』又『率』下云:『捕鳥畢也。』是畢之制字,亦止有『田器』一義。證二。盧令序:『襄公好田獵畢弋。』鴛鴦詩『畢之羅之』,傳云:『畢掩而羅之。』是序及詩言『畢』者皆爲田具。祭器之畢,不見於詩。證三。漸漸之石篇『月離于畢』,傳:『畢,噣也。』此用爾雅『濁謂之畢』文。史記律書:『濁者,觸也,言萬物皆觸死也。』索隱引孫炎云:『掩兔之畢,或呼爲濁。』郭注本之。是田器濁、畢兩名,皆取星象。

若謂祭器取象在先，則祭器之畢更無『濁』名。證四。易繫詞『佃漁始于包犧』，茹毛飲血之時，未必卽有祭器，自應以田獵之畢取象在先，而助載鼎實者爲後。證五。且本經下句明言『載施之行』，兔罝云『施于中逵』、『施于中林』，若非畢翳，何得言『施』？證六。然則箋義雖可通，究當以傳爲正也。」

維南有箕，不可以簸揚。維北有斗，不可以挹酒漿。維南有箕，載翕其舌。【注】韓「翕」作「吸」。維北有斗，西柄之揭。【疏】傳：「挹，斞也。翕，合也。」箋：「翕，猶引也。引舌者，謂上星相近。」○說文：「簸，揚米去糠也。」韓詩外傳四引詩：「『惟南有箕，不可以簸揚。惟北有斗，不可以挹酒漿。』言有其位無其事也。」「韓翕作吸」者，玉篇口部：「詩云：『惟南有箕，載吸其舌。』吸，引也。」顧用韓詩，此韓文也。陳奐云：「禮曲禮『以箕自鄉而扱之』，注：『扱，讀曰吸，謂收糞時也。』少儀『執箕膺擖』，注：『膺，親也。擖，舌也。』持箕將去糞者，以舌自鄉。」蓋三家詩作『吸』，訓『引』，引舌內鄉，似箕形。」愚案：箋說卽用韓義改毛。引舌內鄉，象吸之形，兼取「箕斂」之義也。下四句與上四句雖同言箕、斗，自分兩義。上刺虛位，下刺斂民也。玉篇斗部：「枓，有柄，形如北斗星，用以斟酌也。詩云：『唯北有斗。』亦飲水器也。」陳喬樅云：「此篇『唯北有斗』四句，毛傳均無訓釋，玉篇所說『枓形』云云，引詩爲證，蓋亦據韓說也。」馬瑞辰云：「說文：『枓，勺也。』『勺，所以挹取也。』詩作『斗』者，皆『枓』之借字。正義：『箕斗並在南方之時，箕在南而斗在北，故云南箕北斗。』集傳兼采南斗、北斗二說。案，孔疏以爲『南斗』是也。爾雅：『析木之津，箕斗之間，漢津也。』郭注：『箕，龍尾。斗，南斗。』是凡箕、斗連言者皆爲南斗。王氏念孫云：南斗之柄常向西，而高於魁，故經言『西柄之揭』，若北斗之柄固不常西，卽指西亦不得云『揭』。其說是也。」

大東七章，章八句。

四月【疏】毛序：「大夫刺幽王也。在位貪殘，下國構禍，怨亂並興焉。」○此篇爲大夫行役過時，不得歸祭，怨思而作。中論之說與左氏同。（詳下。）故首章即以「先祖」爲言，與下篇北山勞於從事，不得養父母，首章即言「父母」，詩旨正爲一類。毛序泛以爲「在位貪殘，下國構禍」，未得其要。

四月維夏，六月徂暑。先祖匪人，胡寧忍予？【疏】傳：「徂，往也。六月，火星中，暑盛而往矣。」箋：「徂，猶『始』也。四月立夏矣，至六月乃始盛暑，興人爲惡亦有漸，非一朝一夕。匪，非也。寧，猶『曾』也。我先祖非人乎？人則當知患難，何爲曾使我當此亂世乎？」○中論譴交篇：「古者行役過時不反，猶作詩怨刺，故四月之篇稱『先祖匪人，胡甯忍予？』」徐用魯詩，是魯詩以爲行役過時不反而作。左文三年傳杜注：「四月之詩，行役踰時，思歸祭祀。」說與中論合，是此詩古無異義。蓋四月不反，已爲過時，又歷秋至冬，故作詩以刺。因言四月立夏，六月暑盛，又將往矣，不能歸而祭祀，故思先祖也。陳奐云：「匪，彼也。彼，猶『其』也。胡、寧，皆『何』也。『先祖匪人，胡寧忍予』，言先祖其人何忍予而降禍亂也，與雲漢『父母先祖，胡寧忍予』，文義正同。」王夫之云：「『匪人』者，猶匪他人也。頍弁之詩曰：『兄弟匪他』，義同此。自我而外，不與己親者，或謂之『他』，或謂之『人』，皆疏遠不相及之詞，猶『父母生我，胡俾我瘉』也。」愚案：「寧」，如陳說。「匪人」，當如王說。祖先之於己身，默相佑助，有息息相通之理。己不能歸而祭祀，故思先祖。先祖居享祭之時，亦必念我，故言先祖匪猶他人，胡忍予之不歸也。文義大順，讀者泥於箋訓，故以爲悖慢之言。

秋日淒淒，百卉具腓。亂離瘼矣，【注】韓「具」作「俱」，「瘼矣」作「斯莫」，魯作「斯瘼」。爰其適歸。【疏】傳：「淒淒，涼風也。卉，草也。腓，病也。離，憂。瘼，病。適，之也。」箋：「具，猶『皆』也。涼風用事而衆草皆病，興貪殘之政行而萬民困病。爰，曰也。今政亂國，將有憂病者矣。曰此禍其所之歸乎？言憂病之禍，必自之歸爲亂。」○左宣十二年傳引詩「亂離瘼矣」，左傳、毛詩皆古文也。「韓具作俱，瘼矣作斯莫」者，文選謝靈運九日送孔令詩李注引韓詩曰：「秋日淒淒，百卉俱腓。」薛君曰：「腓，變也。（詩釋文止引韓詩云「變也」一句。）言俱變而黃也。」潘安仁關中詩李注引韓詩曰：「亂離斯莫，爰其適歸。」薛君曰：「莫，散也。」（文選任昉爲范尚書讓吏部表注引韓詩，與毛同。）馬瑞辰云：「莫，讀如『散漠』之漠。說文：『漠，北方流沙也。』『沙，水散石也。』是沙漠義取漠散。」「魯作斯瘼」者，說苑政理篇：「詩不云乎：『亂離斯瘼，爰其適歸。』此傷離散以爲亂者也。」仲長統昌言法誡篇曰：「亂離斯瘼，怨氣并作。」趙壹刺世疾邪賦曰：「原斯瘼之攸興，實執政之匪賢。」皆用魯詩。然韓魯「爰」字並無作「奚」之本，惟家語作「奚其適歸」，僞書未敢據證。常璩華陽國志引「亂離瘼矣，奚其適歸」，任昉表「亂離斯瘼，欲以安歸」，似亦用作「奚」之本，但皆在晉以下，僞書大行之時矣。

冬日烈烈，【注】魯「烈烈」作「栗栗」。飄風發發。民莫不穀，我獨何害？【疏】箋：「烈烈，猶『栗烈』也。發發，疾貌。言王爲酷虐慘毒之政，如冬日之烈烈矣，其亟急行於天下，如飄風之疾也。穀，養也。民莫不得養其父母者，我獨何故睹此寒苦之害。」○「魯烈烈作栗栗」者，蔡邕九惟文用「冬日栗栗」句。烈、栗一聲之轉，故「烈」魯作「栗」。「冬」以紀時，與夏、秋同，不必如箋說。

山有嘉卉，侯栗侯梅。【注】三家「侯」作「維」。廢爲殘賊，莫知其尤。【注】魯說曰：廢，大也。【疏】傳：「廢，忕也。」箋：「嘉，善。侯，維也。山有美善之草，生於梅栗之下，人取其實蹂踐而害之，令不得蕃茂。喻上多賦斂，富人財盡，而弱民與受困窮。尤，過也。言在位者貪殘，爲民之害，無自知其行之過者。言忕於惡。」○「三家侯作維」者，白帖九十九引詩曰：「山有嘉卉，維栗維梅。」黃山云：「蕩之『侯作侯祝』，正月之『侯薪侯蒸』，皆卽爲作祝、爲薪蒸，則「維栗維梅」亦指嘉卉爲栗梅。文選思玄賦李注：『卉，草木凡名也。』是栗梅亦可以『卉』名之，不必如箋說『嘉草生梅栗下』矣。

栗薦豆籩，梅和鼎實，皆祭先所資，故詩及之。」「廢大也」者，釋詁文，魯說也。郭注：「詩曰：『廢爲殘賊。』」爾雅「廢，大」之詁，專釋此詩。列子楊朱篇「廢虐之主」，張湛注：「廢，大也。」列女漢霍夫人傳：「詩云：『廢爲殘賊，莫知其尤。』言其忲於惡，不知其爲過也。」「忲於惡」，謂習慣爲惡，與傳說同，皆用魯義。韓詩外傳七言「不知爲政者，使情厭性」云云，末引詩曰：「廢爲殘賊，莫知其尤。」明韓毛文同。

相彼泉水，載清載濁。我日構禍，曷云能穀。【注】韓詩曰：「曷云能穀」，云，辭也。【疏】傳：「構，成。曷，逮也。」箋：「相，視也。我視彼泉水之流，一則清，一則濁，刺諸侯並爲惡，曾無一善。構，猶『合集』也。『曷』之言『何』也。穀，善也。言諸侯日作禍亂之行，何者可謂能善。」○泉水本清，受染則濁，喻行役構禍，不能自絜也。馬瑞辰云：「爾雅說文並曰：『遘，遇也。』『構』者，『遘』之叚借，『構禍』，猶云『遇禍』，集傳訓爲『遭禍』，得之。」「曷云」至「辭也」，玉篇云部引韓詩文。引經明韓毛文同。皮嘉祐云：「文選傳咸詩注引周南卷耳『云何吁矣』，章句同。」

滔滔江漢，南國之紀。盡瘁以仕，寧莫我有。【疏】傳：「滔滔，大水貌。其神足以綱紀一方。」箋：「江也，漢也，南國之大水，紀理衆川，使不雝滯。喻吴楚之君能長理旁側小國，使得其所。瘁，病。仕，事也。今王盡病其封畿之內以兵役之事，使羣臣有土地曾無自保有者，皆懼於危亡也。吴楚舊名貪殘，今周之政乃反不如。」○案，詩人行役至江漢合流之地，卽水興懷，言江漢爲南國之綱紀，王朝反不能爲天下之綱紀也。馬瑞辰云：「有，讀如『相親有』之有。『寧莫我有』，猶王風葛藟篇『亦莫我有』也。左昭二十年傳『是不有寡君也』，杜注：『有，相親有也。』詩人傷己之盡力勞病以事國，而不見親有於上耳。」

匪鶉匪鳶，翰飛戾天。匪鱣匪鮪，潛逃于淵。【疏】傳：「鶉，鵰也。鵰鳶，貪殘之鳥也。大魚能逃處淵。」箋：「翰，高。戾，至。鱣，鯉也。言鶉鳶之高飛，鯉鮪之處淵，性自然也。非鶉鳶能高飛，非鯉鮪能處淵，皆驚駭辟害爾，喻民性安土重遷，今而逃走，亦畏亂政故。」〇陳奐云：「匪，彼也。傳云『鶉鳶，貪殘之鳥也』者，以喻貪殘之人，處於高位。『大魚』上疑奪『鱣鮪』二字。云鱣鮪大魚，能逃處淵者，以喻今民不能逃避禍害，是大魚之不如矣。」黄山云：「簡書驅迫，登高臨深，故有戾天、逃淵之感。鳶飛戾天，魚躍于淵，是其恆性，舉鶉以配鳶，舉鱣鮪以概魚耳。何草不黄篇曰：『匪兕匪虎，率彼曠野。』孔子在厄，以之自比，正同此指。他詩如『匪載匪來』、『匪教匪誨』，『匪』皆不訓『彼』。陳主申毛以抑鄭，其說未確。」馬瑞辰云：「釋文：『鶉，徒凡反。字或作鷻。』『鳶，以專反。鴟也。』說文：『鵰，鶉也。』『鶉，鵰也。』正義引說文：『鶉，鵰也。從敦而爲聲，字異於鶉也。』今案說文『隹』字注，一曰『鶉』字，『隹』即『隼』也，『鶉』即『鵰』也，是『鵰』古或借作『鶉』之證。至『雒鶉』之鶉，說文自作『雒』耳。又說文『鷻』字別引詩『匪鷻匪鳶』，『鳶』當即今『鶚』字，五各反，與『鳶』異。據正義引蒼頡解詁云：『鳶，鴟也。』又引說文：『鳶，鷙鳥也。』則經文原作『鳶』字。王氏引之云：『鳶』字見於小雅、大雅、周官射鳥氏、曲禮、中庸、爾雅釋鳥、蒼頡篇，不應說文不載，蓋說文有此字而傳寫者脱之也。其『鷻』字注引詩『匪鷻匪鳶』，當作『匪鷻匪鳶』，蓋本作『鳶』字，因下『鳶』字篆文相連，寫者遂誤爲『鳶』耳。今案，王說是也。說文『鳶』字、『鳶』字蓋同訓爲『鷙鳥』，傳寫者誤刪其一。段玉裁乃欲據說文誤本，改經文之『鳶』爲『鳶』，失之。」愚案：說文「鳶」，徐鉉疑从「隺」省，故爲「與專切」，此與下『天』、『淵』爲韻，若徑从「弋」，即隹部之『隿』，音義俱非。「鳶」即「鳶」，段未失也。

山有蕨薇，隰有杞桋。君子作歌，維以告哀。【注】魯「維」作「唯」。【疏】傳：「杞，枸檵也。桋，赤楝也。」箋：「此言草木生各得其所，人反不得其所，傷之也。『告哀』，言勞病而愬之。」〇蕨薇、杞桋，草木之微者。嘉卉殘賊，山隰所有僅此，喻其窮也。「桋，赤楝」，釋木文。郭注：「好叢生山中。」蓋山隰皆有。「魯維作唯」者。蔡邕袁滿來墓碑「唯以告哀」，是魯作「唯」。易林大有之賁：「作此哀詩，以告孔憂。」用齊經文。

四月八章，章四句。

北山【疏】毛序：「大夫刺幽王也。役使不均，己勞於從事，而不得養其父母焉。」〇後漢楊賜傳賜疏云：「勞逸無別，善惡同流，北山之詩所爲作。」此魯說。齊韓蓋同。

陟彼北山，言采其杞。偕偕士子，朝夕從事。王事靡盬，憂我父母。【疏】傳：「偕偕，强壯貌。士子，有王事者也。」箋：「言，我也。登山而采杞，非可食之物，喻己行役不得其事。『朝夕從事』，言不得休止。靡，無也。盬，不堅固也。王事無不堅固，故我當盡力勤勞。於役久不得歸，父母思己而憂。」〇易林夬之解：「登高望家，役事未休。王事靡盬，不得逍遥。」鼎之困同。此齊詩義。「登高望家」，説詩首二句也。采杞，適然之事耳。「偕偕」，傳訓「强壯貌」，「强」當爲「彊」。説文：「彊，弓有力也。」「偕，彊也。」引詩「偕偕士子」。「士」讀爲「事」，「士子」，從事王朝之子也。王事靡盬，義當盡力，特久役不歸，使我父母憂思耳。

溥天之下，【注】三家「溥」作「普」。莫非王土。率土之濱，莫非王臣。大夫不均，我從事獨賢。【疏】傳：「溥，大。率，循。濱，涯也。賢，勞也。」箋：「此言王之土地廣矣，王之臣又衆矣，何求而不得，何使而不行。王不均大夫之使，而專以我有賢才之故，獨使我從事於役。自苦之辭。」〇「三家溥作普」者，韓詩外傳一引詩：「普天之下，莫非王土。」後漢桓帝紀梁太后詔：「普天率土，遐邇洽同。」是韓作「普」。班固明堂詩「普天率土，各㠯其職。」是齊作「普」。荀子君子篇、新書匈奴篇、史記司馬相如難蜀父老文、白虎通封公侯篇、喪服篇皆引詩：「普天之下，莫非王土。率土之濱，莫非王臣。」是魯作「普」。惟白虎通及漢書王莽傳引詩「濱」作「賓」，蓋是魯詩「亦作」本。趙岐孟子章句九注云：「普，偏。率，循也。偏天下循士之濱，莫有非王者之臣。」今王不均大夫之使，乃使從王事獨勞乎？故孟子引詩，云：「此莫非王事，我獨賢勞也。」訓「賢」爲「勞」，正傳所本。鹽鐵論地廣篇：「詩云：『莫非王事，而我獨勞。』刺不均也。」是齊義相同。箋云「專以我有賢才之故」云云，人無自命爲賢才者，若王以爲獨賢，則已受知大用矣，而猶「不已于行」、「靡事不爲」乎？

四牡彭彭，王事傍傍。嘉我未老，鮮我方將。旅力方剛，經營四方。【疏】傳：「彭彭然不得息，傍傍然不得已。將，壯也。旅，衆也。」箋：「嘉、鮮，皆善也。王善我年未老乎？善我方壯乎？何獨久使我也。王謂此事衆之氣力方盛乎？何乃勞苦使之經營四方。」〇馬瑞辰云：「彭、旁雙聲，古通用。說文：『騯，馬盛也。』引詩『四牡騯騯』，卽詩『四牡彭彭』之異文。廣雅：『彭彭、旁旁，盛也。』說文『傍』字訓『近』，此詩『傍傍』卽『旁旁』之借字。」又云：「方言：『𨂂膂力也。東齊曰𨂂，宋魯曰膂。』戴震疏證曰：『膂，通作「旅」，詩「旅力方剛」是也。』廣雅：『膂，力也。』王念孫疏證曰：『大雅桑柔云「靡有旅力」，秦誓曰「旅力既愆」，周語云「四軍之衆，旅力方剛」，義並與「膂」同。膂、力一聲之轉，今人猶呼「力」爲「膂力」，古之遺語也。』今案方言又曰：『膂，儋也。甌吳之外鄙謂之膂。』郭注：『儋者用膂力，因名云。』是力謂之膂，擔者用力亦謂之膂。古者行人奔走，多以『負擔』爲喻，左傳『弛于負擔』是也。詩下言『經營四方』，則『旅力』正當從方言『儋也』之訓。傳訓爲『衆』，失之。」

或燕燕居息，或盡瘁事國，【注】魯「燕燕」作「宴宴」，「瘁」作「顇」。或息偃在牀，或不已于行。【疏】傳：「燕燕，安息貌。盡力勞病，以從國事。」箋：「『不已』，猶『不止』也。」〇「魯燕燕作宴宴，瘁作顇」者，漢書五行志劉歆說詩曰：「或宴宴居息，或盡顇事國。」陳喬樅云：「歆述士文伯引詩語，與今左傳異，知其從魯詩之文也。」

或不知叫號，或慘慘劬勞，或棲遲偃仰，或王事鞅掌。【疏】傳：「叫，呼。號，召也。鞅掌，失容也。」

箋：「鞅，猶『何』也。掌，謂『捧之』也。負何捧持以趨走，言促遽也。」○孔疏：「『不知叫號』者，居家用逸，不知上有徵發呼召。」譖夫論邊議篇：「詩痛『或不知叫號，或慘慘劬勞。』」明魯毛文同。後漢郎顗傳拜章曰：「棲遲偃仰，寢疾自逸。」用齊經文，刪一「或」字。馬瑞辰云：「鞅、掌二字疊韻，即『秧穰』之類。說文：『秧，禾若秧穰也。』集韻：『禾下葉多也。』禾之葉多曰『秧穰』，人之事多曰『鞅掌』，其義一也。傳言『失容』者，亦狀事多之皃。」胡承珙云：「莊子庚桑楚篇：『擁腫之與居，鞅掌之爲使。』釋文引崔云：『鞅掌，不仁意。』案，『不仁』猶言『手足不仁』，不仁則手容不能恭，足容不能重，即是『失容』之意。」

或湛樂飲酒，或慘慘畏咎，或出入風議，或靡事不爲。【疏】箋：「咎，猶『罪過』也。風，猶『放』也。」○馬瑞辰云：「說文：『酖，樂酒也。』又：『媅，樂也。』二字音義並同。此詩『湛樂』及抑詩『荒湛于酒』，皆『酖』字之叚借。氓篇『士之耽兮』、『女之耽兮』，及常棣詩『和樂且湛』、賓之初筵詩『子孫其湛』，釋詁『妉，樂也』，皆『媅』字之叚借。」「風議」，即「放議」。放議，猶「放言」也。

北山六章，三章章六句，三章章四句。

無將大車【疏】毛序：「大夫悔將小人也。」箋：「周大夫悔將小人。幽王之時，小人衆多，賢者與之從事，反見譖，自悔與小人竝。」○易林井之大有云：「大輿多塵，小人傷賢。皇父司徒，使君失家。」陳喬樅云：「據易林『皇父司徒』云云，則齊詩之說或以此爲刺厲王時也。」愚案：十月之交篇「皇父卿士」，仍當在幽王時，箋以爲厲王，非也，陳沿箋說之誤。魯韓未聞。

無將大車，祇自塵兮。無思百憂，祇自疧兮。【疏】傳：「大車，小人之所將也。疧，病也。」箋：「將，猶

『扶進』也。祇，適也。鄙事者賤者之所爲也，君子爲之，不堪其勞，以喻大夫而進舉小人，適自作憂累，故悔之。『百憂』者，衆小事之憂也。進舉小人，使得居位，不任其職，愆負及己，故以衆小事爲憂，適自病也。」○孔疏：「冬官『車人爲車』，有『大車』，鄭云：『大車，平地任載之車。』其車駕牛，故酒誥曰『肇牽車牛，遠服賈用。』是小人之所將也。」小人扶進大車而塵及己，君子扶進小人而病及己，故以爲喻。「疷」，當依唐石經作「疧」。釋詁：「疧，病也。」說文：「疧，病也。从疒，氏聲。」後漢張衡傳載衡思玄賦「思百憂以自疹」，疹、疢字同。馬瑞辰云：「古音『脂』與『真』互轉，支、真亦互轉。『疧』當讀如『疹』，故與『塵』韻，猶說文『趁』讀若『塵』也。三家蓋有作『疹』者。」陳喬樅云：「張用魯詩，『疢』字是據魯文。李注引詩『祇自重兮』爲證，非也。」

無將大車，維塵冥冥。無思百憂，不出于熲。【疏】傳：「熲，光也。」箋：「『冥冥』者，蔽人目明，令無所見也。猶進舉小人，蔽傷己之功德也。思衆小事以爲憂，使人蔽闇，不得出於光明之道。」○荀子大略篇「君人者不可以不慎取臣，匹夫者不可以不慎取友。取友善人，不可不慎，是德之基也。詩曰：『無將大車，維塵冥冥。』言無與小人處也。」韓詩外傳七：「魏文侯之時，子質仕而獲罪焉，去而北游，謂簡主曰：『從今以後，吾不復樹德於人矣。』簡主曰：『何以也？』質曰：『吾所樹堂上之士半，吾所樹朝廷之大夫半，吾所樹邊境之人亦半。今堂上之士惡我於君，朝廷之大夫恐我以法，邊境之人劫我以兵，是以不復樹德於人也。』簡主曰：『噫！子之言過矣。夫春樹桃李，夏得陰其下，秋得食其實。春樹蒺藜，夏不可採其葉，秋得其刺焉。由此觀之，在所樹也。今子所樹，非其人也，故君子先擇而後種焉。詩曰：無將大車，惟塵冥冥。』」據此，魯韓詩義並與序合。「熲，光」，釋詁文。

無將大車，維塵雝兮。無思百憂，祇自重兮。【疏】箋：「雝，猶『蔽』也。重，猶『累』也。」○釋文「雝」

字又作「壅」。

無將大車三章，章四句。

小明【疏】毛序：「大夫悔仕於亂世也。」箋：「名篇曰『小明』者，言幽王日小其明，損其政事，以至於亂。」〇三家無異義。

明明上天，照臨下土。我征徂西，至于艽野。二月初吉，載離寒暑。心之憂矣，其毒大苦。念彼共人，【注】齊「共」作「恭」。涕零如雨。豈不懷歸？畏此罪罟。【疏】傳：「艽野，遠荒之地。初吉，朔日也。罟，網也。」箋：「『明明上天』，喻王者當光明如日之中也。『照臨下土』，喻王者當察理天下之事。據時幽王不能然，故舉以刺之。征，行。徂，往也。我行往之西方，至於遠荒之地，乃以二月朔日始行，至今則更夏暑冬寒矣，尚未得歸。詩人，牧伯之大夫，使述其方之事，遭亂世勞苦而悔仕，憂之甚，心中如有藥毒也。『共人』，靖共爾位，以待賢者之君。懷，思也。我誠思歸，畏此刑罪羅網，我故不敢歸爾。」〇言王如天於下土之事，當無不照察。說文：「艽，遠荒也。从艸，九聲。」引詩「至于艽野」。其地不著，故但以「遠荒」言之。溯二月上旬吉日啟行之時至於今，已離歷寒暑。我心甚憂，如毒藥之苦。我念彼靖共職位之賢人，可爲師法，惟以古道自勉，經歷艱難，不覺涕零如雨。非不懷歸，亦畏此罪罟，不能歸也。「齊共作恭」者，鹽鐵論執務篇：「古者行役不踰時，春行秋反，秋往春來，寒暑未變，衣服不易，固已還矣。今則繇役極遠，寒苦之地，危難之處，今茲往而來歲還，故一人行而鄉曲悵，一人死而萬人悲。詩云：『念彼恭人，涕零如雨。豈不懷歸？畏此罪罟。』」此齊說。「共」與「恭」同也。

昔我往矣，日月方除。曷云其還，歲聿云莫。念我獨兮，我事孔庶。心之憂矣，憚我不暇。念彼共人，睠睠懷顧。【注】魯韓作「眷眷懷顧」。豈不懷歸？畏此譴怒。【疏】傳：「除，除陳生新也。憚，勞也。」箋：「四月爲除。昔我往至於艽野以四月，自謂其時將卽歸，何言其還，乃至歲晚尚不得歸。孔，甚。庶，衆也。我事獨甚衆，勞我不暇。皆言王政不均，臣事不同也。『睠睠』，有往仕之志也。」〇「方除」，毛、鄭異義，說皆可通。「魯作眷眷」者，王逸楚詞九歎注：「眷眷，顧貌。詩曰：『眷眷懷顧。』」「韓作眷眷」者，文選登樓賦注、思元賦注、陸雲答張士然詩注、謝惠連西陵遇風詩注、王粲從軍詩注（「顧」誤作「歸」。）引韓詩曰「眷眷懷顧」。說文有「眷」無「睠」。詩言我事孔庶，本欲不顧而歸，然念彼共人，又爲之眷眷而反顧焉，且懼歸而獲譴也。

昔我往矣，日月方奧。曷云其還，政事愈蹙。歲聿云莫，采蕭穫菽。心之憂矣，自詒伊戚。念彼共人，興言出宿。豈不懷歸？畏此反覆。【疏】傳：「奧，煖也。蹙，促也。戚，憂也。」箋：「愈，猶『益』也。何言其還，乃至於政事更益促急，歲晚乃至采蕭穫菽，尚不得歸。詒，遺也。我冒亂世而仕，自遺此憂。悔仕之辭。興，起也。夜卧起宿於外，憂不能宿於內也。『反覆』，謂不以正罪見罪。」〇詩借「奧」爲「燠」。陳奐云：「伊，維也。雄雉箋：『伊，當作繄。繄，猶是也。』孔疏：『箋以宣二年左傳「自詒繄慼」，小明云「自詒伊戚」，爲義既同，故此及蒹葭東山白駒各以「伊」爲「繄」。小明不易者，以「伊慼」之文與左傳正同爲「繄」可知。』案，據此則孔所見左傳作『繄』，與此詩作『伊』義同矣。」「興言出宿」者，思慮展轉，不能安寢也。

嗟爾君子，無恆安處。靖共爾位，【注】魯「共」一作「恭」，齊「共」作「恭」。韓「靖共」作「靜恭」。正直是與。神之聽之，式穀以女。【疏】傳：「靖，謀也。正直爲正，能正人之曲曰直。」箋：「恆，常也。嗟女君子，謂其友未仕者也。人之居無常安之處，謂當安安而能遷。孔子曰：『鳥則擇木。』共，具。式，用。穀，善也。有明君謀具女之爵位，其志在於與正直之人爲治。神明若祐而聽之，其用善人則必用女。是使聽天任命，不汲汲求仕之辭。言『女位』者，位無常主，賢人則是。」○「嗟爾君子」，斥王也，不指在位之大夫，亦非望未仕之君子。言君子當勤於政，毋苟自安處，靖恭天位，惟正直之人與之爲治，神明祐聽之，必用天祿與女矣。特其詞意甚隱耳。「魯共一作恭」者，中論法象篇言君子謙讓莊敬，四者備而福祿從之，引詩：「靖共爾位，正直是與。神之聽之，式穀以女。」是魯亦訓「穀」爲「祿」。漢書淮陽王欽傳元帝璽書曰：「詩不云乎：『靖恭爾位，正直是與。』」「齊靖共作靖恭」者。禮表記：「小雅曰：『靖恭爾位，正直是與。神之聽之，式穀以女。』」鄭注：「靖，治也。爾，女也。式，用也。穀，祿也。言敬治女位之職，正直之人，乃與爲倫友。神聽女之所爲，用祿與女。」「韓靖共作靜恭」者，韓詩外傳四「韶用干戚」云云，末引詩曰：「靜恭爾位，正直是與。（誤作「好是正直」。）神之聽之，式穀以女。」

嗟爾君子，無恆安息。靖共爾位，【注】齊「無恆」一作「毋常」，「靖共」作「靖恭」，一作「靜共」。韓「靖共」作「靜恭」，亦作「靖恭」。好是正直。神之聽之，介爾景福。【疏】傳：「息，猶『處』也。介、景，皆大也。」箋：「好，猶『與』也。介，助也。神明聽之，則將助女以大福。謂遭是明君，道施行也。」○荀子勸學篇：「詩曰：『嗟爾君子，無恆安息。靖共爾位，好是正直。神之聽之，介爾景福。』」說苑貴德篇引詩「靖共爾位」四句，與荀子同，明魯、毛文同。「齊無恆一作毋常，靖共作靖恭，一作靜共」者，大戴禮勸學篇：「詩曰：『嗟爾君子，無恆安息。靖共爾位，好是正直。神之聽之，介爾景福。』」禮緇衣：「詩云：『靖恭爾位，好是正直。』」繁露祭義篇：「詩曰：『嗟爾君子，毋常安息。靜共爾位，好是正直。神之聽之，介爾景福。』」「無」作「毋」，「靖」作「靜」，古通用。「恆作常」者，墨子非儒篇「陳恆」作「陳常」，知「常」亦通「恆」。陳喬樅以爲漢避諱改，未確。「韓靖共作靜恭，一作靖恭」者，韓詩外傳四載齊桓公伐山戎，末引詩曰：「靜恭爾位，好是正直。(誤作「正直是與」。)神之聽之,介爾景福。」外傳七載衞獻公出走反國,末引詩曰:「靖恭爾位,好是正直。」

小明五章,三章章十二句,二章章六句。

鼓鍾【疏】毛序:「刺幽王也。」○孔疏:「鄭於中候握河紀注云:『昭王時,鼓鍾之詩所爲作者。』鄭時未見毛詩,依三家爲說也。」馬瑞辰云:「鄭君先通韓詩,以鼓鍾爲昭王詩,蓋韓詩之說。故王應麟詩攷以孔疏所引列入韓詩。」陳喬樅云:「中候多齊說,如擿雒戒言『剋者配姬以放賢』,是其明證。他若契握言元鳥翔水遺卵,娀簡拾吞,生契封商;稷起言蒼耀稷生,感迹昌,皆與詩緯合。鼓鍾之詩,鄭據齊詩爲說也。」

鼓鍾將將,淮水湯湯。憂心且傷。淑人君子,懷允不忘。【疏】傳:「幽王用樂不與德比,會諸侯于淮上,鼓其淫樂以示諸侯,賢者爲之憂傷。」箋:「爲之憂傷者,嘉樂不野合,犧象不出門,今乃於淮水之上作先王之樂,失禮尤甚。淑,善。懷,至也。古者善人君子其用禮樂,各得其宜,至信不可忘。」○說文:「鎗,鐘聲也。」重言之曰「鎗鎗」。「將將」,同音借字。風俗通義十:「淮出南陽平氏桐柏大復山,東南入海。詩云:『淮水湯湯』。」明魯毛文同。南陽,漢郡,今之南陽府。昭王南巡,蓋將由此入漢也。王會諸侯於淮上,而奏先王之樂,失禮之甚,聞者傷之。漢書循吏傳贊用「淑人君子」,明齊毛文同。王引之釋詞云:「允,語詞。」

鼓鍾喈喈,淮水湝湝。憂心且悲。淑人君子,其德不回。【疏】傳:「喈喈,猶將將。湝湝,猶湯湯。悲,猶傷也。回,邪也。」○太玄「鍾鼓喈喈」,范望注:「喈喈,和聲也。」說文:「喈,鳥鳴聲。」「龤,樂和龤也」。此「喈」即「龤」之叚借。又:「湝,水流湝湝也。」列女蓋將之妻傳引詩曰:「淑人君子,其德不回。」明魯毛文同。

鼓鍾伐鼛,淮有三洲。憂心且妯。【注】韓作「憂心且陶」,陶,暢也。**淑人君子,其德不猶。**【疏】

傳：「鼛，大鼓也。三洲，淮上地。妯，動也。猶，若也。」箋：「『妯』之言『悼』也。猶，當作『瘉』。瘉，病也。」○淮南主術訓「鼛鼓而食」，高注：「鼛鼓，王者之食樂也。詩曰：『鼓鍾伐鼛。』」陳喬樅云：「荀子正論『天子者代睪而食，雍而徹乎五祀。』『代睪』，當爲『伐皐』。『鼛，皐古字通用。『雍而徹乎五祀』者，謂徹於竈也。膳夫職：『王卒食，以樂徹于造。』主術訓又云：『奏雍而徹，已反而祭竈。』蓋徹饌而設之於竈，若祭然。造、竈古字通用。專言之則曰『竈』，連類言之則曰『五祀』。據此，『鼓鍾伐鼛』，王者之食樂。魯詩之說卽本荀子。」「淮有三洲」者，朱右曾云：「水經注：『淮水又東，爲安豐津，淮東有洲，俗號關洲，蓋津關所在，故斯洲納厥稱焉。』通校全淮，惟此有洲，在今霍邱縣北。」陳奐云：「縣東北十五里有大業陂，周二十餘里，人呼水門塘，相傳古名鎮淮洲，陷爲陂。淮水自霍邱縣東流經正陽鎮，合潁水。淮洲陷爲陂，當在潁水入淮之處，左傳所稱『潁尾』也。」愚案：大水中洲坍漲不常，淮水三洲最古，據朱陳二說，二洲一已爲陂，另一洲更無可考，古南江併於中江，亦其比也。「憂心且陶，陶，暢也」者，衆經音義十二、後漢書注八十一、文選注三十四引韓詩文。陳喬樅云：「廣雅釋言：『陶，憂也。』正合韓訓。說文云：『暢，不生也。』玉篇同。禮月令曰：『地氣且泄，是謂發天地之房，諸蟄則死，民必疾疫，又隨以喪，命之曰暢月。』『暢月』云者，當卽以『不生』爲義，與訓作『暢達』相反。則『暢』之本義與『鬱』近，古人以『鬱陶』連文，訓爲『憂思』，『陶』猶『鬱』也，知韓詩以『陶』訓『暢』，『暢』亦有『憂鬱』義矣。王氏念孫曰：『凡一字兩訓而反復旁通者，如「亂」之爲「治」，「故」之爲「今」，「擾」之爲「安」，「臭」之爲「香」，不可悉數。』爾雅：『鬱、陶、繇，喜也。』又云：『繇，憂也。』『繇』字卽有憂、喜二義，『鬱陶』亦猶是也。故喜氣未暢曰『鬱陶』，檀弓疏引何氏云『鬱陶，懷喜未暢意』是也。憂思憤盈，亦曰『鬱陶』，楚詞九辨『豈不鬱陶而思君兮』，王注『憤念蓄積，盈胷臆也』；孟子書『象曰：鬱陶思君爾』，史記五帝紀『我思君正鬱陶』是也。暑氣蘊隆，亦謂之『鬱陶』，摯虞思游賦『戚溽暑之鬱陶兮』，夏侯湛大暑賦『乃鬱陶以興熱』

是也。事雖不同而同爲『鬱積』之義，故命名亦同。閻若璩謂憂、喜不同名，廣雅誤訓『陶』爲『憂』，其說非也。」說文引詩「憂心且怞」，蓋齊魯詩文。愚案：說文：「怞，朗也。」朗、暢同意，皆憂之達於外者。毛作「妯」，訓「動」，「暢」與「動」義亦相成，是卽依韓訓作「暢達」說之，非不可矣。

鼓鍾欽欽，鼓瑟鼓琴。笙磬同音，以雅以南，以籥不僭。【注】韓說曰：王者舞六代之樂，舞四夷之樂，大德廣之所及。又曰：南夷之樂曰南。四夷之樂，惟南可以和於雅者，以其人聲音及籥不僭差也。【疏】傳：「欽欽，言使人樂進也。笙磬，東方之樂也。同音，四縣皆同也。『以雅以南』，爲雅爲南也。舞四夷之樂，大德廣所及也。東夷之樂曰『昧』，南夷之樂曰『南』，西夷之樂曰『朱離』，北夷之樂曰『禁』。以爲籥舞若是，爲和而不僭矣。」箋：「『同音』者，謂堂上、堂下八音克諧。雅，萬舞也。萬也、南也、籥也，三舞不僭，言進退之旅也。周樂尚武，故謂萬舞爲雅。雅，正也。籥舞，文樂也。」○廣雅：「欽欽，聲也。」此魯韓義。「鼓瑟鼓琴」，瑟琴在堂上也，歌詩以弦之。箋以「上下」釋「同音」者，笙管在下，鐘磬在上。傳言「四縣皆同」，卽上與下同也。以三舞釋雅、南、籥者，傳明言爲雅、爲南、爲籥舞，是爲三舞也。「王者」至「所及」，文選魏都賦李注引韓詩內傳文。「南夷」至「差也」，後漢陳禪傳李注引薛君文。是韓說以「雅」統六代之樂，以「南」表四夷之樂。說文：「樂，五聲八音之總名。」六代四夷雖言舞，仍以聲音爲節奏，故以南和於雅爲「不僭」。籥者，南籥。「不僭」，承上「同音」言。則傳箋以舞說「不僭」，孔疏謂四夷之樂專爲舞，皆非矣。春官大胥「以六樂之會正舞位」，鄭注：「大同六樂之節奏，正其位，使相應也。」賈疏：「六樂，卽六代之樂。」鞮鞻氏「掌四夷之樂，與其聲歌」，鄭注：「四夷之樂，東方曰韎，南方曰任，西方曰株離，北方曰禁。詩云『以雅以南』是也。言『與其聲歌』，則云『樂』者主於舞。」賈疏：「四夷樂名，出孝經鈎命訣。」所引助時生、養、殺、藏之說，與白虎通引樂元語「東夷之樂持矛舞，助時生；南夷之樂持羽舞，助時養；西方之樂持戟舞，助時煞；北夷之樂持干舞，助時藏」合。白虎通又云：「受命而六樂樂，先王之樂，明有法也。與四夷之樂，明德廣及之也。」又云：「合歡之樂儛於堂，四夷之樂陳於右。」又云：「一說東方持矛，南方歌，西方戚，北方擊金。」鄭注禮時用齊詩，其言六代四夷之樂與韓合，則齊說同韓。云「樂主於舞」者，鄭以别於六樂之專言節奏也。云「南方曰任」者，白虎通：「南夷之樂曰南，『南』之爲言『任』也，任養萬物。」蓋就舞言曰「任」，就歌言曰「南」。方其舞則執籥秉翟，及其歌則歙籥合聲。南夷歌而東仍持矛，西乃舞戚，北則擊金以輔之，故「一說」與前異。而薛君惟南「聲音及籥不僭差」之説愈明矣。鄭雖以「任」釋舞，而仍以「南」爲其聲歌，故引詩「以南」證之。其文王世子注云：「南，南夷之樂也。詩曰：『以雅以南，以籥不僭。』」亦其證。東都賦云：「四夷間奏，德廣所及，僸佅兜離，罔不具集。」白虎通「南夷之樂曰南」，舊本亦作「曰兜」，兜、南一聲之轉。言「間奏」，是明主聲樂矣。陳禪傳又載陳忠劾奏禪曰：「古者合歡之樂舞於堂，四夷之樂陳於門，故詩云：『以雅以南，韎任朱離。』」南、任并舉，亦歌舞并言。班賦「德廣」之詞，忠奏「合歡」二語，均見白虎通，明齊説一貫也。蔡邕獨斷云：「王者必作四夷之樂，以合天下之歡心，祭神明和而歌之，以管籥爲之聲。」此即本鞮鞻氏「祭祀則歙而歌之」，鄭注云：「吹之以管籥爲之聲。」蔡學魯詩，則魯説亦同齊韓，皆以聲歌合雅也。齊家以堂上之樂合歡指六代，蔡指四夷者，概言之均以合歡也。禮注引詩，明齊毛文同。風俗通義亦引詩「以籥不僭」，云：「籥者，樂器，竹管，三孔，所以和衆聲也。」明魯毛文同。

鼓鍾四章，章五句。

楚茨【疏】毛序：「刺幽王也。政煩賦重，田萊多荒，饑饉降喪，民卒流亡，祭祀不饗，故君子思古焉。」箋：「田萊多荒，茨棘不除也。饑饉，倉庾不盈也。降喪，神不與福助也。」○王逸楚詞離騷注：「薋，蒺藜也。詩曰：『楚楚者薋。』」是魯作「楚薋」。禮玉藻鄭注采齊，當爲「楚薺」之薺，是齊作「楚薺」。韓蓋與毛同。

楚楚者茨，言抽其棘。自昔何爲，我蓺黍稷。我黍與與，我稷翼翼，我倉既盈，我庾維億，以爲酒食，以享以祀，以妥以侑，以介景福。【疏】傳：「楚楚，茨棘貌。抽，除也。露積曰庾。萬萬曰億。妥，安坐也。侑，勸也。」箋：「茨，蒺蔾也。伐除蒺蔾與棘，自古之人，何乃勤苦爲此事乎？我將樹黍稷焉。言古者先王之政，以農爲本。茨言『楚楚』，棘言『抽』，互辭也。黍與與，稷翼翼，蕃廡貌。陰陽和，風雨時，則萬物成；萬物成，則倉庾充滿矣。倉言『盈』，庾言『億』，亦互辭，喻多也。十萬曰億。享，獻。介，助。景，大也。以黍稷爲酒食，獻之以祀先祖，既又迎尸，使處神坐而食之。爲其嫌不飽，祝以主人之辭勸之，所以助孝子受大福也。」○「茨，蒺蔾」，釋草文。郭注：「布地蔓生，細葉，子有三角刺。」說文「茨」下云：「以茅葦蓋屋。」「薺」下云：「蒺蔾也。」玉篇：「薋，蒺蔾也。」說文訓「草多貌」，是齊正字，魯毛借字。馬瑞辰云：「棘，古作『朿』。釋草：『朿，刺。』方言：『凡草木刺人，北燕朝鮮之間謂之朿。』又曰：『自關而西謂之刺，江湘之間謂之棘。』說文：『朿，莿也。』『莿，朿也。』棘爲草名，又爲凡草刺人之通稱。『楚楚者茨，言抽其棘』，『棘』即茨上之棘，猶之『翹翹錯薪，言刈其楚』，『楚』即薪中之楚也。故傳云『楚楚，茨棘貌』，正以明茨、棘爲一。箋分茨、棘爲二，失之。」楊雄并州牧箴「自昔何爲」，明魯毛文同。說文：「旟旟，衆也。从㫃，與聲。」是「與與」有「衆」義。廣雅：「翼翼，盛也。」張衡南都賦：「菽麥稷黍，翼翼與與。」用魯經文。說文：「倉，穀藏也。」「庾，倉無屋者。」胡廣漢官解詁：「在邑曰倉，在野曰庾。」是「庾」本在野積穀之稱，蓋若今之「囤」也。馬瑞辰云：「億，說文作『意』，云：『意，滿也。一曰十萬曰意。』是『億』之本義訓『滿』，與『盈』同義。王氏引之曰：『易林言「倉盈庾億」，乾之師比之師坤之恆同。「億」亦「盈」也，語之轉耳。此「億」字但取「盈滿」之義，非紀其數，與「萬億及秭」之億不同。』其說是也。」

濟濟蹌蹌，絜爾牛羊，以往烝嘗。或剝或亨，或肆或將，祝祭于祊。【注】魯「祊」作「閍」。齊韓「祊」作「鬃」。祀事孔明，先祖是皇。神保是饗，孝孫有慶，報以介福，萬壽無疆。【疏】傳：「濟濟蹌蹌，言有容也。亨，飪之也。肆，陳。將，齊也。或陳于互，或齊其肉。祊，門內也。皇，大。保，安也。」箋：「『有容』，言威儀敬慎也。冬祭曰烝，秋祭曰嘗。祭祀之禮，各有其事，有解剝其肉者，有煑熟之者，有肆其骨體於俎者，或奉持而進之者。孔，甚也。明，猶『備』也、『絜』也。孝子不知神之所在，故使祝博求之平生門內之旁。待賓客之處，祀禮於是甚明。皇，暀也。先祖以孝子祀禮甚明之故，精氣歸暀之，其鬼神又安而饗其祭祀。慶，賜也。疆，竟界也。」○「魯祊作閍」者，禮禮器正義引釋宮：「廟門謂之閍。」郊特牲正義引同，皆與詩疏引爾雅文異。又詩疏引李巡注：「閍，故廟中門名也。」孫炎注：「詩云『祝祭于祊』，謂廟門也。」與左襄二十四年傳疏引亦同。陳喬樅云：「毛詩作『祊』，詩左傳正義引爾雅李孫舊注亦作『祊』，此順詩經改字也。爾雅經文作『閍』，是用魯文。李、孫注亦當同。今本爾雅作『閍』，謂之『門』。郝氏懿行曰：禮郊特牲：『廟門曰祊。』正義以爲釋宮文。禮器正義亦引釋宮：『廟門謂之閍。』參以李、孫二注，並以『廟門』釋『閍』，疑爾雅古本當作『廟門謂之閍』，賴有注、疏可證。惟左傳正義引爾雅與今本同，或出後人所改耳。」「齊韓祊作鬃」者，說文「鬃」下云：「門內祭先祖所以徬皇。詩曰：『祝祭于鬃。』」「祊」下云：「鬃或體。」據春秋正義魯詩作「閍」，則作「鬃」者齊、韓文也。陳奐云：「凡祭宗廟之禮，廟主藏於室中，于其祭也，祝以詔告之，所謂『直祭祝于主』也。廟門之內，皆祖宗神靈所馮依焉。孝子不知神之所在，于其祭也，祝以博求之，所謂『索祭祝于祊』也。是祊祭當在事戶前。至繹祭，主未納室，故無詔室之祭，亦必無索神之祭。鄭注禮以『祊』爲『繹』，宜於廟門外。箋詩又以『門內』爲大門內，非廟門內。鄭箋常自用其禮注，孔疏曲護，解廟門外爲繹祭之『祊』，廟門內爲正祭之『祊』，則詩之『祊』與禮郊特牲、禮器之『祊』爲二祭矣。焦循宮室圖云：『繹祭之名，見於諸經者，絶不與祊混，祊皆正祭索神之名。所云爲祊於外而出於祊者，皆對室中言，非門外也。』焦説是已。」蔡邕司空臨晉侯楊公碑「祀事孔明」，明魯、毛文同。「孝孫有慶」三句，祝爲尸致福於主人之詞。

執爨踖踖，爲俎孔碩。或燔或炙，君婦莫莫。爲豆孔庶，爲賓爲客。獻醻交錯，禮儀卒度。笑語卒獲，神保是格。報以介福，萬壽攸酢。【疏】傳：「爨，饔爨、廩爨也。踖踖，言爨竈有容也。燔，取脾膋。炙，炙肉也。莫莫，言清静而敬至也。豆，謂内羞、庶羞也。繹而賓尸及賓客。東西爲交，邪行爲錯。度，法度也。獲，得時也。格，來。酢，報也。」箋：「燔，燔肉也。炙，肝炙也。皆從獻之俎也，其爲之於爨，必取肉也、肝也肥碩美者。君婦，謂后也。凡適妻稱君婦，事舅姑之稱也。庶，胗也。祭祀之禮，后夫人主共籩豆，必取肉物肥胗美者也。始主人酌賓爲獻，賓既酌主人，主人又自飲酌賓曰醻，至旅而爵交錯以遍。卒，盡也。古者於旅也語。」○胡承珙云：「釋訓：『踖踖，敏也。』説文：『踖，長脛行也。从足，昔聲。一曰踧踖。』爾雅本釋此詩之『踖踖』，合之説文『長脛』者，敏於行。『執爨踖踖』，以『敏』爲本義。至一曰『踧踖』，乃論語馬注所謂『恭敬貌』者，與詩義別。」王逸楚詞九歎注：「爨，炊竈也。詩云：『執爨踖踖。』」明魯毛文同。馬瑞辰云：「釋訓：『慔慔，勉也。』疑此詩『莫莫』之異文，當本三家。説文：『慔，勉也。』亦敬謹之意，與傳『敬至』義合。」又云：「『交』者，『这』之省借。説文：『这，會也。』『錯』者，『逪』之叚借。説文：『逪，交逪也。』特牲饋食禮『衆賓及衆兄弟交錯以辯』，鄭注：『交錯，猶言東西。』蓋渾言則交錯爲東西行，析言則東西正相值爲『这』，東西邪行爲『逪』。旅酬行禮，皆一这一逪也。」呂覽慎行篇高注：「酬，報也。詩曰：『獻酬交錯。』」明魯毛文同。張衡南都賦「獻酬既交」，用魯經文。班固東都賦「獻酬交錯」，明齊、毛文同。「韓儀作義」者，韓詩外傳四三引詩:「禮儀卒度,笑語卒獲。」今本皆與毛同,係後人妄改。王應麟詩攷引作「義」。肆師「治其禮儀」,注:「故書『儀』爲『義』,鄭司農云『義』讀爲『儀』。」左傳「郲儀父」,漢書鄒陽傳作「義父」。説文云:「義者,己之威儀也。」故經傳多以「義」爲「儀」。荀子修身篇:「人無禮則不生事,無禮則不成國家,無禮則不寧。詩曰:『禮儀卒度,笑語卒獲。』此之謂也。」禮論引詩同。禮坊記:「詩云:『禮儀卒度,笑語卒獲。』」鄭注:「卒,盡也。獲,得也。言在廟中者不失其禮儀,皆歡喜得其節也。」明魯齊並與毛同。陳奂云:「此章及明日繹祭,祭畢而饗燕賓客,由饗燕而推本於神報介福,則祀事至此畢矣。下三章又複敍祭祀始末,以明思古之情。」

我孔熯矣,式禮莫愆。工祝致告,徂賚孝孫。苾芬孝祀,【注】韓詩曰:「馥芬孝祀。」韓説曰:「馥,香貌也。」神嗜飲食。卜爾百福,如幾如式。既齊既稷,既匡既勑。永錫爾極,時萬時億。【疏】傳:「熯,敬也。善其事曰工。賚,予也。幾,期。式,法也。稷,疾。勑,固也。」箋:「我,我孝孫也。式,法。莫,無。愆,過。徂,往也。孝孫甚敬矣,於禮法無過者,祝以此故致神意,告主人使受嘏,既而以嘏之物往予主人。卜,予也。苾苾芬芬,有馨香矣。女之以孝敬享祀也,神乃歆嗜女之飲食,今予女之百福,其來如有期矣,多少如有法矣。此皆嘏詞之意。齊,減取也。『稷』之言『即』也。永,長。極,中也。嘏之禮,祝偏取黍稷牢肉魚,擩于醢以授尸,孝孫前就尸受之,天子使宰夫受之以筐,祝則釋嘏詞以勑之。又曰:長賜女以中和之福,是萬是億。言多無數。」○馬瑞辰云:「少牢饋食禮『皇尸命工祝』,鄭注:『工,官也。』書皋陶謨『百工』即『百官』。『工祝』,正對『皇尸』爲君尸言之,猶書言『官占』。傳言『善其事曰工』,非。」潛夫論敍録「詩有工祝」,用魯經文。「馥芬」至「貌也」,文選蘇武古詩注引韓詩及薛君文。衆經音義十四引韓詩同,惟無「薛君曰」三字。馬瑞辰云:「釋詁:『享,孝也。』享訓爲孝,故『享祀』亦謂之『孝祀』。論語『而致孝乎鬼神』，猶言『致享乎鬼神也。』箋謂『以孝敬享祀』，非。」

禮儀既備，鐘鼓既戒。孝孫徂位，工祝致告。神具醉止，皇尸載起。鼓鐘送尸，神保聿歸。諸宰君婦，廢徹不遲。諸父兄弟，備言燕私。【疏】傳：「致告，告利成也。皇，大也。燕而盡其私恩。」箋：「『鐘鼓既戒』，戒諸在廟中者，以祭禮畢，孝孫往位堂下西面位也。祝於是致孝孫之意，告尸以利成。具，皆也。皇，君也。『載』之言『則』也。尸，節神者也。神醉而尸謖送尸而神歸，尸出入，奏肆夏。尸稱君，尊之也。神安歸者，歸於天也。廢，去也。尸出而可徹，諸宰徹去諸饌，君婦籩豆而已。『不遲』，以疾爲敬也。祭祀畢，歸賓客之俎，同姓則留與之燕，所以尊賓客、親骨肉也。」○白虎通祭祀篇：「祭所以有尸者何？鬼神聽之無聲，視之無形，升自阼階，仰視榱桷，俯視几筵，其器存，其人亡，虛無寂寞，思慕哀傷，無所寫泄。故坐尸而食之，毀損其饌，欣然若親之飽。尸醉，若神之醉矣。詩云：『神具醉止，皇尸載起。』」此魯說。魏志文帝紀曹植誄「神具醉止」，明韓毛文同。

樂具入奏，以綏後祿。爾殽既將，莫怨具慶。既醉既飽，小大稽首。神嗜飲食，使君壽考。孔惠孔時，維其盡之。子子孫孫，勿替引之。【疏】傳：「綏，安也。安然後受福祿也。將，行也。替，廢。引，長也。」箋：「燕而祭時之樂復皆入奏，以安後日之福祿，骨肉歡而君之福祿安。女之殽羞已行，同姓之臣無有怨者，而皆慶君，是其歡也。『小大』，猶『長幼』也。同姓之臣燕已醉飽，皆再拜稽首，曰：神乃歆嗜君之飲食，使君壽且考。此其慶詞。惠，順也。甚順於禮，甚得其時，維君德能盡之，願子孫勿廢而長行之。」○易林臨之蒙：「神嗜飲食，使君壽考。」明齊毛文同。釋訓：「子子孫孫，引無極也。」舍人注：「子孫長行美道，引無極也。」此魯說。蔡邕九祝詞：「子子孫孫，勿替引之。」明魯、毛文同。韓詩外傳三傳曰：「喪祭之禮廢，則臣子之恩薄。臣子之恩薄，則背死忘生者衆。小雅曰：『子子孫孫，勿替引之。』言祭禮重也。」

楚茨六章，章十二句。

信南山【疏】毛序：「刺幽王也。不能修成王之業，疆理天下，以奉禹功，故君子思古焉。」○三家義未聞。

信彼南山，維禹甸之。【注】韓「甸」作「敶」。**畇畇原隰，曾孫田之。我疆我理，南東其畝。**

【疏】傳：「甸，治也。畇畇，墾辟貌。曾孫，成王也。疆，畫經界也。理，分地理也。或南或東。」箋：「信乎彼南山之野，禹治而丘甸之，今原隰墾辟，則又成王之所佃。言成王乃遠修禹之功，今王反不修其業乎？六十四井爲甸，甸方八里，居一成之中，成方十里，出兵車一乘，以爲賦法。」○「韓甸作敶」者，周官稍人「邱乘」，注：「乘，讀與『維禹敶之』之敶同。」賈疏云：「毛詩『維禹甸之』，不言『敶』者。鄭君先通韓詩，此據韓詩而言。」胡承珙云：「毛訓『甸』爲『治』者，『甸』讀爲『田』。說文：『田，敶也。』釋地李巡注：『田，軙也。謂軙列種穀之處。』夫軙列種穀，固有『治』義矣。韓字雖作『敶』，亦當同毛訓『治』。爾雅：『神，治也。』邵晉涵謂『神』爲『敶』之轉。又說文：『敶，理也。』『理』卽爲『治』，亦以聲近義同也。小司徒鄭注：『甸之言乘也。』『乘』亦可訓『治』，豳風『亟其乘屋』，箋云『乘，治』是也。此箋必申以『邱甸』者，以下文疆理南畝皆所以奉禹功，故又本『甸治』之意推而言之。賈疏謂鄭注韓詩爲說，『敶』是『軍陳』，故訓爲『乘』，殆未必然。」「畇畇原隰」者，馬瑞辰云：「均人注：『甸，均也。讀如「𤳉𤳉原隰」之𤳉。』玉篇：『𤳉，均也。』『𤳉』與『畇』音近而義同，作『𤳉』者蓋韓詩。『畇』，釋文云本亦作『畇』。小爾雅、廣雅並曰：『甸，治也。』『畇』卽『甸』也。『畇』亦『均』也，夏小正『農率均田』，『均田』卽『除田』，『除』卽『治』也。釋訓：『畇畇，田也。』正取『曾孫田之』爲訓。說文有『均』無『畇』。郝懿行謂『畇』卽『均』之或體。」「疆」者，謂定其大界。「理」者，細分其地脈也。「南東其畝」者。左成二年傳晉郤克伐齊，使齊之封內盡東其畝，賓媚人曰：「先王疆理天下，物土之宜，而布其利。今吾子疆理諸侯，而曰『盡東其畝』而已，唯吾子戎車是利，無顧土宜。」杜注：「晉之伐齊，循壟東行易。」蓋南東必因地勢，齊在晉東，故晉使東畝，爲不顧土宜也。又呂覽簡選篇「晉文公東衞之畝」，高注：「使衞耕者皆東畝，以遂晉兵也。」程瑶田云：「釋『阡陌』者皆言『南北曰阡，東西曰陌』。惟風俗通具二義，曰：『南北曰阡，東西曰陌』；『河東以東西爲阡，南北爲陌。』天下之川皆東流，故川橫則澮縱，洫又橫，溝又縱，遂又橫。遂橫者其畛必縱，而畝陳於東。是故東畝者，天下之大勢也。遂上有徑，當百畝之間，故謂之陌。其徑東西行，故曰『東西曰陌』也。遂上之徑東西行，則溝上之畛必南北行，畛當千畝之間，故謂之阡，而曰『南北曰阡』也。此阡陌之通義，出於東畝。東畝者，天下之大勢也。然亦有南畝者，河東之川獨南流，河爲川之最大者，而或南流，則其畝必南陳而爲南畝矣。南畝畛橫，則遂縱，徑亦縱，而爲南北行，豈不南北爲陌乎？溝橫，畛亦橫，而爲東西行，豈不東西爲阡乎？由是洫又縱，澮又橫，而川則縱而南流矣。河東之川，天下之大川也，而獨南流，故特舉之，以爲『東西爲阡，南北爲陌』之例。河至大伾又北流，則畫畝與河東川之南流者同爲南畝。而晉人欲使齊盡東其畝，此賓媚人所以有『無顧土宜』之斥也。『阡陌』之名，從遂人百畝千畝、百夫千夫生義。而匠人之『阡陌』，則因乎遂人而名之，義不係乎畝與夫之千百。命名之事，惟變所適，亦自然之勢也。」陳奐云：「詩言畝有南東，則阡陌亦必南東，程說足以證三代定畝之至意。天下之川，東西流者畝必東，南北流者畝必南，其大較也。河東之川南流，豳岐豐鎬在大河之西，其川與河東之川同是南流，其畝必南陳，故七月甫田大田載芟良耜等篇皆云『南畝』。此篇言疆理天下，故云『南東畝』也。」

上天同雲，【注】韓說曰：雪雲曰同雲。雨雪雰雰。【注】三家「雰」作「紛」。益之以霢霂。既優既渥，既霑既足，生我百穀。【疏】傳：「雰雰，雪貌。豐年之冬，必有積雪。小雨曰霢霂。」箋：「成王之時，陰陽和，風雨時，冬有積雪，春而益之以小雨，潤澤則饒洽。」○「雪雲曰同雲」者，藝文類聚二、御覽十二引韓詩外傳文。又云：「凡草木花多五出，雪花獨六出者，陰極之數。雪花曰霙。」又云：「自上而下曰雨雪。」（初學記二、歲華紀麗一之四。）陳喬樅云：「初學記：『同雲，謂陰雲竟天，同爲一色。』又埤雅引詩『上天同雲』而釋之曰：『冬爲上天，燠則雲暘而異，寒則雲陰而同。』故韓詩以『雪雲』爲『同雲』也。」「三家雰作紛」者，白帖二兩引詩「雨雪紛紛」，與毛異。說文「雰」即「氛」字，云「祥也」，與「雪」無涉。蔡邕九惟文「上天同雲」，明魯毛文同。釋天：「小雨謂之霡霂。」說文「霡」下訓義同。徐鍇引詩「潤之以霡霂」，「益」作「潤」，蓋韓詩異字。又「瀀」下云：「澤多也。」引詩「既瀀既渥」，亦據三家文。毛作「優」，同音通叚。「霑」下云：「雨䨿也。」「渥」下云：「霑也。」「浞」下云：「濡也。」「足」，亦「浞」之借字。

疆場翼翼，黍稷彧彧。曾孫之穡，以爲酒食。畀我尸賓，壽考萬年。【疏】傳：「場，畔也。翼翼，讓畔也。彧彧，茂盛貌。」箋：「斂稅曰穡。畀，予也。成王以黍稷之稅爲酒食，至祭祀齊戒，則以賜尸與賓。尊尸與賓，所以敬神也。敬神，則得壽考萬年。」

中田有廬，疆場有瓜。【注】韓「疆」作「壃」。是剝是菹，獻之皇祖。曾孫壽考，受天之祜。【疏】傳：「剝瓜爲菹也。」箋：「中田，田中也。農人作廬焉，以便其田事，於畔上種瓜。瓜成又入其稅，天子剝削淹漬以爲菹。貴四時之異物。皇，君。祜，福也。獻瓜菹於先祖者，順孝子之心也，孝子則獲福。」○呂覽孟春紀高注：「詩曰：『中田有廬，疆場有瓜。』無休廢也。」引經明魯毛文同。「疆作壃」者，韓詩外傳四：「古者八家而井田，方里爲一井。廣三百步，長三百步爲一里，其田九百畝。廣一步，長百步爲一畝。廣百步，長百步爲百畝。八家爲鄰，家得百畝。餘夫各得二十五畝。家爲公田十畝，餘二十畝爲廬舍，各得二畝半。八家相保，出入更守，是以其民和親而相好。詩曰：『中田有廬，疆場有瓜。』」「疆」作「壃」，見詩考。今本仍作「疆」，乃誤改。史記晉世家「出壃乃免」，與「疆」同也。又周禮載師賈疏、衆經音義十三引皆作「畺」。説文：「畺，界也。」重文「疆」，從土、彊。疆從「土」，則「壃」卽「疆」之省文。陳喬樅云：「此與穀梁傳及漢書食貨志合。穀梁魯詩同一師傳，班固漢志皆用齊詩，是三家義同。穀梁傳曰：『古者什一藉而不稅。三百步爲里，名曰井田。井田者九百畝，公田居一。私田稼不善則非吏，公田稼不善則非民。』又曰：『古者公田爲居，井竈蔥韭盡取焉。』食貨志曰：『井方一里，是爲九夫。八家共之，各受私田百畝，公田十畝，是爲八百八十畮，餘二十畝以爲廬舍。出入相友，守望相助，民是以和睦，而教化齊同，力役生產，可得而平也。其家衆男爲餘夫，亦以口受田如此。民年二十受田，六十歸田。種穀必雜五種，以備災害。田中不得有樹，用妨五穀。還廬樹桑，菜茹有畦，瓜瓠果蓏，殖於疆易。在壄曰廬，在邑曰里。於里有序，而鄉有庠。春令民畢出在壄，冬則畢入於邑，所以順陰陽，備寇賊，習禮文也。』穀梁傳言『古者公田爲居』云云，食貨志言『公田餘二十畝』云云，正此詩所謂『中田有廬，疆場有瓜』也。公羊傳曰：『古者什一而藉。什一者，天下之中正也。』何休注：『聖人制井田之法，而口分之。一夫一婦，受田百畝，以養父母妻子。五口爲一家，公田十畝，卽所謂什一而稅也。廬舍二畝半，凡爲田一頃十二畝半，八家而九頃，共爲一井，故曰井田。廬舍在內，貴人也。公田次之，重公也。私田在外，賤私也。多於五口，名曰餘夫，以率受田二十五畝。在田曰廬，在邑曰里。五穀畢入，民皆居宅，男女同巷，相從夜績，至於夜中。女功一月得四十五日，作從十月，盡正月止。男女有所怨恨，相從而歌；饑者歌其食，勞者歌其事。男年六十，女年五十者，官衣食之，使之民間求詩，鄉移於邑，邑移於國，國以聞於天子。故王者不出牖戶而知天下所苦，不下堂而知四方。』説亦與食貨志同。公羊爲齊學，邵公用魯詩，其所述多齊魯詩義。范甯穀梁注卽用邵公語，他如趙岐之注孟子、宋均之注樂緯，咸同此說，其義甚古，不可易也。詩孔疏乃以諸儒爲失，其說非是。」馬瑞辰曰：「說文：『廬，寄也。秋冬去，春夏居。』古者井田之制，私田在外，公田在中，廬又在公田之中，故曰『中田有廬』。詩正義拘孟子『九一而助』之說，謂鄭以爲助則九而助一，貢則十一而貢一，通率而什中取一，因謂古無公田二十畝爲廬舍之說。案孟子所云皆『什一』者，正謂十一分而取其一。詩正義以什一使自賦，謂什一而貢一，是也。而以九一爲九而助一，則非。『九一而助』，舉其大數，實則除去廬舍二十畝，爲八百八十畝，八家各得田一百二十畝，只稅其十畝，正爲什一而稅其一，此孟子所謂『其實皆什一』也。攷工記匠人賈疏以爲『什外取一』，亦什一而取一之義。先儒或以『什一』爲什而取一，則與經文『其實皆什一』爲不合矣。」易林小過之漸：「中田有廬，疆場有瓜。進獻皇祖，曾孫壽考。」用齊經文。

祭以清酒，從以騂牡。享于祖考，執其鸞刀。以啟其毛，取其血膋。【疏】傳：「周尚赤也。鸞刀，刀有鸞者。言割中節也。」箋：「清，謂玄酒也。酒，鬱鬯，五齊三酒也。祭之禮，先以鬱鬯降神，然後迎牲。『享于祖考』，納亨時。毛以告純也。膋，脂膏也。血以告殺，膋以升臭，合之黍稷，實之於蕭，合馨香也。」○「從」，獻也。孔疏：「從，是相亞之詞。」御覽五百二十四引詩「享以祖考」，「于」作「以」，連上爲三「以」，與下三「其」字應，蓋本三家文。公羊宣十二年何注：「鸞刀，宗廟割切之刀，環有和，鋒有鸞也。」禮郊特牲云：「割刀之用，而鸞刀之貴，貴其義也，聲和而後斷也。」張衡東京賦：「執鸞刀以祖割。」用魯經文。「鸞」，考文本作「鑾」。說文「鑾」从「金」、从「鸞」省，訓爲「鸞鈴，象鸞鳥聲和」，與公羊說「鸞刀」義正合。「膋」，說文引詩作「膫」，云「牛腸脂也」。「膋」即「膫」之重文。毛作「膋」，知三家作「膫」。郊特牲「膟膋」，鄭訓「腸間脂也」。祭義「膟膋」，鄭又訓「血與腸間脂也」。初無定說。而祭義釋文引字林，「膋」是「牛腸間脂也」，與說文合，是說文義爲确矣。

是烝是享，苾苾芬芬。【注】魯「苾」作「馥」。祀事孔明，先祖是皇。報以介福，萬壽無疆。

【疏】傳：「烝，進也。」箋：「既有牲物而進獻之，苾苾芬芬然香，祀禮於是則甚明也。『皇』之言『暀』也，先祖之靈歸暀是孝孫，而報之以福。」○「魯苾作馥」者，蔡邕司空臨晉侯楊公碑「馥馥芬芬」，是用魯詩。何晏景福殿賦亦云「馥馥芬芬」。廣雅釋訓：「馥馥、芬芬，香也。」皆據魯文。邕碑「祀事孔明」，明魯毛文同。

信南山六章，章六句。

谷風之什十篇，五十四章，三百五十六句。

詩三家義集疏卷十九

詩小雅

甫田之什第十九

甫田【疏】毛序：「刺幽王也。君子傷今而思古焉。」箋：「刺者，刺其倉廩空虛，政煩賦重，農人失職。」○三家義未聞。

倬彼甫田，歲取十千。【注】韓「倬」作「菿」。我取其陳，食我農人，自古有年。今適南畝，或耘或耔，黍稷薿薿。【注】齊「耘」作「芸」，「耔」作「芓」，「薿」作「儗」。攸介攸止，烝我髦士。【疏】傳：「倬，明貌。『甫田』，謂天下田也。『十千』，言多也。尊者食新，農夫食陳。耘，除草也。耔，雝本也。烝，進。髦，俊也。治田得穀，俊士以進。」箋：「『甫』之言『丈夫』也。明乎彼大古之時，以丈夫稅田也。『歲取十千』，於井田之法，則一成之數也。九夫爲井，井稅一夫，其田百畝。井十爲通，通稅十夫，其田千畝。通十爲成，成方十里，成稅百夫，其田萬畝。欲見其數，從井通起，故言『十千』。上地穀畝一鍾。倉廩有餘，民得賒貰取食之，所以紓官之蓄滯，亦使民愛存新穀，自古者豐年之法如此。『今』者，今成王之法也。使農人之南畝，治其禾稼，功至力盡，則薿薿然而茂盛。於古言稅法，今言治田，互辭。介，舍也。禮，使民鋤作耘耔，閒暇則於廬舍及所止息之處，以道藝相講肄，以進其爲俊士之行。」○玉篇草部：「菿，都角切。韓詩『菿彼圃田』，毛作『倬』，又音『到』。」詩釋文：「倬，韓詩作『箌』，云：『箌，卓也。』」釋詁：「箌，大也。」邢疏：「韓詩云：『箌彼圃田。』」陳喬樅云：「此釋文譌『菿』爲『箌』也。」盧文弨曰：「徐鯤謂說文無『箌』字，惟玉篇竹部有之，云：『捕具也。』又作『罩』，是『箌』即『罩』之異文。廣韻三十七號：『箌，大也。』又四覺『菿』字注引說文云：『草大也。』今本說文作『草木倒』，『木倒』乃『大也』二字之譌。據此，則韓詩本作『菿』字可知。釋詁郭注：『箌義未聞。』郭璞豈不見韓詩，使韓果作『箌』字，何云『未聞』耶？然其誤自陸德明始而邢昺因之。」「齊耘作芸，耔作芓，薿作儗」者，漢書食貨志：「后稷始甽田，以二耜爲耦，廣尺、深尺曰甽，長終畝。一畝三甽，一夫三百甽，而播種于甽中。苗生葉其上，稍耨隴草，因隤其土，以附苗根。故其詩曰：『或芸或芓，黍稷儗儗。』芸，除草也。芓，附根也。言苗稍壯，每耨輒附根，比盛暑，隴盡而根深，能風與旱，故儗儗而盛也。」甸師鄭注：「耨，芸芓也。」即用齊詩說。揚雄逐貧賦「或耘或耔」，明魯毛文同。文選魏都賦李注引韓詩章句：「介，界也。」胡承珙云：「箋以『介』爲『舍』，廬舍必於界上，是鄭義本韓。」陳奐云：「介，大也。止，猶息也。言長大其黍稷，休息其民人也，與二章云『以介我稷黍』、『以穀我士女』文義同。」黃山云：「甫田之詩，託諷農民農人。其稱『我』者，皆自我也，與豳風『食我農夫』當同。」「取其陳」者，以自食。待其新者，備歲取之常供爾。方薿薿而期其介止。介，當如陳說。止，至也，至於得穀也。生民傳訓「攸止」爲「福祿所止」，即此義。田畯，以農夫之俊者爲之。釋言：「髦，俊也。」又曰：「髦，士官也。」田畯，農夫也。」則似專爲此詩立訓。三章「田畯」之畯，釋文：「本又作俊。」是傳之以「俊」訓「髦」，即以髦士爲田畯之官。農人獻新，田畯致之，故傳「治田得穀，髦士以進」連言，是爲一事矣。箋以爲「進其俊士之行」，非詩恉。言治田得穀，明就農人言，非就王言也。

以我齊明，與我犧羊，以社以方。我田既臧，農夫之慶。琴瑟擊鼓，以御田祖，以祈甘雨，以介我稷黍，以穀我士女。【疏】傳：「器實曰齊。在器曰盛。社，后土也。方，迎四方氣於郊也。田祖，先嗇也。穀，善也。」箋：「以絜齊豐盛，與我純色之羊，秋祭社與四方。爲五穀成熟，報其功也。臧，善也。我田事已善，則慶賜農夫。謂大蜡之時，勞農以休息之也。年不順成，則八蜡不通。御，迎。介，助。穀，養也。設樂以迎祭先嗇，謂郊後始耕也。以求甘雨，佑助我禾稼，我當以養士女也。周禮曰：『凡國祈年于田祖，吹豳雅，擊土鼓，以樂田畯。』」○「齊明」，猶「明齊」，即左傳「絜齊」也。續漢禮儀志補注引蔡邕禮樂志：「社稷樂，詩所謂『琴瑟擊鼓，以御田祖』者也。」風俗通義八：「周禮說：『二十五家置一社，但爲田祖報求。』詩曰：『乃立冢土。』又曰：『以御田祖，以祈甘雨。』」據蔡說，魯「御」作「迎」，風俗通作「御」，蓋後人據毛改之。漢書郊祀志引詩曰：「以御田祖，以祈甘雨。」明齊毛文同。黃山云：「詩言『田臧』，未言稼同，言『祈』未言『報』。田臧者，特無螟螣蟊賊之害爾。箋輒以五穀成熟報功爲說，非也。首章『或芸或芓，黍稷儗儗』，齊說以爲苗稍壯，則尚未秀實明矣。三章『禾易長畝，終善且有』，祝其終有，則尚未收穫明矣。『如茨如梁』，詠在末章，必無於次章言報功之理。箋援古文之說，謂『秋祭社與四方』。既秋祭矣，又以爲八蜡，蜡則冬祭也，尤無定說。蓋『以社』者，蔡邕所謂春藉田祈社稷也。『以方』者，亦邕所謂春夏祈穀於上帝也。『御田祖』者，班固所謂享先農也。『祈甘雨』者，皇甫謐所謂時雩旱禱也。皆春夏王者重農所有事，詩歷言之，不必如箋說。」

曾孫來止，以其婦子，饁彼南畝，田畯至喜。攘其左右，嘗其旨否。禾易長畝，終善且有。曾孫不怒，農夫克敏。【疏】傳：「易，治也。長畝，竟畝也。敏，疾也。」箋：「『曾孫』，謂成王也。『攘』，讀當爲『饟』。饁，饟饋也。『田畯』，司嗇，今之嗇夫也。『喜』，讀爲『饎』。饎，酒食也。成王來止，謂出觀農事也，親與后、世子行，使知稼穡之艱難也。爲農人之在南畝者，設饋以勸之，司嗇至則又加之以酒食，饟其左右從行者。成王親爲嘗其饋之美否，示親之也。禾治而竟畝，成王則無所責怒，謂此農夫能自敏也。」○胡承珙云：「曹氏云：『攘，卻也。謂田畯之官御除其左右之從者，親嘗其饁之旨否。言其上下相親之甚也。』」黃山云：「『曾孫』，爲農人親暱其君之稱。上章社方御祈，美王之勸農。此章述王之愛農也。言王來田間，見婦子饁饟，卻左右而試嘗其食之旨否，亦示親暱爾，故曰『曾孫不怒』，謂不怒婦子之無知，正喜農夫之克敏也。然則『攘』義當如胡說，『嘗』則不當屬之田畯。『田畯』連上三句，數見他篇，亦不必相牽爲說也。」

曾孫之稼，如茨如梁。曾孫之庾，如坻如京。乃求千斯倉，乃求萬斯箱。黍稷稻粱，農夫之慶。報以介福，萬壽無疆。【疏】傳：「茨，積也。梁，車梁也。京，高丘也。」箋：「稼，禾也，謂有藁者也。茨，屋蓋也。上古之稅法，近者納穗，遠者納粟米。庾，露積穀也。坻，水中之高地也。成王見禾穀之稅，委積之多，於是求千倉以處之，萬車以載之。是言年收踰前也。慶，賜也。年豐則勞賜農夫益厚，既有黍稷，加以稻粱。『報』者，爲之求福助於八蜡之神，萬壽無疆竟也。」○黄山云：「『曾孫之稼』四句，幸公田之獲多。『乃求千斯倉』四句，祈私田之大有。『報』者，神報王之勸農愛農，而畀以福壽，二句皆頌王之詞爾。此篇箋說多不倫，王肅孫毓重疑之。如此章以納穗、納粟、遠近爲說，成王巡田，所至本有近無遠也。又以求倉、箱屬成王，則穗粟仍非自民納之，而司稼庾倉之官爲虛設矣。何其無定說也。」

甫田四章，章十句。

大田【疏】毛序：「刺幽王也。言矜寡不能自存焉。」箋：「幽王之時，政煩賦重，而不務農事，蟲災害穀，風雨不時，萬民饑饉，矜寡無所取活，故時臣思古以刺之。」○三家義未聞。

大田多稼，既種既戒，既備乃事。以我覃耜，【注】魯「覃」作「剡」。俶載南畝。播厥百穀，既庭且碩，曾孫是若。【疏】傳：「覃，利也。庭，直也。」箋：「大田，謂地肥美可墾耕，多爲稼，可以授民者也。將稼者必先相地之宜而擇其種。季冬，命民出五種，計耦耕事，修耒耜，具田器，此之謂『戒』。是既備矣，至孟春土長冒橛，陳根可拔而事之。『俶』，讀爲『熾』。『載』，讀爲『菑栗』之菑。時至，民以其利耜熾菑，發所受之地，趨農急也。田一歲曰菑。碩，大。若，順也。民既熾菑，則種其衆穀。衆穀生，盡條直茂大。成王於是則止力役以順民事，不奪其時。」○「魯覃作剡」者，釋詁：「剡，利也。」郭注：「詩曰：『以我剡耜。』」陳喬樅云：「郭注是據舊注魯詩之文。張衡東京賦『介御間以剡耜』，衡習魯詩，可互證也。淮南氾論訓『古者剡耜而耕』，字亦作『剡』，皆從魯文。毛作『覃』，叚借字。」陳奐云：「箋讀『載俶』爲『熾菑』，非也。菑，一歲休耕之田，不得播穀。」王逸楚詞九章注：「播，種也。詩曰：『播厥百穀。』」明魯毛文同。箋訓「播厥百穀」爲「種其衆穀」，亦於魯說合。

既方既皁，既堅既好，不稂不莠。去其螟螣，及其蟊賊，無害我田穉！田祖有神，秉畀炎火。【注】韓「秉」作「卜」，卜，報也。【疏】傳：「實未堅者曰皁。稂，童粱也。莠，似苗也。食心曰螟，食葉曰螣，食根曰蟊，食節曰賊。炎火，盛陽也。」箋：「方，房也，謂孚甲始生而未合時也。盡生房矣，盡成實矣，盡堅熟矣，盡齊好矣，而無稂莠。擇種之善，民力之專，時氣之和所致之。四蟲者恆害我田中之穉禾，故明君以正己而去之。螟螣之屬，盛陽氣嬴則生之。今明君爲政，田祖之神不受此害，持之付與炎火，使自消亡。」○馬瑞辰云：「說文：『螟，蟲食穀心者。吏冥冥犯法卽生螟。』二徐本『心』誤作『葉』。藝文類聚開元占經引說文作『食穀心』，段從之，是也。釋文：『螣，或作蟘。』說文作蟘。』『蟘』，二徐本作『蟘』，云：『蟲食苗葉者，吏乞貸則生蟘。』『蟘』，當從釋文引作『蟘』。蟘本字，螣借字。『蟘』，又借作『蜮』。呂覽任地篇『又無螟蜮』，注：『蜮或作螣。』後漢明帝紀亦云『去其螟蜮』。春秋莊十八年『秋有蜮』，當讀爲『螟蜮』之蜮。劉向服虔並以爲『短弧』，非。『蟊』者，『𧖅』之借。說文：『𧖅，食草根者。从蟲，弔象形。吏抵冒取民財則生。』

『蝨』，或作『蝥』，古文作『蛑』。古務、牟同聲，或作『蝥』者，猶『務光』一作『牟光』也。其字亦省作『牟』，漢書景帝詔『侵牟萬民』，李奇曰『牟，食苗根蟲』是也。『賊』，玉篇作『蠈』，蓋後人增益之字，古止作『賊』。」易林坤之革：「螟蟲爲賊，害我五穀。」用齊經文。說文有「螟」、「貣」、「蝨」而無「賊」，齊家蓋亦以三者皆爲賊，非有四也。「秉作卜，卜，報也」者，釋文引韓詩文。段玉裁云：「『卜畀』，猶俗言『付與』也。」爾雅：「卜，予也。」胡承珙云：「白虎通蓍龜云：『卜，赴也。』小爾雅：『赴，疾也。』禮少儀、喪服小記注並云『報』讀爲『赴疾』之赴，是訓『卜』爲『報』，猶訓『卜』爲『赴』。『卜畀炎火』者，謂亟取而畀之炎火也。」

有渰萋萋，興雨祁祁。【注】齊「渰」作「黤」，魯作「晻」，韓作「弇」。齊「萋」作「淒」。三家「興雨」作「興雲」。雨我公田，遂及我私。彼有不穫穉，此有不斂穧。彼有遺秉，此有滯穗，伊寡婦之利。【疏】傳：「渰，雲興貌。萋萋，雲行貌。祁祁，徐也。秉，把也。」箋：「古者陰陽和，風雨時，其來祁祁然而不暴疾。其民之心，先公後私，令天主雨於公田，因及私田爾。此言民怙君德，蒙其餘惠。」成王之時，百穀既多，種同齊孰，收刈促遽，力皆不足，而有不穫不斂、遺秉滯穗，故聽矜寡取之以爲利。」○「齊渰作黤」者，漢書食貨志：「先王制土處民富而教之，故民皆勸功樂業，先公而後私。其詩曰：『有黤淒淒，興雨祁祁。雨我公田，遂及我私。』」詩釋文云：「有渰，漢書作『黤』。」王應麟詩攷作「渰」，與今本同，已非善本矣。盧文弨云：「顏氏家訓始謂『興雲』當作『興雨』，陸釋文從之。趙明誠金石録載無極山碑，有曰『興雲祁祁，雨我公田，遂及我私』，乃知漢以前本皆作『興雲』。顏氏但以班固靈臺詩『祁祁甘雨』爲證，豈諸書皆可廢乎？」愚案：盧說是也。自顏氏誤改，而桓寬鹽鐵論水旱篇所引之『有渰萋萋』二句，後漢左雄傳所引之『有渰淒淒』四句，用齊詩者皆改爲『興雨』矣。「魯作晻」者，呂覽務本篇：「詩云：『有晻淒淒，興雲祁祁。雨我公田，遂及我私。』」

高注：「詩小雅大田之三章也。晻，陰雲也。陰陽和，時雨祁祁然不暴疾也。古者井田十一而稅，公田在中，私田在外，民有禮讓之心，故願先公田而及私也。」案，所引魯詩也。韓詩外傳八引小雅曰：「『有渰淒淒，興雲祁祁』。以是知太平之無飄風暴雨明矣。」陳喬樅云：「詩攷引外傳作『有弇』，今已爲後人改作『渰』。御覽八百七十二引作『黭』。」「三家妻作淒，興雨作興雲」者，引已見上。段玉裁云：「古人止言『降雨』、『下雨』，無言『興雨』者。『興雲祁祁，雨我公田』，猶白華詩之『英英白雲，露彼菅茅』，語意相似。」漢書蕭望之傳議曰：「詩云：『雨我公田，遂及我私。』下急上也。」此齊說也。趙岐孟子章句云：「太平時民悅其上，願欲天之先雨公田，遂以次及我私田也。」此魯說也。馬瑞辰云：「『穉』有二義，閟宮詩傳：『先種曰稙，後種曰穉。』說文：『穉，幼禾也。』繫傳本下有『晚種後熟者』五字。是禾之幼者曰穉，禾之晚種者亦曰穉。此詩『無害我田穉』，謂幼禾也。『彼有不穫穉』，謂晚種後熟者也。」禮坊記：「詩云：『彼有遺秉，此有不斂穧，伊寡婦之利。』」鄭注：「言穫者之遺餘，捃拾所以爲利。」聘禮鄭注：「秉，謂刈禾盈手之秉也。筥，穧名也。」繁露制度篇孔子曰：「『君子不盡利以遺民。詩云：『彼有遺秉，此有不斂穧，伊寡婦之利。』』」馬瑞辰云：「說文：『穧，穫刈也。一曰撮也。』『撮』卽聚把之稱，是穫禾謂之穧，聚禾成把亦謂之穧。此詩『不斂穧』，當從說文『撮也』之訓。釋文以『穧穫』當之，非。聘禮記『四秉曰筥』，鄭注：『筥，穧名也，今淶易之間刈稻聚把，有名爲筥者。』是『穧』卽『筥』之別名。」愚案：穉、穗皆禾名，秉、穧皆禾秉名。「秉」與「穧」相對成文，則「穗」當與「穉」二句相屬，蓋齊與毛異。

曾孫來止，以其婦子，饁彼南畝，田畯至喜。來方禋祀，以其騂黑，與其黍稷，以享以祀，以介景福。【疏】傳：「騂，牛也。黑，羊豕也。」箋：「喜，讀爲『饎』。饎，酒食也。成王出觀農事，饋食耕者，以勸之也。司嗇至，則又加之以酒食，勞倦之爾。成王之來，則又禋祀四方之神，祈報焉。陽祀用騂牲，陰祀用黝牲。」〇案，禮曲禮鄭注：「祭四方，謂祭五官之神于四郊也。句芒在東，祝融后土在南，蓐收在西，玄冥在北。詩云：『來方禋祀。』『方祀』者，各祭其方之官而已。」黄山云：「此篇託諷，與甫田同。『甫田』爲天下民田，則『大田』當爲藉田。帝藉之收於神倉，以供天地宗廟百神之祀，故末章『來方禋祀』、『以享以祀』並言之，亦非如箋說之專爲『祈報』也。此『來』字，如『聿追來孝』之來，當訓爲『勤』。『方』者，方祀。『禋』者，禋祀。『祀』者，祀神。『享』者，享鬼。故牲有騂黑陰陽之別。牧人鄭注：『陽祀南郊宗廟，陰祀北郊上帝。』而方祀尚在其外，足知所包者廣。曲禮引詩『來方禋祀』，特就詩中『方祀』一事爲證耳。禋祀之昊天上帝，非方祀所敢用。祀者大事，抑非可因觀農事來行之。箋乃曰『成王之來，則又禋祀四方之神，祈報焉』，悖矣。鄭注禮多用齊說，知五官四郊卽齊家此詩『方』字之說也。韓詩外傳三：『人事倫則順於鬼神，順於鬼神則降福孔偕。詩曰：「以享以祀，以介景福。」』是韓說亦非指祈報矣。」愚案：以上引詩，明齊韓毛文同。

大田四章，二章章八句，二章章九句。

瞻彼洛矣【疏】毛序：「刺幽王也。思古明王能爵命諸侯，賞善罰惡焉。」○三家義見下。

瞻彼洛矣，【注】魯說曰：「洛出獵山東南，流入渭。」維水泱泱。君子至止，福祿如茨。韎韐有奭，【注】魯「奭」作「赩」。以作六師。【疏】傳：「興也。洛，宗周漑浸水也。泱泱，深廣貌。『韎韐』者，茅蒐染韋也，一入曰韎韐，所以代韠也。天子六軍。」箋：「瞻，視也。我視彼洛水，灌漑以時，其澤浸潤，以成嘉穀。興者，喻古明王恩澤加於天下，爵命賞賜，以成賢者。『君子至止』者，謂來受爵命者也。爵命爲福，賞賜爲祿。茨，屋蓋也。如屋蓋，喻多也。此諸侯世子也，除三年之喪，服士服而來，未遇爵命之時。時有征伐之事，天子以其賢，任爲軍將，使代卿士將六軍而出。韎者，茅蒐染也。茅蒐，韎聲也。韎韐，祭服之韠，合韋爲之，其服爵弁服紂衣纁裳也。」○案，「洛出獵山東南，流入渭」

者，淮南墬形訓「洛出獵山」，高注：「獵山在北地西北夷中，洛東南流入渭。詩『瞻彼洛矣，維水泱泱』是也。」此高用魯説也。漢地理志：「北地郡歸德。洛水出北蠻夷中，入河。」（二字衍。）「左馮翊褱德。禹貢洛水東南入渭。」漢歸德縣，今甘肅慶陽府安化、合水二縣地，爲洛水出源處。王引之云：「毛傳原文當作『韎染韋也』。今本『韎』下有『者茅蒐』三字，此涉鄭箋『韎者茅蒐染』而誤衍也。蓋毛以染韋一入之色爲韎，而不以茅蒐爲韎，故曰：『韎，染韋也，一入曰韎。』鄭以『韎』爲『茅蒐』之合聲，則以茅蒐爲韎，而不以一入爲韎，故曰『韎者，茅蒐染。茅蒐，韎聲也。』若毛以茅蒐爲韎，則與『一入曰韎』之文自相違戾。且毛既云『韎者茅蒐染韋』，則鄭不須更云『韎者茅蒐染』矣。孔陸所見已是誤本，故不言鄭與毛異耳。」

「魯奭作絶」者，白虎通爵篇：「世子上受爵命，衣士服何？謙不敢自專也，故詩曰：『韎韐有絶。』謂世子始行也。」陳喬樅云：「白虎通以此詩首章爲世子始行，衣士服而上受爵命，本於魯詩之説。鄭箋三章俱就世子言，與白虎通合，亦據魯詩爲解也。又孔疏引鄭駁異義云：『韎，草名，齊魯之間言韎韐，聲如茅蒐，字當作韎。陳留人謂之蒨。』是箋以『茅蒐』爲『韎韐』聲，皆用魯訓。」愚案：「奭」，魯作「絶」，絶、奭並訓「赤」，音義相通。世子除喪，士服來朝，既見天子而受福禄，已爵命之矣。適有征伐而任軍將，則服韎韐以奮起六師，言其賢而材也。

瞻彼洛矣，維水泱泱。君子至止，鞞琫有珌。君子萬年，保其家室。【疏】傳：「鞞，容刀鞞也。琫，上飾。珌，下飾也。天子玉琫而珧珌，諸侯璗琫而璆珌，大夫鐐琫而鏐珌，士珕琫而珕珌。」箋：「此人世子之賢者也，既受爵命賞賜，而加賜容刀有飾，顯其能制斷。德如是則能長安其家室親。家室親安之尤難，安則無篡殺之禍也。」○胡承珙云：「公劉傳：『下曰鞞，上曰琫。』並不言飾，可見鞞爲刀室，琫珌所以飾鞞。左傳『藻率鞞鞛』，『鞛』卽『琫』也，（集韻：「琫」或作「鞛」。）此亦『鞞鞛』連文而不及『珌』，與公劉同。杜注乃云：『鞞，刀削上飾。鞛，佩刀下飾。』宜劉炫規其過也。正義：『傳因琫珌歷道尊卑，不知出何書。』說文：『琫，佩刀上飾也。天子以玉，諸侯以金。』『珌，佩刀下飾。天子以玉』。段注：『毛傳「天子以珧」，說文：「珧，蜃甲。天子玉琫而珧珌。」此當作天子以珧，諸侯以玉。』又說文：『珕，蜃屬。禮：佩刀，士珕琫而珧珌。』『璗，金之美者，與玉同色。禮：佩刀，諸侯璗琫而璆珌。』段云：『天子玉琫珧珌，備物也。諸侯璗琫璆珌，讓於天子也。璆，美玉也。天子玉上，諸侯玉下，故曰讓於天子也。大夫鐐琫鏐珌，銀上金下也。士珕琫珧珌。珧有玉珧之稱，貴於珕。自諸侯至士皆下美於上，惟天子上美於下。』案，說文與傳互異。天子蓋琫珌異物，若諸侯璗琫鏐珌，黃金爲璗，其美者爲鏐，是諸侯琫珌同以金爲之，所以別於天子也。王莽傳『瑒琫瑒珌』，『瑒』與『璗』同，亦上下皆用金之證。（孟康云：「瑒，玉名。」非是。）大夫皆以鐐爲之，士皆以珕爲之。說文：『諸侯璆珌，士珧珌。』恐是傳寫之誤。」公羊莊四年何休解詁：「詩云：『君子萬年。』」明魯毛文同。

瞻彼洛矣，維水泱泱。君子至止，福祿既同。君子萬年，保其家邦。【疏】箋：「此人世子之能繼世位者也，其爵命賞賜，盡與其先君受命者同而已，無所加也。」

瞻彼洛矣三章，章六句。

裳裳者華【疏】毛序：「刺幽王也。古之仕者世祿，小人在位，則讒諂並進，棄賢者之類，絕功臣之世焉。」箋：「古者，古昔明王時也。小人，斥今幽王也。」○三家無異義。

裳裳者華，【注】魯韓「裳」作「常」。其葉湑兮。我覯之子，我心寫兮。我心寫兮，是以有譽處兮。【疏】傳：「興也。裳裳，猶堂堂也。湑，盛貌。」箋：「興者，華堂堂於上，喻君也；葉湑然於下，喻臣也。明王賢臣，以德相承而治道興，則讒諂遠矣。覯，見也。『之子』，是子也，謂古之明王也。言我得見古之明王，則我心所憂寫而去矣。

我心所憂既寫，則是君臣相與聲譽常處也。『憂』者，憂讒諂並進。」○「魯韓裳作常」者，廣雅釋訓：「常常，盛也。」是此詩「裳裳」之異文。說文「常」或作「裳」。廣雅所引魯韓詩，蓋作「常常」。「湑」，猶「湑湑」也。言賢者功臣世澤之盛，如此華葉之茂也。「之子」，指世祿者。言我見之子，則我心爲之輸寫也。我心爲之輸寫兮，是以衆口交推，常安樂而處之兮。「譽處」，義與蓼蕭篇同，不作「聲譽」解。

裳裳者華，芸其黄矣。我覯之子，維其有章矣。維其有章矣，是以有慶矣。【疏】傳：「芸，黄盛也。」箋：「華芸然而黄，興明王德之盛也。不言葉，微見無賢臣也。章，禮文也。言我得見古之明王，雖無賢臣，猶能使其政有禮文法度。政有禮文法度，是則我有慶賜之榮也。」○馬瑞辰云：「『芸』者，『賱』之借字。說文：『賱，物數紛賱亂也。』今作『紛紜』，賱謂多則盛也。」不言葉，畧也。言我覯世祿之子，維其有章服之美矣。維其有章服之美，是則由明王篤念賢者功臣之後，加之慶賜矣。

裳裳者華，或黄或白。我覯之子，乘其四駱。乘其四駱，六轡沃若。【疏】傳：「言世祿也。」箋：「華或有黄者，或有白者，興明王之德時有駁而不純。我得見明王德之駁者，雖無慶譽，猶能免於讒諂之害，守我先人之祿位，乘其四駱之馬，六轡沃若然。」○「或黄或白」，言雜色俱極其盛，非有所貶抑也。我覯世祿之子，得乘四駱之馬，其六轡潤澤而沃然，我則居此世爲可幸也。蔡邕集胡廣黄瓊頌「沃若六轡」，用魯經文。

左之左之，君子宜之。右之右之，君子有之。維其有之，是以似之。【注】魯「維」作「唯」。

【疏】傳：「左，陽道，朝祀之事。右，陰道，喪戎之事。似，嗣也。」箋：「『君子』，斥其先人也。多才多藝，有禮於朝，有功於國。維我先人有是二德，故先王使之世祿，子孫嗣之。今遇讒諂並進，而見棄絶也。」○說苑修文篇：「詩曰：『左之左之，君子宜之。右之右之，君子有之。』傳曰：『君子無所不宜也。』是故韠冕厲戒立於廟堂之上，有司執事無不敬者。斬衰裳苴絰杖立於喪次，賓客弔唁無不哀者。被甲纓冑立於桴鼓之間，士卒莫不勇者。故仁足以懷百姓，勇足以安危國，信足以結諸侯，强足以拒患難，威足以率三軍。故曰爲左亦宜，爲右亦宜。爲君子無不宜者，此之謂也。」陳喬樅以說苑所引詩傳即魯詩傳之文，與荀子不苟篇引詩，「言君子能以義屈伸變應」，韓詩外傳言「周公事文武成三王，三變以應時」諸說合。「君子」，即謂世祿之子。言明王能厚愛賢者，功成之後，其後人自能嗣美而克副上之任使矣。「魯維作唯」者，新序雜事一：「唯善，故能舉其類，詩曰：『唯其有之，是以似之。』」「維」作「唯」。潛夫論邊議篇引詩：「維其有之，是以似之。」案，三家皆不作「維」，此魯文當作「唯」，或作「惟」，後人妄改也。

裳裳者華四章，章六句。

桑扈【疏】毛序：「刺幽王也。君臣上下，動無禮文焉。」箋：「動無禮文，舉事而不用先王禮法威儀也。」○三家義未聞。

交交桑扈，有鶯其羽。君子樂胥，受天之祜。【注】魯說曰胥者，相也。【疏】傳：「興也。鶯然有文章。胥，皆也。」箋：「交交，猶佼佼，飛往來貌。桑扈，竊脂也。興者，竊脂飛而往來，有文章，人觀視而愛之，喻君臣以禮法威儀升降於朝廷，則天下亦觀視而仰樂之。胥，有才知之名也。祜，福也。王者樂臣下有才知文章，則賢人在位，庶官不曠，政和而民安，天予之以福祿。」○此詩以桑扈之往來有文，興君臣之威儀升降，故不如小宛傳以「交交」爲「小貌」。「扈」與「鳸」通，即布穀也，短言曰「扈」，長言曰「布穀」。「有鶯」，猶「鶯鶯」也。鶯鶯，形容羽領文章之美。文選射雉賦徐爰注：「鸎，文章貌也。詩云：『有鸎其羽。』」與白帖九十五引同，「鶯」作「鸎」。白帖九十四引詩仍作「鶯」，云：「鶯，文彩也。」蓋鶯、鸎通用。說文無「鸎」字。鳥部：「鶯，鳥也。」引詩「有鶯其羽。」段注：「今說文必淺人所改。」謂不當訓「鳥也。」「胥，相也」者，新書禮篇：「詩曰：『君子樂胥，受天之祜。』『胥』者，相也。祜，大福也。夫憂民之憂者，民必憂其憂。樂民之樂者，民亦樂其樂。與士民若此者，受天之福矣。」此魯說。司馬相如上林賦「樂樂胥」，楊雄長楊賦「肴樂胥」，又曰：「受神人之祜福。」皆用魯經文。班固靈臺詩「於皇樂胥」，用齊經文。

交交桑扈，有鶯其領。君子樂胥，萬邦之屏。【疏】傳：「領，頸也。屏，蔽也。」箋：「王者之德，樂賢知在位，則能為天下蔽捍四表患難矣。蔽捍之者，謂蠻夷率服，不侵畔。」〇玉篇頁部引詩傳云：「領，頸也。」此當是韓傳，與毛同。文選射雉賦：「鶯綺翼而經撾，灼繡頸而袞背。」鶯羽「鶯綺翼」也，鶯領「灼繡頸」也，即運化此詩語。衆經音義二十引倉頡云：「屏，牆也。」

之屏之翰，百辟為憲。不戢不難，受福不那。【疏】傳：「翰，幹。憲，法也。戢，聚也。『不戢』，戢也。『不難』，難也。那，多也。不多，多也。」箋：「辟，君也。王者之德，外能捍蔽四表之患難，內能立功立事，為之楨幹，則百辟卿士莫不修職而法象之。王者位至尊，天所予也，然而不自斂以先王之法，不自難以亡國之戒，則其受福祿亦不多也。」〇胡承珙云：「正義標傳文『翰幹』當引『楨翰幹』，今本『楨』下脫『翰』字，惟呂記引正義『楨、翰，幹也』不誤。又正義引舍人注：『榦，所以當牆兩邊。』『榦』當作『翰』。左（莊二十九、宣十一、成二年）傳正義引皆作『翰』。」又：「顏氏家訓書證篇引詩傳曰：『不戢，戢也。不儺，儺也。不多，多也。』據此，詩『難』字本作『儺』，傳當讀如『猗儺』之儺。隰有萇楚傳云：『猗儺，柔順貌。』則此『不戢』者，言民皆聚而歸之。『不儺』者，言民皆柔而順之。民既歸順，故受福多耳。」愚案：說文「儺」下云：「讀若詩『受福不儺。』」是三家作「儺」，毛借以通訓也。

兕觵其觩，旨酒思柔。彼交匪敖，【注】齊「彼交」作「匪儌」。萬福來求。【疏】箋：「兕觵，罰爵也。古之王者與羣臣燕飲，上下無失禮者，其罰爵徒觩然陳設而已。其飲美酒，思得柔順中和，與共其樂。言不憮敖自淫恣也。『彼』，彼賢者也。賢者居處恭，執事敬，與人交必以禮，則萬福之禄就而求之。謂登用爵命，加以慶賜。」○韓詩曰：「觵容五升，所以爲罰爵也。」説詳卷耳篇。「觵」爲罰爵，後漢猶存其制，見郅惲傳。漢書五行志：「詩曰：『兕觵其觩，旨酒思柔。匪儌匪敖，萬福來求。』」張晏曰：「觵，罰爵也。飲酒和柔，無失禮可罰，罰爵徒觩然而已。」應劭曰：「言在位者不儌訐、不倨傲也。」師古曰：「儌，謂儌倖也。萬福，言其多也。謂飲酒者不儌倖、不傲慢，則福禄就而求之也。」臧琳云：「『交』，爲『絞』之省，絞、儌古通，當從應説。」盧文弨云：「左成十四年傳引詩『彼交匪傲』，襄二十七年傳作『匪交匪敖』。『匪』亦有『彼』義，襄八年傳引詩『如匪行邁謀』，杜注：『匪，彼也。』漢志據齊詩，故文與毛異。」馬瑞辰云：「王氏引之曰：『求，讀與「逑」同。逑，聚，謂福禄來聚。』其説是也。逑、鳩古同義。釋詁：『鳩，聚也。』堯典『方鳩僝功』，説文引作『旁逑僝功』，云：『逑，斂聚也。』『逑』音又同『勼』，説文：『勼，聚也。』『萬福來求』，猶鳧鷖詩『福禄來崇』、瞻彼洛矣詩『福禄既同』、長發詩『百禄是遒』。崇、同、遒，皆『聚』也。故趙孟曰：『匪交匪敖，福將焉往。』箋云『就而求之』，失其義矣。」愚案：「就而求之」，顔注同箋，是齊義本如此。

桑扈四章，章四句。

鴛鴦【疏】毛序：「刺幽王也。思古明王交於萬物有道，自奉養有節焉。」箋：「交於萬物有道，謂順其性，取之以時，不暴夭也。」○三家義未聞。

鴛鴦于飛，畢之羅之。君子萬年，福禄宜之。【疏】傳：「興也。鴛鴦匹鳥，太平之時，交於萬物有道。取之以時，於其飛乃畢掩而羅之。」箋：「匹鳥，言其止則相耦，飛則爲雙，性馴耦也。此交萬物之實也，而言興者，廣其義也。獺祭魚而後漁，豺祭獸而後田，此亦皆其將縱散時也。『君子』，謂明王也。交於萬物，其德如是，則宜壽考受福祿也。」○呂覽季春紀高注：「罼，掩網也。詩曰：『鴛鴦于飛，罼之羅之。』」又淮南時則訓高注：「畢羅，鳥罟也。詩曰：『鴛鴦于飛，畢之羅之。』」兩引文異，明所據魯詩有兩本，其實一字也。馬瑞辰云：「聖人弋不射宿。說文：『宿，止也。』不射宿，謂不射止鳥，非夜宿之謂。古者射飛鳥，不射止鳥。說文：『隿，繳射飛鳥也。』畢羅之掩鳥，蓋亦於其飛，不於其止。故詩以此見古明王之交於萬物有道，非謂能飛即畢羅之也。孔疏謂『於其能飛乃畢掩之而羅取之』，似非詩義。」易林隨之遯「君子萬年」，用齊經文。黃山云：「鴛鴦，水鳥之微者。既於人物無害，又不足以供庖廚，太平明王，何用特殺？蓋當鷹隼搏擊則水鳥驚飛，鷙鳥隱形則栖梁自得。用畢羅者，亦視其飛止以爲張弛，非即以畢羅取鴛鴦，故毛專指詩爲興也。是鴛鴦之于飛，一如黃鳥、倉庚之于飛耳。鄭以豺、獺比方，疑爲事實非也。孔疏之誤，不足辨矣。」

鴛鴦在梁，戢其左翼。【注】韓說曰：戢，捷也。捷其噣於左也。君子萬年，宜其遐福。【疏】傳：「言休息也。」箋：「梁，石絕水之梁。戢，斂也。鴛鴦休息於梁，明王之時，人不驚駭，斂其左翼，以右翼掩之，自若無恐懼。遐，遠也，遠猶久也。」○「戢捷」至「左也」，釋文引韓詩文。陳喬樅云：「王褒四子講德論云：『飛鳥翕翼。』『翕』與『斂』義同。王用魯詩，與箋說合。韓訓『戢』爲『捷』者，廣雅釋詁云：『戢，插也。』插、捷古字通用。士冠禮『捷柶興』，釋文云：『捷，本作插。』禮樂記注：『搢，猶捷也。』釋文亦云『捷，本作插』，是其證也。毛奇齡續詩傳曰：『凡禽鳥止息，無論長頸短喙，必捷其噣於左翼。』引攷工記廬人注『矜，所捷也。捷，即插也』爲證其說，良允。玉海載詩釋文引韓詩，作『捷其噣』。『捷』即『捷』字之譌，陳啟源從之，誤矣。」

乘馬在廐，摧之秣之。君子萬年，福禄艾之。【疏】傳：「摧，挫也。秣，粟也。艾，養也。」箋：「摧，今『莝』字也。古者明王所乘之馬繫於廐，無事則委之以莝，有事乃予之穀。言愛國用也，以興於其身亦猶然。齊而後三舉設盛饌，恆日則減焉。此之謂有節也。明王愛國用，自奉養之節如此，故宜久爲福禄所養也。」○釋文：「莝，采卧反。韓詩云：『委也』。委，紆僞反。猶食也。」王應麟詩攷謂韓「摧」作「莝」，是也。箋言「委之以莝」，亦用韓義。説文：「莝，斬芻也。」「委」亦「餧」之省借，「餧」猶「飼」也。

乘馬在廐，秣之摧之。君子萬年，福禄綏之。【疏】箋：「綏，安也。」

鴛鴦四章，章四句。

頍弁【疏】毛序：「諸公刺幽王也。暴戾無親，不能燕樂同姓，親睦九族，孤危將亡，故作是詩也。」箋：「戾，虐也。暴虐，謂其政教如雨雪也。」○三家義未聞。

有頍者弁，實維伊何？爾酒既旨，爾殽既嘉。豈伊異人，兄弟匪他。蔦與女蘿，施于松柏。未見君子，憂心奕奕；既見君子，庶幾説懌。【疏】傳：「興也。頍，弁皃。弁，皮弁也。蔦，寄生也。女蘿，菟絲，松蘿也。喻諸公非自有尊，託王之尊。奕奕然無所薄也。」箋：「實，猶『是』也，言幽王服是皮弁之冠，是維何爲乎？言其宜以宴而弗爲也。禮，天子諸侯朝服以宴。天子之朝，皮弁以日視朝。旨、嘉，皆美也。女酒已美矣，女殽已美矣，何以不用與族人宴也？言其知具其禮而弗爲也。此言王當所與宴者，豈有異人疏遠者乎？皆兄弟與王。『無他』，言至親。又刺其弗爲也。『託王之尊』者，王明則榮，王衰則微，刺王不親九族，孤特自恃，不知己之將危亡也。『君子』，斥幽王也。幽王久不與諸公宴，諸公未得見幽王之時，懼其將危亡，己無所依怙，故憂其心奕奕然。故言我若已得見幽王諫正之，則庶幾其變改，意解懌也。」○儀禮士冠禮「緇布冠缺項」，鄭注：「缺，讀如『有頍者弁』之頍。緇布冠無笄者，著頍圍髮際，結項中，隅爲四綴，以固冠也。項中有繩，亦由固頍爲之耳。今未冠笄者著幘，頍象之所生也。滕薛名蔮爲頍。」陳喬樅云：「鄭説本之齊詩，與毛異。」續漢志：「古者有冠無幘，其戴也，加首有頍，所以安幘，故詩曰『有頍者弁』，此之謂也。」仍本鄭説。陳奐云：「左昭九年傳『王使詹桓伯辭於晉，曰：我在伯父，猶衣服之有冠冕。』穀梁僖八年傳曰：『弁冕雖舊，必加於首；周室雖衰，必先諸侯。』然則王者之在上位，猶皮弁之在人首，故以爲喻。」實勝古説。説文：「蔦，寄生也。」釋草：「女蘿，兔絲。」呂覽精通篇高注引淮南記曰：「下有茯苓，上有兔絲，一名女蘿。詩曰：『蔦與女蘿，施于松上。』」明魯毛文同。正義引陸疏云：「今菟絲蔓連草上，非松蘿。松蘿自蔓松上，與菟絲殊異。」然詩明言女蘿施松上，不能以今證易也。隸釋載費鳳別碑云「樢與女蘿」，字从木作「樢」，亦三家之異，係説文或體。釋木「寓木宛童」，即此「樢」矣。釋訓：「奕奕，憂也。」即本魯詩義。

有頍者弁，實維何期？爾酒既旨，爾殽既時。豈伊異人，兄弟具來。蔦與女蘿，施于松上。未見君子，憂心怲怲；既見君子，庶幾有臧。【疏】傳：「時，善也。怲怲，憂盛滿也。臧，善也。」箋：「『何期』，猶『伊何』也。期，辭也。具，猶『皆』也。」○釋訓：「怲怲，變也。」亦魯詩義。

有頍者弁，實維在首。爾酒既旨，爾殽既阜。豈伊異人，兄弟甥舅。如彼雨雪，先集維霰。【注】魯「霰」作「霓」。韓説曰「先集維霰」，霰，霙也。死喪無日，無幾相見。樂酒今夕，【注】魯「夕」作「昔」。君子維宴。【疏】傳：「霰，暴雪也。」箋：「阜，猶多也。謂吾舅者，吾謂之甥。將大雨雪，始必微溫。雪自上下，遇溫氣而摶，謂之霰，久而寒勝，則大雪矣。喻幽王之不親九族亦有漸，自微至甚，如先霰後大雪。王政既衰，我無所依怗，死亡無有日數，能復幾何與王相見也，且今夕喜樂此酒，此乃王之宴禮也。刺幽王將喪亡，哀之也。」○陳奐云：「此言宴同姓而必及甥舅者，禮文王世子篇云：『公若與族燕，則異姓爲賓。』」「魯霰作霓」者，釋天：「雨霓爲霄雪。」郭注：「詩曰：『如彼雨雪，先集維霓。』霓，水雪雜下者，謂之消雪。」郭所引據舊注魯詩之文也。「先集」至「霙也」，御覽十二、宋書符瑞志、文選謝惠連雪賦李注引韓詩薛君章句文。「先集維霰」，明韓毛文同。馬瑞辰云：「薛以『霰』爲『霙』，霙猶花也。今俗以雪之先下而小者爲雪花，卽韓詩所謂『霙』也。或以雪花六出當之，則誤以霰爲大雪矣。」韓詩外傳四言：「明王能愛其所愛，闇王必危其所愛。小雅曰：『死喪無日，無幾相見。』危其所愛之謂也。」據此，知韓、毛文同。「魯夕作昔」者，王逸楚詞大招注：「昔，夜也。詩云：『樂酒今昔。』言可以終夜自娛樂也。」據此，知魯詩「夕」作「昔」。

頍弁三章，章十二句。

車舝【疏】毛序：「大夫刺幽王也。褒姒嫉妬，無道並進，讒巧敗國，德澤不加於民。周人思得賢女以配君子，故作是詩也。」○左昭二十五年傳「叔孫昭子賦車轄」，「舝」亦作「轄」。說文「舝」入舛部，云：「軸耑鍵也，兩穿相背。从舛，𥎿省聲。𥎿，古文偰字。」「轄」入車部，云：「車聲也。从車，害聲。一曰，轄，鍵也。」係通借字，以「舝」爲正。三家義未聞。

間關車之舝兮，思孌季女逝兮。匪飢匪渴，德音來括。【注】韓說曰：括，約束也。雖無好友，式燕且喜。【疏】傳：「興也。間關，設舝也。孌，美貌。季女，謂『有齊季女』也。括，會也。」箋：「逝，往也。大夫嫉褒姒之爲惡，故嚴車設其舝，思得孌然美好之少女有齊莊之德者，往迎之以配幽王，代褒姒也。既幼而美，又齊莊，庶其當王意。時讒巧敗國，下民離散，故大夫汲汲欲迎季女。行道雖飢不飢，雖渴不渴，覬得之而來，使我王更修德教，合會離散之人。式，用也。我得德音而來，雖無同好之賢友，我猶用是燕飲相慶且喜。」○「間關」者，阮福云：「後漢荀彧傳論：『荀君乃越河冀，間關以從曹氏。』李注：『間關，猶展轉也。』車之設舝則流轉如意，亦猶人之周流四方動而不息，故注謂『間關猶展轉』也。『間關』言貌，而不言聲。宋儒以爲設舝聲，失之。」「括，約束也」者，文選劉琨答盧諶詩注，陸機辨亡論注引薛君韓詩章句文。馬瑞辰云：「韓釋『括』爲『約束』，言以德音來相約束，與下章『令德來教』同意。說文：『括，絜也』。『栝，檃也。』均與『約束』義同。」愚案：「雖無好友」，謂意見不同。

依彼平林，有集爲鷮。辰彼碩女，【注】魯「辰」作「展」。令德來教。式燕且譽，好爾無射。

【疏】傳：「依，茂木貌。平林，林木之在平地者也。鷮，雉也。辰，時也。」箋：「平林之木茂，則耿介之鳥往集焉。喻王若有茂美之德，則其時賢女來配之，與相訓告，改修德教。爾，女，女王也。射，厭也。我於碩女來教，則用是燕飲酒，且稱王之聲譽，我愛好王無有厭也。」○陸疏云：「鷮，微小於翟，走而且鳴，其尾長，肉甚美。」「魯辰作展」者，列女漢楊夫人傳引詩：「展彼碩女，令德來教。」是據魯詩之文。郝懿行妻王氏注：「展，信也。碩，大也。言信彼大賢之女，以善德來教也。」愚案：「碩女」，謂大德之女。「譽」，安也。詳蓼蕭篇。詩人目覩褒姒亂政，與此無聊之思，然卽使有之，亦終歸於無益。史記殷本紀：「九侯有好女，入之紂。九侯女不憙淫，紂怒，殺之，而醢九侯。」其已事也。

雖無旨酒，式飲庶幾。雖無嘉殽，式食庶幾。雖無德與女，式歌且舞。【疏】箋：「諸大夫覬得賢女以配王，於是酒雖不美猶用之燕飲，殽雖不美猶食之人。皆庶幾於王之變改，得輔佐之。雖無其德，我與女用是歌舞相樂。喜之至也。」○陳奐云：「周家歷世有賢聖之配，今幽王立褒姒爲后，大臣知其有滅周之禍。故篇中語氣，言不必若大姜大任大姒之賢聖，第思得德音令德之女，以配我君子，已有歌舞喜樂之盛，雖無旨酒嘉殽，亦足以解渴飢。此深惡王之黜申后而立褒姒也。左昭二十六年傳晏子曰：『陳氏雖無大德，而有施於民。豆區釜鍾之數，其取之公也薄，其施之民也厚。公厚斂焉，陳氏厚施焉，民歸之矣。詩曰：『雖無德與女，式歌且舞。』案，此斷章取義。詩人本以『女』與褒姒相比，晏子引之，以爲公與陳氏相較，而用意實同。『雖無德』，解作雖無大德，則詩意本然也。」後漢章帝紀元和二年詔：「詩不云乎：『雖無德與女，式歌且舞。』」明魯毛文同。

陟彼高岡，析其柞薪。析其柞薪，其葉湑兮。鮮我覯爾，我心寫兮。【疏】箋：「陟，登也。登高岡者，必析其木以爲薪。析其木以爲薪者，爲其葉茂盛，蔽岡之高也。此喻賢女得在王后之位，則必辟除嫉妬之女，亦爲其蔽君之明。鮮，善。覯，見也。善乎我得見女如是，則我心中之憂除去也。」

高山仰止，景行行止。四牡騑騑，六轡如琴。覯爾新昏，以慰我心。【注】韓「慰」作「慍」，慍，恚也。【疏】傳：「景，大也。慰，安也。」箋：「景，明也。諸大夫以爲賢女既進，則王亦庶幾古人有高德者則慕仰之，有明行者則而行之。其御羣臣，使之有禮，如御四馬騑騑然，持其教令，使之調均，亦如六轡緩急有和也。我得見女之新昏如是，則以慰除我心之憂也。『新昏』，謂季女也。」○此章興義廣博，箋說是也。史記孔子世家贊：「詩有之：『高山仰止，景行行止。』雖不能至，然心鄉往之。」史記三王世家：「詩曰：『高山仰止，景行嚮之。』」兩引文皆如此。褚少孫習魯詩，疑所引魯詩「亦作」本。詩釋文：「仰止，本或作『仰之』。」蓋兩「止」字皆有作「之」者。禮表記：「小雅曰：『高山仰止，景行行止。』」鄭注：「仰，高。勸行者，仁之次也。景，明也。有明行者，謂古聖賢也。」禮釋文：「仰止，本或作『仰之』。行止，作『行之』。」韓詩外傳七載南假子過程本子事，引詩：「高山仰止，景行行止。」明韓毛文同。此四句推及賢女輔王進德，能如是則我心慰安也。馬瑞辰云：「王肅申毛，云：『慰，怨也。』此非毛傳之舊。說文：『𧦝，慰也。』玉篇：『𧦝，慰也。亦作婉。』『𧦝』即『婉』之或體。『𧦝』者，順也。𧦝可訓慰，慰亦可訓𧦝，毛傳蓋本作『慰，𧦝也。』後人少識『𧦝』，因譌而爲『怨』，王肅遂以『怨恨』釋之耳。」「慰作愠。愠，恚也」者，釋文引韓詩文。今韓詩不可得見，就釋文所引推之，蓋末章末二句已露正意，如王肅所云「新昏謂褒姒」，故言「以愠我心」耳。

車舝五章，章六句。

青蠅【疏】毛序：「大夫刺幽王也。」○易林豫之困：「青蠅集藩，君子信讒。害賢傷忠，患生婦人。」據此，齊詩爲幽王信褒姒之讒而害忠賢也。困學紀聞云：「袁孝政釋劉子曰：魏武公信讒，詩刺之曰：『營營青蠅，止于藩。』此小雅也。謂之魏詩可乎？」案，「魏」當「衛」之誤。三家詩以此合下篇皆衛武公所作。何楷說同。愚案：衛武公王朝卿士，詩又爲幽王信讒而刺之，所以列於小雅。若武公信讒而他人刺之，其詩當入衛風矣，即此可證明其誤。魯韓未聞。

營營青蠅，【注】三家「營」作「謍」。止于樊。【注】齊「樊」作「藩」，魯作「藩」，亦作「蕃」，韓作「棥」。豈弟君子，無信讒言。【疏】傳：「興也。營營，往來貌。樊，藩也。」箋：「興者，蠅之爲蟲，汙白使黑，汙黑使白，喻佞人變亂善惡也。言『止于藩』，欲外之令遠物也。『豈弟』，樂易也。」○「三家營作謍」者，說文引詩，「營」作「謍」，云：「小聲也。」此出三家。「齊樊作藩」者，易林作「青蠅集藩」。（見上。）漢書武五子傳壺關三老茂引詩「止于藩」，而昌邑王傳龔遂引詩作「至于藩」，既與茂引不同。又此詩三章皆作「止」，不當此獨爲「至」，疑或誤文，雖古書未敢據依。「魯作藩亦作蕃」者。論衡商蟲篇：「詩云：『營營青蠅，止于藩。愷悌君子，無信讒言。』讒言傷善，青蠅汙白，同一禍敗，詩以爲興。昌邑王夢西階下有積蠅矢，明旦召問郎中龔遂，遂對曰：『蠅者，讒人之象也。夫矢積於階下，王將用讒人之言也。』由此言之，蠅之爲蟲，應人君用讒。」史記滑稽傳：「詩云：『營營青蠅，止于蕃。』」滑稽傳褚少孫所補，少孫用魯詩，字作「蕃」，蓋魯「亦作」本。「韓作棥」者，說文引詩作「止於棥」，「棥」即「樊」之省，韓文也。「君子」，斥幽王。

營營青蠅，止于棘。讒人罔極，【注】魯「人」作「言」。交亂四國。【疏】箋：「極，猶『已』也。」○「魯人作言」者，新語輔政篇、史記滑稽傳、論衡言毒篇引，「讒人」並作「讒言」，明魯作「讒言罔極」。漢書敘傳「充躬罔極，交亂宏大」，用齊經文。

營營青蠅，止于榛。讒人罔極，構我二人。【注】韓說曰：「構，亂也。【疏】傳：「榛，所以爲藩也。」箋：「構，合也。合，猶交亂也。」○「構，亂也」者，釋文引韓詩文。孔疏：「構者，構合兩端，令二人彼此相嫌，交更惑亂也。」後漢寇榮傳「青蠅之人所共搆會」，「搆」與「構」字異義同，「搆會」猶「構合」也。榮以行葦爲公劉詩，與列女傳潛夫論合，是亦習魯詩者，知此詩魯訓與韓同也。

青蠅三章，章四句。

賓之初筵【疏】毛序：「衛武公刺時也。幽王荒廢，媟近小人，飲酒無度，天下化之。君臣上下沈湎淫液，武公既入而作是詩也。」箋：「淫液者，飲食時情態也。武公入者，入爲王卿士。」○後漢孔融傳李注引韓詩曰：「衛武公飲酒悔過也。」朱子集傳引作韓詩序。易林大壯之家人：「舉觴飲酒，未得至口。側弁醉訩，拔劍斫怒。武公作悔。」齊義與韓說同。案，武公入相在平王世，幽王已往，抑詩已云「追刺」，不應又作此篇。齊韓以爲「悔過」，當從之。

賓之初筵，左右秩秩。【注】韓說曰：「言賓客初就筵之時，賓主秩秩然俱謹敬也。」籩豆有楚，殽核維旅。【注】齊魯「核」作「覈」。魯「維」作「惟」。酒既和旨，飲酒孔偕。鍾鼓既設，舉醻逸逸。大侯既抗，弓矢斯張。射夫既同，獻爾發功。【注】齊說曰：「大射之禮也。」發彼有的，以祈爾爵。【疏】傳：「秩秩然肅敬也。楚，列貌。殽，豆實也。核，加籩也。旅，陳也。逸逸，往來次序也。大侯，君侯也。抗，舉也。有燕射之禮。

的』質也。祈，求也。」箋：「筵，席也。左右，謂折旋揖讓也。秩秩，知也。先王將祭，必射以擇士。大射之禮，賓初入門，登堂卽席，其趨翔威儀甚審知。言不失禮也。射禮有三：有大射，有賓射，有燕射。豆實，菹醢也。籩實，有桃梅之屬。凡非穀而食之曰『殽』。『和旨』，猶調美也。孔，甚也。王之酒已調美，衆賓之飲酒又威儀齊一，言主人敬其事而衆賓肅愼。鍾鼓於是言既設者，將射故縣也。『舉』者，舉鵠而棲之於侯也。周禮梓人：『張皮侯而棲鵠。』天子諸侯之射，皆張三侯，故君侯謂之大侯，大侯張而弓矢亦張節也。將祭而射謂之大射，下章言『烝衎烈祖』，其非祭與？『射夫』，衆射者也。獻，猶『奏』也。既比衆耦乃誘射，射者乃登射，各奏其發矢中的之功。發，發矢也。射者與其耦拾發，發矢之時，各心競云：我以此求爵女。爵，射爵也。射之禮，勝者飲不勝，所以養病也。故論語曰：『下而飲，其爭也君子。』」○陳奐云：「燕禮：『司宮筵，賓于戶西東上，無加席也。射人告具。小臣設公席于阼階上，西鄉設加席。』是主席在東，而賓筵在西。『左右』，猶『東西』也。」「言賓」至「敬也」。後漢孔融傳李注引韓詩文。「齊魯核作覈，魯維作惟」者，文選班固典引「肴覈仁義之林藪」，蔡邕注：「肴覈，食也。肉曰肴，骨曰覈。詩曰：『肴猶惟旅。』」班用齊詩，蔡邕魯詩，是齊魯「核」俱作「覈」，魯「維」作「惟」也。「大射之禮也」者，漢書吾邱壽王傳壽王曰：「大射之禮，自天子降及庶人，三代之道也。詩云：『大侯既抗，弓矢斯張。射夫既同，獻爾發功。』言貴中也。」陳喬樅云：「壽王從董仲舒受春秋，則稱詩亦當爲齊學。此詩毛傳云『有燕射之禮』，鄭箋則云『將祭而射謂之大射』，下章言『烝衎烈祖』，其非祭與？今據壽王說，明以此詩爲大射之禮，知鄭箋所云蓋從齊義。」說苑修文篇：「射者必心平體正，持弓矢審固，然後射者能以中。詩云：『大侯既抗，弓矢斯張。射夫既同，獻爾發功。』此之謂也。」據此，魯毛文同。禮射義：「詩云：『發彼有的，以祈爾爵。』祈，求也，求中以辭爵也。酒者所以養老也，所以養病也。求中以辭爵者，辭養也。」以「祈」爲求中辭爵，此義最古。引詩合上壽王傳所引，明齊毛文同。鄭

注：「發，猶射也。的，謂所射之識也。言射的必欲中之者，以求不飲女爵也。『爾』，或爲『有』。」案，禮文明言「求中以辭爵」，是求射中，注以「爾爵」不屬射，更以「求不飲女爵」說之，蓋本齊詩，其以「爵」爲「女爵」則同。箋毛乃云「我以此求爵女」，並引「下而飲」爲證，是謂以我爵飲汝酒，即「爾」或爲「有」之義矣。知三家「爾」有作「有」者。

籥舞笙鼓，樂既和奏。烝衎烈祖，以洽百禮。百禮既至，有壬有林。錫爾純嘏，子孫其湛。其湛曰樂，各奏爾能。賓載手仇，室人入又。酌彼康爵，以奏爾時。【疏】傳：「秉籥而舞，與笙鼓相應。壬，大。林，君也。嘏，大也。手，取也。室人，主人也。主人請射於賓，賓許諾，自取其匹而射，主人亦入于次，又射以耦賓也。酒所以安體也。時，中者也。」箋：「籥，管也。殷人先求諸陽，故祭祀先奏樂，滌蕩其聲也。烝，進。衎，樂。烈，美。洽，合也。奏樂和，必進樂其先祖，於是又合見天下諸侯所獻之禮。壬，任也，謂卿大夫也。諸侯所獻之禮既陳於庭，有卿大夫，又有國君。言天下徧至，得萬國之歡心。純，大也。嘏，謂尸與主人以福也。湛，樂也。王受神之福於尸，則王之子孫皆喜樂也。子孫各奏爾能者，謂既湛之後，各酌獻尸，尸酢而卒爵也。士之祭禮，上嗣舉奠，因而酌尸。天子則有子孫獻尸之禮，文王世子曰『其登餕獻受爵，則以上嗣』是也。『仇』，讀爲『㪺』。室人有室中之事者，謂佐食也。又，復也。賓手挹酒，室人復酌爲加爵。康，虛也。時，謂心所尊者也。加爵之間，賓與兄弟交錯相醻。卒爵者，酌之以其所尊，亦交錯而已，又無次也。」○馬瑞辰云：「壬、林，承上『百禮』言。『有壬』，狀其禮之大；『有林』，狀其禮之多。爾雅『林』、『蒸』並訓爲『君』，又訓爲『衆』，其義一也。『君』即『羣』也。『賓載手仇，室人入又』者，傳、箋異義。據下文『以奏爾時』，『時』謂『中』者，則從傳謂『賓自取匹以射』，其義爲允。」胡承珙云：「大射儀：『燕畢徹俎，說屨安坐之後，若命曰：復射、司射、命射唯欲。』注云：『欲者則射，不欲者則止。可否之事，從人心也。』蓋前此之射皆司射請射，有司比耦，此云『命射唯欲』，則可自取其耦，不必與正射同。又天子諸侯燕禮、射禮，以膳夫、宰夫爲主人。前此正射，君與賓爲耦，此時或君不欲射，主人膳宰之屬故可請射於賓，亦人於次，又射以耦賓也。」此說可補孔疏之疏略。

賓之初筵，温温其恭。其未醉止，威儀反反。【注】韓「反」作「昄」，云：善貌。曰既醉止，威儀幡幡。舍其坐遷，屢舞僊僊。其未醉止，威儀抑抑。曰既醉止，威儀怭怭。【注】三家「怭」作「佖」。是曰既醉，不知其秩。【疏】傳：「反反，言重慎也。幡幡，失威儀也。遷，徙。屢，數也。僊僊然。抑抑，慎密也。怭怭，媟嫚也。秩，常也。」箋：「此復言『初筵』者，既祭，王與族人燕之筵也。王與族人燕，以異姓爲賓。『温温』，柔和也。此言賓初即筵之時，能自勑戒以禮，至於旅酬，而小人之態出。言王既不得君子以爲賓，又不得有恒之人，所以敗亂天下，率如此也。」○反作昄，訓善貌者，釋文引韓詩文。陳喬樅云：「『反反』，即『昄昄』之省借。釋詁：『昄，大也。』玉篇：『昄，大也，善也。』玉篇『昄善』之訓，即本韓詩。」馬瑞辰云：「毛訓『重慎』，亦善貌也。執競詩『威儀反反』，毛傳：『反反，難也。』義與此傳『重慎』相成，故詩疏亦以『重難』釋之。」又云：「古者飲酒之禮，取觶、奠觶皆坐。又凡禮盛者，坐卒爵，其餘則皆立飲。又有升降與拜、復席復位諸禮，皆可以『遷』統之。『舍其坐遷』，謂舍其當坐、當遷之禮耳。若如正義『舍其本坐，遷嚮他處』，則是讀『舍其坐』爲句，『遷』字另爲句。否則易經文爲『舍坐而遷』，其義始明，非詩義也。」「威儀怭怭」，釋文引說文，「怭」作「佖」：「媟嫚也。」今說文「佖」下引詩，訓「威儀也」。段注：「當作『威儀媟嫚也』。」黄山云：「揚雄羽獵賦『駢衍佖路』，文選李注引晉灼曰：『佖，滿也。』滿爲充滿，是自以爲有威儀，即矜張自滿之貌，與『抑抑』正相反，故下云『不知其秩』，猶言不知其職分耳。毛訓『媟嫚』，則與上文『幡幡』訓『失威儀』複，釋文緣毛傳而訛也。或謂本引傳文爲『媟嫚』二字出音，非引說文訓也，說文作『佖』，本三家。」

賓既醉止，載號載呶。亂我籩豆，屢舞僛僛。韓說曰：僛，醉舞貌。是曰既醉，不知其郵。側弁之俄，屢舞傞傞。【注】三家「傞」作「娑」。既醉而出，並受其福。醉而不出，是謂伐德。飲酒孔嘉，維其令儀。【疏】傳：「號呶，號呼讙呶也。僛僛，舞不能自正也。傞傞，不止也。」箋：「郵，過。側，傾也。俄，傾貌。此更言賓既醉而異章者，著爲無筭爵以後也。出，猶去也。孔，甚。令，善也。賓醉則出，與主人俱有美譽。醉至若此，是誅伐其德也。飲酒而誠得嘉賓，則於禮有善威儀，武公見王之失禮，故以此言箴之。」○後漢孔融傳李注引韓詩曰：「『賓既醉止，載號載呶。』不知其爲惡也。」楊雄光祿勳箴：「載號載呶。」明魯毛文同。「僛，醉舞貌」者，玉篇人部：「僛，醉舞貌。詩云：『屢舞僛僛。』」案，此與毛訓異，又出玉篇，亦是韓詩之訓。易林井之師「側弁醉客」，用齊經文。「三家傞作娑」者，說文「娑」字注引詩「婁舞娑娑」，此出三家。段玉裁云：「古『此』聲、『差』聲最近，邶鄘衛風『玼兮玼兮』，或作『瑳兮瑳兮』。」正與「傞」通作「娑」相類。說苑反質篇：「詩曰：『側弁之俄』，言失德也。『屢舞傞傞』，言失容也。『既醉以酒，既飽以德』；『既醉而出，並受其福』，賓主之禮也。『醉而不出，是謂伐德』，賓主之罪也。」所引明魯毛文同。馬瑞辰云：「說文廣雅並云：『伐，敗也。』『伐德』，猶言『敗德』。箋訓爲『誅伐』，失之。」又說文「俄」下引詩「仄弁之俄」。「側」作「仄」，古字通用。釋水：「穴出，仄出也。」釋文：「仄，本作側。」史記平準書「鑄鍾官赤側」，漢書食貨志作「鑄鍾官赤仄」。皆其證。漢書五行志及諸傳亦皆以「仄」代「側」，是說文所引即齊詩之「或作」本。

凡此飲酒，或醉或否。既立之監，或佐之史。彼醉不臧，不醉反恥。式勿從謂，無俾大怠。匪言勿言，匪由勿語。由醉之言，俾出童羖。三爵不識，矧敢多又。【疏】傳：「立酒之監，佐酒之史。羖羊，不童也。」箋：「『凡此』者，凡此時天下之人也。飲酒於有醉者，有不醉者，則立監使視之，又助以史，使督酒，欲令皆醉也。彼醉則己不善，人所非惡，反復取未醉者恥罰之。言此者，疾之也。式，讀曰『慝』。勿，猶『無』也。俾，使。由，從也。武公見時人多說醉者之狀，或以取怨致讎，故爲設禁。醉者有過惡，女無就而謂之也。當防護之，無使顛仆，至於怠慢也。其所陳說，非所當說，無爲人說之也，亦無從而行之也，亦無以語人也，皆爲其聞之將恚怒也。女從行醉者之言，使女出無角之羖羊。脅以無然之物，使戒深也。羖羊之性，牝牡有角。矧，況。又，復也。當言我於此醉者，飲三爵之不知，況能知其多復飲乎？三爵者，獻也，酬也，酢也。』○鄉射禮鄭注：『爵備樂畢，將留賓以事，爲有懈倦失禮，立司正以監之，察儀法也。詩云：「既立之監，或佐之史。」』陳喬樅云：「此引齊詩也。記注之義，於詩意爲合。」馬瑞辰云：「戰國策淳于髡說齊威王曰：『賜酒大王之前，執法在旁，御史在後。』『御史』，即詩所謂『或佐之史』也。古者飲酒皆立之監，以防失禮。惟老者有乞言之典，更佐以史，少者則否，故云『或佐之史』。監以察儀，史以記言，下文云『式勿從謂，無俾大怠』，察儀之事也。『匪言勿言，匪由勿語』，乞言於老者而勉以慎言之詞也。」又云：「『式』，當讀『式微式微』之式，彼箋云『式，發聲』是也。『式勿從謂』，即『勿從謂』也。釋詁：『謂，勤也。』『勤』爲『勤勞』之勤，亦爲『相勸勉』之勸。『勿從謂』者，勿從而勸勸之，使更飲也，故即繼之以『無俾大怠』耳。」又云：「『俾出童羖』者。釋畜：『夏羊牡羭牝羖。』當爲『牡羖牝羭』之譌。說文宋本、小徐本並曰『夏羊牡曰羖』，廣韻集韻及類篇韻會引說文同，是知今大徐本作『牝』爲傳寫之譌。證一。說文：『夏羊牝曰羭。』列子天瑞篇：『老羭之爲猿。』張湛注亦以『羭』爲『牝羊』，則知羖必牡羊矣。證二。三蒼：『羖，夏羊羖攊也，亦羯也。』說文：『羯，羊羖犗也。』去勢曰犗，必牡羊乃可稱犗。證三。戴侗六書故、周伯琦六書正譌並曰：『羖，牡羊也。』證四。廣雅：『吴羊牡一歲曰⿰羊古⿰羊兆。』玉篇廣韻並以『⿰羊古』爲『羖』之俗。案，今俗稱牛之牡者爲『牯』，與牡羊之稱『羖羊』取義正同。證五。說文：『羝，牡羊也。』廣雅：『吴羊牡三歲曰羝。』易釋文引張璠注：『羝羊，羖羊也。』以『羖』釋『羝』，羝爲牡，則羖亦牡可知。證六。以今證古，吴羊卽今綿羊，惟牡者有角，牝者多無角。夏羊卽今山羊，牝牡皆有角，牝間有角小者，牡則未有無角者。大雅抑之詩曰『彼童而角』，是無角者而言其有角。此詩『俾出童羖』，又是有角者而欲其無角。二者相參，足見詩人寓言之妙。傳『羖羊不童』，蓋以羖爲夏羊之牡者。至箋以『羖』爲牝牡通稱，蓋據漢末稱夏羊爲羖，卽爾雅郭注所云，今人便以『牂羖』名白黑羊也，然與爾雅説文訓異矣。」又云：「禮，飲獻酢酬之外，又有旅酬，不止三爵。惟臣侍君小燕，則以三爵爲度。玉藻：『君子之飲酒也，受一爵而色洒如也，二爵而言言斯，禮已，三爵而油油，以退。』孔疏：『言侍君小燕之禮。』引春秋傳曰：『臣侍君，燕過三爵，非禮也。』又易林曰：『湛露之歡，三爵畢恩。』公羊何休注：『禮，飲酒不過三爵。』皆指平時侍燕而言，卽此詩所謂『三爵』也。」

賓之初筵五章，章十四句。

甫田之什十篇，三十九章，二百九十六句。

詩三家義集疏卷二十

魚藻之什第二十　詩小雅

魚藻【疏】「刺幽王也。言萬物失其性，王居鎬京，將不能以自樂，故君子思古之武王焉。」箋：「『萬物失其性』者，王政教衰，陰陽不和，羣生不得其所也。『將不能以自樂』，言必自是有危亡之禍。」〇三家無異義。

魚在在藻，有頒其首。【注】韓說云：「頒，衆貌。」魯「頒」作「賁」。王在在鎬，豈樂飲酒。【注】魯「豈」作「愷」。【疏】傳：「頒，大首貌。魚以依蒲藻爲得其性。」箋：「藻，水草也。魚之依水草，猶人之依明王也。明王之時，魚何所處乎？處於藻。既得其性則肥充，其首頒然。此時人物，皆得其所正。言魚者，以潛逃之類，信其著見。『豈』，亦『樂』也。天下平安，萬物得其性。武王何所處乎？處於鎬京，樂八音之樂，與羣臣飲酒而已。今幽王惑於褒姒，萬物失其性，方有危亡之禍，而亦豈樂飲酒於鎬京，而無悛心，故以此刺焉。」〇「頒，衆貌」者，釋文引韓詩文。馬瑞辰云：「說文『寡』字注云：『頒，分也。』韓訓『頒』爲『衆』，蓋讀『頒』如『紛紜』之紛。以義推之，二章『有莘其尾』，韓『莘』當讀『甡』。說『甡甡，衆多貌。』又說文：『燊，盛貌。讀若詩「莘莘征夫」。』亦衆盛貌。文選高唐賦『縰縰莘莘』，注引詩：『有莘其尾。毛萇曰：莘，衆多也。』案，毛傳云：『莘，長貌。』胡承珙謂此李善之誤以韓爲毛，其說是也。」玉篇四頒下引詩云：「有頒其首。頒，大首貌。一云，衆也。」此兼采毛、韓二義。「魯頒作賁」者，釋詁：「賁，大也。」尚書疏引樊光注，引詩云：「有賁其首。」說文：「頒，大頭也。」引詩「有頒其首」，義與毛同。然則「頒」爲正體，「賁」乃借字也。班固東都賦「發蘋藻以潛魚」，李注：「詩小雅曰：『魚在在藻。』」班所用齊經文。「魯豈作愷」者，張衡南都賦：「接歡宴於日夜，終愷樂之令儀。」張用魯詩，作「愷」，豈、愷古今字之異。

魚在在藻，有莘其尾。王在在鎬，飲酒樂豈。【疏】傳：「莘，長貌。」

魚在在藻，依于其蒲。王在在鎬，有那其居。【疏】箋：「那，安貌。天下平安，王無四方之虞，故其居處那然安也。」○陳奐云：「桑扈、那傳並云：『那，多也。』『多』者，盛大之詞。」

魚藻三章，章四句。

采菽【疏】毛序：「刺幽王也。侮慢諸侯，諸侯來朝，不能錫命以禮數，徵會之而無信義。君子見微而思古焉。」箋：「幽王徵會諸侯，爲合義兵征討有罪，既往而無之，是於義事不信也。君子見其如此，知其後必見攻伐，將無救也。」○案，魯家以爲王賜諸侯命服之詩。（見下。）齊韓未聞。「菽」，釋文：「本亦作叔。」案，左昭十七年傳晉語引詩，皆作「采叔」，假借字。「菽」非古，豆名作「尗」。

采菽采菽，筐之筥之。君子來朝，何錫予之？雖無予之，路車乘馬。又何予之？玄衮及黼。【注】魯韓「予」作「與」。【疏】傳：「興也。菽，所以芼大牢而待君子也。羊則苦，豕則薇。『君子』，謂諸侯也。玄衮，卷龍也。白與黑謂之黼。」箋：「菽，大豆也。采之者，采其葉以爲藿。三牲牛羊豕，芼以藿。王饗賓客有牛俎，乃用鉶羹，故使采之。賜諸侯以車馬，言『雖無予之』，尚以爲薄。及，與也。玄衮，玄衣而畫以卷龍也。黼，黼黻，謂絺衣也。諸公之服自衮冕而下，侯伯自鷩冕而下，子男自毳冕而下。王之賜，維用有文章者。」○「魯韓予作與」者，白虎通攷黜篇「九錫，皆隨其德可行而賜，能安民者賜車馬，能富民者賜衣服。以其進退有節，行步有度，賜之車馬，以代其步；言成文章，行成法則，賜之衣服，以表其德。詩曰：『君子來朝，何錫與之？雖無與之，路車乘馬。又何與之？玄衮及黼。』」是魯詩作「與」。後漢東平憲王傳明帝手詔曰：「瞻望永懷，實勞我心。誦及采菽，以增歎息。」明帝習韓詩。李注：「采菽，詩小雅之章也。其詩曰：『采菽采菽，筐之筥之。君子來朝，何錫與之？』」是李引韓詩作「與」。惟儀禮覲禮鄭注：「路，謂車也。凡君所乘車曰路。路下四，謂乘馬也。詩云：『君子來朝，何錫予之？雖無予之，路車乘馬。又何予之？玄衮及黼。』」明濟詩作「予」，與毛同。陳喬樅云：「韋昭晉語注以此詩爲王賜諸侯命服之樂，與白虎通說合。」

觱沸檻泉，【注】魯韓「檻」作「濫」。韓「觱」亦作「滭」。言采其芹。君子來朝，言觀其旂。其旂淠淠，鸞聲嘒嘒。載驂載駟，君子所屆。【疏】傳：「觱沸，泉出貌。檻泉，正出也。淠淠，動也。嘒嘒，中節也。」箋：「言，我也。芹，菜也，可以爲菹，亦所用待君子也。我使采其水中芹者，尚絜清也。周禮：『芹菹鴈醢。』屆，極也。諸侯來朝，王使人迎之，因觀其衣服車乘之威儀。所以爲敬，且省禍福也。諸侯將朝于王，則驂乘乘四馬而往，此之服飾，君子法制之極也。言其尊而王今不尊也。」〇「觱」，義具七月篇。「魯檻作濫」者，釋水：「濫泉正出。正出，涌出也。」是魯當作「濫」。說文：「濫，氾也。」引詩「觱沸濫泉」，蓋即魯詩。「韓觱作滭，檻作濫」者，玉篇角部：「觱沸濫泉。」又云：「觱，或作『滭』，泉水出皃。」是韓作「觱」，亦作「滭」，「檻」作「濫」。「嘒嘒」，庭燎、泮水篇均作「噦噦」。庭燎傳訓爲「徐行中節」，與此傳合，是毛詩「嘒」即「噦」也。說文「鉞」下引詩作「鉞」，「鉞」蓋本三家文，說詳後泮水篇。馬瑞辰云：「『君子』，謂諸侯。『驂駟』，亦指諸侯之車。謂諸侯將朝於王，乘此驂駟以往也。釋文云：『箋一讀「諸侯將朝」絕句，無「于」字，以「王」字下屬。』孔疏亦謂驂駟『明王所乘以往』，殊失箋指。『君子所屆』，晏子春秋內篇諫上引詩作『君子所誡』，是知『屆』爲『誡』之叚借。『誡』之言『戒』，謂此驂駟皆君子之所夙戒，以見其車之有度也。箋謂『法制之極』，亦非。」

赤芾在股，【注】魯「芾」作「紼」。邪幅在下。彼交匪紓，【注】魯「彼」作「匪」。天子所予。樂只君子，天子命之。樂只君子，福祿申之。【疏】傳：「諸侯赤芾。邪幅，幅偪也，偪，所以自偪束也。紓，緩也。申，重也。」箋：「芾，大古蔽膝之象也。冕服謂之芾，其他服謂之韠，以韋爲之。其制上廣一尺，下廣二尺，長三尺，其頸五寸，肩革帶博二寸。脛本曰股。邪幅，如今行縢也。偪束其脛，自足至膝，故曰『在下』。彼與人交接，自偪束如此，則非有解怠紓緩之心，天子以是故賜予之。『只』之言『是』也。古者天子賜諸侯也，以禮樂樂之，乃後命予之也。天子賜之，神則以福祿申重之，所謂人謀、鬼謀也。刺今王不然。」○「魯芾作紼」者，白虎通紼冕篇：「天子朱紼，諸侯赤紼。詩曰『赤紼在股』，謂諸侯也。」說文：「幅，布帛廣也。」布帛廣施諸纏足謂之「邪幅」，邪幅謂之「偪」，取「偪束」之義，又謂之「徼」。說文：「徼，衺幅也。」「魯彼作匪」者，荀子勸學篇引詩，作「匪交匪紓」，荀子云：「禮恭，而後可與言道之方。辭順，而後可與言道之理。色從，而後可與言道之致。故未可與言而言謂之傲，可與言而不言謂之隱，不觀氣色而言謂之瞽。故君子不傲、不隱、不瞽，謹慎其身。詩曰：『匪交匪紓，天子所予。』此之謂也。」案，「交」，古「絞」字。交、傲一義，所云「未可與言而言謂之傲」也。「紓」訓「緩」，謂怠緩也，所云「可與言而不言謂之隱」也。不交傲，不怠緩，則禮恭辭順色從矣。君子如此，宜爲天子所賜予。韓詩外傳四說與荀略同，而末引詩曰：「『彼交匪紓，天子所與』。言必交吾志，然後予也。」引詩仍作「彼交」。「交」義亦同「交接」，蓋卽箋說所本矣。詳此詩今、古文皆有兩作，故左襄二十七年傳引桑扈詩「匪交匪敖」，「彼」作「匪」，成十四年傳引仍作「彼」。左傳本古文，與魯韓「彼」、「匪」二文相類。

維柞之枝，其葉蓬蓬。樂只君子，殿天子之邦。樂只君子，萬福攸同。平平左右，亦是率從。【注】韓「平」作「便」，云：「閑雅之貌。」【疏】傳：「蓬蓬，盛貌。殿，鎮也。平平，辯治也。」箋：「此興也。柞之幹猶先祖也，枝猶子孫也，其葉蓬蓬，喻賢才也，正以柞爲興者。柞之葉新將生，故乃落於地，以喻繼世以德，相承者明也。率，循也。諸侯之有賢才之德，能辯治其連屬之國，使得其所，則連屬之國亦循順之。」○易林復之家人：「萬福攸同，可以安處。」大畜之大壯同，用齊經文。荀子儒效篇：「明主譎德而序位，所以爲不亂也。忠臣誠能然後敢受職，所以爲不窮也。分不亂於上，能不窮於下，治辯之極也。詩曰：『平平左右，亦是率從。』言上下之交不相亂也。」「平作便，云閑雅之貌」者，釋文引韓詩文。陳喬樅云：「左傳引作『便蕃左右』，平、便、辯皆以音近通轉。」正義：「堯典『平章百姓』，書傳作『辯章』，則平、辯義通而古今之異耳。服虔云：『平平，辯治不絕之貌。』則『平平』是貌狀也。」韓訓「便便」爲「閑雅貌」者，「辯治」有整暇之意，故爲閑雅貌也。陳奐云：「爾雅：『便便，辯也。』書大傳：『予辯下土，使民平平。』荀子書多用『辯治』。左傳引詩作『便蕃』，『便』與『辯』同，言辯別也。『蕃』與『緐』同，言緐亂也。辯別緐亂謂之『便蕃』，治辯謂之『平平』，文異而義同也。韓云『便便閑雅之貌』，蓋亦治辯之極之義。」思文傳：『率，用也。』左傳作『帥從』，謂諸侯之順從也。『亦』，發聲。左傳引此詩而釋之云：『夫樂以安德，義以處之，禮以行之，信以守之，仁以厲之，而後可以殿邦國、同福祿、來遠人，所謂樂也。』」

汎汎楊舟，紼纚維之。【注】魯「纚」作「縭」。韓說曰：纚，筰也。一曰：繫也。樂只君子，天子葵之。樂只君子，福祿膍之。【注】韓「膍」作「肶」，云：厚也。優哉游哉，【注】韓「游」作「柔」。亦是戾矣。【疏】傳：「紼，繂也。纚，緌也。明王能維持諸侯也。葵，揆也。膍，厚也。戾，至也。」箋：「楊木之舟浮於水上汎汎然，東西無所定，舟人以紼繫其緌以制行之，猶諸侯之治民，御之以禮法。戾，止也。諸侯有盛德者，亦優游自安。止於是，言思不出其位。」○王逸楚詞九歎注：「楊，木名也。詩云：『汎汎楊舟。』」明魯毛文同。「魯纚作縭」者，釋水：「汎汎楊舟，紼縭維之。絏，緤也。縭，緌也。」孔疏引李巡注：「綷竹爲索，所以維持舟者。」孫炎注：「綷，大索也。舟止繫之於樹木，戾竹爲大索。」「纚，筰也」者，釋文引韓詩文。「纚，繫也」者，文選顏延之宋元皇后哀策文注引韓詩文。陳喬樅云：「說文：『筰，筊也。』『筊，竹索也』。釋名：『引舟者爲筰。筰，作也。作，起也。起舟使動行也。』玉篇：『筰，竹索也，引舟竹筊也。』爾雅郭注：『繂，索也。緌，繫也。』雖雅韓所釋不同，要皆維舟之索。筰以繫舟使止，亦以引舟使行，今行舟者猶然，故韓訓兼二義也。」「葵，揆」，釋言文。郭注引詩曰：「天子葵之。」此舊注魯詩文，明魯毛文同。「膍，厚」，釋詁文。「膍作肶云厚也」者，釋文引韓詩文。陳喬樅云：「說文：『膍，或從比，作肶。』玉篇：『肶，字同膍。』『膍』本訓『膍胵』，又得訓『厚』者，此與『腹』字同意，皆引申叚借之義也。說文：『腹，厚也。』『腹』與『複』通。月令『水澤腹堅』，注：『腹，厚也。』釋文：『腹，本又作複。』『膍』與『毗』通。毗，厚也，見節詩毛傳，是其證。」「韓游作柔」者，韓詩外傳四「子爲親隱，義不得正。君誅不義，仁不得愛。雖違仁害義，法在其中矣。詩云：『優哉柔哉，亦是戾矣。』」陳喬樅云：「案，此引詩『優哉游哉』，『游』當作『柔』，據卷八引定之。」蔡邕集汝南周巨勝碑銘用「優哉游哉」，明魯毛文同。

采菽五章，章八句。

角弓【疏】毛序：「父兄刺幽王也。不親九族而好讒佞，骨肉相怨，故作是詩也。」○魯說以此詩爲幽厲之際。（見下引。）齊韓義未聞。

騂騂角弓，翩其反矣。兄弟昏姻，無胥遠矣。【疏】傳：「興也。騂騂，調利也。不善紲檠巧用，則翩然而反。」箋：「興者，喻王與九族不以恩禮御待之，則使之多怨也。胥，相也。骨肉之親，當相親信，無相疏遠。相疏遠則以親親之望，易以成怨。」○「騂騂」，說文引作「觲觲」，云：「用角，低卬便也。」陳奐云：「凡角長二尺有五寸，角之中當弓之淵，其輔弓之檠，短長與弓淵相埒。考工記弓人言居角之過長者，以終紲爲比也，弛則伏諸檠，張則去檠拂弓淵，然後用之。大射儀：『小射正授弓。大射正以袂順左右隈，上再下一。』此卽調利用弓之法。『翩』者，『偏』之叚借。『善』蓋『繕』之省。紲，亦『檠』也。巧，猶『調利』也。弛不納諸弓檠，用又不殻摩弓淵，其必偏然而反。說苑建本篇：『烏號之弓，雖良，不得排檠，不能自任。』卽其義也。」胡承珙云：「此詩主言兄弟而連及昏姻，並宜『無遠』。何楷以爲幽王寵任昏姻，疏遠同姓。十月之交言皇父七子，皆褒姒姻黨。正月又言『昏姻孔云』。漢書谷永上書云：『抑褒閻之亂，息白華之怨，後宮親屬，饒之以財，勿與政事，以遠皇父之類，損妻黨之權。』皆可與此相證。『無胥遠矣』，言王者之視兄弟，不必與昏姻大相懸絕也。以經證經，較孔疏爲切。」

爾之遠矣，民胥然矣。爾之教矣，民胥傚矣。【注】魯『胥』作『斯』，『傚』作『效』。【疏】箋：「爾，女，女幽王也。胥，皆也。言王女不親骨肉，則天下之人皆如之。見女之教令無善無惡，所尚者天下之人皆學之。言上之化下，不可不慎。」○「魯胥作斯，傚作效」者，潛夫論班祿篇：「詩云：『爾之教矣，民斯效矣。』」白虎通三教篇：「教者，效也，上爲之，下效之。民有朴質，不教不成。故詩云：『爾之教矣，欲民斯效。』」此便文改字，非有岐異。蔡邕集陳仲弓碑「民胥效矣」，獨作「胥」，蓋後人順毛改之。

此令兄弟，綽綽有裕。不令兄弟，交相爲瘉。【疏】傳：「綽綽，寬也。裕，饒。瘉，病也。」箋：「令，善也。」○禮坊記：「詩云：『此令兄弟，綽綽有裕。不令兄弟，交相爲瘉。』」鄭注：「令，善也。綽綽，寬裕貌。交，猶『更』也。瘉，病也。」明齊毛文同。

民之無良，相怨一方。【注】韓說曰：良，善也。言王者所爲無有善者，各相與於一方而怨之。受爵不讓，至于已斯亡。【疏】傳：「爵祿不以相讓，故怨禍及之。比周而黨愈少，鄙争而名愈辱，求安而身愈危。」箋：「良，善也。民之意不獲，當反責之於身，思彼所以然者而恕之。無善心之人，則徒居一處怨恚之。斯，此也。」○毛傳「比周」數語，本荀子儒效篇引詩。漢書劉向上封事曰：「幽厲之際，朝廷不和，轉相非怨，詩人刺之曰：『民之無良，相怨一方。』」（說苑後漢書引詩，「氏」作「人」，蓋避唐諱。）禮坊記：「詩云：『民之無良，相怨一方。受爵不讓，至于已斯亡。』」明魯齊毛文同。易林升之需：「商子無良，相怨一方。引鬭交争，咎以自當。」陳喬樅云：「據易林言『商子無良』云云，則詩所謂『受爵不讓，以至于亡』者，蓋指商子言也。」「良善」至「怨之」，後漢章帝紀李注引韓詩文。又韓詩外傳四載管仲對齊桓公曰：「詩曰：『民之無良，相怨一方。』民皆居一方而怨其上，不亡者未之有也。」與後漢紀注所引韓詩説同。

老馬反爲駒，不顧其後。如食宜饇，【注】韓「宜」作「儀」，我也。如酌孔取。【疏】傳：「已老矣，而孩童慢之。饇，飽也。」箋：「此喻幽王見老人反侮慢之，遇之如幼稚，不自顧念後至年老，人之遇己亦將然。王如食老者則宜令之飽，如飲老者則當孔取。『孔取』，謂度其所勝多少。凡器之孔，其量大小不同，老者氣力弱，故取義焉。王有族食、族燕之禮。」○宗族有老人，王所宜敬者。今王不講敬老之禮，如老馬而反視爲駒，欲任之以勞，不顧其後之勝任與否，非所以優老也。易林家人之小過「老馬爲駒」，用齊經文。「宜作儀，我也」者，釋文引韓詩文。儀、宜古字通訓。「儀」爲「我」，言如食則我令飽，如酌則多其取，養老之正禮不可闕也。常棣「飲酒之飫」，韓作「饇」，此又以「饇」爲「飫」。說文「𩛥」下引詩「飲酒之𩛥」，而繫傳本即引詩「如食宜𩛥」，「𩛥」乃「飫」之本字，知此「饇」亦有作「飫」者，總謂其宜飽耳。老者雖不宜多飲，而勸酌必令甚取。馬瑞辰云：「釋言：『孔，甚也。』酒正：『凡饗耆老孤子，皆共其酒，無酌數。』此詩言飲老者甚其所取，即『無酌數』之義。箋謂如『器之孔』，非。」

毋教猱升木，如塗塗附。君子有徽猷，小人與屬。【疏】傳：「猱，猨屬。塗，泥。附，著也。徽，美也。」箋：「毋，禁辭。猱之性善登木，若教使其爲之必也。附，木桴也。塗之性善著，若以塗附其著亦必也。以喻人之心皆有仁義，教之則進猷道也。君子有美道以得聲譽，則小人亦樂與之而自連屬焉。今無良之人相怨，王不教之。」○教人進於仁義，不當以「猱升」、「塗附」爲比。詩言君子以身作則，教當得中。凡人氣質高伉者，不斂而抑之，則愈長其陵上之心，是猱升木而更教其升也。氣質卑陋者，不作而新之，無以去其汙染之習，如塗著物而更附以塗也。故二者必皆毋之。君子有美道以教人，小人自樂從而附屬之耳。

雨雪瀌瀌，【注】魯韓「瀌」作「麃」。見晛曰消。【注】魯韓作「曣⿰日然聿消。」莫肯下遺，【注】魯「遺」作「隧」，韓作「隤」。韓說曰：隤，猶遠也。式居婁驕。【疏】傳：「晛，日氣也。」箋：「雨雪之盛瀌瀌然，至日將出，其氣始見，人則皆稱曰：雪今消釋矣。喻小人雖多，王若欲興善政，則天下聞之莫不曰：小人今誅滅矣。其所以然者，人心皆樂善，王不啟教之。莫，無也。『遺』，讀曰『隨』。式，用也。婁，斂也。今王不以善政啟小人之心，則無肯謙虛，以禮相卑下，先人而後己，用此自居處斂其驕慢之過者。」○「瀌瀌」，荀子非相篇、漢書劉向傳、韓詩外傳四引詩，並作「麃麃」。陳奐云：「碩人：『鑣鑣，盛皃。』載驅：『儦儦，衆皃。』並以『麃』聲得義，則此『麃麃』爲雨雪衆盛也。」「見晛曰消」，荀子作「宴然聿消」，釋文引韓詩作「曣晛聿消」，劉向傳作「⿱艹燕晛聿消」，段玉裁云：「『宴然』即『曣⿰日然』。廣雅釋詁：『曣⿰日然，煗也。』玉篇廣韻皆云『晛』、『曣』二形同。今本劉向傳引詩『見晛聿消』，顏注：『見，無雲也。晛，日氣也。言雨雪之盛麃麃然，至於無雲，日氣始出，而雨雪皆消釋矣。』案，『見』字不得訓爲『無雲』。說文：『⿱艹燕，姓無雲也。』『晛，日見也。』劉說同許，必原本作『⿱艹燕』。顏所見不誤，後人妄改作『見』耳。」韓詩「曣晛日出也」，與說文「晛日出也」合。釋文引作「曣見」，誤。詩攷作「曣晛」，是也。陳喬樅云：「文選羽獵賦『天清日宴』，李善引許慎淮南注云：『宴，無雲之處也。』『宴』與『晏』同，宴、燕古文通用。晛、𣊬二形又同。荀子『宴然』，又『曣𣊬』之叚借。劉向『𣊬晛』，卽『曣𣊬』之異文也。」愚案：「曰」，箋解爲「稱曰」，失之。「下遺」，荀子作「下隧」。陳奐云：「古遺、隧音同。說文：『旞，或作旝。』此其例。北門傳：『遺，加也。』此『遺』字亦當訓『加』。婁，數也。『莫肯下遺，式居婁驕』，言小人之行，不肯卑下加於人，唯數數驕慢，好自用也。」「韓作隤，說曰隤，猶遠也」者，文選陸機歎逝賦注引薛君韓詩章句文。「莫肯下隤」者，謂莫肯卑下以自遠也。

雨雪浮浮，見晛曰流。如蠻如髦，我是用憂。【疏】傳：「浮浮，猶瀌瀌也。流，流而去也。蠻，南蠻也。髦，夷髦也。」箋：「今小人之行如夷狄，而王不能變化之，我用是爲大憂也。」髦，西夷別名，武王伐紂，其等有八國從焉。」○韓詩外傳四三引「如蠻如髦，我是用憂」二句，明韓毛文同。黃山云：「箋以『蠻髦』爲『小人之行如夷狄』，屬民言。胡承珙據蘇傳云『王之視王族如蠻髦之不相及』，謂視骨肉如夷狄，勝箋說，則屬王言。案，論語：『夷狄之有君，不如諸夏之亡也。』邢疏：『夷狄雖有君，而無禮義。』與公羊襄七年傳何注引論語說同。此詩所陳，皆重在禮義教化，是『如蠻如髦』，斥當時國無禮義相維，有如夷狄，通上下言之也。『髦』，書坶誓作『髳』。柏舟『髧彼兩髦』，說文作『紞彼兩𩮨』，『髳』卽『𩮨』之重文，云漢令有『髳長』，此相通之證，義同後漢西羌傳『豪酋』之豪，故段注卽以『豪酋』釋『髳長』。『髦』又通『毛』，與『蠻』皆無知之名。」

角弓八章，章四句。

菀柳【疏】毛序：「刺幽王也。暴虐無親而刑罰不中，諸侯皆不欲朝，言王者之不可朝事也。」○三家無異義。

有菀者柳，不尚息焉。上帝甚蹈，無自暱焉。【注】韓「蹈」作「陶」，陶，變也。俾予靖之，後予極焉。【疏】傳：「興也。菀，木茂也。蹈，動。暱，近也。靖，治。極，至也。」箋：「尚，庶幾也。有菀然枝葉茂盛之柳，行路之人豈有不庶幾欲就之止息乎？興者，喻王者盛德，則天下皆庶幾願往朝焉，憂今不然。『蹈』，讀曰『悼』。上帝乎者，愬之也。今幽王暴虐，不可以朝事，甚使我心中悼病，是以不從而近之。釋己所以不朝之意。靖，謀。俾，使。極，誅也。假使我朝王，王留我使我謀政事，王信讒不察功考績，後反誅放我。是言王刑罰不中，不可朝事也。」○案，王逸楚詞九歎注：「菀，盛貌。詩云：『有菀者柳。』」明魯、毛文同。「蹈作陶曰陶變也」者。玉篇阜部、衆經音義五引韓詩文。皮嘉祐云：玉篇『甚』譌作『具心』，今據毛詩訂正作『甚陶』，即毛詩之『甚蹈』。外傳作『甚慆』，『慆』與『蹈』形近，與『陶』聲近，故三字通作。衆經音義作『上帝其陶』，阮元云，當是『上帝甚陶』，『其』字誤也。『騶介陶陶』，傳：『陶陶，驅馳之貌。』釋文：『音徒報反。』廣雅釋訓：『蹈，蹈行也。』陶、蹈二字音義並近。馬瑞辰曰：『變』、『動』同義。『蹈』從『舀』聲，『舀』古聲如『由』。『陶』讀如『皋繇』之繇，聲亦與『由』同，故通用。『蹈』通作『陶』，猶鼓鍾詩『憂心且妯』，韓詩作『且陶』；江漢詩『江漢滔滔』，風俗通山澤篇引作『江漢陶陶』；楚詞九章『滔滔孟夏』，史記屈原傳作『陶陶孟夏』也。禮記：『人喜則斯陶。』淮南本經訓：『樂斯動，動斯蹈。』『蹈』亦『陶』也。廣雅：『陶，化也。』淮南本經訓：『言陰陽之陶化。』萬物陶化，猶變化也。『蹈』又通『慆』，韓詩外傳引詩下章作『上帝甚慆』，其上引孫子賦云：『以盲爲明，以聾爲聰，以是爲非，以吉爲凶。嗚呼上天，曷維其同。』則『慆』亦變亂是非之意。楚策又引詩：『上天甚神，無自瘵也。』王念孫云：『神』者，『慆』字之壞，蓋傳寫之誤，不似陶、蹈、慆古同聲得通用，其義與毛傳訓『動』同也。『動』者，言其喜怒變動無常。下詩云：『俾予靖之，後予極焉。』言王始用之以爲治，後且極放誅責之，正以王之喜怒無常，證明『上帝甚蹈』之專。檜詩『中心是悼』，毛傳：『悼，動也。』箋讀爲『悼』，亦得訓『動』，與『蹈』同義。若訓爲『悼病』，則失之矣。陳奐曰：傳『蹈動』，『蹈』即『悼妯』之叚借，『蹈』與『妯』聲近。

鼓鍾『憂心且妯』，傳：『妯，動也。』『妯』謂之動。『蹈』亦謂之動。『蹈』又與『悼』聲近。檜『中心是悼』，傳：『悼動』。『悼』謂之動，『蹈』亦謂之動，傳云『動』者，猶『亂』也。衆經音義引詩，訓『變動』，與『變』義甚近。案，此三説皆是也。陳喬樅乃云：韓『蹈』作『慆』，明見外傳，則作『陶』者必非韓詩。衆經音義『陶』下但引詩云：『上帝甚陶，陶，變也。』不言爲韓詩，當是齊、魯詩之異文異義見於他書者，而玄應采之以證『陶現』之爲『變現』耳。馬據鼓鐘詩『妯』字韓作『陶』，故以意定之。然江漢詩『滔滔』，風俗通引作『陶陶』，應劭用魯詩者，安知『上帝甚陶』非魯詩之異文邪？嘉祐謂解三家詩者皆以『上帝甚陶』爲韓詩，迄無異説。陳氏援風俗通之單文，遂謂應習魯詩，此亦魯詩異文，未免過拘。且其魯詩遺説考已據荀卿遺春申君書引詩曰『上天甚神』，定爲魯詩，何得又作『陶』？雖外傳所引卽楚策孫卿事，然彼引詩作『上天』、作『瘵也』，此引自作『上帝』、作『瘵焉』，是入韓説，卽舉韓詩家法，必不自亂，而『慆』亦爲韓明矣。且『慆』、『陶』可通，『陶』、『神』二字音義均不近，卽屬異本，何由得通？古本亦無音義全不相通而可通用者。外傳雖作『慆』，他本何必盡同。齊魯既有異文，不得謂韓詩遂無異文，此陳氏武斷之處。唐卷子本玉篇晚出，爲前人所未見，作『陶』之異文，惟衆經音義引之，未能取信於人，故或據爲韓詩，或疑非韓詩，今得此確證，可以深信不疑。因陳考非是而辨明之。」馬瑞辰云：「廣雅釋詁：『暱，病也。』訓『暱』爲『病』，與下章『無自瘵焉』，傳訓『病』同義，較毛傳爲善。王念孫謂其義本三家詩，是也。」又云：「釋言：『極，誅也。』箋以『極』爲『殛』之假借，與次章『邁』之爲『行』讀同。左傳『將行子南』同義，故又云『後反誅放我』。」

有菀者柳，不尚愒焉。上帝甚蹈，無自瘵焉。【注】魯「帝」作「天」，「蹈」作「神」，「焉」作「也」。俾予靖之，後予邁焉。【疏】傳：「愒，息也。瘵，病也。」箋：「瘵，接也。邁，行也，行亦放也。春秋傳曰：予將行之。」〇「魯帝作天，蹈作神，焉作也」者，楚策載孫子爲書謝春申君引詩文，説已詳上。

有鳥高飛，亦傅于天。彼人之心，于何其臻？曷予靖之？居以凶矜。【疏】傳：「曷，害。矜，危也。」箋：「傅、臻，皆『至』也。『彼人』，斥幽王也。鳥之高飛，極至於天耳。幽王之心，於何所至乎？言其轉側無常，人不知其所屆。王何爲使我謀之，隨而罪我，居我以凶危之地？謂四裔也。」○馬瑞辰云：「方言：『厲，今也。』戴震曰：『今』當爲『矜』。『厲』與『矜』同義，厲爲『危』，故矜亦爲『危』。廣雅：『矜，厲危也。』」潛夫論賢難篇：「詩云：『彼人之心，于何其臻？』」明魯毛文同。

菀柳三章，章六句。

都人士【疏】毛序：「周人刺衣服無常也。古者長民，衣服不貳，從容有常，以齊其民，則民德歸壹。傷今不復見古人也。」箋：「服，謂冠弁衣裳也。『古者』，明王時也。『長民』，謂凡在民上倡率者也。變易無常謂之貳。『從容』，謂休燕也。休燕猶有常，則朝夕明矣。『壹』者，專也，同也。」○說詳首章下。

彼都人士，狐裘黃黃。其容不改，出言有章。行歸于周，萬民所望。【疏】傳：「彼，彼明王也。周，忠信也。」箋：「城郭之域曰都。古明王時，都人之有士行者，冬則衣狐裘黃黃然，取溫裕而已，其動作容貌既有常，吐口言語又有法度文章。疾今奢淫，不自責以過差。于，於也。都人之士所以要歸於忠信，其餘萬民寡識者，咸瞻望而法傚之。又疾今不然。」○此詩毛氏五章，三家皆止四章。孔疏云：「左襄十四年傳引此詩『行歸于周，萬民所望』二句，服虔曰：『逸詩也。都人士首章有之。』禮緇衣鄭注云：『毛詩有之，三家則亡。』今韓詩實無此首章。」細味全詩，二、三、四、五章「士」、「女」對文，此章單言「士」，並不及「女」，其詞不類。且首章言「出言有章」，言「行歸于周，萬民所望」，後四章無一語照應，其義亦不類。是明明逸詩孤章，毛以首二句相類，强裝篇首，覩其取緇衣文作序，亦無謂甚矣。左傳如「翹翹車乘，狐裘蒙茸」，本有引逸詩之例。漢書儒林傳「客歌驪駒，主人歌客毋庸歸」，王式謂「聞之於師」，是魯家亦本有傳逸詩之例。賈誼新書等齊篇引詩云：「彼都人士，狐裘黄黄。行歸于周，萬民之望。」賈時毛詩未行，所引字句亦小異，是漢初卽傳此詩。蔡邕述行賦「詠都人以思歸」，是以爲思歸彼都之詩，不解「周」爲「忠信」，則亦非用毛詩也。毛詩自有，三家自無，今述三家，此章仍當棄而不取。

彼都人士，臺笠緇撮。彼君子女，綢直如髮。我不見兮，我心不說。【疏】傳：「臺，所以禦暑。笠，所以禦雨也。緇撮，緇布冠也。密直如髮也。」箋：「臺，夫須也。都人之士以臺皮爲笠，緇布爲冠。古明王之時，儉且節也。『彼君子女』者，謂都人之家女也，其情性密緻，操行正直，如髮之本末，無隆殺也。疾時皆奢淫，我不復見今士女之然者，心思之而憂也。」〇「臺笠」者，汪龍云：「南山有臺疏及文選謝玄暉卧病詩注引此傳云：『臺，所以禦雨。』又無羊傳：『衰，所以備雨。笠，所以御暑。』則傳本『臺爲御雨，笠爲御暑』，今本暑、雨字乃後人轉寫誤倒。笠本以御暑，而亦可御雨，故良耜傳曰：『笠，所以禦暑雨。』」陳奐云：「南山有臺傳：『臺，夫須。』臺皮可以爲衰，因之禦雨之物卽謂之『臺』。此傳『臺御雨』，無羊傳『衰備雨』，則『臺』卽『衰』矣。臺與笠明是二物，箋云『以臺皮爲笠』，與『緇撮』對語，則合爲一物。禮郊特牲：『大羅氏，天子之掌鳥獸者也。諸侯貢屬焉。草笠而至，尊野服也。』鄭注：『諸侯於蜡，使使者戴草笠貢鳥獸也。詩曰：「彼都人士，臺笠緇撮。」』鄭或本三家詩。」（愚案：當本齊義。）又云：「士冠禮：『緇布冠缺項青組，纓屬于缺。緇纚廣終幅，長六尺。』鄭注：『缺，讀如「有頍者弁」之頍，緇布冠無笄者著頍，圍髮際，結項中，隅爲四綴，以固冠也。項中有䋲，亦由固頍爲之耳。今未冠笄者著卷幘，頍象之所生也。滕薛名蔮爲頍。屬，猶著。纚，今之幘梁也。終，充也。纚一幅長六尺，足以韜髮而結之矣。』喪服注：『首絰，象緇布冠之缺項。』案，此缺項之制也。缺在項，故謂之『缺項』。詩之

『撮』卽儀禮之『缺』，『缺』爲固冠之物，『撮』亦固冠之義。莊子寓言篇：『向也括撮，而今也被髮。』道藏本陳景元音義有『撮』字，各本奪。『撮』，卽詩之『撮』也。人間世篇『會撮指天』，崔譔云：『會撮，項椎也。』司馬彪云：『會撮，髻也。古者髻在項中，脊曲頭低，故髻指天也。』大宗師篇『句贅指天』，李頤云：『句贅，項椎也。其形似贅，言其上向也。』故『會髮』卽『括髮』，其固緇布冠之物謂之『缺』，亦謂之『撮』。缺從『夬』聲，撮從『最』聲，古音正同。『撮』者本字，『缺』者借字。儀禮『缺項』之『缺』，當讀如『緇撮』之『撮』。緇布冠爲三加之始冠，諸侯有繢緌，諸侯以下無繢緌，以緇布冠爲常服，其猶大古冠布之遺與？馬瑞辰云：「說文：『鬒，髮多也。』詩作『綢』，爲叚借字。以四章『卷髮如蠆』、五章『髮則有旟』，皆極言髮美，則知『綢直如髮』亦謂髮美。『如髮』，猶云『乃髮』，『乃』猶『其』也，卽謂『綢直其髮』耳。傳箋讀『譬如』之如，失其義矣。」列女齊孝孟姬傳：「詩云：『彼君子女，綢直如髮。』」明魯毛文同。班固西都賦：「都人士女，殊異乎五方。」『士女』並提，用齊經文。

彼都人士，充耳琇實。彼君子女，謂之尹吉。我不見兮，我心苑結。【疏】傳：「琇，美石也。尹，正也。」箋：「言以美石爲瑱，瑱，塞耳。『吉』，讀爲『姞』。尹氏、姞氏，周室昏姻之舊姓也。人見都人之家女，咸謂之尹氏、姞氏之女，言有禮法。苑，猶屈也、積也。」○「琇」當作「璓」，義具淇奧篇。「實」，充耳之貌。「謂之尹吉」者，馬瑞辰云：「箋說是也。國語晉胥臣曰：『黃帝之子得姓者十四人，爲十二姓，姞其一也。』潛夫論志氏姓曰：『姞氏之別，有闞尹蔡光魯雍斷密須氏。』是尹卽姞氏之別，尹吉並稱，猶申呂齊許並言也。說文：『姞，黃帝之後，伯鯈姓也。』后稷妃家吉，卽姞之省。左傳石癸曰：『姞，吉人也。』漢書人表云：『姞人棄妃。』直以『姞人』爲姓名。唐宰相世系表云：『吉氏出自姞姓。』皆『吉』卽爲『姞』之證。『姞』通『郅』，路史國名紀：『郅，黃帝之宗，見詩。』引風俗通云：『郅，殷時侯國。一作吉。』」

彼都人士，垂帶而厲。【注】齊「而」作「如」。魯「而」作「若」。彼君子女，卷髮如蠆。我不見兮，言從之邁。【疏】傳：「厲，帶之垂者。」箋：「『而』，亦『如』也。『而厲』，如鞶厲也，鞶必垂厲以爲飾。『厲』字當作『裂』。蠆，螫蟲也，尾末揵然，似婦人髮末曲上卷然。『言』，亦『我』也。邁，行也。我今不見士女此飾，心思之，欲從之行。言己憂悶，欲自殺求從古人。」〇案，「齊而作如」者，禮內則鄭注云：「鞶，小囊盛帨巾者，男用韋，女用繒，有飾緣之。」則是「鞶裂」與？詩云「垂帶如厲」，說文：「裂，繒餘也。」帶以繒爲之，垂其餘以爲飾，故詩言「如裂」耳。「魯而作若」者，淮南汜論訓高注：「博帶，大帶。詩云：『垂帶若厲。』」言帶之垂爲大帶也。「而」與「如」、「若」並聲近通用。左桓二年傳「鞶厲」，杜注：「厲，大帶之垂者。」廣雅：「厲，帶也。」蓋對文則「厲」爲「垂帶」之名，散文則「厲」亦「帶」也。

匪伊垂之，帶則有餘，匪伊卷之，髮則有旟。我不見兮，云何盱矣。【疏】傳：「旟，揚也。」箋：「伊，辭也。此言士非故垂此帶也，帶於禮自當有餘也。女非故卷此髮也，髮於禮自當有旟也。旟，枝旟揚起也。盱，病也。思之甚，云何乎我今已病也。」〇案，「匪伊垂之」四句，說者頗多，然箋義自長。

都人士五章，章六句。

采綠【疏】毛序：「刺怨曠也。幽王之時，多怨曠者也。」箋：「怨曠者，君子行役過時之所由也。而刺之者，譏其不但憂思而已，欲從君子於外，非禮也。」〇三家義未聞。

終朝采緑，【注】魯「緑」作「菉」。不盈一匊。予髮曲局，薄言歸沐。【疏】傳：「興也。自旦及食時爲終朝。兩手曰匊。局，卷也。婦人夫不在則不容飾。」箋：「緑，王芻也，易得之菜也，終朝采之而不滿手，怨曠之深，憂思不專於事。言，我也。禮，婦人在夫家，笄象笄。今曲卷其髮，憂思之甚也。有云君子將歸者，我則沐以待之。」〇案，「魯緑作菉」者，王逸楚詞離騷注：「菉，王芻也。詩曰：『終朝采菉。』」明魯作「菉」，毛作『緑』，借字。

終朝采藍，不盈一襜。五日爲期，六日不詹。【疏】傳：「衣蔽前謂之襜。詹，至也。婦人五日一御。」箋：「藍，染草也。婦人過於時，乃怨曠。『五日』、『六日』者，五月之日，六月之日也。期至五月而歸，今六月猶不至，是以憂思。」○後漢劉瑜傳上書曰：「天地之性，陰陽正紀，隔絶其道，則水旱爲并。詩云：『五日爲期，六日不詹。』怨曠作歌，仲尼所録。」陳喬樅云：「范書言『瑜少通經學，尤善圖讖、天文、曆算之術』，其所習詩當爲齊學。攷周官九嬪注云：『凡羣妃御見之法，月與后妃，其象也。孔子云：日者天之明，月者地之理。陰契制，故月上屬爲天。使婦從夫。放月紀。』鄭引孔子云云，出孝經援神契文。緯書多用齊詩，瑜所謂『天地之性，陰陽正紀』，卽援神契『天明地理』及『陰契制』之義，説本齊詩無疑也。內則鄭注云：『五日一御，諸侯制也。諸侯娶九女，姪娣兩兩而御，則三日也；次兩媵，則四日也；次夫人專夜，則五日也。天子十五日乃一御。』然據王度記云『天子、諸侯一娶九女』，則五日之御，亦可通乎天子。內則所言『妾未五十，必與五日之御』，承上文『夫婦之禮，唯及七十，同藏無間』。此則據妾而言，並非專指諸侯之制，疑又當通乎大夫以下也，故傳云『婦人五日一御』。王肅以爲『大夫以下之制』。」

之子于狩，言韔其弓。之子于釣，言綸之繩。【疏】箋：「『之子』，是子也，謂其君子也。于，往也。綸，釣繳也。君子往狩與？我當從之爲之韔弓；其往釣與？我當從之爲之繩繳。今怨曠，自恨初行時不然。」○陳奐云：「釋草『綸』，郭注：『今有秩嗇夫所帶糾青絲綸。』是『綸』爲『糾合』之稱。『綸之繩』，與『韔其弓』對文。」

其釣維何？維魴及鱮。維魴及鱮，薄言觀者。【注】韓「觀」作「覩」。【疏】箋：「觀，多也。此美其君子之有技藝也。釣必得魴鱮，魴鱮是云其多者耳。其衆雜魚，乃衆多矣。」○「觀作覩」者，釋文引韓詩文。陳喬樅云：「釋詁：『觀，多也。』郭注引詩『薄言觀者』。箋說正本雅訓。『覩』義亦得訓『多』。說文『覩』爲古文『睹』字。覩『从見、者聲』，者『從白、𠙻聲』。『𠙻』，古文『旅』。『旅』有『衆』義，故都『从邑、者聲』，義訓爲『聚』；諸『从言、者聲』，義訓爲『衆』。然則『覩』亦有『衆』義，故與『觀』之訓『多』者同也。」

采綠四章，章四句。

黍苗【注】三家說曰：「召伯述職，勞來諸侯也。」【疏】毛序：「刺幽王也。不能膏潤天下，卿士不能行召伯之職焉。」箋：「陳宣王之德、召伯之功，以刺幽王及其羣臣廢此恩澤事業也。」○國語韋注：「黍苗，道召伯述職，勞來諸侯也。」左傳襄十九年杜注：「黍苗，美召伯勞來諸侯。」其義蓋本三家，與毛序異。

芃芃黍苗，陰雨膏之。悠悠南行，召伯勞之。【疏】傳：「興也。芃芃，長大貌。悠悠，行貌。」箋：「興者，喻天下之民如黍苗然，宣王能以恩澤育養之，亦如天之有陰雨之潤。宣王之時，使召伯營謝邑，以定申伯之國，將徒役南行，衆多悠悠然，召伯則能勞來勸說以先之。」○陳奐云：「申伯封謝，則悠悠然南行。能建國親侯，即『膏潤天下』意也。勞，勸也。『召伯勞之』，卿士述職也。箋以『悠悠』爲徒役衆多然，將徒役而往營謝，未免擾動兵衆，不中時務。嵩高詩但言『因是謝人，以作爾庸』也。」

我任我輦，我車我牛。我行既集，蓋云歸哉。【疏】傳：「任者，輦者，車者，牛者。」箋：「集，猶『成』也。蓋，猶『皆』也。營謝轉餫之役，有負任者，有輓輦者，有將車者，有牽傍牛者。其爲南行之事既成，召伯則皆告之云：可歸哉。刺今王使民行役，曾無休止時。」○馬瑞辰云：「呂覽舉難篇：『甯戚將任車以至齊。』淮南道應篇：『甯越爲商旅將任車。』高注：『任，載也。』引詩『我任我輦』。是高以詩『我任』即爲『任車』。淮南又曰『甯越飯牛車下』，則所云『任車』即牛車耳。案，鄉師注：『輂人輓行，所以載任器。』則『輂』亦得曰『任』。下始言『我車我牛』，車、牛爲一，則上言『我任我輂』卽謂以輂載任器，亦爲一事而分言之，不得如箋訓爲『負任』，亦不得如高以爲『任車』也。釋訓：『徒御不驚，輂者也。』『徒御』二字當連讀，謂徒步而御車者。此詩『我徒我御』亦一事而分言之，『徒御』卽上之『輂』，正不必如傳箋之過爲區別耳。鄉師注引司馬法曰：『夏后氏謂輂曰余車，殷曰胡奴車，周曰輜輂。輂一斧、一斤、一鑿、一梩、一鋤，周輂加二板二築。』此謂輂載一人所需物也。又曰：『夏后氏二十人而輂，殷十八人而輂，周十五人而輂。』此謂一輂載二十人，若十八人、十五人所需也。周每人加二板二築，故僅容十五人所需。賈疏謂『說輓人多少』，失之。說文：『扶，竝行也。从二夫。』『輦，輓車也。从扶，在車前引之。』易林曰：『二人輦車，徙去其家。』是皆輦用二人引車之證。淮南說山篇：『引車者二，六而後之。』據上云『物固有衆而不若少』者，當讀『引車者二』句，所謂『少』也；『六而後之』句，謂六人自後推之，所謂『衆』也。卽左傳所謂『或輓之，或推之』也。高注：『輲三人，兩輲六人。故謂二六。一說十二人。』皆非也。「歸」者，歸謝，嵩高云「申伯還南，謝于誠歸」也。爾雅：「曷，盍也。」「曷」謂之「盍」，「盍」又謂之「曷」，「蓋」亦謂之「曷」。荀子富國篇言「仁人在上」云云，末引詩云：「我任我輦，我車我牛。我行既集，蓋云歸哉。」明魯毛文同。

我徒我御，我師我旅。我行既集，蓋云歸處。【疏】傳：「徒行者，御車者，師者，旅者。」箋：「步行曰徒。召伯營謝邑，以兵衆行，其士卒有步行者，有御兵車者。五百人爲旅，五旅爲師。春秋傳曰：諸侯之制，君行師從，卿行旅從。」○王引之云：「經傳言『師旅』者有二義：一爲士卒之名，小司徒『五卒爲旅，五旅爲師』是也；一爲羣有司之名，宰夫『掌百官府之徵令，辨其八職，一曰正，掌官灋以治要；二曰師，掌官成以治凡；三曰司，掌官灋以治目；四曰旅，掌官常以治數』是也。左襄十年傳『官之師旅，不勝其富』，十四年『今官之師旅無乃實有所闕，以攜諸侯』，晉語『陽有夏商之嗣典，有周室之師旅，樊仲之官守焉』，皆謂掌官成、官常者。『官之師旅』，猶言羣有司也。『周室之師旅』，卽官守也。蓋樊仲之官守所守者，嗣典也，其官則師旅也。三句一貫，故下文但曰『其非官守』也。其大小之差，則旅卑於師，師又卑於正，故八職師、旅在正之下。成十八年傳『師不陵正，旅不偪師』，言小不加大也。襄二十五年傳『百官之正長師旅』，先正長而後師旅也。楚語『天子之貴也，唯其以公侯爲官正，而以伯子男爲師旅』，言公侯之統伯子男，猶官正之統師旅。乃杜注『師不陵正，旅不偪帥』，曰『師，二千五百人之帥也；旅，五百人之帥也』，注『官之師旅』曰『師旅之長』，注『百官之正長師旅』曰『師旅，小將帥也』，韋注『伯子男爲師旅』曰『帥師旅也』，皆不知師旅爲羣有司之名，而誤以爲帥師旅者。夫帥師旅者，豈得遂謂之『師旅』乎？至韋注『周室之師旅』曰『周室之師衆』，則又誤以爲人衆之名矣。」陳奐云：「此箋解『師旅』之誤，與杜韋同。此是申伯入謝，不必盛言兵衆。崧高傳以『徒御』爲『虎賁』。又『王命傅御，遷其私人』，傳：『御，治事之官也。私人，家臣也。』傅御、私人，亦卽在徒御師旅之中，則此『師旅』非兵衆可知。鄭箋以徒御師旅皆謂召伯之士卒，與毛傳不同義。二千五百人爲師，則傳不得稱之曰『師者』矣。五百人爲旅，則傳不得稱之曰『旅者』矣。孔疏依箋申傳，失之。」案，陳說區別傳、箋，至爲明析，其駁「將徒役而往營謝」，尤中肯綮。

肅肅謝功，召伯營之。烈烈征師，召伯成之。【疏】傳：「謝，邑也。」箋：「肅肅，嚴正之貌。營，治也。烈烈，威武貌。征，行也。美召伯治謝邑，則使之嚴正。將師旅行，則有威武也。」〇陳奐云：「小星傳：『肅肅，疾貌。』『烈烈』，讀如『如火烈烈』。征，行也。師，衆也。」愚案：韓奕「溥彼韓城，燕師所完」，傳：「師，衆也。」箋：「衆民之所築。」此章「師」義正同。述職勞來諸侯，非尚威武之事，崧高言「召伯是營」，亦不及師旅，此箋實沿上章「師旅」之誤。惟「征」當訓「征召」，周禮「卿大夫皆征之」，先鄭注：「『征之』者，給公上事也。」

原隰既平，泉流既清。召伯有成，王心則寧。【疏】傳：「土治曰平，水治曰清。」箋：「召伯營謝邑，相其原隰之宜，通其水泉之利。此功既成，宣王之心則安也。又刺今王臣無成功而亦心安。」○此以喻治之有本，不專爲營謝言也。說苑建本篇：「夫本不正者末必倚，始不盛者終必衰。詩云：『原隰既平，泉流既清。』本立而道生，是故君子貴建本而重立始。」「召伯有成」者，考績述職，告其成功，王心於是喜悦而安寧也。

黍苗五章，章四句。

隰桑【疏】毛序：「刺幽王也。小人在位，君子在野，思見君子，盡心以事之。」○三家義未聞。

隰桑有阿，其葉有難。既見君子，其樂如何？【疏】「興也。阿然美貌，難然盛貌，有以利人也。」箋：「隰中之桑，枝條阿阿然長美，其葉又茂盛，可以庇蔭人。興者，喻時賢人君子不用而野處，有覆養之德也。正以隰桑興者，反求此義，則原上之桑枝葉不能然，以刺時小人在位，無德於民。思在野之君子，而得見其在位喜樂無度。」○陳奐云：「『阿』之爲言『猗』也。淇奧傳：『猗猗，美盛也。』難、儺古通。『難』之爲言『那』也。釋文：『難，乃多反。』其讀同『那』。桑扈『那』，傳：『那，多也。』萇楚曰『猗儺』，那曰『猗那』，音義皆同也。」案，「有阿」，即「阿阿」也，故箋讀爲「阿阿」。「阿阿」字亦變爲「猗猗」，見淇奧傳。經中凡絫字多參用「有」字，與絫字無異。

隰桑有阿，其葉有沃。既見君子，云何不樂！【疏】傳：「沃，柔也。」○案，「有沃」與「沃沃」同，亦與「沃若」同。

隰桑有阿，其葉有幽。既見君子，德音孔膠。【疏】傳：「幽，黑色也。膠，固也。」箋：「君子在位，民附仰之，其教令之行，甚堅固也。」○馬瑞辰云：「幽、葽一聲之轉，豳詩『四月秀葽』，夏小正作『莠幽』。漢書郊祀志房中歌曰

『豐草萋』，孟康注：『萋，盛貌。』此詩『有幽』，與上章『有難』、『有沃』同義，正當讀『萋』訓『盛』。『膠』，讀爲『僇』之省借，方言：『僇，盛也。陳宋之間曰僇。』廣雅：『僇，盛也。』『孔膠』，猶言『甚盛』耳。」列女周宣姜后傳引詩曰：「隰桑有阿，其葉有幽。既見君子，德音孔膠。」明魯毛文同。韓詩外傳四引詩曰：「既見君子，德音孔膠。」明韓毛文同。

心乎愛矣，遐不謂矣！中心藏之，何日忘之！【疏】箋：「遐，遠；謂，勤；藏，善也。我心愛此君子，君子雖遠在野，豈能不勤思之乎！宜思之也。我心善此君子，又誠不能忘也！孔子曰：『愛之能勿勞乎！忠焉能勿誨乎？』」○禮表記引詩云：「心乎愛矣，瑕不謂矣！中心藏之，何日忘之！」鄭注：「『瑕』之言『胡』也。『謂』，猶『告』也。」「瑕不」、「遐不」，皆可訓「胡」。鄭注禮時即用齊詩義解，特箋詩又別爲解耳。各本「藏」从「艸」，皆後來所加，古止作「臧」，釋文本尚未改。古文孝經引詩，「中心」作「忠心」，序所謂「盡心以事之」也。新序雜事五：「詩曰：『中心藏之，何日忘之！』」明魯毛文同。韓詩外傳四兩引詩曰：「中心藏之，何日忘之！」明韓毛文同。

隰桑四章，章四句。

白華【疏】毛序：「周人刺幽后也。幽王取申女以爲后，又得褒姒而黜申后，故下國化之，以妾爲妻，以孽代宗，而王弗能治。周人爲之作是詩也。」箋：「申，姜姓之國也。褒姒，褒人所入之女，姒，其字也，是謂幽后。孽，支庶也。宗，適子也。王不能治，已不正故也。」○漢書班倢伃傳：「綠衣兮白華，自古兮有之。」班氏家學齊詩，所舉齊義，明與毛同。魯韓當無異義。

白華菅兮，白茅束兮。之子之遠，俾我獨兮。【疏】傳：「興也。白華，野菅也。已漚爲菅。」箋：「白華於野，已漚名之爲菅。菅柔忍中用矣，而更取白茅收束之，茅比於白華爲脆。興者，喻王取於申，申后禮儀備任妃后之事，而更納褒姒，褒姒爲孽，將至滅國。『之子』，斥幽王也。俾，使也。王之遠外我，不復答耦我，意欲使我獨也。老而無子曰獨。後褒姒譖申后之子，宜咎奔申。」○「白華，野菅」，釋草文，言白華已漚而爲菅，更得白茅以相纏束，則端成潔白，夫婦之道正矣。至褒姒獻納，後宮止備妾媵，詩人不得以白茅之束比況之，次章更以菅、茅相提並論也。

英英白雲，【注】韓「英」作「泱」。露彼菅茅。天步艱難，之子不猶。【注】韓說曰：天行艱難於我身，不我可也。【疏】傳：「英英，白雲貌。露亦有雲，言天地之氣，無微不著，無不覆養。步，行。猶，可也。」箋：「白雲下露，養彼可以爲菅之茅，使與白華之菅相亂易，猶天下妖氣生褒姒，使申后見黜。猶，圖也。天行此艱難之妖久矣，王不圖其變之所由爾。昔夏之衰，有二龍之妖，卜藏其漦。周厲王發而觀之，化爲玄黿，童女遇之，當宣王時而生女，懼而棄之。後褒人有獻而入之幽王，幽王嬖之，是謂褒姒。」○「英作泱」者，釋文引韓詩文。陳喬樅云：「說文：『泱，滃也。』『滃，雲氣起也。』文選潘安仁射雉賦『天泱泱以垂雲』，即用韓詩，徐爰注：『泱音英。』李善注引毛詩『英英白雲』，毛萇曰：『英英，白雲貌。』『泱』與『央』古字通。六月篇『白旆央央』，公羊宣十二年疏引孫氏說作『帛旆英英』是已。」馬瑞辰云：「『露』，猶『覆』也，連言之則曰『覆露』。晉語：『是先王覆露子也。』淮南時則訓：『包裹覆露，無不囊懷。』繁露基義篇：『天爲君而覆露之。』漢書鼂錯傳：『今陛下配天象地，覆露萬民。』嚴助傳：『陛下垂德惠以覆露之。』皆覆、露同義之證。此詩『露彼菅茅』，猶言『覆彼菅茅』，與下章『浸彼稻田』同義。歐陽本義、黃氏日鈔皆以『露』爲『覆露』，是也。」「天行」至「可也」，正義引韓詩侯苞翼要文。舉足謂之步，故訓「步」爲「行」。中谷有蓷傳：「艱，亦難也。」「猶，可」，釋言文。申女身爲王后，又生太子，自宜永享榮華。而天行艱難之運於國家，后身適當之，遂至廢黜，不啻行之於我身，因而之子不以我爲可也。王肅云：「天行艱難，使下國化之，以倡爲不可故也。」雖本序爲說，然與上章不類，故孔取侯說。蔡邕庚侯碑「廓天步之艱難」，用魯經文。

滮池北流，【注】三家「滮」作「淲」，「池」作「沱」。浸彼稻田。嘯歌傷懷，念彼碩人。【疏】傳：「滮，流貌。」箋：「池水之澤，浸潤稻田，使之生殖，喻王無恩意於申后，滮池之不如也。豐鎬之間水北流。碩，大也。妖大之人，謂褒姒也。申后見黜，褒姒之所爲，故憂傷而念之。」○水經渭水注：「鎬水又北流，西北注，與滮池水合。水出鄗池西，而北流入於鎬。毛詩曰：『滮，流浪也。』而世傳以爲水名矣。」注：「浪，蓋『貌』字傳寫之誤。」括地志：「滮池，今按其池，周十五步。」「三家滮作淲，池作沱」者，說文：「淲，水流貌。从水，彪省聲。詩曰：『淲沱北流。』」與毛異字，明出三家。言池水尚有浸潤生殖之澤，今后身黜退，滮池之不如也。張衡南都賦「浸彼稻田」，用魯經文。「碩人」，當從王肅孫毓指申后，與衞風「碩人」指莊姜同。陳奐以爲篇中五「我」字皆指申后，此「碩人」指申后，則「我心」之「我」無屬。不知「實勞我心」與「俾我」、「視我」不同，「勞心」，即此章之「傷懷」，所謂「我」者，詩人自我也。

樵彼桑薪，卬烘于煁。維彼碩人，實勞我心。【疏】傳：「卬，我。烘，燎也。煁，烓竈也。桑薪，宜以養人者也。」箋：「人之樵取彼桑薪，宜以炊饔饎之爨，以養食人。『桑薪』，薪之善者也，我反以燎於烓竈，用炤事物而已。喻王始以禮取申后，申后禮儀備，今反黜之，使爲卑賤之事，亦猶是。」○說文云：「烓，行竈也。」詩人每以「薪」喻婚姻，桑又女功最貴之木也，以桑而樵之爲薪，乃徒供行竈烘燎之用，其貴賤顛倒甚矣。

鼓鍾于宮，聲聞于外。念子懆懆，視我邁邁。【注】韓「邁」作「怖」，云：意不說好也。【疏】傳：「有諸宮中，必形見於外。邁邁，不說也。」箋：「王失禮於外，而下國聞知而化之。王弗能治，如鳴鼓鍾於宮中，而欲外人不聞，亦不可止。此言申后之忠於王也，念之懆懆然，欲諫正之，王反不說於其所言。」○段玉裁云：「箋云『鳴鼓鍾』，謂鼓與鍾二物也。靈臺『於論鼓鍾』，鄭云：『鼓與鍾也。』此詩正同。疏云『鼓擊其鍾』，誤。」黃山云：「此箋文有誤，孔不誤也。釋樂：『徒鼓鍾謂之修。』鼓鍾篇『鍾鼓』三句，韓詩皆作『鼓鍾』，與『鼓瑟』、『鼓琴』相應。此『鼓鍾』爲『擊鍾』之例。鍾必擊而後有聲，否則鍾鼓雖在宮，不能聞於外也。孔疏：『有人鼓擊其鍾於宮內』，此自釋傳『有諸宮中』之文。而下不言鄭異者，必今箋『鳴鼓鍾』乃『鳴擊鍾』之訛，孔正據之以『擊』釋毛耳。靈臺『於論鼓鍾』，『論』本即言其節奏，已賅『鳴擊』義。且上『賁鼓維鏞』，『鼓鍾』亦本並列，此非言樂，不必兼鼓。鼓以鼓衆，亦非箋『欲外人不聞不可止』之義。段說蓋非。」韓詩外傳四：「僞詐不可長，虛空不可守，朽木不可雕，情亡不可久。詩曰：『鼓鍾于宮，聲聞于外。』言有中者必能見外也。」韓釋詩與毛鄭同。說文：「懆，愁不安也。从心，喿聲。詩曰：『念子懆懆。』」釋文云：「亦作『慘慘』。」「邁邁作怖怖云意不說好也」者，釋文引韓詩文。說文亦作「怖怖」，云「恨怒也」。「恨怒」，宜從釋文引作「很怒」。「很怒」即「不說好」意，毛訓「邁邁」爲「不說」，是以「邁邁」爲「怖怖」之叚借。

有鶖在梁，有鶴在林。維彼碩人，實勞我心。【疏】傳：「鶖，禿鶖也。」箋：「鶖也，鶴也，皆以魚爲美食者也。鶖之性貪惡，而今在梁；鶴絜白，而反在林。興王養褒姒而餒申后，近惡而遠善。」○說文：「鵚，禿鵚也。」或作「鶖」，王逸楚詞大招注：「鶖鶬，禿鶬也。詩云：『有鶖在梁。』」明魯毛文同。

鴛鴦在梁，戢其左翼。之子無良，二三其德。【疏】箋：「戢，斂也。斂左翼者，謂右掩左也。鳥之雌雄不可別者，以翼右掩左雄，左掩右雌，陰陽相下之義也。夫婦之道，亦以禮義相下，以成家道。良，善也。王無答耦己之善意，而變移其心志，令我怨曠。」○馬瑞辰云：「詩義蓋與鴛鴦篇同。以鴛鴦匹鳥，得其所止，能不貳其耦，以興幽王二三其德，爲匹鳥之不若也。不當如箋專指雄者言。」韓詩外傳四「所謂庸人者」云云，末引詩曰：「之子無良，二三其德。」明韓毛文同。

有扁斯石，履之卑兮。之子之遠，俾我疧兮。【疏】傳：「扁扁，乘石貌。王乘車履石。疧，病也。」箋：「王后出入之禮與王同，其行登車，亦履石。申后始時亦然，今見黜而卑賤。王之遠外我，欲使我困病。」○隸僕「王行則洗乘石」，鄭司農曰：「所登上車之石也。」淮南齊俗訓、文選李注引尸子，並云：「周公踐東宮，履乘石。」淮南高注：「人君升車有乘石。」説皆與毛傳合，蓋以乘石爲王所履，與后之爲王所棄耳。胡承珙曰：「『履之卑兮』，『卑』字當屬石言。何楷古義云：『履之卑兮』，是倒文，言乘石卑下，猶得蒙王踐履。其説是也。」至於后亦履石，經傳無徵，箋特以義推而言之，與傳義殊。士昏禮「婦人以几」，賈疏云：「王后則履石。」特本詩箋以意推之，亦非有確證也。正義合傳箋爲一，失之。

白華八章，章四句。

緜蠻【疏】毛序：「微臣刺亂也。大臣不用仁心，遺忘微賤，不肯飲食教載之，故作是詩也。」箋：「微臣，謂士也。古者卿大夫出行，士爲末介。士之禄薄，或困乏於資財，則當賙贍之。幽王之時國亂，禮廢恩薄，大不念小，尊不恤賤，故本其亂而刺之。」○潛夫論班禄篇：「行人定（疑當作「困」。）而緜蠻諷。」與毛序意同。齊韓當無異義。齊詩篇名作緡蠻，説見下。

緜蠻黄鳥，【注】韓詩曰：「緜蠻黄鳥。」韓説曰：緜蠻，文貌。止于丘阿。道之云遠，我勞如何！飲之食之，教之誨之，命彼後車，謂之載之。【疏】傳：「興也。緜蠻，小鳥貌。丘阿，曲阿也。鳥止於阿，人止於仁。」箋：「『止』，謂飛行所止託也。興者，小鳥知止於丘之曲阿靜安之處而託息焉，喻小臣擇卿大夫有仁厚之德者而依屬焉。在國依屬於卿大夫之仁者，至於爲末介從而行。道路遠矣，我罷勞則卿大夫之恩宜如何乎？渴則予之飲，飢則予之食，事未至則豫教之，臨事則誨之，車敗則命後車載之。『後車』，倅車也。」○「韓詩」至「文貌」，文選何晏景福殿賦李注、王融曲水詩序李注引韓詩薛君注文。「緜蠻黃鳥」，明韓毛文同。馬瑞辰云：「緜、蠻二字雙聲，說文：『緜，聯微也。』廣雅：『緜，小也。』緜有『小』義，故傳以爲『小鳥貌』。韓以『緜蠻』爲『文貌』者，案，釋詁：『覭髳，茀離也。』『緜蠻』即『覭髳』之轉，蓋文采緐密之貌，故韓以爲『文貌』，當從韓爲允。黃鳥本小鳥，詩喻微臣，其義已顯，不必更以『緜蠻』爲『小貌』耳。」張衡集怨篇「我勞如何」，明魯毛文同。繁露仁義法篇引詩云：「飲之食之，教之誨之。」明齊毛文同。

緜蠻黃鳥，止于丘隅。豈敢憚行，畏不能趨。飲之食之，教之誨之，命彼後車，謂之載之。【疏】箋：「丘隅，丘角也。憚，難也。我罷勞，車又敗，豈敢難徒行乎？畏不能及時疾至也。」○禮大學引詩云：「『緡蠻黃鳥，止于丘隅。』子曰於止，知其所止，可以人而不如鳥乎？」緜、緡通作字。韓詩外傳四載「客有見周公者」云云，末引詩云：「豈敢憚行，畏不能趨。」明韓毛文同。

緜蠻黃鳥，止于丘側。豈敢憚行，畏不能極。飲之食之，教之誨之，命彼後車，謂之載之。【疏】箋：「丘側，丘旁也。極，至也。」

緜蠻三章，章八句。

瓠葉【疏】毛序：「大夫刺幽王也。上棄禮而不能行，雖有牲牢饔餼，不肯用也。故思古之人，不以微薄廢禮焉。」箋：「牛羊豕爲牲，繫養者曰牢，熟曰饔，腥曰餼，生曰牽。『不肯用』者，自養厚而薄於賓客。」○三家義未聞。

幡幡瓠葉，采之亨之。君子有酒，酌言嘗之。【疏】傳：「幡幡，瓠葉貌，庶人之菜也。」箋：「亨，熟也。熟瓠葉者，以爲飲酒之葅也。此『君子』，謂庶人之有賢行者也。其農功畢，乃爲酒漿，以合朋友習禮講道藝也。酒既成，先與父兄室人亨瓠葉而飲之，所以急和親親也。飲酒而曰『嘗』者，以其爲之主於賓客，賓客則加之以羞。易兑象曰：「君子以朋友講習。」○詩人因時王惜物廢禮，故言雖瓠葉、兔首之微薄，亦可以合羣習禮。後漢劉昆傳：「王莽世，教授弟子恆五百餘人。每春秋饗射，備列典儀，以素木瓠葉爲俎豆，桑弧蒿矢，以射兔首。」（東觀漢記「素木」下有「刳」字，李注云：「瓠葉爲俎實。」誤也。）此不過備列典儀之一事，取瓠葉、兔首以寓詩意耳。「嘗」者，主人未獻於賓，先自嘗之也。陳奐云：「行葦箋云『有醇厚之酒醴，以大斗酌而嘗之而美，故以告黄耇之人』，是主人固有先嘗之禮矣。」

有兔斯首，炮之燔之。君子有酒，酌言獻之。【疏】傳：「毛曰炮，加火曰燔。獻，奏也。」箋：「斯，白也。今俗語『斯白』之字作『鮮』，齊魯之間聲近『斯』。有兔白首者，兔之小者也。『炮之燔之』者，將以爲飲酒之羞也。飲酒之禮，既奏酒於賓，乃薦羞。每酌言言者，禮不下庶人，庶人依士禮，立賓主爲酌名。」○胡承珙云：「左昭元年傳趙孟賦瓠葉，穆叔知其欲一獻，則此詩是一獻之禮。禮有『獻』、有『酢』、有『酬』，而後一獻之禮終，與詩中所言正合。古者士禮一獻，士冠禮注雖云一獻之禮有『薦』，（薦脯醢也。）有『俎』，（俎牲體也。）其牲未聞。然既夕注云『士腊用兔』，詩三章皆言『兔首』，又焉知非士禮，而必以爲庶人之禮乎？」

有兔斯首，燔之炙之。君子有酒，酌言酢之。【疏】傳：「炕火曰炙。酢，報也。」箋：「『報』者，賓既卒爵洗而酌主人也。凡治兔之宜，鮮者毛炮之，柔者炙之，乾者燔之。」○説文：「醋，客酌主人也。从酉，昔聲。」今經典皆以「酢」爲「醋」。

有兔斯首，燔之炮之。君子有酒，酌言醻之。【疏】傳：「醻，道飲也。」箋：「主人既卒酢爵，又酌自飲，卒爵，復酌進賓，猶今俗之勸酒。」○説文：「醻，獻醻，主人進客也。」或作「酬」。

瓠葉四章，章四句。

漸漸之石【疏】毛序：「下國刺幽王也。戎狄叛之，荆舒不至，乃命將率東征。役久病於外，故作是詩也。」箋：「荆，謂楚也。舒，舒鳩、舒鄝、舒庸之屬。役，謂士卒也。」○三家義未聞。

漸漸之石，維其高矣。山川悠遠，維其勞矣。武人東征，不皇朝矣。【疏】傳：「漸漸，山石高峻。」箋：「山石漸漸然高峻，不可登而上，喻戎狄衆强而無禮義，不可得而伐也。『山川』者，荆舒之國所處也。其道里長遠，邦域又勞勞廣闊，言不可卒服。『武人』，謂將率也。皇，王也。將卒受王命東行而征伐，役人罷病，必不能正荆舒，使之朝於王。」○言石之字，從「水」作「漸」，自是叚借。釋文作「嶃嶃」，廣雅釋訓亦云：「嶄嶄，高也。」嶃、嶄字同。是毛詩『亦作』本與魯韓詩皆有作「嶃嶃」者。繫傳引詩「磛磛之石」，不見於説文，疑出後起，今則通作「巉巉」矣。箋云「勞勞廣闊」，讀「勞」爲「遼」。劉向九歎「山修遠其遼遼兮」，王逸注：「遼遼，遠貌。」即用此詩。劉王同本魯詩，知鄭改讀亦用魯也。孔疏義引王肅云：「皇，暇也。」何草不黄篇：「哀我征夫，朝夕不暇。」一日之計，朝尤便於興事，朝亦不皇，則征行之苦可想。

漸漸之石，維其卒矣。山川悠遠，曷其没矣。武人東征，不皇出矣。【疏】傳：「卒，竟。没，盡也。」箋：「『卒』者，崔嵬也，謂山巔之末也。曷，何也。廣闊之處，何時其可盡服。不能正之，令出使聘問於王。」○馬瑞辰云：「『卒』即『崒』之省借，説文：『崒，危高也。』十月之交篇『山冢崒崩』，釋文：『崒，本亦作卒。』是崒、卒古通用之證。」胡承珙云：「山川長遠，何時可盡，入險而不暇出險，軍行死地，勞困可知。」

有豕白蹢，烝涉波矣。月離于畢，俾滂沱矣。【注】魯「離」作「麗」，「俾」作「比」。武人東征，不皇他矣。【疏】傳：「豕，豬也。蹢，蹄也。將久雨，則豕進涉水波。畢，噣也。月離陰星則雨。」箋：「烝，衆也。豕之性能水，又唐突難禁制。四蹄皆白曰駭，則白蹄其尤躁疾者。今離其繒牧之處，與衆豕涉入水之波漣矣。喻荆舒之人勇悍捷敏，其君猶白蹄之豕也，乃率民去禮義之安而居亂亡之危。賤之，故比方於豕。將有大雨徵，氣先見於天，以言荆舒之叛，萌漸亦由王出也。豕既涉波，今又雨使之滂沱，疾王甚也。不能正之，令其守職，不干王命。」○「魯離作麗，俾作比」者，論衡說日篇引詩：「月麗于畢，俾滂沱矣。」「離」作「麗」，「而」作「俾」，與毛同。高誘呂覽孟秋紀注引詩，亦皆作「麗」。論衡明雩篇引詩：「月離于畢，比滂沱矣。」「俾」作「比」，「而」作「離」，又與毛同。蓋魯詩麗、離，比、俾通作。陳喬樅云：「離、麗古通。周易：『離王公也。』釋文云：『鄭作麗。』戰國策『高漸離』，論衡書虛篇亦作『麗』。俾、比聲近，大雅『克順克比』，禮樂記作『克俾』，史記樂書同，是其證。」陳奐云：「詩言東征，借雨以況勞苦之情，東山篇：『我徂東山，慆慆不歸。我來自東，零雨其濛。』亦此意也。『離』，讀與『麗』同。盧令箋：『畢，噣也。』彼正義引釋天：『噣謂之畢。』李巡云：『噣，陰氣觸起，陽氣必止，故曰畢。畢，止也。』史記律書『北至于濁。濁者，觸也，言萬物皆觸死也，故曰濁。』索隱引爾雅：『濁謂之畢。』今郭本作『濁』，李本作『噣』，噣、濁義皆與『觸』同也。小星傳『五噣爲柳星』，此當依史記作『濁』、讀爲『觸』爲正字。仲尼弟子列傳集解引毛傳：『畢，濁也。』釋文：『本亦作濁。』此古本傳作『濁』之證。孫、郭爾雅注並云『掩兔之畢或呼爲濁，因以名星。』其字亦皆作『濁』也。傳云『月離陰星則雨』者，正義云：『以月爲畢所離而雨，是陰雨之星，故謂之陰星。』是也。畢，西方宿，實沈之次也。書洪範：『月之從星，則以風雨。』江聲集疏云：漢書天文志云：『西方爲雨。雨，少陰之位也。月失中道，移而西入畢，則多雨。』依鄭誼，雨爲木氣，畢西方金宿，金克木。木爲妃，畢好其妃，故多雨也。志又云：『月失節度而妄行，出陽道則旱風，出陰道則陰雨。』是亦一說。東北、東南皆陽道，西則陰道。毛傳云『月離陰星則雨』，與志言『出陰道』相似。『滂沱』，詩考引史記作『滂池』。說文：『滂，沛也。』大雨沛然下垂，積水成陂，是爲『滂池』。」愚案：說文：「陂，阪也。一曰沱也。」此卽初學記所本。許書無从「也」之「池」，卽「沱潛」之『沱』字，本文初無「陂也」之訓。此文「滂沱」，自與陳風「涕泗滂沱」同義。「沱」作「池」，或又作「沲」，皆隸寫之誤，不必訓爲「陂」。陳啟源曰：「顧氏英白云：『月入畢中則多雨，舊以陰陽爲說，非也。天街在畢之陰，七政中道也，焉得謂離其陰則水乎？畢宿在天街之陽，月入之卽雨，焉得謂由其陽得旱乎？』予驗之皆然。家語以爲有若不知，未敢信也。又言：『月之離畢，未有不在其陰者，但必相傅著方雨，遠之則否。』然則離陰、離陽必非孔子之言。史遷世掌天官，列傳載有若事，獨删此語，蓋知其誤。」胡承珙云：「論衡明雩篇：『房星四表三道，日月之行，出入三道。日出北道，離畢之陰，希有不雨。由此言之，北道，畢星之所在也。』此亦以離畢爲月出北道，與毛傳合，是自漢以來已有此說。家語載孔子云：『昔者月離其陰，故雨；昨莫月離其陽，故不雨。』專指畢之陰陽，宜顧氏以爲後人妄託也。」

漸漸之石三章，章六句。

苕之華【疏】毛序：「大夫閔時也。幽王之時，西戎、東夷交侵中國，師旅並起，因之以饑饉。君子閔周室之將亡，傷己逢之，故作是詩也。」箋：「『師旅並起』者，諸侯或出師，或出旅，以助王距戎與夷也。大夫將師出，見戎、夷之侵周而閔之，今當其難，自傷近危亡。」〇三家義未聞。

苕之華，芸其黃矣。心之憂矣，維其傷矣。【疏】傳：「興也。苕，陵苕也，將落則黃。」箋：「陵苕之華，紫赤而繁。興者，陵苕之幹，喻如京師也，其華猶諸夏也，故或謂『諸夏』爲『諸華』。華衰則黃，猶諸侯之師旅罷病將敗，則京師孤弱。『傷』者，謂國日見侵削。」〇釋草：「苕，陵苕。」又云：「黃華蔈，白華茇。」舍人注：「別華色之異名也。」史記趙世家「顏若苕之華」，集解引綦毋邃云：「陵苕之華，其色紫」，蘇頌本草圖經云：「紫葳，陵霄花也。初作藤，蔓生依大木，歲久延引至顛，而有花，其花黃赤，夏中乃盛。」陶隱居蘇恭引郭云「陵霄」。案，今爾雅注無「陵霄」之說，郭說乃云「陵時」。本草云：「今紫葳無『陵時』之名，而鼠尾草有之。」陸疏：「苕，一名陵時，一名鼠尾，似王芻。生下溼水中，七八月中華，似今紫草。」陳奐目驗，藤本，依古柏蔓生，五六月花盛，黃色，卽陵霄花，以爲卽爾雅之「黃華蔈」，而不見紫色。則所云「苕之華」，似仍以陸疏「陵時似紫草生水中」者爲合。古書歧出，證驗未周，不經目覩，不敢臆斷也。

苕之華，其葉青青。知我如此，不如無生。【疏】傳：「華落葉青青然。」箋：「京師以諸夏爲障蔽，今陵苕之華衰而葉見青青然，喻諸侯微弱而王之臣當出見也。我，我王也。知王之爲政如此，則己之生不如不生也。自傷逢今世之難，憂閔之甚。」○唐杕杜傳：「菁菁，葉盛也。」叚借字作「青青」。潛夫論交際篇引詩云：「知我如此，不如無生。」明魯毛文同。

牂羊墳首，【注】齊「墳」作「羵」。三星在罶。人可以食，鮮可以飽。【疏】傳：「牂羊，牝羊也。墳，大也。罶，曲梁也，寡婦之笱也。『牂羊墳首』，言無是道也。『三星在罶』，言不可久也。治日少而亂日多。」箋：「『無是道』者，喻周已衰，求其復興不可得也。『不可久』者，喻周將亡，如心星之光耀見於魚笱之中，其去須臾也。今者士卒人人於晏早皆可以食矣，時饑饉，軍興乏少，無可以飽之者。」○孔疏云：「釋畜：『羊牡羒，牝牂。』故知牂羊，牝羊也。」乃讀「墳」爲「羒」。胡承珙云：「王夫之詩稗疏云：『吴羊牝牂，夏羊牝羖。吴羊緜羊，夏羊山羊也。吴羊頭小角短，山羊頭大角長。』此說分別甚明，是則吴羊之頭本小，而禽獸之體，牝更小於牡，故傳以牂羊無大首之道，不必改『墳』爲『羒』也。」「齊墳作羵」者，易林中孚之訟云：「牂羊羵首，君子不飽。年饑孔荒，士民危殆。」是齊詩作「羵首」。史記李斯傳注亦作「羵」。李富孫云：「『獱』乃『顯』之誤，蓋『獱』乃土之怪。說文『顯』訓『大頭也』。」「君子」，謂戍役勞苦之將率士卒可知。

苕之華三章，章四句。

何草不黃【疏】毛序：「下國刺幽王也。四夷交侵，中國背叛，用兵不息，視民如禽獸。君子憂之，故作是詩也。」○三家無異義。

何草不黃？何日不行？何人不將，經營四方？【疏】傳：「言萬民無不從役。」箋：「用兵不息，軍旅自歲始草生而出。至歲晚矣，何草而不黃乎？言草皆黃也。於是之間，將率何日不行乎？言常行。勞苦之甚。」

何草不玄？何人不矜？哀我征夫，獨爲匪民？【疏】箋：「玄，赤黑色。始春之時，草牙孽者，將生必玄。於此時也，兵猶復行。無妻曰矜。從役者皆過時不得歸，故謂之『矜』。『征夫』，從役者也。古者師出不踰時，所以厚民之性也。今則草玄至於黃，黃至於玄，此豈非民乎？」○胡承珙云：「釋天：『九月爲玄。』孫炎曰：『物衰而色玄也。』詩曰：『何草不玄？』與『始春』之言不同者，爾雅所言月名，皆不以草色。李巡曰：『九月萬物畢盡，陰氣侵寒，其色皆黑。』是陰而氣寒之黑，不由草玄色。」承珙案：易林蒙之蒙云：『何草不黃？至末盡玄。室家分離，悲愁于心。』則焦氏明以草玄爲物衰之候，非春初始生之謂。以經文先『黃』次『玄』，是經歷秋冬，已足見踰時之久，不必又及明年春生而玄也。愚案：據焦說，知齊訓如此，孫蓋用魯說。

匪兕匪虎，率彼曠野。哀我征夫，朝夕不暇。【疏】傳：「兕、虎，野獸也。曠，空也。」箋：「兕、虎，比戰士也。」○馬瑞辰云：「匪、彼古通用。『匪兕匪虎』，猶言『彼兕彼虎』也。兕虎野獸，固宜其率彼曠野，以興征夫之不宜疲於征役也。傳箋不解『匪』字，孔疏訓『匪』爲『非』，失之。」史記孔子世家：「詩云：『匪兕匪虎，率彼曠野。』」明魯、毛文同。

黄山云：「孔子世家引詩，下云：『吾道非耶？吾何爲至於此？』明謂非兕虎，不當在野，疏説不誤矣。且『率彼曠野』，明有『彼』字，不當又以『匪』代『彼』，馬説未确。」

有芃者狐，率彼幽草。有棧之車，行彼周道。【疏】傳：「芃，小獸貌。棧車，役車也。」箋：「狐草行草止，故以比棧車輦者。」○周語「野無奥草」，賈逵本作「冥草」。説文：「冥，幽也。」馬瑞辰云：「淮南原道訓『禽獸有芃』，注：『芃，蓐也。』説文：『蓐，一曰蔟也。』『芃，草盛皃。』芃本衆草叢蔟之貌，狐毛之叢雜似之，故曰『有芃者狐』。」又曰：「古者編木爲『棚』，通謂之『棧』，三倉『棚，棧閣也』，通俗文『板閣曰棧』是也。編木爲棚板謂之『棧』，説文『簀，牀棧也』是也。編木爲馬圈亦謂之『棧』，莊子『編之以阜棧』是也。棧車，據説文：『棧，棚也。一曰，竹木之車曰棧。』蓋『棧』本『棚』之通名，編竹木爲車，有似於棚，因謂之『棧車』。至此詩『有棧之車』，與『有芃者狐』，皆形容之詞。據説文：『嶘，尤高也。从山，棧聲。』則棧當爲車高之貌。孔疏謂『有棧』是車狀，非士所乘之棧名，是也。」

何草不黄四章，章四句。

魚藻之什十四篇，六十二章，三百二句。

詩三家義集疏卷二十一

文王之什第二十一　詩大雅

陸曰：「自此以下至卷阿十八篇，是文王武王成王周公之正大雅。據盛隆之時，而推序天命，上述祖考之美，皆國之大事，故爲正大雅焉。文王至靈臺八篇，是文王之大雅。下武至文王有聲二篇，是武王之大雅。」

文王【疏】毛序：「文王受命作周也。」箋：「受天命而王天下，制立周邦。」○史記周本紀：「詩人道西伯，蓋受命之年稱王。」司馬遷用魯詩，知「受命稱王」，魯說如此。趙岐孟子章句五：「詩言周雖后稷以來舊爲諸侯，其受天命，維文王新復修治禮義以致之耳。」岐亦治魯詩者。繁露郊祭篇：「文王受天命而王天下，先郊乃敢行事，而興師伐崇。」（引見棫樸詩。）是齊說如此。韓說當同。孔子言「三分有二以服事殷」，後人因聖言，率以受命稱王爲不然，或又以「受命」爲受紂命。不知詩人明言受天命，未嘗言受紂命。商之末造，紂惡日甚，民心歸周，其勢已成，雖文王聖德謙沖，無所於讓。未受命之前，已建周南之國，既受命之後，又建召南之國，召公位爲諸侯，此事實之可考見者。殷邦可滅，不一加兵，故孔子以爲「服事」耳。

文王在上，於昭于天。周雖舊邦，其命維新。有周不顯，帝命不時。文王陟降，在帝左右。【疏】傳：「在上，在民上也。於，歎辭。昭，見也。其命維新，乃新在文王也。有周，周也。不顯，顯也。顯，光也。不時，時也。時，是也。言文王升接天，下接人也。」箋：「文王初爲西伯，有功於民，其德著見於天，故天命之以爲王，使君天下也。崩，謚曰文。大王聿來胥宇，而國於周，王迹起矣，而未有天命，至文王而受命。言『新』者，美之也。周之德不光明乎？光明矣；天命之不是乎？又是矣。在，察也。文王能觀知天意，順其所爲，從而行之。」○淮南繆稱訓引詩曰：「周雖舊邦，其命維新。」明魯毛文同。禮大學引詩曰：「周雖舊邦，其命維新。」明齊毛文同。

亹亹文王，令聞不已。陳錫哉周，【注】魯韓「哉」作「載」。韓説曰：陳，見也。**侯文王孫子。文王孫子，本支百世。凡周之士，不顯亦世。**【疏】傳：「亹亹，勉也。哉，載。侯，維也。本，本宗也。支，支子也。不世顯德乎？『士』者，世祿也。」箋：「令，善。哉，始。侯，君也。勉勉乎不倦，文王之勤用明德也，其善聲聞日見稱歌，無止時也。乃由能敷恩惠之施，以受命造始周國，故天下君之。其子孫適爲天子，庶爲諸侯，皆百世。『凡周之士』，謂其臣有光明之德者，亦得世世在位。重其功也。」○「亹亹文王」者，王逸楚詞九辯注：「亹亹，進貌。詩云：『亹亹文王。』」文選吳都賦注引韓詩云：「亹亹，水流進貌。」是韓於此詩「亹亹」亦必訓「進貌」矣。「魯韓哉作載。韓云陳，見也」者，史記周本紀：「大雅曰：『陳錫載周。』」唐固注：「言文王布錫施利，以載成周道也。」玉篇阜部引韓詩曰：「『陳錫載周』。陳，見也。」案，説文：「見，視也。」禮王制「命太師陳詩」，注：「采其詩而視之。」易「見龍在田」，注：「見，示也。」齊語「相陳以功」，注：「陳，亦示也。」是「陳」與「視」、「示」通，即與「見」通矣。戴震云：「古字『載』與『栽』通，『栽』猶『殖』也。言文王能布大利於天下，以豐殖周國。國語説之曰：『故能載周，以至於今』是也。」馬瑞辰云：「陳，説文：『从自、从木，申聲。』古文作『陣』，亦从『申』。『陳錫』，即『申錫』之叚借。漢書韋元成傳載匡衡上書云：『子孫本支，陳錫無疆。』義本齊詩而言。『陳錫無疆』，與商頌烈祖『申錫無疆』正同，是知『陳錫』即『申錫』也。申，重也。重錫，言錫之多。左傳引詩曰：『陳錫哉周。』能施也。』未解『陳』字，箋及杜注訓『陳』爲『敷布』，失之。」漢書王子侯表序：「文王孫子，本支百世。」明齊毛文同。顧炎武釋「不」爲「丕」，汪中讀「亦」爲「奕」。馬瑞辰云：「魏書禮志引詩作『不顯奕世』，後漢袁術傳注引作『不顯奕代』，（蓋避唐諱改。）執金吾武榮碑『亦世載德』，楊震碑『亦世繼民』，綏民校尉熊君碑『亦世載德』，李翕西狹頌『亦世賴福』，中常侍樊安碑『亦世載德』，樊毅修華嶽廟碑『亦世克昌』，先生郭輔碑『休矣亦世』，『亦世』即『奕世』也。然則大雅之『不顯亦世』，即『丕顯奕世』耳。亦、奕古通用，（釋詁：「奕，大也。」噫嘻詩「亦服爾耕」，豐年詩「亦有高廩」，箋並云：「大也。」是「亦」即爲「奕」之證。）三家詩蓋有作『奕世』者，爲魏書、漢碑、後漢書注所本。」

世之不顯，厥猶翼翼。思皇多士，生此王國。王國克生，維周之楨。濟濟多士，文王以寧。【疏】傳：「翼翼，恭敬。思，辭也。皇，天。楨，幹也。濟濟，多威儀也。」箋：「猶，謀。思，願也。周之臣既世世光明，其爲君之謀事忠敬翼翼然。又願天多生賢人於此邦，此邦能生之，則是我周邦幹事之臣。」○史記周本紀：「文王禮下賢者，日中不暇食以待士，士以此多歸之。伯夷、叔齊在孤竹，聞西伯善養老，盍往歸之。大顛閎夭散宜生鬻子辛甲大夫之徒皆往歸之。」繁露郊祭篇：「傳曰：周國子多賢，蕃殖至于駢孕，男者四四產而得八男，皆君子俊雄也。此周之所以興周國也。」列女梁夫人嫕傳引詩：「世之不顯，厥猶翼翼。思皇多士，生此王國。」東方朔非有先生論引詩：「王國克生，維周之楨。濟濟多士，文王以寧。」明魯毛文同。其引「濟濟多士」二句者甚多，並不引證。漢書李尋傳引「濟濟多士，文王以寧」，明齊毛文同。韓詩外傳八、外傳十共五引「濟濟多士，文王以寧」，明韓毛文同。

穆穆文王，於緝熙敬止。假哉天命，有商孫子。商之孫子，其麗不億。上帝既命，侯于周服。【疏】傳：「穆穆，美也。緝熙，光明也。假，固也。麗，數也。盛德不可爲衆也。」箋：「穆穆乎文王有天子之容，於美乎又能敬其光明之德，堅固哉天爲此命之使臣有殷之子孫。于，於也。商之孫子，其數不億，多言之也。至天已命文王之後，乃爲君於周之九服之中。言衆之不如德也。」○漢書劉向傳引孔子讀此詩而釋之曰：「大哉天命！」則「假」宜從爾雅訓「大」，魯說如此。馬瑞辰云：「『麗』者，『戱』之省借。方言說文並曰：『戱，數也。』『不』，爲語詞，『不億』即億，猶云子孫千億耳。箋以爲『不徒億』，失之。」禮緇衣、大學並引詩云：「穆穆文王，於緝熙敬止。」明齊毛文同。

侯服于周，天命靡常。殷士膚敏，祼將于京。厥作祼將，常服黼冔。王之藎臣，無念爾祖。【疏】傳：「則見天命之無常也。殷士，殷侯也。膚，美。敏，疾也。祼，灌鬯也，周人尚臭。將，行。京，大也。黼，白與黑也。冔，冠冕也，夏后氏曰收，周曰冕。藎，進也。無念，念也。」箋：「『無常』者，善則就之，惡則去之。殷之臣壯美而敏，求助周祭，其助祭自服殷之服，明文王以德，不以彊。今王之進用臣，當念女祖爲之法。王，斥成王。」○劉向傳又云：「孔子論詩，至於『殷士膚敏，祼將于京』，喟然而歎。蓋傷微子之事周，而痛殷之亡也。」白虎通三正篇：「詩曰：『厥作祼將，常服黼冔。』言微子服殷之冠，助祭于周也。」趙岐孟子章句七：「殷之美士，執祼鬯之禮，將事于京師，若微子者。膚，大也。敏，達也。」以『殷士』爲微子，皆據魯詩之說。蔡邕獨斷云：「冕冠，殷曰冔，以三十升漆布，廣八寸，長尺二寸，加爵冕其上，黑而微白，前大後小，有收以持笄。詩曰：『常服黼冔。』」

無念爾祖，聿修厥德。【注】魯「無」作「毋」，「聿」作「述」。永言配命，自求多福。殷之未喪師，克配上帝。宜鑒于殷，駿命不易。【注】齊「宜」作「儀」，「駿」作「峻」。【疏】傳：「聿，述。永，長。言，我也。我長配天命而行，爾庶國亦當自求多福。」「殷之未喪師」，帝乙已上也。駿，大也。」箋：「長，猶常也。王既述修祖德，常言當配天命而行，則福祿自來。師，衆也。殷自紂父之前未喪天下之時，皆能配天而行，故不亡也。宜以殷王賢愚爲鏡，天之大命，不可改易。」○「魯無作毋，聿作述」者，漢書東平王宇傳元帝敕諭云：「詩不云乎？『毋念爾祖，述修厥德。』永言配命，自求多福。』」陳喬樅云：「漢書儒林王式傳：山陽張長安事式，爲博士，由是魯詩有張氏學。張生兄子游卿爲諫大夫，以詩授元帝。是元帝習魯詩，此引魯異文也。」潛夫論德化篇引「宜鑒于殷」，明魯毛文同。漢書匡衡傳衡疏引詩：『無念爾祖，聿修厥德。」禮禮器鄭注引詩「自求多福」，皆齊詩。「齊宜作儀，駿作峻」者，禮大學引詩：『殷之未喪師，克配上帝。儀鑒于殷，峻命不易。」與漢書翼奉傳所引字不同，蓋齊詩「亦作」本。

命之不易，無遏爾躬。【注】韓曰：遏，病也。宣昭義問，有虞殷自天。上天之載，無聲無臭。儀刑文王，【注】魯「載」作「縡」，「刑」作「形」。萬邦作孚。【注】齊「邦」作『國』。【疏】傳：「遏，止。義，善。虞，度也。載，事。形，法。孚，信也。」箋：「宣，徧。有，又也。天之大命，已不可改易矣，當使子孫長行之，無終女身則止。徧明以禮義，問老成人，又度殷所以順天之事而施行之。天之道難知也，耳不聞聲音，鼻不聞香臭。儀法文王之事，則天下咸信而順之。」○「遏，病也」者，釋文引韓詩文。黄山云：「韓詩外傳一：『學而不能行之，謂之病。』說文：『遏，微止也。从辵，曷聲。』『辵，乍行乍止也』。是『遏』之訓『止』，卽身之不行，故謂之『病』。此韓本義。」「魯載作縡，刑作形」者，漢書楊雄傳甘泉賦「上天之縡」，顏注：「縡，讀與『載』同。」廣雅釋詁：「縡，事也。」正釋魯詩「縡」字。案，此魯詩「又作」本。潛夫論德化篇：「『上天之載，無聲無臭。儀形文王，萬邦作孚。』此姬氏所以崇美於前，而致刑措於後。」「載」與毛同。「刑」作「形」，同音通假。禮緇衣：「儀刑文王，萬國作孚。」明齊「邦」作「國」。漢書刑法志仍作「萬邦作孚」，乃後人順毛所改，顏注云「則萬國皆信順也」，知正文作「國」。韓詩外傳五引詩：『上天之載，無聲無臭。』明韓毛文同。

文王七章，章八句。

大明【疏】毛序：「文王有明德，故天復命武王也。」箋：「二聖相承，其明德日以廣大，故曰大明。」○馬瑞辰云：「大明，蓋對小雅有小明篇而言。逸周書世俘解：「籥人奏武王，入進萬，獻明明三終。」孔晁注：「明明，詩篇名。」當即此詩，是此篇又以明明名篇，卽取首句爲篇名耳。」詩汜歷樞曰：「午亥之際爲革命。亥，大明也。」又曰：「大明在亥，水始也。」此齊說。

明明在下，赫赫在上。天難忱斯，【注】魯齊「忱」作「諶」，韓作「訦」。不易維王。天位殷適，使不挾四方。【疏】傳：「明明，察也。文王之德明明於下，故赫赫然著見於天。忱，信也。紂居天位，而殷之正適也。挾，達也。」箋：「『明明』者，文王武王施明德于天下，其徵應炤哲見於天。謂三辰效驗。天之意難信矣，不可改易者天子也。今紂居天位，而又殷之正適，以其爲惡，乃棄絕之，使教令不行於四方，四方共叛之。是天命無常，維德是予耳。言此者，厚美周也。」○「魯齊忱作諶，韓作訦」者，潛夫論卜列篇引詩「天難諶斯」，繁露天地陰陽篇同，是魯齊詩並作「諶」。詩攷引韓詩外傳十作「訦」，與毛詩之「忱」，皆訓「信」。韓詩外傳云：「紂之爲主，勞民力。寇酷之令，加於百姓；憯悽之惡，施於大臣。羣臣不信，百姓疾怨。故天下叛而願爲文王臣，紂自取之也。夫貴爲天子，富有天下，及周師至而令不行乎左右，悲夫！當是之時，索爲匹夫，不可得也。詩曰：『天謂殷適，使不俠四方。』」挾、俠字通。「謂」，蓋「位」之誤。

摯仲氏任，自彼殷商，來嫁于周，曰嬪于京。【注】魯「聿」作「曰」。乃及王季，維德之行。【疏】傳：「摯，國。任，姓。仲，中女也。嬪，婦。京，大也。王季，太王之子、文王之父也。」箋：「京，周國之地，小別名也。及，與也。摯國中女曰太任，從殷商之畿內嫁爲婦於周之京，配王季而與之共行仁義之德，同志意也。」○摯，國名。周語「摯疇之國由太任」，韋注：「摯疇二國，奚仲仲虺之後，太任之家。」路史：「今蔡之平輿有摯亭。」案，平輿故城在今河南汝寧府城東，是摯實殷畿內國，故云「自彼殷商。」「任，姓」者，晉語司空季子曰：「黃帝之子，得姓者十四人，姬酉祁己滕箴任荀僖佶儇依是也。」廣韻：「黃帝二十五子，十二人各以德爲姓，第一爲任氏。」是任出黃帝之證。傳以「中女」釋「仲氏」者，燕燕「仲氏任只」，傳：「仲，戴嬀字。」然則「仲」爲大任字矣。稱「摯仲任」者，女子後姓，所以別於男子先氏，即春秋「紀季姜」之比也。釋親：「嬪，婦也。」「魯曰作『聿』」者，郭注引詩曰：「聿嬪于京。」蓋據舊注魯詩之文。

大任有身，生此文王。【注】三家「身」作「娠」。**維此文王，**【注】齊「維」作「惟」，亦作「唯」。**小心翼翼，昭事上帝，聿懷多福。**【注】齊「聿」作「允」。**厥德不回，以受方國。**【疏】傳：「大任，仲任也。身，重也。回，違也。」箋：「重，謂懷孕也。『小心翼翼』，恭愼貌。昭，明。聿，述。懷，思也。『方國』，四方來附者。此言文王之有德，亦由父母也。」○『三家身作娠』者，衆經音義兩引詩，並作「大任有娠」，是三家作「娠」。御覽八十四引詩含神霧曰：「大任夢長人感己，生文王。」此齊說也。馬瑞辰云：「廣雅釋詁：『方，大也。』晉語：『今晉國之方。』韋注：『方，大也。』爾雅：『方邱，胡邱。』方、胡皆大也。『方國』猶言大國，箋訓爲『四方』，失之。」「齊維作惟，亦作唯，聿作允」者，禮表記引詩云：「惟此文王，小心翼翼。昭事上帝，聿懷多福。厥德不回，以受方國。」「維」作「惟」，餘與毛文同。繁露郊祭篇引詩：「唯此文王，小心翼翼。昭事上帝，允懷多福。」「聿」、「允」一聲之轉，故字不同。此齊「又作」本。

天監在下，有命既集。文王初載，天作之合。在洽之陽，在渭之涘。【疏】傳：「集，就。載，識。合，配也。洽，水也。渭，水也。涘，厓也。」箋：「天監視善惡於下，其命將有所依就，則豫福助之。於文王生適有所識，則爲之生配於氣勢之處，使必有賢才，謂生大姒。」○釋文：「馮翊有郃陽縣。應劭云，在郃水之陽。」馬瑞辰云：「說文引詩，亦作『郃』。括地志：『郃陽故城在同州河西縣南三里，古莘國在縣南二十里。』元和志：『夏陽縣古有莘國，漢郃陽縣之地。乾元三年改爲夏陽縣，縣南有莘城，即古莘國，文王妃大姒即此國之女。』是莘在郃陽之證。漢郃陽縣蓋因詩『在郃之陽』而立名。『郃』古省作『合』，魏世家：文侯時，『西攻秦，築雒陰合陽。』字作『合』。段氏玉裁云：『合者，水名，毛詩本作「在合之陽」，秦漢閒乃製「郃」字耳。今詩作「洽」者，後人意加水旁，所引詩作「郃」，後人所改。』」案，許引詩即在「郃」下，不得謂「郃」是後人所改，三家皆今文，則「郃」正今文字耳。陳奐云：「水經河水注：『河水又逕郃陽城東，城北有瀵水，南距二水各數里。其水東逕其城內，東入于河。又於城南側中有瀵水，東南出城，注于河。城南又有瀵水東流注于河，水即郃水也，縣取名焉。』案，善長以瀵水當合水，魏仍漢縣，此非詩之『合陽』。蓋水以北爲陽，合陽，合水之北。漢高帝爲劉仲築城于郃陽縣之東北，爲郃陽侯，漢初稱或不誤矣。渭，亦莘國之水名。莘國東濱大河，在合水北，亦在渭水北，故下文云『親迎于渭』也。」禮中庸鄭注：「栽，讀如『文王初載』之載。」明齊毛文同。張衡西京賦「在渭之涘」，明魯毛文同。「初載」，應訓「初年」，詳下。

文王嘉止，大邦有子。大邦有子，俔天之妹。【注】韓「俔」作「磬」。韓説曰：磬，譬也。文定厥祥，親迎于渭。造舟爲梁，不顯其光。【疏】傳：「嘉，美也。俔，磬也。〔文定厥祥〕言大姒之有文德也。祥，善也。言賢聖之配也。言受命之宜，王基乃始於是也。天子造舟，諸侯維舟，大夫方舟，士特舟。造舟，然後可以顯其光輝。」箋：「文王聞大姒之賢，則美之曰：大邦有子，女可以爲妃。乃求昏。既使問名，還則卜之，又知大姒之賢，尊之如天之有女弟。問名之後，卜而得吉，則文王以禮定其吉祥。謂使納幣也。賢女配聖人得其宜，故備禮也。迎大姒而更爲梁者，欲其昭著，示後世敬昏禮也。不明乎，其禮之有光輝。美之也。天子造舟，周制也，殷時未有等制。」○「俔作磬。磬，譬也」者，釋文引韓詩文。陳喬樅云：「孔疏：『如今俗語譬諭物，云「磬作」然也。』段玉裁曰：『説文：「俔，諭也。」此以今語釋古語。「俔」者古語，「磬」者今語，是以毛作「俔」，韓作「磬」，如十七篇之有古、今文。許不依傳云「磬」而云「諭」者，

「磬」非正字，以六書言之，乃「俔」之叚借耳。磬、罄古通，爾雅：「罄，盡也。」猶言竟是天之妹也。』又曰：『俔，說文：「一曰聞見也。」『聞」當作「閒」。釋言：「閒，俔也。」正許所本。上訓用毛、韓說，此訓用爾雅說，爾雅亦釋詩也。「閒」音「諫」，若言不可多見而閒見也。』胡承珙曰：『傳以「磬」釋「俔」，箋以「如」申毛，孔疏解以「磬作」，是唐時猶有此語，其訓詁由來久矣。段注說文，謂毛以「磬」釋「俔」，是以今語釋古語，此說是也。其云「磬」猶言「竟是」，又云「俔」是「閒見」，盧氏文弨又從「聞見」爲義，說皆非是。後漢胡廣傳「俔天必有異表」，若云「竟是」，曰「閒見」，曰「聞見」，則必連「之妹」二字方成文義，不得以「俔天」二字單言。惟訓「如」，則「如天」二字本可斷讀。君子偕老傳「尊之如天」是也。』郝氏懿行曰：『爾雅釋詩，當「俔」在「閒」上，今本誤倒耳。說文云：「俔，譬諭也。一曰閒見。」卽本韓詩爾雅爲訓。「閒」者，釋詁云「代也」。「閒見」，猶言不常見也。凡譬況之詞，必取非常所見，故云「罕譬而論。」方言謂之「代語」，說文謂之「閒見」，其義一也。』」列女周室三母傳引詩：「大邦有子，俔天之妹。文定厥祥，親迎于渭。造舟爲梁，不顯其光。」明魯毛文同。

有命自天，命此文王，于周于京，纘女維莘，長子維行，篤生武王。保右命爾，燮伐大商。

【疏】傳：「纘，繼也。莘，大姒國也。長子，長女也。維行，大任之德焉。篤，厚。右，助。燮，和也。」箋：「天爲將命文王君天下于周京之地，故亦爲作合，使繼大任之女事于莘國，莘國之長女大姒則配文王。雖德之行，天降氣于大姒，厚生聖子武王。安而助之，又遂命之爾，使協和伐殷之事。協和伐殷之事，謂合位三五也。」○風俗通義一：「詩說『有命自天，命此文王。』」白虎通號篇：「詩曰：『命此文王，于周于京。』此改號爲周，易邑爲京也。」皆魯毛文同。「纘女維莘，長子維行」者。陳奐云：「先儒論文王娶大姒，生武王，年代莫攷，大抵依大戴記，稱文王九十七乃終，武王九十三而終。然以此數推之，文王十五生武王，當武王卽位已有八十二歲。武王卽位十有三年，方始克殷。管子小問篇云：『武王伐殷，克之，七年而崩。』漢書律歷志，亦云克殷後七歲而崩。唯逸周書明堂篇作六年，則知武王九十三之說既不足信，即文王十五而生之說亦無足據，蓋大小戴記問采裸說耳。近儒舉尚書逸周書語爲說，確有根據。尚書無逸篇：『周公告成王曰：文王受命唯中身，厥享國五十年。』此文王享國之年數也。又逸周書度邑篇：『武王克殷，告叔旦曰：唯天不享于殷，發之未生，至于今六十年。』此武王克殷之年數也。武王克殷年近六十，其在位已十有三年，此外四十七年，皆在文王享國數內。武王之生，應在文王即位之三四年中。然則文王之取太姒，在文王即位後，書有明文，或可據此數而推知也。奐竊謂古者天子諸侯皆有不再娶之文，然又有即位取元妃之禮。文二年冬左傳云：『襄仲如齊納幣，禮也。凡君即位，好舅甥，修昏姻，取元妃以奉粢盛，孝也。孝，禮之始也。』是『禮』也，周公之禮，亦文王之禮也。此篇言大姒之來歸周京，已在天命文王之既集，玩詩詞正與尚書『受命中身』語合。韓奕篇，美韓侯之入覲宣王也，亦云『韓侯迎止，于蹶之里』，此亦行即位親迎之禮，與春秋古左氏說合。明鄒忠胤意大姒爲文王繼妃，以解經『纘女維莘』句，以文王即位後取大姒。準諸事理，似乎有據，姑記於此。」愚案：「文王初載」，毛訓「載」爲「識」，已滋疑竇，若解「纘女」爲「繼妃」，則與文王即位初年合，可以釋「載」爲「年」。一也；「長子維行」，毛訓「長女」，但武王之先有伯邑考，雖曰早死，此亦文王大姒之長子，不應竟置不論，若即以「長子」指伯邑考，「維行」解如箋說「維德之行」，然後接詠武王，文義大順。二也。經義、史年一一吻合，事在不疑，可質後世矣。易林臨之旅：「篤生武王。」明齊毛文同。

殷商之旅，其會如林。【注】齊、韓「會」作「旝」。矢于牧野，維予侯興。「上帝臨女，無貳爾心！」【注】齊「無」亦作「毋」，「貳」亦作「二」。【疏】傳：「旅，衆也。如林，言衆而不爲用也。矢，陳。興，起也，言天下之望周也。（上帝二句）言無敢懷貳心也。」箋：「殷盛合其兵衆，陳於商郊之牧野，而天乃予諸侯有德者，當起爲天子。言天去紂，周師勝也。臨，視也。女，女武王也。天護視女，伐紂必克，無有疑心。」○「齊韓會作旝」者，說文：「旝，建大木，置石其上，發以機，以追敵也。詩曰：『其旝如林。』」馬融廣成頌「旃旝摻其如林」，本此。據下魯作「會」，此爲齊韓文。風俗通義十：「詩云：『殷商之旅，其會如林。』林，樹木之所聚生也。」呂覽務本篇高注：「言天臨命武王，伐紂必克之，不敢有疑也。」此皆魯說。繁露天道無貳篇：「一而不二者，天之行也。人孰無善，善不一，故不足以立身；治孰無常，常不一，故不足以致功。詩云：『上帝臨女，無貳爾心。』知天道者之言也。」陳喬樅云：「貢禹傳引詩，作『上帝臨女，無貳爾心』。『毋』與『無』，『貳』與『二』，古通用字。」案：「無」之爲「毋」，「貳」之爲「二」，皆齊「又作」本。

牧野洋洋，檀車煌煌，駟騵彭彭。【注】齊「駟」亦作「四」。維師尚父，時維鷹揚。涼彼武王，肆伐大商，【注】韓「涼」作「亮」。韓說曰：亮，相也。魯「涼」作「亮」，「肆」作「襲」。會朝清明。【注】韓作「會朝濭明」，濭，清也。【疏】傳：「洋洋，廣也。煌煌，明也。駟馬白腹曰騵，言上周下殷也。師，大師也。尚父，可尚可父。鷹揚，如鷹之飛揚也。涼，佐也。肆，疾也。會，甲也。不崇朝而天下清明。」箋：「言其戰地寬廣，明不用權詐也。兵車鮮明，馬又强，則暇且整。尚父，呂望也，尊稱焉。鷹，鷙鳥也。佐武王者，爲之上將。肆，故今也。會，合也。以天期已至，兵甲之强，師率之武，故今伐殷，合兵以清明。書牧誓曰：『時甲子昧爽，武王朝至于商郊牧野乃誓。』」○揚雄太僕箴：「紂作不令，武王征殷。檀車孔夏，四騵孔昕。」陳喬樅云：「雄言『檀車孔夏』，知魯詩文『煌煌』但作『皇皇』，訓『大』，故以『孔夏』言之。淮南主術訓高注：『黃馬白腹曰騵。詩曰：駟騵彭彭。』是高引魯文與毛同，此作『四』，蓋『駟』之省文。」愚案：此作「四」者，乃魯之「又作」本。詩孔疏引劉向別錄：「師之、尚之、父之，故曰師尚父。」楚詞天問：「蒼鳥羣飛，孰使萃之？」王逸章句：「蒼鳥，鷹也。萃，集也。言武王伐紂，將帥勇猛，如鷹羣飛，孰使武王集聚之者乎？詩曰：『惟師尚父，時惟鷹揚』

也。」以上魯說。「涼作亮，云相也」者，釋文引韓詩文。陳喬樅云：「釋詁『亮』、『相』並訓爲『導』。『相』又訓『勴』，『亮』又訓『右』，勴、右義皆爲『助』。導引佐佑，皆所以爲贊助也。書『維時亮天工』，史記五帝紀作『惟時相天事』，是以『亮』爲『相』，『相』即『佐佑』之義也。亮與諒、涼音同通用，詩釋文：『涼，本亦作諒。』」「魯涼作亮，肆作襲」者，風俗通義一引詩云：「亮彼武王，襲伐大商。」陳喬樅云：「據此，魯作『亮』，與韓同。漢書王莽傳亦作『亮彼武王』，是三家同毛。『肆伐大商』，傳：『肆，疾也。』『襲』者，公羊何注以爲『輕行疾至』，則亦與『肆』義同矣。」「會朝瀞明。瀞，清也」者，玉篇水部引韓詩文。皮嘉祐云：「毛作『清』，當爲『瀞』之省，『瀞』又省作『淨』、作『靜』。說文：『瀞，無垢薉也。從水，靜聲。』淮南本經訓『太清之始也』，注：『清，淨也。』是清、瀞、靜、淨四字音義本通。」愚案：韓詩外傳三載武王伐紂到邢邱，末引詩曰「牧野洋洋」全章，仍作「會朝清明」，則作「瀞」者乃韓之「又作」本。

大明八章，四章章六句，四章章八句。

緜【疏】毛序：「文王之興，本由太王也。」○初學記文部引詩含神霧曰：「集微揆著，上統元皇，下序四始，羅列五際。」宋均曰：「集微揆著，若緜緜瓜瓞。人之初生揆其始，是必將至著有天下也。」此齊說。蔡邕琴操：「岐山操者，周太王之所作也。太王居豳，狄人攻之，仁恩惻隱，不忍流血，選練珍寶犬馬皮幣束帛與之。狄侵不止，問其所欲得土地也。太王曰：『土地者，所以養萬民也，吾將委國而去矣，二三子亦何患無君！』遂杖策而出，踰乎梁而邑乎岐山。自傷德劣，不能化夷狄，爲之所侵，喟然歎息，援琴而鼓之云：『戎狄侵兮土地移，遷邦邑兮適於岐，烝民不憂兮誰者知，嗟嗟奈何予命遭斯。』」此魯說。

緜緜瓜瓞。【注】韓詩曰：「緜緜瓜瓞。」韓說曰：瓞，小瓜也。魯說曰：瓞，瓝，其紹瓞。民之初生，自土沮漆。【注】齊「土」作「杜」。古公亶父，陶復陶穴，【注】三家「復」作「𥨖」。未有家室。【疏】傳：「興也。緜緜，不絕貌。瓜，紹也。瓞，瓝也。民，周民也。自，用。土，居也。沮，水。漆，水也。古公，豳公也。古，言『久』也。亶父字，或殷以名，言質也。古公處豳，狄人侵之，事之以皮幣，不得免焉；事之以犬馬，不得免焉；事之以珠玉，不得免焉。乃屬其耆老而告之曰：『狄人之所欲，吾土地。吾聞之，君子不以其所養人者害人，二三子何患無君！』去之，踰梁山，邑乎岐山之下。豳人曰：『仁人之君，不可失也。』從之如歸市，陶其土而復之，陶其壤而穴之。室内曰家。未有寢廟，亦未敢有家室。」箋：「瓜之本實，繼先歲之瓜必小，狀似瓝，故謂之瓞，緜緜然若將無長大時。興者，喻后稷乃帝嚳之胄，封於邰，其後公劉失職，遷于豳，居沮漆之地，歷世亦緜緜然，至太王而德益盛，得其民心而生王業，故本周之興云于沮漆也。古公據文王，本其祖也。諸侯之臣稱君曰公。『復』者，復於土上，鑿地曰穴，皆如陶然，本其在豳時也。傳自『古公處豳』而下，爲二章發。」○「緜緜」至「瓜也」，文選潘岳懷縣詩李注引薛君文，引經明韓毛文同。「瓞瓝其紹瓞」者，釋草文，魯說也。孔疏引孫炎曰：「詩云：『緜緜瓜瓞。』瓞，小瓜子名。瓝其本子小，紹先歲之瓜曰瓞。」說文「瓞」下云：「瓝也。」「瓝」下云：「小瓜也。」「瓞」或作「𤬪」，「𤬪」卽「瓝」也。毛云「緜緜，不絕貌。瓜，紹也」者。焦循云：「以瓜之相紹，明不絕，不以『紹』釋『瓜』也。東山傳：『蜎蜎，蠋貌，桑蟲也。』文法正同。」「齊土作杜」者，漢書地理志「右扶風杜陽」，班自注：「杜水南入渭。詩曰：『自杜。』」顏注：「大雅緜之詩曰：『人之初生，自杜漆沮。』（誤倒。）齊作『自杜』，言公劉避狄而來居杜與沮漆之地。」（「公劉」係「太王」之誤。）案，「土」、「杜」古音同通用，毛詩「桑土」，韓詩作「桑杜」是也。漢漆縣，今邠州治。杜陽縣，今麟游縣西北。漆、杜並以水名縣。酈漆水注云：「孔安國曰：『漆沮一水名矣，亦曰洛水也。』（書傳今作「二水名」。）又沮水注云：「濁水至白渠與澤泉合，俗謂之漆水，又謂之爲漆沮水。」又寰宇記載逸洛水云：「洛水又東，沮水入焉，故洛水亦名漆沮水。」據此，是漆沮二水所在皆可以沮漆通稱。其實此詩漆自入渭，沮自入洛，稱云「自杜沮漆」，卽沮漆二水通稱之先導矣。「三家復作寝」者，說文「寝」下引詩云：「陶寝陶穴。」玉篇引詩同。案，說文：「覆，覂也。一曰蓋也。」「覂，反覆也。」傳言「陶其土而復之」，箋云「復於土上」，皆卽借「復」爲「覆」。孔疏引說文云：「覆，地室也。」（段玉裁據正義，作「覆於地也」四字。阮校已著爲誤本，以「於地」二字不可得義也。）所引乃說文「寝」下注，是孔又借「覆」爲「寝」，用三家也。又引九章算術云：「穿地四，爲壤五，爲土三。」壤是息土之名。覆者地上爲之，取土於地，復築而堅之，故以土言。穴者鑿地爲之，土無所用，直去其息土而已，故以壤言。」雖主申毛，正足明「寝」爲「地室」之義。蓋地載萬物，土生萬物，土言地下，地言地上。說文：「穴，土室也。」（凡引作「土屋」。）此自穴土爲室，無論旁穿、正穿皆「穴」也。「寝」爲地室，室自作於地上，箋言「復於土上」，未晰。段玉裁謂「直穿爲穴，旁穿爲復」，亦非。

古公亶父，來朝走馬。【注】韓「走」作「趣」。率西水滸，至于岐下。爰及姜女，聿來胥宇。

【疏】傳：「率，循也。滸，水厓也。姜女，大姜也。胥，相。宇，居也。」箋：「『來朝走馬』，言其辟惡早且疾也。『循西水厓』，沮漆水側也。爰，於。及，與。聿，自也。於是與其妃大姜自來相可居者，著大姜之賢知也。」○漢書人表上中：「太王亶父，公祖子。姜女，太王妃。」此齊說。新序雜事三引詩曰：「『古公亶父，來朝走馬。率西水滸，至于岐下。爰及姜女，聿來胥宇。』大王愛厥妃，出入必與之偕。」據引詩，明魯毛文同。「韓走作趣」者，玉篇走部：「趣，遽也。詩曰：『來朝趣馬。』言早且疾也。」知韓「走」作「趣」。陳喬樅云：「鄭意以『走馬』爲『趣』之叚借，故不煩改字，直訓爲『疾』。」

周原膴膴，【注】韓「膴」作「腜」。堇荼如飴。爰始爰謀，爰契我龜，【注】齊「契」作「挈」。曰止曰時，築室于茲。【疏】傳：「周原，沮漆之間也。膴膴，美也。堇，菜也。荼，苦菜也。契，開也。」箋：「廣平曰原。周之原地，在岐山之南。膴膴然肥美，其所生菜雖有性苦者，皆甘如飴也。此地將可居，故於是始與豳人之從已者謀，謀從又於是契灼其龜而卜之，卜之則又從矣。時，是。兹，此也。卜從則曰可止居，於是可作室家於此。定民心也。」○「韓膴作腜」者，文選魏都賦「腜腜坰野」，張載注：「腜腜，美也。詩云：『周原腜腜，堇荼如飴。』」李注引爲韓詩，則張注「腜腜美也」，卽韓詩之義。毛詩釋文云：「膴膴，美也。韓詩同。」謂韓詩說同，非謂字同也。廣雅釋訓：「腜腜，肥也。」或本魯訓。肥、美一也。「堇荼如飴」者，特牲饋食禮鄭注：「苦，苦荼也。荁，堇屬。詩云：『周原膴膴，堇荼如飴。』」明齊、毛文同。馬瑞辰云：「堇有三，爾雅：『齧，苦堇。』一也；又：『芨，堇草。』二也；廣雅：『堇，藋也。』三也。『芨堇』之堇，郭注以爲『烏頭』，一名『奚毒』，非可食之菜。『堇藋』之堇，本草以爲似藜，一名『拜』，一名『蔏藋』，非苦荼之類。惟『齧苦堇』，郭注：『今堇葵也，葉如柳，子如米，汋食之滑。』與傳言『堇菜』合。說文：『堇，草也，根如薺，葉似細柳，蒸食之甘。』而爾雅言『苦堇』者，古人語反，猶甘草一名『大苦』也。詩人蓋取『苦堇』之名與『苦荼』同類，遂並稱之。正義以爲『烏頭』，釋文以爲『藋』，並失之。荼有四，釋木：『檟，苦荼。』一也；釋草『荼，苦菜』，二也；『蒤，委葉』，三也；『蕛蓩，荼』。四也。出其東門詩『有女如荼』，此荼之名『蕛蓩』者，卽茅秀也。良耜詩『以薅荼蓼』，此荼之名『委葉』者，卽田草也。谷風詩『誰謂荼苦』，此詩『堇荼如飴』，則爾雅所謂『苦菜』，今北方所謂『苣藚菜』，一名『苦苣』者也。至釋木『檟，苦荼』，乃『茗』也，陶宏景疑『苦菜』卽『茗』，誤矣。」「齊契作挈」者，班固幽通賦「旦算祀於挈龜」，顏注：「挈，刻也。詩大雅緜之篇曰：『爰挈我龜。』言刻開之，灼而卜之。」陳喬樅云：「毛詩釋文：『契，本又作挈。』顏注亦襲舊說，用齊詩之訓。廣雅釋言：『契，刻也。』淮南齊俗篇『越人契臂出血』，高注：『契刻臂出血。』是『契』又與『栔』通。毛訓『契』爲『開』，當亦謂刻開其龜。正義引卜師『開龜』注云：『開，謂出其占書也。』恐非。」張衡東京賦「日止日時」，明魯毛文同。

迺慰迺止，迺左迺右，迺疆迺理，迺宣迺畝。自西徂東，周爰執事。【疏】傳：「慰，安。爰，於也。」箋：「時耕曰宣。徂，往也。民心定乃安隱其居，乃左右而處之，乃疆理其經界，乃時耕其田畝。於是從西方而往東之人，皆於周執事，競出力也。豳與周原不能爲西東，據至時從水滸言也。」○馬瑞辰云：「方言：『慰，居也。江淮青徐之間曰慰。』廣雅亦曰：『慰，尻也。』『居』卽『止』也。呂覽愼大篇『胼胝不居』，高注：『居，止也。』『安』與『居』義本相成，爾雅：『安，止也。』『迺慰迺止』，猶言『爰居爰處』，皆複語耳。『迺畝』與『迺宣』對言，不得合爲一。梓材：『若稽田，既勤敷菑。』傳曰：『已勞力布發之。』卽此詩『迺宣』也。又曰：『爲厥疆畎。』傳曰：『爲其疆畔畎壟。』卽此詩『迺畝』也。上言『疆理』者，定其大界，此又別其畎壟。箋以『時耕其田畝』兼釋詩『迺畝』，失之。」

迺召司空，迺召司徒，俾立室家。其繩則直，縮版以載，【注】齊「版」作「板」。作廟翼翼。【注】韓說曰：「鬼神所居曰廟。【疏】傳：「言不失繩直也。乘謂之縮。君子將營宮室，宗廟爲先，廄庫爲次，居室爲後。」箋：「俾，使也。司空、司徒，卿官也。司空掌營國邑，司徒掌徒役之事，故召之。始立室家之位處，繩者營其廣輪方制之正也。既正，則以索縮其築版，上下相承而起，廟成則嚴顯翼翼然。『乘』，聲之誤，當爲『繩』也。」○案，張衡東京賦「其繩則直」，明魯毛文同。「齊版作板」者，禮檀弓鄭注：「板蓋廣二尺，長六尺。詩云：『縮板以載。』」馬瑞辰云：「『載』當讀爲『栽』。說文：『栽，築牆長版也。』引春秋傳『楚圍蔡里而栽』。左莊二十九年傳『水昏正而栽』，杜注：『於是樹版而興作。』中庸『栽者培之』，鄭注讀『文王初載』之載。今人名草木之植曰栽，築牆立版亦曰栽，知『載』卽『栽』也。栽，謂樹立其築牆長版也。箋訓載爲『承載』之載，失之。」「鬼神所居曰廟」者，衆經音義十四引韓詩。

捄之陾陾，度之薨薨，【注】韓說曰：「度，填也。」築之登登，削屢馮馮。百堵皆興，鼛鼓弗勝。

【疏】傳：「捄，虆也。陾陾，衆也。度，居也。言百姓之勸勉也。登登，用力也。削牆鍛屢之聲馮馮然。皆，俱也。鼛，大鼓也，長一丈二尺。或鼛或鼓，言勸事樂功也。」箋：「捄，捊也。度，猶投也。築牆者捊聚壤土，盛之以虆，而投諸版中，五版爲堵。興，起也。百堵同時起，鼛鼓不能止之使休息也。（此語誤。）凡大鼓之側有小鼓，謂之應鼙、朔鼙。周禮曰：『以鼛鼓鼓役事。』」〇馬瑞辰云：「說文：『捄，盛土於梩中也。』虆、梩同類。（孟子釋文：「虆，土籠也。梩，土轝也。」）『陾陾』，說文玉篇引作『陑陑』，字亦作『隭』。今詩作『陾』者，蓋『隭』字之譌。而、乃一聲之轉，故『陑陑』又作『仍仍』。廣雅：『仍仍，衆也。』即『陑陑』之異文。」愚案：說文「捄」下、「陾」下引詩本皆作「陾陾」，陾从「自」、「耎」聲。耎从「大」、「而」聲。是从「耎」可通从「而」矣。段玉裁援玉篇，改「捄」下引詩爲「陑陑」，即馬所本，然「陾」下引詩，段仍未改也。玉篇引作「陑」，當爲韓詩異文。許書有「陾」無「陑」、「隭」，亦無「⿱而而」。六朝唐人凡从「耎」之字輒寫作「⿱而而」，蓋「大」之篆文爲「而」，遂以致誤甚。且孺、儒从「需」之字亦作「⿱而而」，則「隭」自係「陾」之俗字。惟「陑」早見，書湯誓序「升自陑」，固亦相承之古字，本地名借作「陾」耳。「度，填也」者，釋文引韓詩文。馬瑞辰云：「箋云『度猶投也』，與韓詩訓『填』義近，取土而後填之，既填而後築之，正見詩言有序。『度』與『⿰土度』通。廣雅：『⿰土度，塞也。』塞、填義近。傳訓『度』爲『居』，失之。」「削屢馮馮」者，馬瑞辰云：「古有『婁』無『屢』，屢即婁之俗，當讀同『傴僂』之僂。古以曲爲『傴』，問喪注『傴，背曲也』是也。以高出爲『僂』，蓋背曲則脊骨必隆起，因名『傴僂』，通俗文『曲脊謂之傴僂』是也。『傴僂』亦名『句僂』，說文『痀，曲脊也』、莊子達生篇『句僂丈人承蜩』是也。車蓋之中高旁下者，謂之『枸簍』，方言『車枸簍』是也龜背之中高而兩旁下者，亦謂之『僂句』，左傳『臧氏寶龜僂句』是也。木之疷傴瘻尰者，謂之『苻婁』，見爾雅。頸腫曰『瘻』，見說文。邱壠之堆高者曰『培塿』，見方言注。又集韻引埤蒼：『嶁，山巔也』。孟子趙注岑樓，『山之銳嶺』。『嶁』與『樓』皆從『婁』會意，婁、隆雙聲，故婁之義爲隆高。竊謂『削屢』即削去其牆土之隆高者，使之平且堅也，惟其隆高，故宜『削』耳。至傳云『削牆鍛屢之聲』，焦循謂『以鍛斂之使入』，則以削、屢二字平列，段玉裁訓『屢』爲『空』，似並失之。」

迺立皋門，皋門有伉。【注】韓「皋」作「高」，「伉」作「閌」，云：「閌，盛貌。」迺立應門，應門將將。【注】魯「將」作「鏘」。迺立冢土，戎醜攸行。【疏】傳：「王之郭門曰皋門。伉，高貌。王之正門曰應門。將將，嚴正也。美大王作郭門以致皋門，作正門以致應門焉。冢，大。戎，大。醜，衆也。冢土，大社也。起大事、動大衆，必先有事乎社而後出，謂之宜。美大王之社，遂爲大社也。」箋：「諸侯之宮，外門曰皋門，朝門曰應門，內有路門。天子之宮加以庫雉。大社者，出大衆，將所告而行也。春秋傳曰：『蜃宜社之肉。』」○「皋作高」者，玉篇門部引詩云：「高門有閌。」此韓詩也。「伉作閌，云盛貌」者，釋文引韓詩文。陳喬樅云：「韓釋爲『盛貌』者。毛作『皋門』，皋之言高也，故以『伉』爲『高貌』。韓作『高門』，則高義已顯，故以『閌』爲『盛貌』。魯詩文與韓同，見張衡西京賦云：『高門有閌。』注引毛詩曰『皋門有伉』，云『伉』與『閌』同。魏都賦注及藝文類聚六十三引『高門有閌』，作毛詩，誤也。」「魯將作鏘」者，張衡七辯云：「應門鏘鏘。」又東京賦：「立應門之鏘鏘。」是魯文「將將」作「鏘鏘」。班固西都賦「激神嶽之嶈嶈」，李注引毛詩曰：「應門嶈嶈。」案，毛不作「嶈」，班用齊詩，蓋齊作「嶈嶈」耳。釋天引詩：「乃立冢土，戎醜攸行。」此魯文也。漢書郊祀志：「乃立冢土。」此齊文也。

肆不殄厥愠，亦不隕厥問。柞棫拔矣，行道兑矣，混夷駾矣，維其喙矣。【注】三家「駾」作「突」，「喙」作「呬」。【疏】傳：「肆，故今也。愠，恚。隕，墜也。兑，成蹊也。駾，突。喙，困也。」箋：「小聘曰問。柞，櫟也。棫，白桵也。文王見太王立冢土，有用大衆之義，故不絕去其恚惡惡人之心，亦不廢其聘問鄰國之禮。今以柞棫生柯葉之時，使大夫將師旅出聘問，其行道士衆兑然，不有征伐之意。混夷，夷狄國也，見文王之使者將士衆過己國，則惶怖驚走，奔突入此柞棫之中而逃，甚困劇也。是之謂『一年伐混夷』。太王辟狄，文王伐混夷，成道興國，其志一也。」○案，「肆，故今也」，釋詁文。上章言大王事，此下叙文王，故以「肆」字爲承接之詞，猶言自昔至今也。周家所慍者，夷狄也，自大王以來，至今百餘年，未能殄滅之，而夷狄亦不能得志於我，以隕我國家之聲問。「柞棫拔矣」，與皇矣詩「柞棫斯拔」同義。釋詁：「拔，盡也。」蓋即此詩之三家訓。塞塗之樹既盡，故行道皆兑然而成蹊。「三家駾作突」者，文選魯靈光殿賦張載注：「突，唐突也。詩曰：『昆夷突矣。』」是三家有作「突」者，故毛即以「突」詁「駾」，言混夷昔日之奔突也。說文：「駾，馬行疾來貌也。」引詩「昆夷駾矣」。馬瑞辰云：「疾突，爲奔騰之貌。疾而進者爲『疾突』，退而奔者亦爲『疾突』，故箋以『驚走奔突』釋之。」愚謂「疾突」可言於進時，不可言於退時，故知指混夷昔日言。「喙」者，晉語「余病喙矣」，韋注：「喙，短氣貌。」廣雅：「喙，極也。」「極」即「困」也。方言廣雅並曰：「喙，息也。」廣韻：「㾊，困極也。」引詩「昆夷㾊矣。」是「喙」亦作「㾊」。說文：「東夷謂息曰呬。詩曰：『犬夷呬矣。』」此約舉詩詞，猶「東方昌矣」之類。尚書大傳：「文王受命四年，伐犬夷。」鄭注：「犬夷，混夷也。」知三家有作「犬夷」者。喙、呬，方音之轉。方言：「餽、喙、呬，息也。自關而西，秦、晉之間或曰喙，或曰餽，東齊曰呬。」知說文「東夷」爲「東齊」之誤，而「呬」字乃齊詩異文也。周至文王時聲威甚盛，混夷遁逃困劇，不必即指伐昆夷事。

虞芮質厥成，【注】齊說曰：「虞侯、芮侯，訟田質於文王者。」文王蹶厥生。予曰有疏附，【注】魯曰：「皆」作「聿」。齊「疏」作「胥」。予曰有先後，予曰有奔奏，【注】齊「奏」作「輳」。魯「奏」作「走」。予曰有禦侮。

【疏】傳：「質，成也。成，平也。蹶，動也。虞芮之君相與争田，久而不平，乃相謂曰：『西伯仁人也，盍往質焉？』乃相與朝周。入其境，則耕者讓畔，行者讓路。入其邑，男女異路，斑白不提挈。入其朝，士讓爲大夫，大夫讓爲卿。二國之君感而相謂曰：『我等小人，不可以履君子之庭！』乃相讓，以其所争田爲閒田而退。天下聞之而歸者，四十餘國。率下親上曰疏附，相道前後曰先後，喻德宣譽曰奔奏，武臣折衝曰禦侮。」箋：「虞芮之質平，而文王動其緜緜民初生之道。謂廣其德而王業大。予，我也，詩人自我也。文王之德所以至然者，我念之曰：此亦由有疏附、先後、奔奏、禦侮、之臣力也。疏附，使疏者親也。奔奏，使人歸趨之。」○漢書人表中中，虞侯芮侯系文王世。顏注：「二國訟田，質於文王者。」此齊說。虞芮在河東，周姬姓國，商末虞芮無攷。書大傳云：「文王受命一年，斷虞芮之訟。」馬瑞辰云：「生、性古通用。『蹶厥生』，謂文王有以感動其性也。又說文：『生，進也。』『蹶，僵也，讀亦若橜。』『橜，一曰門梱也。』梱橜爲門中所豎短木，所以止門，是『橜』有『止』義。『蹶』之言『橜』，『蹶厥生』即止厥訟者之進，正傳所云『二國之君感而相讓，以其所争田爲閒田而退』者也，較讀『生』爲『性』義尤直捷。」「魯曰作聿，奏作走」者，王逸楚詞章句一：「奔走先後，四輔之職也。詩曰：『予聿有奔走，予聿有先後。』」此魯說。「齊疏作胥，奏作輳」者，大傳云：「周文王胥附奔輳，先後禦侮，謂之四鄰，以免於羑里之害。」又云：「文王以閎夭太公望南宮括散宜生爲四友。」詩疏引書君奭鄭注：「詩傳有疏附奔走先後禦侮之人，而曰文王有四臣以受命。」陳喬樅云：「鄭注尚書所稱『詩傳』，當爲齊詩傳，以尚書師說本皆齊學也。詩疏引鄭注同毛，與大傳文異者，此孔順毛詩經文改之，非鄭注之舊也。」

緜九章，章六句。

棫樸【注】齊說曰：天子每將興師，必先郊祭以告天，乃敢征伐，行子之道也。文王受天命而王天下，先郊，乃敢行事，而興師伐崇。其詩曰：「芃芃棫樸，薪之槱之。濟濟辟王，左右趨之。濟濟辟王，左右奉璋。奉璋峩峩，髦士攸宜。」此郊辭也。其下曰：「淠彼涇舟，烝徒檝之。周王于邁，六師及之。」此伐辭也。其下曰：「文王受命，有此武功。既伐于崇，作邑于豐。」以此辭者，見文王受命則郊，郊乃伐崇。【疏】毛序：「文王能官人也。」○『天子』至『伐崇』，春秋繁露郊祭篇文，此齊說以爲文王郊祭伐崇之事。四祭篇又云：「已受命而王必先祭天，乃行王事，文王之伐崇是也。詩云：『濟濟辟王，左右奉璋。奉璋峩峩，髦士攸宜。』此文王之郊也。其下之辭曰：『淠彼涇舟，烝徒檝之。周王于邁，六師及之。』此文王之伐崇也。上言『奉璋』，下言『伐崇』，以見文王之先郊而後伐也。」與郊祭篇語意全同。

芃芃棫樸，薪之槱之。濟濟辟王，左右趣之。【疏】傳：「興也。芃芃，木盛貌。棫，白桵也。樸，枹木也。槱，積也。山木茂盛，萬民得而薪之。賢人衆多，國家得用蕃興。趣，趍也。」箋：「白桵相樸屬而生者，枝條芃芃然，豫斫以爲薪，至祭皇天上帝及三辰，則聚積以燎之。辟，君也。君王，謂文王也。文王臨祭祀，其容濟濟然敬，左右之諸臣皆促疾於事，謂相助積薪。」○案：箋說即用齊義也。馬瑞辰云：「古者燔柴以祭天神。說文：『禷，以事類祭天神。』周官小宗伯鄭注：『類者，依其正禮而爲之』。則類祭上帝，依乎郊祀，是亦用燔柴也。王制：『天子將出征，類乎上帝。』則首章『薪之槱之』，蓋將出征類乎上帝之事。或以文王未嘗郊天，而周官『以槱燎祀司中、司命、風師、雨師』，畢也。星占，畢主邊兵，故出師必祀焉。武王伐紂，上祭於畢，則此詩『薪槱』蓋文王上祭於畢之禮。」愚案：文王受命，自合祭天，齊說可證。武王祭畢，馬融云：「畢，文王墓地。」司馬貞誤爲「畢星」，文王亦未祭畢，後說非。

濟濟辟王，左右奉璋。奉璋峩峩，髦士攸宜。【疏】傳：「半圭曰璋。峩峩，盛壯也。髦，俊也。」箋：「璋，璋瓚也。祭祀之禮，王祼以圭瓚，諸臣助之，亞祼以璋瓚。士，卿士也。奉璋之儀峩峩然，故今俊士之所宜。」○馬瑞辰云：「九獻之禮，夫人執璋瓚以亞祼，惟祭統云『大宗伯執璋瓚亞祼』，鄭注：『容夫人，故有攝焉』。則代后奉璋瓚者，非常禮也。繁露言「奉璋峩峩，髦士攸宜」，此文王之郊也。然周官小宰注云：「天地大神，至尊不祼」。亦不得言郊祀之禮，祼以璋瓚。今案周官典瑞：「牙璋以起軍旅，以治兵守。」白虎通云：「璋以發兵何？璋半圭，位在南方，陽極而陰始。起兵亦陰也，故以發兵也。」是璋古用以發兵。此詩下章言「六師及之」，則上言「奉璋」當是發兵之事，故傳惟言「半圭曰璋」，不以爲祭祀所用之璋瓚耳。」愚案：奉璋郊祀，董子已有明文，不得執偏詞以疑古說。公羊定八年傳何休解詁云：「璋者，所以郊事天。詩云『奉璋峩峩，髦士攸宜』是也。」何用魯詩，齊魯說同，足爲明證。釋訓：「峩峩，祭也。」是魯義以「峩峩」爲祭。孔疏引舍人注：「峩峩，奉璋之貌。」

淠彼涇舟，烝徒楫之。周王于邁，六師及之。【疏】傳：「淠，舟行貌。楫，櫂也。天子六軍。」箋：「烝，衆也。淠淠然涇水中之舟順流而行者，乃衆徒船人以楫櫂之故也，興衆臣之賢者行君政令。于，往。邁，行。及，與也。周王往行，謂出兵征伐也。二千五百人爲師，今王興師行者，殷末之制，未有周禮。周禮，五師爲軍，軍萬二千五百人。」○玉篇：「淠，水聲也。」言軍舟浮涇而行，衆徒鼓楫，水聲淠淠然也。白虎通三軍篇：「詩云：『周王于邁，六師及之。』師二千五百人，師爲一軍，六師一萬五千人也。」陳喬樅云：「御覽二百九十八引白虎通作『五師爲軍，二千五百人爲師，萬二千五百人爲軍，三軍三萬七千五百人也。』與今本文異。盧文弨校定，以今本爲誤，據御覽文訂正。喬樅案：白虎通下文引傳曰：『一人必死，十人不能當；百人必死，千人不能當；千人必死，萬人不能當；萬人必死，橫行天下。雖有萬人，猶謙讓自以爲不足，故復加五千人。』與上文『六師一萬五千人』，其數正合，不得以今本爲誤也。御覽所引當别爲一條。今世傳白虎通本中多脫佚，固非完書，竊意『五師爲軍』云云，是解此詩『六師』之義，故不同耳。公羊隱五年傳何休解詁云：『二千五百人爲師，禮，天子六師，方伯二師，諸侯一師。』『天子六師』之說，亦與白虎通合。」「及之」者，王行至速，而六師之治行者，或者自後及之。極言文王志在伐罪弔民，大仁大勇，與左傳「楚子伐宋，屨及于絰，皇劍及于寢門之外，車及于蒲胥之市」三句「及」字同義。上引齊詩三章與毛文同，惟「楫」作「檝」，衆經音十九楫、檝同，明非異字。

倬彼雲漢，爲章于天。周王壽考，遐不作人。【疏】傳：「倬，大也。雲漢，天河也。遐，遠也，遠不作人也。」箋：「雲漢之在天，其爲文章，譬猶天子爲法度于天下。『周王』，文王也，文王是時九十餘矣，故云『壽考』。『遠不作人』者，其政變化紂之惡俗，近如新作人也。」○案，遐、瑕同聲，「遐不」猶「瑕不」，即「胡不」也。「遐不作人」，與「胡不萬年」同意，言周王在位日久，年已壽考，德教涵育，作養人材衆多，左右王業，衆皆仰之如雲漢之在天也。

追琢其章，【注】魯「追」作「雕」。金玉其相。勉勉我王，【注】魯韓「勉」作「亹」。綱紀四方。【疏】傳：「追，彫也。金曰彫，玉曰琢。相，質也。」箋：「周禮，追師掌『追衡笄』，則『追』亦治玉也。相，視也，猶觀視也。追琢玉使成文章，喻文王爲政，先以心研精，合於禮義，然後施之，萬民視而觀之，其好而樂之，如覩金玉然。言其政可樂也。『我王』，謂文王也。以罔罟喻爲政，張之爲綱，理之爲紀。」○「魯追作彫，勉作亹」者，荀子富國篇：「詩曰：『彫琢其章，金玉其相。亹亹我王，綱紀四方。』」說苑修文篇引詩全同，云：「言文質美也。」趙岐孟子章句二：「彫琢，治飾玉也。詩曰：『彫琢其章』。」雕、彫同字，皆魯文也。釋器：「玉謂之雕，金謂之鏤，玉謂之琢。雕謂之琢。鏤，鋑也。」是刻金不爲雕，而雕、琢皆治玉之稱。「雕琢其章」者，皆魯訓，言其文美也。「金玉其相」者，據魯訓，言其質美也。皆贊美文王之詞也。玉篇辵部：「追，治玉名也。詩曰：『追琢其璋』。」此韓詩之文。「追琢」亦主治玉，然不得獨言治璋，此玉篇誤字。「韓勉作亹」者，韓詩外傳五：「夫五色雖明，有時而渝。豐交之木，有時而落。物有成衰，不得自若。故三王之道，周則復始，窮則反本，非務變而已，將以正惡扶微，絀繆論非。」末引詩曰：「亹亹文王，綱紀四方。」亦作「亹亹」，義與「勉勉」同。言世變無端，賴有聖王匡正之，故以文王之交質俱美，而又亹亹不倦，將盡四方而綱紀之，不僅伐崇而已。

棫樸五章，章四句。

旱麓【疏】毛序：「受祖也。周之先祖世修后稷公劉之業，大王王季申以百福干祿焉。」○三家無異義。

瞻彼旱麓，榛楛濟濟。豈弟君子，干祿豈弟。【疏】傳：「旱，山名也。麓，山足也。濟濟，衆多也。干，求也。」言陰陽和，山藪殖，故君子得以干祿樂易。」箋：「旱山之足，林木茂盛者，得山雲雨之潤澤也。喻周邦之民獨豐樂者，被其君德教。『君子』，謂大王王季。以有樂易之德施於民，故其求祿亦得樂易。」○案，王應麟詩地理考引漢書地理志：「漢中郡南鄭縣旱山，沱水所出，東北入漢。」一統志：「旱山在漢中府城西南六十五里。」蓋卽詩之「旱麓」也。胡承珙云：「郡國志劉昭注引華陽志云：『有池水從旱山來』。水經沔水注：『南鄭縣，漢水右合池水，水出旱山。』案，池水卽班之沱水也，沔水東過魏興安陽縣南，涔水出自旱山，北注之，涔水篇云：『涔水出漢中南鄭縣東南旱山，北至安陽縣南，入於沔。』是旱山所出，有沱水涔水。或疑旱山去豐鎬稍遠，然岐山在今鳳翔府，漢中之北，卽鳳翔之南，況此詩本詠文王，其土宇已擴，不得謂旱山非境内也。」風俗通義云：「麓，林屬於山者也。麓者，山足也。詩云：『瞻彼旱麓』。」明魯毛文同。周語韋注：「王者之德，被及榛楛。陰陽調，草木盛，故君子以求祿，其心樂易矣。」

瑟彼玉瓚，【注】三家「瑟」作「屮」。黃流在中。豈弟君子，福祿攸降。【疏】傳：「玉瓚，圭瓚也。黃金，所以飾流鬯也。九命然後錫以秬鬯圭瓚。」箋：「瑟，絜鮮貌。黃流，秬鬯也。圭瓚之狀，以圭爲柄，黃金爲勺，青金爲外，朱中央矣。殷王帝乙之時，王季爲西伯，以功德受此賜。攸，所。降，下也。」○馬瑞辰云：「釋文：『瑟，本又作璱。』說文：『璱，玉英華相帶如瑟絃。』引詩『璱彼玉瓚。』又『瑮』字注引逸論語曰：『玉粲之璱兮，其瑮猛也。』又『璠』字注引孔子曰：

『美哉璠璵，遠而望之，奐若也；近而視之，瑟若也。』是『璱』本從『玉』，『瑟』聲，兼從『玉』會意，作『璱』者，正字；作『瑟』者，省借字也。」「三家瑟作卹」者，典瑞注引詩『卹彼玉瓚』，又作「邲」。羣經音辨云：「卹，玉采也。」蓋三家有作『卹』者。瑟、卹古音同部，故通用。

鳶飛戾天，魚躍于淵。【注】韓詩曰：「鳶飛戾天，魚躍于淵。」韓說云：魚喜樂則踊躍于淵中。豈弟君子，遐不作人？【注】魯「遐」作「胡」。【疏】傳：「言上下察也。」箋：「鳶，鴟之類，鳥之貪惡者也，飛而至天，喻惡人遠去，不爲民害也。魚跳躍于淵中，喻民喜得所。遐，遠也，言大王王季之德近於變化，使如新作人。」○案，禮中庸引詩云：「鳶飛戾天，魚躍于淵。」鄭注：「言聖人之德，至于天則鳶飛戾天，至于地則魚躍于淵，是其明著于天地也。」此言道被飛潛，萬物得所之象，與箋詩義異。「魚喜」至「淵中」，文選王褒四子講德論李注引薛君文，引經明韓、毛文同。「魯遐作胡」者，潛夫論德化篇：「國有傷聰之政，則民多病身；有傷賢之政，則賢多夭。夫形體、骨幹，爲堅彊也，然猶隨政變易，況乎心氣精微，可不養哉！詩云：『鳶飛戾天，魚躍于淵。愷悌君子，胡不作人？』君子修其樂易之德，上及飛鳥，下及淵魚，罔不懽忻悅豫，又況士庶而不仁者乎！」「遐不」作「胡不」，足證傳箋隨文解釋之非。

清酒既載，【注】韓說曰：載，設也。騂牡既備，以享以祀，以介景福。【疏】傳：「言年豐畜碩也，」言祀所以得福也。」箋：「『既載』，謂已在尊中也。祭祀之事，先爲清酒，其次擇牲，故舉二者。介，助。景，大也。」○白虎通三正篇：「詩曰：『清酒既載，騂牡既備。』言文王之牲用騂，周尚赤也。」此引魯詩，明魯毛文同。「載設也」者，文選西征賦李注引薛君韓詩章句文。馬瑞辰云：「『載』與『𩚬』音同。說文：『𩚬，設也，飪也。从凡、食，才聲，讀若載』。此詩『載』即『𩚬』字之同音叚借，故韓訓『設』。商頌烈祖詩『既載清酤』，義同。廣雅亦云：『𩚬，設也』。石鼓文『載』皆作『𩚬』。士昏禮：『從設，北面載。』『載』亦『設』也。」

瑟彼柞棫，民所燎矣。豈弟君子，神所勞矣。【疏】傳：「瑟，衆貌。」箋：「柞棫之所以茂盛者，乃人熂燎除其旁草，養治之使無害也。勞，勞來，猶言佑助。」○馬瑞辰云：「棫樸箋：『豫斫以爲薪，至祭皇天上帝及三辰，則聚積以燎之。』此詩釋文云：『燎，說文作「尞」，一云祟祭天也。』是知『民所燎矣』當謂取爲燔柴之用，箋云『除其旁草』，非也。又案爾雅：『棫，白桵。』郭注：『桵，小木，叢生有刺。』與柞爲櫟樹無刺者別。通志引陸璣疏，云三蒼說『棫』即『柞』，非也。」楊雄長楊賦「故真神之所勞也」，用魯經文。

莫莫葛藟，施于條枚。【注】韓「施」作「延」。豈弟君子，【注】齊「豈」作「凱」，韓「豈」作「愷」，「弟」作「悌」。求福不回。【疏】傳：「莫莫，施貌。」箋：「葛也藟也，延蔓於木之枚本而茂盛，喻子孫依緣先人之功而起。『不回』者，不違先祖之道。」○呂覽知分篇高注：「莫莫，葛藟之貌，延蔓於條枚之上，得其性也。樂易之君子，求福不以邪道，順于天性，以正直受大福。」說苑修文篇：「詩云：『莫莫葛藟，施于條枚。豈弟君子，求福不回。』鬼神且不回，而況于人乎？」此亦訓「回」爲「違」。以上皆魯義。禮表記：「詩云：『莫莫葛藟，施于條枚。凱弟君子，求福不回。』」鄭注：「凱，樂也。弟，易也。言樂易之君子，其求福修德以俟之，不爲回邪之行，要之如葛藟之延蔓于條枚，是其性也。」此齊義。「韓施作延」者。韓詩外傳二載晏子語，末引詩曰：「莫莫葛藟，延于條枚。愷悌君子，求福不回。」呂覽知分篇、後漢黃琬傳注引詩，亦並作「延」。「齊豈作凱，韓作愷。韓弟作悌」者，引並見上。

旱麓六章，章四句。

思齊【疏】毛序：「文王所以聖也。」箋：「言非但天性，德有所由成。」○三家無異義。

思齊大任，文王之母，思媚周姜，京室之婦。大姒嗣徽音，則百斯男。【疏】傳：「齊，莊。媚，愛也。周姜，大姜也。京室，王室也。大姒，文王之妃也。大姒十子，衆妾則宜百子也。」箋：「京，周地名也。常思莊敬者，大任也，乃爲文王之母，又常思愛大姜之配大王之禮，故能爲京室之婦。言其德行純備，故生聖子也。大姜言周，大任言京，見其謙恭自卑小也。徽，美也。嗣大任之美音，謂續行其善教令。」○陳奐云：「『思齊大任』，猶言『有齊季女』，思，有皆語詞。列女傳母儀篇：『大任之性，端壹誠莊。』與傳訓『齊莊』同。大任，仲任也，摯國之女，王季之妃，文王之母也。」說文：「媚，說也。」「說」即「悦」字。「娓，順也，讀若媚。」二字義訓相通，「媚周姜」，猶言「順周姜」，承事效法，特爲大姜所愛悦，故能爲京室之婦。大王居周原，故大姜稱「周姜」也。大姒，莘國姒姓之女，能繼大任之美音。列女周室三母傳：「大姒教誨十子，自少及長，未嘗見邪僻之事。及其長，文王繼而教之，卒成武王周公之德。君子謂大姒仁明而有德，詩曰：『大姒嗣徽音，則百斯男。』此之謂也。」白虎通姓名篇：「文王十子，詩傳曰伯邑考武王發周公旦管叔鮮蔡叔度曹叔振鐸成叔處霍叔武康叔封南季載。所以或上其叔季何也？管蔡曹霍成康南皆采也，故置叔季上。伯邑考何以獨無乎？蓋以爲大夫者，不是采地也。」餘詳螽斯篇，此魯說。易林頤之節：「文王四乳，仁愛篤厚。子畜十男，無有夭折。」此齊說。皆云文王有十男，其說「則百斯男」，殆與毛同。後漢順烈梁皇后紀「螽斯則百福之所由興也」，用韓經文。

惠于宗公，神罔時怨，神罔時恫。刑于寡妻，【注】韓說云：刑，正也。至于兄弟，以御于家邦。

【疏】傳：「宗公，宗神也。恫，痛也。刑，法也。寡妻，適妻也。御，迎也。」箋：「惠，順也。宗公，大臣也。文王爲政，咨於大臣，順而行之，故能當於神明。神明無是怨恚其所行者，無是痛傷其所爲者，其將無有凶禍。『寡妻』，寡有之妻，言賢也。御，治也。文王以禮法接待其妻，至于宗族，以此又能爲政治于家邦也。書曰：『乃寡兄勖』。又曰：『越乃御事』。」○

馬瑞辰云：「宗，尊雙聲。『宗公』，即『先公』也。言其久則曰『古公』，言其尊則曰『宗公』。『時』與『所』，古同義通用，詳王氏經義述聞。『神罔時怨』，猶言『神罔所怨』也。『神罔時恫』，猶言『神罔所恫』也。」愚案：馬說是也。文王之興，實由大王，故行政惟思順於古公之心，則神無所怨恫也。古公而稱『宗公』者，以太伯仲雍遠封在吳，與王季皆以古公爲宗，故以「宗公」稱之。蔡邕胡夫人神誥「神罔時怨」，又曰「神罔時恫」，明魯毛文同。「刑，正也」者，釋文引韓詩文。陳喬樅云：「孟子引詩『刑于寡妻』，趙岐注亦訓『刑』爲『正』，趙用魯詩，是韓魯義同。毛訓『刑』爲『法』，法、正古相通假。論語『齊桓公正而不譎』，漢書鄒陽傳作『法而不譎』。史記賈生傳『法制度』，猶『正制度』也。是『正』與『法』同義。廣雅：『刑，治也。』『法』與『正』皆所以爲治也。」刑寡妻，至兄弟，以御家邦，即身修、家齊、國治之道也。

雝雝在宮，肅肅在廟。不顯亦臨，無射亦保。【疏】傳：「雝雝，和也。肅肅，敬也。以顯臨之，保安無猒也。」箋：「宮，謂辟廱宮也。羣臣助文王養老則尚和，助祭于廟則尚敬。言得禮之宜。臨，視也。保，猶居也。文王之在辟廱也，有賢才之質而不明者，亦得觀于禮；于六藝無射才者，亦得居于位。言養善，使之積小致高大。」〇馬瑞辰云：「『臨』者，『臨視』之義。『保』者，『保守』之義。言文王無時不警惕也。」愚案：「不顯」者，隱微幽獨之處，人皆樂於自便，文王戒愼必恭，亦如有臨之在上者焉。釋詁：「射，厭也。」文王之對臣民，皆無有厭斁之者，而文王亦維兢兢以自保守，不敢泰然安居也。

肆戎疾不殄，烈假不瑕。【疏】傳：「肆，故今也。戎，大也。故今大疾害人者，不絕之而自絕也。烈，業。假，大也。」箋：「烈、假，皆病也。瑕，已也。文王於辟廱德如此，故大疾害人者，不絕之而自絕；爲癘瘕之行者，不已之而自已。言化之深也。」〇馬瑞辰云：「詩兩『不』字，皆句中助詞。『肆戎疾不殄』，即言『戎疾殄』也。『烈假不瑕』，即言厲蠱之疾已也。厲，說文作『癘』，云：『惡疾也。』公羊傳作『痢』，何注：『痢者，民疾疫也。』『烈』即『癘』之叚借。

『假』當爲『蠱』，蠱、假亦一聲之轉。隸釋載漢唐公房碑，作『厲蠱不遐』，蓋本三家詩。是知箋訓『厲假』爲『病』，亦本三家詩也。」愚案：傳釋「疾」爲「疾害」，與下句無別。今案詩蓋言文王德化入人至深，凡大爲人所疾惡者已殄絶矣。「厲蠱」，喻惡疾害人。漢碑作「不遐」，瑕、遐同音通用。言凡如惡病害人者，已遐遠矣。釋地：「四極」云九夷、八狄、七戎、六蠻。」郭注：「九夷在東，七戎在西。」李巡本作「六戎在西」，數不同，而在西者稱「戎」不異。太王時混夷病周，文王時稱串夷，皇矣篇鄭注：「串夷，西戎國名。」蓋雖有「夷」稱，其實「戎」也，爲周患苦，有若疾然，故曰「戎疾」。緜篇「肆不殄厥慍」，卽此詩之「肆戎疾不殄」也。文王之大業，不足爲其患害，無能瑕疵文王者，猶狼跋篇之「德音不瑕」也。

不聞亦式，不諫亦入。【疏】傳：「言性與天合也。」箋：「式，用也。文王之祀於宗廟，有仁義之行而不聞達者，亦用之助祭；有孝悌之行而不能諫爭者，亦得入。言其使人器之不求備也。」〇王引之云：「兩『不』字、兩『亦』字皆語詞。式，用也。入，納也。言聞善言則用之，進諫則納之。左宣二年傳曰：『諫而不入，則莫之繼也。』是納諫爲『入』也。」今案，王説是。肆成人有德，小子有造。古之人無斁，譽髦斯士。【疏】傳：「造，爲也。古之人，無厭於有名譽之俊士。」箋：「『成人』，謂大夫士也。『小子』，其子弟也。文王在於宗廟德如此，故大夫士皆有德，子弟皆有所造成。『古之人』，謂聖王明君也。口無擇言，身無擇行，以身化其臣下，故令此士皆有名譽於天下，成其俊乂之美也。」〇言古之人教士無厭斁，故能使斯士皆成爲譽髦也。詩贊美文王，而言先聖王皆如此，所以天下向風。稱「古之人」者，周之學制剏自公劉，見泂酌篇，至文王時又拓其規模，久道化成，故能人才蔚起如此。說苑建本篇：「成人有德，小子有造，大學之教也。」陳喬樅云：「疑魯詩本經無『肆』字。」

思齊四章，章六句。故言五章，二章章六句，三章章四句。

皇矣【疏】毛序：「美周也。天監代殷，莫若周，周世世修德，莫若文王。」箋：「監，視也。天視四方可以代殷王天下者，維有周耳。世世修行道德，維有文王盛耳。」○三家無異義，惟據魯齊之說，皆直言此詩爲陳文王之德。左昭二十八年傳引詩，(均詳下。)亦以「近文德」爲言，不言「美周」，是三家相承古說當與此序略別矣。

皇矣上帝，臨下有赫。監觀四方，求民之莫。【注】魯齊「莫」作「瘼」。**維此二國，其政不獲。維彼四國，**【注】魯「維」作「惟」，下全同。**爰究爰度。上帝耆之，**【注】韓曰：耆，惡也。**憎其式廓。乃眷西顧，此維與宅。**【注】魯「眷」一作「睠」，「與」一作「予」，「宅」一作「度」。【疏】傳：「皇，大。莫，定也。二國，殷夏也。彼，彼有道也。四國，四方也。究，謀。度，居也。耆，惡也。廓，大也。憎其用大位、行大政。顧，顧西土也。宅，居也。」箋：「臨，視也。大矣天之視天下，赫然甚明，以殷紂之暴亂，乃監察天下之衆國，求民之定。謂所歸就也。『二國』，謂今殷紂及崇侯也。正，長。獲，得也。『四國』，謂密也、阮也、徂也、共也。『度』，亦『謀』也。殷崇之君，其行暴亂，不得於天心，密阮徂共之君於是又助之謀。言同於惡也。耆，老也。天須假此二國，養之至老，猶不變改，憎其所用爲惡者。浸，大也。乃眷然運視西顧，見文王之德，而與之居。言天意常在文王所。」○潛夫論班祿篇「詩云：『皇矣上帝，臨下以赫。鑒觀四方，求民之瘼。惟此二國，其政不獲。惟彼四國，爰究爰度。上帝指之，憎其式廓。乃睠西顧，此惟與宅。』蓋此言也，言夏殷二國之政不得，乃用奢夸廓大，上帝憎之，更求民之瘼，聖人與天下四國究度而使居之也。」王符述魯詩，所用魯文也。「有赫」作「以赫」。「有赫」，猶『赫赫』也。作「以」者，雙聲致誤，非異文。「魯莫作瘼」者，班祿篇作「瘼」。蔡邕和熹鄧后謚議「求人之瘼」，亦魯文。「齊作瘼」者，後漢班彪王命論引詩云：「皇矣上帝，臨下有赫。鑒觀四方，求民之莫。」班家學齊詩，「莫」當爲「瘼」。文選齊安陸昭王碑文「慮深求瘼」，李注云：「漢書引詩而爲此。」「瘼」，今本漢書作「莫」，明後人依毛改之。「魯維作惟下全同」者。班禄篇作「惟」，魯文「惟」皆如此。又「耆之」作「指之」，「指」字無義，疑亦誤文。「韓詩曰耆，惡也」者，釋文引在周頌武篇「耆定爾功」下。馬瑞辰云：「此當爲皇矣詩『上帝耆之』章句，蓋韓毛同義，釋文誤引入武篇，亦猶『萠，蓮也』，本韓詩澤陂篇之章句，而釋文誤引入溱洧章也。若以『耆定爾功』爲『惡定其功』，則不詞矣。」「魯眷一作睠」者，班禄篇作「睠」，淮南氾論訓引詩仍作「眷」。論衡初稟篇云：「詩曰：『乃眷西顧，此惟予度』。天無頭面，眷顧如何？人有顧睨，以人效天，事易見，故曰『眷顧』。」「魯與一作予，宅一作度」者，班禄篇引「此惟與宅」，宋本作「與度」。攷漢書韋賢傳「先后茲度」，臣瓚注：「古文宅、度同。」論衡初稟篇作「此惟予度。」（見上。）又漢書郊祀志：「詩曰：『迺眷西顧，此維予宅。』言天以文王之都爲居也。」此則眷、睠，與、予，宅、度字以通用不定。

作之屏之，其菑其翳。【注】魯説曰：立死菑，蔽者翳。韓「翳」作「殪」，説曰：菑，反草也。殪，因也，因高填下也。修之平之，其灌其栵。啟之辟之，其檉其椐。攘之剔之，其檿其柘。帝遷明德，串夷載路。天立厥配，【注】魯「配」作「妃」。受命既固。【疏】傳：「木立死曰菑，自斃爲翳。灌，叢生也。栵，栭也。檉，河柳也。椐，樻也。檿，山桑也。遷，徙就文王之德也。串，習。夷，常。路，大也。配，媲也。」箋：「天既顧文王，四方之民則大歸往之。岐周之地險隘多樹木，乃競刊除而自居處。言樂就有德之甚。『串夷』，即混夷，西戎國名也。路，瘠也。天意去殷之惡，就周之德，文王則侵伐混夷以應之。天既顧文王，又爲之生賢妃，謂大姒也。其受命之道已堅固也。」○釋木：「木自斃柛，立死菑，蔽者翳。」郭注引詩「其菑其翳。」「菑」亦作「椔」，「蔽」亦作「斃」，「斃」又作「獘」，通借字。爾雅先總釋自死之木，下乃以菑、翳之一立、一踣者相對爲文，「翳」者，已踣而枝幹蔽地也。作，起也。屏，除也。皆謂拔去之。爾雅魯詩之學，魯義當如此。「菑，反草也。殪，因也，因高填下也」者，釋文引韓詩文。陳喬樅云：「韓意四方之民歸往岐周，闢草萊、刊樹木而自居處。草之蕪穢者必先芟夷之，故首言『其菑』，謂反草而菑殺之也。木之顛仆者亦先除去之，故次言『其殪』也。爾雅：『木自斃神。』說文『神』字作『槇』，云：『仆木也。』『槇』，取『顛仆』之義。人殪則仆，木斃則顛，故韓以『殪』爲『因高填下』。『填』卽『顛』之叚借耳。」馬瑞辰云：「『殪』亦『仆』也。後漢光武紀注：『殪，仆也。』翳、殪雙聲，翳卽殪之借字，故釋名曰：『殪，翳也，就隱翳也』。與爾雅『蔽者翳』同義。」似較訓「殪」爲「因」尤勝。「其灌其栵」者，陳喬樅云：「此亦分別而言：木之叢生者爲灌，則修而削之；木之既髡復生者爲栵，則平而治之。釋詁：『烈，枿餘也。』方言：『陳、鄭之間曰枿，晉、衞之間曰烈，秦晉之間曰肄。』說文：『㮕，伐木餘也。』字或作『蘖』。『栵』與『烈』通，是栵爲木之餘蘖矣。以上四者，皆開山通道之首事也。下文云云，乃闢地定居之事。檉、椐，易生之木，故其地則啟之闢之；檿、柘，有用之材，故其樹則攘而剔之。如是者土地既廣，樹木亦茂，故下章卽繼以『柞棫斯拔，松柏斯兑』也。」愚案：緜篇「柞棫拔矣，行道兑矣」，卽上數句之事；「昆夷駾矣，維其喙矣」，卽「串夷載路」之事。文王功德既盛，混夷畏威遠遁，困於行路也。「魯配作妃」者，釋詁：「妃，媲也。」詩疏引某氏注詩云：「天立厥妃。」知魯作「妃」。

帝省其山，柞棫斯拔，松柏斯兑。帝作邦作對，自太伯王季。維此王季，因心則友，則友其兄，則篤其慶，載錫之光。受祿無喪，奄有四方。【疏】傳：「兑，易直也。對，配也。從大伯之見王季也。因，親也。善兄弟曰友。慶，善。光，大也。喪，亡。奄，大也。」箋：「省，善也。天既顧文王，乃和其國之風雨，使其山樹木茂盛。言非徒養其民人而已。作，爲也。天爲邦，謂興周國也。作配，謂爲生明君也。是乃自大伯王季時則然矣，大伯讓於王季，而文王起。篤，厚。載，始也。王季之心親親，而又善於宗族，又尤善於兄，大伯乃厚明其功美，始使之顯著也。大伯以讓爲功美，王季乃能厚明之，使傳世稱之，亦其德也。王季以有因心則友之德，故世世受福祿，至於覆有天下。」○馬瑞辰云：「『省，善』，義本釋詁。然下文『柞棫斯拔，松柏斯兌』，乃人之拔去叢木以待松柏之易直，實人事，非天時也。說文：『省，視也。』又曰：『相，省視也。』『帝省其山』，當謂帝省視其山，不得以爲『善』也。」韓詩外傳十：「太王亶甫有子曰太伯仲雍季歷。歷有子曰昌。太王賢昌而欲季爲後也，太伯去之吴。太王將死，謂曰：『我死，汝往讓兩兄，彼即不來，汝有義而安。』太王薨，季之吴告伯仲，伯仲從季而歸。羣臣欲伯之立季，季又讓。伯謂仲曰：『今羣臣欲我立季，季又讓，何以處之？』仲曰：『刑有所謂矣，（句有誤。）要於扶微者。可以立。』季遂立而養（字有誤。）文王，文王果受命而王。孔子曰：『太王獨見，王季獨知，伯見父志，季知父心。故太王太伯王季，可謂見始知終而能承志矣。』詩曰：『自太伯王季。惟此王季，因心則友。則友其兄，則篤其慶，載錫之光。受祿無喪，奄有四方。』此之謂也。太伯反吴，吴以爲君。」詩言天之興周邦、立明君，自太伯王季之相讓始。

維此王季，【注】三家「王季」作「文王」。**帝度其心，貊其德音。**【注】韓「貊」作「莫」，云：「莫，定也。」**其德克明，克明克類，克長克君。王此大邦，克順克比。比于文王，**【注】齊「比」作「俾」，魯「比」亦作「俾」。**其德靡悔。既受帝祉，施于孫子。**【疏】傳：「心能制義曰度。貊，靜也。德正應和曰貊。照臨四方曰明。類，善也。勤施无私曰類，教誨不倦曰長，賞慶刑威曰君，慈和徧服曰順，擇善而從曰比，經緯天地曰文。」箋：「王，君也。王季稱王，追王也。靡，無也。王季之德比于文王，無有所悔也。必比于文王者，德以聖人爲匹。帝，天也。祉，福也。施，猶易也，延也。」○「三家王季作文王」者，徐幹中論務本篇云：「詩陳文王之德，曰『惟此文王』。」幹用魯詩，是魯作「文王」。禮樂記引詩「莫其德音」十句，鄭注：「言文王之德皆能如此。」是齊作「文王」。孔疏云：「今韓詩亦作『文王』。」是三家皆作「文王」之證。左昭二十八年傳引詩，作「維此文王」。傳作「王季」，王肅申毛改「文王」，鄭箋仍作「王季」，是毛本如此，不必爲掩護也。「貊作莫。云莫，定也」者，釋文引韓詩文。孔疏云：「左傳樂記同。釋詁：『貊、莫，定也。』郭注：『皆靜定也』。義俱爲『定』，聲又相近，讀非一師，故字異也。」案，今本爾雅作「貃、嗼，定也。」據釋文：「貃，本又作貊。嗼，本亦作莫。」是孔疏所引即釋文所云「又作」本也。說文：「嗼，啾嗼也。」玉篇：「嗼，静也。」「莫」蓋「嗼」之省借字。陳喬樅云：「文選西征賦注引韓詩薛君章句曰：『寂，無聲之貌也。寞，静也。』『寂寞』與『啾嗼』同，疑韓嬰內傳釋『莫』爲『寂寞』，而薛君章句又申釋其義也。爾雅爲魯詩之學，疑魯文作『嗼』。說文『啾嗼』之訓，即本魯說。魯韓雖文異而義同也。」「克順克比」，言文王之德能使民順比也。「比于文王」，言民之親比于文王也。「齊比作俾」者，樂記作「克順克俾」。爾雅：「俾，從也。」言文王動合衆心，不爲人所恨悔。「魯比亦作俾」者，史記樂書引詩作「克順克俾」，與中論引作「克比」不同，蓋魯「亦作」本。

帝謂文王，「無然畔援，【注】齊作「畔换」。韓說曰：「畔援，武强也。一作「伴换」。無然歆羡，【注】韓說曰：羡，願也。誕先登于岸。」密人不恭，【注】魯「恭」作「共」。敢距大邦，侵阮徂共。王赫斯怒，爰整其旅，以按徂旅，以篤于周祜，以對于天下。【疏】傳：「無是畔道，无是援取，无是貪羡。岸，高位也。國有密須氏，侵阮，遂往侵共。旅，師。按，止也。旅，地名也。對，遂也。」箋：「畔援，猶拔扈也。誕，大。登，成。岸，訟也。天語文王曰：女无如是拔扈者妄出兵也，无如是貪羡者侵人土地也。欲廣大德美者，當先平獄訟，正曲直也。阮也，徂也，共也，三國犯周，而文王伐之，密須之人乃敢距其義兵。違正道，是不直也。赫，怒意。斯，盡也。五百人爲旅。對，答也。文王赫然與其羣臣盡怒，曰整其軍旅而出，以卻止徂國之兵衆，以厚周當王之福，以答天下鄉周之望。」○「齊作畔换」者，漢書叙傳「項氏畔换」，是用齊詩字作「畔换」。孟康曰：「畔，反也。换，易也。」陳喬樅云：「孟注蓋本齊訓。」「畔援，武彊也」者，釋文引韓詩文。玉篇人部：「詩曰：『無然伴換。』伴換，猶跋扈也。」陳喬樅云：「箋釋『畔援』爲『拔扈』，此從魯訓以改毛義。玉篇所引與箋說合，而文作『伴換』，當亦據魯。」愚案：玉篇所引皆云韓義，以顧野王止見韓詩也，而釋文又引韓詩作「伴換」，蓋「亦作」本。「羡，願也」者，文選孫綽登天台山賦李注引薛君韓詩章句文。陳喬樅云：「廣雅釋詁：『羡，欲也。』韓訓『羡』爲『願』，願卽欲意。淮南說林訓『臨河而羡魚』，高注亦云：『羡，願也』。」漢書敘傳「事雖歆羡」，用齊經文。漢書地理志：「安定郡陰密。詩密人國。」是班亦據齊詩。今甘肅涇州靈臺縣西五十里有陰密故城，卽古密須國地。「魯恭作共」者，呂覽用民篇：「密須之民，自縛其主而與文王。」高注引詩云：「『密人不共，敢距大邦。』」是高用魯詩作「共」。「侵阮徂共」者，鄭注：「徂共皆國名。」孔疏引王肅云：「無阮徂共三國。」孔晁云：「周有阮徂共三國，見於何書？」張融云：「晁豈能具數此時諸侯，而責徂、共非國也。魯義以阮徂共皆爲國名，是則出於舊說，非鄭之刱造。」新序雜事三引詩曰：「王赫斯怒，爰整其旅，以按徂旅，以篤周祜，以對于天下。」「篤」下無「于」字，與孟子引同。陳喬樅云：「新序引孟子書文如此，今孟子梁惠王篇引詩，作『以遏徂莒』，文與新序殊，知新序是從魯詩本文也。趙注：『以遏止往伐莒者。』以莒爲國名，與魯說異，蓋順孟子本文爲解。疑從西京博士師說，或據程曾孟子章句舊說也。」馬瑞辰云：「韓非子云：『文王伐盂，克莒，舉酆，三舉事而紂惡之。』彼言文王伐莒，與詩言文王遏往莒者異義。或謂卽此詩遏莒之證，非也。」

依其在京，侵自阮疆。陟我高岡。「無矢我陵，我陵我阿，【注】韓詩曰：「無矢我陵。」韓說曰：四平曰陵，曲京曰阿。無飲我泉，我泉我池。度其鮮原，居岐之陽，在渭之將，萬邦之方，下民之王。【疏】傳：「京，大阜也。矢，陳也。小山別大山曰鮮。將，側也。方，則也。」箋：「京，周地名。陟，登也。矢，猶『當』也。大陵曰阿。文王但發其依居京地之衆，以往侵阮國之疆，登其山脊而望阮之兵。兵無敢當其陵及阿者，又無敢飲食於其泉及池水者。小出兵而令驚怖如此，此以德攻，不以衆也。陵、泉重言者，美之也。每言『我』者，據後得而有之而言。度，謀。鮮，善也。方，猶『鄉』也。文王見侵阮而兵不見敵，知己德盛而威行，可以遷居定天下之心。乃始謀居善原廣平之地，亦在岐山之南，居渭水之側，爲萬國之所鄉，作下民之君。後竟徙都於豐。」○王引之云：「依，盛貌。『依其』者，形容之詞。『依』之言『殷』，殷，盛也，言文王之兵盛依然其在京地也。」「侵自阮疆」者，戴震云：「疑『侵』當作『寖兵』之寖，息兵也。字形相似，又因上文『侵阮』致譌。」馬瑞辰云：「戴說是也。古文多省借，『寖』即可假借作『侵』，非譌字。『依其在京』，是已還兵於周。則『寖自阮疆』，是追述其息兵於阮疆之始。毛傳以侵阮者爲密須，則周人伐密所以救阮，不得言『侵阮』也。」「無矢」至「曰陵」，文選長楊賦注引薛君韓詩章句文，引經明韓毛文同。陳喬樅云：「說文：『陵，大𨸏也。』釋名：『大𨸏曰陵。陵，隆也，體隆高也。』廣雅釋邱云：『四隤曰陵。』廣雅之訓，與薛君章句同，卽用韓義。陵之爲象，中央隆高，而四面隤陁以漸而平，故『陵遲』亦曰『陵夷』，言其勢漸穨替如邱陵之漸平也。」「曲京曰阿」者，衆經音義一、文選西都賦注引韓詩傳文。釋邱：「絕高謂之京也。」「度其鮮原」者，孔疏：「周書稱『文王在程，作程寤程典』，皇甫謐云『文王徙宅於程』，蓋謂此也。知此非豐者，以此居岐之陽，豐則岐之東南三百里耳。」陳奐云：「孟子離婁篇『文王卒於畢郢』，『郢』卽『程』字。畢，終南山之道名，周人出師所必由。鮮原，疑卽畢原矣。」是言程在畢原，卽孟子所言之「畢郢」，疏故以「程」當「鮮原」也。

帝謂文王，「予懷明德，不大聲以色，不長夏以革，不識不知，【注】魯「不」一作「弗」。順帝之則。」帝謂文王，「詢爾仇方，同爾兄弟，【注】齊「兄弟」作「弟兄」。以爾鉤援，與爾臨衝，【注】韓「臨衝」作「隆衝」。以伐崇墉」。【疏】傳：「懷，歸也。不大聲見於色。革，更也。不以長大有所更。仇，匹也。鉤，鉤梯也，所以鉤引上城者。臨，臨車也。衝，衝車也。墉，城也。」箋：「夏，諸夏也。天之言云：我歸人君，有光明之德，而不虛廣言語，以外作容貌，不長諸夏以變更王法者，其爲人不識古，不知今，順天之法而行之者。此言天之道尚誠實，貴性自然。詢，謀也。怨耦曰仇。『仇方』，謂旁國諸侯爲暴亂大惡者。女當謀征討之，以和協女兄弟之國，率與之往。親親則多，志齊心壹也。當此之時，崇侯虎倡紂爲无道，罪尤大也。」○「不大聲以色，不長夏以革」者，馬瑞辰云：「以、與古通用。『聲以色』，猶云『聲與色』也。『夏以革』，猶云『夏與革』也。中庸引此詩而釋之曰：『聲色之於以化民末也。』以聲、色對舉，是其證矣。汪氏德鉞曰：『「不大聲以色」者，不道之以政也。聲，謂發號施令；色，謂象魏懸書之類。「不長夏以革」者，不齊之以刑也。夏，謂夏楚扑作，教刑也；革，謂鞭革鞭作，官刑也。』其説得之。」「不識不知」者，馬瑞辰云：「吕覽本生篇：『若此人者，不言而信，不謀而當，不慮而得。』高注引詩『不識不知』爲證。淮南原道訓：『故聖人不以人滑天，不以欲亂情，不謀而當，不言而信，不慮而得，不爲而成。』又修務訓：『性命可悦，不待學問而合於道者，堯舜文王也。』高注並引詩『不識不知，順帝之則』，是知詩言『不識不知』，正謂生而知之，無待於識古知今也。」愚案：即高此注，可以推見魯義如此。「魯不一作弗」者，賈子君道篇、淮南詮言訓作「弗識弗知」，與荀子修身篇及淮南原道訓、修務訓、吕覽孟春紀三高注作「不識不知」者異，明魯詩有二本。繁露煖燠篇、韓詩外傳五引詩：「不識不知，順帝之則。」明齊韓與毛同。「齊兄弟作弟兄」者，後漢伏湛傳作「同爾弟兄」，湛疏云：「文王受命而征伐五國，必先詢之同姓，然後謀之羣臣。」其下即引詩曰：「詢爾仇方，同爾弟兄。」湛治齊詩，解「詢爾仇方」爲「謀之羣臣」，是齊義。孔疏訓「仇」爲「匹」，云「當詢謀於女匹己之臣」，與齊説合。「臨衝作隆衝」者，釋文引韓詩文。宋綿初云：「隆、臨一聲之轉。後漢殤帝諱隆，改『隆』爲『臨』，隆慮縣更名臨慮，聲近通用。」段氏詩經小學云：「『隆衝』，言陷陣之車隆然高大也。毛以『臨衝』爲二，非。」馬瑞辰云：「墨子備城篇言攻城十二法，首列『臨鉤衝梯』，是臨、衝二者不同之證。韓作「隆衝」，亦作『衝隆』，淮南兵略訓『故攻不待衝隆、雲梯而城拔』是也，當以傳訓二車爲確。」陳喬樅云：「鹽鐵論亦云『衝隆不足爲强』，如以『隆』訓『高』，不作車名，則『衝隆』二字爲不詞矣。班固敍傳『衝輣閑閑』，此卽以『輣』當詩之『臨』。後漢光武紀『衝輣撞城』，李注引許慎曰：『輣，樓車也』。今本說文『樓車』作『兵車』。淮南云『隆衝以攻高』，蓋樓車高足以臨敵城而攻之，故亦名『臨車』。孔疏謂：『臨者在上臨下之名，衝者從旁衝突之稱。兵書有作臨車、衝車之法。』其說是也。」

臨衝閑閑，崇墉言言，執訊連連，攸馘安安。是類是禡，是致是附，四方以無侮。臨衝茀茀，崇墉仡仡。【注】韓說曰：仡仡，搖也。是伐是肆，是絕是忽，四方以無拂。【疏】傳：「閑閑，動搖也。言言，高大也。連連，徐也。攸，所也。馘，獲也。不服者，殺而獻其左耳曰馘。於內曰類，於野曰禡。致，致其社稷羣神。附，附其先祖，爲之立後。尊其尊而親其親。茀茀，彊盛也。仡仡，猶言言也。肆，疾也。忽，滅也。」箋：「『言言』，猶『孽孽』。將，壞貌。訊，言也。執所生得者而言問之，及獻所馘，皆徐徐以禮爲之，不尚促速也。類也、禡也，師祭也。『無侮』者，文王伐崇而無復敢侮慢周者。伐，謂擊刺之。肆，犯突也。春秋傳曰：『使勇而無剛者肆之。』拂，猶『佹』也，言無復佹戾文王者。」〇廣雅釋訓：「閑閑，盛也。」是此詩三家義與毛異。左僖十九年傳：「文王聞崇德亂而伐之，軍三旬而不降。退修教而復伐之，因壘而降。」「三旬不降」，必有拒者，故不能無訊馘也。釋天：「是類是禡，師祭也。」淮南本經訓「類其社」，高注：「祭社曰類，以事類祭之也。詩云：『是類是禡。』」此「類」屬祭社言，故與「禡」皆在所征之地，魯說如此。馬瑞辰云：「祭祀未有專名『致』者。祔，祭先祖卒哭之祭，其子孫自爲之，亦非師祭也。『致』者，致其人民土地。說文：『致，送詣也。』送而付之曰『致』，已克而不取之謂也。左襄二十五年傳，鄭入陳，『祝祓社』，即詩之『是類』也。又曰：

『司徒致民，司馬致節，司空致地』。即詩之『是致』也。附，讀如『拊循』之拊，亦通作『撫』。左隱十一年傳曰：『吾子其奉許叔以撫柔此民也。』即詩之是『附』也。說苑：『文王伐崇，令毋殺人，毋壞室，毋填井，毋伐樹木，毋動六畜。』何楷謂即此詩『是致是附』，其說是也。「仡仡搖也」者，釋文引韓詩文。隆、衝皆攻城之具，故釋「仡仡」爲「動搖貌」。又說文：「圪，牆高也。詩曰：『崇墉圪圪』。」文選魯靈光殿賦張載注：「屹，猶『崒』也，高大貌。詩曰：『崇墉屹屹』。」「圪圪」、「屹屹」乃齊魯詩之異文。

皇矣八章，章十二句。

靈臺【疏】毛序：「民始附也。文王受命，而民樂其有靈德，以及鳥獸昆蟲焉。」箋：「民者，冥也，其見仁道遲，故於是乃附也。天子有靈臺者，所以觀祲象，察氣之妖祥也。文王受命而作邑于豐，立靈臺。春秋傳曰：『公既視朔，遂登觀臺以望，而書雲物，爲備故也。』」○陳奐云：「正義引左氏說：『天子靈臺，在太廟之中。諸侯有觀臺，亦在廟中，皆所以望嘉祥也。』禮記盧注，月令蔡論，春秋穎子嚴釋例，及左傳賈服注，皆同左氏說。書大傳：『王引舟，入水，觀臺惡，武王伐紂。』時稱『觀臺』也，此諸侯稱觀臺之證。管子桓公問篇：『武王有靈臺之復，而賢者進。』武王定天下後稱『靈臺』也，此天子稱靈臺之證。然凡此靈臺，非即詩之『靈臺』。詩言文王作臺耳，以其有神靈之德，故謂之『靈臺』。是靈臺之號始於文王，後遂以爲天子望氣之臺，在文王時未有等差。且臺、沼、囿同處，則文王之靈臺，實即諸侯之囿臺，當在郊。諸儒每據天子靈臺在路寢明堂中者，以說文王之『靈臺』，則掍而同之也。焦循學圖云：僖十五年左傳『秦伯舍晉侯於靈臺，大夫請以入』，杜注云：『在京兆鄠縣，周之故臺。』則此靈臺即文王之『靈臺』也。三輔黃圖云：『靈囿在長安西北四十二里，靈臺在長安西北四十里。』長安志云：『豐水出長安縣西南五十五里。』是豐邑在長安之西也。黃圖以漢長安縣言，今長安故城，在西安府之西北十三里。水經：渭水會豐水後，越鎬水泬水而東，逕長安城北。是長安在豐邑之東也。公羊說云，『在國之東南二十五里』，（詳下。）卽長安西北四十里也。地理志『文王作豐』，顏注：『今長安西北界靈臺鄉豐水上。』靈臺在郊，斷斷然矣。」三家無異義。

經始靈臺，經之營之。庶民攻之，不日成之。經始勿亟，庶民子來。【疏】傳：「神之精明者稱靈，四方而高曰臺。經，度之也。攻，作也。不日有成也。」箋：「文王應天命，度始靈臺之基趾，營表其位，衆民則築作，不設期日而成之。言說文王之德，勸其事，忘已勞也。觀臺而曰『靈』者，文王化行，似神之精明，故以名焉。亟，急也。度始靈臺之基趾，非有急成之意，衆民各以子成父事而來攻之。」〇新書君道篇：「文王志之所在，意之所欲，百姓不愛其死，不憚其勞，從之如集。詩曰：『經始靈臺，經之營之。庶民攻之，不日成之。經始勿亟，庶民子來。』文王有志爲臺，今近境之民聞之者，裹糧而至，問業而作之，日日以衆，故弗趨而疾，弗期而成。命其臺曰『靈臺』，命其囿曰『靈囿』，謂其沼曰『靈沼』，愛敬之至也。」說苑修文篇：「積恩爲愛，積愛爲仁，積仁爲靈。靈臺之所以爲靈者，積仁也。神靈者，天地之本，而爲萬物之始也。是故文王始接民以仁，而天下莫不仁焉，文德之至也，德不至則不能文。」白虎通靈臺篇：「天子所以有靈臺者何？所以考天人之心，察陰陽之會，揆星辰之證驗，爲萬物獲福无方之元。詩云：『經始靈臺。』」新序雜事五：「周文王作靈臺及爲池沼，掘得死人之骨，吏以聞于文王。文王曰：『更葬之。』吏曰：『此無主矣。』文王曰：『有天下者，天下之主；有一國者，一國之主也。寡人固其主，又安求主？』遂令吏以衣棺更葬之，天下聞之，皆曰：『文王賢矣，澤及枯骨，而況于人乎！』或得寶以危國，文王得巧骨以喻其意，而天下歸心焉。」趙岐孟子章句一：「詩云：『經始靈臺，經之營之。庶民攻之，不日成之。經始勿亟，庶民子來。』詩大雅靈臺之篇，言文王始初經營規度此臺，衆民並來。始作之而不與之相期日限，自來成之，文王不督促使之亟急。衆民自來赴，若子來爲父使之也。」以上皆魯說，引詩明魯毛文同。詩汜歷樞曰：「靈臺，候天意也。經營靈臺，天下附也。」御覽五百引許氏五經異義公羊說：「天子三臺，諸侯二。天子有靈臺以觀天文，有時臺以觀四時施化，有囿臺以觀鳥獸魚鼈。諸侯當有時臺、囿臺，諸侯卑，不得觀天文，無靈臺。皆在國之東南二十五里。東南少陽用事，萬物著見。二十五里者，古行五十里，朝行暮反也。」公羊莊三十一年傳何休解詁：「禮，天子有靈臺以候天地，諸侯有時臺以候四時。」徐彥疏：「文王受命後乃築靈臺也。」詩含神霧曰：「作邑于豐，起靈臺。」易林夬之頤：「二至靈臺，文所止遊。雲物備具，長樂無憂。」又升之節：「靈臺觀賞，鼛鼓作仁。」班固東都賦：「登靈臺，考休徵。」又靈臺詩：「乃經靈臺，靈臺既崇，帝勤時登，爰考休徵。」鹽鐵論未通篇：「夫牧民之道，除其所疾，適其所安，安而不擾，使而不勞。故取而民不厭，役而民不苦。靈臺之詩，非或使之，民自爲之，若斯則君何不足之有乎？」士喪禮鄭注：「營，猶度也。」詩云：『經之營之。』」以上皆齊說。張衡東京賦：「經始勿亟，成之不日。」用魯經文。

王在靈囿，麀鹿攸伏。麀鹿濯濯，白鳥翯翯。【注】三家說曰：濯濯，肥也。魯「翯」作「皜」，一作「鶴」。王在靈沼，於牣魚躍。【注】韓說曰：文王聖德，上及飛鳥，下及魚鼈。【疏】傳：「囿，所以域養禽獸也，天子百里，諸侯四十里。靈囿，言靈道行於囿也。麀，牝也。濯濯，娛遊也。翯翯，肥澤也。沼，池也。靈沼，言靈道行於沼也。牣，滿也。」箋：「攸，所也。文王親至靈囿，視牝鹿所遊伏之處。言愛物也。鳥獸肥盛喜樂，言得其所。靈沼之水，魚盈滿其中，皆跳躍。亦言得其所。」○「濯濯，肥也」者，廣雅釋訓文。馬瑞辰云：「蓋本三家詩。據說文：『嬥，直好皃。』廣雅釋訓亦云：『嬥嬥，好也。』『濯濯』當卽『嬥嬥』之叚借。」「翯作皜，一作鶴」者，新書君道篇：「詩曰：『王在靈囿，麀鹿攸伏。麀鹿濯濯，白鳥皜皜。王在靈沼，於牣魚躍。』文王之澤下被禽獸，及於魚鼈，故禽獸魚鼈攸若攸樂，而況士民乎？」又禮篇引詩六句，説亦略同。「翯」皆作「皜」。趙岐章句：「『王在靈囿，麀鹿攸伏。麀鹿濯濯，白鳥鶴鶴。王在靈沼，於牣魚躍。』言文王在囿中，麀鹿懷妊，安其所而伏，不驚動也。獸肥飽則濯濯，鳥肥飽則鶴鶴而澤好而已。文王在池沼，魚乃跳躍喜樂，言其德及鳥獸魚鼈也。」「翯」一作「鶴」，是魯家兩作皆與毛異。馬瑞辰云：「説文：『翯，鳥白肥澤皃。』音義與『皠』近。説文：『皠，鳥之白也。』何晏景福殿賦：『皠皠白鳥。』趙作『鶴鶴』，順孟子本文，新書作『皜皜』，並同聲叚借字。」愚案：趙云「獸肥飽則濯濯」，是魯詩訓「濯濯」爲「肥」。箋言「鳥獸肥盛」，亦本齊韓易毛，足爲廣雅訓出三家詩之證。新書「牣」皆作「仞」，孟子今本作「牣」，而孫氏音義據丁公著本亦作「仞」，知魯家本借「仞」爲「牣」，今本乃宋人所易也。呂覽重己篇高注：「畜禽獸所，大曰苑，小曰囿。詩曰：『王在靈囿。』」淮南本經訓高注：「有牆曰苑，無牆曰囿，所以畜禽獸也。」二注義互相備，皆本魯訓。王逸楚詞九歎章句：「沼，池也。詩云：『王在靈沼。』」明魯毛訓同。東京賦「鳩諸靈囿」，揚雄上林苑令箴「麀鹿攸伏」，皆用魯經文。班固西都賦「誼合乎靈囿」，又「神池靈沼，往往而在」，皆用齊經文。「文王」至「魚鼈」，文選曲水詩李注引薛君韓詩章句文。

虡業維樅，賁鼓維鏞。於論鼓鍾，於樂辟廱。【疏】傳：「植者曰虡，橫者曰栒。業，大版也。樅，崇牙也。賁，大鼓也。鏞，大鐘也。論，思也。水旋丘如璧曰辟廱，以節觀者。」箋：「『論』之言『倫』也。虡也、栒也，所以縣鍾鼓也。設大版於上，刻畫以爲飾。文王立靈臺而知民之歸附，作靈囿、靈沼而知鳥獸之得其所。以爲音聲之道與政通，故合樂以詳之。於得其倫理乎？鼓與鍾也。於喜樂乎？諸在辟廱中者。言感於中和之至。」〇白虎通辟雍篇：「天子立辟雍何？辟雍，所以行禮樂、宣德化也。『辟』者，璧也，象璧圓以法天也。『雍』者，壅之以水，象教化流行也。『辟』之爲言『積』也，積天下之道德；『雍』之爲言『壅』也，壅天下之儀則，故謂之『辟雍』也。」陳喬樅云：「蔡邕明堂月令云：『取其四面周水，圓如璧，則曰辟雍。水環四周，言王者動作法天地，德廣及四海，方此水也。』與白虎通義同，皆用魯說。」班固東都賦：「辟雍海流，道德之富。」辟雍詩：「迺流辟雍，辟雍湯湯。」此本齊詩。正義引異義韓詩說曰：「辟雍者，天子之學，圓如璧，壅之以水。示圓言『辟』，取有德。不言『辟水』，言『辟廱』，取其廱和也。所以教天下春射秋饗，尊事三老五更。在南方七里之郊，立明堂其中。五經之文所藏處，蓋以茅葦，取其絜清也。」戴震云：「辟廱，於經無明文，漢初說禮者始援大雅魯頌立說，謂天子曰『辟雍』，諸侯曰『頖宮』。如誠學校重典，不應周禮不一及之，而但言成均、瞽宗。孟子陳三代之學，亦不涉乎此，他國且不聞有所謂『泮宮』者。此詩靈臺、靈囿、靈沼，與『辟廱』連稱，抑亦文王之離宮乎？閒燕則遊止肆業於此，不必以爲大學，於詩詞前後尤協矣。」胡承珙云：「案詩疏引鄭駁異義，謂三靈、辟雍同處在郊，則辟雍亦爲游觀之所。然文王有聲言『鎬京辟雍』，卽繼之以『東西南北，無思不服』。箋云：『武王於鎬京行辟廱之禮，自四方來觀者，皆感化其德，心無不歸服者。』然則此詩言作樂，傳言『水旋丘如璧，以節觀者』，是辟雍在文王時已爲合樂行禮之地，但其時未嘗定爲天子之大學。至武王有天下及周公制禮以後始別，諸侯爲泮宮，不得同於天子，而辟雍行禮之事愈備。如韓詩說：『教天下春射秋饗，尊事三老五更。』鄭氏據王制『天子出征執有罪，反，釋奠於學，以訊馘告』，合之魯頌『在泮獻囚』，知辟廱同義。卽如古器銘宰辟父敦『王在辟宮冊周』，廱敦『王在雝位格廟冊廱』，是辟雝又有冊命之事。凡皆周公彌文之制，如推其原始，卽歸之文王之善道，亦無不可。總之三靈自爲游觀之所，辟廱自爲禮樂之地。同處者，第言其相近，黄圖所載可據。至辟廱，卽周頌之『西廱』，彼傳云：『廱，澤也。』澤，卽『王立于澤』之澤，郊祭聽誓於此，則辟廱在郊可知。謂之『西廱』，則在西郊又可知。文王時猶從殷制，鄭注鄉射禮，謂周之大學在國，然則武王之鎬京辟雍，殆立於國中與？」

於論鼓鍾，於樂辟廱。鼉鼓逢逢，矇瞍奏公。【注】魯「逢」作「韸」。「公」作「工」，亦作「功」。【疏】傳：

「鼉，魚屬。逢逢，和也。有眸子而無見曰矇，無眸子曰瞍。公，事也。」箋：「凡聲，使瞽矇爲之。」○「魯逢作韸」者，呂覽季夏紀高注：「鼉皮可作鼓。詩曰：『鼉鼓韸韸。』」諭大篇高注引同，知魯作「韸」。淮南時則注引詩云：「鼉鼓洋洋。」「洋」蓋「韸」之譌。盧文弨云：「詩釋文『逢』字『作韼，徐音豐。』字書無『韼』字。集韻『韸』本作『逢』，或作『韼』，又音『豐』。豈此字與？」臧鏞堂云：「衆經音義八引郭璞山海經注，亦作『鼉鼓韸韸』，益見『洋』爲『韸』譌字。」愚案：盧臧説是，惟阮刻本「逢」字作「韸」，不作「韼」，不知盧臧所見因何致誤，蓋別本也。「魯公作工，亦作功」者，楚詞九章王逸章句：「矇，盲者也。詩曰：『矇瞍奏工。』」呂覽達鬱篇高注：「目不見曰矇。詩曰：『矇瞍奏功。』」是魯「公」作「工」，亦作「功」。陳喬樅云：「古工、功同字。肆師『凡師不功』，注：『故書功爲工。』樊安碑『以功德加位』，『功』作『公』。陳球碑『公子完適齊爲公正』，『工』作『公』，皆通假字。」愚案：此篇毛作五章，章四句，而新書兩引，皆「經始靈臺」六句爲章，「王在靈囿」六句爲章，是魯作四章。齊韓當同，今從之。

靈臺五章，章四句。魯説四章，二章章六句，二章章四句。

下武【疏】毛序：「繼文也。武王有聖德，復受天命，能昭先人之功焉。」箋：「繼文者，繼文王之王業而成之。昭，明也。」○三家無異義。

下武維周，世有哲王。三后在天，王配于京。【疏】傳：「武，繼也。三后，大王王季文王也。王，武王也。」箋：「下，猶後也。哲，知也。後人能繼先祖者，維有周家最大，世世益有明知之王。謂大王王季文王稍就盛也。此三后既没登遐，精氣在天矣，武王又能配行其道於京。謂鎬京也。」○風俗通義二引詩云：「三后在天。」明魯毛文同。

王配于京，世德作求。永言配命，成王之孚。【疏】箋：「作，爲。求，終也。武王配行三后之道於鎬京者，以其世世積德，庶爲終成其大功。永，長。言，我也。命，猶教令也。孚，信也。此爲武王言也，今長我之配行三后之教令者，欲成我周家王道之信也。王德之道成於信，論語曰：『民無信不立。』」○陳奐云：「『求』，讀爲『逑』。逑，匹也。匹，亦配也。『永言配命』，言武王長配天命也。」

成王之孚，下土之式。永言孝思，孝思維則。【注】魯「維」作「惟」。【疏】傳：「式，法也。則，則其先人也。」箋：「王道尚信，則天下以爲法，勤行之。長我孝心之所思，所思者，其維則三后之所行。子孫以順祖考爲孝。」○禮緇衣：「大雅：『成王之孚，下土之式。』」鄭注：「孚，信也。式，法也。」此齊訓。「魯維作惟」者，趙岐孟子章句九：「詩曰：『永言孝思，孝思惟則。』詩大雅下武之篇，周武王所以長言孝思，欲以爲天下法則。」此魯訓。蔡邕陳留太守胡公碑「孝思惟則」，明魯毛文同，「維」作「惟」。韓詩外傳五：「上不知順孝，則民不知返本。君不知敬長，則民不知貴親。禘祭不敬，山川失時，則民無畏矣。不教而誅，則民不識勸也。故君子修身及孝，則民不倍矣。敬孝達乎下，則民知慈愛矣。好惡喻乎百姓，則下應其上如影響矣。是則兼制天下，定海內、臣萬姓之要法也，明王聖主之所不能須臾而舍也。詩曰：『成王之孚，下土之式。永言孝思，孝思維則。』」明韓毛文同。

媚茲一人，應侯順德。【注】魯「順」作「慎」。永言孝思，昭哉嗣服。【疏】傳：「一人，天子也。應，當。侯，維也。」箋：「媚，愛。茲，此也。可愛乎武王，能當此順德。謂能成其祖考之功也。易曰：『君子以順德，積小以高大。』服，事也。明哉武王之嗣行祖考之事。謂伐紂定天下。」○「魯順作慎」者，荀子仲尼篇言臣下事君，引詩曰：「媚茲一人，應侯慎德。永言孝思，昭哉嗣服。」淮南繆稱訓云：「是故得一人，所以得百人也。」其下引詩云：「『媚茲一人，應侯慎德。』慎德大矣，一人小矣，能善小，斯能善大矣。」陳奐云：「此釋經『一人』爲得一賢人，與古說殊，當出三家詩義。」愚案：荀謂臣下媚茲一人，當各慎其德，正見武王孝思之長。言「嗣服」者，克繩其祖也，與傳、箋義不同。淮南說稍異，然以爲臣下慎德一也。此皆魯義。大戴禮衛將軍文子篇：「詩云：『媚茲一人，應侯順德。永言孝思，孝思維則。』故國一逢有德之君，世受顯命，不失厥名，以御于天子以申之。」陳喬樅云：「引詩當本作『昭哉嗣服』，覩下文云『世受顯命，不失厥名』，正申明『昭哉嗣服』之詞。然則作『孝思維則』者，乃後人傳寫之誤耳。」愚案：此齊說，「順德」亦屬臣下說。漢書敘傳：「媚茲一人，日旰忘食。」指張湯言，亦齊義可知。孔疏申傳箋之失。

昭茲來許，繩其祖武。【注】三家「茲」作「哉」，「許」作「御」，「繩」作「慎」。**於萬斯年，受天之祜。**【疏】傳：「許，進。繩，戒。武，迹也。」箋：「茲，此。來，勤也。武王能明此勤行，進於善道，戒慎其祖考所踐履之迹。美其終成之。祜，福也。天下樂仰武王之德，欲其壽考之言也。」○「三家茲作哉，許作御，繩作慎」者，續漢書祭祀志引謝沈書，作「昭哉來御，慎其祖武」。馬瑞辰云：「許、御聲義同，故通用，猶公羊文九年傳『許夷狄者，不一而足』，左隱二年注引，『許』作『御』也。廣雅許、御並訓『進』，又曰：『服，進行也。』『來許』，猶云『後進』。『昭哉來許』，猶上章『昭哉嗣服』也。」愚案：下章「不遐有佐」，韓釋詩與毛同。陳奐云：「韓以爲成王，則上文云『昭哉嗣服』、『昭茲來許』亦必指成王之世。蓋詩自作於周公，故三家釋詩每及成王也。」據此，則「來許」、「繩祖」指成王無疑。繩、慎聲轉義通。

受天之祜，四方來賀。於萬斯年，不遐有佐。【疏】傳：「遠夷來佐也。」箋：「武王受此萬年之壽。『不遠有佐』，言其輔佐之臣亦宜蒙其餘福也。書曰：『公其以予萬億年。』亦君臣同福祿也。」○孔疏云：「書敘言武王既勝殷，西旅獻獒，巢伯來朝，肅慎來賀。是遠夷來佐之事。」韓詩外傳五：「成王三年，越裳氏重九譯而至，獻白雉於周公。周公乃敬求其所以來。詩曰：『於萬斯年，不遐有佐。』」明韓毛義同。

下武六章，章四句。

文王有聲【疏】毛序：「繼伐也。武王能廣文王之聲，卒其伐功也。」箋：「繼伐者，文王伐崇而武王伐紂。」○三家無異義。

文王有聲，遹駿有聲，遹求厥寧，遹觀厥成。文王烝哉！【注】三家「遹」作「欥」。韓說曰：烝，美也。【疏】傳：「烝，君也。」箋：「遹，述。駿，大。求，終。觀，多也。文王有令聞之聲者，乃述行有令聞之聲之道所致也。所述者，謂大王王季也。又述行終其安民之道，又述行多其成民之德。言周德之世益盛。『君哉』者，言其誠得人君之道。」○「三家遹作欥」者，說文「欥」下云：「詮詞也。詩：『欥求厥寧。』」陳喬樅云：「廣雅釋詁：『欥，詞也。』漢書班固幽通賦『欥中龢爲庶幾兮』，顏注：『欥，古聿字。』據此，是『欥』爲正字，省作『曰』，同聲叚借用『聿』與『遹』。釋文『遹』下不言韓詩字異，則文與毛同可知。班用齊詩，是說文所引即據齊詩。『詮詞』者，承上文所發端，詮而釋之也。淮南詮言訓高注：『詮，就也。』亦謂就其言而解之也。」馬瑞辰云：「爾雅：『坎、律，銓也。』『坎』當即『欥』字形近之譌，『律』即『聿』也，『銓』即『詮』也，皆叚借字耳。」「烝，美也」者，釋文引韓詩文。陳喬樅云：「傳訓『烝』爲『君』，君哉，亦美之詞也，訓義並通。」愚案：詩言文王有令聞之聲，非僅德被一方，實乃大有聲而澤及天下也。在文王之意，祇求庶民之安，至武王伐紂勝殷，始觀厥成功，維清篇所謂「迄用有成」也。文王之德美矣君哉，禮表記鄭注：「君哉，武王美之也。」文義大同。

文王受命，有此武功。既伐于崇，作邑于豐。文王烝哉！【疏】箋：「『武功』，謂伐四國及崇之功也。『作邑』者，徙都于豐，以應天命。」○史記齊太公世家：「周西伯政平，及斷虞芮之訟，而詩人稱西伯受命曰文王。伐崇密須大夷，大作豐邑。」白虎通聖人篇：「詩曰：『文王受命。』非聖不能受命。」以上魯說。風俗通義一引詩說：「文王受命，有此武功。」明魯毛文同。繁露楚莊王篇：「制爲應天改之樂，爲應人作之。彼之所受命者，必民之所同樂也，是故作樂者必反天下之所始樂於己以爲本。文王之時，民樂其興師征伐也，故武武者伐也。詩云：『文王受命，有此武功。既伐於崇，作邑于豐。』樂之風也。周人德已洽天下，反本以爲樂，謂之大武，言民所始樂者武也。云爾故凡樂者，作之於終而名之以始，重本之義也。」又郊祭篇：「文王受天命而王天下，先郊，乃敢行事而興師伐崇，其詩曰：『文王受命，有此武功。既伐于崇，作邑于豐。』」鹽鐵論復古篇：「文王受命伐崇，作邑于豐。武王繼之，載尸以行，破商擒紂，遂成王業。故志大者遺小，用權者離俗。」以上齊說。說文：「酆，文王所都，在京兆杜陵西南。」左昭四年傳：「康有酆宮之朝。」括地志云：「酆縣東三十五里有文王酆宮。」陳奐曰：「案漢杜陵故城，在今陝西西安府東南，而酆乃在杜陵之西南，其西漢酆縣地。今西安府鄠縣東五里有古酆城，灃水又在酆城東。酆宮在鄠縣東三十五里，疑即文王之辟雍也，去酆城三十里，在近郊內。」愚案：白虎通云「文王受命，非聖不能受命」，足證所受之命，非受紂命爲西伯之謂矣。

築城伊淢，【注】魯、韓「淢」作「洫」。魯云「城池」，韓云「深池」。作豐伊匹。匪棘其欲，遹追來孝。【注】齊「棘」作「革」，「欲」作「猶」，「遹」作「聿」。王后烝哉！【疏】傳：「淢，成溝也。匹，配也。后，君也。」箋：「方十里曰成。淢，其溝也，廣、深各八尺。棘，急。來，勤也。文王受命而猶不自足，築豐邑之城，大小適與成偶，大於諸侯、小於天子之制。此非以急成從己之欲，欲廣都邑，乃述追王季勤孝之行，進其業也。變謚言『王后』者，非其盛事，不以義謚。」○「魯韓淢作洫，魯云城池」者，張衡西京賦「經城洫」，薛綜注：「洫，城池也。」衡治魯詩，明魯「淢」作「洫」。「洫，云深池」者，釋文引韓詩文。陳壽祺云：「門部『閾』重文『𨷂』，云：『古文閾从洫。』韓詩『淢』作『洫』，此其例也。」陳喬樅云：「馬瑞辰以毛傳『成溝』爲『城溝』之譌，非也。『洫』本成間之溝名，毛假『淢』爲『洫』，故傳以『成溝』釋之，明築城鑿池，即仿成溝之制。馬執天子城方九里之數，以鄭言文王城方十里爲誤，近於固矣。」黃山云：「李富孫據論語『而盡力乎溝洫』，夏本紀作『致費於溝減』，及河渠書『洫』一作『減』，爲『減』與『洫』通之證，説固有據。釋文既言字又作『洫，』似毛本亦有作『洫』者，不專爲韓詩言也。然説文：『洫，成問溝也。』『減，疾流也。』禮禮運：『城郭溝池以爲固。』溝卽是池，自當以『洫』爲正字，『減』爲借字。段玉裁亦云從韓詩，則字義聲韻皆合，足知今文實勝古文。陸孔釋毛，皆以『減』爲正字，誤矣。陳壽祺乃亦以韓詩作『洫』爲通叚之例，其誤正同。」「齊棘作革，欲作猶，遹作聿」者，禮禮器：「詩云：『匪革其猶，聿追來孝。』」鄭注：「革，急也。猶，道也。聿，述也。言文王之改作者，非必欲行己之道，乃追述先祖之業，來居此爲孝。」陳喬樅云：「革、棘、亟古通用。『猶』，古亦通『欲』。小行人『猶犯令者爲一書』，大戴禮作『欲』，是其證也。遹、聿古今字，後漢李固傳亦作『聿追來孝。』」

王公伊濯，【注】韓説曰：濯，美也。維豐之垣。四方攸同，王后維翰。王后烝哉！【疏】傳：「濯，大。翰，幹也。」箋：「公，事也。文王述行大王王季之王業，其事益大，作邑于豐城之既成，又垣之立宫室，乃爲天下所同心而歸之。王后爲之幹者，正其政教，定其法度。」〇『濯美也』者，釋文引韓詩文。陳喬樅云：「韓以『濯』爲『美』者，美字從『大』，亦兼有『大』義也。」

豐水東注，維禹之績。四方攸同，皇王維辟。皇王烝哉！【疏】傳：「績，業。皇，大也。」箋：「績，功。辟，君也。昔堯時洪水，而豐水亦汎濫爲害，禹治之使入渭，東注于河，禹之功也。文王武王今得作邑於其旁地，爲天下所同心而歸，大王爲之君，乃由禹之功，故引美之。豐邑在豐水之西，鎬京在豐水之東。變『王后』言『大王』者，武王之事又益大。」〇馬瑞辰云：「『績』，當爲『蹟』之叚借。九州皆經禹治，因稱『禹迹』，左襄四四年傳：『芒芒禹迹，畫爲九州』是也。左哀元年傳『復禹之績』，釋文：『績，本一作迹。』此績、迹通用之證。此詩『維禹之績』，及商頌『設都于禹之績』，

『績』皆當讀爲『迹』。說文：『迹，步處也。』或作『蹟』。傳箋並失之。」

鎬京辟廱，自西自東，【注】韓「西東」作「東西」。**自南自北，無思不服。皇王烝哉！**【疏】傳：「武王作邑於鎬京。」箋：「自，由也。武王於鎬京行辟廱之禮，自四方來觀者，皆感化其德，心無不歸服者。」○後漢郡國志：「京兆尹長安，鎬在上林苑中。」孟康云：「長安西南有鎬池。」引古史考：「武王遷鎬，長安豐亭鎬池也。」水經渭水注：「鎬水上承鎬池於昆明池北，周武王之所都也。自漢武帝穿昆明池於是地，基構淪褫，今無可究。」陳奐云：「周時渭南豐水猶大，鎬京之水，西承豐水，則引豐水爲池，是謂之『鎬池』，又謂之『鎬陂』，又別之爲『鎬水』，皆豐水別流也。證以說苑所引詩，此『鎬京辟雍』即周立四郊之小學矣。」說苑修文篇：「聖王修禮文，設庠序，陳鍾鼓，天子辟雍，諸侯頖宮，所以行德化也。詩云：『鎬京辟雍，自西自東，自南自北，無思不服。』此之謂也。」蔡邕明堂月令論：孝經曰：「孝悌之至，通于神明，光于四海，無所不通。詩云：『自西自東，自南自北，無思不服。』言行孝者則曰明堂，行悌者則曰大學，故孝經合以爲一義，而稱鎬京之詩以明之。」趙岐孟子章句三：「詩大雅文王有聲之篇言，從四方來者，無思不服武王之德。」以上魯說。大戴禮曾子大孝篇：「詩云：『自西自東，自南自北，無思不服。』」禮祭義引詩文同。鹽鐵論繇役篇「文王底德而懷四夷。詩云：『鎬京辟雍，自西自東，自南自北，無思不服。』武王之伐殷也，執黃鉞，誓牧之野，天下之士，莫不願爲之用。」以上齊說。「韓西東作東西」者，韓詩外傳四：「詩曰：『自東自西，自南自北，無思不服。』如是則近者歌謳之，遠者赴趨之，幽閒辟陋之國，莫不趨使而安樂之，若赤子之歸慈母者，何也？仁刑(同形。)義立，教誠愛深，禮樂交通故也。」首句「東」、「西」互易，卷五兩引詩亦然，是韓詩「西東」作「東西」。

考卜維王，宅是鎬京。維龜正之，【注】齊「維」作「惟」，「宅」作「度」。**武王成之。武王烝哉！**【疏】

箋：「考，猶稽也。宅，居也。稽疑之法，必契灼龜而卜之。武王卜居是鎬京之地，龜則正之，謂得吉兆，武王遂居之。脩三后之德，以伐紂定天下，成龜兆之占，功莫大於此。」○「齊維作惟宅作度」者。禮坊記：「詩云：『考卜惟王，度是鎬京。惟龜正之，武王成之。』」鄭注：「度，謀也。鎬京，鎬宮也。言武王卜而謀居此鎬邑，龜則吉兆正之，武王築成之。」愚案：尚書古文作「宅」者，今文皆作「度」。皇矣「此惟與宅」，論衡初稟篇引作「度」，亦今、古文之別也。

豐水有芑，武王豈不仕！詒厥孫謀，以燕翼子。【注】魯「詒」作「貽」。齊「仕」一作「事」，「燕」一作「宴」。武王烝哉！【疏】傳：「芑，草也。仕，事。燕，安。翼，敬也。」箋云：「『詒，猶傳也。孫，順也。豐水猶以其潤澤生草，武王豈不以其功業爲事乎？以之爲事，故傳其所以順天下之謀，以安其敬事之子孫。謂使行之也。書曰：『厥考翼，其肯曰我有後，弗弃基。』上言『皇王』而變言『武王』者。皇，大也。始大其業，至武王伐紂成之，故言『武王』也。」○「魯詒作貽」者，列女陳嬰母傳引詩曰：「貽厥孫謀，以燕翼子。」明魯毛文同。惟『詒』作「貽」。禮表記：「詩曰：『豐水有芑，武王豈不仕！詒厥孫謀，以燕翼子。武王烝哉！』」鄭注：「芑，枸檵也。『仕』之言『事』也。詒，遺也。燕，安也。烝，君也。言武王豈不念天下之事乎？如豐水之有芑矣，乃遺其後世之子孫以善謀，而安翼其子也。君哉武王，美之也。」此齊毛文同。「仕一作事，燕一作宴」者，晏子春秋內篇諫下引詩，作「武王豈不事，詒厥孫謀，以宴翼子。」『仕』者，「事」之叚借。燕、宴古通用。後漢班彪傳引，亦作「宴」。宴，安也。左文三年傳引詩「以燕翼子」，杜注：「翼，成也。」表記疏申鄭說云：「翼，助也。謂以王業保安翼助其子孫。」「翼助」即「翼成」之義。班彪傳彪上言曰：「昔成王之爲孺子，出則周公召公太史佚，入則太顛閎天南宮括散宜生，左右前後，禮無違者。故成王一日卽位，天下曠然太平。詩云：『詒厥孫謀，以宴翼子。』言武王之謀遺子孫也。」愚案：據班彪傳所引，知晏子引詩「仕」作「事」，「燕」作「宴」，確是齊詩「一作」本。班固典引云：「亦以寵靈文武，貽燕後昆。」彪傳云云，可爲「孫」讀如字之證。即典引之「貽燕後昆」，亦以「後昆」代「子孫」也。韓詩外傳四：「文王立國七十一，姬姓獨居五十二。周之子孫，苟不狂惑，莫不爲天子顯諸侯。夫是之謂能愛其所愛矣，故惟明王能愛其所愛。大雅曰：『貽厥孫謀，以燕翼子。』」此所推及尤遠。

文王有聲八章，章五句。

文王之什十篇，六十六章，四百一十四句。

詩三家義集疏卷二十二

生民之什第二十二　詩大雅

生民【疏】毛序：「尊祖也。后稷生於姜嫄，文武之功起於后稷，故推以配天焉。」○史記周本紀：「后稷母有邰氏女，曰姜原。爲帝嚳元妃。姜原出野，見巨人迹，心忻然悅，欲踐之，踐之而身動如孕者。居期而生子，以爲不祥，弃之隘巷，馬牛過者皆避不踐。徙置之林中，適會山林多人，遷之。而弃渠中冰上，飛鳥以翼覆薦之。姜原以爲神，遂收養長之。初欲弃之，因名曰弃。弃爲兒時，仡如巨人之志。其游戲，好種樹麻菽，麻菽美。及爲成人，遂好耕農，相地之宜，宜穀者稼穡焉。民皆法則之。帝堯聞之，舉弃爲農師，天下得其利，有功。封弃於邰，號曰后稷，別爲姬氏。」索隱：「詩大雅生民篇所云，是其事也。」愚案：史遷所載皆本魯詩，其爲帝嚳妃，乃雜采它傳記。齊韓蓋同。

厥初生民，時維姜嫄。【注】魯「維」作「惟」。韓「嫄」作「原」，說曰：「姜，姓；原，字。」【疏】傳：「生民，本后稷也。姜，姓也。后稷之母，配高辛氏帝焉。」箋：「厥，其。初，始。時，是也。言周之始祖其生之者，是姜嫄也。姜姓者，炎帝之後，有女名嫄，當堯之時，爲高辛氏之世妃，本后稷之初生，故謂之生民。」○史記三代世表：「張夫子問褚先生曰：『詩言契后稷皆無父而生，今案諸傳記咸言有父，父皆黃帝子也，得無與詩謬乎？』褚先生曰：『不然，詩言契生于卵，后稷人迹，欲見其有天命精誠之意耳。鬼神不能自成，須人而生，奈何無父而生乎！一言有父，一言無父，信以傳信，疑以傳疑，故兩言之。詩傳曰：湯之先爲契，無父而生。契母與姊妹浴于玄邱水，有燕銜卵墮之，契母得，故含之，誤吞之，即生契。

契生而賢，堯立爲司徒，姓之曰子氏。子者茲，茲，益大也。詩人美而頌之曰：「殷社芒芒，天命元鳥，降而生商。」商者質，殷號也。文王之先爲后稷，稷亦無父而生。后稷母爲姜嫄，出見大人跡而履踐之，知於身，則生后稷。姜嫄以爲無父，賤而弃之道中，牛羊避不踐。抱之山中，山者養之。又捐之大澤，鳥覆席食之。姜嫄怪之，於是知其天子，乃取長之。堯知其賢才，立以爲大農，姓之曰姬氏。姬者，本也。詩人美而頌之曰：「厥初生民。」深修益成，而道后稷之始也。』」陳喬樅云：「漢書儒林傳：沛褚少孫事王式，爲博士。魯詩有褚氏之學，世表後所引詩傳乃魯詩傳。又儒林傳山陽張長安幼君先事式論石渠，至淮陽中尉，其兄子卽以詩授元帝之張游卿也。世表張夫子，其幼君與？」愚案：孔疏引許氏五經異義詩齊魯韓說，聖人皆無父感天而生，褚雖引詩傳而意駁之。毛謂姜嫄配高辛氏帝，本未明著爲帝嚳，鄭疑帝嚳不當與堯並在天子之位，（見孔疏引鄭志。）易爲「高辛氏之世妃」，亦不能定爲何世，要皆以姜嫄有夫，后稷卽有父也。然觀褚引詩傳，堯已躬立棄爲大農，與周本紀堯舉棄爲農師合，則以弟臣兄，不害同爲帝嚳之子，原無帝嚳與堯並在位之嫌。姜嫄雖帝嚳妃，棄雖帝嚳子而棄之，生實感神迹，不由其父，則三家謂「聖人無父」，正以始生之靈蹟已暴於天下，特存其真，不爲過也。「魯維作惟」者，王逸楚詞章句序：「詩厥初生民，時惟姜嫄。」明魯作「惟」。「姜姓原字」者，史記周本紀注引韓詩章句文。嫄、原字通作。

生民如何？克禋克祀，以弗無子。【注】三家「弗」作「祓」。【疏】傳：「禋，敬。弗，去也。去無子，求有子，古者必立郊禖焉。玄鳥至之日，以太牢祠于郊禖，天子親往，后妃率九嬪御，乃禮天子所御。帶以弓韣，授以弓矢，于郊禖之前。」箋：「克，能也。『弗』之言『祓』也。姜嫄之生后稷如何乎？乃禋祀上帝於郊禖，以祓除其無子之疾，而得其福也。『能』者，言齊肅當神明意也。二王之後，得用天子之禮。」○「三家弗作祓」者，御覽五百二十九載鄭記王權引生民詩，作「克禋克祀，以祓無子。」陳喬樅云：「此三家之今文，毛詩『弗』字乃『祓』之假借。」愚案：「以祓無子」，當卽周禮女巫祓除所由昉。鄭風溱洧篇，韓詩以爲上巳祓除，亦此類也。鄭箋以「祓」釋「弗」，正據三家改毛。生民本於姜嫄，周又特爲立廟。棄生不由其父，與契無異。但詩言「以祓無子」，固婦之事，非女之事明矣，故史記本紀、漢書人表、吳越春秋及大戴世本諸書，皆仍著姜嫄爲帝嚳妃生棄，其說亦必出於三家。母既爲帝嚳妃，則棄終爲帝嚳子，故禮祭法仍有「周人禘嚳而郊稷」之文也，而劉向列女傳乃不著姜嫄之夫，張華遂謂爲思女不夫而孕，可謂傎矣。說文：「禋，潔祀也。一曰，精意以享爲禋。」「祀，祭無已也。」「祓，除惡祭也。」「潔祀」，蓋卽續漢書「三月上巳，宮人皆洗濯祓除，爲大絜」之義。「克禋克祀」，亦卽大絜後之祭祀，巫所掌宮人皆得自行之。毛傳必援秦令說詩，又改「高禖」爲「郊禖」，謂姜嫄從帝郊見於天，以便其改「履帝武」爲踐高辛帝之迹，斯則創解不經矣。鄭既不信「帝」爲高辛之帝，猶據從祀高禖爲說。率九嬪以從帝祭，嚴事也，乃獨往履大神迹耶？**履帝武敏，**【注】魯說曰：「履帝武敏」，武，迹也。敏，拇也。**歆攸介攸止，載震載夙，載生載育，時維后稷。**【疏】傳：「履，踐也。帝，高辛氏之帝也。武，迹。敏，疾也。從於帝而見於天，將事齊敏也。歆，饗。介，大也。止，福祿所止也。震，動。夙，早。育，長也。后稷播百穀以利民。」箋：「帝，上帝也。敏，拇也介，左右也。『夙』之言『肅』也。祀郊禖之時，時則有大神之迹，姜嫄履之，足不能滿履其拇指之處，心體歆歆然，其左右所止住，如有人道感己者也，於是遂有身，而肅戒不復御。後則生子而養，長名之曰弃，舜臣堯而舉之，是爲后稷。」○「履帝」至「拇也」，釋訓文。爾雅釋文云：「敏，舍人本作『畝』」，舍人注：「『古者姜嫄履天帝之迹於畎畝之中，而生后稷。』」孔疏引孫炎注：「拇，迹，大指處。」王逸楚詞章句一：「武，迹也。詩曰：『履帝武敏歆。』」是魯讀又於「歆」字斷句。白虎通姓名篇：「周姓姬氏，祖以履大人迹生也。」此皆魯說。繁露三代改制質文篇：「后稷母姜嫄，履天之迹而生后稷，后稷長於郃土，播田五穀。」此齊說。愚案：聖人之生，宜有異迹，詩本周公所作，述其祖事神異，不以爲非，毛何所嫌疑而矯枉過正如此？爾雅之不用毛詩，此尤其明證也。

誕彌厥月，【注】韓説曰：「誕，信也。」**先生如達。**【疏】傳：「誕，大。彌，終。達，生也。姜嫄之子，先生者也。」箋：「達，羊子也。大矣后稷之在其母，終人道十月而生。生如達之生，言易也。」○「誕，信也」者，文選陸雲大將軍讌會詩李注引韓詩文。陳喬樅云：「説文：『誕，詞誕也。』『誕』訓『大言』，故又引伸爲『虛詐』之義。廣雅釋詁：『誕，信也。』此用韓詩義。『誕』既訓『詐』，又得訓『信』，猶以『亂』爲『治』、『徂』爲『存』，皆詁訓之義有反覆旁通，美惡不嫌同名也。」**不拆不副，無菑無害。**【疏】傳：「言易也。凡人在母，母則病，生則拆副，菑害其母，横逆人道。」○論衡奇怪篇：「詩曰：『不拆不副，是生后稷。』説者又曰：禹卨逆生，闓母背而出。后稷順生，不拆不副。不感動母體，故曰『不拆不副』。如實論之，彼詩言『不拆不副』，言其『不感動母體』，可也；言其『闓母背而出』，妄也。」陶元淳云：「兒在母腹，胞衣裹之，生時衣先破，兒體手足少舒，故生之難。惟羊子之生，胞仍完具，墮地而後母爲破之，故其生易。后稷生時，蓋藏於胞中，形體未露，如羊子之生，故言『如達』。」馬瑞辰云：「陶説是。『不拆不副』，謂其胞衣不拆裂也。」**以赫厥靈，上帝不寧。不康禋祀，居然生子。**【疏】傳：「赫，顯也。不寧，寧也。不康，康也。」箋：「康、寧，皆安也。姜嫄以赫然顯著之徵，其有神靈審矣，此乃天帝之氣也，心猶不安之。又不安徒以禋祀而無人道，居默然自生子，懼時人不信也。」○陳奐云：「『不』，皆發聲。居，猶『其』也。然，猶『是』也。此承上章，言姜嫄克禋祀上帝，而上帝亦將安樂其禋祀。其然生子，謂生后稷也。」黄山云：「此申述生子之非常理，以著下章『誕寘』之由也。箋易傳，於『不寧』、『不康』皆釋爲『不安』，亦必本之三家。但謂『禋祀』即前之『克禋克祀』，則以前文既爲禋祀上帝，不得數舉，遂爲『又不安』之説，致辭窮而意轉窒。今案列女傳，言姜嫄履巨人迹，『歸而有娠，浸以益大，心怪惡之，卜筮禋祀，以求無子，終生子，以爲不祥而棄之』云云，正此詩四句之義。蓋姜嫄因赫然有娠，顯示以靈怪之徵，意上帝以己踐其迹不安而降之罰，故曰『以赫厥靈，上帝不寧』也。己意亦因之不安而禋祀以求解，本求無子而終生子，故曰『不康禋祀，居然生子』也。前之潔祀，求祓無子之疾；後之潔祀，求獲無子之庇。至居然生子，以爲不祥而棄之。三家之説大同，傳箋乃謂故棄之以顯其異，斯不然矣。」

誕寘之隘巷，牛羊腓字之。誕寘之平林，會伐平林。誕寘之寒冰，鳥覆翼之。鳥乃去矣，后稷呱矣。實覃實訏，厥聲載路。【疏】傳：「誕，大。寘，置。腓，辟。字，愛也。天生后稷，異之於人，欲以顯其靈也。帝不順天，是不明也，故承天意而異之於天下。牛羊而辟人者，理也。置之平林，又爲人所收取之。大鳥來，一翼覆之，一翼藉之。人而收取之，又其理也。故置之於寒冰。於是知有天異，往取之矣，后稷呱呱然而泣。覃，長。訏，大。路，大也。」箋：「天異之，故姜嫄置后稷於牛羊之徑，亦所以異之。『實』之言『是』也。覃，謂始能坐也。訏，謂張口鳴呼也。是時聲音則已大矣。」○史記引已見上。論衡吉驗篇：「后稷之時，履大人跡，或言衣帝嚳之服，坐息帝嚳之處，妊身。怪而弃之隘巷，牛馬不敢踐之。寘之冰上，鳥以翼覆之，慶集其身。母知其神怪，乃收養之。長大佐堯，位至司馬。夫后稷不當弃，故牛馬不踐，鳥以羽翼覆愛其身。」楚詞天問：「稷惟元子，帝何篤之？投之於冰上，鳥何燠之？」王逸章句曰：「帝，謂天帝也。言后稷之母姜嫄出，見大人迹，怪而履之，遂有娠而生后稷。姜嫄以后稷無父而生，弃之於冰上，有鳥以翼覆薦温之，以爲神，乃取而養之。詩曰：『誕寘之寒冰，鳥覆翼之。』」以上魯説。趙煜吴越春秋一：「后稷其母，邰氏之女姜嫄，爲帝嚳元妃。年少未孕，出游於野。見大人迹而觀之，中心歡然，喜其形像，因履而踐之，身動意若爲人所感。後妊娠，恐被淫佚之禍，遂祭祀以求謂無子。履天帝之跡，天猶令有之。姜嫄怪而棄于阨狹之巷，牛馬過者，辟易而避之；復棄於林中，適會伐木之人多；復置於澤中冰上，衆鳥以羽覆之。后稷遂得不死。姜嫄以爲神，收而養之，長因名棄。」趙從杜撫受韓詩，見後漢儒林傳。曹植仲雍哀辭曰：「昔后稷之在寒冰，鬭穀之在楚澤，咸依鳥馮虎，而無風塵之災。」以上韓說。愚案：周本紀云：「適會山林多人，遷之。而棄渠中冰上。」吳越春秋言「會伐木之人多，復置于澤中冰上」，最得經旨，傳言「置之平林，爲人所收取」，誤也。

誕實匍匐，克岐克嶷，【注】魯「嶷」作「㘈」。以就口食。【疏】傳：「岐，知意也。嶷，識也。」箋：「能匍匐則岐岐然意有所知也，其貌嶷嶷然有所識別也，以此至於能就衆人口自食。謂六七歲時。」〇「魯嶷作㘈」者，釋文：「嶷，說文作『㘈』。」說文「㘈」下云：「小兒有知也。从口，疑聲。詩曰：『克岐克㘈』。」陳喬樅云：「淮南原道訓『扶搖抮抱羊角而上』，高注：『抱，讀詩「克岐克嶷」之嶷。』又本經訓『菱杼紾抱』，高注：『抱，讀「岐㘈」之㘈。』據此，是『岐㘈』之㘈魯詩正作『口』旁，㘈與說文所引詩合。原道訓注作『嶷』，此後人順毛改之，非高注之舊文也。」馬瑞辰云：「『就』之言『求』也。釋詁求、就並訓爲『終』，是就、求同義之證。論語『就有道而正焉』，即求有道而正之也。『以就口食』，猶易頤『自求口食』、春秋元命苞所云『岐頤自求』也。正義釋箋，謂能就人之口取食，失之。」蓺之荏菽，荏菽旆旆，禾役穟穟，【注】韓「荏」作「戎」。三家「役」作「穎」。麻麥幪幪，瓜瓞唪唪。【注】三家「唪」作「菶」。【疏】傳：「荏菽，戎菽也。旆旆然長也。役，列也。穟穟，苗美好也。幪幪然茂盛也。唪唪然多實也。」箋：「蓺，樹也。戎菽，大豆也。就口食之時，則有種殖之志，言天性也。」〇上文所引史記，言后稷「其游戲，好種樹麻菽，麻菽美」，此詩是也。吳越春秋：「后稷爲兒時，好種樹禾麥桑麻五穀，相五土之宜，青赤黃黑，陵水高下，粢稷黍禾蕖麥豆稻，各得其理。堯遭洪水，人民泛濫，逐高而居。堯聘棄，使教民山居，隨地造區，研營種之術。三年餘行，人無飢乏之色。乃拜棄爲農師，封之台，號爲后稷，姓姬氏。」此韓說。「韓荏作戎」者，太宰賈疏：「生民詩云：『蓺之戎菽。』戎菽，大豆，后稷之所殖。」陳喬樅云：「賈疏所引直作『戎菽』，當爲韓詩之異文。釋詁戎、壬並訓爲『大』，壬、任古通，戎、荏一聲之轉。」「三家役作穎」者，說文「穎」下云：「禾采也。从禾，頃聲。詩曰：『禾穎穟穟』。」「穟」下云：「禾采之貌。从禾，遂聲。詩曰：『禾穎穟穟』。」兩引詩皆作「穎」。段注：「古音支、清二部互轉，『役』在支部，卽『穎』之入聲，蓋爲叚借字。許此句用三家詩，若『如鳥斯翱』爲正字，毛作『革』爲叚借字也。」「三家唪作菶」者，馬瑞辰云：「『唪唪』，卽『菶菶』之叚借。說文：『玤，讀若詩曰「瓜瓞菶菶」。』又『唪』：『讀若詩「瓜瓞菶菶」。』皆用本字。本三家詩。菶菶，猶旆旆、幪幪，皆盛貌也。說文：『菶，草盛。』通俗文：『草盛曰菶。』瓜盛與草盛同義，故亦曰『菶菶』。廣雅芾芾、菶菶、幪幪並訓爲『茂』，其義亦本三家詩。」「芾芾」，卽「旆旆」也。

誕后稷之穡，有相之道。茀厥豐草，【注】韓「茀」作「拂」，說曰：拂，弗也。種之黃茂。實方實苞，實種實褎，實發實秀，實堅實好，實穎實栗，卽有邰家室。【注】魯韓「邰」作「台」，齊作「斄」。【疏】傳：「相，助也。茀，治也。黃，嘉穀也。茂，美也。方，極畝也。苞，本也。種，雜種也。褎，長也。發，盡發也。不榮而實曰秀。穎，垂穎也。栗，其實栗栗然。邰，姜嫄之國也。堯見天因邰而生后稷，故國后稷於邰，命使事天以顯神，順天命耳。」箋：「大矣后稷之掌稼穡，有見助之道。謂若神助之力也。豐，苞，亦茂也。方，齊等也。種，生不雜也。褎，枝葉長也。發，發管時也。栗，成就也。后稷教民除治茂草，使種黍稷，黍稷生則茂好，孰則大成，以此成功。堯改封於邰，就其成國之家室，無變更也。」○「茀作拂。拂，弗也」者，釋文引韓詩文。釋詁：「弗，治也。」郭注：「見詩、書。」邢疏卽引此詩，云「弗」、「茀」音義同。是魯詩本作「弗」，訓「治」，毛借義，韓借字也。廣雅釋詁：「拂，除也，拔也。」治草非僅拔除，故韓亦不用本義。呂覽任地篇高注：「詩云：『實發實秀，實堅實好』。」又辨士篇注：「詩云：『實穎實栗，有邰家室』。」明魯毛文同，惟無「卽」字。說文、史記周本紀索隱、水經渭水注引，亦無「卽」字。白虎通京師篇：「后稷封於台，公劉去台之邠。詩云：

『卽有台家室。』又云：『篤公劉，于豳斯觀。』周家五遷，其義一也，皆欲成其道也。」陳喬樅云：「今本白虎通『有台』仍同毛詩作『邰』，據王氏詩攷引作『台』，知宋時本尚未譌也。吳越春秋云：『后稷其母，有台氏之女。』則魯韓詩本作『台』字，諸所引作『邰』者，皆後人傳寫爲加『邑』旁耳。」漢書地理志：「右扶風漦，周后稷所封。」顏注：「漦，讀與『邰』同。」是齊作『漦』。

誕降嘉種，維秬維秠，維穈維芑。【注】三家「種」作「穀」，「維」作「惟」。魯「穈」作「虋」，說曰：「虋，赤苗。芑，白苗。秬，黑黍。秠，一稃二米。」恒之秬秠，是獲是畝。恒之穈芑，是任是負。以歸肇祀。【疏】傳：「天降嘉種。秬，黑黍也。秠，一稃二米也。穈，赤苗也。芑，白苗也。恒，徧。肇，始也。始歸郊祀也。」箋：「天應堯之顯后稷，故爲之下嘉種。任，猶抱也。肇，郊之神位也。后稷以天爲己下此四穀之故，則徧種之，成熟則穫而畝計之，抱負以歸於郊祀天。得祀天者，二王之後也。」〇「三家至作惟」者，說文「秠」下引詩，作「誕降嘉穀，惟秬惟秠。」「虋赤」至「二米」，釋草文。郭注：「詩曰：『惟秬惟秠』。」陳喬樅云：「毛詩『虋』字作『穈』，與爾雅異，知此爲魯詩之文。」盧文弨曰：『毛詩釋文「穈」，爾雅作「虋」。郭「亡偉反。赤粱粟也」。』案，爾雅釋文作『亡津反』。『偉』字疑誤。虋、亹古通。」

誕我祀如何？或舂或揄，【注】三家「揄」作「舀」。或簸或蹂。釋之叟叟，烝之浮浮。【注】魯「釋」作「淅」，「叟」作「溞」，「浮」作「烰」。【疏】傳：「揄，抒臼也。或簸糠者，或蹂米者。釋，淅米也。叟叟，聲也。浮浮，氣也。」箋：「『蹂』之言『潤』也。大矣我后稷之祀天如何乎？美而將說其事也。舂而抒出之，簸之又潤濕之，將復舂之，趣於鑿也。釋之烝之，以爲酒及簠簋之實。」〇說文「舀」下云：「舀，抒臼也。从爪，臼聲。詩曰：『或簸或舀。』抭，舀或从手、穴。𦥷，或从臼、穴。」陳喬樅云：「『揄』者，『舀』之叚借字。『有司徹』，鄭注引詩『或舂或抗』。周官『女舂抭』，注引詩同。鄭注禮多用齊詩。說文『舀』下兼收『抗』、『𦥷』二形，即三家之異文。作『抗』者爲齊詩，則『舀』與『抗』其魯韓之詩，與『或舂』許引作『或簸』，蓋傳寫之誤。」魯釋作淅，叟作溞，浮作烰」者，釋訓：「溞溞，釋也。」「烰烰，烝也。」孔疏引樊光注：「詩云：『淅之溞溞，烝之烰烰』。」孫炎注：「溞溞，淅之聲。烰烰，炊之氣。」陳喬樅云：「爾雅正義：『溞，郭蘇刀反。詩云：淅之溞溞。』據此，知爾雅舊注引詩如此，故釋文載其說。毛作『釋之叟叟』，並古文叚借字。烰，毛作『浮』，釋文云爾雅說文並作『烰，烝也。』『浮』亦『烰』之叚借，說文引與爾雅文同，從魯詩也。」載謀載惟，取蕭祭脂，取羝以軷，載燔載烈，

以興嗣歲。【疏】傳：「嘗之日，涖卜來歲之芟。獮之日，涖卜來歲之戒。社之日，涖卜來歲之稼。所以興來而繼往也。穀熟而謀，陳祭而卜矣。取蕭合黍稷，臭達牆屋，先奠而後爇蕭，合馨香也。羝羊，牡羊也。軷，道祭也。傅火曰燔，貫之加於火曰烈。興來歲、繼往歲也。」箋：「惟，思也。『烈』之言『爛』也。后稷既爲郊祀之酒及其米，則諏謀其日，思念其禮。至其時，取蕭草與祭牲之脂，爇之於行神之位。馨香既聞，取羝羊之體以祭神，又燔烈其肉爲尸羞焉。自此而往郊。嗣歲，今新歲也。以先歲之物齊敬犯軷而祀天者，將求新歲之豐年也。孟春之月令曰：乃擇元日，祈穀于上帝。」

○禮郊特牲鄭注：「蕭，薌蒿也，染以脂，合黍稷燒之。詩曰：『取蕭祭脂。』」此齊詩，文義與毛同。

卬盛于豆，于豆于登。其香始升，上帝居歆。胡臭亶時，后稷肇祀，【注】齊「肇」作「兆」。庶

無罪悔，以迄于今。【疏】傳：「卬，我也。木曰豆，瓦曰登。豆，薦葅醢也。登，大羹也。迄，至也。」箋：「『胡』之言『何』也。亶，誠也。我后稷盛葅醢之屬，當于豆者，于登者，其馨香始上行，上帝則安而歆享之，何芳臭之誠得其時乎。美之也。祀天用瓦豆，陶器質也。庶，衆也。后稷肇祀上帝於郊，而天下衆民咸得其所，無有罪過也。子孫蒙其福，以至於今，故推以配天焉。」○釋器：「木豆謂之豆，瓦豆謂之登。」此魯義也。「卬盛」句，統言之。「齊肇作兆」者，禮表記：「詩云：

『后稷兆祀，庶無罪悔，以迄于今』。」鄭注：「兆，郊之祭處也。迄，至也。言祀后稷于郊以配天，庶以其無罪悔乎？福祿傳世，以至于今。」此用齊說。陳喬樅云：「上文『以歸肇祀』，鄭讀『肇』爲『兆』，是據齊詩易毛。商頌『肇域彼四海』，箋云『肇』當作『兆』。此不言者，文略耳。小宗伯『兆五帝于四郊』，注云：『兆，爲壇之營域。』說文作『垗』，段注：『今周禮作「兆」，許作「垗」，蓋故書、今書之不同也。』又尚書大傳『兆十有二州』，古文堯典作『肇』，此古文假借之證。禮郊特牲正義引韓詩說曰：『三王各正其郊。』案，毛詩釋文不言韓氏字異，然據表記、商頌箋，讀『肇』爲『兆』，知三家今文『肇』皆作『兆』。」馬瑞辰云：「廣雅釋詁：『胡，大也。』『時，善也。』『胡臭』，謂芳臭之大，猶士冠禮『永受胡福』，謂大福也；載芟詩『胡考』，猶云大考也。釋邱：『方邱，胡邱。』『方』與『胡』皆大也。『胡臭亶時』，與士冠禮『嘉薦亶時』句法相似，『亶時』猶云『誠善』也。箋說失之。」

生民八章，四章章十句，四章章八句。

行葦

【疏】毛序：「忠厚也。周家忠厚，仁及草木，故能內睦九族，外尊事黃耇，養老乞言，以成其福祿焉。」箋：「九族，自己上至高祖，下至玄孫之親也。黃，黃髮也。耇，凍梨也。乞言，從求善言可以爲政者，敦史受之。」○案，列女晉弓工妻傳「弓工妻謁於平公曰：『君聞昔者公劉之行，羊牛踐葭葦，惻然爲民痛之，恩及草木，仁著於天下。』」潛夫論德化篇：「詩云：『敦彼行葦，牛羊勿踐履。方苞方體，惟葉柅柅。』公劉厚德，恩及草木，牛羊六畜。仁不忍踐履生草，則又況於民萌而有不化者乎？」又邊議篇：「公劉仁德，廣被行葦，況含血之人，己同類乎？」以上魯說。班彪北征賦：「慕公劉之遺德，及行葦之不傷。」此齊說。吳越春秋：「公劉慈仁，行不履生草，運車以避葭葦。」此韓說。明三家同以此爲公劉之詩。後漢寇榮傳：「公劉敦行葦，世稱其仁。」蜀志彭羕傳：「體公劉之德，行勿踐之惠。」據諸說，足證漢人舊義大同，蓋公劉舉射饗之禮，出行有此故事，詩人美之，因以名篇。毛序删之，特以示異於衆。

敦彼行葦，牛羊勿踐履。方苞方體，維葉泥泥。【注】魯「維」作「惟」，「泥」作「柅」，韓作「苨」。【疏】傳：「敦，聚貌。行，道也。葉初生泥泥。」箋：「苞，茂也。體，成形也。敦敦然道傍之葦，牧牛羊者毋使躐履折傷之。草物方茂盛，以其終將爲人用，故周之先王爲此愛之，況於人乎？」○馬瑞辰云：「葦，叢生之物，故以『敦』爲『聚貌』，讀如『團聚』之團，敦、團聲相近。『敦彼』，形容之詞，猶『依彼』、『鬱彼』之比，故傳以『敦敦然』釋之。敦敦，猶團團也。」愚案：馬說是。寇榮云「敦行葦」，(引見上。)『敦』之言「厚」也，仁及草木，故曰厚於行葦。此望文而爲之說，亦備一解。「魯維作惟，泥作柅」者，陳喬樅云：「今文作『惟葉柅柅』，石經魯詩可證。『柅柅』，潛夫論作『榐榐』。盧氏文弨以『榐』字是『柅』字之譌，良確。」「韓作苨者。」詩釋文云：「張揖作『苨苨』」，云：「草盛也。」愚案：廣雅釋訓：「苨苨，茂也。」釋文即本此。張兼采魯韓義，魯作「柅柅」，明「苨苨」是韓之異文。

戚戚兄弟，莫遠具爾。或肆之筵，或授之几。【疏】傳：「戚戚，內相親也。肆，陳也。或陳設筵者，或授几者。」箋：「莫，無也。具，猶『俱』也。爾，謂進之也。王與族人燕，兄弟之親，無遠無近，俱揖而進之，年稚者爲設筵而已，老者加之以几。」○曹植求通親親表「常有戚戚具爾之心」，用韓經文，明與毛同。

肆筵設席，授几有緝御。或獻或酢，洗爵奠斝。【疏】傳：「設席，重席也。緝御，踧踖之容也。斝，爵也。夏曰醆，殷曰斝，周曰爵。」箋：「緝，猶『續』也。御，侍也。兄弟之老者，既爲設重席授几，又有相續代而侍者，謂敦史也。進酒於客曰『獻』，客答之曰『酢』，主人又洗爵醻客，客受而奠之，不舉也。用殷爵者，尊兄弟也。」○楚詞招魂王逸章句：「筵，席也。詩曰：『肆筵設席。』」(「席」誤「機」。陳喬樅據下文改。)此魯說。禮明堂位鄭注：「斝，畫禾稼也。詩曰：

『洗爵奠斝』。」此齊說。

醓醢以薦，或燔或炙。嘉殽脾臄，【注】韓說云：臄，口上阿也。或歌或咢。【疏】傳：「以肉曰醓醢。臄，函也。歌者，比於琴瑟也。徒擊鼓曰咢。」箋：「薦之禮，韭菹則醓醢也。燔用肉，炙用肝。以脾函爲加，故謂之嘉。」○孔疏引釋器云：「肉謂之醢。」李巡曰：「以肉作醬曰醢。」天官醢人注：「醓，肉汁也。」蓋用肉爲「醢」，特有多汁，故以「醓」爲名。其無汁者，自以所用之肉，魚雁之屬爲之名也。又云，醓所以擩菹，禮籩豆偶有醓，必有菹，故云「韭菹則醓醢。」「韓說云：臄，口上阿也」者。玉篇肉部：「臄，口上阿也。詩曰：『嘉肴脾臄。』」「肴」不作「殽」，又與毛「臄，函也」義異，知野王所引據韓詩也。詩釋文亦引通俗文「口上曰臄，口下曰函」，所以糾正毛傳，與玉篇訓合。釋文又云：「毛云『徒歌曰咢』。爾雅云『徒擊鼓謂之咢，徒歌謂之謠』。」亦主糾毛。孔疏謂王肅述毛，作「徒擊鼓」，今定本集注作「徒歌」者誤。案，肅祖毛，多陰正其誤，如皇矣篇毛作「維此王季」，肅述毛，亦據左傳改「王季」爲「文王」，是其證。此傳釋文、定本集注皆作「徒歌」，知亦傳說本異，而肅陰據釋樂文改之，孔遂因而從之耳。今釋樂「徒擊鼓謂之咢」，孫炎云：「聲驚咢也。」此自魯訓如此，郭注引詩「或歌」可也，亦魯詩文。

敦弓既堅，四鍭既鈞，舍矢既均，序賓以賢。【疏】傳：「敦弓，畫弓也，天子敦弓。鍭矢參亭，已均中蓺。序賓以賢，言賓客次序皆賢。孔子射於矍相之圃，觀者如堵牆。射至於司馬，使子路執弓矢出延射曰：『奔軍之將，亡國之大夫，與爲人後者不入，其餘皆入。』蓋去者半，入者半。又使公罔之裘序點揚觶而語，公罔之裘揚觶而語曰：『幼壯孝弟，耆耋好禮，不從流俗，修身以俟死者，不在此位。』蓋去者半，處者半。序點又揚觶而語曰：『好學不倦，好禮不變，耋勤稱道不亂者，不在此位也。』蓋僅有存焉。」箋：「『舍』之言『釋』也。蓺，質也。周之先王將養老，先與羣臣行射禮，以擇其可與者以爲賓。『序賓以賢』，謂以射中多少爲次第。」〇列女晉弓工妻傳：「射之道，左手如拒，右手如附枝，右手發之，左手不知。詩曰：『敦弓既堅，舍矢既鈞。』言射有法也。」案，此魯說。據文義，當弓、矢並引，節去「四鍭」句。「均」作「鈞」，以聲同誤也。箋以「牛羊勿踐」爲周先王愛物之仁，蓋因毛序不指公劉，故渾言之。此「養老」亦主周先王說，是鄭意仍指公劉，下言「曾孫」，乃因傳意而推及成王耳。

敦弓既句，【注】魯作「彫弓既彀」。既挾四鍭。四鍭如樹，序賓以不侮。【疏】傳：「天子之弓，合九而成規。〔如樹〕，言皆中也。〔不侮〕，言其皆有賢才也。」箋：「射禮，搢三挾一个，言已挾四鍭，則已徧釋之。『不侮』者，敬也。其人敬於禮，則射多中。」〇「魯作彫弓既彀」者，孔疏云：「說文：『彀，張弓也。』二京賦曰『彫弓既彀』，『彀』與『句』字雖異，音義同。」愚案：今說文：「彀，張弩也。」東京賦『彫弓斯彀』，文皆稍異。張衡治魯詩，亦用魯文也。「敦」作「彫」，與列女傳引「敦弓既堅」異。陳喬樅云：「廣韻：『弴弓，天子弓也。』又作『敦』。毛古文，借用『敦』字。三家今文，皆當作『弴』與『彫』。然則列女傳『敦』字，殆後人順毛改之耳。」馬瑞辰云：「『彫弓蓋以五采畫之，故又曰『繡弓』。考工記：『五采備謂之繡。』春秋定八年公羊傳『弓繡質』是也。」

曾孫維主，酒醴維醹，酌以大斗，以祈黃耇。【疏】傳：「曾孫，成王也。醹，厚也。大斗，長三尺也。祈，報也。」箋：「祈，告也。今我成王承先王之法度，爲主人，亦既序賓矣，有醇厚之酒醴，以大斗酌而嘗之而美，故以告黃耇之人，徵而養之也。飲酒之禮曰：告於先生君子可也。」〇三家以此篇爲公劉之詩。「篤公劉」，箋：「公劉，后稷之曾孫。」釋文：「斗，又作『枓』。都口反。徐又音『主』。」「三尺」，謂大斗之柄也。馬瑞辰云：「『斗』與『枓』異物。說文：『斗，十升也』。『枓，勺也』。『勺，所以挹取也。』此詩『大斗』及小雅『維北有斗』，皆『枓』之省借。考工記：『梓人爲飲器，勺一升。』正義引漢禮器制度：『勺五升，徑六寸，長三尺。』蓋專指『大斗』言之。」

黃耉台背，【注】魯『台』作「鮐」，說曰：鮐背，耉老壽也。以引以翼。壽考維祺，以介景福。【疏】傳：「台背，大老也。引，長。翼，敬也。祺，吉也。」箋：「『台』之言『鮐』也，大老則背有鮐文。既告老人，及其來也，以禮引之，以禮翼之。在前曰『引』，在旁曰『翼』。介，助也。養老人而得吉，所以助大福也。」○張衡南都賦「鮐背之叟」，明魯「台」作「鮐」。『鮐背，耉老壽也』者，釋詁文。孔疏引舍人曰：「鮐背，老人氣衰，皮膚消瘦，背若鮐魚也。」左僖二十二年疏引云：「耉，覯也。血氣精華覯竭，言色赤黑如狗矣。」孫炎曰：「黃耉，面凍梨色，如浮垢，老人壽徵也。」孔疏又引釋名云：「九十曰鮐背。」皆當本三家詩訓。

行葦八章，章四句。故言七章，二章章六句，五章章四句。

既醉【疏】毛序：「大平也。醉酒飽德，人有士君子之行焉。」箋：「成王祭宗廟，旅醻下徧羣臣，至于無筭爵，故云醉焉。乃見十倫之義，志意充滿，是謂之飽德。」○三家無異義。

既醉以酒，既飽以德。君子萬年，介爾景福。【疏】傳：「『既』者，盡其禮，終其事。」箋：「禮，謂旅醻之屬事，謂惠施先後及歸俎之類。『君子』，斥成王也。介，助。景，大也。成王女有萬年之壽，天又助女以大福。謂五福也。」○說苑修文篇：「凡人之有患禍者，生於淫泆暴慢。淫泆暴慢之本，生於飲酒。故古者慎重飲酒之禮，使耳聽雅音，目視正儀，足行正容，心論正道。故終日飲酒而無過失，近者數日，遠者數月，皆又有德焉以益善。詩云：『既醉以酒，既飽以德。』此之謂也。」此魯說。禮坊記：「詩云：『既醉以酒，既飽以德』。」鄭注：「言君子饗燕，非專爲酒肴，亦以觀威儀，講德美。」此齊說。

既醉以酒，爾殽既將。君子萬年，介爾昭明。【疏】傳：「將，行也。」箋：「爾，女也。殽，謂牲體也。成王之爲羣臣俎實，以尊卑差次行之。昭，光也。」○馬瑞辰云：「古但云『行酒』，不云『行殽』。廣雅釋詁：『將，美也。』將、臧聲相近，破斧詩『亦孔之將』，王引之言猶『亦孔之臧』，是也。竊謂『爾殽既將』，『將』亦爲『美』，猶言『爾殽既嘉』耳。」黃山云：「楚茨『爾殽既將』，傳亦訓『將』爲『行』，馬已本此說易之。案，楚茨次章『或肆或將』，傳訓『將』爲『齊』，本釋言文，郭注：『謂分齊也。』王肅云：『分齊其肉所當用也。』馬易爲『劑量其水火』，此非郭『分齊』之義，當以王說爲長。末章『爾殽既將，莫怨具慶』，亦即分齊其殽羞，俾惠偏及，故具慶而無怨者。傳必改訓爲『行』，反於『具慶』不應。此章詩句正同楚茨，箋云『爲羣臣俎實，以尊卑差次行之』，名爲申毛，實仍用『分齊』之義也。」

昭明有融，高朗令終。令終有俶，公尸嘉告。【疏】傳：「融，長。朗，明也。始於饗燕，終於享祀。俶，始也。公尸天子以卿，言諸侯也。」箋：「有，又。令，善也。天既助女以光明之道，又使之長有高明之譽，而以善名終，是其長也。俶，猶『厚』也。既始有善令，終又厚之公尸，以善言告之，謂嘏辭也。諸侯有功德者，入爲天子卿大夫，故云公尸；公，君也。」○張衡東京賦『昭明有融』，衡治魯詩，此魯文也。薛綜注：「融，長也。」馬瑞辰云：「『融』者『續』也。『昭明有融』，與左傳『明而未融』語相反，『有』當從箋訓『又』，言既已昭明，而又融融不絕，極言其明之長且盛也。」左昭五年傳疏引樊光爾雅釋言注：「詩曰：『高朗令終』。」蔡邕文烈侯楊君碑『可謂高朗令終』，引魯經，並與毛同。

其告維何？籩豆靜嘉。朋友攸攝，攝以威儀。【疏】傳：「恒豆之菹，水草之和也，其醢陸產之物也。加豆，陸產也，其醢水物也。籩豆之薦，水土之品也。不敢用常褻味，而貴多品，所以交於神明者，言道之偏至也。攝以威儀，言相攝佐者以威儀也。」箋：「公尸所以善言告之是何故乎？乃用籩豆之物，絜清而美，政平氣和所致故也。『朋友』，謂羣臣同志好者也。言成王之臣皆有仁孝士君子之行，其所以相攝佐威儀之事。」○禮緇衣：「詩云：『朋友攸攝，攝以威儀』。」鄭注：「攸，所也。言朋友以禮義相攝。」此齊說也。

威儀孔時，君子有孝子。孝子不匱，永錫爾類。【疏】傳：「匱，竭。類，善也。」箋：「孔，甚也。言成王之臣威儀甚得其宜，皆君子之人有孝子之行。永，長也。孝子之行非有竭極之時，長以與女之族類。謂廣之以教道天下也。春秋傳曰：『潁考叔純孝也，施及莊公。』」○馬瑞辰云：「上章『攝以威儀』謂羣臣，此章『威儀孔時』當謂成王。臣下既佐以威儀，則上之威儀得羣臣之佐，亦甚善也。首章及五、六章『君子』皆指成王，則此章『君子有孝子』亦指成王。『有』者『又』也，言君子又爲孝子也。箋指羣臣，失之。」禮坊記：「詩云：『孝子不匱』。」鄭注：「匱，乏也。孝子無乏止之時。」此齊說。楚詞九章王逸章句：「類，法也。詩曰：『永錫爾類』。」陳喬樅云：「方言：『類，法也。』訓與此同，皆本魯詩。」愚案：魯訓「類」爲「法」，與毛訓「善」異而意同。箋釋爲「與女族類」，與左傳合，義更宏大。韓詩外傳八：「孔子燕居，子貢攝齊而前曰：『弟子事夫子有年矣，才竭而智罷，振於學問，不能復進，請一休焉。』孔子曰：『賜也，欲焉休乎？』曰：『賜欲休於事君。』孔子曰：『詩云：「夙夜匪懈，以事一人。」爲之若此，其不易也，若之何其休也？』曰：『賜休於事父。』孔子曰：『詩云：「孝子不匱，永錫爾類。」爲之若此，其不易也，如之何其休也？』」推聖人之意，亦是廣及族類，故云「爲之不易」。箋蓋用韓義易毛也。

其類維何？室家之壼。君子萬年，永錫祚胤。【疏】傳：「壼，廣也。胤，嗣也。」箋：「『壼』之言『梱』也。其與女之族類云何乎？室家先以相梱致己，乃及於天下。永，長也。成王女有萬年之壽，天又長予女福祚，至于子孫。」○馬瑞辰云：「壼、梱以同聲爲義，大射儀：『既拾取矢，梱之』，鄭注：『梱，齊等之也。』廣雅曰：『梱，束也』。束，亦所以齊之也。『室家之壼』，猶言『室家之齊』耳。『捆致』有相親之義，但訓爲『捆致』，言其相親，不若訓爲『捆齊』，言其齊治。箋說『室家』云云，即大學所云『家齊而后國治，國治而后天下平』也。至周語引此詩而說之曰：『壼也者，廣裕民人之謂也。』方言：『裕、猷，道也。』道民亦謂之『裕』。康誥『乃由裕民』，『乃裕民』，曰皆道民也。廣裕人民，猶云廣道民人也。說文：『壼，宮中道。从囗，象宮垣道上之形。』蓋言象宮中道之周帀而整齊也。『壼』爲宮中道名，因借以喻道民之道。又因壼从『囗』，有周帀之象，周帀則廣，故言廣裕人民。『道』與『齊』義相成，道，治也，齊亦治也。」

其胤維何？天被爾祿。君子萬年，景命有僕。【疏】傳：「福，祿也。僕，附也。」箋：「天予女福祚至于子孫云何乎？天覆被女以祿位，使祿臨天下。成王女既有萬年之壽，天之大命又附著於女。謂使爲政教也。」○馬瑞辰云：「釋木：『樸，枹者。』郭注：『樸屬叢生者爲枹。』釋文：『樸，又作僕。』是僕、樸古通用。考工記『凡察車之道，欲其樸屬而微至』，鄭注：『樸屬，猶附著堅固貌也。』正與『僕』訓爲『附』同義。下文『女士』、『孫子』，皆歷敘其附著之衆。孔疏訓『僕』爲『僕御』之僕，昧古人叚借之義矣。」

其僕維何？釐爾女士。釐爾女士，【注】魯「女士」作「士女」。從以孫子。【疏】傳：「釐，予也。」箋：「天之大命附著於女云何乎？予女以女而有士行者。謂生淑媛，使爲之妃。從，隨也。天既予女以女而有士行者，又使生賢知之子孫以隨之。謂傳世也。」○列女塗山氏傳：「塗山氏既生啟，獨明教訓而致其化焉。及啟長，化其德而從其訓，卒致令名。君子謂，塗山彊於教誨。詩云：『釐爾士女，從以孫子。』此之謂也。」陳喬樅云：「此作『士女』，蓋魯文與毛異。」馬瑞辰云：「『釐』與『賚』雙聲，『釐』即『賚』之叚借，故訓爲『予』。列女傳引作『士女』，謂女而士行，猶都人士詩言『彼君子女』，謂女而君子者也。箋『女而有士行者，』正釋經文。『士女』，今毛詩作『女士』者，後人順箋文而誤。」愚案：馬說是。『士女」，實字在下，虛字在上，故釋爲「女而有士行」。「君子女」，卽其明證。若作「女士」，則實字反在上，古人無此屬文之法，當從魯詩正作「士女」爲是。

既醉八章，章四句。

鳧鷖【疏】毛序：「守成也。大平之君子，能持盈守成，神祇祖考安樂之也。」箋：「『君子』，斥成王也。言君子者，大平之時則皆然，非獨成王也。」〇三家無異義。

鳧鷖在涇，公尸來燕來寧。爾酒既清，爾殽既馨。公尸燕飲，福祿來成。【疏】傳：「鳧，水鳥也。鷖，鳧屬。太平則萬物衆多。馨，香之遠聞也。」箋：「涇，水名也。水鳥而居水中，猶人爲公尸之在宗廟也，故以喻焉。祭祀既畢，明日又設禮而與尸燕。成王之時，尸來燕也，其心安，不以己實臣之故自嫌。言此者，美成王事尸之禮備。『爾』者，女成王也。女酒殽清美，以與公尸燕樂飲酒之故，祖考以福祿來成女。」〇易林大有之離「鳧鷖遊涇，君子以寧。復德不愆，福祿來成。」（夬之蒙同，惟「復德」作「履德」異。）陳喬樅云：「箋『祭祀祭畢，明日又設禮而與尸燕』，是以『公尸燕飲』爲繹而賓尸。攷爾雅：『繹，又祭也。周曰繹，商曰肜，夏曰復胙。』此云『復德』，卽『復胙』之義。」箋：「涇，水名。」段氏玉裁謂亦「水中」之誤，以涇、沙、渚、潨、亹一例。爾雅：「直波爲徑。」釋名作「涇」。涇、徑字同，謂大水中流，徑直孤往之波，故云「涇，水中」也。

鳧鷖在沙，公尸來燕來宜。爾酒既多，爾殽既嘉。公尸燕飲，福祿來爲。【疏】傳：「沙，水旁也。宜，宜其事也。〔爾酒二句〕，言酒品齊多，而殽備美。〔來爲〕，厚爲孝子也。」箋：「水鳥以居水中爲常，今出在水旁，喻祭四方百物之尸也，其來燕也，心自以爲宜，亦不以己實臣自嫌也。爲，猶『助』也，助成王也。」〇馬瑞辰云：「沙儀

『謂之社稷之役』，鄭注：『役，爲也。』正義：『爲，謂助爲也。』論語『夫子爲衞君乎？夫子不爲也』。並以『爲』爲『助』。陳奐云：「『孝子』，對『公尸』之稱。『永錫爾類』、『永錫祚胤』，皆所謂『厚爲孝子』也。」

鳧鷖在渚，公尸來燕來處。爾酒既湑，爾殽伊脯。公尸燕飲，福祿來下。【疏】傳：「渚，沚也。處，止也。」箋：「水中之有渚，猶平地之有丘也，喻祭天地之尸也，以配至尊之故，其來燕，似若止得其處。湑，酒之泲者也。天地之尸尊，事尊不以褻味，泲酒脯而已。」○易林噬嗑之中孚：「瑤英朱草，仁政得道。鳧鷖在渚，福祿來下。」又同人之剝：「文山紫芝，雍梁朱草。長生和氣，王以爲寶。公尸侑食，福祿來處。」又蠱之渙：「紫芝朱草，生長和氣。公尸侑食，福祿來下。」陳喬樅云：「此詩『公尸』，箋以首章爲祭宗廟，次章祭四方萬物，三章祭天地，四章祭山川社稷，末章祭七祀。宋儒譏其臆說。然據毛序，以『神祇』與『祖考』並舉，斷非專指宗廟而言。正義申毛，以五章皆屬宗廟，非也。鄭於詩兼通三家，以五章分配宗廟、天地、社稷及四方羣祀，必非無據。馬瑞辰以爲古者祭天地社稷雖皆有尸，然不聞有賓尸之禮，繹而賓尸，惟於宗廟見之，決此詩爲宗廟繹祭。余謂馬說未審。周頌絲衣序云：『繹，賓尸也。』高子曰：『靈星之尸也。』正以序言『賓尸』，不明爲何祭之尸，故特著此語。續漢志云：『祠后稷而謂之靈星者，以后稷又配食星也。』古今注：『元和三年，初爲郡國立稷及祠社靈星禮器。』是古者靈星之祀與社稷爲類，祭靈星有繹賓尸之禮，則祭天地、社稷及方祀、羣祀之皆有賓尸，亦足以明矣。易林有『瑤英朱草，仁政得道』之文，蓋以王者德至天地，天下太平，符瑞並臻。則三章之爲祭天地，此亦其確證也。」

鳧鷖在潨，公尸來燕來宗。既燕于宗，福祿攸降。公尸燕飲，福祿來崇。【疏】傳：「潨，水會也。宗，尊也。崇，重也。」箋：「潨，水外之高者也，有瘞埋之象，喻祭社稷山川之尸，其來燕也，有尊主人之意。既，盡也。宗，社宗也。羣臣下及民，盡有祭社之禮而燕飲焉，爲福禄所下也。今王祭社，又以尸燕，福禄之來，乃重厚也。天子以下，其社神同，故云然。」○馬瑞辰云：「説文：『小水入大水曰潨。』義與傳合。廣雅：『潨，厓也。』『厓，方也。』『厓』與『涯』同，『方』與『旁』同，以『潨』爲『厓』，蓋本三家詩，箋所云『水外之高者』也。」

鳧鷖在亹，公尸來止熏熏。【注】魯作「公尸來燕醺醺」。旨酒欣欣，燔炙芬芬。公尸燕飲，無有後艱。【疏】傳：「亹，山絶水也。熏熏，和説也。欣欣然樂也。芬芬，香也。『無有後艱』，言不敢多祈也。」箋：「『亹』之言『門』也，燕七祀之尸，於門户之外，故以喻焉。其來也，不敢當王之燕禮，故變言『來止熏熏』，坐不安之意。艱，難也。小神之尸卑，用美酒，有燔炙，可用褻味也。又不能致福禄，但令王自今無有後艱而已。」○胡承珙云：「山絶水者，謂山横跨水中，水流其罅，故箋云『亹』之言『門』，非斷絶水勢之謂。漢書地理志『金城郡浩亹』，顏注：『亹者，水流夾山岸，深若門也。』大雅曰：『鳧鷖在亹。』亦其義也。」今案，此『亹』字當如『亹亹文王』之亹，亦『釁』之俗字。『釁』本有『罅隙』義，故山絶水中，水流其隙曰『亹』。讀如『門』者，卽『釁』讀若『璊』之比。」馬瑞辰云：「亹，釁之變體。从『爨』省，从『酉』，『分』聲，與『門』音近，故訓爲『門』。凡物之有間隙者，皆得謂之『璺』。方言：『器破而未離，謂之璺。』廣雅：『璺，裂也。』『璺』亦『亹』也。亹有『門』音，門、眉雙聲，又轉爲『眉』，故古鐘鼎文『眉壽』多借作『釁』，亦作『亹』，竊疑『亹』卽『湄』之叚借。秦風『在河之湄』，傳：『湄，水隒也。』廣雅：『隒，厓也。』讀『亹』爲『湄』，正與上章沙、渚、潨同在水旁之地，猶衛風『淇厲』、『淇側』，秦風『水湄』、『水涘』，字異而義同也。」陳壽祺云：「文選吳都賦『清流亹亹』，李注引韓詩曰：『亹亹，流進皃。』説者以爲卽此詩章句。但吳都賦『亹』與『水』韻，則音不讀如『門』。此詩讀『亹』音若『美』，則與下文熏、欣、芬、艱不協，非此詩章句也，當爲『亹亹文王』之訓。」陳喬樅云：「『浩亹』顏注，必漢儒應、服等音義，據三家詩訓爲解，而顏注襲用之，故引詩大雅，不明其爲誰家。漢時三家並列學官，學者肄業及之，非有異文異義，固不煩詞費耳。」說文：「醺，醉也。詩曰：『公尸來燕醺醺。』」段注：「今詩作『來止熏熏』，上四章皆云『來燕』，則作『燕』宜也。」陳喬樅云：「許以『醉』釋『醺』，則『醺』爲『醉』意。張衡東京賦『具醉薰薰』，會詩意而言也。」愚案：張學魯詩，明說文所引是魯文。醺、薰異字，張用叚借也。熏、薰、醺三字古通。說文：「熏，火煙上出也。」「薰，香草也。」然釋訓：「炎炎，熏也。」釋文：「本或作薰。」「醺」之爲「薰」，即其比也。蓋亦出魯「或作」本。趙岐孟子章句十二「膰炙者爲燔。詩曰：『燔炙芬芬。』」張衡東京賦：「燔炙芬芬。」明魯、毛文同。

鳧鷖五章，章六句。

假樂【疏】毛序：「嘉成王也。」○論衡藝增篇：「詩言『子孫千億』，美周宣王之德能慎天地，天地祚之，子孫衆多，至於千億。」是魯詩與毛序「嘉成王」不同。齊、韓未聞。「假樂」，左傳及中庸引詩，並作「嘉樂」，釋文、正義皆以爲齊、魯、韓與毛不同。趙岐孟子章句云「大雅嘉樂之篇」，正作「嘉」字。又隸釋載綏民校尉熊君碑，亦作「嘉樂」。然則三家今文皆作「嘉」，正字，毛借字。

假樂君子，顯顯令德。【注】齊「假」作「嘉」，「顯」作「憲」。宜民宜人，受禄于天。保右命之，【注】齊「右」作「佑」。自天申之。【疏】傳：「假，嘉也。『宜民宜人』，宜安民、宜官人也。申，重也。」箋：「顯，先也。天嘉樂成王，有光光之善德，安民官人，皆得其宜，以受福禄於天。成王之官人也，羣臣保右而舉之，乃後命用之，又用天意申敕之，如舜之敕伯禹伯夷之屬。」○「齊假作嘉，顯作憲，右作佑」者，禮中庸：「詩曰：『嘉樂君子，顯顯令德。宜民宜人，受禄于天。保佑命之，自天申之』。」鄭注：「憲憲，興盛之貌。保，安也。佑，助也。」此齊說。漢書董仲舒傳對策曰：「詩云：『宜民宜人，受禄于天。』爲政而宜于民者，固當受禄于天。」又刑法志：「詩云：『宜民宜人，受禄于天。』書曰：『立功立事，可以永年。』言爲政而宜于民，功成事立，則受天禄而永年命，所謂一人有慶，萬民賴之者。」亦皆齊說。蔡邕集上始加元服與羣臣上壽表：「宜民宜人，受禄于天。」九祝詞亦引「受禄于天」。皆用魯經文。

干禄百福，子孫千億。穆穆皇皇，【注】齊「皇」作「煌」。宜君宜王。不愆不忘，【注】齊「愆」作「騫」。率由舊章。【疏】傳：「宜君王天下也。」箋：「干，求也。十萬曰億。天子穆穆，諸侯皇皇。成王行顯顯之令德，求禄得百福，其子孫亦勤行而求之，得禄千億。故或爲諸侯，或爲天子。言皆相勖之道。愆，過。率，循也。成王之令德不過誤，不遺失，循用舊典之文章。謂周公之禮法。」○後漢郎顗傳顗拜章曰：「天自降福，子孫千億。」易林比之泰：「長生無極，子孫千億。」皆以「千億」屬子孫說，與論衡藝增篇說同。（引見前。）彼文以詩爲美宣王，而自后稷始受邰封，訖於宣王，合外族內屬，血脈所連，要不能千億，故儒增篇又云：「百與千，數之大者也。實欲言十則言百，百則言千也。詩曰：『子孫千億。』」此子孫可言「千億」之義也。漢書哀紀，謝立爲皇太子書：「宜蒙福祐子孫千億之報。」哀帝從韋元成、韋賞受魯詩，是齊魯說皆不與箋同。「齊皇作煌」者，班固明堂詩「穆穆煌煌」，是齊詩『皇』作『煌』，與毛異。「齊愆作騫」者，繁露郊語篇：「詩云：『不騫不忘，率由舊章。』『舊章』者，先聖人之故文章也。『率由』，各有修從之也。」陳喬樅云：「文選劉越石扶風歌李注：『騫』與『愆』通。列子黄帝篇釋文：『愆，本又作騫。』是『愆』、『騫』通用之證。」淮南詮言訓、新序雜事五、趙岐孟子章句七、風俗通義三引詩作「愆」，說苑建本篇引「愆」作『𠎝』。陳喬樅云：「衆經音義：『愆，古文𡩟、𨗨二形，籀文作𠎝，今作愆，同。』」愚案：作「𠎝」者，魯「亦作」本。韓詩外傳五引詩，與毛同。

威儀抑抑，德音秩秩。無怨無惡，率由羣匹。【注】齊「羣」作「仇」。受福無疆，四方之綱。【疏】傳：「抑抑，美也。秩秩，有常也。」箋：「抑抑，密也。秩秩，清也。成王立朝之威儀，致密無所失，教令又清明，天下皆樂仰之，無有怨惡。循用羣臣之賢者，其行能匹耦己之心。」○說苑修文篇：「凡從外入者，莫深於聲音，變人最極，故聖人因而成之，以德日樂，樂者德之風。詩曰：『威儀抑抑，德音秩秩。』謂禮樂也。故君子以禮正外，以樂正內。」此魯說。列女傳二引詩「威儀抑抑」二句，亦魯經文。「齊羣作仇」者，繁露楚莊王篇「百物皆有合偶，偶之合之，仇之匹之，善矣。詩云：『威儀抑抑，德音秩秩。無怨無惡，率由仇匹。』此之謂也。」是齊「羣」作「仇」，與毛異。漢書禮樂志「受福無疆」，用齊經文。

之綱之紀，燕及朋友。【注】韓說曰：「師臣者帝，友臣者王，臣臣者霸，魯臣者亡。」**百辟卿士，媚于天子。不解于位，民之攸塈。**【注】魯「塈」作「呬」。【疏】傳：「朋友，羣臣也。塈，息也。」箋：「成王能爲天下之綱紀，謂立法度以理治之也。其燕飲常與羣臣，非徒樂族人而已。『百辟』，畿內諸侯也。『卿士』，卿之有事也。媚，愛也。成王以恩意及羣臣，羣臣故皆愛之，不解於其職位，民之所以休息，由此也。」○「師臣」至「者亡」，唐會要七引韓詩內傳文。陳喬樅云：「『魯臣』，盧氏文弨以爲與『虜』同。史記伍子胥傳：『遂滅鄒，(句。)魯之君以歸。』鄒即邾也，下當云『魯其君』，『之』字誤也。此亦魯、虜通用之證。『友』下或有『受』字，衍文。」愚案：文選贈五官中郎將詩「小臣信頑鹵」，「魯」作「鹵」。張孟陽七哀詩「珍寶見剽虜」，李注引漢書注：「虜與鹵同。」是魯、鹵、虜三字互通也。「魯塈作呬」者，孔疏：「釋詁：『呬，息也。』某氏注：『詩云：「民之攸呬。」』郭注：『今東齊呼息爲呬。』『塈』與『呬』，古今字。」段玉裁云：「『塈』者，『呬』字之叚借，非古今字。」漢書五行志引詩曰：「不解于位，民之攸塈。」明齊毛文同。

假樂四章，章六句。

公劉【疏】毛序：「召康公戒成王也。成王將涖政，戒以民事，美公劉之厚於民，而獻是詩也。」箋：「公劉者，后稷之曾孫也。夏之始衰，見迫逐，遷于豳而有居民之道。成王始幼少，周公居攝政，反歸之。成王將涖政，召公與周公相成王，爲左右。召公懼成王尚幼稚，不留意於治民之事，故作詩美公劉以深戒之也。」○史記周本紀：「公劉雖在戎狄之間，復修后稷之業，務耕種，行地宜。自漆沮渡渭，取材用，行者有資，居者有蓄積，民賴其慶。百姓懷之，多徙而保歸焉。周道之興自此始，故詩人歌樂思其德。」索隱：「即詩大雅篇『篤公劉』是也。」此魯說。易林家人之臨：「節情省欲，賦斂有度。家給人足，公劉以富。」此齊說。吳越春秋一：「公劉避夏桀於戎狄，變易風俗，民化其政。」吳越春秋五：「昔公劉去邰，而德彰於夏。」此齊說。據魯說，詩專美公劉，不關戒成王，亦不言召公作。齊韓當同。

篤公劉，匪居匪康，迺場迺疆，迺積迺倉，迺裹餱糧，于橐于囊，思輯用光。弓矢斯張，干戈戚揚，爰方啟行。

【疏】傳：「篤，厚也。公劉居于邰，而遭夏人亂，迫逐公劉。公劉乃辟中國之難，遂平西戎而遷其民，邑於豳焉。『迺場迺疆』，言修其疆場也。『迺積迺倉』，言民事時和，國有積倉也。小曰橐，大曰囊。『思輯用光』，言民相與和睦，以顯於時也。戚，斧也。揚，鉞也。張其弓矢，秉其干戈戚揚，以方開道路，去之豳。蓋諸侯之從者，十有八國焉。」箋：「厚乎公劉之爲君也，不以所居爲居，不以所安爲安。邰國乃有疆場也，乃有積委及倉也。安安而能遷，積而能散，爲夏人迫逐己之故，不忍鬬其民，乃裹糧食於橐囊之中，棄其餘而去。思在和其民人，用光大其道，爲今子孫之基。干，盾也。戈，句孑戟也。爰，曰也。公劉之去邰，整其師旅，設其兵器，告其士卒，曰爲女方開道而行。明己之遷非爲迫逐之故，乃欲全民也。」○趙岐孟子章句二：「詩大雅公劉之篇也。乃積穀於倉，乃裹盛乾食之糧於橐囊也。思安民，故用有寵光也。戚，斧。揚，鉞也。又以武備之日，方啟行道路。」鹽鐵論取下篇：「公劉好貨，居者有積，行者有囊。」愚案：邰之民亦有老病而不能行者，則以積倉與之，故孟子云：『居者有積倉，行者有裹糧也，然後可以爰方啟行。』趙、桓皆本孟子爲說，與鄭異。陳喬樅云：「高誘戰國策注：『無底曰囊，有底曰橐。』與說文訓同。史記陸賈傳索隱引埤蒼作『有底曰囊，無底曰橐。』衆經音義亦云：『橐，囊之無底者。』並與此異。高用魯詩，埤倉及倉頡篇所據或本齊詩，故說互易。又索隱引詩傳曰：『大曰橐，小曰囊。』義與傳相反。索隱所引蓋出韓詩傳也。」楚詞離騷王逸章句引詩曰：「乃裹餱糧。」明魯毛文同。易林大壯之明夷「弓矢斯張」，用齊經文。

篤公劉，于胥斯原。既庶既繁，既順迺宣，而無永歎。陟則在巘，復降在原。何以舟之？維玉及瑤，鞞琫容刀。【疏】傳：「胥，相。宣，徧也。民無長歎，猶文王之無悔也。巘，小山別於大山也。舟，帶也。瑤，言有美德也。下曰鞞，上曰琫，言德有度數也。『容刀』，言有武事也。」箋：「于，於也。廣平曰原。厚乎公劉之於相此原地以居民。民既衆矣，既多矣，既順其事矣，又乃使之時耕，民皆安今之居，而無長歎，思其舊時也。陟，升。降，下也。公劉之相此原地也，由原而升巘，復下在原。言反覆之，重居民也。民亦愛公劉之如是，故進玉瑤容刀之佩。」○馬瑞辰云：「『宣』之言『通』也、『暢』也。言民心既順其情，乃宣暢也，故下卽言『而無永歎』矣。詩五章乃言授田之事，不得訓『宣』爲『時耕』也。」又云：「『瑤爲美石。』孔疏謂瑤是玉之別名，失之。瞻彼洛矣詩『鞞琫有珌』，傳：『天子玉琫而珧珌。』『珧珌』之珌當作『鞞』，『珧』卽『瑤』之叚借。此詩『維玉及瑤』連下『鞞琫容刀』言之，謂以玉飾琫，以瑤飾鞞，卽彼傳所謂『天子玉琫而珧珌』也。蓋公劉始以玉瑤爲鞞琫，後遂尊爲天子之服，猶皋門、應門之制，本自太王也。孔疏分『玉瑤』與『鞞琫』爲二，亦誤。」愚案：舟、周古通。容刀身所佩，喻公劉周行上下，惟一身任其勞。

篤公劉，逝彼百泉，瞻彼溥原。迺陟南岡，乃覯于京。京師之野，于時處處，于時廬旅，于時言言，于時語語。【疏】傳：「溥，大。覯，見也。是京乃大衆所宜居之也。廬，寄也。直言曰言，論難曰語。」

箋：「逝，往。瞻，視。溥，廣也。山脊曰岡。絕高爲之京。厚乎公劉之相此原地也，往之彼百泉之間，視其廣原可居之處，乃升其南山之脊，乃見其可居者於京。謂可營立都邑之處。于，於。時，是也。京地乃衆民所宜居之野也，於是處其所當處者，廬舍其賓旅，言其所當言，語其所當語。謂安民館客，施教令也。」○黃山云：「言語以通情愫，詩謂民安其所，賓至如歸，歡然相親，樂其情話，視『而無永歎』又進也。箋以爲『施教令』，殆非。」

篤公劉，于京斯依。蹌蹌濟濟，俾筵俾几，既登乃依。乃造其曹，【注】三家「造」作『告』。**執豕于牢，酌之用匏。食之飲之，君之宗之。**【疏】傳：「賓已登席坐矣，乃依几矣。曹，羣也。『執豕于牢』，新國則殺禮也。『酌之用匏』，儉且質也。爲之君，爲之大宗也。」箋：「『蹌蹌濟濟』，士大夫之威儀也。俾，使也。厚乎公劉之居於此京，依而築宮室。其既成也，與羣臣士大夫飲酒以落之。羣臣則相使爲公劉設几筵，使之升坐。公劉既登堂，負扆而立。羣臣乃適其牧羣，搏豕於牢中，以爲飲酒之殽，酌酒以匏爲爵。言忠敬也。宗，尊也。公劉雖去邰國來遷，羣臣從而君之尊之，猶在邰也。」○馬瑞辰云：「何楷、錢澄之並以『于京斯依』四句爲宗廟始成之禮，是也。禮：『君子將營宮室，宗廟爲先。』公劉依京築室，宜莫先於宗廟。大戴禮諸侯遷廟禮曰：『至於新廟，筵於户牖間。』又曰：『祝奠幣於几東。』正與『俾筵俾几』合。祭統曰：『鋪筵設同几，爲依神也。』與詩『既登乃依』合。箋讀『依』爲『扆』，失之。」「三家造作告」者。衆經音義九引詩「乃告其曹」，與毛異，乃三家文。馬瑞辰云：「大祝：『掌六祈。二曰造。』杜子春謂『造祭於祖也。』『造』者，『祰』之叚借。說文：『祰，告祭也。』蓋凡告祭通曰造也。『造』亦通作『告』。阮氏積古齋鐘鼎款識載有衞公孫呂之告戈，『告』即『造』也。三家之『告』，亦『造』之省字耳。『曹』者，『𥜒』之省借。藝文類聚引說文：祭豕先曰𥜒。』（今本說文脫去。）廣雅：『𥜒，祭也。』玉篇：『𥜒，豕祭也。』廣韻：『𥜒，祭豕先。』據下云『執豕于牢』，知詩『乃造其曹』，謂將用豕而先告祭于家先，猶將差馬而先祭馬祖也。」

篤公劉，既溥既長，既景迺岡，相其陰陽。觀其流泉，其軍三單。度其隰原，徹田爲糧，度其夕陽，豳居允荒。【疏】傳：「『既景乃岡』，考於日景，參之高岡。『三單』，相襲也。徹，治也。山西曰夕陽。荒，大也。」箋：「厚乎公劉之居豳也，既廣其地之東西，又長其南北，既以日景定其經界於山之脊，觀相其陰陽寒煖所宜，流泉浸潤所及，皆爲利民富國。邰，后稷上公之封。大國之制三軍，以其餘卒爲羨。今公劉遷於豳，民始從之，丁夫適滿三軍之數。『單』者，無羨卒也。度其隰與原田之多少，徹之使出税，以爲國用。什一而税謂之徹。魯哀公曰：『二吾猶不足，如之何其徹也？』允，信也。『夕陽』者，豳之所處也。度其廣輪，豳之所處信寬大也。」○胡承珙云：「單，一也，獨也。『三單』者，即周禮『凡起徒役，無過家一人』之謂，蓋止用正卒爲軍，不及其羨，故曰『單，相襲』，猶言『相代』。三單之中，尚有更休疊上之法，其不盡民力如此，此公劉之所以爲厚也。且此語雖爲制軍之數，古者寓兵于農，制軍所以爲授田，故上承『相陰陽』、『觀流泉』，而下與『度其隰原』、『徹田爲糧』相次，可知非在道禦寇之謂。即箋云『丁夫滿三軍之數』，亦謂依此數而每夫各授百畝以治田也。」

篤公劉，于豳斯館。【注】魯「館」作「觀」。涉渭爲亂，取厲取鍛。止基迺理，爰衆爰有。夾其皇澗，遡其過澗。止旅乃密，芮鞫之卽。【注】魯齊韓「鞫」作「阬」，又作「坑」、「沆」。【疏】傳：「館，舍也。正絶流曰亂。鍛，石也。皇，澗名也。遡，鄉也。過，澗名也。密，安也。芮，水厓也。鞫，究也。」箋：「鍛石所以爲鍛質也。厚乎公劉，於豳地作此宫室，乃使人渡渭水，爲舟絶流而南，取鍛厲斧斤之石，可以利器，用伐取材木給築事也。爰，曰也。『止基』，作宫室之功止。而後疆理其田野，校其夫家人數，日益多矣，器物有足矣，皆布居澗水之旁。『芮』之言『内』

也，水之内曰隩，水之外曰鞫。公劉居豳，既安軍旅之役止，士卒乃安，亦就澗水之内外而居，修田事也。」○「魯館作觀」者。白虎通京師篇：「后稷始封於邰，公劉去邰之邠。詩云：『即有邰家室。』又曰：『篤公劉，于邠斯觀。』周家五遷，其意一也，皆欲成其道也。」（説文「豳」即「邠」之重文，非異字。）「館」、「觀」通用字。陳喬樅云：「禮雜記『公館復』，釋文：『館，本作觀。』左傳『築王姬之館於外』，白虎通嫁娶篇引作『觀』。漢書元后傳『春幸繭館』，顏注引漢宫閣疏云：『上林有繭觀』。班婕妤傳『柘館』，列女傳作『柘觀』，是館、觀古通之證。」陳奂云：「説文：『厲，旱石。』『碫，碫石。』厲碫者，斲礱之石也。古者天子廟桷，必加密石焉，諸侯則斲之礱之。『取厲取碫』者，爲營宗廟也。邰在渭北，涉渭而取厲碫，則渭南亦在邰境，此公劉新遷於豳，而於故都取足材用焉。」「魯齊韓鞫作阸，又作垠、泦」者，釋丘：「厓内爲隩，外爲隈。」釋文本「隈」作「鞫」，與李巡注合。釋文云：「鞫，如字。字林作『垠』，云：『厓外也。』」邢疏：「隈，當作『鞫』，傳寫誤也。又作『垠』，（原誤「坑」，據阮校正。）音義同。隩、隈一事，今分爲内外，故知誤。」案，「隈」从「𠂤」，則釋丘本文斷爲『阸』字之誤，原不作「鞫」。此魯作「阸」，又作「垠」之證。漢書地理志「右扶風汧」，本注：「詩『芮阸』，（原訛爲「陀」，又誤爲「阬」，據官本及段説正。）雍州川也。」此齊作「阸」之證。顏注：「『阸』與『鞫』同。韓詩作『芮阸。』」此韓亦作「阸」之證。夏官職方鄭注引詩，作「汭垠之即。」毛本、監本「垠」均作「泦」。鄭先通韓詩，注禮則用齊詩，此齊、韓又作「垠」、「泦」之證。廣雅釋丘：「垠，隈也。」沿爾雅誤文立訓，不關詩義。玉篇：「水外曰垠。阸，古岸也。泦，水紋也。」此以「垠」爲正字。「水外曰垠」，當本韓詩，是知韓「阸」有作「垠」者。廣韻諸訓同玉篇。玉篇：「泦，一曰水厓外。」是毛、監本鄭注作「泦」必有所本。集韻：「阸，水厓外也。或作『垠』。又作『泦』。」詩鄭箋：「水外曰鞫。」義亦同，以「阸」爲正字，「垠」、「泦」爲或體，尤與爾雅誤文、漢志本注字皆从「𠂤」者合。段玉裁云：「鞫、阸、垠，皆爲『九六』反。阸从『𠂤』，『尻』聲。尻从『尸』，『九』聲。九之入聲得『九六』反，俗訛爲『阮』，則不通。」陳奐云：「傳訓『鞫』爲『究』。『究』之爲言『曲』也。說文：『氿，水厓枯土也。』『究』卽『氿』之叚借，『氿』卽『阮』、『坈』之異文。」然則「泦」亦卽「氿」之或體明矣。班注說芮水引詩，是以「芮」爲水名。鄭注禮亦以爲水名，足知仍用齊說。字作「汭」者，順職方「涇汭」本文以通訓，非異字也。胡渭云：「涇水東南流，至邠州長武縣。芮水自平涼府靈臺縣界流涇縣南，而東注于涇。公劉所居故豳城，正在二水相會内曲之處也。」

公劉六，章章十句。

洞酌【疏】毛序：「召康公戒成王也。言皇天親有德，饗有道也。」○藝文類聚職官部二楊雄博士箴云：「公劉挹行潦而濁亂斯清，官操其業，士執其經。」陳喬樅云：「此以洞酌爲公劉之詩，魯說與毛異指。」鹽鐵論和親篇：「政有不從之教，而世無不可化之民。詩云：『酌彼行潦，挹彼注茲。』故公劉處戎狄，戎狄化之；大王去豳，豳民隨之；周公修德，而越裳氏來。」陳喬樅云：「此與楊雄箴意合，是三家說同。」韓詩外傳六：「詩曰：『愷悌君子，民之父母。』君子爲民父母何如？曰：君子者，貌恭而行肆，身儉而施博，故不肖者不能逮也。殖盡於己，而區略於人，故可盡身而事也。篤愛而不奪，厚施而不伐。見人有善，欣然樂之。見人不善，惕然掩之，有其過而兼包之。授衣以最，授食以多。法下易由，事寡易爲。是以中立而爲人父母也。築城而居之，別田而養之，立學以教之。使人知親尊。親尊，故父服斬縗三年。爲君亦服斬縗三年，爲民父母之謂也。」愚案：三家以詩爲公劉作。蓋以戎狄濁亂之區而公劉居之，譬如行潦可謂濁矣，公劉挹而注之，則濁者不濁，清者自清。由公劉居豳之後，別田而養，立學以教，法度簡易，人民相安，故親之如父母。及大王居豳，而從如歸市，亦公劉之遺澤有以致之也。其詳則不可得而聞矣。據楊箴「官操其業，士習其經」之語，是周之學制權輿於公劉，故并有行葦習射養老之典。

洞酌彼行潦，挹彼注茲，可以餴饎。豈弟君子，民之父母。【注】魯韓「豈弟」作「愷悌」，齊或作「凱弟」。【疏】傳：「洞，遠也。行潦，流潦也。餴，餾也。饎，酒食也。樂以强教之，易以說安之。民皆有父之尊，有母之親。」箋：「流潦，水之薄者也。遠酌取之，投大器之中，又挹之注之於此小器，而可以沃酒食之餴者。以有忠信之德，齊絜之誠以薦之故也。春秋傳曰：『人不易物，惟德繄物。』」○胡承珙云：「孔疏：釋言：『饙，餾稔也。』孫炎曰：『蒸之曰饙，勻之曰餾。』郭注：『今呼餐飯爲饙，饙均熟曰餾。』說文：『饙，一蒸米也。』『餾，飯氣流也。』然則蒸米謂之『饙』。饙必餾而熟之，故言『饙餾』，非訓『饙』爲『餾』。說文云：『餴，滫飯也。』段注：『滫，當依爾雅音義引作「修」。倉頡篇作「餐」。餐之言深也。水部曰：「深，渼汏也。」此謂以水澆熱飯，古語云餐飯。』承珙案：字書：『餴，一蒸米也。』說文以『餴』爲『滫飯』者，即今人蒸飯熱時，以水淋之謂『潑饙』，此俗語之近古者。傳『餴，餾也』，當作『餴，餴餾也』。說文『餾，飯氣流也』，即謂潑饙之時，飯氣流布耳。是『饙』、『餾』本一事，故爾雅並以『稔』釋之。傳以『饙餾』連言，亦謂行潦之水可以沃飯使熟而爲酒食耳。」「魯韓豈弟作愷悌」者，荀子禮論、賈子君道篇、白虎通義號篇、說苑政理篇引「豈弟君子」二句，並作「愷悌」。後漢章帝紀建初元年詔云：「愷悌君子，大雅所歎。」章帝亦學魯詩者。韓詩外傳六引「豈弟」作「愷悌」。（見上引。）外傳八兩引同，皆其證。「齊豈弟作凱弟」者，禮孔子閒居引「凱弟君子」二句，作「凱弟」，鄭注：「凱弟，樂易也。」表記引詩同。釋文：「凱，本又作愷。弟，本又作悌。」大戴禮衞將軍文子篇引作「愷悌」，漢書刑法志引作「愷弟」，皆齊詩「又作」本。

洞酌彼行潦，挹彼注茲，可以濯罍。豈弟君子，民之攸歸。【疏】傳：「濯，滌也。罍，祭器。」

洞酌彼行潦，挹彼注茲，可以濯溉。豈弟君子，民之攸塈。【疏】傳：「溉，清也。」箋：「塈，息也。」○陳奐云：「溉，當依釋文作『概』。上言『濯罍』爲滌祭器，此言『濯概』，則所包者廣。」據特牲少牢饋食禮，器之宜概者甚多，故末章於畧外廣言之。愚案：本詩釋文，「溉」無作「摡」之說。匪風「溉之釜鬵」，釋文：「溉，本又作摡。」亦毛「或作」本。惟據説文，則「摡」爲正字。

泂酌三章，章五句。

卷阿【疏】毛序：「召康公戒成王也。言求賢用吉士也。」箋：「吉，猶善也。」〇汲冢紀年：「成王三十三年，遊于卷阿，召康公從。」僞書不足信。黄山云：「毛序於公劉泂酌皆增『戒成王』之説，此篇亦然，三家固無此言也。夫采詩列於大雅，自足垂鑒後王，不必其詩皆爲戒王而作。此詩據易林齊説，（詳下。）爲召公避暑曲阿，鳳皇來集，因而作詩。蓋當時奉命巡方，偶然游息，推原瑞應之至，歸美於王能用賢，故其詩得列於大雅耳。周公垂戒毋佚，成王必不般游。毛説殆近於誣矣。」

有卷者阿，飄風自南。豈弟君子，來游來歌，以矢其音。【疏】傳：「興也。卷，曲也。飄風，迴風也。惡人被德化而消，猶飄風之入曲阿也。矢，陳也。」箋：「大陵曰阿，有大陵卷然而曲，迴風從長養之方來入之。興者，喻王當屈體以待賢者，賢者則猥來就之，如飄風之入曲阿然。其來也爲長養民，王能待賢者如是，則樂易之君子來就王游，而歌以陳出其聲音。言其將以樂王也，感王之善心也。」〇列女趙津女娟傳引詩云：「來游來歌，以矢其音。」明魯毛文同。韓詩外傳六載孔子和歌解圍，引詩「來游來歌」，明韓毛文同。

伴奐爾游矣，優游爾休矣。豈弟君子，俾爾彌爾性，似先公遒矣。【注】魯「似」作「嗣」，「遒」作「酋」，「公」下多「爾」字。【疏】傳：「伴奐，廣大有文章也。彌，終也。似，嗣也。遒，終也。」箋：「伴奐，自縱弛之意也。賢者既來，王以才官秩之，各任其職，女則得伴奐而優游，自休息也。孔子曰：『無爲而治者，其舜也與？恭己正南面而已。』

言任賢，故逸也。俾，使也。樂易之君子來在位，乃使女終女之性命，無困病之憂，嗣先君之功而終成之。」○「魯似作嗣道作酋。公下多爾字」者，釋詁：「酋，終也。」郭注：「詩曰：『嗣先公爾酋矣。』」阮校勘記云：「孔疏：『「道，終」，釋詁文。彼「道」作「酋」，音義同也。』是其本作『道』字。郭注引『嗣先公爾酋矣』，或出於三家，毛鄭詩非有『爾』字也。」陳喬樅云：「毛詩『似先公道矣』，此注所引字句俱異，知本舊注魯詩之文也。」馬瑞辰曰：「『彌』，『镾』之叚借。段玉裁曰，蓋用弓部之『璽』而又省『玉』也。說文：『镾，久長也。』惟久長，是以能終。」胡承珙曰：「『終』者，盡也。『彌其性』，即盡其性也。」

爾土宇昄章，亦孔之厚矣。豈弟君子，俾爾彌爾性，百神爾主矣。【疏】傳：「昄，大也。」箋：「『土宇』，謂居民以土地屋宅也。孔，甚也。女得賢者與之爲治，使居宅民大得其法則，王恩惠亦甚厚矣，勸之使然。使女爲百神主，謂羣神受饗而佐之。」

爾受命長矣，茀祿爾康矣。豈弟君子，俾爾彌爾性，純嘏爾常矣。【疏】傳：「茀，小也。嘏，大也。」箋：「茀，福。康，安也。女得賢者與之承順天地，則受久長之命，福祿又安，女純大也。予福曰嘏，使女大受神之福以爲常。」○釋詁：「祓，福也。」郭注：「詩曰：『祓祿康矣。』」陳喬樅云：「此引詩『茀』作『祓』，與毛異。箋：『茀，福也。』即用魯訓改毛。方言：『福祿謂之祓戩。』戴震疏證以『茀』與『祓』爲古通用字。」

有馮有翼，有孝有德，以引以翼。豈弟君子，四方爲則。【疏】傳：「有馮有翼，道可馮依以爲輔翼也。引，長。翼，敬也。」箋：「馮，馮几也。翼，助也。『有孝』，斥成王也。『有德』，謂羣臣也。王之祭祀，擇賢者以爲尸尊之，豫撰几，擇佐食。廟中有孝子，有羣臣，尸之入也，使祝贊道之，扶翼之。尸至，設几佐合食助之。尸者神象，故事之如祖考。則，法也。王之臣有是樂易之君子，則天下莫不放傚以爲法。」○列女齊義母傳引詩曰：「愷悌君子，四方爲則。」

韓詩外傳八亦引詩曰：「愷悌君子，四方爲則。」明魯韓「豈弟」作「愷悌」，餘與毛同。愚案：漢武帝稱三輔曰京兆尹左馮翊右扶風，「馮翊」即用詩「有馮有翼」句。武帝時惟用魯詩，蓋魯詩「翼」作「翊」。上「豈弟君子」既皆爲斥王，不應此獨指臣下。且觀下「顒顒卬卬」，魯說爲指君德，則此及下章「豈弟君子」不與上異解，箋說盡誤。

顒顒卬卬，如珪如璋，【注】魯說曰：「顒顒卬卬」，君之德也。令聞令望。豈弟君子，四方爲綱。

【疏】傳：「顒顒，温貌。卬卬，盛貌。」箋：「令，善也。王有賢臣，與之以禮義相切瑳，體貌則顒顒然敬順，志氣則卬卬然高朗，如玉之珪璋也，人聞之則有善聲譽，人望之則有善威儀，德行相副。『綱』者，能張衆目。」○「顒顒卬卬，君之德也」者，釋訓文。蔡邕集與羣臣上壽表引詩「顒顒卬卬，如珪如璋」二句，皆屬君說，益證上「愷悌君子」爲誤解。徐幹中論修本篇：「詩云：『顒顒卬卬，如珪如璋，令聞令望。愷悌君子，四方爲綱。』舉珪璋以喻其德，貴不變也。」明魯毛文同，惟「豈弟」作「愷悌」。荀子正名篇引詩五句，全與毛同，疑誤。漢書敘傳「如珪如璋」，明齊毛文同。

鳳皇于飛，翽翽其羽，亦集爰止。藹藹王多吉士。【注】魯說曰：藹藹，止也。維君子使，媚于天子。【疏】傳：「鳳皇，靈鳥，仁瑞也。雄曰鳳，雌曰皇。翽翽，衆多也。藹藹，猶濟濟也。」箋：「翽翽，羽聲也。亦，亦衆鳥也。爰，于也。鳳皇往飛翽翽然，亦與衆鳥集於所止。衆鳥慕鳳皇而來，喻賢者所在，羣士皆慕而往仕也。因時鳳鳥至，因以喻焉。媚，愛也。王之朝多善士藹藹然，君子在上位者率化之，使之親愛天子，奉職盡力。」○說苑奉使篇引詩「鳳皇于飛」六句，又引「惟君子使」二句，「維」作「惟」，「翽」作「噦」，蓋叚借字，餘與毛同。「藹藹，止也」者，釋訓文，與「濟濟」同訓，郭注：「皆賢士盛多之容止。」據傳文，魯毛義同。王逸楚詞九歎章句：「藹藹，盛多貌也。詩曰：『藹藹王多吉士。』」此亦魯說。韓詩外傳八引「鳳皇于飛」二句，一引六句，明韓毛文同。

鳳皇于飛，翽翽其羽，亦傅于天。藹藹王多吉人。維君子命，媚于庶人。【疏】箋：「傅，猶戾也。命，猶使也。善士親愛庶人，謂撫擾之，令不失職。」

鳳皇鳴矣，于彼高岡。梧桐生矣，于彼朝陽。菶菶萋萋，雝雝喈喈。【注】魯齊「雝」作「噰」。魯說曰：「『藹藹萋萋』，臣盡力也。『噰噰喈喈』，民協服也。」【疏】傳：「梧桐，柔木也。山東曰朝陽。梧桐不生山岡，太平而後生朝陽。梧桐盛也，鳳皇鳴也。臣竭其力，則地極其化。天下和洽，則鳳皇樂德。」箋：「鳳皇鳴于山脊之上者，居高視下，觀可集止，喻賢者待禮乃行，翔而後集。梧桐生者，猶明君出也。生於朝陽者，被溫仁之氣，亦君德也。鳳皇之性，非梧桐不棲，非竹實不食。『菶菶萋萋』，喻君德盛也。『雝雝喈喈』，喻民臣和協。」〇「藹藹」至「服也」，釋訓文。上已釋「藹藹」，此又併「萋萋」釋之，言『菶菶萋萋』與『藹藹』意同也。不言「菶菶」者，省文。「雝作噰」，魯異文。箋云「梧桐生猶明君出」，以生於朝陽爲喻君德，與魯義異。孔疏引舍人曰：「『藹藹，賢士之貌。萋萋，梧桐之貌。』」孫炎曰：「『言衆臣竭力，則地極其化，梧桐盛也。』」郭注亦云：「『梧桐茂，賢士衆，地極化，臣竭忠。鳳皇應德鳴相和，百姓懷附興頌歌。』」皆以爲譬況臣民之詞。論衡講瑞篇：「案禮記瑞命篇：『雄曰鳳，雌曰皇，雄鳴曰即即，雌鳴曰足足。』詩云：『梧桐生矣，於彼高岡。鳳皇鳴矣，於彼朝陽。菶菶萋萋，噰噰喈喈。』瑞命與詩，俱言鳳皇之鳴，瑞命言『即即』、『足足』，詩云『噰噰』、『喈喈』，此聲異也。」案，說苑辨物篇引詩與毛同，論衡所引，或記憶之誤，偶倒其文。易林觀之謙：「高岡鳳皇，朝陽梧桐。噰噰喈喈，菶菶萋萋。陳辭不多，以告孔嘉。」又大過之需：「大樹之子，百條共母。當夏六月，枝葉盛茂。鸞皇以庇，召伯避暑。翩翩偃仰，甚得其所。」揆之困同。此齊說，明齊毛文同。「雝」亦引作「噰」。文選七命李注引韓詩外傳曰：「鳳舉曰上翔，集鳴曰歸昌。」是鳳鳴之聲，不特「即即足足」與「噰噰喈喈」異也。

君子之車，既庶且多。君子之馬，既閑且馳。矢詩不多，維以遂歌。【疏】傳：「上能錫以車馬，行中節，馳中法也。『不多』，多也。明王使公卿獻詩，以陳其志，遂爲工師之歌焉。」箋：「庶，衆。閑，習也。今賢者在位，王錫其車衆多矣，其馬又習於威儀能馳矣。大夫有乘馬，有貳車。矢，陳也。我陳作此詩，不復多也，欲今遂爲樂歌。王日聽之，則不損今之成功也。」○尚書序「皋陶矢厥謨」，與此陳詩以告上意同，此魯義也。據齊說「陳辭不多，以告孔嘉」，意重「遂歌」，言陳辭不欲煩多，惟王使工師歌之，永爲告戒，則孔嘉也。魯韓蓋同。

卷阿十章，六章章五句，四章章六句。

民勞【疏】毛序：「召穆公刺厲王也。」箋：「厲王，成王七世孫也。時賦斂重數，繇役繁多，人民勞苦，輕爲奸宄，强陵弱，衆暴寡，作寇害。故穆公以刺之。」○釋文：「從此至桑柔五篇，是厲王變大雅。」三家無異義。

民亦勞止，汔可小康！【注】魯「汔」作「迄」。惠此中國，以綏四方。無縱詭隨，以謹無良。式遏寇虐，憯不畏明。【注】魯「憯」亦作「慘」，齊韓作「朁」。柔遠能邇，以定我王。【疏】傳：「汔，危也。中國，京師也。四方，諸夏也。詭隨，詭人之善，隨人之惡者。『以謹無良』，慎小以懲大也。憯，曾也。柔，安也。」箋：「汔，幾也。康、綏，皆安也。惠，愛也。今周民罷勞矣，王幾可以小安之乎？愛京師之人，以安天下。『京師』者，諸夏之根本。謹，猶慎也。良，善。式，用。遏，止也。王爲政，無聽於詭人之善不肯行、而隨人之惡者，以此敕慎無善之人。又用此止爲寇虐、曾不畏敬明白之刑罪者。疾時有之。能，猶『伽』也。邇，近也。安遠方之國，順伽其近者，當以此定我周家爲王之功。言『我』者，同姓親也。」○說文：「汔，水涸也。或曰泣下。从水，乞聲。詩曰：『汔可小康。』」涸不得水，泣不得志，則猶幸少有所得。毛訓「危」，鄭訓「幾」，皆「險殆」意，亦即「冀近」意也。「魯汔作迄」者，漢書元帝紀永光四年詔：「詩不云乎：『民亦勞止，迄可小康！惠此中國，以綏四方。』」元帝學魯詩，此魯文。魏志辛毗傳同。說文無「迄」字，新附有之，云：「至也。」至可小康，於文不順，此以汔、迄聲同叚借也。荀子致仕篇：「川淵深而魚鼈歸之，山林茂而禽獸歸之，刑政平而百姓歸之，禮義備而君子歸之。禮及身而行修，義及國而政明，令行禁止，王者之事畢矣。詩云：『惠此中國，以綏四方。』此之謂也。」淮南泰族訓：「聖主在上位，廓然無形，寂然無聲。官府若無事，朝廷若無人。無隱人，無軼（同「佚」。）民，無勞役，無寃刑。四海之內，莫不仰上之德，象主之指。夷狄之國，重譯而至。非户辯而家說之也，惟其誠心施之天下而已矣。詩曰：『惠此中國，以綏四方。』內順而外寧矣。」此皆魯說。鹽鐵論論勇篇：「詩云：『惠此中國，以綏四方。』故義之服無義，疾於原馬良弓；德之召遠，疾於馳傳重譯。」後漢班超傳上書，亦引詩「民亦勞止」四句，皆齊說。廣雅釋訓：「詭隨，小惡也。」此魯韓說也。王引之云：「二字疊韻，不得分訓。『詭隨』，即無良之人，亦無大惡、小惡之分。詭隨謂譎詐謾欺之人。詭，古讀若『戈』。（淮南說林訓：『水雖平，必有波。衡雖正，必有差。尺寸雖齊，必有詭。』）隨，讀若『讉』。讉音『土禾』反，字或作『詑』，又作『訑』，『隨』其叚借字也。方言：『虔儇，慧也。秦謂之謾，晉謂之㦆，宋楚之間謂之倢，楚或謂之讉。自關而東，趙魏之間謂之黠，或謂之鬼。』說文：『沇州謂欺曰詑。』楚詞九章：『或訑謾而不疑。』燕策：『寡人甚不喜訑者言。』並字異而義同。」馬瑞辰云：「王說是也。玄應書引三倉：『詭，譎也。』廣雅釋詁：『詭，欺也。』『詭』通作『恑』。廣雅釋言：『詭，恑也。』又省作『危』。莊子漁父篇曰：『苦心勞形，以危其真。』釋文：『危，本作譌。』『詭』、『僞』亦聲近，『僞』即『譌』也，『譌』即『訛』也。『讉』通作『詑』，又通作『訑』。廣雅：詑、訑並曰『欺也』。又借作『他』。淮南說山篇：『媒但者非學謾他。』（今本「他」誤「也」，此從廣雅疏證引。）又通作『訑』。玄應書引纂文曰『兗州人以相欺人爲訑人。』皆『詭隨』爲譎詐謾欺之證。至謂詩『詭隨』即無良之人，無大惡、小惡之分，則非。」胡承珙云：「後漢陳忠傳：『臣聞輕者重之端，小者大之源，故堤潰蟻孔，氣洩鍼芒。是以明者愼微，智者識機。書曰：「小不可不殺。」詩云：「無縱詭隨，以謹無良。」所以崇本絶末，鉤深之慮也。』此詩每章皆言『詭隨』而但曰『無縱』，可知其爲小惡。下文曰『謹』，曰『式遏』，明其惡漸大矣。左昭二十年傳引詩，作『毋從詭隨』，唐石經春秋傳字亦作『從』，故箋亦但曰『無聽』。後儒釋爲『縱舍』之縱，誤矣。」潛夫論述赦篇：「夫有罪而備辜，冤結而信理，天之正也，而王之法也，故曰：『無縱詭隨，以謹無良。』（「無」原本訛「是」。）若枉善人，以惠奸惡，此謂斂怨以爲德。」蔡邕司空文烈侯楊公碑『式遏寇虐』，用魯經文。說苑君道篇：「牧者，所以辟四門，明四目，達四聰也，是以近者親之，遠者安之。詩曰：『柔遠能邇，以定我王。』此之謂矣。」新序雜事四、吕覽音律篇高注並引此詩二句，明魯毛文同。「魯亦作慘」者，釋言：「慘，曾也。」釋文：「本或作憯。」「齊韓憯作朁」者，說文：「朁，曾也。从曰，兓聲。詩曰：『朁不畏明。』」與毛作「憯」異。節南山十月之交雲漢毛皆作「憯」，明作「朁」者齊韓詩。陳奐云：「明，猶『法』也。不畏明法，即是寇虐，言爲政者用以遏止之。左傳釋詩云：『糾之以猛也。』」

民亦勞止，汔可小休！惠此中國，以爲民逑。無縱詭隨，以謹惽怓。【注】三家「惽怓」作「讙嘵」。式遏寇虐，無俾民憂。無棄爾勞，以爲王休。【疏】傳：「休，定也。逑，合也。惽怓，大亂也。休，美也。」箋：「休，止息也。合，聚也。『惽怓』，猶讙譁也，謂好争訟者也。俾，使也。勞，猶功也。無廢女始時勤政事之功，以爲女王之美。述其始時者，誘掖之也。」○「三家惽怓作讙嘵」者，大司馬「卒長執鐃」，鄭注：「鐃，讀如『讙嘵』之嘵。」賈疏從毛詩，云「以謹讙嘵」。案，毛作「惽怓」，釋文無異作本。鄭注禮時未見毛詩，讀如「讙嘵」，自據三家文。賈知鄭讀出詩，特誤記爲毛耳。箋：「惽怓，猶讙譁也。」據釋文本，「譁」作「譊」，「譊」與「嘵」同，葢仍本三家爲說。說文「怓」下引詩：「以謹惽怓。」馬瑞辰云：「毛『惽』即『怋』之訛。」

民亦勞止，汔可小息！惠此京師，以綏四國。無縱詭隨，以謹罔極。式遏寇虐，無俾作慝。敬慎威儀，以敬有德。【疏】傳：「息，止也。慝，惡也。以近有德，求近德也。」箋：「罔，無。極，中也。無中所行，不得中正。」○胡承珙云：「左昭二年傳叔弓聘于晉，晉侯使郊勞，辭致館，又辭叔向，曰：『子叔子知禮哉！吾聞之曰：忠信，禮之器也；卑讓，禮之宗也。辭不忘國，忠信也；先國後己，卑讓也。詩曰：「敬慎威儀，以敬有德。」夫子近德矣。』『近德』者，卽進於德之謂，傳本左氏說。」「有」，爲語助之詞。

民亦勞止，汔可小愒！惠此中國，俾民憂泄。無縱詭隨，以謹醜厲。式遏寇虐，無俾正敗。戎雖小子，而式弘大。【疏】傳：「愒，息。泄，去也。醜，衆。厲，危也。戎，大也。」箋：「泄，猶出也，發也。醜厲，惡也。春秋傳曰：『其父爲厲。』敗，壞也。無使先王之正道壞。戎，猶女也。式，用也。弘，猶廣也。今王女雖小子自遇，而女用事於天下甚廣大也。易曰：『君子出其言善，則千里之外應之，況其邇者乎？出其言不善，則千里之外違之，況其邇者乎？』是以此戒之。」○馬瑞辰云：「醜、厲二字同義，『醜』亦『惡』也。古美醜，好醜多對言，傳訓『醜』爲『衆』，失之。」

民亦勞止，汔可小安！惠此中國，國無有殘。無縱詭隨，以謹繾綣。式遏寇虐，無俾正反。王欲玉女，是用大諫。【疏】傳：「賊義曰殘。繾綣，反覆也。」箋：「王愛此京師之人，則天下邦國之君不爲殘酷。『玉』者，君子比德焉。王乎我欲令女如玉然，故作是詩，用大諫正女。此穆公至忠之言。」○馬瑞辰云：「錢大昭曰：『繾綣』當作『緊絭』。楚詞九思云：『心緊絭兮傷懷。』王逸章句：『緊絭，糾繚也，一作繾綣。』說文：『緊，纏絲急也。』『絭，纕臂繩也。』今案，『緊』字『糾忍』切，从臤、絲省，別作『絚』。玉篇引春秋成公四年『鄭伯絚卒』，有『古千』一切，則从『臤』得聲，與『繾』音近，故『繾綣』即『緊絭』之別體。左昭二十五年傳『繾綣從公』，杜注：『繾綣，不離散也。』與『反覆』義正相成。廣雅釋詁：『繾綣，搏也。』『搏』義與『不離散』義相近。」胡承珙云：「荀子成相篇『精神相反』，楊倞注：『謂反覆不離散。』然則傳訓『反覆』，正與『不離散』義通也。」馬瑞辰又云：「說文『金玉』之玉無一點，其加一點者，解云：『朽玉也。从王，有點。讀若『畜牧』之畜。』阮元曰：『詩『王欲玉女』，『玉』字專是加點之玉。玉、畜、好，古音皆同部相叚借。『玉女』者，畜女也。『畜女』者，好女也。召穆公言，王乎我正惟欲畜女好女，不得不用大諫。詩之『玉女』，與孟子引詩曰『畜君何尤，畜君者，好君也』無異。『玉』即『畜』字之叚借。其說是也。因思禮記『請君之玉女』，『玉女』亦當讀『畜』，即『好女』，猶云『淑女』也。洪範『維辟玉食』，『玉食』猶言珍食，玉亦好也。此箋解爲『金玉』之玉，失之。」

民勞五章，章十句。

板【疏】毛序：「凡伯刺厲王也。」箋：「凡伯，周同姓，周公之胤也，入爲王卿士。」○後漢李固傳傳對策云：「竊聞長水司馬武宣、開陽城門候羊迪等，無他功德，初拜便真。此雖小失，而漸壞舊章。先聖法度，所宜堅守，政教一跌，百年不復。詩云：『上帝板板，下民卒癉。』刺周王變祖法度，故使下民將盡病也。」李注：「詩大雅凡伯刺周厲王反先王之道，下人盡病也。」華陽國志：「固父郃師事魯恭，習魯詩。」固當傳其家學，所引即魯詩序說。不言凡伯作，或略「厲王」作「周王」，猶蕩篇「傷周室大壞」之義。毛序首句多本舊說，李注言「凡伯刺厲王」，亦有「反先王之道，下人盡病」，與魯說合，皆與毛序泛言「凡伯刺厲王」者異，蓋本韓詩序說。齊說當同。

上帝板板，【注】魯「板」亦作「版」。下民卒癉。【注】齊「癉」作「癚」，「卒」作「瘁」。出語不然，爲猶不遠。靡聖管管，【注】三家說曰：管管，欲也。不實于亶。猶之未遠，是用大諫。【疏】傳：「板板，反也。上帝，以稱王者也。癉，病也。話，善言也。猶，道也。管管，無所依繫。亶，誠也。猶，圖也。」箋：「猶，謀也。王爲政，反先王與天之道，天下之民盡病。其出善言而不行之也。此爲謀不能遠圖，不知禍之將至。王無聖人之法度，管管然以心自恣，不能用實於誠信之言，言行相違也。王之謀不能圖遠，用是故我大諫王也。」○「魯板亦作版」者，釋訓：「版版，僻也。」不作「板」，此魯文。郭注：「邪僻。」邢疏引李巡云：「失道之僻也。」說文：「僻，从旁牽也。」从旁牽引，所以偏衺。經典「僻」與「辟」通。賈子道術篇：「襲常緣道謂之道，反道爲辟。」後漢董卓傳李注、文選辨命論李注皆作「版版」，是知古多作「版」，不獨魯文。「亦作板」者，李固傳引詩作「板板」。（詳上。）楊賜傳：「不念板蕩之作，虺蜴之誡。」賜亦學魯詩，知魯亦作「板」也。「齊癉作瘽。韓卒作瘁」者，禮緇衣：「詩云：『上帝板板，下民卒瘽。』」鄭注：「上帝，喻君也。板板，辟也。卒，盡也。瘽，病也。此君使民惑之詩。」此齊亦作「板」。「癉」作「瘽」者，叚借字。韓詩外傳五：「登高而臨深，遠見之樂，臺榭不若邱山所見高也。平原廣望，博觀之樂，沼池不如川澤所見博也。勞心苦思，從欲極好，靡財傷精，毀名損壽，悲夫傷哉！窮君之反於是道而愁百姓。詩曰：『上帝板板，下民瘁癉。』」此韓亦作「板」。「卒」作「瘁」者，瘁、癉皆病也。「卒」是「悴」之省借。說文：「悴，憂也。讀與瘁同。」「管管，欲也」者，廣雅釋訓：「管管，浴也。」「浴」於義不可通，據下文「眊眊，思也」，乃「欲」之叚借，即箋「以心自恣」意也。說與毛異，當出三家。箋蓋即本三家義以易傳。黃山云：「『靡聖』，謂心無忌憚，不信有聖人，非無聖人也，故箋訓『管管』爲『以心自恣』。廣雅『管管，欲也』者，如漢書汲黯傳『吾欲』云云之欲，是亦爲『自恣』之意矣。傳謂『無所依繫』，則爲無聖人可依據，非詩恉。箋本易傳，孔疏掍而一之，誤也。」列女楚江乙母傳引詩：「猶之未遠，是用大諫。」明魯毛文同。左成八年傳引詩：「猶之未遠，是用大簡。」「諫」作「簡」，叚借字。

天之方難，無然憲憲。天之方蹶，無然泄泄。【注】魯「泄」亦作「洩」，齊韓作「呭」。辭之輯矣，民之洽矣。辭之懌矣，民之莫矣。【疏】傳：「憲憲，猶欣欣也。蹶，動也。泄泄，猶沓沓也。輯，和。洽，合。懌，悦。莫，定也。」箋：「天，斥王也。王方欲艱難天下之民，又方變更先王之道臣乎？女無憲憲然，無沓沓然，爲之制法度，達其意，以成其惡。辭，辭氣，謂政教也。王者政教和説順於民，則民心合定。此戒語時之大臣。」〇「魯泄亦作呭，齊韓作詍」者，孟子引詩作「泄泄」，釋訓：「憲憲、泄泄，制法則也。」（此依邵晉涵據釋文正本。舊本「泄」作「洩」，説文無「洩」字，阮校云沿唐諱之舊。）均魯文，與毛同。玉篇引孟子作「呭呭，猶『沓沓』也。」爾雅釋文亦云：「泄泄，或作呭。」是魯亦作「呭」。説文：「呭，多言也。」「詍，多言也。」並引此詩。「呭」爲魯文，則「詍」爲齊韓文矣。説文：「泄，水名。」呭、詍正字，泄借字。孟子「泄泄，猶『沓沓』也」，又申之曰：「言則非先王之道。」釋訓「制法則也」，郭注：「佐興虐政，設教令也。」邢疏引孫炎説同。荀子解蔽篇：「辨利非以言是，則謂之詍。」均與「多言」合。新序雜事三引詩曰：「辭之集矣，民之洽矣。辭之懌矣，民之莫矣。」蔡邕答對元式引詩，「輯」亦作「集」，列女齊女徐吾傳「洽」作「協」，説苑善説篇「懌」作「繹」，惟列女齊太倉女傳下二句引詩與今本同，皆魯文異字。朱彬云：「懌，讀爲『殬』。説文：『殬，敗也。』『殬』借作『懌』，猶『殬』借作『斁』與『擇』也。『莫』讀爲『瘼』，訓『病』。四語兼善惡言，詞和則民合，詞病則民病。」義駁傳箋爲允。説苑善説篇：「子貢曰：『出言陳辭，身之得失，國之安危也。』」引詩「懌」作「繹矣」。「民之莫矣」，正兼詞之美惡言之。

我雖異事，及爾同寮。我卽爾謀，聽我嚻嚻。【注】魯「嚻」作「敖」。我言維服，勿以爲笑！先民有言，詢于芻蕘。【疏】傳：「寮，官也。嚻嚻，猶謷謷也。芻蕘，薪采者。」箋：「及，與。卽，就也。我雖與爾職事異者，乃與女同官，俱爲卿士。我就女而謀，欲忠告以善道，女反聽我言謷謷然，不肯受服事也。我所言乃今之急事，女無笑之。古之賢者有言，有疑事當與薪采者謀之。匹夫匹婦，或知及之，況於我乎？」〇「魯嚻作敖」者，釋訓：「敖敖，傲也。」釋文：「敖，本又作謷，又作聱。同。」郭注：「傲慢賢者。」正釋此詩之訓，是魯文如此。潛夫論明忠篇引詩云：「我雖異事，及爾同僚。我即爾謀，聽我敖敖。」此魯作「敖敖」之證。馬瑞辰云：「『服』者，『𠬝』之叚借。說文：『𠬝，治也。』『我言維服』，猶云我言維治。治對亂言，猶左傳以『治命』對『亂命』言也。箋訓『服』爲『事』，云『我言維事』則不辭，故以『乃今之急事』增成其義，非詩意也。」列女衞姑定姜傳引詩云：「我言維服。」荀子大略篇：「天下、國有賢人，世有俊士。迷者不問路，溺者不問遂，亡人好獨。詩曰：『我言維服，勿用爲笑。先民有言，詢于芻蕘。』言博問也。」說苑尊賢篇：「泰山不讓壤石，江海不逆小流，所以成大也。詩曰：『先民有言，詢于芻蕘。』言博謀也。」潛夫論明闇篇：「國之所以治者，君明也；其所以亂者，君闇也。君之所以明者，兼聽也；所以闇者，偏信也。是故人君通心兼聽，則聖日廣矣；庸說偏信，則過日甚矣。詩云：『先民有言，詢于芻蕘。』」列女齊管妾倩傳引詩同，皆魯說。禮坊記：「詩云：『先民有言，詢于芻蕘。』」鄭注：「先民，謂上古之君也。詢，謀也。芻蕘，謂下民之事也。言古之人君將有政教，必謀及之於庶民乃施之。」鹽鐵論刺議篇：「多見者博，多聞者知，距諫者塞，專己者孤。故謀及天下者無失策，舉及下者無頓功。詩云：『詢于芻蕘。』」皆齊說。韓詩外傳五兩引詩「先民有言，詢于芻蕘」。以上三家說詩，明與毛文義並同。

天之方虐，無然謔謔。老夫灌灌，小子蹻蹻。【注】魯「灌」亦作「懽」，「蹻」作「嬌」。匪我言耄，爾用憂謔。多將熇熇，【注】魯「熇」作「塙」。不可救藥。【疏】傳：「謔謔然喜樂。灌灌，猶款款也。蹻蹻，驕貌。八十曰耄。熇熇然熾盛也。」箋：「今王方爲酷虐之政，女無謔謔然以讒慝助之。老夫諫女款款然，自謂也。女反蹻蹻然如小子，不聽我言將行也。今我言非老耄有失誤，乃告女用可憂之事，而女反如戲謔，多行熇熇慘毒之惡，誰能止其禍。」○釋訓：「謔謔、謞謞，崇讒慝也。」孔疏引舍人曰：「皆盛烈貌。」孫炎曰：「厲王暴虐，大臣謔謔然喜，謞謞然盛，以興讒懕也。」讙讙非喜，而云喜樂者，王方暴虐，甚可憂懼，而以戲謔出之，故曰「讙讙然喜」，直以爲用憂謔也。非我言耄，多失誤也。「魯灌或作懽蹻作嬌」者。釋訓又云：「懽懽，憂無告也。」郭注：「賢者憂懼，無所訴也。」說文「懽」下引爾雅，與今文合。爾雅釋文出「灌」字，云：「本或作『懽』。」孔疏引爾雅作「灌」，又與釋文本合。（孔疏：「釋訓解其言『灌灌』之意耳，非解『灌灌』之義。」此爲傳背雅訓迴護，不可據。）列女趙將括母傳引詩：「老夫灌灌，小子嬌嬌。匪我言耄，爾用憂謔。」亦本魯詩爲說，仍作「灌灌」，而「蹻蹻」則作「嬌嬌」，是魯「灌」、「懽」通作，「蹻」作「嬌」也。尚書五行傳鄭注：「怵攸，謂若『老夫嚾嚾，小子蟜蟜。』」「灌」作「嚾」，「蹻」作「蟜」，說五行義當本齊詩，「嚾」卽「懽」之通叚。魯頌「嬌嬌虎臣」，釋文本作「蟜」，云：「又作『嬌』，亦作『蹻』。」是三字古皆通作。韓詩外傳十楚邱先生章引詩「老夫灌灌」，此韓毛同文。玉篇：「悹悹，憂無告也。」「悺」同上說。卽本之釋訓文。阮元據說文「悹，憂也」，與玉篇訓合，謂釋訓之「懽」本作「悹」。又廣韻「悹」下引詩傳：「悹悹，無所依。」李富孫亦定爲此章「灌灌」之異文。陳喬樅以音列廣韻二十四緩，引詩傳又與本篇首章毛傳同，定爲「管管」之異文。愚案：「無所依」，本卽「憂無告」之義，說文訓「悹」爲「憂」，廣韻所引詩傳必同此恉。毛以「無依繫」說「靡聖管管」，本非確詁，廣韻乃孫愐等所采輯，或因詩傳此訓適與毛說「管管」合，誤入緩韻，實則「悹」爲「古玩」切，愐所作唐韻亦然，不當列上聲也。玉篇在廣韻之前，說與爾雅說文並符，知「悹」卽「懽」之異文，李說爲長。釋訓之「懽」，說文既明定爲爾雅之字，則玉篇廣韻所列皆卽韓詩「灌」之「或作」字。蓋孫據韓傳，而李以魯訓通讀也。釋訓「熇熇」作「謞謞」，明魯文如此。釋文：「謞，本亦作熇。」說文：「熇，火熱也。詩云：『多將熇熇。』」「熇」正字，「謞」借字也。說苑辨物篇「亂君之治，不可藥而息也。詩曰：『多將熇熇。不可救藥』，甚之之辭也。」列女晉伯宗妻傳引詩文同。皆用「亦作」本。韓詩外傳三兩引「多將熇熇，不可救藥。」明韓毛文同。

天之方懠，無爲夸毗。威儀卒迷，善人載尸。民之方殿屎，【注】魯「屎」亦作「吚」。則莫我敢葵。喪亂蔑資，曾莫惠我師。【疏】傳：「懠，怒也。夸毗，體柔人也。殿屎，呻吟也。蔑，無。資，財也。」箋：「王方行酷虐之威怒，女無夸毗以形體順從之，君臣之威儀盡迷亂，賢人君子則如尸矣不復言語。時厲王虐而弭謗。葵，揆也。民方愁苦而呻吟，則忽然有揆度知其然者。其遭喪禍，又素以賦斂空虛，無財貨以共，其事窮困如此，又曾不肯惠施以賙贍衆民。言無恩也。」○釋言：「懠，怒也。」郭注引詩：「天之方懠。」釋訓：「夸毗，體柔也。」郭注：「屈己卑身以柔順人也。」與孔疏引李巡說「屈己卑身，求得於人曰體柔」義同。釋文引字書，「夸毗」作「舿䠷」。廣韻作「舿舭」。俱別體。徐幹中論亡國篇：「君子者行不媮合，立不易方，不以天下枉道，不以樂生害仁，安可以祿誘哉？雖強執搏之而不獲已，亦杜口佯愚，苟免不暇。國之安危，將何賴焉？詩云：『威儀卒迷，善人載尸。』此之謂也。」徐學魯詩，明魯、毛文同。「魯屎亦作吚」者。釋訓「殿屎，呻也」。郭注：「呻吟之聲。」孔疏引孫炎說同。據此，魯毛文同。蔡邕和熹鄧后謚議「人懷殿吚之聲」，明魯亦作「吚」。「吚」正字，「屎」借字。說文「唸」下云：「吚也。」引詩「民之方唸吚」。「吚」下云：「唸吚，呻也。」亦於雅訓合。五經文字「吚」亦作「㕧」，皆三家詩之異字者，蓋齊韓文也。爾雅釋文或作「欿㕧」，又作「㱿脲」，並俗字。說苑政理篇「『相亂蔑資，曾莫惠我師。』此傷奢侈不節以爲亂者也。」孫志祖云：「相，當爲『喪』字之誤，或魯家異文。」

天之牖民，如壎如篪，如璋如圭，如取如攜。攜無曰益，牖民孔易。【注】三家「牖」作「誘」。民之多辟，無自立辟。【疏】傳：「牖，道也。『如壎如篪』，言相和也。『如璋如圭』，言相合也。『如取如攜』，言必從也。辟，法也。」箋：「王之道民以禮義，則民和合而從之，如此易易也。女攜掣民東與？西與？民皆從女所爲，無曰是何益，爲道民在己，甚易也。民之行多爲邪辟者，乃女君臣之過，無自謂所建爲法也。」○胡承珙云：「孔疏：『半圭爲璋，合二璋則成圭，故云相合。』而於上『壎篪』不詳何以相和。樂器相和者多，何以獨言壎篪？張萱疑耀云：「閱古今樂律諸書，知七音各自爲五聲，如宮磬鳴而徵磬和。獨壎、篪則二器共爲一音。壎爲宮而篪之徵和，壎爲角而篪之羽和，此所以言相和也。』」馬瑞辰云：「『攜無曰益』，攜猶取也。取民之道以治民，非於民有所增益，卽中庸『以人治人』也。故下卽云『牖民孔易』。箋以『益』爲『何益』，失之。」史記樂書：「爲人君者，謹其所好惡而已矣。君好之則臣爲之，上行之則民從之。詩曰『誘民孔易』，此之謂也。」風俗通義六亦引詩云：「天之誘民。」禮樂記：「詩云：『誘民孔易。』」鄭注：「誘，進也。孔，甚也。」韓詩外傳五：「故聖王之教其民也，必因其情而節之以禮，必從其欲而制之以義。義簡而備，禮易而法，去情不遠，故民之從命也速。孔子知道之易行，曰詩云『誘民孔易』，非虛辭也。」（今外傳本「誘」作「牖」，此從王氏詩攷引。）史遷、應劭學魯詩，齊學詩禮同源，與韓詩皆作「誘民」，是則「誘」正字，「牖」借字。後漢張衡傳東京賦：「姬周之末，政由多僻。」又思玄賦：「覽蒸民之多僻兮，畏立辟以危身。」玉篇人部「僻」下引詩曰：「『民之多僻。』僻，邪也。」魯韓詩如此，齊文當同。段玉裁云：「傳『辟，法也』之上，不言『辟，僻也』。蓋漢時毛詩本上作『僻』，下作『辟』，故箋云『多爲邪僻』。各書徵引皆上『僻』下『辟』，釋文亦然。自唐石經二字皆作『辟』，而朱子并下『辟』字釋爲『邪』矣。」愚案：陸孔均不言毛有異字，是本自作「多辟」，與左宣九年傳昭二十八年傳引詩文同。「僻」、「辟」兩作，惟三家今文然也。

价人維藩，【注】魯「价」作「介」，「維」作「惟」。大師維垣，大邦維屏，大宗維翰，懷德維寧，宗子維城。無俾城壞，無獨斯畏。【疏】傳：「价，善也。藩，屏也。垣，牆也。王者天下之大宗。翰，幹也。懷，和也。」箋：「价，甲也。被甲之人，謂卿士掌軍事者。『大師』，三公也。『大邦』，成國諸侯也。『大宗』，王之同姓世適子也。王當用公卿諸侯及宗室之貴者，爲藩屏垣幹，爲輔弼，無疏遠之。斯，離也。和女德，無行酷虐之政，以安女國，以是爲宗子之城，使免於難。遂行酷虐，則禍及宗子，是謂『城壞』。城壞則乖離，而女獨居而畏矣。『宗子』，謂王之適子。」○「魯价作介，維作惟」者，釋詁：「介，善也。」郭注：「詩曰：『介人惟藩。』」荀子君道篇：「君人者愛民而安，好士而榮，兩者無一焉而亡。詩曰：『介人惟藩，大師惟垣。』此之謂也。」馬瑞辰云：「爾雅：『介，大也。』又：『介，善也。』方言說文並曰：『乔，大也。』『介人』爲『善人』，即爲『大人』，與下文『大師』、『大邦』、『大宗』爲一類。若如箋說『被甲之人』，則不類矣。『大師』，宜謂大衆。『大師惟垣』，猶云衆志成城也。箋讀『大』如『泰』，以『大師』爲『三公』，誤矣。」愚案：荀子引詩以證好士愛民之說，是魯家最初確詁。彊國篇引詩說同，與爾雅引詩作「介」文合。「惟」舊作「維」。臧鏞堂云：「案，當作『惟』。」愚案：魯皆作「惟」，間有傳寫誤「維」者，今正。漢書諸侯王表：「昔周監二代，三聖制法，立爵五等，封國八百，同姓五十有餘。周公康叔建於魯衛，各數百里；太公於齊，亦五侯九伯之地。詩載其志曰：『介人惟藩，大師惟垣。大邦惟屏，大宗惟翰。懷德惟寧，宗子惟城。毋俾城壞，毋獨斯畏。』所以親親賢賢，褒表功德，關諸盛衰，深根固本，爲不可拔者也。」易林頤之漸：「姬奭姜望，爲武守邦。藩屏燕齊，周室以彊，子孫億昌。」班焦皆學齊詩，「价」作「介」，與毛異。易林「爲武守邦，子孫億昌」，即詩「大邦維屏，大宗維翰」意，與箋說同也。

敬天之怒，無敢戲豫。敬天之渝，無敢馳驅。昊天曰明，及爾出王。昊天曰旦，及爾游衍。【疏】傳：「戲豫，逸豫也。馳驅，自恣也。王，往。旦，明。游，行。衍，溢也。」箋：「渝，變也。及，與也。昊天在上，人仰之皆謂之明。常與女出入往來，游溢相從，視女所行善惡，可不慎乎？」○後漢蔡邕傳答詔問災異曰：「『畏天之怒，不敢戲豫。』天戒誠不可戲也。」是魯詩「敬」作「畏」，「無」作「不」。郎顗傳條對亦曰：「詩云：『敬天之怒，不敢戲豫。』」丁鴻傳上封事引詩同。顗學齊詩，鴻不知何詩，「無」皆作「不」。楊秉傳引詩：「敬天之威，不敢驅馳。」「渝」作「威」，「馳驅」作「驅馳」，皆三家異文。

板八章，章八句。

生民之什十篇，六十五章，四百三十三句。

詩三家義集疏卷二十三

詩大雅

蕩之什第二十三

蕩【疏】毛序：「召穆公傷周室大壞也。厲王無道，天下蕩蕩，無綱紀文章，故作是詩也。」○三家無異義。

蕩蕩上帝，【注】魯「蕩」作「盪」。下民之辟。疾威上帝，其命多辟。天生烝民，其命匪諶。【注】韓「諶」作「訦」。靡不有初，鮮克有終。【疏】傳：「上帝，以託君王也。辟，君也。疾，病人矣。威，罪人矣。諶，誠也。」箋：「蕩蕩，法度廢壞之貌。厲王乃以此居人上，爲天下之君。言其無可則象之甚。疾病人者，重賦斂也。威罪人者，峻刑法也。其政教又多邪辟，不由舊章。烝，衆。鮮，寡。克，能也。天之生此衆民，其教道之非當以誠信使之忠厚乎？今則不然，民始皆庶幾於善道，後更化於惡俗。」○「魯蕩作盪」者，釋訓：「盪盪，僻也。」是魯作「盪盪」。邢疏引李巡云：「盪盪者，弗思之僻也。」本魯訓，與箋異。說苑至公篇：「公生明，偏生暗，端慤生達，詐僞生塞，神聖生誠，夸誕生惑。此六者，君子之所慎而禹桀所以分也。詩曰：『疾威上帝，其命多僻。』言不公也。」此亦魯說。惟其「不公」，是以命多邪僻，而疾與威因之俱至。「韓諶作訦」者，外傳五云：「繭之性爲絲，弗得女工燔以沸湯，抽其統理，不成爲絲。卵之性爲雛，不得良鷄覆伏孚育，積日累久，不成爲雛。夫人性善，非得明王聖主扶攜，內之以道，則不成君子。詩曰：『天生烝民，（「民」或作「明」。）其命匪訦。靡不有初，鮮克有終。』言惟明王聖主然後使之然也。」今本作「諶」，此據王氏詩攷引。馬瑞辰云：「命，當讀如『天命之謂性』之命，謂天命之初本善，而其後鮮終。以本善者歸之天，以終善者責之君，正合詩義。朱子集傳云：『降命之初，無有不善，而人少能以善道自終。』義本韓詩。箋以『命』爲人君之教命，失之。」說苑敬愼篇曾子曰：「官怠於宦成，病加於少愈，禍生於懈惰，孝衰於妻子。察此四者，愼終如始。詩云：『靡不有初，鮮克有終。』」白虎通謚篇：「詩云：『靡不有初，鮮克有終。』言人行終始，不能若一，故據其終始，從可知也。」新序善謀篇「詩曰：『靡不有初，鮮克有終。』言始之易，終之難也。」漢書賈山傳引詩同。大戴禮衛將軍文子篇、又韓詩外傳八、外傳十俱引詩下二句，與外傳五引同，是三家文義同。

文王曰咨，咨汝殷商！曾是彊禦，【注】魯齊「禦」作「圉」。曾是掊克，曾是在位，曾是在服。

天降滔德，女興是力。【疏】傳：「咨，嗟也。彊禦，彊梁。禦，善也。掊克，自伐而好勝人也。服，服政事也。天，君。慆，慢也。」箋：「厲王弭謗，穆公朝廷之臣，不敢斥言王之惡，故上陳文王咨嗟殷紂，以切刺之。女曾任用是惡人，使之處位執職事也。厲王施倨慢之化，女羣臣又相與而力爲之。言競於惡。」○馬瑞辰云：「孔疏：『咨，是歎辭，故言「嗟」以類之，非訓「咨」爲「嗟」也。』案，說文『咨』下云：『謀事曰咨。』又：『嗞，嗟也』，『嗟』者，『𧪰』之或體。言部『𧪰』下云：『咨也。』段本改作『嗞也』，與『嗞』爲互訓。是訓『嗟』之字當作『嗞』。釋詁：『嗟，咨蹉也。』釋文：『蹉，本或作跍。』引字林曰：『皆古嗟字。』案，爾雅嗟、咨同訓者，亦以『咨』爲『嗞』之借字。『嗞』借作『咨』，猶爾雅訓『咨』爲『此』，即以『咨』爲『茲』之借字也。秦策曰：『嗟嗞乎！』詩綢繆毛傳曰：『子兮者，嗟茲也。』古人每以『嗟嗞』連言，爾雅『嗟咨』即『嗟嗞』也，作『茲』者亦省借耳。孔疏不知『咨』爲『嗞』之叚借，遂謂傳非訓『嗟』爲『咨』矣。」「魯齊禦作圉」者，楚詞離騷「澆身被服强圉兮」，王逸章句云：「强圉，多力也。」漢書敍傳：「曾是强圉，掊克爲雄。」王學魯詩，班學齊詩，「禦」皆作「圉」。韓詩當同。王念孫云：「禦，亦强也，字或作圉。」逸周書謚法篇：「威德剛武曰圉。」繁露必仁且智篇：「其强足以覆過，其禦足以犯詐。」是「禦」與

「强」同義。左昭元年傳「彊禦已甚」，十二年傳「吾軍帥彊禦」，非彊梁禦善之謂也。揚雄司空箴：「班禄遺賢，掊克充朝。」潛夫論敍録：「曾是掊克，何官能治。」用魯經文。

文王曰咨，咨女殷商！而秉義類，彊禦多懟，流言以對，寇攘式内。侯作侯祝，靡屆靡究。

【疏】傳：「對，遂也。作祝，詛也。屆，極。究，窮也。」箋：「『義』之言『宜』也。類，善。式，用也。女執事之臣宜用善人，反任彊禦衆懟爲惡者，皆流言謗毁賢者。王若問之，則又以對寇盜攘竊爲姦宄者，而王信之，使用事於内。侯，維也。王與羣臣乖争而相疑，曰祝詛求其凶咎無極已。」○「寇攘式内」，與召旻「蟊賊内訌」義同。列女趙靈吴女傳引詩曰：「『流言以對，寇攘式内』，言不善之從内出也。」明魯毛文同詁，二句義與箋合。釋文：「作，本或作詛。」孔疏：「『作』，即古『詛』字。詛與祝别，故各言『侯』。」案，詛、祝本無别，「作」之即「詛」，於古無徵。焦循馬瑞辰雖引釋名「助」訓「乍」，吕覽高注「苴」音同「酢」，說文「殂」之古文即从「歺」、从「作」，疑音訓可通而義不相類。故李黼平臧琳段玉裁李富孫胡承珙陳奂諸家皆斥陸孔爲誤，謂毛傳「作祝詛也」，本四字爲句，即訓「作」爲「作祝詛」，而「侯作侯祝」例如「是剥是菹」、「爰始爰謀」、「乃宜乃畝」、「克禋克祀」，初不分作、祝爲兩事。是則釋文「或作」原屬俗本，孔疏亦沿之爲說也。黄山云：「毛傳例不改字，箋凡改字必詳其說，此皆不言，自無以『作』爲『詛』之事。然諸家謂毛傳四字爲句，亦尚未確。蓋『詛』必『作祝』，春官詛祝『作盟詛之載辭』，是其證。而大祝『掌六祝之辭。作六辭以通上下親疏遠近』，則『作祝』固非僅用於『詛』。小祝、甸祝亦皆掌祝禮。禮運『作其祝號，元酒以祭』，明『作祝』爲祭也。毛以詩言『侯作侯祝』尚係統辭，故以『詛也』釋『作祝』耳。」

文王曰咨，咨女殷商！女炰烋于中國，斂怨以爲德。不明爾德，時無背無側。爾德不明，以無陪無卿。【注】齊「德」、「側」二韻倒在下，「側」作「仄」。韓「時」作「以」，「背」作「倍」。【疏】傳：「炰烋，猶彭亨也。背無臣，側無人也。『無陪無卿』，無陪貳、無卿士也。」箋：「『炰烋』，自矜氣健之貌。斂，聚。羣不逞作怨之人，謂之有德而任用之。『無臣無人』，謂賢者不用。」○説文無「炰」字。胡承珙云：「文選魏都賦『吞滅咆烋』，劉淵林注：『咆烋，猶咆哮也，自矜健之貌。詩曰：咆烋于中國。』據此，知詩『炰烋』爲『咆哮』之借。説文：『咆，嗥也。』『哮，豕驚聲也。』『咆哮』者，嗥鳴作健之意。劉注卽用鄭箋。」愚案：釋文不言毛「炰烋」有「或作」本，魏都賦「炰」作「咆」，與毛異字，當本韓詩。説文繫傳「咆」下引詩「咆哮于中國」，上無「女」字，與劉注引同，文與毛異，亦必韓詩。劉云「炰烋猶咆哮」，明韓本「烋」、「哮」通作，箋卽據韓改毛，非劉用鄭説也。漢書五行志引傳云：「詩云：『爾德不明，以亡陪亡卿。不明爾德，以亡背亡仄。』言上不明，暗昧蔽惑，則不能知善惡，親近習，長同類，亡功者受賞，有罪者不殺，百官廢亂也。」陳喬樅云：「夏侯始昌善推五行傳，志所載傳，皆本始昌，始昌傳齊詩，則此齊説。」顏注：「言不別善惡，有逆背傾仄者，有堪爲卿大夫者，皆不知之也。」以「無背無仄」爲不知惡人，以「無陪無卿」爲不知善人，與經言「不明」義相貫，較毛鄭説爲善。晉書五行志引詩，與漢志同。「韓時作以，背作倍」者，韓詩外傳五、外傳八、外傳十三引「不明爾德」四句，仍與毛同，詩攷引「時」作「以」，「背」作「倍」，今本妄改同毛。

文王曰咨，咨女殷商！天不湎爾以酒，不義從式。既愆爾止，靡明靡晦，式號式呼，【注】齊「呼」作「謼」。俾晝作夜。【疏】傳：「義，宜也。『俾晝作夜』，使晝爲夜也。」箋：「式，法也。天不同女顏色以酒，有沈湎於酒者，是乃過也，不宜從而法行之。愆，過也。女既過湛湎矣，又不爲明晦，無有止息也。醉則號呼相傚，用晝日作夜，不視政事。」○初學記二十六引韓詩曰：「齊顏色，均衆寡謂之沈，閉門不出者謂之湎。」文選魏都賦李注引薛君曰：「均衆謂之流，閉門不出客謂之湎。」本詩釋文亦引韓詩曰：「飲酒不出客曰湎。」馬瑞辰云：「『天不湎爾以酒』，猶云天不淫爾以酒。淮南要略訓高注『沈湎，淫酒也』是也。箋訓『湎』爲『同色』，未免迂曲。」愚案：初學記引韓說「沈湎」之文，薛君說獨遺「齊顔色」，箋乃單取「顔色」爲説，蓋以「湎」从「面」，於顔色爲合，而韓之本説則屬「沈」，遂兼兩字説之，其源亦出於韓。高注則本魯訓耳。「齊呼作謼」者，漢書敍傳：「班伯曰：『式號式謼，大雅所以流連也。』」伯受齊詩於師丹，知此爲齊文。

文王曰咨，咨女殷商！如蜩如螗，如沸如羹。小大近喪，人尚乎由行。内奰于中國，覃及鬼方。

【疏】傳：「蜩，蟬也。螗，蝘也。『人尚乎由行』，言居人上，欲用行是道也。奰，怒也，不醉而怒曰奰。鬼方，遠方也。」箋：「飲酒號呼之聲，如蜩螗之鳴。其笑語沓沓，又如湯之沸、羹之方熟。殷紂之時，君臣失道如此，且喪亡矣，時人化之甚，尚欲從而行之，不知其非。此言時人忕於惡，雖有不醉，猶好怒也。」○漢書五行志：「詩云：『如蜩如螗，如沸如羹。』言上號令不順，民心虚譁憤亂，則不能治海内。」顔注：「謂政無文理，虚言噂沓，如蜩螗之鳴，湯之沸涫，羹之將熟也。」案，漢志所言，齊詩義也。釋蟲：「蜩，蜋蜩，螗蜩。」以「蜩」爲諸蟬之總名，分別五方之語。「蜋蜩」郭注：「夏小正傳曰：『蜋蜩者，五彩具。』」方言：「蟬，楚謂之蜩，陳鄭之間謂之蜋蜩。」初學記引孫炎曰：「蜋，五色具。蜩，宫中小青蟬也。」「螗蜩」郭注：「夏小正傳曰：『螗蜩者蝘，俗呼爲胡蟬，江南謂之螗蛦，音夷。』」邢疏引舍人曰：『三輔以西爲蜩，梁宋以東謂蜩爲蝘。」郝懿行云：「案，今螗蜩小於馬蜩，背青緑色，頭有花冠，喜鳴，其聲清圓，若云『鳥友鳥友』，與胡蛦之聲相轉。蛦、蝘又聲相轉也。」「蜋蜩」二字别有説，詳豳風。馬瑞辰云：「詩意謂時人悲歎之聲如蜩螗之鳴，憂亂之心如沸羹之熟。淮南王招隱曰：『歲暮兮不自聊，蟪蛄鳴兮啾啾。』劉向七諫曰：『身被疾而不問兮，心沸熱其如湯。』正取此詩之義，箋説失之。『沸』者，『𤃕』之省借。説文：『𤃕，涫也。』『涫，𤃕也。』『涫』今俗作『滚』。」又云：「説文：『奰，壯大也。从三大、三目，二目爲䀠，三目爲㒇，益大也，讀若易虙羲氏。詩曰：不醉而怒謂之㒇。』所引『詩』即詩傳。今作『奰』者，『㒇』之省。凡『壯健』，義與『怒』近。廣雅：『怒，健也。』故『㒇』爲『壯大』義，又爲『怒』。魏都賦『姦回內贔』，劉淵林注引詩作『內贔』，『贔』又『㒇』之俗也。正義引張衡西京賦：『巨靈㒇屭，以流河曲。』方言：『臏，盛也。』郭注：『臏泗，克壯也。』『臏泗』與『奰屭』同，淮南墜形篇『食木者多力而㒇』，高注：『㒇，讀「內㒇于中國」之㒇，聲近鼻。』是其證也。又怒則氣滿，故『㷪』从『㒇』聲。說文：『㷪，滿也。』」愚案：爾雅魯訓也。招隱七諫皆用魯經文。說文「奰」作「㒇」，與毛異字，與墜形篇及高注引詩正同，亦本魯。又引詩說並微異毛，當爲毛出於魯。馬謂即引毛傳，蓋誤。西京賦字亦出於魯，宜同。說文魏都賦及劉注引詩作「贔」，當爲韓詩之異字，故皆與毛異。「鬼方」，詳見殷武。

文王曰咨，咨女殷商！匪上帝不時，殷不用舊。雖無老成人，尚有典刑。曾是莫聽，大命以傾。

【疏】箋：「此言紂之亂非其生不得其時，乃不用先王之故法之所致。『老成人』，謂若伊尹伊陟臣扈之屬。雖無此臣，猶有常事故法可案用也。莫，無也。朝廷君臣皆任喜怒，曾無用典刑治事者，以至誅滅。」○馬瑞辰云：「廣雅：『時，善也。』『匪上帝不時』，猶云非上帝不善耳。箋云『非其生不得其時』，失之。」荀子非十二子篇引詩「雖無老成人」四句，明魯、毛文同。風俗通義五詩云：「『雖無老成人，尚有典刑』。國之大綱也，可不申敕小懲而大戒哉。」說苑臣術篇：「諫諍輔弼之人，社稷之臣也，明君之所尊禮，而闇君以爲己賊。故明君之所賞，闇君之所殺也。明君好問，闇君好獨。明君尚賢使能而享其功，闇君畏賢妬能而滅其業。罰其忠而賞其賊夫，是謂至闇，桀紂之所以亡也。詩云：『曾是莫聽，大命以傾。』」新序善謀篇、列女楚武鄧曼傳引同。漢書外戚傳成帝報許后曰：「詩云：『雖無老成人，尚有典刑。曾是莫聽，大命以傾。』」成帝從伏理受齊詩，明齊毛文同。鹽鐵論遵道篇引詩「雖無老成人」二句，亦據齊詩爲說。

文王曰咨，咨女殷商！人亦有言，顛沛之揭，枝葉未有害，本實先撥。【注】魯「撥」作「敗」。殷鑒不遠，魯「鑒」作「監」。在夏后之世。【疏】傳：「顛，仆。沛，拔也。揭，見根貌。」箋：「揭，蹶貌。撥，猶絕也。言大木揭然將蹶，枝葉未有折傷，其根本實先絕，乃相隨俱顛拔。喻紂之官職雖俱存，紂誅亦皆死。此言殷之明鏡不遠也，近在夏后之世，謂湯誅桀也。後武王誅紂，今之王者何以不用爲戒。」○「魯撥作敗」者，列女齊東郭姜傳引詩曰：「枝葉未有害，本實先敗。」是魯作「敗」。韓詩外傳五引詩：「枝葉未有害，本實先撥。」明韓毛文同。「魯鑒作監」者，潛夫論思賢篇：「『殷監不遠，在夏后之世。』夫與死人同病者，不可生也；與亡國同行者，不可存也。豈虛言哉！」趙岐孟子章句七：「言殷之所監視，在夏后之世耳。以前代善惡爲明鏡也，欲使周亦鑒於殷之所以亡也。」是魯作「監」。鹽鐵論結和篇：「語曰：『前車覆，後車戒。』『殷鑒不遠，在夏后之世矣。』」漢書傳贊：「梅福之辭，合於大雅。雖無老成，尚有典刑。殷鑒不遠，夏后所聞。」此齊說。韓詩外傳五：「夫明鏡者，所以照形也。往古者，所以知今也。夫知惡往古之所以爲亡，而不襲蹈其所以安存者，則無以異乎卻行而求逮於前人也。鄙語曰：『不知爲吏，視已成事。』或曰：『前車覆而後車不誡，是以後車覆也。』故夏之所以亡者而殷爲之，殷之所以亡者而周爲之。故殷可以鑒於夏，而周可以鑒於殷。詩曰：『殷鑒不遠，在夏后之世。』」齊韓仍作「鑒」，與毛同。箋以「明鏡不遠」申毛，卽本魯韓說。

蕩八章，章八句。

抑【注】韓說曰：衛武公刺王室，亦以自戒。計年九十有五，猶使人日誦是詩而不離於其側。【疏】毛序：「衛武公刺厲王，亦以自警也。」箋：「自警者，『如彼泉流，無淪胥以亡。』」○「衛武」至「其側」，孔疏引韓詩翼要文，本楚語爲說而小異。陳氏奐據史記年表，武公以宣王十六年爲衛侯，至平王十三年卒，則厲王乃追刺也。申論虛道篇：「昔衛武公年過九十，猶夙夜不怠，思聞訓道，命其羣臣曰：『無謂我老耄而舍我，必朝夕交戒。』又作抑詩以自儆也。衞人思其德，爲賦淇奧，且曰睿聖。」淮南繆稱訓：「衞武侯謂其臣曰：『小子無謂我老而羸，我有過必謁之。』」高注：「武侯蓋年九十五矣。」此皆魯說。愚案：楚語「衞武公作懿以自儆」，韋昭云：「昭謂：懿，詩大雅抑之篇也。『抑』讀曰『懿』。」「抑」與「懿」不相通借，蓋取聲近字爲訓。

抑抑威儀，維德之隅。人亦有言，靡哲不愚。【注】魯「靡」作「無」。庶人之愚，亦職維疾。哲人之愚，亦維斯戾。【疏】傳：「抑抑，密也。隅，廉也。『靡哲不愚』，國有道則知，國無道則愚。職，主。戾，罪也。」箋：「人密審於威儀抑抑然，是其德必嚴正也。古之賢者道行心平，可外占而知內，如宮室之制，內有繩直則外有廉隅。今王政暴虐，賢者皆佯愚不爲容貌，如不肖然。庶，衆也。衆人性無知，以愚爲主。言是其常也。賢者而爲愚，畏懼於罪也。」○漢書馮奉世傳贊：「詩稱『抑抑威儀，惟德之隅。』」陳喬樅云：「『抑抑威儀』句，又見班固辟雍詩。『惟德之隅』句，又見漢書敍傳。」皆齊文，是齊與毛同。「魯靡作無」者，淮南人閒訓「人能由昭昭於冥冥，則幾於道矣。詩曰：『人亦有言，無哲不愚。』此之謂也。」是魯作「無」。韓詩外傳六：「比干諫而死。箕子曰：『知不用而言，愚也。殺身以彰君之惡，不忠也。二者不可，然且爲之，不祥莫大焉。』遂被髮佯狂而去。君子聞之曰：『勞矣箕子，盡其精神，竭其忠愛，見比干之事免其身，仁知之至。』詩曰：『人亦有言，靡哲不愚。』」明韓毛文同。

無競維人，四方其訓之。【注】魯「維」作「惟」，亦作「伊」。有覺德行，【注】齊「覺」作「梏」。四國訓之。訏謨定命，遠猶辰告。敬慎威儀，維民之則。【注】三家「維」作「惟」。【疏】傳：「無競，競也。訓，教。覺，直也。訏，大。謨，謀。猶，道。辰，時也。」箋：「競，彊也。人君爲政，無彊於得賢人，得賢人則天下教化於其俗。有大德行，則天下順從其政。言在上所以倡道。猶，圖也。大謀定命，謂正月始和，布政于邦國都鄙也。爲天下遠圖庶事，而以歲時告施之。則，法也。」○「魯維作惟，亦作伊」者，吕覽求人篇高注：「詩大雅抑之二章：『無競惟人，四方其訓之。』無競，競也。國之强，惟在得人。」此「維」作「惟」。蔡邕集陳留太守胡公碑：「可謂無競，伊人温恭，淑慎者也。」司空臨晉侯楊公碑祖德頌引詩並同。釋詁：「伊，維也。」此魯「亦作」本。楚詞九歎王逸章句：「覺，較也。詩曰：『有覺德行。』」新序雜事五：「桓公所以九合諸侯，一匡天下者，遇士如是也。詩曰：『有覺得行，四國順之。』桓公其以之矣。」列女魯公姑姊傳亦引詩二句，明魯毛文同。韓詩外傳五引詩：「有覺德行，四國順之。」外傳六載齊桓公事，亦引詩二句，明韓毛文同。「齊覺亦作梏」者，春秋繁露郊祭篇：「詩『有覺德行，四國順之』。覺者，著也。王者有明著之德行於世，則四方莫不響應風行，善於彼矣。」此齊作「覺」，與毛同。禮緇衣：「詩云：『有梏德行，四國順之。』」鄭注：「梏，大也，直也。」是齊亦作「梏」。馬瑞辰云：「爾雅：『梏，直也。』廣雅：『覺，大也。』『覺』與『梏』雙聲。爾雅釋文：『梏，郭音角。』即讀同『覺』。釋名：『上敕下曰告。告，覺也，使覺悟知己意。』以覺、告同音爲義，故通用。梏，即『覺』之叚借也。」黄山云：「釋詁：『梏，較，直也。』王逸章句：『覺，較也。』亦以『直』爲義。爾雅不爲『覺』作訓，經典『梏』之有『直』義者，亦惟『有梏德行』，是釋詁即爲此詩出訓。知魯齊本皆以『梏』爲正字，『覺』爲借字。『告』之義爲牛觸人，以木較牛兩角而梏之。所以告人，便覺寤也，故从『告』之字得有『較』、『直』義，並可與『覺』通訓。大射儀『見鵠於參』，鄭注：『鵠之言較，較，直也。』賓之初筵鄭箋釋文：『鵠者，覺也，直也。』即其證。説文『帝嚳』之嚳从告、學省聲。覺从『見』，亦『學』省聲。然管子侈靡篇、史記世表、封禪書及武梁祠畫像題名均作『帝俈』，則『告』固可以義兼聲，不必从『學』省。魯齊『覺』作『梏』，正同此例。韓亦當然。説文：『德，升也。从彳，悳聲。』『悳，外得於人，内得於己也。从直、从心』。皆『多則』切。德行。以『悳』爲正字，从『直』本其義。『梏』以

『直』爲訓，故亦當爲詩正字。『大直』者，直之極，故齊家兼兩字爲訓。箋獨言『大德』，失之。」韓詩外傳六賞勉罰偷章引詩曰：「訏謨定命，遠猶辰告。敬慎威儀，惟民之則。」陳喬樅云：「韓『遠猶』作『遠猷』。書盤庚『女分猷念以相從』，漢石經作『猶』。詩小星『寔命不猶』，陟岵『猶來無棄』，爾雅注引作『猷』。常武『王猶允塞』，韓詩外傳作『猷』。皆猶、猷字同之證。說文段注：『今人分「謀猷」字「犬」在右；語助字「犬」在左。經典絕無此例。』」列女秦穆公姬傳：「詩云：『敬慎威儀，惟民之則。』若夫墮其威儀，恍其瞻視，忽其詞令，而望民之則我者，未之有也。莫之則者，則慢之者至也。」陳喬樅云：「徐幹引詩，『敬慎』作『敬爾』，當緣下文『敬爾威儀』句致誤。」漢書匡衡傳衡疏云：「孔子曰：『德義可尊，容止可觀，進退可度，以臨其民，是以其民畏而愛之，則而象之。』大雅云：『敬慎威儀，惟民之則。』」五行志中上引詩同。是三家經文與毛皆同，惟『維』作『惟』。

其在于今，興迷亂于政。顛覆厥德，荒湛于酒。【注】魯齊「湛」作「沈」，韓作「愖」。女雖湛樂從，弗念厥紹。罔敷求先王，克共明刑。【注】魯韓「共」作「拱」。【疏】傳：「紹，繼；共，執；刑，法也。」箋：「『于今』，謂今厲王也。興，猶尊尚也。王尊尚小人迷亂於政事者，以傾敗其功德，荒廢其政事，又湛樂於酒。言愛小人之甚。罔，無也。女君臣雖好樂嗜酒而相從，不當念繼女之後人，將倣女所爲。無廣索先王之道，與能執法度之人乎？切責之也。」〇「魯齊湛作沈，韓作愖」者，漢書五行志谷永對引詩：「顛覆厥德，荒沈于酒。」韓詩外傳十載齊桓公置酒事，引詩「荒愖于酒。」韓作「愖」，則作「沈」者魯、齊文也。馬瑞辰云：「『荒湛』者，管子云：『從樂而不反者謂之荒。』荒亦樂酒無厭之意，不必如箋云『荒廢其政事』也。愖、沈與湛，皆『酖』之叚借。說文：『酖，樂酒也。』」陳奐云：「釋詁：『雖，維也。』古雖、維聲通。書無逸云：『惟耽樂之從。』文義正與此同。」「共作拱」者，釋詁：「拱，執也。」此魯說。玉篇手部「拱」引詩「克拱明刑」，亦云「執也」。此韓說。「共」皆作「拱」，訓「執」，明魯韓與毛字異義同。

肆皇天弗尚，如彼泉流，無淪胥以亡。夙興夜寐，洒埽庭內，【注】韓「洒」作「灑」。維民之章。脩爾車馬，弓矢戎兵，用戒戎作，用逷蠻方。【注】魯「車」作「輿」，「戎兵」作「戈兵」，「戎作」作「作則」，「逷」作「逖」。【疏】傳：「淪，率也。洒，灑。章，表也。逷，遠也。」箋：「肆，故今也。胥，皆也。王爲政如是，故今皇天不高尚之，所謂仍下災異也。王自絕於天，如泉水之流，稍就虛竭。無見率引爲惡，皆與之以亡。戒羣臣不中行者，將并誅之。章，文章法度也。厲王之時，不恤政事，故戒羣臣掌事者以此也。逷，當作『剔』。剔，治也。『蠻方』，蠻畿之外也。此時中國微弱，故復戒將率之臣以治軍實。女當用此備兵事之起，用此治九州之外不服者。」○馬瑞辰云：「爾雅：『尚，右也。』『右』通作『祐』。祐，助也。『弗尚』即『弗右』，箋訓爲『高尚』，失之。」「韓洒作灑」者，外傳六載子路治蒲事，引詩曰：「夙興夜寐，灑埽庭內。」衆經音義八引通俗文云：「以水掩塵曰灑。」說文：「灑，汛也。从水，麗聲。」「汛，灑也。从水，凡聲。」「洒，滌也。从水，西聲。古文爲『灑埽』字。」是二字因今、古文異，知魯齊與韓同。「魯車」至「作逖」者，潛夫論勸將篇云：「既作五兵，又爲之憲以厲正之。」引詩：「修爾輿馬，弓矢戈兵，用戒作則，用逖蠻方。」愚案：王符學魯詩，此用魯說。車、輿字本通作，詳見黃鳥出車。「弓矢」句皆言軍械，則「戎兵」之戎亦以作「戈」爲長。「用戒作則」者，即所謂「爲之憲以厲正之」也。「逖」者，驅之使遠。毛訓「逷」爲「遠」，本釋詁魯說。說文「逷」亦即「逖」之古文，不爲異字。鄭讀「逷」爲「剔」，蓋齊、韓文「逷」有作「剔」者。因據易傳左僖二十八年傳「糾逖王慝」，漢都鄉正街彈碑作「糾剔王忒」。後漢王渙傳「糾剔姦盜」，李注亦云「逖」與「剔」通。則固與「逷」同通矣。

質爾人民，【注】齊「質」作「詰」，魯韓作「告」。謹爾侯度，用戒不虞。慎爾出話，敬爾威儀，無不柔嘉。白圭之玷，尚可磨也；斯言之玷，不可爲也。【注】韓「玷」作「㓠」。【疏】傳：「質，成也。不虞，非度也。話，善言也。玷，缺也。」箋：「侯，君也。此時萬民失職，亦不肯趨公事，故又戒鄉邑之大夫及邦國之君：平女萬民之事，愼女爲君之法度，用備不億度而至之事。言謂教令也。柔，安。嘉，善也。斯，此也。玉之缺尚可磨鑢而平，人君政教一失，誰能反覆之。」○「齊質作誥」者，鹽鐵論世務篇：「事不豫辨，不可以應卒。內無備，不可以禦敵。詩云：『誥爾人民，謹爾侯度，用戒不虞。』故有文事，必有武備。」「魯韓質作告」者，説苑修文篇：「古者必有命民，命民能敬長憐孤，取舍好讓。居事力者，命於其君，命然後得乘飾輿駢馬。未得命者不得乘，乘者皆有罰。故其民雖有餘財侈物，而無仁義功德，則無所用其餘財侈物。故其民皆興仁義而賤財利。賤財利則不争，不争則强不淩弱，衆不暴寡，是唐虞所以具象刑，而民莫敢犯法，亂斯止矣。詩云：『告爾民人，謹爾侯度，用戒不虞。』此之謂也。」韓詩外傳六説古者命民，引詩同作「告」。詩攷引外傳同。今本作「質」，誤。馬瑞辰云：「『質』與『誥』不相通，『誥』當爲『詰』之譌。質、折雙聲，質、詰疊韻，古並通用。士冠禮『質明行事』，説文引作『哲明行事』。『哲』从『折』聲，是『質』通『折』之證也。古文『哲』从三『吉』作『嚞』，或省作『喆』，又通作『詰』。小爾雅：『詰朝，明旦也。』『詰』即『哲』之叚借，亦與『質』同，故爲『明日』。此『質』通『詰』之證也。三家詩蓋作『詰爾民人』，後以形近譌爲『誥』，又省作『告』耳。釋言：『誥、誓，謹也。』大司寇『詰四方』，鄭注：『詰，謹也。』是知爾雅『誥』亦『詰』字形之譌，與詩『詰』譌爲『誥』同。漢書刑法志『以刑邦國詰四方』，顔注：『詰字或作誥，誥，謹也。』蓋後人據誤本爾雅改之。詩『詰爾民人』，與下句『謹爾侯度』同義。『詰』亦『謹』也。」黄山云：「説文：『詰，問也。』『誥，告也。』『告』與『誥』音義並通。齊作『誥』，魯、韓作『告』，一也。尚書有『誥』、有『誓』，大傳『帝告』作『告』，『大誥』仍作『誥』，即其證。荀子大略篇『誥誓不及五帝』，『誥』與『誓』同爲以言誡約人，故釋言云：『誥、誓，謹也。』郭注：『皆所以約勤謹戒衆。』是也。雅文既誥、誓連舉，『誥』必非『詰』之誤，『謹』亦必非『問』之説明矣。易象下傳『后以施命誥四方』，鄭據古文『誥』作『詰謹』之訓，遂移於『詰』。而於大司寇之『詰四方』，亦遂以『謹』說『詰』。馬瑞辰據鄭注孤義，欲盡改經史各字就之，過矣。三家字既異毛，無反求合毛字音義之理。誥、告與質同爲句首字，抑非論韻之字，毛以『成』訓『質』，箋以『平』說『成』，皆與『謹』義無關。馬釋傳箋，必欲强三家就毛，無乃不知量。修文與外傳重在命民，即命誥也。鹽鐵論重在内備，即謹度也。以魯、韓之作『告』證齊之作『誥』，尤必不誤，何得改『詰』。『質』之通『詰』，『質』亦『問』也。馬如以清問下民爲說作『詰』，或可以『謹』爲說，則從鄭禮注，不若從釋言文又明矣。況誥、告、質古皆讀用正齒音，同在第七音第一部，本爲同母。十月之交『日月告凶』，漢書劉向傳引詩，『告』作『鞠』，禮文王世子『則告刑於甸人』，鄭注亦讀『告』爲『鞠』聲，又本於『質』近。『詰問』與『鞠問』皆以窮究罪狀爲義，亦正互通。方言：『布穀，自關東西梁、楚之間謂之結誥。』『布穀』爲雙聲字，『結誥』亦取雙聲，則『質誥』可同爲雙聲。太史公自序以『酒材是告』與上『叔封始邑』爲韻，『告』即『酒誥』之誥。告、邑爲疊韻字，則誥、質可同爲疊韻，又豈必不可通乎？特三家本無事求通於毛，仍可不論耳。」愚案：黃說主申三家，亦不可廢。齊作『誥』，正字；魯韓作『告』，借字。又「人民」，三家引詩皆作「民人」，亦古今之別也。說苑君道篇「人君不直其行，不敬其言者，未有能保帝王之號，垂顯令之名者也。詩曰：『愼爾出話，敬爾威儀，無不柔嘉。』此之謂也。」禮緇衣亦引詩『愼爾出話』二句，明魯齊與毛文同。史記晉世家引詩：「『白圭之玷，尚可磨也；斯言之玷，不可爲也。』」此魯詩，惟「尚」作「猶」異。禮緇衣引「白圭之玷」四句，明齊毛文同。說文引詩「白圭之刮」，當爲韓文。

無易由言，無曰苟矣！莫捫朕舌，言不可逝矣！無言不讎，【注】魯「讎」亦作「醻」、「酬」，韓作「酬」。無德不報。惠于朋友，庶民小子。子孫繩繩，萬民靡不承。【疏】傳：「莫，無。捫，持也。讎，用也。」箋：「由，於。逝，往也。女無輕易於教令，無曰苟且如是。今人無持我舌者，而自聽恣也。教令一往行於下，其過誤可得而已之乎？惠，順也。教令之出如賣物，物善則其售賈貴，物惡則其售賈賤。德加於民，民則以義報之。王又當施訓道於諸侯，下及庶民之子弟。繩繩，戒也。王之子孫敬戒行王之教令，天下之民不承順之乎？言承順也。」○新序雜事五引詩曰：「『無易由言，無曰苟矣。』可不慎乎？」說苑善說篇亦引二句。韓詩外傳五、外傳六皆引詩「無易由言」二句。鹽鐵論散不足篇引「無易由言」一句，明三家與毛文同。馬瑞辰讀「苟」爲「茍」，云：「說文：『茍，自急敕也。从羊省，从包省，从口。口，猶慎言也。』段注：『當作芊省，从勹、口。勹、口，猶慎言也。』『無曰苟矣』，無曰已能慎言也。」說新而義亦通，但與諸家不合。禮表記引詩云：「無言不讐，無德不報。」是齊與毛同。「魯讐作醻、酬」者，荀子富國篇、致仕篇兩引，皆作「讐」。列女周主忠妾傳「夫名無細而不聞，行無隱而不彰。詩云：『無言不醻，無德不報。』此之謂也。」蔡邕集太尉橋公廟碑「無言不酬」，張衡思元賦「無言而不酬兮」，是魯亦作「醻」、「酬」。（「酬」與「醻」同。）「韓作酬」者，外傳十載晏子使楚事，引詩二句，「讐」作「酬」。（據詩攷引，今本同毛。）後漢明帝紀永平二年詔，亦引作「酬」，據八年詔「昔應門失守，關雎刺世」，知帝習韓詩。韓詩外傳六服人之心章引詩曰：「惠于朋友，庶民小子。子孫承承，萬民靡不承。」據詩攷所引如此，今外傳同毛。馬瑞辰云：「韓作『承承』，蓋取子孫似續相承之義，『繩』與『慎』音近義通。下武篇『繩其祖武』，後漢祭祀志注引作『慎其祖武』，故爾雅毛傳並以『繩繩』爲『戒』。」又：「『萬民靡不承』，箋云：『天下之民不承順之乎？言承順之也。』據箋說，則鄭所見經文作『萬民不承』，無『靡』字。據釋文云：『一本靡作是。』『不』爲語詞，猶云『萬民是承』也。」

視爾友君子，輯柔爾顏，不遐有愆。相在爾室，尚不愧于屋漏。無曰不顯，莫予云覯！神之格思，不可度思，矧可射思。【疏】傳：「輯，和也。西北隅謂之屋漏。覯，見也。格，至也。」箋：「柔，安。遐，遠也。今視女之諸侯及卿大夫，皆脇肩諂笑以和安女顏色，是於正道不遠有罪過乎？言其近也。相，助。顯，明也。諸侯卿大夫助祭，在女宗廟之室，尚無肅敬之心，不慙媿於屋漏。有神見人之爲也。女無謂是幽昧不明，無見我者，神見女矣。屋，小帳也。漏，隱也。禮，祭於奥，既畢，改設饌於西北隅而厞隱之處。此祭之末也。矧，況。射，厭也。神之來至去止，不可度知，況可於祭末而有厭倦乎？」○陳奐云：「『友君子』，即上章所云『朋友』也。」愚案：「不遐」與「遐不」義同，猶言「不無」也。詩云今王出而見賓，與諸侯卿大夫相接，必和柔女之顏色，不可有暴慢之容，又時時檢制，不無稍有愆過，爲友君子所指摘乎？王入而承祭，必先齋潔其心，視在爾之室中，不慙愧於屋漏，毋曰闇昧不明而以爲莫我見也。神之來至，不可度知，矧可當事而有厭倦乎？釋宮：「西北隅謂之屋漏。」孔疏引孫炎解「屋漏」云：「當室之白，日光所漏入。」御覽百八十八引舍人曰：「古者徹屋西北厞，以炊浴汲者，訖而復之，古謂之屋漏也。」釋名：「禮，每有親死者，輒撤屋之西北隅，薪以爨竈煮沐，供諸喪用。時若值雨則漏，遂以名之也。」陳奐云：「喪大記：『甸人取所徹廟之西北厞，薪用爨之。』疏云：『謂正寢爲廟，神之也。』此卽劉與舍人所本，但喪大記謂新死者撤正寢西北厞隱之處，非卽廟室之西北隅，不得掍而爲一。且劉以『雨漏』作解，尤爲迂遠。孔疏謂『漏，隱』，釋言文。今爾雅作『陋』，『漏』卽『陋』之叚借。釋名：『帷，屋也，以帛依板施之，形如屋。』『屋』卽『幄』之叚借。鄭箋之意，蓋以詩之『屋』卽儀禮之『席』也，詩之『漏』卽儀禮之『厞』也。士虞疏云：『厞用席，謂以席爲障使之隱。』箋說爲長。」愚案：禮中庸引詩，說之云：「君子之所不可及者，其唯人之所不見乎？」是以「屋漏」爲人所不見之地，陳說是也。又引詩曰：「神之格思，不可度思，矧可射思。」言舉動皆有神鑒察之也。黄山云：「說文雨部『霤』、『屚』連文，義取同意：『霤，屋水流也。从雨，留聲。』『屚，屋穿水下也。从雨，在尸下。尸者，屋也。』水部：『漏，以銅受水刻節，晝夜百刻。从水，屚聲。』是『漏』爲刻漏、屋漏之漏，本以『屚』爲正字矣。雨水穿屋下爲『扃』，故日光穿中霤至室内亦爲『扃』，卽所謂『當室之白』也。鄭説月令『中霤』猶『室中』也。土主中央而神在室，古者複穴，是以名『室』爲『霤』。孔疏：『古者複穴，皆開其上取明，故雨霤之，因名室爲中霤，本取日光之明，因雨霤之名霤，故室中日光所入處亦得名扃。』『不愧屋扃』，卽言不愧於神明。神不可知，以天明之，猶言不愧於天，天亦不可知，以日明之。板之詩曰：『昊天曰旦』、『昊天曰明』是也。日循東南行，且明則光在西北室之西北隅，正天神照察處，而在室内，有屋覆之，則仍不顯。又設帳爲厞以棲神，則尤不顯。説文：『屋，居也。从尸，尸所主也。』『尸』卽神之尸，是屋之本義以棲神爲主。『徹厞以炊浴』，準以檀弓『掘中霤而浴浴』，亦卽在室中，自無並徹其上屋之理。古者喪不祭，故厞可徹。諸説本可互通。詩以『爾室』言，自指近地。鄭中庸注：『言君子雖隱居，不失其君子之德容。在室獨居，猶不愧於屋扃。』明非就廟言，蓋本齊詩，箋毛改爲『助祭』，反覺其窒。陳氏申箋『屋扃』義甚備，泥『爾室』爲『廟室』，亦非。」列女晉羊叔姬傳引詩：「無曰不顯，莫予云覯。」淮南泰族訓言「鬼神視之無形，聽之無聲」，亦引詩「神之格思」三句，明齊魯經文與毛同。

辟爾爲德，俾臧俾嘉。淑慎爾止，不愆于儀。不僭不賊，鮮不爲則。投我以桃，報之以李。彼童而角，實虹小子。

【疏】傳：「女爲善，則民爲善矣。止，至也。爲人君止於仁，爲人臣止於敬，爲人子止於孝，爲人父止於慈，與國人交止於信。僭，差也。童，羊之無角者也。而角，自用也。虹，潰也。」箋：「辟，法也。止，容止也。當審法度女之施德，使之爲民臣所善所美。又當善慎女之容止，不可過差於威儀。女所行不信，不殘賊者少矣，其不爲人所法。此言善往則善來，人無行而不得其報也。投，猶擲也。童羊，譬皇后也。『而角』者，喻與政事有所害也。此人實潰亂小子之政禮。天子未除喪稱『小子』。」○鄭注王制祭統：「辟，明也。」「辟爾爲德」，猶言明爾德。箋訓「法」，非。列女宋恭伯姬傳引詩：「淑慎爾止，不愆于儀。」禮緇衣：「詩云：『淑慎爾止，不諐于儀。』」鄭注：「淑，善也。諐，過也。

言善慎女之容止，不可過於禮之威儀也。」「愆」本又作「僁」。説文：「愆，過也。从心，衍聲。籀文作僁。」釋文：「譖，本亦作僭。」是陸所見本作「譖」，下「我譖」同。孔疏與陸「亦作」同。阮氏元以經本作「譖」，爲「僭」之借字，是也。荀子臣道篇：「忠信以爲質，端慤以爲統，禮義以爲文，倫類以爲理，喘而言，臑而動，而一可以爲法則。詩曰：『不僭不賊，鮮不爲則。』此之謂也。」列女代趙夫人傳引詩同。韓詩外傳六仁者必敬其人章亦引詩「不僭不賊」二句，明魯韓與毛同。鹽鐵論和親篇：「詩云：『投我以桃，報之以李。』未聞善往而有惡來者。」易林巽之節云：「嬰兒孩子，未有知識。彼童而角，亂我政事。」損之大畜同。此兩引皆齊詩，「嬰兒孩子」，蓋謂少年新進之徒，知箋以『童羊』喻「皇后」，非齊義也。釋言：「虹，潰也。」此魯義。郭注：「謂潰敗。」

荏染柔木，言緡之絲。温温恭人，維德之基。其維哲人，告之話言，順德之行。其維愚人，覆謂我僭，民各有心。【疏】傳：「緡，被也。温温，寬柔也。話言，古之善言也。」箋：「柔忍之木荏染然，人則被之弦以爲弓。寬柔之人温温然，則能爲德之基止。言内有其性，乃可以有爲德也。覆，猶『反』也。僭，不信也。語賢智之人以善言，則順行之；告愚人，反謂我不信。『民各有心』，二者意不同。」○荀子君道篇、不苟篇、非十二子篇、説苑修文篇、列女晉趙衰妻傳引：「温温恭人，惟德之基。」禮表記亦引詩二句。新序雜事四引詩「其惟哲人，告之話言，順德之行」三句，明魯齊經文與毛同，惟「維」作「惟」。釋文：「話，説文作『詁』，云：『詁，故言也。』」段注説文：「經當作『告之詁言。』」案，左襄二年傳亦引詩「告之話言」，是古文本作「話言」，與新序引魯詩合。陸據説文「話」作「詁」。今説文「詁」下云：「訓故言也。詩曰詁訓。」「話」下云：「合會善言也。傳曰『告之話言』。」臧琳、胡承珙、陳奂皆謂今説文經後人竄易，毛本作「詁言」，皆據傳以「古之善言」爲訓，與上「慎爾出話」傳有別耳。不知毛説詩多采左傳。左文六年傳「古之王者知命之不長』下云：「著之話言」，杜注亦云「爲作善言遺戒」。毛以「古之善言」解「話言」，明卽本此，則毛詩不作「詁言」亦其證。釋文不見毛有「或作」本，無可疑也。說文「話」下引傳「告之話言」，亦明卽「著之話言」，傳寫者涉詩，誤「著」爲「告」，又無可疑也。至「詁」下引「詩曰詁訓」，惠棟謂卽烝民之「古訓是式」。案，烝民「古訓」，魯作「故訓」，則齊韓宜亦有作「詁訓」者，釋文何以引說文，並據爲「詁言」之詁？蓋以「詁訓」二字釋「詁」，本齊韓傳說之通訓，許引經說，輒被以本經之名，亦其通例。陸知許所本，故直斷說文「話」作「詁」。魯既同毛作「話」，則說文所據爲齊韓之本，尤無可疑。

於乎小子，【注】魯韓「於乎」作「嗚呼」。**未知臧否！匪手攜之，言示之事。匪面命之，言提其耳。借曰未知，亦既抱子。**【注】齊「借」作「籍」。**民之靡盈，誰夙知而莫成？**【疏】傳：「借，假也。莫，晚也。」箋：「臧，善也。於乎，傷王不知善否，我非但以手攜挈之，親示之以其事之是非，我非但對面語之，親提撕其耳。此言以教道之，孰不可啟覺。假令人云王尚幼少，未有所知，亦以抱子長大矣，不幼少也。萬民之意皆持不滿於王，誰早有所知而反晚成與？言王之無成，本無知故也。」○「韓於乎作嗚呼」者，文選潘岳寡婦賦李注引韓詩外傳曰：「嗚，歎聲也。」陸機赴洛道中詩李注引薛君章句曰：「嗚，歎辭也。」陳喬樅云：「『外』疑『內』之譌。說文：『烏，孝烏也。象形。孔子曰：烏、盱，呼也。取其助氣，故以爲烏呼。』顏師古匡謬正俗曰：尚書今文悉爲『於戲』字，古文悉爲『烏呼』字，詩皆云『於乎』，中古以來文籍皆爲『烏呼』字。案經傳無作『嗚呼』者，唐石經誤爲『嗚』字，十之一耳。韓詩『嗚』字，當作『烏』爲正。」愚案：王逸楚詞章句序云：「詩人怨主刺上，曰『嗚呼小子，未知臧否。匪面命之，言提其耳。』風諫之語，于斯爲切。然仲尼論之，以爲大雅。」是魯亦作「嗚呼」也。桂馥云：「訏當爲『吁』。生民篇『實覃實訏』，箋：『吁，謂張口嗚呼。』『訏』卽『吁』也。」論衡道虛篇：「黃帝既上天，百姓皆抱其弓吁號，故後世名其弓曰烏號。」愚案：「於」亦「烏」之篆省，短言於長言。「烏呼」二字，究屬一字。胡承珙云：「『提耳』者，謂附耳而剖析之。穀梁僖二年傳注：『明達之人，言則舉綱領要，不言提其耳，則愚者不悟。』此亦以『提耳』爲言之詳也。」「齊借作籍」者，漢書霍光傳：「詩云：『籍曰未知，亦既抱子。』」是齊「借」作「籍」。籍、「藉」之叚借字也。

昊天孔昭，我生靡樂。視爾夢夢，我心慘慘。【注】魯「慘」作「懆」。魯說曰：「懆懆，慍也。」**誨爾諄諄，聽我藐藐。**【注】齊「諄」作「忳」，「藐」作「眊」。魯韓「藐」作「邈」。**匪用爲教，覆用爲虐。借曰未知，亦聿既耄。**【疏】傳：「夢夢，亂也。慘慘，憂不樂也。藐藐然不入也。耄，老也。」箋：「孔，甚。昭，明也。昊天乎乃甚明，察我生無可樂也。視王之意夢夢然，我心之憂悶慘慘然。愬其自恣，不用忠臣。我教告王口語諄諄然，王聽聆之藐藐然。忽略不用我所言爲政令，反謂之有妨害於事，不受忠言。」○釋訓：「夢夢，亂也。」孔疏引孫炎曰：「昏昏之亂也。」「魯慘作懆」者，釋訓：「懆懆，慍也。」釋文孔疏本作「慘慘」。惟張參五經文字作「我心懆懆」，與爾雅同，是魯文如此。說文：「懆，愁不安也。」「懆懆」義同。「齊諄作忳，藐作眊」者，禮中庸鄭注：「肫，讀如『誨爾忳忳』之忳。」是鄭所見齊詩文「諄」作「忳」。釋文：「毛『諄』又作『訰』。」亦於齊近。鴻範五行傳鄭注作「誨爾純純，聽我眊眊」，傳五行者亦齊詩。「藐」作「眊」，「純」當爲「忳」之誤文。「魯韓藐作邈」者，釋訓：「邈邈，悶也。」郭注：「煩悶。」說文：「悶，懣也。」「懣，煩也。」義與郭注合。聽而煩悶，即不樂聽受之皃。此魯訓。廣雅釋訓：「邈邈，遠也。」誨者在近而聽者若遠，乃迂闊所言之皃。當爲韓說。淮南修務訓高注：「詩云：『誨爾諄諄，聽我邈邈。』」正用魯韓訓。中論虛道篇「是己之非遂初之繆，至於身危國亡，可痛矣夫！詩曰：『誨爾諄諄，聽之藐藐。匪用爲教，覆用爲虐。』」徐學魯詩，所引蓋魯「又作」本。「聽我」作「聽之」，疑傳寫之誤。胡承珙云：「『亦聿既耄』，承上『聽我藐藐』言之，若云借曰我未有知，則亦聿既耄，更事多矣。如此，『既耄』二字方有著。」黄山云：「胡説非也。上章『借曰』二句屬王言，此改屬我言，於文義爲乖矣。聿，亦『曰』也。『亦曰既耄』者，言止合云我已惛耄耳。上『抱子』實言之，故云亦既此既耄。設言之，故云『亦聿』，正謂非悼非耄，不能辭咎。避上句『曰』字，故變文爲『聿』也。」

於乎小子，告爾舊止！聽用我謀，庶無大悔。天方艱難，曰喪厥國。【注】韓「曰」作「聿」。取譬不遠，昊天不忒。【注】魯「譬」作「辟」。回遹其德，俾民大棘。【疏】箋：「舊，久也。止，辭也。庶，幸。悔，恨也。天以王爲惡如是，故出艱難之事。謂下灾異，生兵寇，將以滅亡。今我爲王取譬，喻不及遠也，維近耳。王當如昊天之德有常，不差忒也。王反爲無常，維邪其行，爲貪暴，使民之財匱盡而大困急。」○「韓曰作聿」者，陸釋文、孔疏引韓詩並同，聿、曰古通用字，説詳桃夭篇。「魯譬作辟」者，列女齊靈仲子傳引詩：「聽用我謀，庶無大悔。」與毛文同。周郊婦人傳引詩：「取辟不遠，昊天不忒。」「譬」作「辟」，與毛異。

抑十二章，三章章八句，九章章十句。

桑柔

【注】魯説曰：昔周厲王好專利，芮良夫諫而不入，退賦桑柔之詩以諷。言是大風也，必將有遂；是貪人也，必將敗其類。王又不悟。故遂流于彘。【疏】毛序：「芮伯刺厲王也。」箋：「芮伯，畿内諸侯王卿士也，字良夫。」○「昔周」至「于彘」，潛夫論遏利篇文，魯説也。史記周本紀：「厲王即位三十年，好利，近榮夷公。芮良夫諫。厲王不聽，卒以榮公爲卿士，用事。王行暴虐侈傲。三十四年，王益嚴，國人莫敢言，道路以目。三年，乃相與畔，襲厲王。王出奔彘。」此詩之作，在榮公爲卿士後，去流彘之年，當亦不甚相遠。

菀彼桑柔，其下侯旬，捋采其劉。【注】魯「旬」作「洵」。魯説曰：洵，均也。劉，暴樂也。瘼此下民，不殄心憂。倉兄填兮，倬彼昊天，寧不我矜！【疏】傳：「興也。菀，茂貌。旬，言陰均也。劉，爆爍而希也。瘼，病也。倉，喪也。兄，滋也。填，久也。昊天，斥王者也。」箋：「桑之柔濡，其葉菀然茂盛，謂蠶始生時也。人庇陰其下者，均得其所。及已捋采之，則葉爆爍而疏，人息其下，則病於爆爍。興者，喻民當被王之恩惠，羣臣恣放，損王之德。殄，絶也。民心之憂無絶已，喪亡之道滋久長。倬，明大貌。昊天乃倬然明大，而不矜哀下民。怨愬之言。」○「洵，均也」者，釋言文。郭注：「謂調均。」邢疏引李巡曰：「洵，徧之均也。」下引毛詩「其下侯旬」，仍作「旬」。「劉暴樂也」者，釋詁文，郭注：「謂樹木葉缺落，蔭疏暴樂。見詩。」邢疏引舍人曰：「木枝葉稀疏不均爲爆樂。」下引毛傳，仍作「爆爍而希」。愚案：周禮均人「公旬」，鄭注：「旬，均也。讀如『畇畇原隰』之畇。易『坤爲均』，今亦有作『旬』者。」此與毛傳訓「旬」爲「均」同爲古文之説。鄭注禮時未見毛詩，故徵引不及，而此詩齊韓亦必同魯作「洵」，從可知矣。説文：「洵，過水中也。」「均，平徧也。」言「水中」則四面水皆「平徧」，故引申即爲「均」。「均」以土喻，「洵」以水喻，其取義亦同。凡詩之「洵」，皆當訓「均」。箋於静女宛邱皆訓爲「信」，然羔裘「洵直且侯」，毛仍從魯訓「均」，鄭亦不能易也。「暴樂」，單言之亦可曰「暴」。公羊宣六年傳「是活我於暴桑下者也」，「暴桑」即桑之暴樂者，足證釋詁今文正字，毛作「爆爍」通叚字。郭注「見詩」，當指魯詩。黄山云：「侯，維也。『維旬』止是言桑葉平徧時，則已暴樂而葉稀，又捋而釆之，則盡矣，以興王之病民無已也。舍人説但言『葉稀不均』，自屬正解。郭説『葉落蔭疏』，亦重在葉。箋言葉茂爲蠶始生，就蠶言葉，當亦本之三家，接言『人庇陰其下』，則兼顧毛義也。至謂『捋采之則人病於爆爍』，是采之而後稀，非缺落而稀矣。又謂人病即因失此陰，是比而非興矣，似亦非毛義。且桑葉本以養蠶，蠶時而采，無損於桑，至葉缺落，蠶事久畢，非采之時，故以捋采爲非，與馬質禁原蠶同意。如箋説，將不采以飼蠶，長留以蔭人乎？抑人不采，終不爆爍乎？知其義之短已。」釋文：「兄，本亦作況。」馬瑞辰云：「倉、兄疊韻，即滄、況之省借。說文：『滄，寒也。』『況，寒水也。』繫傳：『滄況，寒涼貌。』」孔疏引釋言云：「烝，塵也。」古塵、填字同，故「填」得爲「久」。

四牡騤騤，旟旐有翩。亂生不夷，靡國不泯。民靡有黎，具禍以燼。於乎有哀，國步斯頻！【注】三家「頻」作「矉」。【疏】傳：「騤騤，不息也。鳥隼曰旟，龜蛇曰旐。翩翩在路不息也。夷，平。泯，滅也。黎，齊也。步，行。頻，急也。」箋：「軍旅久出征伐，而亂日生不平，無國而不見殘滅也。言王之用兵不得其所，適長寇虐。黎，不齊也。具，猶俱也。災餘曰燼。言時民無有不齊被兵寇之害者，俱遇此禍以爲燼者。言害所及廣。頻，猶比也。哀哉國家之政，行此禍害比比然。」〇王引之云：「厲王時征伐甚少，不得云無國不見泯滅。泯，亂也，承上『亂生不夷』，故云『靡國不亂』耳。」黎，老，耆老也。黎、耆古通。尚書「西伯戡黎」，大傳「黎」作「耆」，是其證也。馬瑞辰云：「『民靡有黎』，謂老者轉死溝壑。雲漢篇：『周餘黎民，靡有孑遺。』黎民亦老民也。曹植詩『不見舊耆老』，正取詩『民靡有黎』之意。」「三家頻作矉」者。說文：「矉，張目也。詩云：『國步斯矉。』」此本三家詩。馬瑞辰云：「說文：『頻，水厓也。人所賓附。頻蹙不前而止。』頻、賓古同音通用，『頻』義又近『顰』。說文：『顰，涉水。』『顰，蹙也。』詩云國步之難，猶頻爲水涯盡處，頻蹙不前，故傳訓『頻』爲『急』，『急』猶『蹙』也。」

國步滅資，天不我將。靡所止疑，云徂何往？君子實維，秉心無競。誰生厲階，至今爲梗？【疏】傳：「疑，定也。競，彊。厲，惡。梗，病也。」箋：「蔑，猶『輕』也。將，猶『養』也。徂，行也。國家爲政行此，輕蔑民之資用，是天不養我也。我從兵役無有止息時，今復云行，當何之往也？『君子』，謂諸侯及卿大夫也。其執心不彊於善，而好以力爭。誰始生此禍者，乃至今日相梗不止。」〇馬瑞辰云：「『疑』者，『𠤕』字之叚借。說文：『𠤕，未定也。』」段注：

『未，衍字。』是也。士昏禮、鄉飲酒禮鄭注皆云：『疑，止立自定之貌。』釋言：『疑，戾也。』『戾，止也。』皆卽說文之『𠤕』。詩云『靡所止疑』，與下章『靡所定處』同義。」黄山云：「段氏輕改說文此條，尤爲無理，馬氏據之，非也。詩『靡所止疑』，及儀禮各篇『疑立』之文，爾雅釋言『疑休』之訓，經文本皆作『疑』，段則謂皆當作『𠤕』。說文：『𠤕，未定也。从匕，吴聲。吴，古文矢字。』『匕，變也。』（今「變匕」之「匕」作「化」，皆借字。）易繫傳『變動不居』，不居卽未定，𠤕从『匕』，故訓亦爲『未定』。此字本不見經典，且與毛傳訓『疑』爲『定』適得其反，段則謂『未』爲衍字，遂改𠤕『未定』之義爲『定』。『𠤕』何以有『定』義？則曰變而後定。將『元』之从『一』，訓『始』，可改訓終『二』之指事，爲高可改爲低乎？無理一。說文：『疑，惑也。从子、止，吴聲。』（「吴」原作「匕」、「矢」二字，誤。）徐鍇曰：『止，不通也。吴，古『矢』字。子，幼子多惑也。』疑既从『止』，明有『定』義。其訓爲『惑』，事疑惑則不行，故說文『疑』聲之字，如『凝』之卽『冰』，『譺』與『儗』之皆訓『駭』，『礙』之訓『止』，皆有『定止』義。釋言：『疑，戾也。』郭注：『戾，止也。』『疑』者亦『止』，卽其證矣。段乃强从『匕』之字爲『定』，誣从『止』訓『定』之字爲譌。無理二。古『疑』本通『凝』。易『陰始疑也』之疑，釋文荀虞姚皆作『凝』。禮中庸『至道不凝焉』之凝，釋文又作『疑』。廣雅釋詁及書臯陶謨『庶績其凝』，馬注皆云：『凝，定也。』荀子解蔽篇『求可以知物之理而無所疑止』之作『疑』，王制篇『好假道人而無所凝止也』，又作『凝』，似皆卽本魯詩『靡所止疑』爲說。楊注亦云：『凝，定也。』說文『凝』卽『冰』，冰訓『水堅』，亦卽水定、水止之義可悟。諸經『疑』字之訓爲『定止』者，實借爲『凝』。鄭鄉射禮注：『疑，止也，有矜莊之色。』公食大夫禮注：『疑，正立也，自定之貌。』士昏禮注：『疑，正立自定之貌。』止曰矜莊，定曰正立，明卽以『疑』爲『端凝』之凝。段乃並改鄭注『正立』爲『止立』，以就其說。無理三。從段作『𠤕』，必徧改羣經字書文注，而義仍不确，不若不改之爲長。」愚案：段說久爲後來說經者所崇信，然詩攷引齊詩正作「止凝」，則「疑」卽是「凝」，不必改字明矣。廣雅：

「梗，病也。」此魯韓義，與毛同。後漢段熲傳引詩：「至今爲鯁。」鯁，魚骨刺也，疑亦本三家詩。

憂心慇慇，【注】魯「慇」作「隱」。念我土宇。我生不辰，逢天僤怒。自西徂東，靡所定處。多我覯痻，孔棘我圉。【疏】傳：「宇，居。僤，厚也。圉，垂也。」箋：「辰，時也。此士卒從軍久，勞苦自傷之言。痻，病也。圉，當作『禦』。多矣我之遇困病，甚急矣我之禦寇之事。」○「魯慇作隱」者，釋訓：「殷殷，憂也。」字作「殷」。王逸楚詞遠遊章句：「隱隱，憂也。詩曰：『憂心殷殷。』」舊校云：「一作隱隱。」陳喬樅云：「詩釋文『慇慇』下云：『樊光「於謹」反。爾雅云：憂也。』爾雅釋文：『殷，樊光「於謹」反。』郝氏懿行云：此卽『隱』字之音。臧鏞堂云：爾雅是魯詩之學，樊光本必作『隱隱，憂也』。引詩云：『憂心隱隱。』王逸楚詞注亦與爾雅同，今本『殷殷』，皆後人據毛詩改之。舊校可證也。」黃山云：「詩於用韻之字，可卽韻而得音義之範圍，北門『憂心殷殷』，本當作『慇』，與下『莫知我艱』爲韻。說文：『慇，痛也。』卽此字。毛作『殷』，釋文又作『慇』，又音『隱』。作『慇』是矣，音『隱』則非。此詩『憂心殷殷』，本當作『隱』，與下『宇』、『怒』亦爲韻。『殷』卽『隱』之通叚，故柏舟『如有隱憂』，韓『隱』本作『殷』。書大傳『以孝子之隱乎』，鄭注：『隱字或爲殷。』周語『勤恤民隱』，劉熊碑引作『勤恤民殷』。文選閒居賦『隱隱乎』，李注：『亦作殷殷，音義同。』皆可互證。蓋『殷』之字从反身爲依，本有『隱』義。惟毛作从『心』之『慇』，則古無通者矣。」易林大過之泰『我生不辰』，明齊毛文同。

爲謀爲毖，亂況斯削。告爾憂恤，誨爾序爵。誰能執熱，逝不以濯？其何能淑，載胥及溺！【疏】傳：「毖，慎也。濯，所以救熱也。禮，亦所以救亂也。」箋：「女爲軍旅之謀，爲重慎兵事也，而亂滋甚於此，日見侵削。言其所任非賢。恤，亦憂也。逝，猶去也。我語女以憂天下之憂，教女以次序賢能之爵，其爲之當如手持熱物之用濯。謂治國之道，當用賢者。淑，善。胥，相。及，與也。女若云此於政事何能善乎？則女君臣皆相與陷溺於禍難。」

○趙岐孟子章句七：「是猶執熱而不以濯也。詩云：『誰能執熱，逝不以濯？』詩大雅桑柔之篇，言誰能持熱，而不以水濯其手。」此魯說也。段玉裁云：「尋詩意，『執熱』言觸熱苦熱。『濯』訓『滌』，沐以濯髮，浴以濯身，洗以濯足，皆得云『濯』。詩謂誰能苦熱，而不澡浴以潔其體，以求涼快者乎？凡爲熱水所湯者，不可以冷水浸激。前人注皆云『濯其手』，由泥於『執』字耳。」愚案：以「執熱」爲苦熱，杜詩中屢用之。韓昌黎答張籍書云：「若執熱者之濯清風也。」此皆段說所本。左襄三十一年傳衛北宮文子引詩，釋之云：「禮之於政，如熱之有濯也。濯以救熱，何患之有？」墨子尚賢中篇：「爵位不高，則民不敬也。蓄祿不厚，則民不信也。政令不斷，則民不畏也。故古聖王高予之爵，重予之祿，任之以事，斷予之令，夫豈爲其臣賜哉，欲其事之成也。詩曰：『告女憂卹，誨女予鬱。孰能執熱，鮮不用濯？』則此語古者國君諸侯之不可以不執善承嗣輔佐也，譬之猶執熱之有濯也，將休其手焉？」王念孫雜志云：「『鬱』爲『爵』之譌。兩『爾』字皆作『女』，『序』作『予』，『誰』作『孰』，『逝』作『鮮』，『以』作『用』，所見詩有異文也。『善』上『執』字衍。」是解經「濯」爲「濯手」，其義最古。唐人新解，未足以易之也。又章句七：「詩云：『其何能淑，載胥及溺。』淑，善也。載，辭也。胥，相也。刺時君臣何能爲善乎？但相與爲沈溺之道也。」韓詩外傳四、外傳六並引詩：「其何能淑，載胥及溺。」明魯韓經文與毛同。

如彼遡風，亦孔之僾。民有肅心，荓云不逮。好是稼穡，力民代食。稼穡維寶，代食維好。

【疏】傳：「遡，鄉。僾，唈。荓，使也。『力民代食』，無功者食天祿也。」箋：「肅，進。逮，及也。今王之爲政，見之使人唈然如鄉疾風，不能息也。王爲政，民有盡於善道之心，當任用之，反卻退之，使不及門，但好任用是居家吝嗇於聚斂作力之人，令代賢者，處位食祿。明王之法，能治人者食於人，不能治人者食人。禮記曰：『與其有聚斂之臣，寧有盜臣。』聚斂之臣害民，盜臣害財。』此言王不尚賢，但貴吝嗇之人與愛代食者而已。」○釋言：「僾，唈也。」郭云：「嗚唈，短氣。」皆見詩。」是「如彼」二句喻王政所及，民皆如彼鄉疾風者，爲之唈然短氣。釋詁：「肅，進也。」又：「俾、拼、抨，使也。」郭注：「皆謂使令。見詩。」爾雅不爲「荓」字作訓。釋文：『荓，或作拼。』蓋三家詩自作「拼」、「抨」，不作『荓』也。以上鄭箋皆卽據魯義。王念孫云：「傳箋不解『云』字。廣雅釋詁：『云，有也。』『荓云不逮』，卽使有不逮是也。古以仕進爲行，論語『用之則行』是也。廣雅釋詁：『進，行也。』民有進心，卽有欲行其道之心。使有不逮，卽使有不行耳，不必如箋所云『使不及門』也。」箋說「稼穡」爲「居家吝嗇」。釋文：「家，王申毛，音『駕』，謂耕稼也。鄭作『家』，謂居家也。穡，本亦作嗇。尋鄭『家嗇』二字本皆無『禾』，下『稼穡卒痒』始从『禾』。」案，下章「稼穡卒痒」，鄭亦从「禾」，此章直解作「家嗇」，未合。韓詩外傳十晉平公之時篇引詩「稼穡維寶，代食維好」二句，仍作「稼穡」，是毛本之作『家嗇』，字或省缺，不當有別義。韓文可證。魯、齊當同。詩言有土此有財，稼穡本王之所好也，王好是稼穡，勤民爲資而使人代食之。朝廷處位所食之祿，皆自勤民來也。是稼穡信維寶矣，食天祿者亦必果好，庶足以對吾民耳。漢書食貨志「力農數耘」，注：「力，謂勤作之也。」孟子「祿足以代其耕也」，注：「士不得耕，以祿代耕也。」禮仲尼燕居注：「好，善也。」左襄二十八年傳疏：「好，卽善之意也。」

天降喪亂，滅我立王。降此蟊賊，稼穡卒痒。哀恫中國，具贅卒荒。靡有旅力，以念穹蒼。

【疏】傳：「贅，屬。荒，虛也。穹蒼，蒼天。」箋：「滅，盡也。蟲食苗根曰蟊，食節曰賊。耕種曰稼，收斂曰穡。卒，盡。痒，病也。天下喪亂國家之災，以窮盡我王所恃而立者。謂蟲孽爲害，五穀盡病。恫，痛也。哀痛乎中國之人，皆見係屬於兵役，家家空虛。朝廷曾無有同力諫諍，念天所爲下此災。」○韓詩外傳八梁山崩篇、外傳十魏文侯問里克篇並引詩：「天降喪亂，滅我立王。」明韓毛文同。楊雄大司農箴：「府藏單虛，靡積靡倉。陵遲衰微，姬卒以痒。」用魯經文。易林同人之節：「螟蟲爲賊，害我稼穡。盡禾殫生，秋無所得。」用齊經文。韓詩外傳六「民勞思佚，治暴思仁，刑危思安，國亂思天。詩曰：『靡有旅力，以念穹蒼。』」亦韓毛文同。釋天：「穹蒼，蒼天也。」郭注：「天形穹隆，其色蒼蒼，因名。」邢疏引李巡曰：「古時人質，仰視天形穹隆而高，其色蒼蒼然，故曰穹蒼。」魯毛義同，齊韓當不異。

維此惠君，民人所瞻。秉心宣猶，考慎其相。維彼不順，自獨俾臧。【注】魯「俾」作「卑」。自有肺腸，俾民卒狂。【疏】傳：「相，質也。」箋：「惠，順。宣，遍。猶，謀。慎，誠。相，助也。維至德順民之君，爲百姓所瞻仰者，乃執正心舉事，徧謀於衆，又考誠其輔相之行，然後用之。言擇賢之審。臧，善也。彼不施順道之君，自多足獨謂賢。言其所任之臣皆善人也。不復考慎，自有肺腸行其心中之所欲，乃使民盡迷惑如狂，是又不宣猶。」○「不順」，與「惠君」對舉，「不順」即「不惠」也。「自獨俾臧」，自獨以所使者爲臧也。民視君爲效法，不善而以爲善，是使民惑矣。禮祭統鄭注：「惟此惠君，民人所瞻。」明齊毛文同。「魯俾作卑」者，呂覽知度篇高注：「自智謂人愚，自巧謂人拙。詩云：『惟此不順，自獨卑臧。』愚拙者之謂也。」淮南氾論訓高注亦云：「訾毁人行，自獨卑臧。」皆以「卑」爲「俾」，是魯作「卑」。「俾」正字，「卑」借字。

瞻彼中林，甡甡其鹿。朋友已譖，不胥以穀。人亦有言，進退維谷。【疏】傳：「甡甡，衆多也。谷，窮也。」箋：「譖，不信也。胥，相也。以，猶與也。穀，善也。視彼林中，其鹿相輩耦行，甡甡然衆多。今朝廷羣臣皆相欺，皆不相與以善道，言其鹿之不如。〔進退維谷〕，前無明君，卻迫罪役，故窮也。」○說文：「甡，衆生並立之皃。」重言之則衆多曰「甡甡」。文選班固幽通賦曹大家注：「大雅曰：『人亦有言，進退惟谷。』此敬慎之戒也。」韓詩外傳六載齊家石他死田常事，外傳十載楚申鳴死白公事，並引「人亦有言，進退維谷」二句。阮元云：「『谷』乃『穀』之叚借字，本字爲『穀』。」

（釋天：「東風謂之谷風。」郭注：「谷之言穀。」書堯典「昧谷」，周禮縫人注作「柳穀」。）『進退維穀』，穀，善也。此乃古語，詩人用之。近在『不胥以穀』之下，嫌於二『穀』相並爲韻，即改一叚借之『谷』字，此詩人義同字變之例也。晏子春秋叔向問晏子曰：『齊國之德衰矣，今子何若？』晏子對曰：『嬰聞事明君者竭心力以没其身，行不逮則退，不以誣持祿。事惰君者優游其身以没其世，力不能則去，不以諛持危。且嬰聞君子之事君也，進不失忠，退不失行。不苟合以隱忠，可謂不失忠；不持利以傷廉，可謂不失行。』叔向曰：『善哉！詩有之曰：「進退維谷」，其此之謂與？』此與外傳言石他『進盟以免父母，退伏劍以死其君』，引詩『進退維谷』同義，皆謂處兩難善全之事而處之皆善也。歎其善，非嗟其窮也。且叔向曰『善哉』，『善』字即明訓『谷』字也。」愚案：阮說是矣。胡承珙駁之，以爲石申二事是謂進退兩窮，未可謂進退皆善。夫二人事處極難，但求全義，不必全身，此即聖人殺身成仁之旨，其終同歸於善。凡事至窮時皆必求善道以處之，曹大家所謂「敬慎之戒」，亦不外此。晏子古説，無可疑難。韓傳二事並足證合，是釋「谷」爲「善」，於義允協。經訓當引之愈深，不應疏之使淺，致乖古人立言之意也。

維此聖人，瞻言百里。維彼愚人，覆狂以喜。匪言不能，胡斯畏忌？【注】魯「斯」亦作「此」。

【疏】傳：「瞻言百里，遠慮也。」箋：「聖人所視而言者百里，言見事遠而王不用。有愚闇之人，爲王言其事，淺且近耳，王反迷惑信用之而喜。『胡』之言『何』也。賢者見此事之是非，非不能分別皁白，言之於王也，然不言之何也？此提懼犯顔得罪罰。」○韓詩外傳五：「不出户而知天下，不窺牖而見天道。詩曰：『惟此聖人，瞻言百里。』」外傳十引同。胡承珙云：「箋以『瞻言』之言爲言語，今案，『瞻言』之言，但爲語助。據韓詩云云，亦不以『瞻言』爲所視而言也。」「魯斯亦作此」者，徐幹中論虚道篇：「忠言之不出，以未有嗜之者也。詩曰：『匪言不能，胡斯畏忌。』」明魯毛文同。漢書賈山傳山至言，論秦不納諫，亦引詩「匪言不能，胡此畏忌」。賈山上書當文帝時，所用魯詩，「斯」字作「此」，蓋魯「亦作」本。

維此良人，弗求弗迪。維彼忍心，是顧是復。民之貪亂，寧爲荼毒？【疏】傳：「迪，進也。」箋：「良，善也。國有善人，王不求索，不進用之。有忍爲惡之心者，王反顧念而重復之。言其忽賢者而愛小人。貪，猶『欲』也。天下之民苦王之政，欲其亂亡，故安爲苦毒之行，相侵暴。慍恚云之然。」○荀子儒效篇「凡人莫不欲安榮而惡危辱，故唯君子爲能得其所好，小人則日徼其所惡。詩曰：『維此良人，弗求弗迪。維彼忍心，是顧是復。民之貪亂，寧爲荼毒？』此之謂也。」禮坊記：「詩云：『民之貪亂，寧爲荼毒？』」鄭注：「言民之貪爲亂者，安其荼毒之行。惡之也。」明魯齊與毛同。

大風有隧，【注】魯「大」作「泰」。有空大谷。維此良人，作爲式穀。維彼不順，征以中垢。【疏】傳：「隧，道也。中垢，言闇冥也。」箋：「西風謂之大風。大風之行，有所從而來，必從大空谷之中。喻賢愚之所行，各由其性。作，起。式，用。征，行也。賢者在朝則用其善道，不順之人則行闇冥。受性於天，不可變也。」○「魯大作泰」者，釋天：「西風謂之泰風。」郭注：「詩曰：『泰風有隧。』」此用舊注魯詩文。御覽九、初學記一引詩亦作「泰」。詩釋文：「大，毛如字，鄭音泰。」箋用魯詩改毛。惟潛夫論班祿篇、遏利篇兩引「大風」，（詳下。）皆據魯詩，「泰」仍同毛作「大」。古書多叚『大』爲『泰』，師讀固自不同也。韓詩外傳五「以明扶明則昇于天，以明扶闇則歸其人。兩瞽相扶，不傷牆木，不陷井穽，則其幸也。詩曰：『惟彼不順，往以中垢。』闇行也。」陳喬樅云：「參之箋說，『往』疑『征』之譌。」愚案：陳說是也。「中垢」言闇冥，與牆有茨「中冓」音義皆同。

大風有隧，【注】韓「隧」作「隊」，魯亦作「遂」。貪人敗類。聽言則對，誦言如醉。匪用其良，覆俾我悖。【疏】傳："類，善也。覆，反也。"箋："類，等夷也。對，答也。貪惡之人，見道德之言則應答之，見誦詩書之言則冥卧如醉。居上位而行此，人或效之。居上位而不用善，反使我爲悖逆之行。是形其敗類之驗。"○"韓隧作隊，魯亦作遂"者，韓詩外傳五："福生於無爲，而患生於多欲。知足，然後富從之。德宜君人，然後貴從之。故貴爵而賤德者，雖爲天子，不尊矣。貪物而不知止者，雖有天下，不富矣。夫土地之生不益，山澤之出有盡，懷不富之心而求不益之物，挾百倍之欲而求有盡之財，是桀紂之所以失其位也。詩曰：『大風有隊，貪人敗類。』"據此，韓"隧"作"隊"。潛夫論班禄篇"咸氣加而化上風，患害切而迫飢寒，此臧紇所以不能詰其盜者也。詩曰：『大風有隧，貪人敗類。』"明魯、毛文同。又遏利篇言是大風也，必將有遂是貪人也，必將敗其類。亦用魯詩，"隧"作"遂"，是魯亦作"遂"。隊、遂皆與"隧"同聲而義不異。列女晉羊叔姬傳、漢書宣元六王傳贊均引詩"貪人敗類"。韓詩外傳六引詩："聽言則對，誦言如醉。"明三家皆與毛文同。

嗟爾朋友，予豈不知而作！如彼飛蟲，時亦弋獲。既之陰女，反予來赫。【疏】傳："赫，炙也。"箋："『嗟爾朋友』者，親而切磋之也。而，猶『女』也。我豈不知女所行者惡與？直知之。女所行如是，猶鳥飛好自恣東西南北，時亦爲弋射者所得。言放縱久無所拘制，則將遇伺女之間者得誅女也。之，往也。口距人謂之『赫』。我恐女見弋獲，既往覆陰女。謂啟告之以患難也。女反赫我，出言悖怒，不受忠告。"

民之罔極，職涼善背。爲民不利，如云不克。民之回遹，職競用力。【疏】傳："涼，薄也。"箋："職，主。諒，信也。民之行失其忠者，主由爲政者信用小人，工相欺違。克，勝也。爲政者害民，如恐不得其勝。言至酷也。競，逐也。言民之行維邪者，主由爲政者逐用彊力相尚故也。言民愁困，用生多端。"○陳啟源云："末二章三言民俗之敗，皆歸咎於執政之人。上欺違，則民心罔中矣；上尚力而不尚德，則民行邪僻矣；上爲寇盜之行，則民心不能安定矣。此詩刺王而兼及朝臣，故篇末縷陳之。」漢書五行志「盡涼陰之哀」注顏：「涼，信也。」是「涼」本與「諒」通訓，箋即本齊義易毛。下「涼曰」同作「諒」，誤也。

民之未戾，職盜爲寇。涼曰不可，覆背善詈。雖曰匪予，既作爾歌！【疏】傳：「戾，定也。」箋：「爲政者主作盜賊爲寇害，令民心動搖不安定也。善，猶『大』也。我諫止之以信，言女所行者不可。反背我而大詈，言距已諫之甚。予，我也。女雖觝距已言，此政非我所爲，我已作女所行之歌，女當受之而改悔。」

桑柔十六章，八章章八句，八章章六句。

雲漢【注】韓詩曰：「對彼雲漢。」韓說曰：「宣王遭旱仰天也。」【疏】毛序：「仍叔美宣王也。宣王承厲王之烈，內有撥亂之志，遇烖而懼，側身修行，欲銷去之。天下喜於王化復行，百姓見憂，故作是詩也。」箋：「仍叔，周大夫也。春秋魯桓公五年：『夏，天王使仍叔之子來聘。』烈，餘也。」○「對彼」至「天也」，鈔本北堂書鈔天部引韓詩及注文，所云「宣王遭旱仰天」，與毛序同，特未言仍叔作詩耳。合之繁露「宣王憂旱」云云，（詳下。）是齊詩與韓合。魯詩當無異義。

倬彼雲漢，昭回于天。【疏】傳：「回，轉也。」箋：「雲漢，謂天河也。昭，光也。倬然天河水氣也，精光轉運于天。時旱渴雨，故宣王夜仰視天河，望其候焉。」○韓詩作「對彼雲漢」。（引見上。）王念孫云：「『對』當爲『菿』，菿、倬古字通。小雅甫田篇『倬彼甫田』，釋文云：『倬，韓詩作菿，卓也。』是毛『倬』字，韓皆作『菿』，則『對』爲『菿』之譌無疑。俗書『剳』字或作『對』，見漢孔廟置守廟百石孔龢碑及干祿字書。『菿』字或作『剳』。『菿』之爲『剳』，猶『荊』之爲『荆』，二形相似，世人多見『對』，少見『剳』，故『剳』譌爲『對』矣」。互詳甫田篇。王曰於乎！何辜今之人？天降喪亂，饑饉薦臻。【注】齊「於乎」作「嗚呼」,「薦」作「荐」。靡神不舉,靡愛斯牲。圭璧既卒,寧莫我聽?【注】韓說曰:「天子奉玉升柴,加於牲上。」【疏】傳:「薦,重。臻,至也。」箋:「辜,罪也。王憂旱而嗟歎,云何罪與今時天下之人,天仍下旱災亡亂之道,饑饉之害復重至也。靡、莫,皆『無』也。言王爲旱之故,求於羣神,無不祭也。無所愛於三牲,禮神之圭璧又已盡矣,曾無聽聆我之精誠,而興雲雨。」○「齊於乎作嗚呼,薦作荐」者,春秋繁露郊祀篇:「周宣王時,天下大旱,歲惡甚,王憂之。」引此章十句,與毛文同,惟「於乎」作「嗚呼」,「薦」作「荐」。「天子」至「牲上」,禮郊特牲疏引韓詩內傳文。陳喬樅云:「此詩二章言:『不殄禋祀,自郊徂宮。』此章『圭璧既卒』,承上『靡愛斯牲』,當兼燔柴之玉言之。箋僅釋圭璧爲禮神之玉,其義未備。」荀悅漢紀六:「消灾復異,則有周宣雲漢,寧莫我聽。」用齊經文。

旱既太甚,蘊隆蟲蟲。【注】韓「蘊」作「鬱」,「蟲」作「烔」。魯「蟲」作「爞」。【疏】傳:「蘊蘊而暑,隆隆而雷,蟲蟲而熱。」箋:「隆隆而雷,非雨雷也,雷聲尚殷殷然。」○「蘊作鬱,蟲作烔」者,釋文引韓詩文。馬瑞辰云:「釋文:『蘊,本又作煴。』說文有『薀』無『蘊』,云:『薀,積也。』『蘊』即『薀』之俗字。薀、温、煴古同聲,薀、鬱雙聲,故通用。釋言:『鬱,氣也。』李巡曰:『鬱,盛氣也。』荀子富國篇『使夏不宛暍』,楊倞注:『宛,讀爲鬱,暑氣也。』是『薀』又通作『宛』。宛、鬱亦雙聲。『蘊隆』,謂暑氣鬱積而隆盛也。」「蟲作烔」者,衆經音義四引埤蒼:「烔烔,熱貌也。」廣韻:「烔,熱氣烔烔。」「烔」與「蟲」皆「徒冬」反,故通用。「爞」通作「烔」,猶說文「蝕」從「蟲」省聲,讀若「同」也。陳喬樅云:「鬱,本訓火氣,左定二年傳『鬱攸從之』,杜注:『鬱攸,火氣也。』詩以火氣之熏比旱氣之熏,故云『鬱隆烔烔。』」華嚴經音義下引韓詩傳曰:「烔,謂燒草傳火盛也。」「傳火」與「燒」字意複,當是「傳火」之譌,此「烔」字本義也。字林訓「烔」爲「爇氣烔烔」,即本韓詩。釋名:「熱,爇也,如火所燒爇也。」是「熱氣」即爇火之氣。玉篇:「爞,熏也。」集韻:「爞,本作烔。」則「爞」乃「烔」之或體。「魯蟲作爞」

者，釋訓：「爞爞，薰也。」郭注：「旱熱薰炙人。」毛詩「蟲蟲」，卽「爞爞」之省。不殄禋祀，自郊徂宮。上下奠瘞，靡神不宗。后稷不克，上帝不臨。耗斁下土，【注】韓説曰：耗，惡也。寧丁我躬？【疏】傳：「上祭天，下祭地，奠其禮，瘞其物。宗，尊也。國有凶荒，則索鬼神而祭之。丁，當也。」箋：「宮，宗廟也。爲旱故絜祀不絕，從郊而至宗廟。奠瘞天地之神，無不齊肅而尊敬之。言徧至也。克，當作『刻』。刻，識也。斁，敗也。奠瘞羣臣，（疑『神』。）而不得雨，是我先祖后稷不識知我之所困與？天不視我之精誠與？猶以旱耗敗天下爲害，曾使當我之身有此乎？先后稷，後上帝，亦從宮之郊。」○繁露郊祀篇又引此章十句，與毛文同，惟「斁」作「射」，下又云：「宣王自以爲不能乎后稷，不中乎上帝，故有此災。有此災，愈恐懼而謹事天。」馬瑞辰云：「劉台拱曰：『宮，卽王宮祭日之類，周禮所謂壇壝宮。』其說是也。祭廟、祭郊不同日，下云『后稷不克』者，謂郊天以后稷配，非祭宗廟也。箋說失之。」陳喬樅云：「論衡須頌篇云：『成湯遭旱，周宣亦然。然而成湯加「成」，宣王言「宣」。无妄之災，不能虧政。』據董子引詩『饑饉荐臻』。釋言：『荐，再也。』釋天又曰：『仍饑爲荐。』毛傳作『薦』，訓爲『重』。釋詁：『臻，仍乃也。』仍、乃古通用，訓『臻』爲『乃』，卽訓『臻』爲『仍』也。『薦臻』，猶今言『頻仍』耳。六章曰『胡寧瘨我以旱』，釋文引韓詩作『疹』，云『重也』。皇甫謐言，宣王元年大旱，二年不雨，至六年乃雨。謐言無據，然遭旱非止一年，則三家說同。齊說云『不能乎后稷，不中乎上帝』，皆爲自責之詞，於義尤協。」黃山云：「據繁露說『不克』、『不臨』，詩皆倒文見義，以『能』訓『克』，以『中』訓『臨』。『中』讀如『仲』，與『臨』皆以『適』通訓，猶云『不當也，與箋義迥別。」愚案：說苑君道篇：「詩曰：『上下奠瘞，靡神不宗。』言疾旱也。」此魯說。「耗，惡也」者，釋文引韓詩文。後漢竇后紀「問息耗」，李注引薛君章句曰：「耗，惡。息耗，猶言善惡也。」「耗」卽「秏」之俗。玉篇禾部云：「秏，敗也。」引詩「秏斁下土」。毛「耗」無訓，傳云：「斁，敗也。」蓋以「斁」爲「殬」之借字，則「耗」義當訓「惡」，與韓同。馬瑞辰云：「後漢順帝紀詔『靡神不祭』，三家詩蓋有作『祭』者。」

旱既太甚，則不可推。兢兢業業，如霆如雷。周餘黎民，靡有孑遺。昊天上帝，則不我遺。胡不相畏，先祖于摧？【疏】傳：「推，去也。兢兢，恐也。業業，危也。無孑然遺失也。摧，至也。」箋：「黎，衆也。旱既不可移去，天下困於饑饉，皆心動意懼，兢兢然，業業然，狀如有雷霆近發於上。周之衆民多有死亡者矣，今其餘無有孑遺者。言又餓病也。摧，當作『嗺』。嗺，嗟也。天將遂旱餓殺我與？先祖何不助我恐懼，使天雨也。先祖之神于嗟乎，告困之辭。」○趙岐孟子章句：「『周餘黎民，靡有孑遺。』志在憂旱災民，無孑然遺脫、不遭旱災者，非無民也。」論衡治期篇：「詩道周宣遭大旱矣。詩曰：『周餘黎民，靡有孑遺。』言無有可遺一人不被害者。災害之甚者也。」又藝增篇：「詩云：『周餘黎民，靡有孑遺。』是謂周宣之時遭大旱之災也。詩人傷旱之甚，民被其害，言無有孑遺一人不愁痛者。夫旱甚，則有之矣；言無有孑遺一人，增之也。周之民遭大旱之災，貧羸無蓄積，扣心思雨。若其富人，穀食饒足，廩囷不空，口腹不飢，何愁之有？而言『靡有孑遺』，增益其文，欲言旱甚也。」以上皆魯說。漢書高惠文功臣表：「靡有孑遺，耗矣。」用齊經文。孟子說「孑遺」爲「遺民」，以「遺存」爲義，魯齊說同。毛訓「遺」爲「遺失」，是謂天盡殺之，不失一人，義雖相成，實故爲異說。馬瑞辰云：「『則不我遺』，遺，當讀如『問遺』之遺。廣雅釋詁：『問，遺也。』若如正義訓爲『留遺』，則與『孑遺』語相複矣。」

旱既太甚，則不可沮。赫赫炎炎，云我無所。大命近止，靡瞻靡顧。羣公先正，則不我助。父母先祖，胡寧忍予？【疏】傳：「沮，止也。赫赫，旱氣也。炎炎，熱氣也。大命近止，民近死亡也。先正，百辟卿士也。先祖，文武爲民父母也。」箋：「旱既不可卻止，熱氣大甚，人皆不堪。言我無所芘蔭處，衆民之命，近將死亡，天曾無所視，無所顧於此國中而哀閔之？百辟卿士，雩祀所及者，今曾無肯助我憂旱。先祖文武，又何爲施忍於我，不使天雨？」○漢書敘傳：「赫赫炎炎。」易林乾之睽：「陽旱炎炎，傷害禾穀。穡人無食，耕夫歎息。」明齊毛文同。後漢質帝紀梁太后詔曰：「自春涉夏，大旱炎赫。」后通韓詩，用韓經文。

旱既太甚，滌滌山川。【注】三家「滌」作「蔋」。旱魃爲虐，如惔如焚。【注】三家「惔」作「炎」。我心憚暑，【注】韓說曰：憚，苦也。憂心如熏。羣公先正，則不我聞。昊天上帝，寧俾我遯？【疏】傳：「滌滌，旱氣也。山無木，川無水。魃，旱神也。惔，燎之也。憚，勞。熏，灼也。」箋：「憚，猶『長』也。旱既害於山川矣，其氣生魃而害益甚，草木焦枯，如見焚燎然。王心又畏難此熱氣，如灼爛於火。言熱氣至極。『不我聞』者，忽然不聽我之所言也。天曾將使我心遯遯慙愧於天下，以無德也。」○「三家滌作蔋」者，說文：「蔋，草旱盡也。从艸，俶聲。詩曰：『蔋蔋山川。』」玉篇艸部「蔋」亦引詩「蔋蔋山川」，云：「蔋蔋，旱氣也。本亦作滌。」廣韻：「蔋，艸木旱死也。」集韻：「蔋，或作蓨。」說文字本从「俶」，自玉篇傳寫誤从「淑」，廣韻集韻皆沿其誤。玉篇云「亦作滌」，本借毛字通讀。集韻又誤增「艸」，則更不經。皆當據說文、毛詩訂正。毛作「滌」，則作「蔋」者三家也。黃山云：「說文茲、蔋連文，『茲』訓『艸木多益』，『絲』省聲；『蔋』訓『艸旱盡也』，『俶』聲。段玉裁所謂反對成文者是矣。『絲』从二『系』，故其義爲『益』、爲『多』。『俶』，善也，一曰始也。道貴隱而惡顯，故『臧』之字即爲『藏』。物自無而之有，故『元』之字通於『无』。艸木初生爲『屮』，引申即爲『屯難』之屯。故『蔋』以『俶』爲聲而得『旱盡』之義，亦即釋詁『鮮』爲『善』、『落』爲『始』之指。蔋、俶本一音伸縮之轉，从『尗』之字有『宋』，从『叔』之字有『惄』，亦不獨『踧踧周道』之踧，與『蔋』得同有『徒歷』音也。史記魯仲連傳、文選子虛賦皆以『俶』爲『倜儻』之倜，即以同音通叚，尤『俶』有『徒歷』音之證。段說文注反疑从『俶』音義不類。當以『蓨』爲正字，謂从『滌』，如艸木盪滌無有。然滌，洒也；盪，滌器也，亦無『盡』義，且果如段說，毛有本字，不必加『艸』。『麀鹿濯濯』之濯，毛訓『娛游』，趙岐訓『肥飽』，『娛』與『肥』皆美善意，孟子卽用爲若彼『濯濯』之濯。段說淺率，於字義、經訓蓋兩失之。」易林革之豐「旱魃爲虐」，明齊毛文同。又小畜之中孚「魃爲災虐」，用齊經文。玉篇引文字指歸曰：「女妭禿無髮，所居之處天不雨。」山海經大荒北經：「係昆之山，有人衣青衣，名曰黃帝女妭。黃帝攻蚩尤冀州，蚩尤請風伯雨師，縱大風雨。黃帝乃下天女曰妭，雨止，遂殺蚩尤。妭不得上，所居不雨。」「妭」卽「魃」字之叚借。張衡客難曰：「女魃北而應龍翔。」義本山海經，其說最古。御覽引韋昭詩答問曰：「旱魃眼在頭上。」與神異經言「魃目在頂上」合。「三家惔作炎」者，後漢章帝紀建初五年詔：「今時復旱，如炎如焚。」李注引韓詩曰：「旱魃爲虐，如炎如焚。」知三家今文皆作「炎」字。說文：「炎，火光上也。」「憚，苦也」者，釋文引韓詩文。陳喬樅云：「傳云：『憚，勞。』箋云：『憚，猶畏也。』勞、苦義近，『畏』亦『苦』之意也。」馬瑞辰云：「遯，當讀『屯難』之屯。遯、屯古同聲，遯、困亦同聲。廣雅釋詁：『困，逃也。』『遯』義爲『逃』，亦爲『困』。遺人疏引書傳云：『居而無食謂之困。』寧、乃一聲之轉，『寧俾我遯』，猶云乃使我困也。箋說失之。」

旱既太甚，黽勉畏去。【注】魯「黽勉」作「密勿」。胡寧瘨我以旱，【注】韓「瘨」作「疹」，云：疹，重也。憯不知其故？祈年孔夙，方社不莫。昊天上帝，則不我虞。敬恭明神，宜無悔怒。【疏】傳：「悔，恨也。」箋：「瘨，病也。黽勉，急禱請也。欲使所尤畏者去，所尤畏者魃也。天何曾病我以旱，曾不知爲政所失而致此害。虞，度也。我祈豐年甚早，祭四方與社又不晚，天曾不度知我心。肅事明神如是，明神宜不恨怒於我，我何由當遭此旱也。」○「魯黽勉作密勿」者，後漢蔡邕傳邕上封事曰：「宣王遭旱，密勿祗畏。」陳喬樅云：「據此，知毛詩『黽勉畏去』，魯作『密勿畏去』，與十月之交『黽勉從事』，劉向引作『密勿從事』文同。」馬瑞辰云：「廣雅釋詁：『畏，惡也。』卽苦此旱而惡去之也。箋說失之。」「疹，重也」者，釋文引韓詩文。陳喬樅云：「釋言：『胗，重也。』『疹』與『胗』音同義通。疹，籀文『胗』字。衆經音義引三蒼云：『胗，腫也。』『腫』與『重』音義亦同。」愚案：說文瘨，「真」聲。胗、疹皆「㐱」聲，真、㐱一聲之轉。胗訓「脣瘍」，「瘍」亦病，則「疹」與「瘨」義仍合。張衡東京賦「爰敬恭於明神」，用魯經文。「明神」之神，釋文本作「祀」，云：「或作明神。」李富孫云：「文選陸機答張士然詩、江淹雜詩李注並引作『明祀』，後漢章帝紀、黃瓊傳並有『敬恭明祀』之文。孔龢碑、樊毅華山亭碑、白石神君碑亦同作『明祀』，當是三家本。」據此，神、祀古今文均兩作。魯作「明神」，則作「明祀」者當爲齊韓也。

旱既太甚，散無友紀。鞫哉庶正，疚哉冢宰，趣馬師氏，膳夫左右，靡人不周，無不能止。瞻仰昊天，云如何里？【疏】傳：「歲凶，年穀不登，則趣馬不秣，師氏弛其兵，馳道不除，祭事不縣，膳夫徹膳，左右布而不修，大夫不食粱，士飲酒不樂。周，救也。無不能止，言無止不能也。」箋：「人君以羣臣爲友。『散無其紀』者，凶年祿餼不足，又無賞賜也。鞫，窮也。庶正，衆官之長也。疚，病也。『窮哉』、『病哉』者，念此諸臣勤於事而困於食，以此言勞倦也。『周』，當作『賙』。王以諸臣困於食，人人賙給之，權救其急，後日乏無不能豫止。里，憂也。王愁悶於不雨，但仰天曰，當如我之憂何。」○胡承珙云：「正義申鄭：『言上文言王之於臣祿餼不足，則此言當爲王救羣臣，不宜爲羣臣救人，故易傳。』今案，春秋時列國有災，卿大夫尚有能出所蓄以賑窮民者，如楚子文、宋公子鮑之類。則宣王之時，羣臣以祿食之餘，賙給百姓，固其宜矣。若謂臣困於食而王給之，則是給其祿餼，不當言『周』。且周官荒政十二，無賑給羣臣之條。庶政，冢宰位高祿厚，此而待賑，民當若何？況救荒當先及小民，不應但賙給有位也。」釋文：「里，如字，憂也。本亦作『㾛』，爾雅作『悝』，並同。」

瞻卬昊天，有嘒其星。【注】三家「嘒」作「譓」，「星」作「聲」。大夫君子，昭假無贏。大命近止，無棄爾成。何求爲我，以戾庶正？瞻卬昊天，曷惠其寧？【疏】傳：「嘒，衆星貌。假，至也。戾，定也。」箋：「假，升也。王仰天，見衆星順天而行嘒嘒然，意感，故謂其卿大夫曰：天之光耀升行不休，無自贏緩之時，今衆民之命近將死亡，勉之助我，無棄女之成功者。若其在職復無幾，何以勸之也。使女無棄成功者何？但求爲我身乎？乃欲以安定衆官之長，憂其職事。曷，何也。王仰天曰：當何時順我之求，使我心安乎？渴雨之至也，得雨則心安。」〇「三家嘒作譓，星作聲」者，說文：「譓，聲也。从言，歲聲。詩曰：『有譓其聲。』」段注：「如史所云『赤氣亘天，砰隱有聲』之類，蓋卽此詩之異文。」愚案：天不旱亦有星，且係夜觀，非晝所覩。「有譓其聲」，蓋災異之一端，故特言之。此出三家詩。嘒、譓，星、聲音俱相近，諸家傳授字異，遂各據所聞釋之。馬瑞辰云：「說文廣雅並曰：『盈，緩也。』箋訓『贏』爲『緩』，義與『盈』同。但以文義求之，蓋勉羣臣敬恭祀典之意，言誠能昭假於天，其感應之理未有贏差者。」願無棄成功，助我求雨，冀天終惠我以安寧也。

雲漢八章，章十句。

崧高

崧高【疏】毛序：「尹吉甫美宣王也。天下復平，能建國親諸侯，襃賞申伯焉。」箋：「尹吉甫、申伯，皆周之卿士也。尹，官氏。申，國名。」〇此詩及下章皆有詩人自名。三家無異義。

崧高維嶽，駿極于天。【注】三家「崧」作「嵩」，「駿」作「峻」。維嶽降神，生甫及申。維申及甫，維周之翰。四國于蕃，【注】韓「蕃」作「藩」。四方于宣。【疏】傳：「崧，高貌。山大而高曰崧。嶽，四嶽也。東嶽岱，南嶽衡，西嶽華，北嶽恒。堯之時，姜氏爲四伯，掌四嶽之祀，述諸侯之職於周，則有甫、有申、有齊、有許也。駿，大。極，至也。嶽降神靈和氣，以生申、甫之大功。翰，幹也。」箋：「降，下也。四嶽，卿士之官，掌四時者也，因主方嶽巡守之事，在堯時姜姓爲之，德當嶽神之意而福興，其子孫歷虞夏商，世有國土，周之甫也、申也、齊也、許也，皆其苗胄。申，申伯也。甫，甫侯也。皆有賢知，入爲周之楨榦之臣。四國有難，則往扞禦之，爲之藩屏。四方恩澤不至，則往宣暢之。甫侯相穆王，訓夏贖刑。美此俱出四嶽，故連言之。」○「三家崧作嵩，駿作峻。韓蕃作藩」者，禮孔子閒居：「其在詩曰：『嵩高維嶽，峻極于天。惟嶽降神，生甫及申。惟申及甫，惟周之翰，四國于蕃，四方于宣。』此文武之德也。」鄭注：「峻，高大也。翰，幹也。言周道將興，五嶽爲之生賢輔佐，仲山甫及申伯爲周之幹臣，天下之蕃衛，宣德于四方，以成其王功。此宣王詩也。」何休公羊莊四年解詁引詩：「嵩高惟嶽，峻極于天。」易林大壯之兌：「嵩高岱宗，峻直且神。」是齊「崧」作「嵩」，「駿」作「峻」。爾雅釋山：「山大而高崧。」釋文：「崧，本作嵩。」郭注：「今中嶽嵩高山，蓋依此立名。」邢疏引李巡云：「高大曰嵩。」（孔疏引李郭說作「嵩」，皆順毛改字。）李郭二說皆據爲「嵩」。釋文又云，足證經文本作「嵩」。楊雄河東賦「瞰帝唐之嵩高兮。」漢書雄傳顏注：「嵩亦高也。『嵩高』者，謂唯天爲大，唯堯則之也。」應劭風俗通義十：「中央曰嵩高。詩云：『嵩高惟嶽，峻極于天。』」是魯「崧」作「嵩」，「駿」作「峻」。王應麟詩攷據韓詩外傳五引詩云：「嵩高維嶽，峻極于天。維嶽降神，生甫及申。維申及甫，維周之翰。四國于藩，四方于宣。』此文武之德也。」是韓「崧」作「嵩」，「駿」作「峻」，「蕃」又獨作「藩」。文選游天台山賦李注、初學記五、藝文類聚七、白帖五、御覽三十九及八百八十一引詩首二句，皆作「嵩」、「峻」。毛據釋文無異本，則諸書所引亦皆韓詩。今外傳五「嵩」仍作「崧」，此如爾雅之「崧」，皆後人順毛改字。其餘三家說有作「崧」者，（趙岐孟子注、蔡邕楊公碑之類。）卽誤字矣。韋昭國語注：「『嵩』字古通用『崇』字。」說文：「崇，嵬高也。」正與「嵩高」義合，別無「嵩」、「崧」字。新附補「嵩」，云：「中岳嵩山也。从山、从高，亦从松。」仍引韋注，通用「崇」字。崇，隸寫或爲「密」。漢書武帝改「嵩高」爲「密高」，以「密」本卽「嵩」也。後漢靈帝紀復「崇高」爲「嵩高」，則已離之矣。」說文：「嶽，東岱，南靃，（同「霍」。）西華，北恆，中太室，王者巡狩所至。」重文卽「岳」。諸家嶽、岳不同，今古異也。釋山首列五嶽之名，末復云：「泰山爲東嶽，華山爲西嶽，霍山爲南嶽，恆山爲北嶽，嵩高爲中嶽。」「嵩高」郭注：「太室山也。」是許言五嶽與雅訓合。毛傳以嶽爲堯時四岳，復舉四山以實之，又變霍言衡，以與衆異，鄭箋遷就其說，孔疏更强爲之辭。然閒居引詩，言「此文武之德」，鄭注云：「『五嶽爲生賢輔佐。』」外傳亦推本文武。夫申甫爲周輔佐，周備五嶽，自應統舉。德應由於文武，不必乞靈於堯時之山。證以爾雅說文，知三家有同義也。「嵩高」，本概言山之崇高，太室乃依以立名，郭注明言之。然就山說詩，五嶽自可任舉，齊主泰岱，易林卽就岱宗言「嵩高」。太室既被此名，說詩尤切，故應氏因說中嶽，亦引詩以見義。獨鼎臣新附字說竟以「嵩」爲中岳專名，不復知有嵩高之詩，斯大謬矣。陳喬樅云：「孔疏謂箋以甫爲甫侯，而孔子閒居引此詩，注以甫爲仲山甫，外傳稱樊仲山甫，則是樊國之君，必不得與申伯同爲嶽神所生。注禮之時，未詳詩意故耳。喬樅謂疏說非也。後漢張衡傳應閒曰：『申伯樊仲，實榦周邦。』亦以甫爲仲山甫，與鄭記注合。張述魯詩，鄭述齊詩，是魯齊說同。蔡邕薦董卓表云：『是故申伯山甫，列於大雅。』蔡亦述魯詩者，並以申甫爲申伯仲山甫。又司空楊公碑云：『昔在申呂，匡佐周宣，崧高作誦，大雅揚言。』『申呂』卽此詩之申伯山甫也。張衡司徒呂公誄云：『四嶽在虞，傅士佐禹。克厭天心，姓姜氏呂。登是南邦，以家以處。降及于周，穆侯作輔。登受八命，袞職靡傾。』據此，則樊仲山甫亦係出呂，同爲四嶽之裔，故詩言『惟嶽降神，生甫及申』也。孔疏以仲山甫是樊國之君，必不得與申伯同爲嶽神所生，何疏於考據邪？困學紀聞謂，『仲山甫』猶儀禮所謂『伯某甫』。『甫』與『父』同，若以仲山甫爲『甫』，則尹吉甫程伯休父亦可言『甫』矣。伯厚妄用駁難，其說愈失之。」愚案：陳氏引應閒「申伯樊仲」證齊義同於魯家，引呂誄「袞職靡傾」證樊仲亦出四岳，此二條最足破孔疏之固。惟三家既以「嶽」爲五嶽，則毛傳四岳之後本不關詩恉，係屬添設。況孔疏既謂姜姓於四岳之中爲其一，則非姜姓者尚有其三。既謂樊係國名，又何不可，姓姜姓呂，似亦不足辨也。至呂誄言姜呂而遠溯四嶽，說本齊太公世家。

亹亹申伯，王纘之事，于邑于謝，【注】韓「纘」作「踐」，云：「任也。」魯「纘」作「薦」，「謝」作「序」。南國是式。王命召伯，定申伯之宅。登是南邦，世執其功。【疏】傳：「謝，周之南國也。召伯，召公也。登，成也。功，事也。」箋：「亹亹，勉也。纘，繼。于，往。于，於。法，式也。亹亹然勉於德不倦之臣有申伯，以賢入爲王之卿士，佐王有功。王又欲使繼其故諸侯之事，往作邑於謝。南方之國皆統理施其法度，時改大其邑，使爲侯伯，故云然。之，往也。申伯忠臣，不欲離王室，故王使召公定其宅，令往居謝，成法度於南邦，世世持其政事，傳子孫也。」○「韓纘作踐，云任也」者，釋文引韓詩文。陳喬樅云：「禮中庸『踐其位』，鄭注：『踐，或作纘。』此踐、纘古通之證。韓訓『踐』爲『任』者，謂王任用之，使經理南國之事也。」「魯纘作薦，謝作序」者，潛夫論志氏姓篇：「四嶽伯夷，爲堯典禮，折民惟刑，以封申呂。裔或封于申城，在南陽宛北序山之下。故詩曰：『亹亹申伯，王薦之事。于邑于序，南國爲式。』」陳喬樅云：「地理志：『南陽郡宛，故申伯國有屈申城。』與潛夫論說合。又三式篇：『周宣王時，輔相大臣，以德佐治，亦獲有國。故尹吉甫作封頌二篇，其詩曰：「亹亹申伯，王纘之事。于邑于謝，南國是式。」又曰：「四牡彭彭，八鸞鏘鏘。王命仲山甫，城彼東方。」此言申伯仲山甫文德致昇平，而王封以樂土，賜以盛服也。』案，三式篇引詩，字仍與毛同，此後人據毛改之，非王氏舊本也。」愚案：纘、踐、薦皆音近通假。「謝」與「序」，亦雙聲轉變。

王命申伯，式是南邦。因是謝人，以作爾庸。王命召伯，徹申伯土田。王命傅御，遷其私人。【疏】傳：「庸，城也。徹，治也。御，治事之官也。私人，家臣也。」箋：「庸，功也。召公既定申伯之居，王乃親命之，使爲法度於南邦。今因是故謝邑之人而爲國，以起女之功勞。言尤章顯也。『治』者，正其井牧，定其賦稅。『傅御』者，二王治事，謂冢宰也。」○陳奂云：「書牧誓篇：『我友邦冢君，御事，司徒，司馬，司空。』指治事三卿。至大誥酒誥梓材召誥雒誥等篇言『御事』，皆爲諸侯治事之臣。此傳以『治事之官』釋經文之『御』，正與書義合。臣工『嗟嗟臣工』、『嗟嗟保介』，傳：『工，官也。』凡大國三卿，命於天子，皆有職司於王室，故天子得以敕之、命之。『傅御』，猶『保介』也。諸侯之上大夫卿，亦兼孤，故春秋陽處父爲太傅，士會將中軍爲太傅。箋以『傅御』謂『冢宰』，正義用箋申傳，失之。『私人』，即傅御之私人。傅御爲諸侯之臣，故傳以『私人』爲『家臣』矣。禮玉藻『大夫私事，使私人，擯則稱名』。鄭注：『士臣於大夫曰私人。』儀禮士相見注：『家臣稱私。』『有司徹』，注：『私人家臣，已所自謁除也。大夫言私人，明不純臣也。』此言私人爲大夫家臣之證。」

申伯之功，召伯是營。有俶其城，寢廟既成。既成藐藐，王錫申伯。四牡蹻蹻，鉤膺濯濯。【疏】傳：「俶，作也。藐藐，美貌。蹻蹻，壯貌。鉤膺，樊纓也。濯濯，光明也。」箋：「申伯居謝之事，召公營其位而作城郭及寢廟，定其人神所處。召公營位，築之已成，以形貌告於王，王乃賜申伯，爲將遣之。」○馬瑞辰云：「說文：『俶，善也。』『有俶』，爲城繕修之貌。」黃山云：「馬以『繕』通『善』，然說文：『繕，補也。』舊壞者可言『繕』，新營之城不得言『繕』明矣。釋詁：『俶，始也。』說文：『俶，善也。一曰始也。』『有俶其城』，猶云始有其城。詩云謝舊無城，營之始有，言『有』則城已成可知。『俶』對『既』言，『既』猶『終』也，相應爲辭。」愚案：上言「召伯是營」，則此不必更訓「俶」爲「作」。下文「藐藐」專指寢廟，承「寢廟既成」言也。釋詁：「藐藐，美也。」說文作「懇」。「鉤膺」，詳采芑篇。

王遣申伯，路車乘馬，我圖爾居，莫如南土，錫爾介圭，【注】魯「介」作「玠」。以作爾寶。往迈王舅，南土是保。【疏】傳：「乘馬，四馬也。寶，瑞也。迈，已也。申伯，宣王之舅也。」箋：「王以正禮遣申伯之國，故復有車馬之賜。因告之曰：我謀女之所處，無如南土之最善。圭長尺二寸謂之介。非諸侯之圭，故以爲寶。諸侯之瑞圭，自九寸而下。迈，辭也，聲如『彼記之子』之記。保，守也，安也。」〇「魯介作玠」者，釋器：「珪大尺二寸謂之玠。」郭注：「詩曰：『錫爾玠珪。』」此魯說。「玠圭」，大圭，惟天子得有之，故經云「以作爾寶」。箋亦云「非諸侯之圭，故以爲寶」，惟申伯膺此特賜，俾之世守。韓奕篇「以其介圭，入覲于王」，則諸侯之命圭亦因緣稱之，與申伯所錫不同也。爾雅釋器以明禮制，字作「玠」，餘省作「介」。張衡述魯詩，其應閒云：「服袞而朝，介圭作瑞。」亦作「介」是也。「迈」，舊作「近」。黄山云：「此篇首、二、四、五、六章，第七句皆韻。『往近王舅』，『舅』字卽與本章馬、土、寶、保上下爲韻。用韻之句，則有倒文，如六章『謝于誠歸』、七章『不顯申伯』皆是。『往近王舅』，亦當解作『王舅往近』。周語引書曰：『民可近也，亦不可上也。』韋注：『民可以思意近。』說文：『近，附也。』謂『親附』之也。華嚴經音義下引顧野王云：『近，所以爲親也。』皆『近』訓『親附』之證。王勉申伯往謝，親附其人民鄰國，以保守是土，故接云『南土是保』也。毛鄭皆順說之，故傳訓『近』爲『已』。『近』之古文作『岓』，上从『止』，則本有『已』義。已、止同部，故音亦可轉爲『已』。古已、己卽一字，記、忌字从『己』，亦得通叚，故箋卽讀『近』爲『彼記』之記。釋文遵傳箋作音，乃其通例。孔疏又申明『近』得轉『記』，由其聲近。皆卽借『近』爲『已』，通『已』於『記』。唐石經以下各本，於『近』字亦從無異作。自宋毛居正撰六經正誤，始以『近』爲『迈』之誤。段阮以下，紛然據以改經。然說文『迈』在丌部『丌』訓『薦物』之丌。『迈』訓『遒人以木鐸記詩言』。徐鍇釋之云：『遒人行而求之，故从辵、丌。薦而進之於上也。』此卽今『記載』之記。而『記』之本字說文訓爲『疏』，疏者昔所已言，非億不明，則專爲『記憶』之記。『彼記』之記，其本字既仍爲『已』，不可通於『近』明矣。是改『近』爲『近』，同出於借，固不如不改爲長。況說文『近』未引經，爾雅、廣雅皆不爲『近』作訓，又何從定爲此詩之本字乎？」愚案：緜之詩曰：「予曰有疏附。」訓「近」爲「附」，倒文見義，於說亦得。毛訓「近」爲「己」，「己」卽「矣」字。「往矣王舅」，亦卽倒文。箋讀爲「記」，作「彼記」，「記」下無「之」字，則不詞。以「近」通「記」，固非也。釋文孔疏均不改字，箋「彼記」之記，孔疏本原作『彼己』之己，故直謂箋爲申傳。宋本箋作「記」，涉釋文「音記」而誤。毛居正又沿作「記」而誤。顧炎武唐韻正已駁之矣。惟段玉裁說「往己王舅」，謂「近」从「丌」，「丌」卽古「其」字，其、己、忌、記、丌、近同部通假。說亦不可廢。陳奐疏本已據改，今仍從之。

申伯信邁，王餞于郿。申伯還南，謝于誠歸。王命召伯，徹申伯土疆，以峙其粻，【疏】魯說曰：粻，糧也。式遄其行。【疏】傳：「郿，地名。」箋：「邁，行也。申伯之意，不欲離王室，王告語之，復重於是，意解而信行。餞，送行飲酒也。時王蓋省岐周，故于郿。云『還南』者，北就王命于岐周而還反也。『謝于誠歸』，誠歸于謝。粻，糧。式，用。遄，速也。王使召公治申伯土界之所至。『峙其糧』者，令廬市有止宿之委積。用是速申伯之行。」〇釋文：「以時，如字，本又作峙。」是陸所見本作「以時其粻。」馬瑞辰云：「說文：『庤，儲置屋下也。』『偫，待也。』『儲，偫也。』二字音義同，詩『庤乃錢鎛』，考工記總目注引作『偫乃錢鎛』，是其證。繫傳本無『庤』，疑『庤』卽『偫』之或體。周語韋注：『偫，具也。』釋詁：『峙，具也。』說文以『峙』爲『峙躇』字，此詩釋文本作『時』及『峙』，正義引俗本作『時』，皆當爲『偫』字之叚借。說文無『峙』字，今正義及釋文本作『峙』者，皆『峙』字之流變。玉篇廣韻云『庤』或作『時』。衆經音義一又云：『古文峙，今作跱。同。』」「粻，糧也」，釋言文，魯說也。郭注：「今江東通言粻。」說文有「糧」無「粻」，云：「糧，穀也。」惟「餱」字注引周書曰：「峙乃餱粻。」今書作「糗糧」。禮王制「五十異粻」，箋注並云：「粻，糧也。」雜記「載粻」，鄭注：「粻，米糧也。」

申伯番番，既入于謝，【注】魯「謝」亦作「徐」。徒御嘽嘽。周邦咸喜，戎有良翰。不顯申伯，王之元舅，文武是憲。【疏】傳：「番番，勇武貌。諸侯有大功，則賜虎賁徒御。嘽嘽，徒行者、御車者嘽嘽喜樂也。『不顯申伯』，顯矣申伯也。『文武是憲』，言有文有武也。」箋：「申伯之貌，有威武番番然，其入謝國，車徒之行嘽嘽安舒。言得禮也。禮，入國不馳。周，遍也。戎，猶『女』也。翰，幹也。申伯入謝，遍邦内皆喜曰：女乎有善君也。相慶之言。憲，表也。言爲文武之表式。」○「魯謝作徐」者，楚詞七諫王注：「徐，周宣之舅申伯所封也。詩曰：『申伯番番，既入於徐。』」陳喬樅云：「潛夫論引詩，『謝』作『序』。（見上引。）此又作『徐』。序、謝古音通轉，孟子書『序者射也』可證。禮記射義『序點』，注云：『序點，或爲徐點。』是『序』與『徐』古通。王述魯詩，本或不同，各據所見也。」韓詩外傳八云：「若申伯仲山甫，可謂救世矣。昔者周德大衰，道廢於厲，申伯仲山甫相宣王，撥亂世反之正，天下略正，宗廟復興。申伯仲山甫乃並順天下，匡救邪失，喻教德，舉遺士，海内翕然向風，故百姓浡然詠宣王之德。詩曰：『周邦咸喜，我有良翰。』又曰：『邦國若否』云云。如是可謂救世矣。」案，據此，韓與魯齊同以甫爲仲山甫，與毛指甫爲甫侯異。愚謂若是甫侯，吉甫引與申伯同稱，決無全不表章之理。惟其甫屬樊仲，封頌各贈一人，故此詩首章申甫並言，而其功績專於下章明之。立言之體，固如是也。若如毛説，稱頌申伯而推一無可稱述之達官配之，當亦爲申伯所不許矣。黄山云：「箋以甫爲卽相穆王訓夏贖刑之甫侯。無論甫侯作刑，由於諸侯不睦，左氏以爲叔世亂政，史家亦不以爲君臣之盛，不當以申伯並提。且中隔恭懿孝夷厲五王，相距太遠。由泥定俱出四嶽，遂强相牽合耳。」

申伯之德，柔惠且直。揉此萬邦，聞于四國。吉甫作誦，其詩孔碩，其風肆好，以贈申伯。【疏】傳：「吉甫，尹吉甫也。作是工師之誦也。肆，長也。贈，增也。」箋：「揉，順也。『四國』，猶言四方也。碩，大也。吉甫爲此誦也，言其詩之意甚美大風切，申伯又使之長行善道。以此贈申伯者，送之令以爲樂。」○釋文：「揉，本亦作柔。」馬瑞辰云：「民勞篇『柔遠能邇』，傳：『柔，安也。』『安』與『順』義近，故『揉』亦省作『柔』。說文：『柔，木曲直也。』『煣，屈申木也。』凡經傳中作『揉』者，皆卽說文『煣』字之異體。」

崧高八章，章八句。

烝民

烝民【疏】毛序：「尹吉甫美宣王也。任賢使能，周室中興焉。」○三家無異義。

天生烝民，有物有則。民之秉彝，好是懿德。【注】韓「烝」作「蒸」。魯「彝」作「夷」。天監有周，昭假于下。保茲天子，生仲山甫。【疏】傳：「烝，衆。物，事。則，法。彝，常。懿，美也。仲山甫，樊侯也。」箋：「秉，執也。天之生衆民，其性有物象，謂五行仁義禮智信也；其情有所法，謂喜怒哀樂好惡也。然而民所執持有常道，莫不好有美德之人。監，視。假，至也。天視周王之政教，其光明乃至于下。謂及衆民也。天安愛此天子宣王，故生樊侯仲山甫使佐之，言天亦好是懿德也。書曰：天聰明自我民聰明。」○「韓烝作蒸」者，韓詩外傳六：「大雅曰：『天生蒸民，有物有則。民之秉彝，好是懿德。』言民之秉德以則天，不知所以則天，又焉得爲君子乎？」「烝」作「蒸」，通用字。白虎通姓名篇：「姓者生也，人秉天氣所以生也。詩曰：『天生烝民。』」潛夫論相列篇：「詩所謂『天生烝民，有物有則』。」明魯毛文同。「魯彝作夷」者，潛夫論德化篇：「詩云：『民之秉夷，好是懿德。』故民有心也，猶爲種之有園也。遭和氣，則秀茂而成實；遭水旱，則枯槁而生孽。民蒙善化，則有士君子之心；被惡政，則人有懷姦惡之慮。」趙岐孟子章句十一：「詩言『天生烝民，有物有則。』有所法則，人法天也。『民之秉夷』，夷，常也，常好美德。」陳喬樅云：「魯作『夷』，與毛作『彝』異。書洪範『是彝是訓』，史記宋世家引作『是夷是訓』。明堂位『夏后氏以雞夷』，鄭注：『夷，讀爲彝。』周禮司尊彝司農注，卽引作

『鷄夷』。古夷、彝二字多以音同通用。」續漢郡國志：「河内郡修武，故南陽，秦始皇更名。有南陽城，陽樊攢茅田。」服虔曰：「樊仲山之所居，故名陽樊。」後漢樊宏傳：「其先周仲山甫封於樊，因而氏焉。」

仲山甫之德，柔嘉維則。令儀令色，小心翼翼，古訓是式，【注】魯「古」作「故」。威儀是力。天子是若，明命使賦。【疏】傳：「古，故。訓，道。若，順。賦，布也。」箋：「嘉，美。令，善也。善威儀，善顏色，容貌翼翼然恭敬。『故訓』，先王之遺典也。式，法也。力，猶勤也。勸威儀者，恪居官次，不解于位也。是順從行其所爲也，顯明王之政教，使羣臣施布之。」○「魯古作故」者，列女宋鮑宗女傳引詩云：「『令儀令色，小心翼翼，故訓是式，威儀是力。』」是魯「古」作「故」。箋「故訓，先王之遺典」，即用魯義。陳奐云：「『故』字又作『詁』。抑傳云：『詁言，古之善言也。』古、故、詁三字同。周語樊穆仲說魯侯曰：『賦事行利，必問於遺訓，而咨於故實。』然則仲山甫能法古訓者矣。」愚案：抑傳毛本作「話言」，作「詁言」者係釋文所據說文之說，當出齊韓。說文「詁」下引詩曰「詁訓」，惠氏亦謂即此詩文。

王命仲山甫，式是百辟，纘戎祖考，王躬是保。出納王命，王之喉舌。賦政于外，四方爰發。【疏】傳：「戎，大也。喉舌，冢宰也。」箋：「戎，猶『女』也。躬，身也。王曰，女施行法度於是百君，繼女先祖、先父始見命者之功德。王身是安，使盡心力於王室。出王命者，王口所自言，承而施之也。納王命者，時之所宜，復於王也。其行之也，皆奉順其意，如王口喉舌親所言也。以布政於畿外，天下諸侯於是莫不發應。」○蔡邕司空房楨碑用「式是百辟」句，揚雄尚書箴用「王之喉舌」句，蔡邕胡公碑、橋公碑用「賦政于外」句。明魯毛文同。

肅肅王命，【注】齊「肅」作「赫」。仲山甫將之。邦國若否，仲山甫明之。既明且哲，以保其身。夙夜匪解，以事一人。【注】魯韓「解」作「懈」。【疏】傳：「將，行也。」箋：「肅肅，敬也。言王之政教甚嚴敬也，仲山甫則能奉行之。若，順也。順否，猶臧否，謂善惡也。夙，早。夜，莫。匪，非也。『一人』，斥天子。」○「齊肅作赫」者，後漢郎顗傳顗上書曰：「詩云：『赫赫王命，仲山甫將之。邦國若否，仲山甫明之。』宣王是賴，以致雍熙。」「肅肅」作「赫赫」，齊異文也。漢書刑法志「有司無仲山甫將明之材」，正用齊經文。韓詩外傳六王者必立牧章引詩：「邦國若否，仲山甫明之。」明韓毛文同。列女曹僖氏妻傳引詩：「既明且哲，以保其身。」淮南主術訓高注：「詩云：『仲山甫既明且哲，以保其身。』」呂覽知化篇引詩同。此魯、毛文同。禮中庸：「詩曰：『既明且哲，以保其身。』」鄭注：「保，安也。」漢書司馬遷傳贊「夫惟大雅『既明且哲，以保其身』，難矣哉。」此齊毛文同。韓詩外傳八人之所以好富貴安榮章引詩曰：「既明且哲，以保其身。」此韓毛文同。「魯韓解作懈」者，說苑立節篇：「詩云：『夙夜匪懈，以事一人。』」韓詩外傳八吳人伐楚章亦引詩：「夙夜匪懈，以事一人。」（上並引「邦國若否」四句。）齊崔杼弒莊公章孔子燕居章引二句同。明魯、韓與毛文同。「懈」字異。漢書董仲舒對策引詩「夙夜匪解」，荀悅漢紀二十八引詩云：「『夙夜匪解，以事一人。』一人者，謂天子也。」明齊毛文同。

人亦有言，柔則茹之，剛則吐之。維仲山甫，柔亦不茹，剛亦不吐。不侮矜寡，不畏彊禦。【疏】箋：「柔，猶濡毳也。剛，堅强也。剛柔之在口，或茹之，或吐之，喻人之於敵强弱。」○新序雜事四引詩云：「柔亦不茹，剛亦不吐。不侮鰥寡，不畏彊禦。」明魯、毛文同。秦策高注引作「不辟彊禦，不侮鰥寡」。「畏」作「辟」，猶「矜」作「鰥」，蓋魯詩別本。公羊莊十二年傳：「仇牧可謂不畏彊禦矣。」春秋繁露精華篇：「此亦春秋之不畏彊禦也。」大戴禮衞將軍文子篇：「不畏彊禦，不侮矜寡。」明齊毛文同。惟大戴及高注引詩均以「不侮矜寡」爲下句，疑亦師讀之異。韓詩外傳六君子崇人之德章引詩「柔亦不茹」四句，楚莊王伐鄭章引「柔亦不茹」二句，外傳八遥而直章引同。宋萬與莊公戰章引

「惟仲山甫」三句,「維」作「惟」。外傳六衞靈公晝寢而起章引詩「不侮矜寡」二句。明韓毛文同。

人亦有言,德輶如毛,民鮮克舉之。我儀圖之,維仲山甫舉之,愛莫助之。袞職有闕,維仲山甫補之。

【疏】傳:「儀,宜也。愛,隱也。有袞冕者,君之上服也。仲山甫補之,善補過也。」箋:「輶,輕。儀,匹也。人之言云,德甚輕,然而衆人寡能獨舉之以行者。言政事易耳,而人不能行者,無其志也。我與倫匹圖之,而未能爲也。我,吉甫自我也。愛,惜也。仲山甫獨能舉此德而行之,惜乎莫能助之者。多仲山甫之德,歸功言耳。『袞職』者,不敢斥王之言也。王之職有闕輒能補之者,仲山甫也。」○春秋繁露玉英篇:「匹夫之反道以除咎尚難,人主之反道以除咎甚易。詩云『德輶如毛』,言其易也。」禮表記:「大雅『德輶如毛,民鮮克舉之。我儀圖之,惟仲山甫舉之,愛莫助之。』」鄭注:「輶,輕也。鮮,罕也。儀,匹也。圖,謀也。愛,猶惜也。言德之輕如毛耳,人皆以爲重,罕能舉行之者。作此詩者,周宣王之大臣也,言我之匹謀之仲山甫則能舉行之。美之也。惜乎時人無能助之者,言賢者少。」案,鄭述齊詩,亦云舉德之賢人少,無能爲仲山甫之助者,與箋意同。荀子彊國篇、潛夫論交際篇並引魯詩「德輶如毛,民鮮克舉之。」韓詩外傳五德也者包天地之美章引韓詩曰:「德輶如毛,民鮮克舉之。」黄氏日鈔云:「方博士解王制『三公一命袞,若有加則賜也』云:袞雖三公可服,非有加則不賜。詩言袞者人臣之極,常闕之而不補,惟仲山甫獨賜而得之。是當時所闕而今則補之也。」何氏古義曰:「後漢書:蔡茂在廣陵,夢大殿,極上有三穗禾,茂跳取之,得其中穗,輒復失之。以問主簿郭賀。賀曰:『大殿者,宮府之形象也。極而有禾,人臣之上禄也。取中穗,是中台之位也。於字禾、失爲秩,雖曰失之,乃所以得禄秩也。袞職有闕,君其補之。』旬日而茂徵焉。此引詩解異,然『補』爲『完衣』之義,蒙上『袞衣』言,從左傳『補過』之説,於義爲允。」胡承珙云:「左傳晉靈公不君,士季引此詩而釋之曰:『能補過也。君能補過,袞不廢矣。』此解爲傳箋所本。後漢楊賜傳：『故司空賜五登袞職。』法真傳：『願聖朝就加袞職。』蓋漢人多以袞職爲三公之稱。然此詩自當指王家語，成王冠頌曰：『令月吉日，王始加元服，去王幼志，服袞職。』是亦謂王爲袞職也。」

仲山甫出祖，四牡業業，征夫捷捷，每懷靡及。【注】韓「捷」作「倢」。四牡彭彭，八鸞鏘鏘。王命仲山甫，城彼東方。【疏】傳：「言述職也。業業，言高大也。捷捷，言樂事也。東方，齊也。古者諸侯之居逼隘，則王者遷其邑而定其居，蓋去薄姑而遷於臨菑也。」箋：「『祖』者，將行犯軷之祭也。懷私爲『每懷』。仲山甫犯軷而將行，車馬業業然動，衆行夫捷捷然至，仲山甫則戒之曰：既受君命，當速行，每人懷其私而相稽留，將無所及於事。『彭彭』，行貌。『鏘鏘』，鳴聲。以此車馬，命仲山甫使行。言其盛也。」○「韓捷作倢」者，玉篇人部：「詩云：『征夫倢倢。』倢倢，樂也。」陳喬樅云：「玉篇又云：『倢，本亦作捷。』又案巷伯篇『捷捷幡幡』，衆經音義十六引作『倢倢幡幡』。據詩釋文云『捷』如字，則毛詩他本無作『倢倢』者，知玄應所引亦皆爲韓詩之文，可與此篇互相證也。」潛夫論三式篇引詩「四牡彭彭」四句，（詳見崧高篇。）明魯毛文同。

四牡騤騤，八鸞喈喈。仲山甫徂齊，式遄其歸。吉甫作誦，穆如清風。仲山甫永懷，以慰其心。【疏】傳：「騤騤，猶彭彭也。喈喈，猶鏘鏘也。遄，疾也。言周之望仲山甫也。清微之風，化養萬物者也。」箋：「望之，故欲其用是疾歸。穆，和也。吉甫作此工歌之誦，其調和人之性，如清風之養萬物然。仲山甫述職，多所思而勞，故述其美以慰安其心。」○漢書杜欽傳欽説王鳳曰：「昔仲山甫異姓之臣，無親於宣，就封於齊，猶歎息永懷，宿夜徘徊，不忍遠去。」顔注引鄧展曰：「詩言仲山甫銜命往治齊城郭，而韓詩以爲封於齊，此誤耳。」晉灼曰：「韓詩誤而欽引之，阿附權貴，求容媚也。」此韓説以爲封齊。王符潛夫論三式篇：「周宣王時，輔相大臣，以德佐治，亦獲有國。故尹吉甫作封頌二篇。言申伯仲山甫，文德致昇平，王封以樂土，賜以盛服。」符學魯詩，此魯說以爲封齊。齊說無攷，今文之學當同。洪适隸釋載漢孟郁修堯廟碑：「仲氏祖統所出，本繼於姬周之遺苗。天生仲山甫，翼佐中興，宣平功遂，受封於齊。周道衰微，失爵亡邦，後嗣乖散，各相土擇居，因氏仲焉。」郁所學不知何家也。（釋詁：「甫，齊。遄，速疾也。」郭注：「詩曰：仲山甫徂齊。」說者以此「齊」爲訓「疾」。陳喬樅云：「郭注蓋連下文『式遄其歸』，如引『伐柯伐柯，其則不遠』、『如彼雨雪，先集維霰』之類，是證『遄』字訓『疾』之義，傳寫者脫下句耳。」）王氏詩總聞曰：「史記：齊本封營邱，至胡公始徙薄姑。獻公殺胡公，而徙臨菑，則夷王時也。再世而厲公暴虐，胡公子入齊，與齊人攻殺厲公。胡公子亦死。齊人乃立厲公子赤，是爲文公，誅殺厲公者七十人。事在宣王之世。築城之命，疑在斯時，蓋出定齊亂也。置君戮叛之事，疑出山甫方略，史失紀耳。」愚案：仲山甫本以輔佐大臣奉天子命徂齊，蓋爲定亂而就封坐鎭，亦事所有。三家古說皆有師傳，其籍既亡，斷章隻義，彌可寶貴。若但以其與毛不符而貿焉置之，是欲廣見聞而自蔽其耳目矣。黃山云：「毛傳以仲山甫爲樊侯，孔疏：『據杜預說，經傳不見畿內之國稱侯男者，天子不以此爵賜畿內也。傳言樊侯，不知何所案據。』今觀周語稱樊仲山甫樊穆仲，晉語稱樊仲，皆不曰『侯』。（張衡吕誄『樊侯作輔』，此『侯』當是『仲』之訛。齊世家亦通無『穆侯』之謚。）夫周召分封，三家猶以爲降稱二伯，春秋書法亦惟曰伯、曰子，安得有侯？毛說無稽，雖孔亦不能爲之諱矣。（馬瑞辰據周本紀正義引毛萇曰：『仲山甫，樊穆仲也。』謂張守節所見毛傳不作『樊侯』，此誤以小毛注爲傳。）樊本蘇忿生田之一，又名陽樊，明係采邑。孔於崧高篇據爲國名者，謂畿內小國，非指侯服之國也。至仲山甫之所出，何楷等據爲周之同姓。馬瑞辰歷舉左傳史記漢書諸證駁去之，是矣。至謂諸家言出於齊，亦本韓詩封齊之誤，則不過因毛詩不以『申甫』之甫爲仲山甫，不欲從之，非其實也。案，元于欽齊乘，明言仲山甫太公之後。潛夫論志氏姓，亦謂仲山爲慶姓。齊之慶氏爲齊同姓，史傳可證合。以張衡司徒呂公誄言呂而推及『袞職靡傾』，其爲齊族蓋無可疑。正因本出於齊，故宣王卽俾定齊亂。魯說以此詩爲封頌之一，則固確爲封齊，與崧高封謝一例矣，不獨韓詩以爲封也。惟『于邑于謝』，所封亦止一邑。續漢志謝城在南陽棘陽縣東北，前漢志申國在南陽宛縣。似謝舊亦申疆，則仲山甫之封齊，當卽取齊地以封之，令鎭壓齊亂，後遂爲慶氏所由起，不必卽以之代齊也。左隱十一年傳，平王取鄭鄔、劉、蔿、邘四邑之田而易之，鄭不聞拒也。僖四年傳，齊桓公與鄭申伯以虎牢，鄭亦不能拒也。侯伯承王命，尚得專諸侯之地，取以與人。西周王命尚行齊地，固宣王所得主。仲謚曰『穆』，則其不終爲齊侯固可知矣。」蔡邕答對元氏詩：「穆如清風。」王褒講德論：「吉甫歎宣王穆如清風，列于大雅。」皆用魯詩，與毛文同。褒云「吉甫歎宣王」，是魯詩序義與毛亦同也。

烝民八章，章八句。

韓奕

【疏】毛序：「尹吉甫美宣王也。能錫命諸侯。」箋：「梁山於韓國之山最高大，爲國之鎭，所望祀焉，故美大其貌奕奕然，謂之韓奕也。梁山今左馮翊夏陽西北。韓，姬姓之國也，後爲晉所滅，故大夫韓氏以爲邑名焉。幽王九年，王室始騷。鄭桓公問於史伯曰：『周衰，其孰興乎？』對曰：『武實昭文之功，文之祚盡，武其嗣乎！武王之子，應韓不在，其晉乎！』」〇三家無異義。

奕奕梁山，維禹甸之。有倬其道。【注】韓「倬」作「晫」，云：「明也。」韓侯受命。王親命之，纘戎祖考，無廢朕命！夙夜匪解，虔共爾位！朕命不易。榦不庭方，【注】韓說曰：「榦，正也。」以佐戎辟。【疏】傳：「奕奕，大也。甸，治也。禹治梁山，除水災。宣王平大亂，命諸侯。『有倬其道』，有倬然之道者也。『受命』，受命爲侯伯也。戎，大。虔，固。共，執也。庭，直也。」箋：「梁山之野，堯時俱遭洪水，禹甸之者，決除其災，使成平田，貢賦於天子。周有厲王之亂，天下失職，今有倬然者明復禹之功者，韓侯受王命爲侯伯。戎，猶『女』也。朕，我也。古之『恭』字或作『共』。我之所命者，勿改易不行，當爲不直違失法度之方，作楨榦而正之，以佐助女君。女君，王自謂也。」○陳奂云：「書禹貢：『壺口治梁及岐。』漢書地理志：『左馮翊夏陽，故少梁。禹貢梁山在西北，龍門山在北。』案，梁山在今陝西同州府韓城縣西北，卽漢縣夏陽地，梁與龍門俱在河西，二山比近。禹隨山道河，自東而西，由壺口而龍門，由梁而岐。梁山治，周都鎬京之北土盡成沃野。小雅：『信彼南山，維禹甸之。』終南山在鎬京之南，渭南之山既治，渭南之原隰亦得墾辟成耕。兩詩立言義同。梁山在王畿東北交界處，又爲韓侯歸國之所經。故尹吉甫美宣王錫命韓侯，章首卽以禹治梁山、除水災，比況宣王平大亂、命諸侯，與信南山以禹比曾孫成王者意正同也。鄭據漢志梁山在夏陽西北，誤以梁山爲韓國之山，韓侯爲晉所滅之韓。近儒能辨韓爲近燕之韓，復據水經漯水注『水逕良鄉縣之北界，歷梁山南』，爲此詩『奕奕梁山』之證，則又誤梁山爲近燕矣。梁自夏陽之梁山，韓自北國之韓侯，解者膠泥一處，齟齬難通。」「倬作晫，云明也」者，釋文引韓詩文。陳喬樅云：「毛詩作『倬』，乃『晫』之通叚。小雅『倬彼甫田』，韓作『菿』。釋詁：『菿，大也。』廣雅：『晫，明也。』『菿』訓『大』，『晫』訓『明』，各有本義。而『倬』訓爲『大貌』，則兼二義也。『晫』與『的』音近義同。聘禮『匹馬卓上』，注云：『卓，猶的也。』是又以『卓』爲『晫』之省借字。」「韓侯受命」者。韓詩內傳曰：「諸侯世子，三年喪畢，上受爵命於天子，(白虎通上。)乃歸卽位何？明爵天子有也，臣無自爵之義。(禮正義。)所以名之爲世子何？言欲其世世不絶也。」(白虎通上。)陳喬樅云：「文選左思詠史詩李注引韓詩內傳曰：『所以爲世子何？言世世不絶。』卽此傳之文。」陳奂云：「周禮『九命作伯』，在外州者稱侯伯，在王官者稱二伯，其數則皆九命而侯伯統於天子八州八伯。韓侯爲侯伯，蓋作幽州伯也。」愚案：前説韓侯以世子受爵命，「韓侯受命」爲侯伯，探下「幹不庭方」而言，或韓侯以世子來見受爵命，天子嘉悦，因而命爲侯伯，其説亦通。廣韻十九侯韓詩外傳曰：「周宣王大司馬韓侯子有賢德。」所稱「韓侯子有賢德」者，當卽此傳以世子入覲嗣爲韓侯者也。詩義可與瞻彼洛矣篇參看。「幹，正也」者，文選西京賦李注引薛君韓詩章句文。陳喬樅云：「箋言『作楨幹而正之』，是亦以『幹』爲『正』，與韓同。釋詁：『楨，翰。』『儀，幹也。』『楨翰』或作『楨幹』，楨、幹皆『正』也。廣雅釋詁：『幹，正也。』易幹父之蠱虞翻注：『幹，正也。』詩言『幹不庭方』，庭，直也，謂正其不直違失法度之方也。」陳奐云：「方，四方也。『榦不庭方』，言四方有不直者則正之。侯伯得專征伐也。」

四牡奕奕，孔脩且張。韓侯入覲，以其介圭，入覲于王。王錫韓侯，【注】魯、齊「錫」作「賜」。淑旂綏章，簟茀錯衡，玄衮赤舄，鉤膺鏤鍚，鞹鞃淺幭，鞗革金厄。【疏】傳：「脩，長。張，大。覲，見也。淑，善也。交龍爲旂。綏，大綏也。錯衡，文衡也。鏤鍚，有金鏤其鍚也。鞹，革也。鞃，軾中也。淺，虎皮淺毛也。幭，覆式也。厄，烏蠋也。」箋：「諸侯秋見天子曰覲。韓侯乘長大之四牡奕奕然，以時覲於宣王。覲於宣王而奉享禮，貢國所出之寶。善其尊宣王以常職來也。書曰：『黑水西河，其貢璆琳琅玕。』此覲乃受命，先言『受命』者，顯其美也。王爲韓侯以常職來朝享之故，故多錫以厚之。善旂，旂之善色者也。『綏』，所引以登車，有采章也。『簟茀』，漆簟以爲車蔽，今之藩也。『鉤膺』，樊纓也。眉上曰鍚，刻金飾之，今當盧也。『鞗革』，謂轡也，以金爲小環，往往纏搤之。」○天子之圭，大尺二寸，謂之玠圭。其諸侯命圭，亦通稱「介圭」也。此介圭旣其先世所執，韓侯以世子入覲，奉嗣爵之命，亦得執之以覲於王，而王復賜以多物也。「魯齊錫作賜」者，北堂書鈔三十引韓詩曰：「諸侯有德，天子錫之。」是韓作「錫」，與毛同。屨人鄭注引詩曰：「王賜韓侯。」禮注兼采三家，韓旣同毛，則是魯齊「錫」作「賜」，其義同也。「淑旂」，旂也。「綏章」，旂也。出車采芑並言「旂旐央央」，傳：「央央，鮮明皃。」卽箋所謂「善色」矣。公羊宣十二年傳注：「加文章曰旂。」釋文：「綏，本又作綏。」禮明堂位「夏后氏之綏」，鄭注：「綏，當爲緌，讀如『冠蕤』之蕤。」是「緌」爲正字矣。今字通作「綏」，「綏章」連文，與六月「帛茷」連文同義。「茷」與「旆」同，章、帛皆謂「緌」也。以旆繼帛曰「帛旆」，以綏繫於緌末，如爲文章，是曰「綏章」。「簟茀」，詳載驅篇。「錯衡」，詳采芑篇。「玄袞」，詳采叔篇。屨人鄭注：「元袞赤舄。舄有三等，赤舄爲上。冕服之舄，則諸侯與王同。」亦魯齊義也。「齊韓鍚作錫」者，張衡東京賦：「鉤膺玉瓌。」又曰：「金鍐鏤錫。」張習魯詩，所用魯文也。作「鍚」，文與毛同。說文：「鍚，馬頭飾也。詩曰：『鉤膺鏤鍚。』」「錫」是「鍚」之省，魯既同毛，則作「錫」者蓋齊韓文。陳奐云：「孔疏引說文云：『鞹，革也。』『獸皮治去其毛曰革。』『鞹』與『鞟』同。既夕禮疏引毛傳：『鞃，式中。』與『幭，覆式』一例，今字通作『軾』。說文：『鞃，車軾也。詩曰：「鞹鞃淺幭。」讀若穹。』韻會作『車軾中靶』。奐謂『靶』當作『輓』，『輓』即今之『幫』字。『穹』與『輓』，聲義皆相近。釋名：『鞃，因與下輿相聯著也。』『鞹鞃』者，以革幫車式中，所謂『鞃』也。小戎作『茵』。又小戎傳云『文，虎皮』，此傳釋『淺』爲『虎皮淺毛』，是『淺』與『文』同物也。釋文：『幭，本作篾。』曲禮『素篾』，注：『或爲幦。』說文引作『大幦』，皆字異義同。先儒謂之『覆笭』，而此云『覆式』者，蓋以『幭』爲式上所覆之皮，與『笭』當車前者異物。禮玉藻：『禮不盛，服不充，故大裘不裼，乘路車不式。』『不式』者，無覆式也。路車無覆式，則非路車有覆式可知。傳意以此『淺幭』非路車之制，故不以爲『覆笭』之幦，而以『覆式』之皮言之，解者直以『式』爲『笭』，誤矣。覆式曰『軾』，『幭』者，借稱耳。」愚案：月令「其蟲倮」，鄭注云：「虎豹之屬恒淺毛。」釋獸：「虎竊毛謂之虦貓。」郭注：「竊，淺也。」說文亦云：「竊，淺也。」故以此詩之「淺」爲虎皮淺毛。馬瑞辰乃謂鹿毛最淺，虎豹毛深，不得名「淺」，欲以鹿皮釋之，引巾車職「藻車鹿淺幦」、玉藻「大夫士齊車鹿幦」爲證。然必非天子錫命侯伯之物，且雅訓、禮注「虎淺」俱有明文，似不必於此致疑也。「鞗革」，詳蓼蕭篇。「金厄」，即「金軶」之省。馬瑞辰云：「說文：『軶，轅耑也。』小爾雅：『衡，軛也。』軶上者謂之烏啄。」胡承珙曰：「軶上」疑「軶下」之譌。釋名：「槅，枙也，所以枙牛頸也。馬曰烏啄，叉馬頸似烏開口向下啄物時也。」啄、噣古通用。傳云「烏噣」，卽小爾雅、釋名所云「烏啄」。噣，釋文引沈音「晝」，是也。孔疏本譌作「烏蠋」，遂引爾雅「蚅，烏蠋」釋之，誤矣。又案，「衡」爲横木，所以横於輈前，軶則以厄牛馬之頸，烏啄又爲軶下兩邊叉馬頸者，一名「軥」。説文：「軥，軶下曲者。」左傳服注：「軥，車軶兩邊叉馬頸者。」是也。是「衡」與「軶」異物，「軶」與「烏啄」又異物，而小爾雅以「衡」爲「軶」，毛傳以「厄」爲「烏噣」者，皆以相近，遂移其名耳。「金厄」，謂於厄末爲金飾。荀子禮論「絲末彌龍，所以養威也。」楊倞注：「彌，如字。又讀爲弭。弭，末也，謂金飾衡軶之末，爲龍首也。」續漢輿服志「龍首衡軶」，卽詩所云「金厄」耳。箋謂「以金爲小環」，亦誤。」黄山云：「衡爲轅端横木，軶卽就衡之兩耑爲之，故考工記曰：『横任者，五分其長，以其一爲之圍。』鄭注：『横任，謂兩軶之間也。』是中間爲『衡』、兩耑爲『軶』矣。軶淺不能叉馬頸，故又於軶之兩邊設軥，卽所謂『烏啄』。左襄十四年傳『射兩軥而還』，服注：『車軶兩邊叉馬頸者。』是烏啄雖向下，仍著於軶上，卽謂著於衡上亦可也。分之爲三，合之則仍以衡爲主，小爾雅是以併言之。『金飾衡軶之末』，亦併言之矣。末，卽衡兩耑，於兩耑爲龍首也。若節節爲之，必不牢，固安能制馬乎？」

韓侯出祖，出宿于屠。顯父餞之，清酒百壺。其殽維何？炰鼈鮮魚。其蔌維何？維筍及蒲。其贈維何？乘馬路車。籩豆有且，侯氏燕胥。【疏】傳：「屠，地名也。顯父，有顯德者也。蔌，菜殽也。筍，竹也。蒲，蒲蒻也。」箋：「祖，將去而犯軷也。既覲而反國，必祖者，尊其所往，去則如始行焉。祖於國外畢，乃出宿。示行，不留於是也。顯父，周之公卿也。餞送之，故有酒。『炰鼈』，以火熟之也。『鮮魚』，中膾者也。『筍』，竹萌也。『蒲』，深蒲也。贈，送也。王既使顯父餞之，又使送以車馬，所以贈厚意也。人君之車曰路車，所駕之馬曰乘馬。

且，多貌。胥，皆也。諸侯在京師未去者，於顯父餞之時，皆來相與燕。其籩豆且然，榮其多也。」○風俗通義八：「案禮傳，共工之子曰修，好遠遊，舟車所至，足跡所達，無不窮覽，故記以爲祖神。祖者，徂也。詩云：『韓侯出祖，清酒百壺。』是其事也。」明魯、毛文同。陳奐云：「屠，地名無攷。說文：『左馮翊郃陽縣有鄜亭，一作屠陽亭。』許不引詩，鄜亭非卽屠地。傳云顯父有顯德，逸周書成開、本典篇並有『顯父登德』之文，傳所本也。泉水傳：『祖而舍軷，飲酒於其側曰餞，重始有事於道也。』出祖、飲餞，雖是兩事，總在一時。祖而舍軷，行者之事，飲酒乃送行者之事，卽此『清酒百壺』是也。」黃山云：「此篇顯父蹶父同辭，傳訓蹶父爲『卿士』，而於顯父則曰『有顯德者也』。蹶父卽韓姞之父，詩明言之矣。顯父詩雖不詳，然訓爲『有顯德者』，是二字並非定名，實大不倫。箋訓『周之公卿』，孔疏本『公卿』作『卿士』，覈箋說『侯氏燕胥』，謂『諸侯在京師未去者，於顯父餞之時，皆來相與燕』，則指顯父爲餞送之主，明謂是周卿士之一，與傳訓蹶父同作公卿，誤也。如傳說，本謂公卿有顯德者皆來餞，疏失傳意，亦說爲一人，是以不言箋易傳耳。胡承珙主傳說，乃謂『清酒百壺』，餞者必非一人。夫百壺不過概言酒多，喻餞送之盛，爲『侯氏燕胥』作照，胡豈謂人持一壺乎？陳奐引逸周書，謂爲傳所本，而不敢究其說，亦私毛也。據逸周書成開篇五典，一言父典祭，二顯父登德，三正父登過，四譏父登失，其五則闕。五者皆官名。盧文弨以『言父』爲宗伯，『顯父』爲司徒，『正父』爲司馬，『譏父』爲師氏、保氏，闕者爲司空。本典篇：『顯父登德，德降則信，信則民寧。』其文卽同成開篇，是『顯父』實爲一官，非所謂『有顯德者』矣。若竟就官論，既非毛指，仍與蹶父岐，不如從箋作『卿士』爲愈也。」「蔌」與「殽」對文，謂菜茹也。「筍」與「蒲」，皆萌生而未出地者，淮安人取以供客，味極鮮美。御覽八百五十九引鄭易注作「其餗惟何」。「餗」、「蔌」古通。「維」作「惟」，蓋本齊詩。說文無「蔌」。「餗」卽「鬻」之重文。「鬻」下云：「鼎實。惟葦及蒲。」段注：「此有脫。當云：『詩曰：其鬻惟何？惟筍及蒲。』」是「筍」許亦作「葦」，皆齊韓異字。說文：「葦，大葭也。」釋草：「葭、蘆，菼、薍，其萌虇。」郭注：「葭、蘆，葦也。今江東呼蘆筍爲虇。」案，「蘆筍」卽今之茭菜，俗亦呼「茭苽」。

韓侯取妻，汾王之甥，蹶父之子。韓侯迎止，于蹶之里。百兩彭彭，八鸞鏘鏘，不顯其光。諸娣從之，【注】魯「諸」作「姪」。祁祁如雲。韓侯顧之，爛其盈門。【疏】傳：「汾，大也。蹶父，卿士也。里，邑也。祁祁，徐靚也。如雲，言衆多也。諸侯一取九女。二國媵之。諸娣，衆妾也。顧之，曲顧道義也。」箋：「汾王，厲王也。厲王流于彘，彘在汾水之上，故時人因以號之，猶言莒郊公黎比公也。姊妹之子爲甥。王之甥、卿士之子，言尊貴也。『于蹶之里』，蹶父之里。『百兩』，百乘。不顯，顯也。光，猶榮也，氣有榮光也。媵者必娣姪從之，獨言『娣』者，舉其貴者。『爛爛』，粲然鮮明且衆多之貌。」○漢書人表韓侯蹶父次周宣王，列上之下。齊說也。云「韓侯迎止」者，足證諸侯親迎，至宣王時禮尚不廢。「魯諸作姪」者，白虎通嫁娶篇「天子諸侯一娶九女者，重國廣繼嗣也。春秋公羊傳曰：諸侯娶一國，則二國往媵之，以姪娣從。謂之姪者，兄之子也。娣者，女弟也。必一娶何？爲其棄德嗜色，故一娶而已，人君無再娶之義也。備姪娣從者，爲其必不相妬也。一人有子，三人共之，若己生之也。不娶而娣何？博異氣也。娶三國女何？廣異類也，恐一國血氣相似，俱無子也。姪娣年雖少，猶從適人者，明人君無再娶之義也。還待年於父母之國，未任答君子也。詩云：『姪娣從之，祁祁如雲。韓侯顧之，爛其盈門。』」是魯詩作「姪娣」。士昏禮鄭注：「從者，謂姪娣。詩：『諸娣從之，祁祁如雲。』」是齊詩仍作「諸娣」，與毛同。

蹶父孔武，靡國不到。爲韓姞相攸，莫如韓樂。孔樂韓土，川澤訏訏，魴鱮甫甫，【注】齊「甫」作「詡」。麀鹿噳噳，有熊有羆，有貓有虎。慶既令居，韓姞燕譽。【疏】傳：「姞，蹶父姓也。訏訏，大也。甫甫然大也。噳噳然衆也。貓似虎，淺毛者也。」箋：「相，視。攸，所也。蹶父甚武健，爲王使於天下，國國皆至，爲其女韓侯夫人姞氏視其所居，韓國最樂。甚樂矣韓之國土也，川澤寬大，衆魚禽獸備有。言饒富也。慶，善也。蹶父既善韓之國土，使韓姞嫁焉而居之。韓姞則安之盡其婦道，有顯譽。」〇易林井之需：「大夫祈父，无地不涉。爲吾相土，莫如韓樂。可以居止，長安富有。」同人之需同。陳喬樅云：「易林言『大夫祈父』者，蓋蹶父爲司馬之官。書稱司馬亦曰『圻父』。圻、祈古通。詩『祈父予王之爪牙』，毛傳：『祈父，司馬也。』司馬掌甲兵征伐之事，故言『孔武』。」愚案：易林齊說，「无地不涉」，卽詩之「靡國不到」也。「齊甫作詡」者，離之中孚云：「魴鱮詡詡，利來無憂。」「詡」、「甫」同音通用。廣雅釋訓云：「詡詡，大也。」卽用齊義。說文：「吁，驚語也。」詩「吁」亦作「于」。方言：「芋，大也。訏，大也。」注：「芋，猶訏也。」說文「芋」下云：「大葉實根駭人，故謂之芋也。」抑傳云：「訏，大也。」韓土川澤之大，見之驚人，故以「訏訏」狀之而訓爲「大」也。御覽引詩：「川澤澔澔。」「詡」、「澔」雙聲通用，蓋亦三家異文。左成九年傳：「季文子如宋致女，復命，公享之。賦韓奕之五章。」取「慶居」、「燕譽」之義也。譽、豫通，言安樂也，詳蓼蕭篇。

溥彼韓城，燕師所完。以先祖受命，因時百蠻。王錫韓侯，其追其貊，奄受北國，因以其伯。實墉實壑，實畝實藉。獻其貔皮，赤豹黃羆。【疏】傳：「師，衆也。韓侯之先祖，武王之子也。『因時百蠻』，長是蠻服之百國也。追貊，戎狄國也。奄，撫也。『實墉實壑』，言高其城，深其壑也。貔，猛獸也。追、貊之國來貢，而侯伯總領之。」箋：「溥，大。燕，安也。大矣彼韓國之城，乃古平安時衆民之所築完。韓侯先祖有功德者，受先王之命，封爲韓侯，居韓城爲侯伯，其州界外接蠻服，因見使時節百蠻貢獻之往來。後君微弱，用失其業。今王以韓侯先祖之事如是，而韓侯賢，故於入覲，使復其先祖之舊職，賜之蠻服追貊之戎狄，令撫柔其所受王畿北面之國，因以其先祖侯伯之事盡予之。皆美其爲人子孫，能興復先祖之功。其後追也、貊也爲玁狁所偪，稍稍東遷。『實』當作『寔』，趙魏之東，『實』、『寔』同聲。寔，是也。藉，稅也。韓侯之先祖微弱，所伯之國多滅絕，今復舊職，興滅國，繼絕世，故築治是城，濬修是壑，井牧是田畝，收斂是賦稅，使如故常。」○潛夫論志氏姓篇：「昔周宣王亦有韓侯，其國也近燕。故詩曰：『溥彼韓城，燕師所完。』」又五德志篇：「韓，武之穆也。」是武穆之韓近燕，魯說如此。箋訓「燕」爲「安」，非也。水經注聖水篇：「聖水東逕方城縣故城，又東南逕韓城東。」今固安縣有方城村，即是漢縣，韓侯城近在其地，與河東姬姓爲晉所滅之韓確爲二地，箋合爲一，誤也。追，未聞。貊，在遼東，漢魏之間，見於史志，其後無考。當韓侯總領時，尚是北方中較著之戎狄大國。詩言此者，見宣王能用賢臣，而韓侯之世濟其美，爲無忝光榮也。

韓奕六章，章十二句。

江漢【疏】毛序：「尹吉甫美宣王也。能興衰撥亂，命召公平淮夷。」箋：「召公，召穆公也，名虎。」○三家無異義。

江漢浮浮，【注】魯「浮」作「陶」。武夫滔滔。【注】韓說曰：「武夫滔滔，衆至大也。」匪安匪遊，淮夷來求。既出我車，既設我旟。匪安匪舒，淮夷來鋪。【疏】傳：「浮浮，衆强貌。滔滔，廣大貌。淮夷，東國，在淮浦而夷行也。鋪，病也。」箋：「匪，非也。江漢之水合而東流浮浮然，宣王於是水上命將率，遣士衆，使循流而下滔滔然。其順王命而行，非敢斯須自安也，非敢斯須遊止也。主爲來求淮夷所處，據至其境，故言『來』。車，戎車也。鳥隼曰旟。兵至境而期戰地，其自出戎車建旟，又不自安、不舒行者，主爲來伐討淮夷也。據至戰地，故又言『來』。」○「魯浮作陶」者，風俗通義十「江出蜀郡湔流西徼外崏山，入海。詩云：『江漢陶陶。』」陳喬樅云：「『陶陶』，當訓爲盛長貌。楚詞懷沙篇『陶陶孟夏兮』，注：『陶陶，盛陽皃。』又哀歲篇『冬夜兮陶陶』，注：『陶陶，長皃。』詩言『江漢陶陶』，謂其流盛而長也。

『陶』與下句『滔』韻。」「武夫」至「大也」，孔疏引侯苞韓詩翼要文。引經明韓毛文同。孔云：「下云『武夫洸洸』，與此『滔滔』相類。傳以『洸洸』爲『武貌』，則此言『滔滔，廣大』者，亦謂武夫之多大，故侯苞云『衆至大也』。」馬瑞辰云：「左文十二年傳趙穿曰：『裹糧坐甲，固敵是求。』宣十二年傳趙同曰：『率師以來，惟敵是求。』並與詩『來求』義相同。」方言廣雅並云：「鋪，止也。」是『鋪』謂止其地。

江漢湯湯，武夫洸洸。【注】魯「洸」作「僙」，齊作「潢」，韓作「趪」。經營四方，告成于王。四方既平，王國庶定。時靡有爭，王心載寧。【疏】傳：「洸洸，武貌。」箋：「召公既受命伐淮夷，服之，復經營四方之叛國，從而伐之，克勝則使傳遽告功於王。庶，幸。時，是也。『載』之言『則』也。召公忠臣，順於王命，此述其志也。」○「魯洸作僙，齊作潢，韓作趪」者，釋訓：「洸洸、赳赳，武也。」釋文：「樊光本『洸洸』作『僙僙』。」是作「洸」乃順毛所改，此魯作「僙」。郝懿行云：「聲借之字，古無正體，即『僙』亦或體。」是也。鹽鐵論繇役篇：「詩云：『武夫潢潢，經營四方。』故飭四境，所以安中國也。」桓習齊詩，是齊作「潢」。又玉篇走部：「趪趪，武貌。」郝云「趪趪」與「赳赳」字俱从「走」，玉篇似近之。玉篇所據爲韓詩，是韓作「趪」。樂記「横以立武」，「横」古音與「光」同，其字亦通。「黄」从「炗」聲，「炗」古「光」字也，故从「黄」之字或變从「光」。説文「兕觵」之觵，俗文作「觥」。釋言「桄充」亦作「横充」。皆其證。法言孝至篇：「武義璜璜，兵征四方。」疑「僙僙」轉寫之誤。

江漢之滸，王命召虎，式辟四方，【注】韓詩曰：「式辟四方。」韓説曰：「辟，除也。」徹我疆土。匪疚匪棘，王國來極。于疆于理，至于南海。【疏】傳：「召虎，召穆公也。」箋：「滸，水涯也。式，法。疚，病。棘，急。極，中也。王於江漢之水上命召公，使以王法征伐，開辟四方，治我疆界於天下。非可以兵病害之也，非可以兵急操切之也。使來於王國，受政教之中正而已。齊桓公經陳鄭之間，及伐北戎，則違此言者。于，往也。于，於也。（上「于」釋「于疆」句，下「于」釋「至于」句。阮校以「于於」爲衍，誤。）召公於有叛戾之國，則往正其境界，修其分理。周行四方，至於南海，而功大成，事終也。」○揚雄揚州牧箴「江漢之滸」，高誘呂覽適威篇注：「虎，宣王臣。詩曰：『王命召虎，式辟四方，徹我疆土。』」明魯毛文同。「式辟」至「除也」，衆經音義十三引韓詩文。文選司馬相如上林賦李注引，作薛君韓詩章句。「式辟四方」，謂以王法開除四方之叛戾者。

王命召虎，來旬來宣。文武受命，召公維翰。無曰予小子，召公是似。肇敏戎公，用錫爾祉。【疏】傳：「旬，遍也。召公，召康公也。似，嗣。肇，謀。敏，疾。戎，大。公，事也。」箋：「來，勤也。旬，當作『營』。宣，徧也。召康公名奭，召虎之始祖也。王命召虎，女勤勞於經營四方，勤勞於遍疆理衆國，昔文王武王受命，召康公爲之楨榦之臣，以正天下。爲虎之勤勞，故述其祖之功以勸之。戎，猶『女』也。女無自減損，曰我小子耳，女之所爲，乃嗣女先祖召康公之功。今謀女之事乃有敏德，我用是故，將賜女福慶也。王爲虎之志大謙，故進之云爾。」○馬瑞辰云：「『旬』通作『徇』。廣雅：『徇，巡也。』白虎通：『巡者，徇也。』又云：『三年，二伯出述職。』古者以二伯出述職，代天子巡視邦國。『來旬來宣』，正其事也。鴻雁傳：『宣，示也。』是『來旬』爲巡視之徧，『來宣』爲宣布之遍，故爾雅同訓爲『徧』。『來』，亦語詞之『是』，猶云『是旬是宣』，箋訓爲『勤』，失之。」白虎通王者不臣篇：「子得爲父臣者，不遺善之義也。詩云：『文武受命，召公維翰。』召公，文王子也。」愚案：史記燕世家云召公周同姓。是魯詩家不以爲文王子。論衡氣壽篇云：「邵公，周公之兄也，至康王時尚爲太保，出入百有餘歲矣。」王充以召公爲文王子，與白虎通合，蓋魯家別解。陳奐云：「『似』訓『嗣』，『嗣』猶『繼』也。韓詩外傳云：『傳曰：予小子，使爾繼邵公之後。受命者必以其祖命之。』韓意釋詩『予小子』爲宣王自謂言耳。無以予小子之故，不足上繼文武，惟爾祖召公之是嗣也。召伯之教明於南國，穆公能疆理南海，卽是繼康公之事。」「『肇，長也』者，釋文引韓詩文。陳喬樅云：「商頌元鳥上言『正域彼四海』，下云『肇域彼四海』，則『肇』猶『正』也。胡承珙曰：『韓以『肇』訓『長』，承上『召公是似』而言，謂祖孫相繼，長有此功。但『肇』之爲『長』，不見所出。喬樅謂齊語『轉本肇木』，注：『肇，正也。』正與『長』同義。釋詁：『正，長也。』斯干篇『噲噲其正』，傳：『正，長也。』『肇』之爲『長』，亦訓詁展轉相通之義也。」

釐爾圭瓚，秬鬯一卣。告于文人，錫山土田。于周受命，自召祖命。虎拜稽首，天子萬年！【疏】傳：「釐，賜也。秬，黑黍也。鬯，香草也。築煮合而鬱之曰鬯。卣，器也。九命錫圭瓚秬鬯。『文人』，文德之人。諸侯有大功德，賜之名山土田附庸。」箋：「秬鬯，黑黍酒也，謂之『鬯』者，芬香條鬯也。王賜召虎以鬯酒一罇，使以祭其宗廟，告其先祖諸有德美見記者。周，岐周也。自，用也。宣王欲尊顯召虎，故如岐周，使虎受山川土田之賜命，用其祖召康公受封之禮。岐周，周之所起，爲其先祖之靈，故就之。『拜稽首』者，受王命策書也。臣受恩，無可以報謝者，稱言使君壽考而已。」○白虎通攷黜篇：「王制曰：『賜圭瓚然後爲鬯，未賜者資鬯於天子。』秬者，黑黍，一稃二米。鬯者，以百草之香鬱金合而釀之，成爲鬯。玉瓚者，器名也，所以灌鬯之器也，以圭飾其柄。灌鬯，貴玉器也。」韓詩外傳八：「傳曰：諸侯之有德，天子錫之。一錫車馬，二錫衣服，三錫虎賁，四錫樂器，五錫納陛，六錫朱户，七錫弓矢，八錫鈇鉞，九錫秬鬯。詩曰：『釐爾圭瓚，秬鬯一卣。』」引詩明韓毛文同。

虎拜稽首，對揚王休，作召公考，天子萬壽！明明天子，令聞不已。矢其文德，洽此四國。【注】齊「矢」作「弛」，「洽」作「協」。【疏】傳：「對，遂。考，成。矢，施也。」箋：「對，答。休，美。作，爲也。虎既拜而答王策命之時，稱揚王之德美，君臣之言宜相成也。王命召虎用召祖命，故虎對王，亦爲召康公受王命之時對成王命之辭，謂如其所言也。如其所言者，『天子萬壽』以下是也。」○孔疏釋云：「對成王命之辭，謂對王命舊事成辭。」胡承珙云：「以『成』爲『成辭』，未免迂曲。嚴粲曰：『成』者『毁』之對，謂不毁墜康公之功。范家相曰：此章言報君之事，召虎何以報上，惟答揚王之休命，作召公已成之事業，是乃報上之實。事業既成，惟祝天子壽考萬年，以享其成，此忠臣孝子之心也。『明明天子』以下，則因以進戒耳。二説文義較明順。」韓詩外傳五：「三代之王也，必先其令名。詩曰：『明明天子，令聞不已。矢其文德，洽此四國。』此文王之德也。」曹植責躬詩，亦引詩「明明天子」，明韓毛文同。王念孫云：「明、勉一聲之轉，故古多謂『勉』爲『明』，重言之則曰『明明』。爾雅：『亹亹，勉也。』禮器鄭注：『亹亹，猶勉勉也。』亹亹、勉勉、明明，亦一聲之轉。『明明天子，令聞不已』，猶言『亹亹文王，令聞不已』也。」「齊矢作弛，洽作協」者，傳：「矢，弛也。」本釋詁。各本作「施」，宋本作「弛」。禮孔子閒居、繁露竹林皆引詩：「弛其文德，協此四國。」是齊詩如此。「弛」者，寬緩之意，以文德柔四國之民，則四國皆有順心。既以武功定之，卽以文德柔之，此一張一弛之義也。「洽」讀爲「協」，洽、協聲同。

江漢六章，章八句。

常武

常武【疏】毛序：「召穆公美宣王也。有常德以立武事，因以爲戒然。」箋：「『戒』者，王舒保作，匪紹匪遊，徐方繹騷。」○三家無異義。

赫赫明明，王命卿士。南仲大祖，大師皇父。整我六師，以脩我戎。既敬既戒，惠此南國。【疏】傳：「赫赫然盛也，明明然察也。王命南仲於大祖，皇父爲大師。」箋：「南仲，文王時武臣也。顯著乎，昭察乎，宣王之命卿士爲大將也，乃用其以南仲爲大祖者，今大師皇父是也，使之整齊六軍之衆，治其兵甲之事。命將必本其祖者，因有世功，於是尤顯。『大師』者，公兼官也。『敬』之言『警』也。警戒六軍之衆，以惠淮浦之旁國。謂敕以無暴掠爲之害也。每軍各有將，中軍之將，尊也。」○釋文：「赫，火百反，字又作爀。」蓋「赫」字兼有「郝」音，讀爲「合」，卽與「壑」同。淮南原道訓高注：「壑，讀『赫赫明明』之赫。」高意卽以「合」音爲「赫」之正讀。據此，亦知魯、毛文同。古人錫命必於廟，白虎通爵篇：「封諸侯於廟者，示不自專也，明法度皆祖之制也。詩云：『王命卿士，南仲大祖。』」又引禮祭統：「古者人君爵有德於大祖。」潛夫論敍錄「蠻夷猾夏，古今所患。宣王中興，南仲征邊。」史記亦言南仲翊宣王時。皆魯說也。漢書人表有「南中」，次周宣王世，列上下，卽南仲。此齊說也。如文王時更有南仲，馬、班豈容知而不載，明出毛傳臆說，別無憑證，衆所不信。鄭挪皇父以南仲爲大祖之解，欲以成文王時別有南仲之曲說，而不知無益於毛，自取排擊也。皇父並命，亦在大祖之廟，故以「大祖」之文處其中，句例多如此。南仲爲將，皇父監軍，王肅所說情事或然。夏官注「既儆既戒」，與毛作「敬」異。陳喬樅云：「箋：『敬之言警也。』『警』與『儆』義同，蓋三家今文並作『儆』字。」楊雄趙充國頌：「整我六師。」用魯經文。

王謂尹氏，命程伯休父，左右陳行。戒我師旅，率彼淮浦，省此徐土。不留不處，三事就緒。【疏】傳：「尹氏，掌命卿士。程伯休父，始命爲大司馬。浦，涯也。誅其君，弔其民，爲之立三有事之臣。」箋：「尹氏，天子世大夫也。率，循也。王使大夫尹氏策命程伯休父於軍將行治兵之時，使其士衆左右陳列而勅戒之，使循彼淮浦之旁，省視徐國之土地叛逆者。軍禮，司馬掌其誓戒。緒，業也。王又使軍將豫告淮浦徐土之民，云不久處於是也，女三農之事皆就其業。爲其驚怖，先以言安之。」○孔疏：「此時『尹氏』，當是尹吉甫也。下至春秋之世，天子大夫每有尹氏見於經傳。」馬瑞辰以爲：「據竹書紀年，幽王元年，王錫大師尹氏皇父命。則皇父實爲尹氏，卽二章所云『王謂尹氏』也。」

陳奐云：「尹氏爲掌命卿士之官，猶師氏、保氏、旅賁氏、虎賁氏，官皆稱氏。書大誥：『肆予告我友邦君，越尹氏，庶士，御事。義爾邦君，越爾多士，尹氏御事。』孔疏云：『尹氏』卽官也。逸周書和寤、武寤篇『尹氏八士』，卽周禮序官大史、小史、中士八人也。左傳尹氏以官爲族，而與尹氏爲大史者不同，解之者概以尹氏爲周族大夫，失之。」愚案：陳説較合。孔疏以爲吉甫，固未必然，馬氏據竹書「大師尹氏皇父」之文以駁箋「南仲」説，誤。竹書安可據耶？史記太史公自序：「重黎氏世序天地。其在周，程伯休父其後也。當周宣王時，失其官守而爲司馬氏。」潛夫論志氏姓篇：「重黎氏世序天地，別其分主，以歷三代，而封於程。其在周，爲宣王大司馬。詩云：『王謂尹氏，命程伯休父。』」此魯説。漢書人表程伯休父次宣王世，列上下。此齊説。據魯説，休父爲司馬，在宣王世，其失官守亦在宣王世。程，國。伯，爵。休父，名也。續漢郡國志，雒陽有上程聚，古程伯休父之國。韋昭以爲失天地之官，疑非。若失天地之官而尚爲司馬，不得卽以司馬命氏也。休父是名，如魯季孫行父、晉荀林父之比。胡承珙云：「周禮止言『三農』，不言『三事』。以『三事』爲官稱，則詩書皆有明文。立政三事，農事就緒，已在其中，從傳義爲合。」

赫赫業業，有嚴天子。王舒保作，匪紹匪遊，徐方繹騷。震驚徐方，如雷如霆，徐方震驚。【疏】傳：「赫赫然盛也，業業然動也。嚴然而威。舒，徐也。保，安也。『匪紹匪遊』，不敢繼以敖遊也。繹，陳。騷，動也。」箋：「作，行也。紹，緩也。『繹』當作『驛』。王之軍行，其貌赫赫、業業然，有尊嚴於天子之威。謂聞見者莫不憚之。王舒安，謂軍行三十里，亦非解緩也，亦非敖遊也。徐國傳遽之驛見之，知王兵必克，馳走以相恐動。震，動也。驛，馳走。相恐懼以驚動徐國，如雷霆之恐怖人然，徐國則驚動而將服罪。」○馬瑞辰云：「括地志：『泗州徐城縣，今徐城鎮在臨淮鎮北三十里，有故徐城，號大徐城，周十一里，中有偃王廟，故徐國也。』元和志：『周穆王時，徐王偃好行仁義，東夷歸之者四十餘國。穆王發楚師，大破之，殺偃王，其子北徙彭城原東山下，山在下邳縣界。』續漢志『下邳國』云：『徐本國。』宣王伐徐，在穆王克徐以後，即下邳縣界之徐也。下文『濯征徐國』，孔疏言此徐當在徐州之地，未必即春秋徐子之國。失之。」漢書敍傳：「王師雷起，霆擊朔野。」用齊經文。胡承珙云：「王師將至徐方，必有陳兵守隘之處，見王師而畏懼，故有擾動之意，王於是因其擾動而震驚之以如雷如霆之威，而徐方遂不勝其震驚耳。」

王奮厥武，如震如怒。進厥虎臣，闞如虓虎，鋪敦淮濆。【注】韓「鋪」作「敷」，云：大也。「敦」云「迫」。齊「鋪敦」亦作「敦彼」。仍執醜虜，截彼淮浦，王師之所。【疏】傳：「虎之自怒虓然。濆，涯。仍，就。虜，服也。截，治也。」箋：「進，前也。『敦』當作『屯』。醜，衆也。王奮揚其威武，而震雷其聲，而勃怒其色，前其虎臣之將，闞然如虎之怒，陳屯其兵於淮水大防之上以臨敵，就執其衆之降服者也。治淮之旁國，有罪者就王師而斷之。」○漢書敍傳「虎臣之俊」，用齊經文。蔡邕集太尉橋公碑：「威壯虓虎。」班固賓戲：「七雄虓闞。」是魯齊皆作「虓」，所用經文與毛同。服虔通俗文曰：「虎聲謂之哮。」文選七啟「哮闞之獸」，李注：「哮，與『虓』同。」風俗通義二：「詩美南仲，闞如哮虎。」應劭習魯詩，當是魯「亦作」本。「鋪作」至「云迫」，釋文引韓詩文。陳啟源云：「大迫淮濆，與『濯征徐國』文義相類。」陳喬樅云：「韓釋『敷』爲『大』者，吕覽求人篇高注以『溥木』爲『大木』，足證此『敷』字亦有『大』義也。」愚案：說文：「敷，𢻫也。从攴，尃聲。」「尃，布也。从寸，甫聲。」是「尃」即「敷布」之本字。釋詁：「甫、溥、均，大也。」則「尃」亦有「大」義明矣。溥、敷、博，均「尃」聲，又可互證也。「敷」訓「𢻫」，經典引申訓「布」、訓「陳」。陳布則其象爲大，與「肆」訓「陳」，即訓「大」例同。後漢馮緄傳詔策緄曰：「詩不云乎：『進厥虎臣，闞如虓虎。敷敦淮濆，仍執醜虜。』」李注：「布兵敦逼淮水之涯，因執得醜虜。」逼、迫義同。「鋪」雖作「敷」而不釋爲「大」，不與韓合。「鋪敦作敦彼」者。說文「濆」下引詩「敦彼淮濆」。

「彼」爲語詞，則「敦」兼「屯」、「迫」二義，疑亦齊詩之異文。

王旅嘽嘽，【注】齊「旅」作「師」，「嘽」作「驒」。如飛如翰，如江如漢，如山之苞，如川之流。緜緜翼翼，【注】韓「緜」作「民」。不測不克，濯征徐國。【疏】傳：「嘽嘽然盛也。疾如飛，摯如翰。苞，本也。緜緜，靚也。翼翼，敬也。濯，大也。」箋：「嘽嘽，閒暇有餘力之貌。其行疾自發舉，如鳥之飛也。翰，其中豪俊也。江漢，以喻盛大也。山本，以喻不可驚動也。川流，以喻不可禦也。王兵安靚且皆敬，其勢不可測度，不可攻勝，既服淮浦矣，今又以大征徐國。言必勝也。」〇「齊旅作師，嘽作驒」者，漢書敍傳「王師驒驒」，鄭氏曰：「驒驒，盛也。」陳喬樅云：「此即『王旅嘽嘽』之異文。顏注詆鄭爲非，轉引四牡『驒驒駱馬』爲解，誤矣。」黃山云：「顏注駁鄭，引四牡驒驒爲喘息之貌。說文：『嘽，喘息也。』引詩『嘽嘽駱馬』，是四牡正以『嘽』爲本字，此傳訓『嘽』爲『盛』，乃借字矣。惟顏駁鄭說而不改字，知齊詩兩『嘽』皆作『驒』。」「韓緜作民」者，釋文云：「緜如字，韓詩作『民民』，同。」謂其訓「民民」爲「靚」也。韓詩外傳八齊景公謂子貢曰：「先生何師？」章末引詩曰：「綿綿翼翼，不測不克。」陳喬樅云：「今外傳同毛詩作『緜』，誤，當據釋文訂正。」馬瑞辰云：「緜、緡雙聲通用，故詩『緜蠻黃鳥』一作『緡蠻』。韓『綿綿』作『民民』，亦以雙聲叚借。至傳訓『緜緜』爲『靚』者，『靚』即『靜』字，『靜』即『密』也。（釋詁：『密，靜也。』）『緜蠻』雙聲字，故訓爲『靜』，猶言『密』也。文選洛神賦注：『緜緜，密意也。』與毛同義。喬樅案，漢書賈誼傳『澹乎若深淵之靚』，注：『靚，與靜同。』又外戚傳『神眇眇兮密靚處』，以『密』與『靚』連言，足證『靚』之本有『密』義矣。」

王猶允塞，徐方既來。【注】齊「來」作「倈」。徐方既同，天子之功。四方既平，徐方來庭。徐方不回，王曰還歸。【疏】傳：「猶，謀也。〔來庭〕，來王庭也。」箋：「猶，尚。允，信也。王重兵，兵雖臨之，尚守信自實滿。兵未陳而徐國已來告服，所謂善戰者不陳。回，猶違也。『還歸』，振旅也。」○「齊來作倈」者，漢書景武昭宣元成功臣表：「詩云：『徐方既倈。』許其慕諸夏也。」顏注：「倈，古『來』字。」漢書嚴助傳：「詩云：『王猷允塞，徐方既來。』言王道甚大，而遠方懷之也。」新序雜事四：「夫不降席而匡天下者，求之已也。孔子曰：『其身正，不令而行；其身不正，雖令不從。』先王之所以拱揖指揮而四海賓者，誠德之至，已形於外。故詩：『王猷允塞，徐方既來。』此之謂也。」言王道誠信充實，遠人自服。古書「猶」字，「犬」旁不分左右。然魯、韓經文皆作「猷」，不作「猶」，與箋訓「猶」爲「尚」義異。荀子君道篇、議兵篇並引「王猷允塞」二句，非相篇引「徐方既同，天子之功」，皆此意。以上魯說。韓詩外傳六事强暴之國難章、勇士一呼而三軍避章、趙簡子薨而未葬章並引「王猷允塞」二句，明魯韓文與毛同。漢書敍傳：「龍荒幕朔，莫不來庭」用齊經文。

常武六章，章八句。

瞻卬【疏】毛序：「凡伯刺幽王大壞也。」箋：「凡伯，天子大夫也。春秋魯隱公七年：『冬，天王使凡伯來聘。』」○三家無異義。

瞻卬昊天，則不我惠。孔填不寧，降此大厲。邦靡有定，士民其瘵。蟊賊蟊疾，靡有夷屆。罪罟不收，靡有夷瘳。【疏】傳：「昊天，斥王也。填，久。厲，惡也。瘵，病。夷，常也。『罪罟』，設罪以爲罟。瘳，愈也。」箋：「惠，愛也。仰視幽王爲政，則不愛我下民，甚久矣天下不安，王乃下此大惡，以敗亂之。屆，極也。天下騷擾，邦國無有安定者，士卒與民皆勞病。其爲殘酷痛病於民，如蟊賊之害禾稼然，爲之無常，亦無止息時。施刑罪以羅網天下，而不收斂爲之，亦無常無止息時。此自王所下大惡。」○孔疏：「『蟊賊』者，害禾稼之蟲。『蟊疾』，是害禾稼之狀。言王之害民如蟲之害稼，故比之也。」易林離之萃：「苛政日作，螟食華葉。蠹下啖上，民被其賊。」以蟲比苛政，與詩意同，此齊家說。

人有土田，女反有之。人有民人，女覆奪之。此宜無罪，女反收之。彼宜有罪，女覆說之。【疏】傳：「收，拘收也。說，赦也。」箋：「此言王削黜諸侯及卿大夫無罪者。覆，猶反也。」○後漢劉瑜傳瑜曰：「人無罪而覆入之。」是「女反收之」，三家詩當作「女覆入之」，其義同也。王符傳云：「天下本以民不能相治，故爲立王者以統治之，在於奉天威命，共行賞罰，故詩刺『彼宜有罪，女反脱之』。」潛夫論述赦篇同。「覆」即「反」也，上四句「反」、「覆」互易，知下四句「反」、「覆」亦當互易。觀符傳「女反脱之」，則上二句「反收之爲覆入」，確爲引三家詩無疑。

哲夫成城，哲婦傾城。懿厥哲婦，爲梟爲鴟。婦有長舌，維厲之階。【注】魯「哲」或作「悊」，「維」作「惟」。亂匪降自天，生自婦人。匪教匪誨，時維婦寺。【疏】傳：「哲，知也。寺，近也。」箋：「哲，謂多謀慮也。城，猶國也。丈夫陽也，陽動，故多謀慮則成國。婦人陰也，陰静，故多謀慮乃亂國。懿，有所痛傷之聲也。厥，其也。其，幽王也。梟，鴟聲之鳥，喻褒姒之言無善。長舌，喻多言語。是王降大厲之階。階，所由上下也。今王之有此亂政，非從天而下，但從婦人出耳。又非有人教王爲亂語，王爲惡者，是惟近愛婦人，用其言故也。」○懿、抑聲近通借，抑詩，國語讀爲「懿」是也。「魯哲或作悊，維作惟」者，釋言：「哲，智也。」此魯說，文義同毛。列女夏桀末喜傳引詩：「懿厥悊婦，爲梟爲鴟。」晉獻驪姬傳引：「婦有長舌，惟厲之階。」魯桓文姜傳引：「亂匪降自天，生自婦人。」齊靈聲姬傳引「匪教匪誨，時惟婦寺。」皆魯經文，此「哲」作「悊」，「維」作「惟」。又漢書谷永傳永疏引「懿厥悊婦，爲梟爲鴟」、「匪降自天，生自婦人」四語，亦用魯詩，「哲」作「悊」，「匪」上奪「亂」字。顔注有「言此禍亂」，其明證也。說文：「哲，知也。从口，折聲。悊，或从心。」是哲、悊仍一字。「梟鴟」者，陳奐云：「說文：『梟，不孝鳥也。』『睢，䧳也。』籒文作『鴟』。凡鴟類甚多，說文：『舊，睢舊。』字或作『鵂』，此即爾雅『怪鴟』也。文選演連珠李注引淮南子主術篇云：『鴟夜撮蚤，察分毫末，晝出瞋目，而不見三山。』高誘曰：『鴟鵂謂之老菟。』史記賈誼傳『鸞鳳伏竄兮，鴟梟翱翔』是也。」

鞫人忮忒，譖始竟背。豈曰不極，伊胡爲慝？【注】三家「忮」作「伎」。韓「慝」作「嫕」，云：悅也。如賈三倍，君子是識。婦無公事，休其蠶織。【疏】傳：「忮，害。忒，變也。休，息也。婦人無與外政，雖王后猶以蠶織爲事。古者天子爲藉千畝，冕而朱紘，躬秉耒。諸侯爲藉百畝，冕而青紘，躬秉耒。以事天地山川社稷先古，敬之至也。天子諸侯必有公桑蠶室，近川而爲之，築宮仞有三尺，棘牆而外閉之。及大昕之朝，君皮弁素積，卜三公之夫人、世婦之吉者。使入蠶于蠶室，奉種浴于川，桑于公桑，風戾以食之。歲既單矣，世婦卒蠶，奉繭以示于君，遂獻繭于夫人。夫人曰：此所以爲君服與！遂副褘而受之，少牢以禮之。及良日，后夫人繅三盆手，遂布于三宮夫人、世婦之吉者使繅，遂朱綠之，玄黃之，以爲黼黻文章。服既成矣，君服之以祀先王先公，敬之至也。」箋：「鞫，窮也。譖，不信也。竟，猶終也。胡，何。慝，惡也。婦人之長舌者，多謀慮，好窮屈人之語，忮害轉化，其言無常，始於不信，終於背違人。豈謂其是不得中乎，反云維我言何用爲惡不信也。識，知也。賈物而有三倍之利者，小人所宜知也，君子反知之，非其宜也。今婦人休其蠶桑織紝之職，而與朝廷之事，其爲非宜，亦猶是也。孔子曰：君子喻於義，小人喻於利。」○「三家忮作伎」者，說文：「伎，與也。詩曰：『𥷢人伎忒』。」「𥷢」即「鞫」之重文，「伎忒」，謂窮人之言，與爲變更。文義異毛，當本三家。「韓慝作嫕，云悅也」者，文選宋玉神女賦「澹清靜其愔嫕」，李注引韓詩曰：「嫕，悅也。」陳壽祺云：「宋本『嫕』作『嫕』，當是『伊胡爲嫕』之注。」陳喬樅云：「王襃洞簫賦『清靜厭瘱』，『厭瘱』與『愔嫕』同，並當訓爲『和悅』。漢書外戚傳『婉瘱有節操』，張華女史箴『婉嫕淑慎』，李注引漢書亦作『婉嫕』，並引服虔注曰：『嫕，音「翳桑」之翳。』又引列女傳曹大家注曰：『婉，柔和也。嫕，深邃也。』是『瘱』字亦作『嫕』。『瘱』與『嫕』形似，或即以爲『瘱』字耳。繹韓詩之意，以長舌之婦始則譖訴，終則背違，此其忮害豈曰不極至乎？胡爲悦之，惟婦言是用？義較明順，不似箋之費周折也。」愚案：陳説是。「君子」，謂居上位之人，卽指幽王。言以商賈之事而君子親之，刺其不問政事，惟營財利也。蠶織之務而哲婦置之，刺其罔知婦德，干預朝政也。列女魯季敬姜傳引詩曰：「『婦無公事，休其蠶織。』言婦人以蠶織爲公事者也，休之非禮也。」此魯説。

天何以刺？何神不富？舍爾介狄，【注】三家「狄」作「逖」。維予胥忌，不弔不祥，威儀不類。人之云亡，邦國殄瘁！【疏】傳：「刺，責。富，福。狄，遠。忌，怨也。類，善。殄，盡。瘁，病也。」箋：「介，甲也。王之爲政既無過惡，天何以責王見變異乎？神何以不福王而有災害也？王不念此而改修德，乃舍女被甲夷狄來侵犯中國者，反與我相怨。謂其疾怨羣臣叛違也。弔，至也。王之爲政，德不至於天矣，不能致徵祥於神矣，威儀又不善於朝廷矣。賢人皆言奔亡，則天下邦國將盡困窮。」○天之降責，乃有變異，而日食星隕山崩川竭者何？神之降福，乃無災害，而水旱蟲螟霜雹疫癘者何？王遘此凶災，不思修德，反舍爾大者、遠者不務，而惟我國之賢者是忌乎？「三家狄作逖」者，説文：「逖，遠也。」集韻引説文，有「詩曰：『舍爾介逖。』」王氏詩攷因之明許正字，毛借字。王肅云：「舍爾大道遠慮，反與我賢者怨乎？」義與此合也。惟其不善，更致不祥，王傲惰不修威儀，望之不似人君，方以爲有恃無恐也。不知賢人既亡，邦國亦從茲殄瘁矣，王何以爲國乎？左文六年、襄二十六年傳并引詩云：「『人之云亡，邦國殄瘁。』無善人之謂。」是也。韓詩外傳六：「易曰：『困於石章。』」引詩説同，明韓毛文同。漢書王莽傳引「邦國殄顇」，「瘁」作「顇」，亦三家異字。

天之降罔，維其優矣。人之云亡，心之憂矣！天之降罔，維其幾矣。人之云亡，心之悲矣！【疏】傳：「優，渥也。幾，危也。」箋：「優，寬也。天下羅罔，以取有罪，亦甚寬。謂但以災異譴告之，不指加罰於其身，疾王爲惡之甚。賢者奔亡，則人心無不憂。幾，近也。言災異譴告，離人身近，愚者不能覺。」○天之降罔，甚優寬也，尚未烖及王身。而賢人云亡，則國是無與挽回，可憂孰甚。天之降罔，甚幾危也。或冀王之改悔。而賢人云亡，則國勢將終不振，我悲更深。此及上章「天」字皆言天，不斥主。

觱沸檻泉，維其深矣。心之憂矣，寧自今矣！【注】魯「今」作「全」。不自我先，不自我後。藐藐昊天，無不克鞏。無忝皇祖，式救爾後！【注】魯「皇」作「爾」，「後」作「訛」。【疏】傳：「藐藐，大貌。鞏，固也。」箋：「檻泉正出，涌出也，觱沸其貌。涌泉之源，所由者深，喻己憂所從來久也。惡政不先己，不後己，怪何故正當之。藐藐，美也。王者有美德藐藐然，無不能自堅固於其位者。微箴之也。式，用也。後，謂子孫也。」○彼觱沸然正出之檻泉，其來源固甚深矣。我此心之憂，一如泉源之深，固不始自今矣。「魯今作全」者，列女嚴延年母傳引詩云：「心之憂矣，寧自全矣。」以本詩之義推之，言遘此惡政，不能不出於諷諫，甯肯專爲自全地乎？但惡政之興，何以不在我先，何以不在我後，適於我身遇之也。我王果有君人之德藐藐然，可以比美昊天，無不能鞏固爾位之理。今縱不爲一身計，亦當思無辱皇祖，用救爾後世子孫耳。「魯皇作爾，後作訛」者，列女晉范氏母傳引詩曰：「無忝爾祖，式救爾訛。」「訛」、「譌」字通。釋詁注：「世以妖言爲訛。」當日「檿弧箕服，實亡周國」之訛言徧於一國，褒姒事實無不知之，故祝其修德禳災，無辱爾祖，以挽救前此亡國之訛言也。韓詩外傳六孟子說齊宣王章引詩：「不自我先，不自我後。」明韓毛文同。

瞻卬七章，三章章十句，四章章八句。

召旻【疏】毛序：「凡伯刺幽王大壞也。旻，閔也，閔天下無如召公之臣也。」箋：「旻，病也。」〇三家無異義。

旻天疾威，天篤降喪。瘨我饑饉，民卒流亡。我居圉卒荒！【注】韓「圉」作「御」。【疏】傳：「圉，垂也。」箋：「天，斥王也。疾，猶急也。瘨，病也。病乎幽王之爲政也，急行暴虐之法，厚下喪亂之教。謂重賦稅也。病國中以饑饉，令民盡流移荒虛也，國中至邊竟以此故盡空虛。」〇「瘨我饑饉」，與雲漢篇「瘨我以旱」句義同。韓詩外傳六威有三術章引詩「旻天疾威」四句，明韓毛文同。「韓圉作御」者，外傳八：「一穀不升謂之歉，二穀不升謂之饑，三穀不升謂之饉，四穀不升謂之荒，五穀不升謂之大侵。大侵之禮，君食不兼味，臺榭不飾，道路不除，百官補而不制，鬼神禱而不祠，此大侵之禮也。詩曰：『我居御卒荒。』此之謂也。」言大荒之年，所居所御，盡爲之變。與毛訓義全異。

天降罪罟，蟊賊内訌。昬椓靡共，潰潰回遹，實靖夷我邦！【疏】傳：「訌，潰也。椓，天椓也。靖，謀。夷，平也。」箋：「訌，争訟相陷入之言也。王施刑罪以羅罔天下，衆爲殘酷之人，雖外以害人，又自内争相讒惡。『昬椓』，皆奄人也。昬，其官名也。椓，椓毁陰者也。王遠賢者而近任刑奄之人，無肯共其職事者，皆潰潰然惟邪是行，皆謀夷滅王之國。」〇陳奐云：「文選文賦注引韓詩薛君章句云：『靡，好也。』疑卽此詩『靡共』之義，或以爲烈文『封靡』義者，非。」愚案：如陳説，韓義當釋爲昬椓之人自謂好共職事，而憒亂邪僻，實謀夷滅我國也。説文：「憒，亂也。」「潰」與「憒」同。説文「𧝗」下引爾雅「𧝗𧝗䙡䙡」，段注引潛夫論云：「佪佪潰潰，蓋用爾雅文。」是「潰」又通作「䙡」。

皋皋訿訿，曾不知其玷。【注】魯「皋」作「浩」。兢兢業業，孔填不寧，我位孔貶。【疏】傳：「皋皋，頑不知道也。訿訿，窳不供事也。貶，隊也。」箋：「玷，缺也。王政已大壞，小人在位，曾不知大道之缺。兢兢，戒也。業業，危也。天下之人戒懼危怖，甚久矣其不安也，我王之位又甚隊矣。言見侵侮，政教不行，後犬戎伐之，而國與諸侯無異。」○「魯皐作浩」者，釋訓：「皐皐、琄琄，刺素食也。」又曰：「翕翕、訿訿，莫供職也。」爾雅釋文：「皐，樊本作浩。」皐、浩古通。左定四年經「盟于皐鼬」，公羊作「浩油」，是其證。樊本在先，魯詩當本作「浩浩」。皆無德食祿意也。小旻「訿訿」，傳以爲「不思稱其上」。荀子修身篇亦作「呰呰」，字異義同。皆曠職不善意。

如彼歲旱，草不潰茂，如彼棲苴。【注】齊「潰」作「彙」。三家「苴」作「柤」。我相此邦，無不潰止。【疏】傳：「潰，遂也。苴，水中浮草也。」箋：「『潰茂』之潰，當作『彙』。彙，茂貌。王無恩惠於天下，天下之人如旱歲之草，皆枯槁無潤澤，如樹上之棲苴。潰，亂也。無不亂者，言皆亂也。春秋傳曰：『國亂曰潰，邑亂曰叛。』」○「齊潰作彙」者，韓詩外傳五如歲之旱章引詩曰：「如彼歲旱，草不潰茂。」據外傳所引，韓與毛同。李黼平云：「說文：『僓，一曰長貌。』長、遂義近，『潰』當讀爲『僓』。」陳喬樅云：「班固幽通賦『枝葉彙而靈茂』，班述齊詩，賦語卽本齊義。箋用齊改毛，故與班所據文同。蕭該漢書音義引服虔曰：『彙，音近卉。』玉篇：『彙，胡貴反。』『潰』與『彙』，蓋以音近叚借。」「三家苴作柤」者，傳以苴爲「水中浮草」，箋云「樹上棲苴」，孔疏云：「苴是草之枯槁逐水流者，棲息於水上也。箋以棲者居在木上之名謂水上爲棲，理亦不愜，故以爲『如樹上之棲苴』。苴是草木之枯槁者，故在樹未落及已落爲水漂，皆稱苴也。」陳喬樅云：「衆經音義二十五引詩云：『如彼棲柤。』與毛字異，蓋據韓詩之文。玄應又引通俗文云：『刈餘曰柤。』知苴、柤二字古通。箋云『如樹上棲苴』，亦據三家改毛也。」愚案：通俗文又云「柤」卽「查」字，亦與「槎」通用，此另爲一義，說者遂謂柤、苴皆卽槎，以槎於浮水意近，欲借通傳說。然「刈餘曰柤」，刈卽刈艸，仍是艸經刈割殘損之貌，所謂「不潰茂」也。楚詞九章「艸苴比而不芳」，王注：「生曰艸，枯曰苴。」疑卽本此詩魯訓。「枯」與「刈餘」說異而義相類，皆不作水中樹上說。蓋「棲」當說如「餘糧棲畝」之棲也。以「棲柤」專爲韓義，說亦不確，要當出三家詩。

維昔之富不如時，維今之疚不如茲。彼疏斯粺，胡不自替？職兄斯引。【疏】傳：「往者富仁賢，今也富讒佞。〔維今之疚〕，今則病賢也。彼宜食疏，今反食精粺。替，廢。兄，茲也。引，長也。」箋：「富，福也。時，今時也。茲，此也。『此』者，此古昔明王。疏，麤也，謂糲米也。職，主也。彼賢者祿薄食麤，而此昏椓之黨反食精粺。女小人耳，何不自廢退，使賢者得進，乃茲復主長此爲亂之事乎？責之也。米之率，糲十，粺九，鑿八，侍御七。」〇詩言昔日之富，家給人足，不如今時之困窮。今日之疚仁賢疏退，不如此時之尤甚。彼宜食疏糲之小人，反在此食精粺，何不早自廢退，免致妨賢病國，反主爲滋亂之事，使其引而日長乎？

池之竭矣，不云自頻。【注】魯「頻」作「濱」。泉之竭矣，不云自中。溥斯害矣，職兄斯弘。不烖我躬！【疏】傳：「頻，厓也。泉水從中以益者也。」箋：「『頻』當作『濱』。厓，猶『外』也。自，由也。池水之益，由外灌焉。今池竭，人不言由外無益者與？言由之也。喻王猶池也，政之亂，由外無賢臣益之。泉者，中水生則益深，水不生則竭。喻王猶泉也，政之亂，又由內無賢妃益之。溥，猶『遍』也。今時遍有此內外之害矣，乃茲復主大此爲亂之事，是不烖王之身乎？責王也。烖，謂見誅伐。」〇說文：「瀕，人所賓附，瀕蹙不前而止。从頁、从涉。」正字當作「瀕」，箋云當作「濱」，乃用魯改毛也。列女漢趙姊娣續傳：「君子謂，昭儀之凶嬖，與褒姒同行；成帝之惑亂，與周幽王同風。詩云：『池之竭矣，不云自濱。泉之竭矣，不云自中。』成帝之時，舅氏擅外，趙氏守內，其自竭極，蓋亦池泉之勢也。」箋分外、內言，與列女傳同義，蓋本魯說爲訓。言此害徧矣，猶主之使滋亂益大，不顧烖我躬乎？其後犬戎內侵，驪山蒙難，斯言驗矣。

昔先王受命，有如召公，日辟國百里。今也日蹙國百里。於乎哀哉，維今之人，不尚有舊！【疏】傳：「辟，開。蹙，促也。」箋：「先王受命，謂文王武王時也。召公，召康公也。言『有如』者，時賢臣多，非獨召公也。今，今幽王臣。『哀哉』，哀其不高尚賢者，尊任有舊德之臣，將以喪亡其國。」○毛傳說二南與三家異，故言召公辟國事以爲非實。今網羅舊籍，推而跡之，尚可攷見大略。文王稱王後命召公爲召南牧伯，辟漢世南郡南陽郡地，（說詳召南。）故有「日辟國百里」之詩。云「昔先王受命」者，卽謂文王受命稱王事也。蓋岐周開國，肇建二南，乃一時權立之制。迨武王滅紂，南國是疆，已非二南舊時封域。歷秦逮漢，踰越千年，在孔子時已有「不爲二南，其猶牆面」之言，矧祖龍滅學，申公傳詩，書缺有間，聽覩茫昧，衆家雜出，莫相是非。故雖以魯學正傳，而蘭臺惟許其最近，河間偏好而古文，尤畏其名尊也。「日蹙國百里」者，蓋幽王時戎夷偪迫，畿疆日削之故，皆無人謀國所致，故言今人不尚有舊德，可求乎？何王不一置念，視若與己無涉也，其可哀孰甚邪。

召旻七章，四章章五句，三章章七句。

蕩之什十一篇，九十二章，七百六十九句。

詩三家義集疏卷二十四

清廟第二十四　詩周頌

【疏】史記平準書贊：「詩述殷周之際，安寧則長。」又敍傳：「湯武之隆，詩人歌之。」論衡須頌篇：「周頌三十一，殷頌五，魯頌四。凡頌四十篇，詩人所以嘉上也。」蔡邕獨斷：「宗廟所歌詩之別名三十一章，皆天子之禮樂也。」以上魯說。漢書禮樂志：「自夏以往，其流不可聞已，殷頌猶有存者。周詩既備，而其器用張陳，周官具焉。其威儀足以充目，音聲足以動耳，詩語足以感心。故聞其音而德和，省其詩而志正，論其數而法立。是以薦之郊廟則鬼神饗，作之朝廷則羣臣和，立之學官則萬民協。聽者無不虛己竦神，說而承流，是以海內徧知上德，被服其風，光輝日新，化上遷善，而不知所以然，至於萬物不夭，天地順而嘉應降。」以上齊說。

清廟【注】魯說曰：周公詠文王之德而作清廟，建爲頌首。又曰：清廟，一章八句，洛邑既成，諸侯朝見，宗祀文王之所歌也。又曰：清廟之詩，言交神之禮無不清静。齊說曰：頌言成也，一章成篇，宜列德，故登歌清廟一章也。【疏】毛序：「祀文王也。周公既成洛邑，朝諸侯，率以祀文王焉。」箋：「『清廟』者，祭有清明之德者之宮也，謂祭文王也。天德清明，文王象焉，故祭之而歌此詩也。『廟』之言『貌』也，死者精神不可得而見，但以生時之居立宮室，象貌爲之耳。成洛邑，居攝五年時。」○「周公」至「頌首」，漢書王褒傳四子講德論文，此言作頌專詠文王也。「清廟」至「歌也」，蔡邕獨斷文。陳喬樅云：「此卽魯詩周頌之序也。後三十章同。」「清廟」至「清静」，漢書韋元成傳疏文。賈逵左傳注：「肅然清静，謂之清廟。」杜預云：「清廟，肅然清静之稱也。」皆本韋爲說。「頌言」至「章也」，續漢祭祀志劉注引東觀書東平王蒼議稱詩傳文。陳喬樅云：「所引詩傳，疑齊詩傳也，故其說與鄭禮注合。」案，禮仲尼燕居「升歌清廟」，鄭注：「清廟，頌文王之德。」即所謂「列德」已。

於穆清廟，肅雝顯相。【疏】傳：「於，歎辭也。穆，美。肅，敬。雝，和。相，助也。」箋：「顯，光也，見也。於乎美哉，周公之祭清廟也，其禮儀敬且和，又諸侯有光明著見之德者來助祭。」〇尚書大傳臯繇謨篇：「清廟升歌者，歌先人之功烈德澤也，故欲其清也。其歌之呼也，曰：『於穆清廟，肅雝顯相。』『於』者，歎之也。『穆』者，敬之也。『清』者，欲其在位者徧聞之也。故周公升歌文王之功烈德澤，苟在廟中嘗見文王者，愀然如復見文王。」鄭注：「烈，業也。呼，出聲也。『肅雝顯相』，四海敬和，明德來助祭。」又洛誥篇：「『廟』者，『貌』也，以其貌言之也。宫室中度，衣服中制，犧牲中辟，殺者中死，割者中理。搙弁者爲文，鼚竈者有容，椓杙者有數，太廟之中，繽乎其猶模繡也。天下諸侯之悉來進受命於周而退見文武之尸者，千七百七十三諸侯，皆莫不磬折玉音，金聲玉色，然後周公與升歌而弦文武。諸侯在廟中者，伋然淵其志，和其情，愀然若復見文武之身，然後曰：嗟子乎，此蓋吾先君文武之風也。夫及執俎抗鼎執刀執匕者負廧而歌，憤於其情，發於中而樂節文，故周人追祖文王而宗武王也。」愚案：清廟頌文王之德，伏傳所言與詩合，王褒講德論及禮仲尼燕居鄭注皆本此爲說。洛邑既成，禋于文王武王，此爲諸侯朝見助祭之始，故奏此詩以祭，則祖文而宗武本是一事。胡承洪謂漢初言清廟者，不當有既成洛邑、兼祭文武之說，大誤。蔡邕明堂論：「成王命魯公世世禘祀周公於太廟，以天子之禮，升歌清廟，下管象武，所以異魯於天下也。取周清廟之歌歌於魯太廟，明魯之太廟猶周之清廟也。」是此樂不獨兼祀武王，並賜周公，特言詩則專頌文王耳。或以詩之「不顯不承」，即書之「丕顯丕承」，據爲兼頌武王，微有未合。士虞禮鄭注：『顯相』，助祭者也。顯，明也。相，助也。詩云：『於穆清廟，肅雍顯相。』」愚案：箋詩説「顯相」同。「肅雍」二字，鄭大傳注本卽指美助祭諸侯，箋詩忽改屬周公。詩爲公作，無自贊之理，仍以大傳注説爲是。陳喬樅云：「水經河水篇注據伏生墓碑，言伏生撰尚書五經大傳，是伏生兼通五經。伏生齊人，於詩當治齊學。後漢儒林傳，伏理治齊詩。理卽伏生八世孫，師事匡衡，别自名家。要自伏生後所治詩無非齊學，不自伏理始也。」**濟濟多士，秉文之德，對越在天。**【疏】傳：「執文德之人也。」箋：「對，配。越，於也。濟濟之衆士，皆執行文王之德，文王精神已在天矣，猶配順其素如生存。」○孔疏：「濟濟之衆士，謂朝廷之臣也。文王在天而云多士能配者，正謂順其素先之行，如其生存之時焉。文王既有是德，多士今猶行之，是與之相配也。」漢書劉向傳向上封事曰：「周文開基西郊，雜遝衆賢，罔不肅和，崇推讓之風，以銷分争之訟。文王既歿，周公思慕，歌詠文王之德，其詩曰：『於穆清廟，肅雝顯相，濟濟多士，秉文之德。』當此之時，武王周公繼政，朝臣和於內，萬國驩於外，故盡得其歡心，以事其先祖。」案，向用魯義，「朝臣和於內」，謂多士；「萬國驩於外」，謂諸侯；其「先祖」，卽謂文王也。**駿奔走在廟，不顯不承，無射於人斯。**【注】齊「駿」作「逡」，「射」作「斁」。【疏】傳：「駿，長也。顯於天矣，見承於人矣，不見厭於人矣。」箋：「駿，大也。諸侯與衆士於周公祭文王，俱奔走而來在廟中，是不光明文王之德與？言其光明之也。是不承順文王志意與？言其承順之也。此文王之德，人無厭之。」○「齊駿作逡」者，禮大傳「執豆籩逡奔走」，鄭注：「逡，疾也。疾奔走，言勸事也。周頌曰：『逡奔走在廟。』」據此，齊作「逡」。陳喬樅云：「逡、駿古通。釋詁：『駿，速也。』速、疾同義。」「射作斁」者，大傳：「詩云：『不顯不承，無斁於人斯。』」據此，齊作「斁」。鄭注：「斁，厭也。言文王之德不顯乎？不承成先人之業乎？言其顯且承之，人樂之無厭也。」與箋指助祭者言義異。胡承珙云：「詩頌文王，是美文王之德，下篇卽云『於乎不顯，文王之德之純』，則以『不顯不承』爲美文王者於義爲優也。」

清廟一章，八句。

維天之命【注】魯説曰：「維天之命一章八句，告太平於文王之所歌也。」【疏】毛序：「太平告文王也。」箋：「『告太平』者，居攝五年之末也。文王受命，不卒而崩。今天下太平，故承其意而告之，明六年制禮作樂。」〇「維天」至「歌也」，蔡邕獨斷文，魯説也。齊韓當同。「維」，魯作「惟」，後人順毛改「維」，下章同。

維天之命，【注】韓「維」作「惟」，説曰：「惟，念也。」於穆不已。【疏】傳：「孟仲子曰：大哉天命之無極，而美周之禮也。」箋：「命，猶『道』也。天之道，於乎美哉！動而不已，行而不止。」〇「惟，念也」者，文選歐陽堅石詩李注引薛君韓詩章句文。愚案：釋文引韓詩云：「維，念也。」此順毛詩之文而誤也。韓全詩無作「維」者。於乎不顯，文王之德之純！【疏】傳：「純，大。」箋：「純，亦不已也。於乎，不光明與？文王之施德教之無倦已，美其與天同功也。」〇禮中庸：「詩曰：『維天之命，於穆不已。』蓋曰天之所以爲天也。『於乎不顯，文王之德之純。』蓋曰文王之所以爲文也，純，亦不已。」此齊説，箋語正用齊義也。楚詞招魂王逸注：「詩云：『不顯文王。』不顯，顯也。」此魯説，「於乎」歎辭，斷句，「不顯文王」爲一句，「之德之純」爲一句，讀異而義不異也。假以溢我，我其收之。駿惠我文王，【注】韓「假」作「誐」，「溢」作「謐」。【疏】傳：「假，嘉。溢，慎。收，聚也。」箋：「溢，盈溢之言也。以嘉美之道饒衍與我，我其聚斂之以制法度，以大順我文王之意。謂爲周禮六官之職也。書曰：『考朕昭子刑，乃單文祖德。』」〇釋詁：「溢，慎也。」孔疏引舍人曰：「溢，行之慎。」某氏曰：「詩云『假以溢我』，慎也。」此魯説，字與毛同。釋文不載韓異文，明韓亦與毛同。「齊假作誐溢作謐」者。説文：「誐，嘉善也。詩云：『誐以謐我。』」乃齊文也。段注：「謐，徐鉉本作『溢』，此後人用毛改竄也。廣韻引説文作『謐』。

誐、謐皆本字，假、溢皆借字。左襄二十七年傳引作『何以恤我』。『何』者，『誐』之聲誤。『恤』與『謐』同部，堯典『惟刑之謐哉』，古文亦作『恤』。」馬瑞辰云：「『恤』當爲『侐』之叚借，說文：『侐，静也。』正與『溢』訓『愼』、『謐』訓『静』者同義。『愼』與『静』古亦同義，廣雅：『静，安也。』『静我』即『安我』，猶詩言『綏我眉壽』，『綏』亦『安』也。『誐以謐我』，謂善以綏我也。」陳喬樅云：「今文尚書與齊詩並傳自夏侯始昌，同一師承，今文尚書『恤』作『謐』，尤足證說文所引『誐以謐我』爲齊詩之文無疑。」愚案：「善以安我」，即是言天下大平。「我其收之」，言我更收聚善道以制法度。孔疏：「周公自是聖人，作法出於己意，但以歸功文王，故言收文王之德而爲之。文王本意欲得制作，但以時未可爲，是意有所恨。今既太平，作之，是大順我文王之本意也。」**曾孫篤之。**【疏】傳：「成王能厚行之也。」箋：「曾，猶『重』也。自孫之子而下，事先祖皆稱『曾孫』，是言曾孫欲使後王皆厚行之，非維今也。」○馬瑞辰云：「『曾孫』，從箋通指『後王』爲允。『篤』者，『竺』之叚借。說文：『竺，厚也。从二，竹聲，讀若篤。』孔廣森曰：『竹聲』，古蓋讀如『呪』。故『篤』與『收』爲韻。」

維天之命一章，八句。

維清【注】魯說曰：維清一章五句，奏象武之所歌也。齊說曰：武王受命作象樂，繼文以奉天。【疏】毛序：「奏象舞也。」箋：「象舞，象用兵時刺伐之舞，武王制焉。」○「維清」至「歌也」，蔡邕獨斷文，魯說也。白虎通禮樂篇：「武王曰象者，（「王」字衍。）象太平而作樂，示已太平也。周室中制象樂何？殷紂爲惡日久，其惡最甚，斮涉刳胎，殘賊天下。武王起兵，前歌後儛，剋殷之後，民人大喜，故中作所以節喜盛。」此亦魯說。漢書司馬相如傳「韶濩武象之樂」，張揖注：「象，周公樂也。南人服象，爲虐於夷，成王命周公以兵退之，至於海南，乃爲三象樂也。」張說本吕覽古樂篇，高誘亦云：「三象，周公所作樂名。」愚案：此又象樂别解，張高所說，無妨周有此樂，然非象武，象武即武也。孔疏引明堂位注：「象，謂周頌武也。』謂武詩爲象，明大武之樂亦爲象矣。」明與周公「三象」無涉。箋云「武王制焉」，亦與大武無涉也。文王始征伐，故以武功歸文王，克紂後爲此樂，故云「迄用有成」也。「武王」至「奉天」，繁露質文篇文，此齊說，與魯同。韓無異義。

維清緝熙，文王之典。【疏】傳：「典，法也。」箋：「緝熙，光明也。天下之所以無敗亂之政而清明者，乃文王有征伐之法故也。文王受命，七年五伐也。」○書大傳云：「文王一年質虞、芮，二年伐邘，三年伐密須，四年伐畎夷。紂乃囚之羑里，五年之初，散宜生等獻寶而釋文王，文王出則克耆。六年伐崇，則稱王。」伏湛述齊詩，說文王受命而征伐五國，是其事也。故武王克紂而推本文王，言維今日之清静而光明者，皆用文王之法故也。箋說即用齊義。班固封燕然山銘「維清緝熙」，明齊毛文同。

肇禋，【疏】傳：「肇，始。禋，祀也。」箋：「文王受命，始祭天而枝伐也。」周禮：「以禋祀祀昊天上帝。」○尚書中候我應曰「枝伐弱勢」，注：「伐紂之枝黨以弱其勢，若崇侯之屬。」我應又云：「伐崇謝告」，注：「謝百姓，且告天主爲崇也。」緯學亦本齊詩。陳啟源云：「維清篇鄭釋最明，而後儒莫用者，因枝伐祭天之說出緯書也。文王之伐崇類祭，見皇矣篇，類祭之爲祭上帝，見尚書禮記，則以『肇禋』爲文王始祭天，非無稽之談也。」愚案：繁露郊祭篇：「文王受天命而王天下，先郊，乃敢行事而興師伐崇。」引棫樸「薪槱」爲當日郊辭，此亦肇禋征伐之確據。董習齊詩，知齊義如此。

迄用有成，維周之禎。【注】三家「禎」作「祺」。【疏】傳：「迄，至。禎，祥也。」箋：「文王造此征伐之法，至今用之而有成功，謂伐紂克勝也。征伐之法，乃周家得天下之吉祥。」○釋文：「祺音其。爾雅同。徐云本又作『禎』，與崔本同。」正義：「『祺，祥』，釋言文。舍人曰：『祺，福之祥。』某氏云：『詩云：維周之祺。』定本、集注『祺』字作『禎』。」臧鏞堂云：「爾雅：『祺，祥也。』『祺，吉也。』釋文：『祺音其。下同。』是爾雅無作『禎』者，當從正義釋文本，方與雅訓合。唐石經作『禎』，故今本多作『禎』，蓋即唐之定本據崔靈恩集注也。」段玉裁云：「作『禎』者，恐是改易取韻。」胡承珙云：「崔所據者毛詩，徐邈所云作『禎』之本，亦當是毛詩也。爾雅某氏注引詩，『如妃媲也』，引『天立厥妃』；『亶，厚也』，引『俾爾亶厚』；『呬，息也』，引『民之攸呬』之類，多出三家。此詩蓋三家作『祺』，毛自作『禎』耳。」蔡邕胡夫人神誥「故能迄用有成」，用魯經文。

維清一章，五句。

烈文【注】魯說曰：「烈文一章十三句，成王即政，諸侯助祭之所歌也。」韓說曰：「烈文，成王初即洛邑，諸侯助祭之樂歌也。【疏】毛序：「成王即政，諸侯助祭也。」箋：「新王即政，必以朝享之禮祭於祖考，告嗣位也。」○「烈文」至「歌也」，蔡邕獨斷文，魯說也。「烈文」至「樂歌也」，孔疏引服虔左傳注文，韓說也。齊義當同。

烈文辟公，錫茲祉福。惠我無疆，子孫保之。【疏】傳：「烈，光也。文王錫之。」箋：「惠，愛也。光文百辟卿士及天下諸侯者，天錫之以此祉福也，又長愛之無有期竟，子孫得傳世安而居之。謂文王武王以純德受命定天位。」○白虎通瑞贄篇：「王者始立，諸侯皆見何？當受法稟正教也。周頌曰：『烈文辟公，錫茲祉福。』言武王伐紂定天下，諸侯來會聚於京師，受法度也，遠近莫不至。受命之君，天之所興，四方莫敢違，夷狄咸率服故也。」案，詩爲成王即政所歌，魯韓說與毛同。白虎通亦魯說，推言武王受命者，成王即位，溯武王之舊典而作詩。言我武王定殷之後，汝等有光華文章之辟公來爲我周之藩屏，此祉福乃武王錫之；又惠愛我無有疆限，令女子孫常保安之，此武王之德也。傳以「錫」屬「文」，箋以「錫」屬「天」，皆遠詩恉。漢書宣帝紀「錫茲祉福」，帝習齊詩，明齊毛文同。**無封靡于爾邦，維王其崇之。念茲戎功，繼序其皇之。**【疏】傳：「封，大也。靡，累也。崇，立也。戎，大。皇，美也。」箋：「崇，厚也。皇，君也。無大累於女國，謂諸侯治國，無罪惡也。王其厚之，增其爵士也。念此大功，勤事不廢，謂卿大夫能守其職，得繼世在位，以其次序其君之者。謂有大功，王則出而封之。」〇白虎通誅伐篇：「詩云：『毋封靡于爾邦，惟王其崇之。』此言追誅大罪也，或盜天子土地自立爲諸侯，絕之而已。」以「封靡」爲「大罪」，與毛訓「大累」同。詩言但無大罪當誅絕者，維王其益厚之。「毋」當爲「無」，蓋通借字。孔疏引王肅云：「序，繼也。思繼續先人之大功而美之。」案，詩言先人有大功者當念此，益繼續而美之。無競維人，四方其訓之。不顯維德，百辟其刑之。於乎，前王不忘！【疏】傳：「競，彊。訓，道也。『前王』，武王也。」箋：「無彊乎，惟得賢人也，得賢人則國家彊矣，故天下諸侯順其所爲也。不勤明其德乎，勤明之也，故卿大夫法其所爲也。於乎，先王文王武王其於此道，人稱誦之不忘。」〇「訓」、「順」古通，箋「訓」讀爲「順」，言無彊惟在得賢，得賢則四方皆順之矣。禮中庸：「詩曰：『不顯維德，百辟其刑之。』」鄭注：「不顯，言顯也。辟，君也。此頌也，言不顯乎，文王之德，百君盡刑之，諸侯法之也。」案，此又曉諭諸侯以上法文王之德。齊義如此。列女傳一：「詩云：『不顯惟德，百辟其刑之。』」明魯毛文同。禮大學：「詩云：『於乎，前王不忘！』」明齊毛文同。詩於是又總之曰：於乎，既有武王之錫福宜保，又有文王之顯德可刑，爾諸侯惟有於前王念念不忘耳。

烈文一章，十三句。

天作【注】魯說曰：「天作，祀先王先公之所歌也。」【疏】毛序：「祀先王先公也。」箋：「『先王』，謂大王已下。『先公』，諸盩至不窋。」〇「天作」至「歌也」，蔡邕獨斷文，魯說也。齊韓當同。

天作高山，大王荒之。【疏】傳：「作，生。荒，大也。天生萬物於高山，大王行道，能大天之所作也。」箋：「『高山』，謂岐山也。書曰：『道岍及岐，至于荆山。』天生此高山，使興雲雨以利萬物。大王自豳遷焉，則能尊大之廣其德澤，居之一年成邑，二年成都，三年五倍其初。」〇陳喬樅云：「尚書大傳云：『大王去豳，邑岐山，周民奔而從之者三千乘，止而成千户之邑。』即此頌所言『天作高山，大王荒之』是也。箋蓋亦據齊詩之説。」晉語鄭叔詹曰：「在周頌曰：『天作高山，大王荒之。』荒，大之也。大天所作，可謂親有天矣。」卽傳義所本。**彼作矣，文王康之。彼徂矣，岐有夷之行。**【注】韓下「矣」作「者」。韓説曰：徂，往也。夷，易也。行，道也。言百姓歸文王者，皆曰岐有易道，可歸往矣。易道，謂仁義之道而易行，故岐道險阻而人不難。【疏】傳：「夷，易也。」箋：「彼，彼萬民也。徂，往。行，道也。彼萬民居岐邦者，皆築作宮室，以爲常居，文王則能安之。後之往者，又以岐邦之君有佼易之道故也。易曰：『乾以易知，坤以簡能。易則易知，簡則易從。易知則有親，易從則有功。有親則可久，有功則可大。可久則賢人之德，可大則賢人之業。』以此訂大王文王之道，卓爾與天地合其德。」〇荀子王制篇：「天之所覆，地之所載，莫不盡其美，致其用，上以飾賢良，下以養百姓而安樂之，夫是之謂大神。詩曰：『天作高山，大王荒之。彼作矣，文王康之。』此之謂也。」天論篇引詩同。荀言天地所生而能盡美致用，使人盡安樂之，是爲「大神」，引詩「天作」四句以證明之，是魯詩説此四句之義亦必如此。箋謂「大王、文王之道與天地合德」，義亦同也。「韓矣作者」者，後漢西南夷傳朱輔疏曰：「詩云：『彼徂者岐，有夷之行。』傳曰：『岐道雖僻，而人不遠。』詩人誦詠，以爲符驗。」據此，「徂矣」作「徂者」，所引傳卽韓傳也。「岐道雖僻而人不遠」，卽「岐道險阻而人不難」，特字有改易耳。「徂往」至「不難」，西南夷傳李注引薛君注文。陳喬樅云：「王應麟詩攷據沈括筆談引後漢朱浮傳，作『彼岨者岐』。盧氏文弨曰：此沈之誤也。朱子集傳遂以岐山爲『險僻』，其實韓詩自作『徂』字，訓爲『往』也，所云『岐道阻險而人不難』，自爲『有夷之行』發義。王氏謂集傳『彼徂者岐』從韓詩，非也，乃沿沈誤耳。臧氏鏞堂曰：『朱浮』乃『朱輔』之誤。據外傳三明云『岐有夷之行』，足證沈説之非。宋氏緜初曰：詩以『彼徂者』爲句，『岐有夷之行』爲句，箋云『後之往者，又以岐邦之君有佼易之道故也』，是箋亦與韓合，非讀『彼徂者岐』爲句也。」楊雄河東賦「易幽岐之夷平」，明魯經文。子孫保之。【注】魯一本「孫」下多「其」字。【疏】蔡邕祖德頌：「詩言『子孫保之』。」邕用魯經文，與諸家同。「一本孫下多其字」者，說苑君道篇：「詩云：『岐有夷之行，子孫其保之。』」蓋魯「亦作」本。韓詩外傳三：「昔者舜甑盆無膻，而下不以餘獲罪。飯乎土簋，啜乎土型，而農不以力獲罪。麑衣而盩（趙懷玉云：「疑作『盭』，音『周』。盭有曲義。又疑是『盭』，與『戾』同。」晏子春秋諫下篇：「古嘗有紩衣攣領而王天下者。」「戾」、「盭」與「攣」義同。）領，而女不以巧獲罪。法下易由，事寡易爲功，而民不以政獲罪。故大道多容，大德多下，聖人寡爲，故用物常壯也。傳曰：易簡而天下之理得矣。忠易爲禮，誠易爲辭，賢人易爲民，工巧易爲材。詩曰：『岐有夷之行，子孫保之。』」

天作一章，七句。

昊天有成命【注】魯說曰：「昊天有成命一章七句，郊祀天地之所歌也。」【疏】毛序：「郊祀天地也。」○「昊天」至「歌也」，蔡邕獨斷文，魯說也。漢書郊祀志丞相衡奏言：「帝王之事，莫大乎承天之序；承天之序，莫重於郊祀，故聖王盡心極慮以建其制。祭天於南郊，就陽之義也；瘞地於北郊，卽陰之象也。天之於天子也，因其所都而各饗焉。昔者周文武郊於豐鄗，成王郊於雒邑。由此觀之，天隨王者所居而饗之，可見也。」又博士師丹等議，以爲：「郊處各在聖王所都之南北。周公加牲，告徙新邑，定郊禮於雒。天地以王者爲主，故聖王制祭天地之禮必於國郊。宜於長安定南北郊，爲萬世基。」愚案：衡丹奏議並言「成王郊祀天地於雒邑」，當卽據齊詩此篇爲說。韓義蓋同。

昊天有成命，二后受之。成王不敢康，夙夜基命宥密。【注】齊「基」一作「其」。魯「密」作「謐」。【疏】傳：「二后，文武也。基，始。命，信。宥，寬。密，寧也。」箋：「『昊天』，天大號也。『有成命』者，言周自后稷之生而已有王命也。文王武王受其業，施行道德，成此王功，不敢自安逸，早夜始信天命，不敢解倦，行寬仁安靜之政，以定天下。

寬仁，所以止苛刻也。安靜，所以息暴亂也。」○「齊基一作其」者，禮孔子閒居「夙夜其命宥密」，鄭注：「『其』讀爲『基』，基，謀也。密，靜也。言君夙夜謀爲政教以安民，則民樂之。」此齊「一作」本也。鹽鐵論未通篇：「周公抱成王聽天下，恩塞海內，澤被四表，矧惟南面，含仁包德，靡不得其所。詩云：『夙夜基命宥密。』」桓寬亦治齊詩，仍作「基命」。「成王」，即指其身，不以爲「成王功」。「魯密作謐」者，新書禮容篇：「夫昊天有成命，頌之盛德也，其詩曰：『昊天有成命，二后受之。成王不敢康，夙夜基命宥謐。』」賈時惟有魯詩，知魯「密」作「謐」。又云：「謐者，寧也，億也。命者，制令也。基者，經也，勢也。夙，早也。康，安也。后，王也。『二后』，文王武王也。成王者，武王之子，文王之孫也。文王有大德而功未就，武王有大功而治未成，及成王承嗣，仁以臨民，故稱『昊天』焉。不敢怠安，早興夜寐，以繼文王之業。布文陳紀，經制度，設犧牲，使四海之內懿然葆德，各遵其道，故曰『有成』。承順武王之功，奉揚文王之德，九州之民，四荒之國，歌謡文武之烈，絫九譯而請朝，致貢職以供祀，故曰『二后受之』。方是時也，天地調和，神人順億，鬼不厲禁，民不謗怨，故曰『宥謐』。成王質仁聖哲，能明其先，能承其親，不敢惰懈，以安天下，以敬民人。」漢書匡衡傳引此詩，亦言「昔者成王思述文武之道，休烈盛美皆歸之二后，而不敢專其名。」是齊魯詩説皆如此。馬瑞辰云：「晉語引此詩，韋昭注：『謂文武修己自勤，成其王功，非謂周成王身也。』但考叔向説，是『詩曰』是道成王之德也。成王，能明文昭、能定武烈者也。『二后』指文武，則『成王』自指周成王無疑。叔向曰：『夫道成命而稱昊天，翼其上也。二后受之，讓於德也。』蓋謂成王不自謂能受天命，而曰文武受之，故以爲讓於德，若不指周成王，則二后受之，何謂讓於德乎？呂覽慎大篇云：『文王造之而未遂，武王遂之而未成，周公旦抱少主而成之，故曰成王。』史記周公謂伯禽曰：『我文王之子，武王之弟，成王之叔父。』『成王』蓋時臣美其德，生有此號。酒誥釋文載馬融注引：『或曰以成王爲少成二聖之功，生號曰成王，没因爲謚。』其説是也。尚書大傳：奄君蒲姑謂禄父曰：『武王已死矣，成王尚幼矣。』成王惟生有此號，故周頌作於成王在位時，得稱『成王』耳。傳義本晉語。戴震毛鄭詩攷正取晉語釋之，是也，然尚有未盡合者。叔向曰：『夙夜，恭也。基，始也。命，信也。宥，寬也。密，寧也。』後總釋之曰：『其中也，恭儉信寬，帥歸於寧。』承上五字言，不應獨去『基』字，另增『儉』字，知『儉』即承『基始』言也。蓋云『恭始信寬』則不詞，故易爲『儉』。『儉』者，禮之本，本卽基也，故『基』爲『始』，又爲『儉』耳。命、令古通用，『令』从『亼』、『卩』，說文：『卩，瑞信也。』賈子曰：『命者，制令也。』與叔向訓『命』爲『信』同義。玩叔向所釋，『基命』與『宥密』各爲一德，基、命二字平列，不連讀。孔疏釋傳云：『始於信順天命。』戴震云：『早夜敬恭其命，有始未竟之謂基命。』均失之。」**於緝熙，單厥心，肆其靖之。**【疏】傳：「緝，明。熙，廣。單，厚。肆，固。靖，和也。」箋：「『廣』當爲『光』，『固』當爲『故』，字之誤也。於美乎，此成王之德也，既光明矣，又能厚其心矣，爲之不解倦，故於其功終能和安之。謂夙夜自勤，至於天下大平。」○馬瑞辰云：「釋詁：『亶，厚也。』詩作『單』者，雙聲叚借字。叔向釋詩曰：『肆，固也。靖，和也。』又曰：『廣厚其心，以固和之。』故、固古通用，爾雅：『肆，固也。』『肆』可訓爲語詞之『故』，卽可訓爲『堅固』之固，非誤字也。」

昊天有成命一章，七句。

我將【注】魯說曰：我將一章十句，祀文王於明堂之所歌也。【疏】毛序：「祀文王於明堂也。」○「我將」至「歌也」，蔡邕獨斷文，魯說也。漢書郊祀志：「周公相成王，王道大洽，制禮作樂，天子曰明堂辟雍，諸侯曰泮宮。宗祀文王於明堂，以配上帝。四海之內，各以其職來助祭。」陳喬樅云：「明堂月令論以明堂、辟雍異名而同事，其實一也。引禮記盛德篇：『明堂九室，以茅蓋屋，上圓下方，其外有水，名曰辟雍。』據班志語，知齊詩與魯說同。」大戴禮注引韓詩說「明堂在南方七里之郊」，卽釋此詩語。

我將我享，維羊維牛，維天其右之。【疏】傳：「將，大。享，獻也。」箋：「將，猶『奉』也。我奉養、我享祭之羊牛皆充盛肥腯，有天氣之力助。言神饗其德而右助之。」○胡承珙云：「周禮羊人疏引詩『維牛維羊』，隋書宇文愷傳亦作『維牛維羊』，知唐以前本皆然。開成石經始誤作『維羊維牛』。但隋禮儀志載梁天監十年議曹朱异議明堂牲牢云：『我將詩有「維羊維牛」之說』，又與宇文所引不同，疑經文或有二本，無容執一爲信也。」儀式刑文王之典，日靖四方。【注】齊韓「典」作「德」。伊嘏文王，既右饗之。【疏】傳：「儀，善。刑，法。典，常。靖，謀也。」箋：「靖，治也。受福曰嘏。我儀則式象法行文王之常道，以日施政於天下，維受福於文王。文王既右而饗之，言受而福之。」○「齊典作德」者，漢書刑法志：「詩曰：『儀式刑文王之德，日靖四方。』」師古曰：「言法象文王之德以爲儀式，則四方日以安靖也。」「韓作德」者，左昭六年傳引詩：「儀式刑文王之德，日靖四方。」疏引服虔注：「儀，善。式，用。靖，謀也。言善用法文王之德，日日謀安四方也。」服用韓詩，是韓作「德」，魯詩亦必作「德」也。愚案：言法文王之德，日靖四方，是四方皆受福於文王，故文王右而饗之也。我其夙夜，畏天之威，于時保之！【疏】箋：「于，於。時，是也。早夜敬天，於是得安文王之道。」○趙岐孟子章句二云：「詩周頌我將之篇，言成王尚畏天威於是時，故能安其太平之道也。」趙訓「保」爲「安」，與箋合。漢書孔光傳：「詩曰：『畏天之威，于時保之。』謂不懼者凶，懼之則吉也。」陳喬樅云：「光，孔霸子；霸，安國從孫。安國治魯詩，光亦必傳其家學。」愚案：據此，光學亦魯義也。韓詩外傳三載周文王時地動，改行重善而免；殷時穀生湯庭，湯行善政而穀亡；外傳八載梁山崩，晉君召伯宗，問絳人，素服哭祠三事，並引詩：「畏天之威，于時保之。」皆以明「畏天」之實。左文十五年傳引詩，釋之云：「不畏于天，將何能保。」孟子梁惠王篇：「樂天者，保天下。畏天者，保其國。」亦引詩二句。詩中專言文王，是祀文王之詩。後武王崩，成王嗣政治雒，兼祀文武，亦歌此詩，與清廟歌詩同也。

我將一章，十句。

時邁【注】魯說曰：時邁一章十五句，巡狩告祭柴望之所歌也。齊說曰：時邁者，太平巡狩祭山川之樂歌。韓說曰：美成王能奮舒文武之道而行之。【疏】毛序：「巡守告祭柴望也。」箋：「巡守告祭者，天子巡行邦國，至于方岳之下而封禪也。書曰：『歲二月，東巡守，至于岱宗，柴，望秩于山川。徧于羣神。』」〇「時邁」至「歌也」，蔡邕獨斷文，魯說也。「時邁」至「樂歌」，儀禮大射儀鄭注文，齊說也。「美成」至「行之」，後漢李固傳注引薛君傳文。胡承珙云：「孔疏引左宣十二年傳云：『昔武王克商，作頌曰：載戢干戈。』明此篇武王事也。國語稱周文公之頌曰：『載戢干戈。』明此篇周公作也。白虎通曰：『何以知太平乃巡守？以武王不巡守，至成王乃巡守。』其言違詩反傳，所說非也。據李固傳引薛傳，是韓詩以時邁爲成王巡守。白虎通蓋用韓說也。然逸周書大匡解、文政解俱有『維十有三，祀王在管』之文。又度邑解云：『我南望過於三塗，北望過於有嶽丕顧，瞻過於河宛，瞻過於伊洛』，與詩言『及河喬嶽』亦相近。史記周本紀：『武王既克殷，命宗祝享祠于軍。乃罷兵西歸。行狩，記政事，作武成。』書序云：『武王伐殷，往伐歸獸，作武成。』所謂『歸獸』者，即樂記云『馬散之華山之陽，牛散之桃林之野』者。其下文云『車甲衅而藏之府庫，而弗復用，倒載干戈，包之以虎皮』，正與此詩『載戢干戈，載櫜弓矢』語合。然則時邁雖作於周公，要爲頌武王克殷後巡守諸侯之事甚明，班固謂『武王不巡守』，妄矣。」愚案：三家大恉無相違者，此詩似不合而實非也。武王克殷。周公始作此歌以頌武王，及成王巡狩，乃歌此詩以美成王，與清廟頌文王，仍兼祀武王、又祀周公相同。「狩」、「獸」古通用，書序「歸獸」，本卽爲『歸狩』，情事甚明。韓以爲非巡狩正禮，故主美成王爲說。白虎通宗魯詩，未嘗用韓說，班固雖録通義，並未參用己說。胡氏之論皆誤也。獨斷與白虎通爲一家之言，於武成巡狩告祭柴望，不没其事實，仍不以爲正禮。韓魯同，齊說亦必同也。

時邁其邦，昊天其子之，實右序有周。薄言震之，莫不震疊。懷柔百神，【注】韓詩上「震」作「振」。韓說曰：「薄，辭也。振，奮也。莫，無也。震，動也。疊，應也。美成王能奮舒文武之道而行之，則天下無不動而應其政教。」後引章句亦作「振」。及河喬嶽。【注】魯「喬」一作「嶠」。允王維后！【疏】傳：「邁，行。震，動。疊，懼。懷，來。柔，安。喬，高也。高嶽，岱宗也。」箋：「薄，猶『甫』也，甫，始也。允，信也。武王既定天下，時出行其邦國，謂巡守也。『天其子』，愛之。右，助。次序其事，謂多生賢知，使爲之臣也。其兵所征伐，甫動之以威，則莫不動懼而服者，言其威武又見畏也。王行巡守，其至方岳之下，來安羣神，望于山川，皆以尊卑祭之。信哉武王之宜爲君，美之也。」○馬瑞辰云：「爾雅：『時，是也。』時、是皆語詞。『序』與『敘』同。釋詁：『順，敘也。』『次序』爲序，『順從』亦爲序，『順之』卽『助之』也。司書注：『敘，猶比次也。』凡相比相次，皆有『助』義。『實右序有周』，猶言實佑助有周也。右、序二字同義。箋云『次序其事』，非。」「韓詩」至「政教」者。後漢李固傳固上疏引周頌曰：「『薄言振之，莫不震疊。』此動之於內，而應於外者也。」李注引薛君傳曰：「薄，辭也。振，奮也。莫，無也。震，動也。疊，應也。美成王能奮舒文武之道而行之，則天下無不動而應其政教。」又文選揚雄甘泉賦、張協七命李注並引韓詩薛君章句云：「振，奮也。」是韓上「震」作「振」，齊魯詩當同。荀子禮論篇云：「天能生物，不能辨物也。地能載人，不能治人也。宇中萬物生人之屬，待聖人然後分也。詩曰：『懷柔百神，及河喬嶽。』」東觀書章帝詔亦引「懷柔百神」二句，帝治魯詩者。釋詁：「柔，安也。」某氏注：「詩曰：『懷柔百神。』」陳喬樅云：「孔疏：『詩定本作「柔」，集注作「濡」。』段氏玉裁曰：宋書樂志謝莊造歌詩曰：『昭事先聖，懷濡上靈。』然則六朝本作『懷濡百神』也。柔、濡古音同，故假『濡』爲『柔』。臧氏鏞堂曰：毛作『懷濡』，三家作『懷柔』，樊光注爾雅，引用皆非毛詩也。」「喬一作嶠」者，淮南泰族訓：「精誠感於內，形氣動於天，則景星見，醴泉出，河不滿溢，海不容波。故詩云：『懷柔百神，及河嶠嶽』。」此魯「亦作」本。陳喬樅云：「說文新附：『嶠，山銳而高也。从山，喬聲。』古通用『喬』。」漢書郊祀志：「天子祭天下名山大川，懷柔百神，咸秩無文。五嶽視三公，四瀆視諸侯。」此用齊詩義。三禮義宗引韓詩曰：「天子奉玉升柴。」此亦「柴望」，韓義也。**明昭有周，式序在位。**【疏】傳：「明矣知未然也，昭然不疑也。」箋：「昭，見也。王巡守而明見天之子有周家也，以其有俊乂，用次第處位。言此者，著天其子愛之、右序之效也。」○韓詩外傳八：「詩曰：『明昭有周，式序在位。』言各稱職也。」外傳三又三引詩以明其義。儀禮大射儀鄭注：「詩曰：『明昭有周，式序在位。』」明齊毛文同。愚案：「明昭有周，」與臣工詩「明昭上帝」同義，言大明著見之有周，在位者咸得其序，謂皆賢也。**載戢干戈，載櫜弓矢。**【疏】傳：「戢，聚。櫜，韜也。」箋：「『載』之言『則』也。王巡守而天下咸服，兵不復用，此又著『震疊』之效也。」○禮樂記鄭注：「兵甲之衣曰櫜。詩曰：『載櫜弓矢。』」漢書五行志亦引詩曰：「載戢干戈，載櫜弓矢。」明齊毛文同。蔡邕釋誨「武功定而干戈戢」，用魯經文。**我求懿德，肆于時夏。允王保之！**【疏】傳：「夏，大也。」箋：「懿，美。肆，陳也。我武王求有美德之士而任用之，故陳其功於是夏而歌之。樂歌大者稱『夏』。允，信也。信哉武王之德，能長保此時夏之美。」○史記周本紀周文公之頌曰：「載戢干戈，載櫜弓矢。我求懿德，肆于時夏。允王保之！」此魯詩也，明魯毛文同。鹽鐵論論菑篇：「兵者，凶器也。甲堅兵利，爲天下殃。以母制子，故能久長。聖人法之，厭而不揚。詩云：『載戢干戈，載櫜弓矢。我求懿德，肆于時夏。』」是魯詩說此詩未聞以爲樂章。荀悦漢紀序：「先王光演大業，肆于時夏。」荀亦用齊說，釋「時夏」猶言「諸夏」耳。胡承珙云：「編樂名夏，必在作詩之後，豈有詩未終篇而卽曰陳於此以爲『夏』者？」馬瑞辰云：「說文：『夏，中國之人也。』大司樂鄭注：『大夏，禹樂也。禹治水傅土，言其德能大中國也。』左襄二十九年傳：『爲之歌秦，曰：「此之謂夏聲」。』又曰：『能夏則大』。服虔注：『與諸夏同風，故曰夏聲。』是樂之名夏，本取『中夏』之義，詩言『肆于時夏』，承上『我求懿德』言，宜從朱子集傳謂『布德於中國』，而後人因有『肆于時夏』一語，遂名其樂爲肆夏耳。」
魯說也。齊韓蓋同。

時邁一章，十五句。

執競【注】魯說曰：執競一章十四句，祀武王之所歌也。【疏】毛序：「祀武王也。」○「執競」至「歌也」，蔡邕獨斷文，魯說也。齊韓蓋同。

執競武王，【注】韓詩云：執，服也。無競維烈。不顯成康，上帝是皇。【疏】傳：「無競，競也。烈，業也。不顯乎，其成大功而安之也。顯，光也。皇，美也。」箋：「競，彊也。能持彊道者，維有武王耳。不彊乎，其克商之功業，言其彊也。不顯乎，其成安祖考之道，言其又顯也。天以是故，美之子之福祿。」○「執，服也」者，釋文引韓詩文。北堂書鈔八十九引同。馬瑞辰云：「說文：『執，捕罪人也。』義與『服』近。又執、慹、慴古通用，史記項羽紀『諸將皆慴服』，漢書作『讋服』，陳咸傳作『執服』，朱博傳作『慹服』。韓詩訓『執』爲『服』者，蓋以『執競』爲能執服彊禦，猶朱博云『執服豪彊』也。說文：『倞，彊也。』廣雅：『倞，彊也。』凡詩言『執競』、『無競』，又呂叔玉引詩作『執倞』，皆『倞』字之叚借。若『競』之本義，則說文自訓『彊語』耳。」自彼成康，奄有四方，斤斤其明。【疏】傳：「自彼成康，用彼成安之道也。奄，同也。斤斤，明察也。」箋：「四方，謂天下也。武王用成安祖考之道，故受命伐紂，定天下爲周。明察之君，斤斤如也。」○孔疏：「『奄，同』，釋言文。又云：『奄，蓋也。』鄭於閟宮、玄鳥箋皆以『奄』爲『覆』。釋訓：『明明、斤斤，察也。』」鍾鼓喤喤，【注】三家「喤」皆作「鍠」。磬筦將將，【注】魯「磬筦」一作「管磬」。齊「將」作「鏘」，魯作「瑲」，亦作「鎗」，韓作「⿺走將」。降福穰穰。降福簡簡，威儀反反。【注】魯「穰」一作「禳」，「反」一作「板」。既醉既飽，福祿來反。【疏】傳：「喤喤，和也。將將，集也。穰穰，衆也。簡簡，大也。反反，難也。反，復也。」箋：「反反，順習之貌。武王既定天下，祭祖考之廟，奏樂而八音克諧，神與之福又衆大。謂如嘏辭也。君臣醉飽，禮無違者，以重得福禄也。」○「三家喤作鍠。魯磬筦亦作管磬。齊將作鏘，魯作瑲，亦作鎗，韓作蹡」者，漢書禮樂志：「詩曰：『鍾鼓鍠鍠，磬管鏘鏘，降福穰穰。』書云：『擊石拊石，百獸率舞。』鳥獸且猶感應，而況於人乎？況於鬼神乎？」荀悦漢紀五引詩云：「鍾鼓煌煌，磬管鏘鏘，降福穰穰。」荀子富國篇引詩曰：「鍾鼓喤喤，管磬瑲瑲，降福穰穰。」張衡東京賦：「鍾鼓喤喤。」又曰：「降福穰穰。」應劭風俗通義六「詩云：『鍾鼓鍠鍠，磬管鎗鎗，降福穰穰。』夫樂者，聖人所以動天地、感鬼神、安萬民、成性類者也。」釋訓：「鍠鍠，樂也。」「穰穰，福也。」臧鏞堂云：「漢書、風俗通皆同爾雅作『鍠』，孔疏引舍人注順毛改爲『喤』。今攷荀子及東京賦並作『喤』，疑亦後人所改，如『管磬瑲瑲』之從毛改爲『磬管將將』也。」（元刻同毛，宋本詩攷作「管磬瑲瑲」。）愚案：三國魏志文帝紀注引曹植魏文帝誄：「鍾鼓鍠鍠。」植習韓詩，是韓作「鍠」，合之漢書、漢紀之爲齊詩，荀、張、應之爲魯詩，皆當作「鍠」，與毛異字。今漢紀作「煌」，亦後人所改也。魯「磬管」作「管磬」，齊「將」作「鏘」，魯作「瑲」，亦作「鎗」，皆「一作」本之異。「將將，」說文作「蹡蹡，」蓋亦韓異文。「魯穰一作禳，反反一作板板」者，爾雅釋文「穰穰」作「禳禳」，云「本今作穰。」潛夫論巫列篇：「德義無違，鬼神乃享，鬼神受享，福祚乃隆。故詩云：『降福禳禳。』」王習魯詩，用「一作」本也。正列篇又云：「『降福簡簡，威儀板板。既醉既飽，福禄來反。』此言人德義茂美，神歆享醉飽，乃反報之以福也。」陳喬樅云：「賓之初筵詩『威儀反反』，釋文引韓詩，作：『昄昄，音「蒲板」反，善貌。』則此頌『威儀反反』文義當與彼同。據釋文載沈音『符板』反，正『昄』字之音讀也。傳云：『反反，難也。』箋云：『反反，順習之貌。』順習卽善貌也，正列篇引詩作『板板』，此魯詩之異文。『板板』蓋卽『昄昄』假借字。」愚案：詩祭武王，而箋謂「鍾鼓」以下乃言武王祭祖考，似與詩意不合。蓋祭武王則武王降福耳，敷陳禮樂，卽商頌那篇祀成湯之所祖。

執競一章，十四句。

思文【注】魯說曰：思文一章八句，祀后稷配天之所歌也。齊說曰：周公相成王，王道大洽，制禮作樂，郊祀后稷以配天。【疏】毛序：「后稷配天也。」〇「思文」至「歌也」，蔡邕獨斷文，魯說也。「周公」至「配天」，漢書郊祀志文，齊說也。韓說蓋同。

思文后稷，克配彼天。立我烝民，【注】魯「烝」亦作「蒸」。莫匪爾極。【疏】傳：「極，中也。」箋：「克，能也。立，當作『粒』。烝，衆也。周公思先祖有文德者后稷之功能配天。昔堯遭洪水，黎民阻飢，后稷播殖百穀，烝民乃粒，萬邦作乂，天下之人無不於女時得其中者。言反其性。」〇「魯烝亦作蒸」者，史記周本紀：「頌曰：『思文后稷，克配彼天。立我蒸民，莫匪爾極。』」所引「烝」作「蒸」。列女姜嫄傳引詩云：「思文后稷，克配彼天。立我烝民。」仍作「烝」。國語作「烝」，與列女傳同，則史記用「亦作」本也。貽我來牟，【注】韓詩曰：「貽我嘉麰。」韓說曰：麰，大麥也。魯作「飴我釐麰」，齊作「詒我來麰」。帝命率育。無此疆爾界，陳常于時夏。【注】韓「界」作「介」，曰：介，界也。【疏】傳：「牟，麥。率，用也。」箋：「貽，遺。率，循。育，養也。武王渡孟津，白魚躍入于舟，出涘以燎。後五日，火流爲烏，五至，以穀俱來。此謂『遺我來牟』。天命以是循存后稷養天下之功，而廣大其子孫之國。無此封竟於女今之經界，乃大有天下也，用是故陳其久常之功於是夏而歌之。夏之屬有九。書說：烏以穀俱來，云穀紀后稷之德。」〇「貽我」至「麥也」，文選班固典引李注引韓詩及薛君文。王念孫云：「韓詩『貽我嘉麰』，『嘉』當爲『喜』字之誤，來、釐、喜古聲相近，故毛詩作『來』，劉向傳作『釐』，韓詩作『喜』，猶『僖公』之爲『釐公』，『祝禧』之爲『祝釐』也。」陳喬樅云：「王說是也。其致誤之由，緣後人不明文字通假之義，以生民詩有『誕降嘉種』語，遂臆改韓詩『喜麰』爲『嘉麰』耳。」馬瑞辰云：「方言：『陳楚之間，凡人嘼乳而雙産謂之盩孷。』廣雅：『盩孷，孿也。』『雙、孿，二也。』『盩孷』亦作『孷孖。』玉篇：『孷孖，雙生也。』『來牟』，一麥二夆，正與『盩』之爲雙產者聲近而義同。又『來』與『丕』二字同部，一麥二夆謂之『來』，猶一稃二米謂之『秠』也。」「魯作飴我盩麰」者。漢書劉向傳向上封事曰：「周頌曰：『飴我盩麰。』盩麰，麥也，始自天降。此皆以和致和，獲天助也。」趙岐孟子章句十一：「來麰，大麥也。詩云：『貽我來麰。』」陳喬樅云：「趙用魯詩，當作『飴我盩麰』，此後人妄改之。」「齊作詒我來麰」者，說文：「來，周所受瑞麥，來麰也，一麥二夆，象其芒束之形。天所來也，故爲『行來』之來。詩曰：『詒我來麰。』」陳喬樅云：「說文所引與魯韓異，蓋齊詩之文。正義引禮說曰：『武王赤烏穀芒，應周尚赤用兵，王命曰：爲牟天意，若曰須暇，紂五年乃可誅之。武王即位，此時已三年矣。穀，蓋牟麥也。詩云：「貽我來牟。」是鄭所據之文也。』書說『烏以穀俱來』云云，尚書旋璣鈐及合符後皆有此文。喬樅謂書說禮說並與齊詩同一師傳，鄭箋當即本齊詩。班固典引所言『朱烏黃鍪』之事，亦皆用齊說。詩釋文云：『牟字或作鍪。』『鍪』蓋『麰』之或體。」「韓界作介，曰介，界也」者，文選魏都賦李注引薛君韓詩章句文。陳喬樅云：「唐石經初刻『界』，後改『介』，蓋從韓詩。」馬瑞辰云：「小雅『四國無政，不用其常』。『常』即『政』也。左昭二十年傳『布常無藝』，杜注：『言布政無法度。』此詩『陳常』，猶『布常』也。『陳常於時夏』，謂陳農政於中夏也。時邁詩『肆于時夏』，承上『我求懿德』言，謂布德於是中夏也。此詩『陳常于時夏』，承上『貽我來牟，帝命率育，無此疆爾界』言，謂徧布其農政，所以布利於是中夏也。國語芮良夫曰：『王人者，將導利而布之上下者也。』末引詩『立我烝民』爲證。其『導利』之言，實據詩『陳常于時夏』爲訓，箋說失之。」

思文一章，八句。

清廟十篇，十章，九十五句。

詩三家義集疏卷二十五

臣工第二十五　詩周頌

臣工【注】魯說曰：「臣工一章十句，諸侯助祭，遣之於廟之所歌也。【疏】毛序：「諸侯助祭，遣於廟也。」○「臣工」至「歌也」，蔡邕獨斷文，魯說也。齊韓蓋同。

嗟嗟臣工，敬爾在公。王釐爾成，來咨來茹。【疏】傳：「嗟嗟，敕之也。工，官也。公，君也。」箋：「臣，謂諸侯也。釐，理。咨，謀。茹，度也。諸侯來朝天子，有不純臣之義，於其將歸，故於廟中正君臣之禮，敕其諸官卿大夫云：敬女在君之事，王乃平理女之成功，女有事當來謀之，來度之於王之朝，無自專。」○馬瑞辰云：「『王』、『往』古同聲通用。此爲遣諸侯於廟之詩，故言『往』，作『王』者借字耳。」愚案：馬說是也。詩言嗟嗟爾之卿大夫，各當敬爾在公朝之政事，往釐理爾之成功，來謀來度，毋致懈惰。

嗟嗟保介，維莫之春，亦又何求？如何新畬？【疏】傳：「田二歲曰新，三歲曰畬。」箋：「『保介』，車右也。月令：『孟春，天子親載耒耜，措之於參保介之御間。』莫，晚也。周之季春，於夏爲孟春，諸侯朝周之春，故晚春遣之，敕其車右以時事：女歸當何求於民？將如新田、畬田何？急其教農趨時也。介，甲也。車右勇力之士，被甲執兵也。」○呂覽孟春紀：「是月也，天子乃以元日祈穀于上帝，乃擇元辰，天子親載耒耜，措之參于保介之御間，率三公九卿、諸侯大夫躬耕帝藉田。天子三推，三公五推，卿諸侯大夫九推。」高誘注：「措，置也。保介，副也。御，致也。擇善辰之日，載耒耜之具於藉田，致于保介之間，施用之也。」陳奐云：「高注以『保介』爲『副』，當是相傳古訓。『副』者，天子之副，卽下文『三公九卿諸侯大夫』也。天子躬耕則三公以下爲副，諸侯躬耕則三卿以下爲副。『嗟嗟保介』，猶云『嗟嗟臣工』耳，則『臣工』、『保介』爲諸侯，藉田時皆所率耕之人矣。乃鄭於注禮、箋詩言『保介』爲『車右勇力之士被甲執兵』者，然月令言親耕秉耜，無庸更有被甲之人守視耕器，況詩言爲農祈年，於被甲執兵之人尤無干涉，又何庸『嗟嗟』敕之乎？」愚案：據鄭禮注，以「保介」爲「車右」，蓋用齊詩說；據高注，以「保介」爲「副」，可以推見魯詩「保介」義說。韓詩外傳三載楚莊王寢疾一條，末引詩「嗟嗟保介」，乃推衍之義。黃山云：「禮禮器：『天子無介。諸侯七介七牢。』周官儀禮亦但有諸侯之介，不聞天子有介。禮器孔疏：『介，副也。牢，太牢也。謂諸侯朝天子，天子以太牢禮賜之也』。則諸侯助祭於周固有介矣。呂覽秦制，謂天子有介，仍侯國之沿習，不合禮經，故鄭注月令說『保介』爲『車右介士』，注不引詩『保介』，是否本齊詩說，殆不可知，其箋毛則直本月令前說，取合古文而已。至高注訓『保介』爲『副』，則必本於魯詩。蓋『臣工』斥諸侯保介，卽指諸侯之副，王禮諸侯兼及其副，敕諸侯亦及其副，宜也。陳氏奐乃謂『保介』卽『臣工』，并以月令『保介』爲卽『天子之三公九卿諸侯大夫』，不獨於詩恉不符，月令亦從無此解，是魯說本確，陳反亂之矣。且韓外傳載楚莊敕其大夫之言，末引詩『嗟嗟保介』，雖屬推衍之義，『保介』要卽指其大夫，非如陳氏之說也。」陳奐云：「釋地：『田二歲曰新，三歲曰畬。』易无妄馬融注：『菑田一歲，畬田三歲。』詩正義引鄭易注同。禮坊記注：『田一歲曰菑，二歲曰畬，三歲曰新田。』案易注是，而禮注非也。說文：『畬，三歲治田也。』孫炎云：『菑，始災殺其草木也。新田，新成柔田也。畬，和也，田舒緩也。』郭璞云：『今江東呼初耕地反草爲菑。』說文：『菑，不耕田也。』不耕爲『菑』，猶休不耕者爲『萊』，『菑』與『萊』聲相近也。鄭箋讀『俶載』爲『熾菑』，初耕未能柔孰，必以利耜發田，與『田一歲菑』合。『新』謂耕二歲者，『畬』謂耕三歲者，易董遇注：『悉耨曰畬。』蓋至三歲悉可耕耨矣。此詩『新畬』就耕田說，若采芑『新畬』就休耕之田說，故有可采之芑，立文自有不同。」於皇來牟，將受厥明。明昭上帝，迄用康年。【疏】傳：「康，樂也。」箋：「將，大。迄，至也。於美乎，赤烏以牟麥俱來，故我周家大受其光明。謂爲珍瑞，天下所休慶也。此瑞乃明見於天，至今用之有樂，歲五穀豐熟。」○馬瑞辰云：「釋詁：『明，成也。』古以年豐穀孰爲『成』，周書糴匡解『成年年穀足賓祭』是也。」「將受厥明」，謂大受厥成也。命我衆人，庤乃錢鎛，奄觀銍艾。【疏】傳：「庤，具。錢，銚。鎛，鎒。銍，穫也。」箋：「奄，久。觀，多也。教我庶民，具女田器，終久必多銍艾。勸之也。」○說文：「庤，儲置屋下也。」釋詁：「峙，具也。」明魯「庤」作「峙」。說文：「偫，待也。」「儲，偫也。」考工記注引詩「偫乃錢鎛」，是齊「庤」作「偫」。孔疏：「說文：『錢，銚，古田器。』世本『垂作銚』，宋仲子注：『銚，刈也。』然則銚刈物之器也。釋名：『鎛，鋤類也。』說文：『銍，穫禾短鎌也。』釋言：「奄，同也。」詩言勉力農田，用答天佑命，我衆民具乃利器，同觀銍艾之盛焉。

臣工一章，十五句。

噫嘻【注】魯說曰：噫嘻一章八句，春夏祈穀于上帝之所歌也。【疏】毛序：「春夏祈穀于上帝也。」箋：「祈，猶禱也，求也。月令『孟春祈穀于上帝』、『夏則龍見而雩』是與？」○「噫嘻」至「歌也」，蔡邕獨斷文，魯說也。齊、韓蓋同。黃山云：「經傳有春祈無夏祈，月令：『仲夏，大雩帝，以祈穀實。』『雩』爲祈雨之祭，因祈雨而及穀耳。箋引月令『孟春祈穀』而不用『仲夏大雩』之文，別舉左傳『龍見而雩』者，以祈穀之實在既耕既種之後。詩言『駿發爾私』、『亦服爾耕』，則非其時矣。耕必資雨，故意春不得雨，或龍見祈得雨而後耕，但祈雨究非祈穀，故曰『是與』，亦疑不能定也。方觀承云：『祈穀在孟春，祈雨在孟夏，兩祈不同，詩序謂「春夏祈穀于上帝」，乃騎牆之見，足徵其陋。若以祈雨即爲祈穀，實牽挽爲一，益復支離矣。』」山案：蔡邕用魯詩，獨斷同於毛序，毛當即本魯說，不得輕詆。蓋春夏祈穀，實一祈而非兩祈，其曰『春夏祈穀於上帝』者，穀梁論郊所謂『夏之始可以承春』也。左傳孟獻子曰：『夫郊祀后稷，以祈農事也。是故啓蟄而郊，郊而後耕。』亦即此詩祈穀言耕之義。『啓蟄而郊』者，謂必啓蟄之後乃可郊，非謂必郊於啓蟄之月；猶『龍見而雩』謂必龍見而後可雩也。白虎通社稷篇引援神契曰：『仲春祈穀』，夏正仲春，即周正孟夏，魯詩『祈穀』，春連夏言，可知必不用月令『孟春』，用孟春則不定爲啓蟄之後。呂覽秦記，本不足證，詩箋專於古文求之，宜不合也。若詩爲兩祈，祈於春既曰『駿發』，祈於夏又曰『駿發』，不可通矣。」

噫嘻成王，既昭假爾！率時農夫，播厥百穀。【注】韓詩曰：「帥時農夫，播厥百穀。」韓說曰：「穀類非一，故言百也。」【疏】傳：「意，（阮校勘記：「噫古字。」）歎也。嘻，和也。成王，成是王事也。」箋：「『噫嘻』，有所多大之聲也。假，至也。播，猶種也。噫嘻乎，能成周王之功，其德已著至矣。謂光被四表，格于上下也。又能率是主田之吏農夫，使民耕田而種百穀也。」○戴震云：「『噫嘻』，猶『噫歆』，祝神之聲。儀禮既夕篇『祝聲三』，注：『三有聲存神也。舊說以爲聲噫歆也。』士虞禮『祝聲三』，注：『聲者噫歆也。』禮記曾子問注：『聲噫歆，警神也。』詩爲祈穀所歌，故噫歆於神，以爲民祈禱。」馬瑞辰云：「釋詁：『祈，告也。』釋言：『祈，叫也。』郭注：『祈祭者叫呼而請事。』『噫嘻』即『噫歆』之叚借，噫嘻祀神，正即叫呼之義。『噫嘻成王』，蓋倒文，謂成王噫歆爲聲，以祈呼上帝也，故下即云『既昭假爾』，謂既昭假于上帝也。」愚案：戴馬說皆是，成王是生號，（詳昊天有成命。）順文釋之亦合，言成王既能昭假於上帝也。詩凡言『昭假』者，義爲昭其誠敬以假神，昭其明德以假天。精誠表見曰『昭』，貫通所至曰『假』。「帥時」至「百也」，文選東都賦李注引韓詩及薛君文。「帥」、「率」古字通用，故毛作「率」，韓作「帥」。

駿發爾私，【注】齊『駿』作『浚』。終三十里。亦服爾耕，十千維耦。【疏】傳：「私，民田也。言上欲富其民而讓於下，欲民之大發其私田耳。『終三十里』，言各極其望也。」箋：「駿，疾也。發，伐也。亦，大，服，事也。使民疾耕，發其私田，竟三十里者一部，一吏主之，於是民大事耕其私田，萬耦同時舉也。周禮曰：『凡治野，田夫間有遂，遂上有徑；十夫有溝，溝上有畛；百夫有洫，洫上有塗；千夫有澮，澮上有道；萬夫有川，川上有路。』計此萬夫之地，方三十三里，少半里也。耜，廣五寸，二耜爲耦。一川之間萬夫，故有萬耦耕。言『三十里』者，舉其成數。」○「齊駿作浚」者，鹽鐵論取下篇「君篤愛，臣盡力，上下交讓而天下平。『浚發爾私』，上讓下也；『遂及我私』，先公職也。」陳喬樅云：「詩釋文：『浚，本又作駿。』是釋文本作『浚』，與韓同。箋訓『駿』爲『疾』，釋詁：『駿，速也。』說文：『越，行速越越也。』訓義並同，『浚』即『越』之叚借。」案周語「土乃脈發」，韋注引農書曰：「春土冒橛，陳根可拔，耕者急發。」「浚發」即「急發」也。

噫嘻一章，八句。

振鷺【注】魯說曰：振鷺，二王之後來助祭之所歌也。【疏】毛序：「二王之後來助祭也。」箋：「二王，夏、殷也，其後杞也、宋也。」○「振鷺」至「歌也」，蔡邕獨斷文，魯說也。漢書匡衡議曰：「王者存二王後，所以尊其先王而存三統也。」是齊詩亦有此說。韓義蓋同。

振鷺于飛，于彼西雝。【注】韓說曰：鷺，絜白之鳥。西雝，文王之雍也。言文王之時，辟雍學士皆絜白之人也。我客戾止，亦有斯容。【疏】傳：「興也。振振，羣飛貌。鷺，白鳥也。雝，澤也。客，二王之後。」箋：「白鳥集于西雝之澤，言所集得其處也。興者，喻杞宋之君有絜白之德，來助祭于周之廟，得禮之宜也。其至止亦有此容，言威儀之善如鷺然。」○「鷺絜」至「人也」，後漢邊讓傳注引薛君章句文。胡承珙云：「辟雍，本取四周有水形如璧環爲名，故辟雍又謂之『澤宮』。其云『鷺，白鳥』者，即謂靈臺之『白鳥』。薛云『西雍，文王之雍』，案，鄭君注禮，謂殷制小學在公宮南之左，大學在西郊。樂記疏引熊氏云：『武王伐紂之後猶用殷制。』然則文王辟雍自當在西郊也。」愚案：詩以西雍爲學士所集，其絜白本如鷺然，下文「我客」，亦如學士，「亦」字方有根據。蓋其時西雍學士沐文王之教澤，不獨德行純美，卽威儀無不盡善，今我客之來亦與之同，非謂客威儀如鷺也。蔡邕薦皇甫規表：「以廣振鷺西雍之美。」又與何進薦邊讓書：「雖振鷺之集西廱，濟濟之在周庭，無以或加。」又釋誨：「振鷺充庭。」皆用魯經文。據韓魯詩説「雝」作「雍」，其作「廱」者蓋「亦作」本也。**在彼無惡，在此無斁。【注】【韓】『斁』作『射』，說曰：射，厭也。庶幾夙夜，以永終譽。**【注】韓魯「終」作「衆」。【疏】箋：「『在彼』，謂居其國無怨惡之者。『在此』，謂其來朝人皆愛敬之無厭之者。永，長也。譽，聲美也。」〇「射，厭也」者，後漢曹昭傳李注引韓詩文，知韓作「射」也。禮中庸：「詩曰：『在彼無惡，在此無射。庶幾夙夜，以永終譽。』」鄭注：「射，厭也。永，長也。」是齊作「射」，知魯今文亦同也。「韓魯終作衆」者，馬瑞辰云：「後漢崔駰傳云：『豈可不庶幾夙夜，以永衆譽。』義本三家。『終』乃『衆』之叚借，猶詩『衆稺且狂』卽言『終稺且狂』也。中庸引此詩曰：『君子未有不如此而蚤有譽於天下者也。』有譽於天下，卽『衆譽』也。詩承上『在彼』、『在此』言之，亦爲『衆譽』。正義讀如『終始』之終，非也。」愚案：上文言「永」，下文「終」字當讀爲「衆」方不犯複。齊詩作「終」，則作「衆」者，魯韓文也。

振鷺一章，八句。

豐年【注】魯説曰：「豐年一章七句，烝嘗秋冬之所歌也。」【疏】毛序：「秋冬報也。」箋：「報者，謂嘗也、烝也。」〇「豐年」至「歌也」，蔡邕獨斷文，魯説也。齊韓當同。陳喬樅云：「此『烝嘗』，非四時宗廟之祭也。禮月令：『季秋之月，大饗帝，嘗犧牲，告備於天子。』鄭注：『嘗者，謂嘗羣神。天子親嘗帝，使有司祭於羣神，禮畢而告焉。』又：『孟冬之月，大飲烝，天子乃祈來年于天宗，大割祠于公社及門閭，臘先王五祀。』鄭注：『十月農功畢，天子諸侯與其羣臣飲酒於大學，以正齒位，謂之大飲，別之于他。其禮亡。』又釋『祈』與『大割』及『臘』云：『此周禮所謂蜡祭也。』淮南時則訓高注云：『烝，冬祭也。』正此詩所言『蒸嘗』。秋冬之祭謂之『嘗』者，取物成嘗新之義；謂之『烝』者，取品物備進之義。月令言『畢饗先祖』，詩言『烝畀祖妣』，其事正同。噫嘻爲春夏祈祭之所歌，豐年爲秋冬報祭之所歌，與宗廟時祀之『烝嘗』名同而實異也。」黄山云：「此詩獨斷云『蒸嘗秋冬之所歌』，毛序云『秋冬報』，箋謂『報者，嘗也、烝也』，得箋説而知蔡言『蒸嘗』亦卽指『報祭』矣。報社稷必於秋，良耜之『秋報社稷』是也。報先祖則或於秋，或於冬，亦必一報，而非二報。蓋天時有早晏，成熟有先後，一物不備，一人不得其所，孝子不敢以誣其先。秋祭曰『嘗』，冬祭曰『烝』，本皆宗廟之祭。詩言『爲酒爲醴，烝畀祖妣』，又明爲享先祖先妣，不必爲月令之『大享帝』及『祈來年於天宗』也。古者祭不欲數，天子祈報，皆卽於時祭行之。書雒誥之『烝祭於新邑』，卽成王之告卽政，而烈文之詩於此歌之，是其證矣。」

豐年多黍多稌，亦有高廩，萬億及秭。【注】韓説曰：陳穀曰秭也。【疏】傳：「豐，大。稌，稻也。廩，所以藏齍盛之穗也。數萬至萬曰『億』，數億至億曰『秭』。」箋：「『豐年』，大有年也。亦，大也。『萬億及秭』，以言穀數多。」○「陳穀曰秭」者，釋文引韓詩文。陳喬樅云：「『陳穀』，猶言『積穀』。廣雅釋詁一：『秭，積也。』正本韓訓。魏伐檀傳云：『種之曰稼，斂之曰穡。』方言：『嗇，積也』。穡，從『嗇』，取『積』之義。頌言『萬億及秭』，是形容豐年黍稌之多，故云『陳穀曰秭』，謂積穀入之數也。」愚案：釋詁：「秭，數也。」據此，知魯訓同毛。張衡東京賦「觀豐年之多稌」，用魯經文。爲酒爲醴，烝畀祖妣，以洽百禮，降福孔皆。【注】魯『皆』作『偕』。【疏】傳：「皆，徧也。」箋：「烝，進。畀，予也。」○説文：「醴，酒一宿孰也。」楚詞九歎王逸注：「醴，醴酒也。詩云：『爲酒爲醴』。」「魯皆作偕」者，説苑貴德篇：「聖王布德施惠，非求報於百姓也。郊望禘嘗，非求報於鬼神也。山致其高，雲雨興焉；水致其深，蛟龍生焉；君子致其道德，而福祿歸焉。周頌曰：『豐年多黍多稌，亦有高廩，萬億及秭。爲酒爲醴，烝畀祖妣，以洽百禮，降福孔偕。』聖人之於天下也，譬猶一堂之上也，有一人不得其所者，則孝子不敢以其物薦進。」劉向全引魯詩，止一「偕」字與毛不同。左襄二年傳引詩，亦作「降福孔偕。」馬瑞辰云：「皆、偕、嘉一聲之轉，廣雅釋言：『皆，嘉也。』王氏疏證曰：小雅魚麗曰：『維其嘉矣。』又曰：『維其偕矣。』賓之初筵曰：『飲酒孔嘉。』又曰：『飲酒孔偕。』偕，亦嘉也。今案此詩『孔皆』，亦當從廣雅訓『嘉』，『嘉』與『佳』同也。」「百禮」，孔疏：「謂牲玉幣帛之屬，合用以祭。」韓詩外傳五「夫百姓內不乏食，外不患寒，則可以教御以禮義矣。詩曰：『烝畀祖妣，以洽百禮。』」禮郊特牲鄭注：「詩頌豐年曰：『爲酒爲醴，烝畀祖妣，以洽百禮。』」明韓齊文與毛同。

豐年一章，七句。

有瞽【注】魯說曰：有瞽一章十三句，始作樂合諸樂而奏之所歌也。【疏】毛序：「始作樂而合乎祖也。」箋：「王者始定，制禮功成。『作樂合』者，大合諸樂而奏之。」○「有瞽」至「歌也」，蔡邕獨斷文，魯說也。齊韓蓋同。

有瞽有瞽，在周之庭。設業設虡，崇牙樹羽，應田縣鼓，鞉磬柷圉。【疏】傳：「瞽，樂官也。業，大板也，所以飾栒爲縣也，捷業如鋸齒。或曰，畫之植者爲虡，衡者爲栒，崇牙上飾卷然可以縣也。『樹羽』，置羽也。應，小鞞也。田，大鼓也。『縣鼓』，周鼓也。鞉，鞉鼓也。柷，木椌也。圉，楬也。」箋：「瞽，矇也，以爲樂官者，目無所見，於音聲審也。周禮：『上瞽四十人，中瞽百人，下瞽百六十人。』有視瞭者相之。又設縣鼓。『田』當作『朄』。朄，小鼓，在大鼓旁，應鞞之屬也，聲轉字誤，變而爲『田』。」○楚詞九章王注：「瞽，盲者也。詩云：『有瞽有瞽。』」明魯毛文同。韓詩外傳三云：「傳曰：太平之時，無瘖癰，跛眇，尪蹇，侏儒，折短，父不哭子，兄不哭弟，道無襁負之遺育。然各以其序終者，賢醫之用也。故安止平正，除疾之用無他焉，用賢而已矣。詩曰：『有瞽有瞽，在周之庭。』紂之餘民也。」明韓毛文同。禮明堂位鄭注：「簨虡，所以懸鍾磬也，横曰簨，飾之以鱗屬；植曰虡，飾之以臝屬、羽屬。簨以大版爲之謂之業，殷又於龍上刻畫之，爲重牙以挂懸紘也，周又畫繒爲翣，載以璧，垂五采羽于其下，樹於簨之角上，飾彌多也。周頌曰：『設業設虡，崇牙樹羽。』」陳喬樅云：「説文：『業，大版也。所以飾懸鍾鼓，捷業和鋸齒，以白畫之，象其鉏鋙相承也。』牙即業之上齒。皇氏云：『崇，重也。謂刻畫大版，重疊爲牙是也。』靈臺詩『虡業維樅』，毛傳：『樅，崇牙也。』正義謂『以采色爲大牙，其狀隆然謂之崇牙』，失之。」明堂位「周縣鼓」，鄭注：「縣，縣之以簨虡也。周頌曰：『應朄縣鼓。』」陳喬樅云：「周禮『太師令奏鼓朄』，注引鄭司農云：『朄，小鼓也。先擊小鼓，乃擊大鼓，小鼓爲大鼓先引，故曰朄。朄，讀爲「導引」之引。玄謂「鼓朄」，猶言「擊朄」。詩云：「應朄縣鼓。」』釋樂郭注引詩同，是知齊、魯今文皆作『朄』也。陳氏禮書曰：儀禮『朔鞞』，即『朄鼓』也。以其引鼓，故曰『朄』；以其始鼓，故曰『朔』。是以儀禮有『朔』無『朄』，周禮有『朄』無『朔』。馬瑞辰云：陳氏説是也。釋名：『鞞，裨助鼓節也。磬在前曰朔，朔，始也。在後曰應，應，大鼓也。』朄以引鼓在前，可知『朄』之即『朔』。詩言『應朄』，蓋前後皆備矣。」愚案：釋樂云：「大鼓謂之鼖，小者謂之應。」邢疏引李巡曰：「小者音聲相承，故曰應，應，承也。」孫炎曰：「和應大鼓也。」郭璞注：「詩曰：『應朄縣鼓。』在大鼓側。」蓋以引大鼓言之，故謂之「朄」；以承大鼓言之，故謂之「應」。「應朄」是一非二，詩與「縣鼓」對文。

既備乃奏，簫管備舉。喤喤厥聲，肅雍和鳴，先祖是聽。

【疏】箋：「『既備』者，懸也、朄也皆畢已也。『乃奏』，謂樂作也。簫，編小竹管，如今賣餳者所吹也。管如篴，併而吹之。」○應劭風俗通義六：「詩云：『簫管備舉。』管，漆竹，長一尺，六孔，十二月之音也。物貫地而牙，故謂之管。尚書大傳：『舜之時，西母來獻其白玉琯』。知古以玉爲管，後乃易之以竹耳。夫以玉作管，故神人和，鳳皇儀也。」又曰：「簫，其形參差，像鳳之翼，十管，長一尺。」應習魯詩，此魯説也。釋言：「肅，噰聲也。」郭注：「詩曰：『肅噰和鳴。』」史記樂書：「詩曰：『肅雍和鳴，先祖是聽。』夫肅肅，敬也；雍雍，和也。夫敬以和，何事不行。」蔡邕禮樂意亦引詩云：「肅雍和鳴，先祖是聽。」皆魯家也。禮樂記：「詩云：『肅雍和鳴，先祖是聽。』」鄭注：「言古樂和且敬。」此齊家也，明魯齊皆作「雍」，不作「雝」。韓詩當同。爾雅作「噰」，乃魯「亦作」本。我客戾止，永觀厥成。【疏】箋：「『我客』，二王之後也。長多其成功，謂深感於和樂，遂入善道，終無愆過。」○班固辟雍詩「永觀厥成」，用齊經文。

有瞽一章，十三句。

潛【注】魯說曰：潛一章六句，季冬薦魚、春獻鮪之所歌也。【疏】毛序：「季冬薦魚，春獻鮪也。」箋：「冬魚之性定，春鮪新來。薦、獻之者，謂於宗廟也。」○「潛一」至「歌也」，蔡邕獨斷文，魯說也。齊韓蓋同。「潛」當作「涔」，見下。

猗與漆沮，潛有多魚。【注】韓魯「潛」作「涔」。韓說曰：涔，魚池也。有鱣有鮪，鰷鱨鰋鯉。【疏】傳：「漆沮，岐周之二水也。潛，糝也。」箋：「『猗與』，歎美之言也。鱣，大鯉也。鮪，鮥也。鰷，白鰷也。鰋，鮎也。」○孔疏：「漆沮，自豳歷岐周以至豐鎬。以其薦獻所取不宜，遠於京邑，故不言豳。言岐周者，鎬京去岐不遠，故繫而言之，其實此爲潛之處，當近京邑。」愚案：詩賦「漆沮」，必非虛語，蓋祭宗廟或以致遠爲貴也。「涔，魚池也」者，文選長笛賦李注引薛君韓詩章句文，釋文引同。據此，知韓「潛」作「涔」。「魯作涔」者，釋器：「糝謂之涔。」御覽八百三十四引舍人注：「以米投水中養魚爲涔。」孔疏引孫炎曰：「積柴養魚曰糝。」陳喬樅云：「孔疏：『涔、潛古今字。』釋文『潛』，爾雅作『涔』，郭音『潛』。韓詩云：『涔，魚池』。小雅作『橬』。據此，則魯詩『潛』亦當作『涔』，與韓同，今獨斷作『潛』，此後人順毛所改也。淮南說林訓高注：『今沇州人積柴水中捕魚爲罧，幽州人名之爲涔。』與孫炎說同。舍人注：『以米投水中養魚。』『米』字蓋『木』之譌。毛傳『糝』字亦從『米』旁，詩正義引李巡爾雅注云：『以木投水中養魚曰涔。』『糝』字爾雅作『木』邊，積柴之義也。『糝』

用『木』，不用『米』，當從『木』爲正。胡承珙曰：『椮』謂之『涔』。爾雅列於釋器。若以米養魚，不得爲器，況漆沮大水，非可投米以養。若如韓詩謂『涔』爲『魚池』，則當入釋地。爾雅既與罛、罶、罺、罾並列，則『椮』自是圍魚待捕之具。水中列木，所以聚魚，亦可謂『養』，非必以米畜養也。」愚案：列木水中，魚得藏隱，有若池然，故曰「魚池」。邢疏引小爾雅云：「魚之所息謂之橬。橬，椮也，積柴水中魚舍也。」是可稱「魚舍」，亦可稱「魚池」，若在漆沮水中而曰別有魚池謂之「涔」，韓固不爲此訓也。「潛」、「涔」古今字。禹貢「沱潛既道」，史記作「沱涔」，亦其證矣。箋：「鰷，白鰷也。」本或作「白鯈也。」桂馥說文義證「鯈」下引何敬祖詩「流目玩鯈魚」，字或作「鰷。」爾雅翼：「鯈，白鰷也。其形纖長而白，今人謂之參。」（蓋卽「鰷」字之誤。埤雅：「鯈，江淮之間謂之鰲。」（廣韻「鯈」與「鮋」同。莊子秋水篇「鯈魚出游」，釋文：「白魚也。」何晏景福殿賦：「瀨戲鰋鯈。」然則「鰷」卽今俗呼「白魚」重三四斤者，質嫩而味美，過大則不堪食。釋魚：「鮂，黑鰦。」郭注：「卽白鯈魚，江東呼爲鮂。」廣韻以爲鮂、鮋小魚，亦失實也。餘見衞風小雅。易林比之觀：「鱣鮪鰋鯉，衆多饒有。一笱獲兩，利得過倍。」益之晉同，用齊經文。以享以祀，以介景福。【疏】箋：「介，助。景，大也。」

潛一章，六句。

雝【注】魯說曰：雍一章十六句，禘太祖之所歌也。韓說曰：禘，取毀廟之主皆升合食於太祖。【疏】毛序：「禘太祖也。」箋：「禘，大祭也，大於四時而小於祫。太祖，謂文王。」〇「雍一」至「歌也」，蔡邕獨斷文，魯說也。陳喬樅云：「白虎通云：『祭宗廟所以禘祫何？尊人君，貴功德，廣孝道也。位尊德盛，所及彌遠。謂之禘祫何？『禘』之爲言『諦』也，序昭穆，諦父子也。『祫』者，合也，毀廟之主，皆合食於太祖也。周以后稷文王，特七廟。周之所以七廟者，以后稷始封，文王武王受命而王，后稷爲始祖，文王爲太祖，武王爲太宗。』韋玄成云：『禮，王者受命，諸侯始封之君，皆爲太祖。』並與箋說同，則魯家之説以此『禘太祖』爲祀文王也。鄭用魯義。」淮南主術訓「奏雍而徹」，高注：「雍，已食之樂也。」以上魯説。禮仲尼燕居「客出以雍徹」，鄭注：「雍，樂章也。」陳喬樅云：「樂師云：『及徹，率學士而歌徹。』注：『徹者，歌雍，在周頌臣工之什。』論語『雍徹』，注引馬融云：『天子祭於宗廟，歌雍以徹祭。』是宗廟之祭及食舉樂並歌雍以徹也。又小師：『徹歌，大饗亦如之。』賈疏云：『大饗，饗諸侯之來朝者，徹器亦歌雍。若諸侯自相饗，徹器卽歌振鷺。仲尼燕居云「徹以振羽」，是其事也。』雍本禘太祖之所歌，用之徹祭，又用之大饗。文選李注釋西都賦『食舉雍徹』，引禮記『客出以雍徹』爲證，是讀以『雍徹』絶句，謂歌雍以徹也。又言『以振羽』者，謂兩君相見，諸侯大饗之禮，則歌振鷺以徹也。禮記正義讀『客出以雍』爲句，言客出之時歌雍以送之，失其義矣。」以上齊説。「禘取」至「太祖」，三禮義宗引韓詩内傳文，通典四十九、禮書七十一引同。王應麟詩攷引此條，無所附著，盧文弨以爲當在此篇而文不全。

有來雝雝，至止肅肅。相維辟公，天子穆穆。於薦廣牡，相予肆祀。【疏】傳：「相，助。廣，大也。」箋：「雝雝，和也。肅肅，敬也。有是來時雝雝然，既至止而肅肅然者，乃助王禘祭，百辟與諸侯也。天子是時則穆穆然於進大牡之牲，百辟與諸侯又助我陳祭祀之饌。言得天下之歡心。」〇包咸論語注：「辟，謂諸侯。公，二王之後也。穆穆，天子之容。」咸習魯詩。漢書劉向傳向上封事曰：「詩曰：『有來雍雍，至止肅肅。相維辟公，天子穆穆。』言四方皆以和來也。」韋玄成傳玄成議：「臣聞祭非自外至者也，繇中正，生於心也。故唯聖人爲能饗帝，孝子爲能饗親。立廟京師之居，躬親承事，四海之内，各以其職來助祭，尊親之義，五帝三王所共，不易之道也。詩云：『有來雍雍，至止肅肅。相維辟公，天子穆穆。』」馬瑞辰云：「『肆祀』，卽周禮大祝之『肆享』。周語：『禘郊之事，則有全烝。』韋注：『全其牲體而升之。』大司徒：『奉牛牲，羞其肆。』先鄭注：『肆，陳骨體也。』小子『羞羊肆』，先鄭注：『體薦全烝也。』與周語合。」

假哉皇考，綏

予孝子。宣哲維人，文武維后。【疏】傳：「假，嘉也。」箋：「宣，遍也。嘉哉皇考，斥文王也。文王之德乃安我孝子，謂受命定其基業也。又徧使天下之人有才知，以文德武功爲之君故。」〇馬瑞辰云：「宣、哲平列。朱子集傳訓『宣』爲『通』，『哲』爲『知』，是也。『宣』之言『顯』，顯，明也。『宣哲』，猶言『明哲』也。」愚案：詩言文王之德安我孝子，既教成明哲之士爲國人材，又生文武兼備者以爲之君。「后」，謂武王也。燕及皇天，克昌厥後。綏我眉壽，介以繁祉。【疏】傳：「燕，安也。」箋：「繁，多也。文王之德安及皇天，謂降瑞應，無變異也。又能昌大其子孫，安助之以考壽與多福祿。」〇桓寬鹽鐵論申韓篇：「頌曰：『綏我眉壽，介以繁祉。』此天爲福亦不小矣。」明齊毛文同。既右烈考，亦右文母。【疏】傳：「烈考，武王也。文母，太姒也。」箋：「烈，光也。子孫所以得考壽與多福者，乃以見右助於光明之考與文德之母。歸美焉。」〇楚詞離騷王逸注：「父死曰考。詩曰：『既右烈考』。」魯說也。雒誥曰：「烈考武王。」此禘祭當在成王之世。列女傳：「太姒號曰『文母』。」漢書杜鄴傳：「禮明三從之義，雖有文母之德，必繫於子。」蓋武王即位時，太姒尚存也，故詩言文王在天之靈所以右助烈考與文母者爲尤至焉。

雝一章，十六句。

載見【注】魯說曰：「載見一章十四句，諸侯始見于武王廟之所歌也。」【疏】毛序：「諸侯始見乎武王廟也。」〇「載見」至「歌也」，蔡邕獨斷文，魯說也。齊韓當同。

載見辟王，曰求厥章。龍旂陽陽，和鈴央央，【注】魯「央」作「鉠」。鞗革有鶬，【注】韓魯作「鶬」，齊作「瑲」，毛原作「鎗」。休有烈光。【疏】傳：「載，始也。『龍旂陽陽』，言有文章也。和，在軾前；鈴，在旂上。『鞗革有鶬』，言有法度也。」箋：「諸侯始見君王，謂見成王也。曰求其章者，求車服禮儀之文章制度也。交龍爲旂。『鞗革』，轡首也。鶬，金飾貌。『休』者，休然盛壯。」〇「載見」者，孔疏：「周公居攝七年而歸政成王，成王卽政，諸侯來朝，於是率之以祭武王之廟。烈文，成王卽政，諸侯助祭。箋以爲朝享之祭，於時始告嗣位，不得祭前已受諸侯之朝。此詩言既朝成王乃後助祭，與烈文異時也。」「魯央作鉠」者，張衡東京賦：「和鈴鉠鉠。」衡習魯詩，是魯作「鉠鉠」也。「韓作鶬」者，大戴禮盧辯注十三引韓詩內傳曰：「鶬鴰胎生，孔子渡江見而異之。」史記司馬相如傳正義及廣韻十三末引韓詩曰：「孔子渡江見之異，（當是「見而異之」之誤。）衆莫能名。孔子：（脫「曰」字。）嘗聞河上人歌曰：『鴰兮鶬（當是「鶬」。）兮，逆毛衰兮，一身九尾長兮。』鶬鴰也。」兩引當是韓此詩注，而文皆不全，是韓作「鶬」。「魯作鶬」者，釋鳥：「鶬，麋鴰。」卽釋此詩「鶬」字，與韓皆謂鑾首飾爲鶬形，是魯作「鶬」。「齊作瑲」者，說文：「瑲，玉聲也。从玉，倉聲。詩曰：『鞗革有瑲』。」與韓魯異，是齊作「瑲」。「毛作鎗」者。希見之字與物，傳、箋例必詳釋，今傳但云「言有法度也」，箋但云「金飾貌」，皆爲「鎗」字下意，其原作「鎗」、不作「鶬」可知。正義本又是「鎗」字。止釋文一「鶬」字，不知其所由來，雖云「本亦作鎗」，而經字遂爲所亂矣。蔡邕陳太丘廟碑「休有烈光」，用魯經文。

率見昭考，以孝以享。以介眉壽，永言保之，思皇多祜。

【疏】傳：「『昭考』，武王。享，獻也。」箋：「言，我。皇，君也。諸侯既以朝禮見於成王，至祭時伯又率之見於武王廟，使助祭也，以致孝子之事，以獻祭祀之禮，以助壽考之福，長我安行此道，思使成王之多福。」〇馬瑞辰云：「釋詁：『享，孝也。』釋名引孝經說曰：『孝，畜也。畜，養也。』廣雅：『享，養也。』謚法解云：『協時肇享曰孝。』是『孝』與『享』同義，故『享祀』亦曰『孝祀』，楚茨詩『苾芬孝祀』是也。『致享』亦曰『致孝』，論語『而致孝乎鬼神』是也。此詩『以孝以享』，猶潛詩『以享以祀』，皆二字同義，合言之則曰『孝享』。天保詩『是用孝享』，猶閟宮詩『享祀不忒』也。箋分孝、享爲二義，失之。」又：「說文：『佋，廟佋穆，父爲佋南面，子爲穆北面。』今經傳通作『昭』，皆『佋』字之叚借。」

烈文辟公，綏以多福，俾緝熙于純嘏。

【疏】箋：「俾，使。純，大也。祭有十倫之義。成王乃光文百辟與諸侯，安之以多福，使光明於大嘏之意。天子受福曰大嘏，辭有福祚之言。」○「十倫之義」，祭統文。

載見一章，十四句。

有客【注】魯說曰：有客一章十三句，微子來見祖廟之所歌也。【疏】毛序：「微子來見祖廟也。」箋：「成王既黜殷，命殺武庚，命微子代殷。後既受命來朝而見也。」○「有客」至「歌也」，蔡邕獨斷文，魯說也。齊韓當同。

有客有客，亦白其馬。有萋有且，敦琢其旅。【疏】傳：「殷尚白也。『亦』，亦周也。萋、且，敬慎貌。」箋：「『有客有客』，重言之者，異之也。『亦』，亦武庚也。武庚爲二王後，乘殷之馬，乃叛而誅，不肖之甚也。今微子代之，亦乘殷之馬，獨賢而見尊異，故言亦駮而美之。其來威儀萋萋且且，盡心力於其事，又選擇衆臣卿大夫之賢者與之朝王。言『追琢』者，以賢美之，故玉言之。」○白虎通王者不臣篇：「王者不臣二王之後者，尊先王，通天下之三統也。詩云：『有客有客，亦白其馬。』謂微子朝周也。」又三正篇：「王者所以存二王之後何也？所以尊先王，通天下之三統也。明天下非一家之有，謹敬謙讓之至也，故封之百里，使得服其正色，用其禮樂，永祀先祖。詩曰：『厥作祼將，常服黼冔。』言微子服殷之冠助祭於周也。周頌曰：『有客有客，亦白其馬。』此微子朝周也。」案，馬瑞辰云：「『亦』字，當訓爲語詞。釋詞曰：『「亦」，有不承上文而但爲語詞者，若易井彖辭「亦未繘井」，書「亦行有九德」，詩草蟲「亦既見止」是也。』今案，此詩『亦白其馬』，及豐年詩『亦有高廩』，『亦』皆爲語助，爲上無所承之詞，傳、箋皆失之。」又云：「萋、且雙聲字，皆以狀從者之盛。說文：『萋，艸盛也。』韓詩章句：『萋萋，盛也。』『且』與『居』同部義近。『且且』猶言『裾裾』，荀子楊倞注：『裾裾，盛服貌。』草之盛曰『萋萋』，服之盛曰『裾裾』，人之盛曰『萋且』，其義一也。」孔疏：「『旅』，是從者之衆。『敦琢』，治玉之名。釋器：『玉謂之雕』。又云：『玉謂之琢。』是雕、琢皆治玉之名。敦、雕古今字。」黄山云：「『萋且』猶『萋苴』，說具召旻篇。『敦琢』猶『追琢』，棫樸篇『追琢其章』，箋謂『追琢玉使成文章』，則『敦琢其旅』，亦謂微子有文德，能化其從臣，使皆有威儀文章之美也。周禮大行人，上公九介，其車九乘。則其附從之美盛可知。」有客宿宿，有客信信。【注】魯說曰：「有客宿宿」，言再宿也。「有客信信」，言四宿也。言授之縶，以縶其馬。【疏】傳：「一宿曰『宿』，再宿曰『信』。欲縶其馬而留之。」箋：「縶，絆也。周之君臣皆愛微子，其所館宿可以去矣，而言絆其馬，意各殷勤。」○「有客」至「宿也」，釋訓文，因重文而倍言之，魯說也。公羊隱三年傳何休解詁云：「王者封二王後，地方百里，爵稱公，客待之而不臣也。詩云：『有客宿宿，有客信信』。」陳喬樅云：「公羊傳解詁又云：『王者存二王，使統其正朔，服其服色，行其禮樂，所以尊先聖，通三統。師法之義，恭讓之禮，於是可得而觀之。』說亦與白虎通合，疑皆本魯故。」薄言追之，左右綏之。既有淫威，降福孔夷。【疏】傳：「淫，大。威，則。夷，易也。」箋：「追，送也。於微子去王始言餞送之，左右之臣又欲從而安樂之，厚之無已。既有大則，謂用殷正朔行其禮樂，如天子也。神與之福，又甚易也。言動作而有度。」○馬瑞辰云：「廣雅釋言：『威，德也。』風俗通十反篇：『書曰：「天威棐諶。」言天德輔誠也。』是知古者『威』有『德』訓。『既有淫威』，猶云『既有大德』耳。」又云：「說文『夷』从『大』、从『弓』，古『夷』字必有『大』訓。『降福孔夷』，猶云『降福孔大』也。」

有客一章，十二句。

武【注】魯說曰：「武一章七句。奏大武，周武所定一代之樂之所歌也。【疏】毛序：「奏大武也。」箋：「大武，周公作樂所爲舞也。」○「武一」至「歌也」，蔡邕獨斷文，魯說也。齊韓當同。陳喬樅云：「呂覽古樂篇『武王卽位，以六師伐殷，六師未至，以銳兵克之於牧野，歸乃薦俘馘於京太室，乃命周公爲作大武。』攷春秋繁露，言：『文王受命作武樂，制文禮以奉天；武王受命作象樂，繼文以奉天；周公輔成王受命，成文武之制，作汋樂以奉天。』直以武爲文王樂者。白虎通禮樂篇：「周樂曰大武象，周公之樂曰酌，合曰大武。象者，象太平而作樂，示已太平也。合曰大武者，天下始樂周之征伐行武，故詩人歌之。王赫斯怒，爰整其旅，當此之時，天下樂文王之怒以定天下，故樂其武也。」據此，是文王已作武樂，及武王克殷，繼文而卒成武功，又定大武之樂，故魯詩序云『周武所定一代之樂』，不言周武所作者，明文王已作武樂也。大武爲武王所定，即傳爲武王樂，猶咸池本黄帝所作樂，堯增修而用之曰大咸，而咸池亦得爲堯樂也。」愚案：大武者，祀周武王所定一代之樂歌，周公作也。大武之樂亦爲象，象用兵時刺伐之舞，見維清孔疏。禮仲尼燕居鄭注：「武，象武王之大事也。」明堂位鄭注：「象，謂周頌武也，以管播之。」是也。維清者，武王克殷後祀文王，奏象武之所歌，武王作也。繁露言「文王受命作武樂」，是武王未克殷時已祀文王而作武樂，但未制象舞耳。

於皇武王，無競維烈。允文文王，克開厥後。嗣武受之，勝殷遏劉，耆定爾功。【注】魯「爾」作「武」。【疏】傳：「烈，業也。武，迹。劉，殺。耆，致也。」箋：「皇，君也。於乎君哉，武王也，無彊乎，其克商之功業。言其彊也。信有文德哉，文王也，能開其子孫之基緒。遏，止。耆，老也。嗣子武王受文王之業，舉兵伐殷而勝之，以止天下之暴虐而殺人者，年老乃定女之此功。言不汲汲於誅紂，須暇五年。」○「魯爾作武」者，風俗通一引詩云：「勝殷遏劉，耆定武功。」是魯不作「爾」，與毛異。潛夫論五德志篇：「武王駢齒，勝殷遏劉，成周道。」亦用魯經文。據此，知魯訓「耆」爲「老」。箋以魯義易毛也。韓詩外傳三亦引詩曰：「勝殷遏劉，耆定爾功。」明韓、毛文同。釋文：「耆，毛音指。鄭『巨移』反。韓詩音同。鄭云，惡也。」馬瑞辰云：「韓詩：『耆，惡也。』當爲皇矣詩『上帝耆之』章句，釋文誤入此章。若云『惡定其功』，則不詞矣。」

武一章，七句。

臣工十篇，十章，一百六句。

詩三家義集疏卷二十六

閔予小子第二十六　詩周頌

閔予小子【注】魯說曰：「閔予小子一章十一句，成王除武王之喪，將始卽政，朝於廟之所歌也。」【疏】毛序：「嗣王朝於廟也。」箋：「『嗣王』者，謂成王也。除武王之喪，將始卽政，朝於廟也。」「閔予」至「歌也」，蔡邕獨斷文，魯說也。齊韓當同。黃山云：「『將始卽政』，未遂卽政也。成王卽政在洛，烈文篇韓說可證，此『朝於廟』乃吉祭於武王之廟，告除喪耳。」

閔予小子，遭家不造，嬛嬛在疚。【注】齊「嬛」作「煢」，韓作「惸」，魯作「煢」，「疚」作「宊」。【疏】傳：「閔，病。造，爲。疚，病也。」箋：「閔，悼傷之言也。造，猶『成』也。可悼傷乎，我小子耳，遭武王崩，家道未成，嬛嬛然孤特，在憂病之中。」○蔡邕宗廟祝嘏詞：「予末小子，遭家不造。」用魯經文。漢書敍傳：「遭家不造。」明齊毛文同。後漢桓帝紀梁太后詔曰：「『曩者遭家不造。』」用韓經文。「齊嬛作煢」者。漢書匡衡傳衡疏曰：「詩云：『煢煢在疚。』言成王喪畢思慕，意氣未能平也。」是齊作「煢」。「韓嬛作惸」者，文選寡婦賦注引韓詩曰：「『惸惸余在疚。』凡人喪曰疚。」（「余」字衍，玉海無「余」字。）是韓作「惸」。「魯嬛作煢，疚作宊」者，說文「宊」下引詩「煢煢在宊」。「煢」、「宊」皆與毛異，當是魯文。**於乎皇考，永世克孝！念茲皇祖，陟降庭止。**【注】齊「茲」作「我」，「庭」作「廷」。【疏】傳：「庭，直也。」箋：「陟降，上下也。於乎，我君考武王，長世能孝。謂能以孝行爲子孫法度，使長見行也。念此君祖文王，上以直道事天，下以直道治民。言無私枉。」○「庭，直」，釋詁文，魯詩當與毛同。「齊茲作我，庭作廷」者，漢書匡衡傳衡疏曰：「昔者成王之嗣位，思述文武之道以養其心，休烈盛美，皆歸之二后，而不敢專其名，是以上天歆享，鬼神佑焉。其詩曰：『念我皇祖，陟降廷止。』言成王常思祖考之業，而鬼神祐助其治也。」顏注：「周頌閔予小子之詩，言成王常念文王武王之德，奉而行之，故鬼神上下臨其朝廷。」衡用齊詩，文與毛異，顏氏當亦本齊詩相承舊說爲注；或韓詩文義同齊，顏因取之。要其說「廷」爲「朝廷」，謂鬼神上下臨之，推見成王羹牆如見之誠，義尤深切。　維予小子，夙夜敬止。於乎皇王，繼序思不忘！【疏】傳：「序，緒也。」箋：「夙，早。敬，慎也。我小子早夜慎行祖考之道，言不敢解倦也。於乎君王，歎文王武王也。我繼其緒，思其所行不忘也。」○潛夫論慎微篇：「文王小心翼翼，成王夙夜敬止，思慎微眇，早防未萌，故能太平而傳子孫。」愚案：王符習魯詩，言成王夙夜敬慎，思念祖考，合之蔡邕「除喪朝廟」，是魯詩與齊韓說同。王肅以爲周公致政之後，殊誤。

閔予小子一章，十一句。

訪落【注】魯說曰：訪落一章十二句，成王謀政於廟之所歌也。【疏】毛序：「嗣王謀於廟也。」箋：「謀者，謀政事也。」○「訪落」至「歌也」，蔡邕獨斷文，魯說也。齊韓當同。黃山云：「『謀政於廟』，即謀之武王廟也。蓋斯時成王雖未卽政，而周公在外，家難未平，故預訪羣臣而謀之。」

訪予落止，率時昭考。於乎悠哉，朕未有艾！將予就之，繼猶判渙。【疏】傳：「訪，謀。落，始。時，是。率，循。悠，遠。猶，道。判，分。渙，散也。」箋：「昭，明。艾，數。猶，圖也。成王始卽政，自以承聖父之業，懼不能遵其道德，故於廟中與羣臣謀我始卽政之事。羣臣曰，當循是明德之考所施行。故荅之以謙曰：於乎遠哉，我於是未有數。言遠不可及也。女扶將我，就其典法而行之，繼續其業圖，我所失分散者收斂之。」○釋詁：「落，始也。」馬瑞辰云：「左昭七年傳：『楚子成章華之臺，願與諸侯落之。』王引之曰：『謂與諸侯始其事也，楚語伍舉對靈王曰：「願得諸侯，與始升焉。」是其明證。』案，檀弓：『晉獻文子成室，晉大夫發焉。』發，開也，『開』亦『始』也。孔廣森曰：物終乃落，而以爲始者，大抵施於終始相嬗之際。如宮室考成謂之『落成』，言營治之終而居處之始也；成王詩言『訪予落止』，此先君之終而今君之始也。離騷『夕餐秋菊之落英』，宋人有引『落，始也』訓之者，蓋秋者百卉之終，草木黄落而菊始有華，故惟菊乃言『落英』。今案，終則有始，義本以相反而相成，以『落』爲『始』，猶之以『徂』爲『存』、『亂』爲『治』、『來』爲『往』、『故』爲『今』、『廢』爲『置』，義有反覆互訓耳。」又云：「釋詁：『艾、歷也。』『歷，數也。』又曰：『艾、歷，相也。』郊特牲『簡其車徒而歷其卒伍』，『歷』當讀爲『閱歷』之歷。說文：『閱，具數於門中也。』是知『艾』、『歷』與『數』皆同義。箋釋『未有艾』爲『未有數』，猶云『未有歷』也。『未有歷』則難及，故箋又言『遠不可及』。孔疏謂『未有等數』，失之。」又云：「『就』當訓『因』。說文：『因，就也。』小爾雅：『就，因也。』二字互訓。成王志在述祖，故以能因爲先。」又云：「釋詁：『圖、猷，謀也。』猷、猶古通用。『判渙』，當讀與卷阿詩『伴奐爾游矣』同，伴、奐皆『大』也。說文：『伴，大皃。』『奐』字注：『一曰大也。』小毖詩以『小毖』名篇，言當慎其小也。此詩『繼猶判渙』，言當謀其大也。作『判渙』者，叚借字。箋訓爲『分散』，失之。」維予小子，未堪家多難。【疏】箋：「多，衆也。我小子耳，未任統理國家衆難成之事，心有任賢待年長大之志。難成之事，謂諸政有業未平者。」○馬瑞辰云：「小毖詩亦云『未堪家多難』，正義引王肅云：『言患難宜慎其小。』又引王肅解經云：『非徒多難而已，又多辛苦。』是肅述毛，正讀『難』如『患難』之難，此章解『多難』宜與彼同。箋以爲『國家衆難成之事』，非詩義。」黄山云：「三年之喪，二十五月而畢，成王即吉，甫逾二年也。尚書大傳曰：『周公攝政，一年救亂，二年克殷，三年踐奄，四年建侯衞，五年營成周，六年制禮作樂，七年致政成王，東征三年，踐奄而後歸。』與豳詩說合。三監之變，公親致刑焉，骨肉摧殘，正成王所謂『家難』也。訪落之時，公既未歸，難猶未已，惟其不堪多難，故訪羣臣而謀之。箋乃說『多難』爲事之難，孔疏卽指爲『制禮作樂營洛之等』。無論三者皆周公五年以後之事，斯時成王保身是亟，無暇遠圖，且三事皆國之大經，與家何涉？其非詩義明矣。」紹庭上下，陟降厥家。休矣皇考，以保明其身！【疏】箋：「紹，繼也。『厥家』，謂羣臣也。繼文王陟降庭止之道，上下羣臣之職以次序者，美矣我君考武王，能以此道尊安其身。謂定天下，居天子之位。」○閔予小子篇：「念玆皇祖，陟降庭止。」鬼神臨其庭而業光，臨其家而身安，家既多難之家，與桓篇「克定厥家」同詞，箋指「羣臣」，非。書雒誥：「公明保予沖子。」多方：「大不克明保享于民。」「保明」猶「明保」也。「明」者，勉也，皇考以此道保其身而勉其身，予亦惟紹之而已。黃山云：「朱集傳於閔予小子訪落敬之『陟降』句均推顏師古說，以今文易古文。其說『紹庭上下』四句，謂『繼其上下於庭，陟降于家，庶賴皇考之休，以明保吾身』，是以『家』爲卽成王之家，集傳已然矣。惟詩意乃冀鬼神感召繼臨其庭者，而又臨其家以保其身。『紹』當屬鬼神言，集傳仍以屬成王，故胡承珙有『不可謂繼鬼神』之疑耳。」愚按：此本齊韓詩說。毛訓「庭」爲「直」，則本魯說也。

訪落一章，十二句。

敬之【注】魯說曰：敬之一章十二句，羣臣進戒嗣王之所歌也。【疏】毛序：「羣臣進戒嗣王也。」○「敬之」至「歌也」，蔡邕獨斷文，魯說也。齊韓當同。

敬之敬之，天維顯思，命不易哉！無曰高高在上，陟降厥士，日監在玆。【疏】傳：「顯，見。士，事也。」箋：「顯，光。監，視也。羣臣見王謀卽政之事，故因時戒之曰：敬之哉，敬之哉，天乃光明，去惡與善，其命吉凶不變易也。無謂天高又高在上，遠人而不畏也。天上下其事，謂轉運日月，施其所行，日月瞻視，近在此也。」○新書禮容篇引詩「敬之敬之」六句，漢書孔光傳引詩「敬之敬之」三句，魯文也。漢書郊祀志匡衡奏議引詩：「『毋曰高高在上，陟降厥士，日監在茲。』言天之日監王者之處也。」此齊文也。「無」作「毋」，餘魯、齊全同。胡承珙云：「左僖二十二年傳：『邾人以須句故出師。公卑邾，不設備而禦之。臧文仲曰：「國無小，不可易也。」引詩曰：『敬之敬之，天維顯思，命不易哉。』又成四年傳：『公如晉。晉侯見公，不敬。季文子曰：「晉侯必不免。詩曰：『敬之敬之』云云。夫晉侯之命在諸侯矣，可不敬乎！」』據此，皆以詩『不易』爲『難易』之易。箋說似非經旨。」馬瑞辰云：「大雅文王篇『駿命不易』，釋文述毛云：『不易，言甚難也。』此詩『命不易哉』，義當與彼同。『天維顯思』，謂天道之顯赫。」維予小子，【注】魯「維」作「惟」。不聽敬止。日就月將，學有緝熙于光明。佛時仔肩，【注】韓「佛」作「弗」。示我顯德行。【注】魯「示」作「視」。【疏】傳：「小子，嗣王也。將，行也。光，廣也。佛，大也。仔肩，克也。」箋：「緝熙，光明也。佛，輔也。時，是也。仔肩，任也。羣臣戒成王以敬之，敬之，故承之以謙云：我小子耳，不聽達於敬之之意。日就月行，言當習之以積漸也。且欲學於有光明之光明者，謂賢中之賢也。輔佛是任，示道我以顯明之德行。是時自知未能成文武之功，周公始有居攝之志。」○「魯維作惟，示作視」者，新書禮容篇又引：「『惟予小子，不聽敬止。日就月將，學有緝熙于光明。佛時仔肩，視我顯德行。』故弗順弗敬，天下不定，忘敬而怠，人必乘之。嗚乎，戒之哉！」據此，魯「維」作「惟」，與毛異。「示」作「視」，古字通，餘全同。「佛」字，三家義無可攷。李黼平云：「說文：『奔，大也。从大，弗聲，讀若予違汝弼。』毛蓋讀『佛』爲『奔』。」曾釗云：「凡從『弗』之字，卽有『弼違』之意，如矯弓之屈以使正爲『𢐀』，矯人之非以合宜爲『𦍽』，其字皆從『弗』。『奔』從『大』、從『弗』，言大矯之。鄭訓『佛』爲『輔』，與傳相成，非違傳也。」淮南修務訓：「知人無務，不若愚而好學，自人君公卿至於庶人，不自彊而功成者，天下未之有也。詩云：『日就月將，學有緝熙于光明。』此之謂也。」高誘注：「詩頌敬之篇，言日有所成就，月有所奉行，當學之是明，此勉學之謂也。」又曰：「夫事有易成者名小，難成者功大。君子修美，雖未有利福，將在後至，故詩曰：『日就月將，學有緝熙于光明。』此之謂也。」中論治學篇：「大樂之成，非取乎一音；嘉膳之和，非取乎一味；聖人之德，非取乎一道。故曰學者，所以總羣道也。羣道統乎己心，羣言一乎己口，唯所用之，故出則元亨，處則利貞，默則立象，語則成文。述千載之上若共一時，論殊俗之類若與同室，度幽明之故若見其情，原治亂之漸若指己效。故詩曰：『學有緝熙于光明』，其此之謂也。」愚案：以上皆魯說，高注尤可推見魯義。易林升之節：「日就月將，昭明有功。靈臺觀賞，膠鼓作仁。」陳喬樅云：「據此，知齊詩說亦以靈臺、辟雍同處。『膠鼓作仁』，謂膠庠及鼓宗也。」繁露身之養重於義篇：「聖人事明義炤燿其所闇，故民不陷。詩云：『示我顯德行。』先王顯德以示民，民樂而歌之以爲詩，說而化之以爲俗，故不令而自行，不禁而自止，從上之意，不待使之，若自然矣。」陳喬樅云：「說郛載詩緯氾歷樞曰：『聖人事明義以炤燿其所闇，故民不陷。詩云：「示我顯德行。」』詩緯與繁露皆齊詩說，故文大同。」韓詩外傳三引「日就月將」三條，外傳八引「日就月將」二條。「韓佛作弗」者，外傳三引「弗時仔肩，示我顯德行」一條，「佛」作「弗」。陳喬樅云：「韓詩作『弗』，說文：『弗，矯也。』『矯』亦『輔弼』之義。」黃山云：「尚書大傳：『武王死，周公身居位，聽天下爲政。』淮南繆稱訓：『武王既没，周公踐東宮，履乘石，攝天子之位。』史記魯世家：『周公恐天下聞武王崩而畔，乃踐阼，代成王攝行政當國。』是今文說皆謂攝政卽在武王崩時。箋謂成王作敬之篇，周公始有居攝之志，則攝政在成王除喪後。諒陰之內，政誰屬乎？已不合矣。攝政既改後，故流言之作、三監之畔亦皆在後，成王前此固無家難之可言，遂不得不說『多難』爲『衆難成之事』，並改詩說也。然『難成之事』既卽爲制禮作樂營洛，自必俟平三監、淮夷之亂乃暇議及。酌篇箋言『周公居攝六年，制禮作樂』，與大傳同，而說小毖詩謂『統理衆難』爲『使周公居攝時』，『又集于蓼』爲『遇三監、淮夷之難』，矛盾倒置，尤爲不合，必不可從矣。」

敬之一章，十二句。

小毖【注】魯說曰：小毖一章八句，嗣王求忠臣助己之所歌也。【疏】毛序：「嗣王求助也。」箋：「毖，慎也。天下之事當慎其小，小時而不慎，後爲禍大，故成王求忠臣早輔助己爲政，以救患難。」○「小毖」至「歌也」，蔡邕獨斷文，魯說也。齊韓當同。胡承珙云：「篇中桃蟲飛鳥之喻，多難集蓼之言，是方當武庚作亂、國家不靖之時急求輔助，故其詞危迫。大誥曰『殷小腆，誕敢紀其敍』，即桃蟲飛鳥之謂也；曰『予惟小子，若涉淵水，予惟往求朕攸濟』，即求助之謂也。小毖之作，似正值周公東征。詩曰『予其懲』者，懲戒往日之誤信流言，致疑周公。史記所謂『推己懲艾，悲彼家難』也；曰『毖後患』者，謂禍難未已，當日慎一日。大誥所云『朕言艱日思』也。逸周書：『成王即位，因嘗麥而語羣臣求助，作嘗麥解。』其曰『求助』，與詩序相應，其文曰『維四年孟春』，又可證此及上三篇通爲免喪謀即政時事也。」愚案：胡說甚得詩恉，箋謂詩作於周公歸政之後，非也。

予其懲而，毖後患！【注】韓說曰：懲，苦也。莫予荓蜂，【注】魯「荓蜂」作「甹夆」，云：掣曳也。一作「莫予併螽」。自求辛螫。【注】韓「螫」作「赦」，曰：赦，事也。【疏】傳：「毖，慎也。荓蜂，摩曳也。」箋：「懲，艾也。始者管叔及其羣弟流言於國，成王信之，而疑周公。至後三監叛而作亂，周公以王命舉兵誅之，歷年乃已。故今周公歸政，成王受之，而求賢臣以自輔助也。曰：我其創艾於往時矣，畏慎後復有禍難，羣臣小人無敢我摩曳。謂爲譎詐誑欺，不可信也。女如是徒自求辛苦毒螫之害耳，謂將有刑誅。」○「懲，苦也」者，列子釋文下引韓詩內傳文，詩釋文引同。陳喬樅云：「箋云：『懲，艾也。』本史記『推己懲艾，悲彼家難』語。韓以『懲』爲『苦』義，亦與『艾』相近。」愚案：「懲」，憂悔之詞。小明詩云：「心之憂矣，其毒太苦。」「苦」亦疾惡之詞。淮南精神篇云：「苦洿之家，掘洿而注之江。」注云：「苦，猶疾也。」「荓蜂作甹夆，云掣曳也」者，釋訓文，魯說也。「掣」，說文作「㨖」，云：「引縱曰㨖。」「甹夆」蓋「𢓜𢓸」之省，說文「𢓜」、「𢓸」並云：「使也。」孔疏引孫炎曰：「謂相掣曳入於惡也。」與「荓蜂聲近叚借。「一作莫與併螽」者，潛夫論慎微篇引詩作「莫與併螽」。（「螽」之誤。）王習魯詩，是用魯「亦作」本。「予」作「與」，古字通。二叔流言，成王疑周公，流言何以上聞，成王何以致疑，必有小人掣曳其閒而使然，故王深惡而嚴敕之。易林履之泰：「蠆室蜂户，螫我手足。不得進止，爲吾害咎。」屯之明夷、蠱之觀同。據此，齊文與毛同而釋用「蜂」字本義。「荓」又本與「拼」同，釋詁「拼」亦「使」也。言勿在予側，使口如蜂，不能螫人而還以自螫也。「韓螫作赦，云赦，事也」者，馬瑞辰云：「『赦』即『螫』字之省。訓『事』者，蓋以『螫』爲『敕』之同音叚借。釋詁：『敕，勞也。』『事，勤也。』勤、勞同義，故『敕』可訓『勞』，即可訓『事』。『辛螫』，猶『辛勤』、『辛苦』。言小人莫予掣曳，徒自辛苦耳。」

肇允彼桃蟲，拚飛維鳥。【注】韓「拚」作「翻」，說曰：翻，飛貌。【疏】傳：「桃蟲，鷦也，鳥之始小終大者。」箋：「肇，始。允，信也。始者信以彼管蔡之屬，雖有流言之罪，如鷦鳥之小，不登誅之，後反叛而作亂，猶鷦之翻飛爲大鳥也。『鷦』之所爲鳥，『題肩』也，或曰『鴞』，皆惡聲之鳥。」○「韓拚作翻，曰翻，飛貌」者，文選謝瞻詠張子房詩李注引薛君韓詩章句文。據此，知韓「拚」作「翻」。箋云「翻飛爲大鳥」，即用韓義申毛。孔疏云：「諸儒皆以『鷦』爲『巧婦』，與『題肩』又不類，箋以『鷦』與『題肩』及『鴞』三者爲一，其義未詳。且言『鷦之爲鳥題肩』，事亦不知所出。」馬瑞辰云：「釋鳥：『桃蟲，鷦䳄。』郭注：『鷦鷯，桃雀也，俗呼爲巧婦。』小鳥而生雕鶚者也。陸璣草木疏云：『今鷦鷯是也。微小於黃雀，其雛化而爲雕，故俗語鷦鷯生雕。』易林亦曰『桃蟲生雕』。（御覽九百二十三引同。）藝文類聚九十二引易林又云：『布穀生子，鷦鷯養之。』今案，古云鴟鴞生雕，蓋卽謂鴟鴞取布穀之子養之化爲雕鶚。故方言說『巧婦之名，或謂之『過嬴』，猶桑蟲之化螟蛉，亦名『果嬴』也。『鴟鴞』一名『鵋鶀』，豳詩『鵋鶀鵋鶀，既取我子』，喻武庚之誘管蔡，猶鵋鶀取布穀之子使化雕鶚也。此詩『肇允彼桃蟲，翻飛維鳥』，喻管蔡之從武庚，猶布穀之子爲桃蟲所養而化雕鶚也。列子天瑞篇：『鷂之爲鸇，鸇之爲布穀，布穀又復爲鷂。』呂覽仲春紀：『鳩化爲鷹。』高注：『鳩蓋布穀。』則布穀與鷹鸇互相變化，由來久矣。箋云『或曰鴞，皆惡聲之鳥』，據正義云定本、集注皆云『或曰鵋，皆惡鳥也』，以桃蟲一名鵋鶀證之，當作『或曰鵋鶀，皆惡鳥也』。定本、集注遺『鶀』字，遂誤作『惡聲之鳥』矣。」愚案：禮月令注：「鷹或名題肩。」合列子、呂覽注證之，鄭箋非不可通也。**未堪家多難，予又集于蓼。**【疏】傳：「堪，任。予，我也。我又集于蓼，言辛苦也。」箋：「集，會也。未任統理我國家衆難成之事，謂使周公居攝時也。我又會於辛苦，遇三監及淮夷之難也。」○楚詞東方朔七諫「蓼蟲不知徙乎葵菜」，王注：「言蓼蟲處辛烈，食苦惡，不能知徙於葵菜，食甘美。」洪興祖補注：「蓼，辛菜也。」陳奐以爲「桃蟲集蓼」，大誤。成王言時逢多難，境又處辛苦，切望羣臣各抒忠謀以相助也。黄山云：「此詩作於成王除喪朝廟之後，當卽在征淮夷之時。『家多難』，指三監之啟商。『又集于蓼』，正指淮夷之繼叛。不當如箋說也。」易林觀之益：「去辛就蓼，毒愈酷甚。」用齊經文。

小毖一章，八句。

載芟【注】魯說曰：載芟一章三十一句，春藉田祈社稷之所歌也。【疏】毛序：「春藉田而祈社稷也。」箋：「藉田，甸師氏所掌，王載耒耜所耕之田，天子千畝，諸侯百畝。『藉』之言『借』也，借民力治之，故謂之『藉田』。」○「載芟」至「歌也」，蔡邕獨斷文，魯說也。南齊書樂志：漢章帝時，「玄武司馬班固奏用周頌載芟以祈先農。」是齊說亦以此詩爲藉田祈社稷所用樂歌。韓詩當同。

載芟載柞，其耕澤澤。【注】魯「澤」作「郝」，云：耕也。千耦其耘，徂隰徂畛。侯主侯伯，侯亞侯旅，侯彊侯以。【疏】傳：「除草曰芟，除木曰柞。畛，埸也。主，家長也。伯，長子也。亞，仲叔也。旅，子弟也。彊，彊力也。以，用也。」箋：「載，始也。隰，謂新發田也。畛，謂舊田有徑路者。『强』，有餘力者。周禮曰：『以强予任民。』『以』，謂閒民，今時傭賃也。春秋之義，能東西之曰『以』。成王之時，萬民樂治，田業將耕，先始芟柞其草木，土氣烝達而和，耕之則澤澤然解散。於是耘除其根株，輩作者千耦。言趨時也。或往之隰，或往之畛，父子餘夫，俱行强有餘力者，相助又取傭賃，務疾畢已當種也。」○馬瑞辰云：「說文：槎，衺斫也。『槎』與『乍』雙聲，此詩『載柞』及周禮『柞氏』，皆當爲『槎』之叚借。『柞』又與『斮』聲近而義同。說文：『斮，斬也。』『斬，截也。』禮內則『魚曰作之』。爾雅樊光本作『斮』，亦『柞』、『斮』相通之類。又皇矣詩『作之屏之』，『作』謂除木，亦當讀與『載柞』之柞同。『釋』、『澤』古通，故釋文『澤澤』音『釋釋』。」「澤作郝，云耕也」者，釋訓文，魯說也。郭云：「言土解。」孔疏引舍人注：「釋釋，猶藿藿，解散之意。」此蓋本作「郝郝」，故云「猶藿藿」，若作「釋釋」，不得云「猶藿藿」也。楚詞九歎王逸注：「耘，耔也。詩云：『千耦其耘』。」又大招注：「畛，田上道也。詩云：『徂隰徂畛。』」明魯毛文同。馬瑞辰云：「遂師：『巡其稼穡而移用其民。』『侯彊侯以』，皆在『移用其民』之列。『彊』，謂彊有力者，既自治其田，復有餘力治人之田。『以』則傭賃，專爲人用，此其異也。遂人『以彊予任甿』，『彊』爲詩之『侯彊』，『予』即詩之『侯以』。『予』、『以』古通用，『予』即『與』也，『與』猶『以』也，『彊』、『予』二字平列。鄭注遂人云：『謂民有餘力，復予之田。』不知『予』即『侯以』之以，故但引『彊予』以證『侯彊』耳。」

有嗿其饁，思媚其婦，有依其士。【疏】傳：「嗿，衆貌。士，子弟也。」箋：「饁，饋饟也。『依』之言『愛』也。婦子來饋饟其農人於田野，乃逆而媚愛之，言勸其事勞不自苦。」○馬瑞辰云：「說文：『嗿，聲也。』集傳：『嗿，衆飲食聲。』蓋兼取毛傳說文之義。王引之云：『依』之言『殷』也。馬融易注：『殷，盛也。』『有殷』，爲壯盛之皃。『有噴其饁』四語，皆形容之詞。」有略其耜，【注】魯「略」作「䂮」，云：䂮，利也。俶載南畝。播厥百穀，實函斯活。【疏】傳：「略，利也。」箋：「『俶載』，當作『熾菑』。播，猶『種』也。實，種子也。函，含也。活，生也。農夫既耘除草木根株，乃更以利耜熾菑之而後種，其種皆成好含生氣。」○「䂮，利也」者，釋詁文。據此，知魯作「䂮」。說文「㓞」，籀文作「䂮」，云：「刀劍刃也。」詩釋文：「略，字書本作䂮。」匡謬正俗引張揖古今字詁云：「略，古作䂮。」楚詞九章王逸注：「播，種也。詩曰：『播厥百穀』。」明魯毛文同。孔疏：「函者，容藏之義，故轉爲『含』，猶人口含之也。」驛驛其達，【注】魯「驛」作「繹」，云：生也。有厭其傑。厭厭其苗，緜緜其麃。【注】韓「緜」作「民」。魯「麃」作「穮」。【疏】傳：「達，射也。『有厭其傑』，言傑苗厭然特美也。麃，耘也。」箋：「達，出地也。傑，先長者。『厭厭其苗』，衆齊等也。」○「魯驛作繹，云生也」者，釋訓文，魯說也。孔疏引舍人曰：「穀，皆生之貌。」又順毛改「繹繹」爲「驛驛」。文選甘泉賦李注引薛君章句曰：「繹繹，盛貌。」是韓與魯同。馬瑞辰云：「『厭』當卽『懕』之省。說文廣雅並云：『懕，好也。』故『懕然』爲特美皃，以別於下之『厭厭』也。」又云：「廣雅：『苗，衆也。』『苗』與『傑』對言，『傑』爲『特出』，則『苗』爲『衆』矣。集韻：『䅧䅧，苗齊等也。』作『䅧䅧』者蓋韓詩文。鄭箋及集韻『苗齊等』，義亦當本於韓詩。『厭厭』，卽『䅧䅧』之叚借也。」愚案：馬說是。行露詩「厭浥」，韓作「湆浥」。小戎詩「厭厭良人」、湛露詩「厭厭夜飲」，韓皆作「愔愔」。湆、愔皆「音」聲，則此詩之「厭厭」，韓亦必用「音」聲字，「䅧䅧」之爲韓詩異文確然無疑。「韓緜作民」者，釋文引韓詩云：「民民，衆貌。」陳喬樅云：「傳：『麃，芸也。』孔疏引王肅云：『芸者，其衆緜緜然不絕也。』肅卽用韓義述毛。民、緜雙聲通用。小雅『緜蠻黃鳥』，禮記引作『緡蠻』，是其類也。」「魯麃作穮」者，釋訓：「緜緜，穮也。」是魯詩「緜」與毛同，「穮」與毛異，毛作「麃」借字，魯作「穮」正字也。孔疏順毛改爲

「穮」，引孫炎曰：「穮穮，言詳密也。」郭璞曰：「芸，不息也。」其引郭注與今異。釋文引說文云：「穮，耨鉏田也。」字林云：「穮，耕禾閒也。」今說文作：「穮，耘禾閒也」，是以字林語溷入。載穫濟濟，有實其積，萬億及秭。爲酒爲醴，烝畀祖妣，以洽百禮。有飶其香，邦家之光。有椒其馨，胡考之寧。【注】三家「椒」作「馥」。

【疏】傳：「濟濟，難也。飶，芬香也。椒，猶『飶』也。胡，壽也。考，成也。」箋：「『難』者，穗衆難進也。『有實』，實成也，其積之乃『萬億及秭』，言得多也。烝，進。畀，予。洽，合也。進予祖妣，謂祭先祖、先妣也。『以洽百禮』，謂饗燕之屬。芬香之酒醴饗燕賓客，則多得其歡心，於國家有榮譽。寧，安也。以芬香之酒醴祭於祖妣，則多得其福右。」〇「三家椒作馥」者，釋文：「椒，沈作『俶』，尺叔反，云作『椒』者誤也。」阮氏元曰：「『椒』乃『馥』之誤。隸釋八冀州從事張表碑引作『有馥其馨』，隸續十一膠東令王君廟門斷碑亦作『有馥其馨』，是漢之經文作『馥』明矣。晉左貴嬪納楊后贊曰『有馥其馨』，見藝文類聚十五。傅咸荅潘尼詩曰『有馥其馨』，見藝文類聚三十一，是晉猶作『馥』矣。沈重作『俶，尺叔反』，(『馥』字切音，廣韻集韻皆以『房』，爲雙聲，『尺』字疑『房』之訛。)且以作『椒』爲誤，此不知唐以前何時寫者損滅『馥』字，又損『房』爲『尺』，又誤『叔』爲『俶』，又由『叔』形與『椒』近而誤爲『椒』。陸氏釋文云『無故改爲俶』，而不知『俶』乃『馥』切音字之誤冒也。傳：『椒，猶飶也。』當作『馥，猶飶也』。此蒙上『有飶其香』而言，『飶香』與『馥香』同，若是『握椒』、『椒樧』之椒，傳箋皆不容無解『椒』之詞，而『椒猶飶也』，爲不詞矣。此經文明是『馥』字之本證，然非漢、晉四證，則此字無由臆造，永不知其誤而又誤矣。程氏恩澤曰：詩『苾芬孝祀』，文選注、衆經音義並引韓詩作『馥芬孝祀』。『馥』字形聲不謬於六書，可補說文之遺。元又謂飶、苾皆從『必』，義同『馥』，音亦同『馥』，所以毛傳云『馥猶飶也』。『馥』與『飶』同，此亦詩義同字變之例也。『虙羲』即『伏羲』，與『宓子賤』皆『房六』切，亦必、复同音之證。」愚案：阮說詳洽，惟所據皆本三家詩說，强毛就之則非。陳喬樅云：「案華嚴經音義上引字林云：『馥，香氣盛也。』正詩『馥』字之訓。廣雅釋訓：『馥馥、芬芬，香也。』『馥馥』即『苾苾』。小雅信南山曰『苾苾芬芬』，三家詩作『馥馥芬芬』，蔡邕司空臨晉侯楊公碑曰『祀事孔明』，又曰『馥馥芬芬』，是其明證。何晏景福殿賦亦云『馥馥芬芬』，皆用信南山詩語。廣雅所釋，卽據三家詩訓義也。上林賦：『芬香漚鬱，酷烈淑郁』。『淑郁』正芬香之義。據聘禮『俶獻』注，古文『俶』作『淑』，是『俶』又可通『淑』也。三家今文作『馥』，毛以『淑』爲『馥』之通假，『水』旁與『木』旁形近，遂誤作『椒』耳。若毛同三家作『馥』，則馥、椒字形迥別，無緣致誤，沈重亦無因改字爲『俶』矣。」匪且有且，匪今斯今，振古如兹。【疏】傳：「且，此也。振，自也。」箋：「匪，非也。振，亦『古』也。饗燕祭祀，心非云且而有且，謂將有嘉慶，禎祥先來見也；心非云今而有此今，謂嘉慶之事不聞而至也。言修德行禮，莫不獲報，乃古古而如此，所由來者久，非適今時。」○釋詁：「振，古也。」郭注：「詩曰：『振古如兹。』」箋蓋據魯義易毛。

載芟一章，三十一句。

良耜【注】魯說曰：良耜一章二十三句，秋報社稷之所歌也。【疏】毛序：「秋報社稷也。」○「良耜」至「歌也」，蔡邕獨斷文，魯說也。齊韓當同。

畟畟良耜，俶載南畝。【注】魯說曰：畟畟，耜也。播厥百穀，實函斯活。【疏】傳：「畟畟，猶『測測』也。」箋：「良，善也。農人測測以利善之耜熾菑是南畝也，種此百穀，其種皆成好含生氣。言得其時。」○說文「畟」下云：「治稼畟畟進也。」「畟畟耜也」者，釋訓文，魯說也。孔疏引舍人注：「畟畟，耜入地之貌。」爾雅釋文：「畟，字或作稷。」太玄經注引作「稷稷」，是魯詩異文。或來瞻女，載筐及筥，其饟伊黍。【注】齊「饟」作「餉」。其笠伊糾，其鎛斯趙，以薅荼蓼。【注】三家「趙」作「⿰扌周」。魯「薅」作「茠」，「荼」作「蒤」。【疏】傳：「笠，所以禦暑雨也。趙，刺也。蓼，水草也。」箋：「瞻，視也。有來視女，謂婦子來饁者也。筐筥，所以盛黍也。豐年之時，雖賤者猶食黍。饁者見戴糾然之笠，以田器刺地，薅去荼蓼之事。言閔其勤苦。」○「齊饟作餉」者，禮郊特牲鄭注：「詩曰：『其餉伊黍，其笠伊糾。』言野人之服也。」是齊詩如此。說文「饟」下云：「周人謂餉曰饟。」「餉」下云：「饟也。」是二字音近通用，義並同。陳喬樅云：「說文：『糾，三合繩也。』郊特牲言『草笠而至，尊野服也』。是詩『其笠伊糾』謂以草爲笠，其繩惟三合之耳。」「三家趙作⿰扌周」者。馬瑞辰云：「考工記鄭注引詩：『其鎛斯⿰扌周。』集韻引同，本三家詩。集韻又曰『⿰扌周』或作『⿺走周』。是⿰扌周、⿺走周一字。古文通借作『趙』，⿰扌周、趙雙聲通用，猶『朝』借作『輈』也。『⿰扌周』之言『撽』，說文、廣雅並云：『撽，刺也。』故『⿰扌周』亦爲『刺』耳。」「魯薅作茠，荼作蒤」者，釋草：「蒤，委葉。」郭注：「詩云：『以茠蒤蓼』。」是魯詩如此。說文：「薅，拔去田草也。」重文作「茠」。引詩作「既茠荼蓼。」釋文引說文仍作「以茠」，與郭同。今本「既」字或誤也，「蒤」皆作「荼」，與毛同，與郭異。爾雅釋文：「荼，亦作蒤。」則本通作矣。孔疏引王肅云：「荼，陸穢。蓼，水草。由田有原有隰，故並舉水陸穢草。」荼蓼朽止，黍稷茂止。穫之挃挃，積之栗栗。【注】魯說曰：挃挃，穫也。栗栗，衆也。齊韓作「穦之秩秩」。其崇如墉，其比如櫛，以開百室。【疏】傳：「挃挃，穫聲也。栗栗，衆多也。墉，城也。」箋：「『百室』，一族也。草穢既除而禾稼茂，禾稼茂而穀成熟，穀成熟而積聚多。如墉也、如櫛也，以言積之高大且相比迫也。其已治之，則百家開户納之。千耦其耘，輩作尚衆也。一族同時納穀，親親也。『百室』者，出必共洫間而耕，入必共族中而居，又有祭酺合醵之歡。」○「挃挃」二句，釋訓文，魯說也。孔疏引孫炎曰：「挃挃，穫聲也。」李巡曰：「栗栗，積聚之衆。」義皆與毛同。釋名「挃挃」作「銍銍」，云：「斷禾穗聲也。」「挃」、「銍」聲義相近。「齊韓作穦之秩秩」者，說文：「穦，積禾也。」引詩「穦之秩秩」，蓋本三家。魯文同毛，則作

「積之秩秩」者，齊韓文也。馬瑞辰云：「積、積以雙聲爲義，廣雅亦曰：『積，積也。』栗、秩古音同部通用，公羊哀二年經『戰于栗』，釋文：『栗，一本作秩。』是其證矣。説文：『秩，積也。』又『㮚』下云：『玉英華羅列秩秩。』『㮚』猶『秩』也，則『秩秩』與『栗栗』義亦同。蓋衆多則積，積之必秩然有序，其義正相成也。」百室盈止，婦子寧止。殺時犉牡，有捄其角。以似以續，續古之人。【疏】傳：「黄牛黑脣曰犉。社稷之牛角尺。『以似以續』，嗣前歲，續往事也。」箋：「捄，角貌。五穀畢入，婦子則安，無行饁之事，於是殺牲報祭社稷。『嗣前歲』者，後求有豐年也。『續往事』者，復以養人也。『續古之人』，求有良司穡也。」○北堂書鈔二十七引韓詩曰：「王者藏於天下，諸侯藏於百姓。」此「百室盈止」之義也。鹽鐵論力耕篇：「古者尚力務本而種樹繁，躬耕趣時而衣食足，雖累凶年而人不病也。故衣食者民之本，稼穡者民之務也，二者修則國富而民安也。詩曰：『百室盈止，婦子寧止』。」此齊詩義。馬瑞辰云：「説文：『觓，角皃。』『捄』即『觓』之叚借。詩『兕觥其觩』，『角弓其觩』，作『觩』者又『捄』之俗。」孫志祖云：「禮王制：『祭天地之牛角繭栗，宗廟之牛角握，賓客之牛角尺』。『賓客』即『社稷』之譌，王制以『祭』字貫下三句。若『賓客』，則不得言『祭』。禮器『牲不及肥大』，彼疏謂『郊牛繭栗，宗廟角握，社稷角尺』。」愚案：此數説固皆於毛合，惟詩疏引禮緯稽命徵云：「宗廟社稷角握。」公羊僖三十一年傳何注亦云：「社稷宗廟角握。」則知今文説祭社稷之牛不作「角尺」矣。陳奐云：「『古之人』，田祖、田畯皆是也。籥章：『凡國祈年于田祖，歈豳雅，擊土鼓，以樂田畯。』甫田傳：『田祖，先嗇也。』鄭司農注：『田畯，古之先教田者』，蓋亦古農官。」

良耜一章，二十三句。

絲衣【注】魯説曰：絲衣一章九句，繹賓尸之所歌也。【疏】毛序：「繹賓尸也。高子曰：靈星之尸也。」箋：「繹，又祭也。天子諸侯曰繹，以祭之明日。卿大夫曰賓尸，與祭同日。周曰繹，商謂之肜。」○「絲衣」至「歌也」，蔡邕獨斷文，魯説也。

齊韓當同。陳喬樅云：「劉向五經通義亦以『絲衣其紑』爲言王者祭靈星公尸所服之衣，與高子説合，知魯、毛義同。胡承珙曰：史記封禪書：『漢興八年，或曰周興而邑邰，立后稷之祠，至今血食天下。於是高祖制詔御史：其令郡國縣立靈星祠，常以歲時祠以牛。』張晏注：『龍星左角曰天田，則農祥也，晨見而祭之。』張守節正義引漢舊儀云：『五年，修復周家舊祠，祀后稷於東南，爲民祈農報厥功。夏則龍星見而始雩。龍星左角爲天田，右角爲大庭。天田爲司馬，教人種百穀爲稷。靈者，神也。辰之神爲靈星，故以壬辰日祠靈星於東南，金勝爲土相也。』其後漢書郊祀志、續漢書祭祀志皆因之。以漢法推周制。考周語虢文公曰：『農祥晨正。』伶州鳩曰：『昔武王伐殷，月在天駟。月之所在，辰馬農祥也。我太祖后稷之所經緯也。』晉語董因曰：『大火，閼伯之星也，是爲大辰。辰以成善，后稷是相。』此三條，皆足爲周人祀靈星之證。續漢書云：『言祠后稷而謂之靈星者，以后稷又配食星也。』然則靈星之祀，其來甚古。淮南主術訓：『君人之道，其猶零星之尸也。』（「零」同「靈」。）是靈星之有尸亦久矣。高子與孟子同時，去古未遠，故能確知此詩爲祀靈星之作也。古今注云：『元和三年，初爲郡國立稷及祠社靈星禮器。』後漢東夷傳：『高句驪好祠鬼神社稷零星。』可知古者靈星之祀與社稷爲類。絲衣詩之次於載芟良耜，殆非無故矣。喬樅謂，據論衡明雩篇云：『水旱不時，雖有靈星之祀，猶復雩，恐前不備，彤繹之義也。』是知古者祭天地社稷，皆有繹祭賓尸之禮。此絲衣詩爲繹賓尸之所歌，即承上載芟良耜二詩言之，載芟良耜爲一歲再祭之明文。孝經援神契曰：『仲春祈穀，仲秋穫禾，報社祭稷。社者五土之主，稷者百穀之長，祭社配以后土，祭稷配以后稷。』五經通義曰：『王社在藉田中，爲千畝報功也。』載芟良耜所云『祈報社稷』者，『社』即指王社言之，『稷』亦即靈星之祠，祀后稷也。漢書郊祀志：『社者，土也。宗廟，王者所居。稷者，所以奉宗廟、供粢盛，人所食以生活也。王者莫不尊重親祭，自爲之主，禮如宗廟。』故鄭箋釋絲衣之『繹賓尸』，即據宗廟之禮申明其説。載芟良耜二篇是正祭所歌，絲衣一篇則繹祭之樂章也。」蓋觀胡氏所論，已足證明靈星之祭爲古所有，益以陳氏之説「繹尸」，亦復有據，於義備矣。黄山云：「靈星所祭者天田，天田爲龍左角之星，非即龍也。龍主雨，天田主稷，惟其主稷，故爲祈報社稷繹尸之詩。而又以『雩』混之，非也。龍見於建巳之月，於夏正亦爲四月，而云『二月』，亦非也。求雨之祭，至兩漢猶始立夏，止立秋。春雩秋雩，古所謂非禮之雩，豈可爲典。要祈穀與祈雨有別，月令之『祈穀』，實因大雩而及之，然亦在仲夏八月。而祈穀實亦月令所無。春社祈也，秋社報也，報尚何求？尤不可通也。惟周以后稷配天，非時不敢祭，故別立靈星以爲常祀，旱潦蟲蝗，蓋皆禱之，豈專爲求雨設哉？」

絲衣其紑，載弁俅俅。【注】魯韓「載」作「戴」。韓「俅」作「頯」。自堂徂基，自羊徂牛，【注】韓「徂牛」作「來牛」。鼐鼎及鼒。【疏】傳：「絲衣，祭服也。紑，絜鮮貌。俅俅，恭順貌。基，門塾之基。『自羊徂牛』，言先小後大也。大鼎謂之『鼐』，小鼎謂之『鼒』。」箋：「『載』，猶『戴』也。弁，爵弁也。爵弁而祭於王，士服也。繹禮輕使士。升門堂視壺濯及籩豆之屬，降往於基，告濯具。又視牲從羊之牛，反告充已，乃舉鼎鼏告絜。禮之次也。鼎圜弇上謂之鼒。」○「魯載作戴」者，釋言：「俅，戴也。」郭注：「詩曰：『戴弁俅俅。』」釋訓：「俅俅，服也。」郭注：「謂戴弁服。」是魯作「戴」。説文：「俅，冠飾貌。」引詩：「戴弁俅俅。」所引當亦魯文。釋名：「戴，載也，載之於頭也。」及箋「載，猶戴也」，是爲毛通驛騎耳。通典四十四引劉向五經通義曰：「靈星爲立尸，故云『絲衣其紑，會弁俅俅』，言王者祭靈星公尸所服之衣也。」「會」，當是誤字。「韓載作戴，俅作頯」者，玉篇頁部：「詩云：『戴弁俅俅。』或作頯」。此韓異文。禮禮器鄭注引詩頌曰：「自堂徂基。」明齊毛文同。説苑尊賢篇引詩曰：「『自堂徂基，自羊徂牛。』言以内及外，以小及大也。」明魯齊與毛同。「韓徂牛作來牛」者，外傳三載齊桓公設庭燎，末引詩曰：「自堂徂基，自羊來牛。」「來」之言「至」也，韓文獨異。釋器：「鼎絕大謂之鼒，圜弇上謂之鼐。」此魯說也。說文：「鼐，鼎之絕大者。」又引魯詩說：「鼐，小鼎。」疑字有誤。兕觥其觩，旨酒思柔。不吳不敖，【注】魯「吳」作「虞」，「敖」作「驁」。胡考之休。【疏】傳：「吳，譁也。考，成也。」箋：「柔，安也。繹之旅士用兕觥，變於祭也。飲美酒者皆思自安，不讙譁，不敖慢也，此得壽考之休徵。」○釋文：「吳，舊如字。說文作『吴』，吴，大言也。何承天云：『吳』字誤，當作『吴』，从『口』下『大』。故魚之大口者名『吴』，胡化反。此音恐驚人也，音『話』。」孔疏：「人自娛樂，必讙譁爲聲，故以『娛』爲『譁』。定本『娛』作『吳』。」據此，作「吳」者乃定本。釋文本孔疏據鄭箋本，則作「娛」。泮水篇「不吳不揚」，孔謂鄭讀「不吳」爲「不娛」，明鄭卽本此詩作「不娛」讀之也。「魯吳作虞敖作驁」者。史記孝武紀引詩作「不虞不驁」，褚少孫用魯詩，是魯文如此。黃山云：「古吳、娛、虞三字音義並通，泮水『不吳不揚』，衡方碑亦作『不虞不揚』。公羊定四年經『帥師伐鮮虞』，釋文：『虞，本或作吳，音虞。』左僖五年傳『虞仲』，漢書地理志、吳越春秋作『吳仲』。釋名釋州國：『吳，虞也。太伯讓位而不就，歸封之於此，虞其志也。』是作『虞』、作『吳』義皆同『娛』。鄭風『聊可與娛』，釋文亦云『娛』本作『虞』。孟子『驩虞如也』，莊子『許由虞于潁濱』，又通以『虞』爲『娛』，可知魯詩作『不虞』，仍爲『不娛』之義，孔疏本所據信而有徵。釋文於此篇云『吳，舊如字』，而於泮水篇云『吳，鄭如字，讙也』，亦卽以讀『娛』者爲如字，故以『讙也』申明之，非謂如說文『大言』之『吳』字也。傳、箋訓『吳』爲『譁』，陸又釋『譁』爲『讙』，本皆就『娛樂』爲說，近儒必據說文『大言』之注以說『譁』，則非詩恉。蓋繹祭非正祭，娛則嬉，敖則嫚，皆慮遠於敬。若『吳』卽是『大言』，與『敖』何別？覿『不吳不揚』，箋謂『揚』爲『大聲』，則『吳』不爲『大言』，尤其明證。『敖』，釋文本又作『傲』。然說文有『敖』無『傲』，故魯文變爲『驁』。呂覽下賢篇『士驁爵祿』，亦魯家以『驁』爲『敖』之證也。至釋文爲『吳』字引說文及何說，有因後儒訂其誤字而轉窒者。說文『吳』从『夨』、『口』，『夨』，傾頭也，本卽从『大』象形。陶潛文：『時矯首而游觀。』

『傾頭』亦具有『娛』義，誤形从『大』，誤尚不遠，如漢書郊祀志、後漢書戴就傳引詩皆作『不吳』是也。隋唐碑版文字則皆誤形爲『吴』，不从『大』而从『天』矣。或从『夨』作『吳』，爲今所承用，亦誤字也。釋文兼采兩讀，當原作『吳，舊如字』。說文作『吳』，『吳，大言也。』何承天云『吳』字誤，當作『吳』，从『口』下『大』耳。是說文『吳吳』乃『吳吳』之誤，何說『吳吳』，又互誤也。監本於經注之『吳』皆已訂爲『吳』，獨於何說互誤之『吳』疑不敢訂，故猶存一『吳』字。近儒並訂此『吳』爲『吳』，又於說文之『吳』亦捏作『吳』，益紛而莫辨。盧文弨援史記，改『不吳』爲『不虞』，固非矣。馬瑞辰云『吳』古音同『瓠』，故『碩人娛娛』，韓詩作『扈扈』。何『胡化』反，正讀近『瓠』。說文：『鱯，魚也。』讀若『瓠』。蓋魚之大口者本名『鱯』，與『吳』音近義同。今案本草圖經：『鮧口腹並大者爲鱯。』『鱯』音亦正同『胡化』反，馬以此通何讀，可云精審矣，而援臧庸之說，謂釋文不當多『作也』二字，亦非也。說文『吳』，小徐引詩『不吳不揚』，謂今寫詩者改『吳』作『吳』，音『胡化』切爲謬甚。馬亦謂何未檢說文，則何所謂从『口』下『大』本不合六書明矣，乃又以『吳』卽『吳』古文之變體，是惑也。『吳』之古文作『吙』，推六書之義，本爲从『口』、『夫』聲，以夫、吳諧音也。段玉裁强說爲从『口』、『大』，豈可據哉。」

絲衣一章，九句。

酌【注】魯說曰：酌一章九句，告成大武，言能酌先祖之道以養天下之所敬也。齊說曰：周公作勺，勺，言能勺先祖之道也。【疏】毛序：「告成大武也。言能酌先祖之道以養天下也。」箋：「周公居攝六年，制禮作樂，歸政成王，乃後祭於廟而奏之。其始成，告之而已。」○「酌一」至「歌也」，蔡邕獨斷文，魯說也。白虎通禮樂篇：「周樂曰大武象，周公之樂曰酌，合曰大武。周公曰酌者，言周公輔成王，能斟酌文武之道而成之也。」風俗通義六：「武王作武，周公作勺。勺，言斟酌先祖之道也。武，言以功定天下也。」以上亦魯說。「周公」至「道也」，漢書禮樂志文，齊說也。又「籥勺羣慝」，晉灼注：「勺，周樂也。言以樂征伐也。」又董仲舒傳：「五帝三王之道，改制作樂，而天下和治，百王同之。虞氏之樂莫盛於韶，周之樂莫盛於勺。」張晏注：「勺，周頌篇名，言能成先祖之功以養天下也。」陳喬樅云：「謂『周樂莫盛於勺』者，謂文王、武王之武功至是大成，故爲極盛耳。」繁露質文篇：「周公輔成王，受命作宮邑於洛陽，成文武之制，作汋樂以奉天。」儀禮燕禮「若舞則勺」，鄭注：「勺，頌篇，告成大武之樂歌也。萬舞而奏之，所以美王侯，勸有功也。」以上皆齊說。「酌」正字，「汋」通用字，荀子、左傳並作「汋」。「礿」譌字，「勺」省字也。韓說蓋同。

於鑠王師，遵養時晦。時純熙矣，是用大介。【疏】傳：「鑠，美。遵，率。養，取。晦，昧也。」箋：「純，大。熙，興。介，助也。於美乎文王之用師，率殷之叛國以事紂，養是闇昧之君以老其惡，是周道大興而天下歸往矣，（愚案：「是」下奪「以」字。）故有致死之士助之。」〇馬瑞辰云：「『遵養時晦』，言用王師以取是晦昧也。晦昧既除，則天下清明，故下卽接言『時純熙矣』。『養』，從傳訓『取』爲是。左宣十二年傳晉隨武子曰：『兼弱攻昧，武之善經也。』下引仲虺有言曰：『取亂侮亡』，兼弱也。汋曰：『於鑠王師，遵養時晦。』耆昧也。』正引詩『遵養時晦』爲武經『攻昧』之證，是『養晦』卽『耆昧』也，『耆昧』卽『攻昧』也。攻昧，謂攻取是昧，與傳訓『養』爲『取』義合。逸周書允文解曰：『遵養時晦，晦明遂語，于時允武。』孔晁注：『養時晦昧而誅之，使昧者修明，而遂告以言武也。』以『遵養時晦』爲『誅晦』，亦與傳義合。王肅曰：『率以取是紂，定天下。』其說是也。『養』字古有『取』義，月令『羣鳥養羞』，『羞』，謂羣鳥所藏之食，『養』，猶取也。呂覽長見篇『申侯善持養吾意』，猶云善探取吾意。『將』與『養』古同義，桑柔箋：『將，猶養也。』廣雅：『將，養也。』孟子『匍匐往將食之』，謂往取食之也。箋謂『養是闇昧之君以老其惡』，非詩義也。左傳杜注：『須暗昧者，惡積而後取之。』又承箋說之誤。」又云：「『純熙，』謂大光明也。武王既攻取昧晦，於時遂大光明，猶緜之詩曰『會朝清明』也。釋詁：『介，善也。』『大介』即『大善』，『大善』猶『大祥』也，故下即繼以『我龍受之』，正謂受此大善耳。」楊雄長楊賦：「酌允鑠」，用魯經文。燕禮鄭注引勺詩曰：「於鑠王師，遵養時晦。」明齊毛文同。韓詩外傳三兩引詩曰：「於鑠王師，遵養時晦。」外傳五引「於鑠王師，遵養時晦」，義與箋近，蓋別一解，爲韓所主，鄭即用韓易毛，左傳注亦本韓義也。我龍受之，蹻蹻王之造。載用有嗣，【疏】傳：「龍，和也。蹻蹻，武貌。造，爲也。」箋：「龍，寵也。來助我者，我寵而受用之。蹻蹻之士，皆爭來造王，王則用之，有嗣傳相致。」○愚案：上文當如馬說，以此大善，我知爲天之寵而受之，遂誅商奄，滅國五十。蹻蹻武臣，爭來造王，王之所用有相續不絶者。言周得人之盛也。實維爾公允師。【疏】傳：「公，事也。」箋：「允，信也。王之事所以舉兵克勝者，實維女之事信，得用師之道。」○詩言爾之舉事既荷天寵，又得人和，信可爲後世師法矣。時周公歸政成王，天下太平，告成大武，詩不得專言文武用兵之事，以爲義當如此也。燕禮鄭注引勺詩曰：「實維爾公允師。」明齊毛文同。

酌一章，九句。

桓【注】魯說曰：「桓一章九句，師祭講武類禡之所歌也。【疏】毛序：「講武類禡也。桓，武志也。」箋：「類也、禡也，皆師祭也。」○「桓一」至「歌也」，蔡邕獨斷文，魯說也。齊韓當同。

綏萬邦，婁豐年。【疏】箋：「綏，安也。婁，亟也。誅無道，安天下，則亟有豐熟之年，陰陽和也。」○左宣十二年傳引頌曰：「綏萬邦，婁豐年。」而釋之云「和衆豐財」，謂武七德之二事也。班固靈臺詩「屢惟豐年」，用齊經文，「屢」俗字。天命匪解。桓桓武王，保有厥士。于以四方，克定厥家。【疏】傳：「士，事也。」箋：「天命爲善不解倦者以爲天子，我桓桓有威武之武王，則能安有天下之事。此言其當天意也。於是用武事於四方，能定其家先王之業，遂有天下。」○漢書匡衡傳衡疏云：「陛下聖德純備，莫不修正，則天下無爲而治。詩云：『于以四方，克定厥家。』傳曰：『正家而天下定矣。』」案，文王刑于寡妻，至兄弟，以御家邦；武王率循文王之道，正家以定天下。亂臣有十，必兼婦人，此「克定厥家」之明證也。衡用齊義，與傳箋異。於昭于天，皇以閒之。【疏】傳：「閒，代也。」箋：「于，曰也。皇，君也。於明乎曰天也，紂爲天下之君，但由爲惡，天以武王代之。」○釋詁：「閒，代也。」書益稷疏引孫炎曰：「閒，廁之代也。」知詩義同。言武王之德顯著于天，故命君天下以閒代紂，付以誅紂有罪之權也。

桓一章，九句。

賚【注】魯說曰：賚一章六句，大封于廟，賜有德之所歌也。【疏】毛序：「大封于廟也。賚，予也，言所以錫予善人也。」箋：「大封，武王伐紂時封諸臣有功者。」○「賚一」至「歌也」，蔡邕獨斷文，魯說也。左宣十二年傳云：「昔武王克商而作頌。」知是伐紂後大封也。

文王既勤止，我應受之。敷時繹思，我徂維求定。【疏】傳：「勤，勞。應，當。繹，陳也。」箋：「敷，猶『徧』也。文王既勞心於政事，以有天下之業，我當而受之，敷是文王之勞心，能陳繹而行之，今我往以此求定。謂安天下也。」○胡承珙云：「左傳引此詩作『鋪時繹思』，敷，布也。鋪，亦布也。大雅『陳錫哉周』，彼箋云：『能敷恩惠之施，以受命造始周國。』彼疏引王肅云：『文王能布陳大利，以賜予人。』竊意此詩亦當云文王既勞心於政事，我當而受之，將布陳文王之恩惠以錫予善人，我自今以往，惟求善人以定王業耳。」愚案：「我徂維求定」者，言我自此以往，惟求與女諸臣共定天下耳，如此方與「大封」之意合。中論爵禄篇：「先王之將封建諸侯而錫爵禄也，必於清廟之中陳金石之樂，隆宴賜之禮，宗人擯相，内史作策也。其頌曰：『文王既勤止，我應受之，敷時繹思。』由此觀之，爵禄者，先王之所貴也。」此魯説。時

周之命 於繹思！【疏】箋：「勞心者是周之所以受天命而王之所由也，於女諸臣受封者陳繹而思行之，以文王之功業敕勸之。」〇說文：「繹，㨨絲也。」「㨨，引也。」字與「抽」同。言是封爵雖我周之新命，於乎，女諸臣盍卽文王勤勞天下之意，更尋繹而引申之乎？兩「思」字，皆語詞。

賚一章，六句。

般【注】魯說曰：般一章七句，巡狩祀四嶽河海之所歌也。【疏】毛序：「巡守而祀四嶽河海也。般，樂也。」〇「般一」至「歌也」，蔡邕獨斷文，魯說也。史記封禪書：「周成王封泰山，禪社首，受命然後得封禪。」詩云紂在位，文王受命，政不及泰山。武王克殷二年，天下未寧而崩。爰周德之洽維成王，成王之封禪則近之矣。陳喬樅云：「史記所引詩，卽魯詩說。據封禪書言：『上招賢良趙綰王臧等以文學爲公卿，欲議立古明堂城南，以朝諸侯。草巡狩封禪改曆服色事。』綰、臧並申公弟子，益足證魯詩以般爲言封禪事矣。史記又云：『孔子論述六藝，傳略言易姓而王，封泰山禪乎梁父者七十餘王。』疑『傳』卽指魯詩傳也。」白虎通封禪篇：「王者易姓而起，必升封泰山何？報告之義也。始受命之日，改制應天，天下太平功成，封禪以告太平也。所以必於泰山何？萬物之始交泰之處也。詩云：『於皇明周，陟其高山。』言周太平，封泰山也。又曰：『墮山喬嶽，允猶翕河。』言望祭山川，百神來歸也。」陳喬樅云：「元本白虎通作『明周』，與詩攷引合，惟小字本作『時周』。」以上亦魯說。易林萃之比：「德施流行，利之四鄉。雨師灑道，風伯逐殃。巡狩封禪，以告成功。」益之復旅之小過同，此齊說。尚書孔序疏引韓詩外傳曰：「古封泰山禪梁甫者萬餘人，仲尼觀焉，不能盡識。」司馬貞補史記三皇本紀，引略同。陳喬樅云：「封禪之禮，古者帝王巡守必皆行之。封，卽堯典『封十有二山』之封，鄭注書大傳云：『祭者必封，封亦壇也。』『禪』與『墠』同。東門之墠傳云：『墠，除地町町者。』然則封土爲『壇』，除地爲『墠』，乃巡守祭祀之常事，故經典皆未嘗特言之耳。」愚案：秦漢以後狃於所無，未免鄭重言之。其實古帝王無不巡狩，巡狩無不祭方嶽，則封禪之事並非巡狩之外，經傳別有盛典。乾隆間東巡岱宗，祀典隆重，破除世俗拘墟陋見，所以爲千古之極則與？

於皇時周！【注】魯「時」作「明」。陟其高山，嶞山喬嶽，【注】魯「嶞」作「墮」。允猶翕河。【疏】傳：「高山，四嶽也。嶞山，山山之嶞嶞小者也。翕，合也。」箋：「皇，君。喬，高。猶，圖也。於乎美哉，君是周邦而巡守，其所至則登其高山而祭之，望秩於山川，小山及高嶽，皆信案山川之圖而次序祭之。河言『合』者，河自大陸之北敷爲九，祭者合爲一。」○「魯時作明」者，白虎通作「於皇明周。」（餘俱引見上。）「明周」，猶時邁詩之「明昭有周」也。以「高山」爲四嶽，「嶞山喬嶽翕河」爲望秩之山川，魯說與傳同。時邁詩作於武王時，並非巡狩，魯說已詳之。此詩爲成王巡狩而作，魯說不誤，而說者猶以爲武王，斯亦傎矣。「魯嶞作墮」者。釋山：「巒，山墮。」郭注：「謂山形長狹者，荆州謂之巒。詩曰：『墮山喬嶽。』」郝氏懿行以爲「墮」者「嶞」之叚借。字林：「嶞，山之施嶞者。」是呂忱以「嶞」爲「延施」，即「狹長」也。一河播爲九河，九河同爲一河，其分合非圖不信，故曰「允猶」。敷天之下，裒時之對，時周之命。【注】三家「命」下有「於繹思」句，與賚篇同。【疏】傳：「裒，聚也。」箋：「裒，衆。對，配也。偏天之下衆山川之神皆如是配而祭之，是周之所以受天命而王也。」○言總山川之大小，因京畿之遠近，聚而配之，書所謂「偏于羣神」也。是我周之新命，所以獲神佑。「三家命下有於繹思句」者。釋文云：「『於繹思』，毛詩無此句，齊魯韓有之，今毛詩有者，衍文也。崔集注本有，是採三家之本，崔因有故解之。」臧鏞堂云：「此句涉上賚篇而誤，即在三家，亦爲衍文。」阮元云：「釋文所說，自得其實。臧氏乃併三家此句亦以爲衍，誤矣。」愚案：獨斷言「般一章七句」，亦不數此句，陸云三家皆有，或魯詩有二本也。禮王制：「五岳視三公，四瀆視諸侯。」賚封功臣而望其繹思，般祭山川之神亦望其繹思，一也。時邁之詩曰「懷柔百神」，若神不能繹思，無爲用「懷柔」矣。臧氏謂在三家亦爲衍文，殆不然乎？

般一章，七句。三家多「於繹思」一句，當爲八句。

閔予小子十一篇，十一章，百三十七句。三家當爲百三十八句。

詩三家義集疏卷二十七

詩魯頌

【疏】漢書地理志：「魯地，奎、婁之分埜也。東至東海，南有泗水，至淮，得臨淮之下相睢陵僮取慮，皆魯分也。周興，以少昊之虛曲阜封周公子伯禽爲魯侯，以爲周公主。其民有聖人之教化。瀕洙泗之水，其民涉度，幼者扶老者而代其任。俗既益薄，長老不自安，與幼少相讓，故曰：『魯道衰，洙泗之間斷斷如也。』」魯都在今山東兗州府曲阜縣。

駉第二十七

駉【疏】毛序：「頌僖公也。僖公能遵伯禽之法，儉以足用，寬以愛民，務農重穀，牧于坰野，魯人尊之，於是季孫行父請命于周，而史克作是頌。」箋：「季孫行父，季文子也。史克，魯史也。」○孔疏：「文公六年，行父始見於經；十八年，史克名見於傳。此詩之作，當在文公之世。天子巡守，采諸國之詩，觀其善惡，以爲黜陟。周尊魯若王者，巡守述職，不陳其詩，雖魯人有作，周室不采。故王道既衰，變風皆作，魯獨無之。至臣頌君功，亦樂使周室聞之，是以行父請焉。」愚案：史克作頌，惟見毛序，他無可證。三家詩説皆以魯頌爲奚斯作。楊雄文云：「昔正考父嘗睎尹吉甫矣，公子奚斯嘗睎正考父矣。」説魯頌者首雄，但云「奚斯睎考父」，不云「史克睎考父」，此魯説。班固兩都賦序：「昔皋陶歌虞，奚斯頌魯，皆見采於孔氏，列於詩書。其義一也。」此齊説。曹植承露盤銘序：「奚斯魯頌。」此韓説，而皆不及史克。後漢曹褒傳：「昔奚斯頌魯，考甫詠殷，夫人臣依義顯君，竭忠彰主，行之美也。」此又漢人承用皆屬奚斯之證。史克見左傳，在文公十八年，至宣公世尚存，見國語。奚斯見閔公二年，故文公二年傳已引閟宮之詩。不應季孫行父請命於周之前，已有史克先奚斯作頌。知毛序不足據矣，今特標舉以顯三家之義。

駉駉牡馬，在坰之野。【注】三家「駉」作「駫」，「坰」作「駉」。【疏】傳：「駉駉，良馬腹幹肥張也。坰，遠野也。邑外曰郊，郊外曰野，野外曰林，林外曰坰。」箋：「必牧於坰野者，辟民居與良田也。周禮曰：『以官田牛田賞田牧田，任遠郊之地。』」○「三家駉作駫」者。釋文：「駉，古熒反。說文又作『駫』，同。」說文：「駫，馬盛肥也。」引詩蓋作「駫駫牡馬」。今本作「四牡駫駫」，因下「騯」字注引詩「四牡騯騯」而誤，作「駫駫」者蓋三家詩。顏氏家訓云：「江南書皆『牝牡』之牡，河北本悉爲『放牧』之牧，唐石經初刻作『牡』，改刻作『牧』。」孔疏云：「定本作『牡馬』。」則注疏本作「牧馬」無疑，今作「牡馬」，非其舊也。胡承珙云：「禽獸之類，皆牡大於牝。詩意形容『肥張』，自當舉其牡者言之。」馬瑞辰云：「牧、牡一聲之轉，故本或作『牧』，或作『牡』。楊雄太僕箴：『信好牡馬，牧于坰野。』釋文引草木疏云：『牡，騭馬也。』以釋經文『牡馬』，則當從釋文本作『牡馬』爲是。古馬政惟牡馬在牧，若牝馬惟季春合牧，見月令。故詩但言『牡馬』耳。」「三家坰作駉」者，說文：「駉，牧馬苑也。詩曰：『在駉之野。』」亦三家文。（楊雄用魯經，太僕箴當作「駉」，今作「坰」，疑亦後人誤改。）段注：「宜本作『冋之野』。詩言牧馬在冋，故許引之以證『从馬、冋』會意。馬在『冋』爲『駉』，猶艸木麗于地爲『䕻』也。」黃山云：「段氏詩經小學引說文此條云：許意『在駉之野』，即『在野之駉』，倒句以就韻。其義確不可易矣。而於許書『駉』下則又刪『从馬，冋聲』『聲』字，作『从馬、冋』，改引詩爲『在冋之野』以就其說。蓋段酷信古文，因毛詩作『坰』，與許書古文之『冋』同爲『冂』之重文。而『冂』下許注：『邑外謂之郊，郊外謂之野，野外謂之林，林外謂之冋。』與釋地文『郊』作『牧』者異，而適與此詩傳說同，故强許就毛，謂許亦作『在冋』，與『坰』本爲一字，『駉』則別爲牧馬苑，不關此詩也。實則毛作『在坰』，引此說以釋詩；許自爲『冂』作注，與『駉』各爲一字，於詩何涉乎？段改許書，又亂許例，反成奇謬矣。山意三家作

『駫駫牡馬，在坰之野』。篇以駉名，正指此『駉』。下『薄言駉者』，亦即此『駉』，謂苑中馬各色皆備也，四章蓋同。若如毛詩，『駉駉』既爲疊字，不應又變文單舉。就『駉』者之不誤，益知『駉駉』之爲誤文已。」薄言駉者，有驈有皇。【注】魯「皇」作「騜」。有驪有黄，以車彭彭。【疏】傳：「牧之坰野則駉駉然。驪馬白跨曰驈，黄白曰皇，純黑曰驪，黄騂曰黄。諸侯六閑馬四種，有良馬、有戎馬、有田馬、有駑馬。彭彭，有力有容也。」箋：「坰之牧地，水草既美，牧人又良，飲食得其時，則自肥健耳。」〇「魯皇作騜」者，說文：「驈，驪馬白胯也。詩曰：『有驈有騜。』」釋畜：「黄白騜。」郭注：「詩曰：『騜駁其馬。』」毛詩豳風作「皇駁」，與此作「有皇」同。郭據魯詩作「騜駁」，則作「有騜」者亦魯文矣。段氏詩經小學云：「說文『驈』下引詩『有驈有騜』，而無『騜』字，蓋或闕遺。」於說文「驈」注又斥「騜」爲俗字，非也。馬瑞辰云：「上句『有皇』，傳：『黄白曰皇。』見爾雅。據三章『有雒』釋文：『雒，本或作駱。』阮氏元謂爾雅舊有兩『駱』，蓋同名而異物，爲毛傳所本。竊謂此傳『黄騂曰黄』，亦當作『黄騂曰皇』，與三章作兩『駱』者同，亦同名而異物，皆本爾雅爲說。爾雅爲淺人誤爲重出，删去其一。毛詩又爲後人疑二『皇』不應並用，因準詩人義同字異之例，叚『黄』爲『皇』，以與『皇』韻，猶三章改『駱』爲『雒』，又或改作『駁』也。黄白曰『皇』，黄騂亦曰『皇』，皆黄馬兼有別色之稱。若單稱『黄』則止一色，傳宜云『純黄曰黄』，與『純黑曰驪』同訓，何由知其必爲黄騂乎？此固有以知『黄』爲『皇』之叚借也。爾雅：『皇，黄鳥。』蓋以皇、黄同音，叚『皇』爲『黄』，與此詩叚『黄』爲『皇』可以互證。」黄山云：「黄、皇互通，如伏羲號皇雄氏，亦作黄熊氏；楚有苗賁皇，亦作賁盆黄皆是。但謂『有黄』爲避上文之『皇』所借，則有駜之『駜彼乘黄』何以亦作『黄』？蓋馬色本無正黄，即以『黄騂』者名『黄』，此易知也。『有雒』，釋文云『雒』音『洛』，本或作『駱』。觀清廟毛序釋文：『雒音洛，本亦作洛。』則此『駱』明卽『洛』字，涉上文而誤。阮不詳審，反疑爾雅舊有兩『雒』，臆度無稽。馬奈何亦沿其誤？爾雅既本作『黄白騜』，『騜』固不能借『黃』，無待辨也。」愚案：「以車彭彭」者，「以」，用也。用車以駕，則彭彭然出車，詩「我出我車，于彼牧矣」，與此詩在牧出車合。楊雄太僕箴又云：「輦車就牧而詩人與魯。」可以推見魯詩義訓也。**思無疆，思馬斯臧。**【疏】箋：「臧，善也。僖公之思遵伯禽之法，反覆思之，無有竟已，乃至於思馬斯善。多其所及廣博。」○案，上「思」，思慮；下「思」，語詞。「思無疆」者，言僖公思慮深微，無有疆畔。即牧馬之法亦皆盡善，致斯蕃庶，與定之方中詩美衞文公「匪直也人，秉心塞淵，騋牝三千」同意。

駉駉牡馬，在坰之野。薄言駉者，有騅有駓，有騂有祺，以車伾伾。【疏】傳：「蒼白雜毛曰騅，黃白雜毛曰駓，赤黃曰騂，蒼祺曰騏。伾伾，有力也。」○說文：「騅，馬蒼黑雜毛。」段注以釋言「菼，騅也」，郭注「菼，艸色如騅」證之，知「蒼黑」爲「蒼白」之譌。釋文：「祺，字又作騏。」今相臺本作「騏」，段云「蒼騏」即「蒼綦」也。小戎傳：「騏，騏文也。」正義作「綦文」。尸鳩傳：「騏，騏文也。」釋文作「綦文」。顧命馬鄭本作「騏弁」，枚本作「綦弁」。是古通叚「綦」爲「騏」，此傳「蒼祺」亦當是「蒼綦」之誤。黃山云：「說文：『騏，馬青驪文如博綦也。』『驪，馬深黑色。』馬黑而近青，即爲『蒼』矣。說文『博綦』之『綦』，隸寫變『祺』，故詩譌爲『祺』。『有祺』，即馬文如博綦者。傳言『蒼祺』爲『騏』，謂蒼而祺文耳。祺文之馬既即是『騏』，故釋文『祺』又作『騏』。小戎尸鳩二傳之『騏文』，皆言文、不言色，亦即『祺』、『文』兩字互通也。說文：『綦，蒼艾色。』鄭風『綦巾』，傳亦訓『蒼艾色』，正與許同。若如段作『蒼綦』，是蒼蒼艾色矣，於義爲窒，自不可從。餘詳小戎鳲鳩篇。」愚案：釋馬：「蒼白雜毛騅，黃白雜毛駓。」明魯毛同訓。郭注：「駓，今之桃花馬。」**思無期，思馬斯才。**【疏】傳：「才，多材也。」○陳奐云：「『材』當爲『才』之誤，叔于田序：『叔多才而好勇。』盧令箋：『才，多才。』皆其證。」黃山云：「才、材古音義均互通。莊子徐无鬼『天下馬有成材』，釋文：『材，本作才。』是其例。就成材論，則固以

『材』爲本字也。馬養成壯健，斯爲成材，詩意亦本如此，故傳以『材』釋『才』耳。」愚案：「思無期」者，思慮遠長，無有期限，卽馬亦多成材也。

駉駉牡馬，在坰之野。薄言駉者，有驒有駱，【注】韓說曰：驒，白馬黑髦也。有騂有雒，以車繹繹。【疏】傳：「青驪驎曰驒，白馬黑鬣曰駱，赤身黑鬣曰騂，黑身白鬣曰雒。繹繹，善走也。」〇「白馬黑髦也」者，釋文云：「驒，說文：『馬文如鼉魚也。』韓詩及字林云：『白馬黑髦也。』」陳喬樅云：「釋畜音義引同。攷說文：『驒，青驪白鱗，文如鼉魚。』與爾雅『青驪驎驒』合，驎、鱗音義同。孫炎云：『色有深淺，似魚鱗。』是也。而釋文引韓詩及字林說異。攷爾雅：『白馬黑鬣駱。』釋文引舍人同，衆家引此，『鬣』並作『髦』。又引說文云：『白色馬黑毛尾也。』則『白馬黑髦』乃駱之毛色。郝氏懿行謂韓詩字林似因『有驒有駱』相涉而誤，其說是也。或曰，爾雅釋文又引廣雅云『白馬朱鬣曰駱』，疑韓詩以黑鬣者爲『驒』，朱鬣者爲『駱』，此非也。廣雅『駱』字乃『駁』之譌，段氏據說文引逸周書王會篇：『犬戎文馬，赤鬣縞身，目若黃金，名吉黃之乘。』與山海經海內北經同文。說文作『駁』，陸氏所引乃廣雅譌本，宜訂正之。」愚案：三家異說者多，韓既以『白馬黑髦』爲『驒』，於『駱』必別有說，陸不並舉，故近儒皆疑爲誤，要亦未可定耳。釋畜：「白馬黑鬣駱。」明魯毛同訓。郭注：「禮記曰：『夏后氏駱馬黑鬣。』」引明堂位文。說文：「駱，馬白色黑鬣尾也。」詩釋文引樊、孫爾雅並作「白馬黑髦鬣尾。」說文「騂」、「駱」皆兼尾言，蓋許所見不與樊、孫同。詩釋文：「雒，音『洛』，本或作『駱』，同。」說見上。思無斁，思馬斯作。【疏】傳：「作，始也。」箋：「斁，厭也。思遵伯禽之法無厭倦也。作，謂牧之使可乘駕也。」〇「思無斁」者，思之詳審，無有厭倦。「作」，謂騰起。

駉駉牡馬，在坰之野。薄言駉者，有駰有騢，有驔有魚，以車祛祛。【注】韓說曰：祛，去也。

【疏】傳：「陰白雜毛曰駰，彤白雜毛曰騢，豪骭白曰驔，一目白曰魚。祛祛，强健也。」○釋畜：「陰白雜毛駰，彤白雜毛騢。」明魯毛同訓。孔疏引舍人曰：「駰，今之泥驄。」孫炎曰：「陰，淺黑也。」説文：「騢，馬赤白雜毛。謂色似騢魚也。」孔疏引舍人曰：「今赭白馬。」釋畜：「驪馬黄脊騽。」説文「驔」下云：「驪馬黄脊。讀若簟。」「騽」下云：「馬豪骭白也。」合毛傳證之，是「驔」、「騽」通。釋文：「今爾雅亦有作『驔』者。」玉篇廣韻「騽」字俱兼二義，故説文段注疑「驔」、「騽」本一字，是也。釋畜：「一目白瞯，二目白魚。」説文作「瞯」，云：「馬一目白曰瞯，二目白曰魚。」釋文：「魚，本又作『䁻』。字林作『𩣡』。」皆或體。傳作「一目白」，蓋誤。「祛，去也」者，文選殷仲文南州桓公九井詩李注引薛君韓詩章句文。廣雅釋詁：「祛，去也。」正本韓詩，石經从「衣」作「袪」。胡承珙曰：「袪，本衣袂之名。釋名：『袂，掣也。掣，開也，開張之以受臂屈伸也。』廣雅：『袪，開也。』馬之開張者强健，故毛以『袪袪』爲『强健』。」陳喬樅云：「『袪袪』，薛君訓『去』，當爲疾驅之貌。傳訓『袪袪』爲『强健』，正用『開張』之義。凡字之從『去』者多有『開』義。衆經音義四引埤蒼云：『呿，張口頻伸也。』呂覽重言篇『君呿而不唫』，高注：『呿，闟也。』莊子『將爲胠篋』，釋文引司馬注曰：『從旁開爲胠。』史記老莊申韓傳正義亦云：『胠，開也。』漢書兒寬傳『合袪於天地神祇』，注引李奇曰：『袪，開散也。』馬之善馳者必骨幹開張，毛以『彊健』言之，是狀其善馳之貌，與韓詩義亦相成。」思無邪，思馬斯徂。【疏】箋：「徂，猶『行』也。思遵伯禽之法，專心無復邪意也，牧馬使可走行。」○案，「思無邪」者，思之真正，無有邪曲。「徂」，往也。往，歸往。於彼卬頭以指遠也。「斯徂」，卽言能致遠。韓詩外傳三載公儀休相魯而嗜魚，末引詩曰：「思無邪。」明韓毛文同。

駉四章，章八句。

有駜【疏】毛序：「頌僖公君臣之有道也。」箋：「『有道』者，以禮義相與之謂也。」○三家無異義。

有駜有駜，駜彼乘黃。【疏】傳：「駜，馬肥彊貌。馬肥彊則能升高進遠，臣彊力則能安國。」箋：「此喻僖公之用臣，必先致其祿食，祿食足而臣莫不盡其忠。」〇說文：「駜，馬飽也。詩云：『有駜有駜。』」馬瑞辰以爲義本三家。愚案：馬飽則肥彊，義與毛相成。鄭箋「祿食足」之說，蓋即本三家中傳也。鄭風「乘乘黃」，傳云：「四馬皆黃。」此當同。夙夜在公，在公明明。【疏】箋：「夙，早也。言時臣憂念君事，早起夜寐，在於公之所。在於公之所，但明明德也。禮記曰：『大學之道，在明明德。』」〇馬瑞辰云：「明、勉一聲之轉，『明明』即『勉勉』之叚借，謂其在公盡力也。箋說失之。」振振鷺，鷺于下。鼓咽咽，醉言舞，于胥樂兮！【疏】傳：「振振，羣飛貌。鷺，白鳥也，以興絜白之士。咽咽，鼓節也。」箋：「于，於。胥，皆也。僖公之時，君臣無事則相與明明德而已。絜白之士羣集於君之朝，君以禮樂與之飲酒，以鼓節之咽咽然，至於無筭爵，則又舞燕樂以盡其歡，君臣於是則皆喜樂也。」〇釋文：「咽，本又作『鼝』，同。」馬瑞辰云：「說文『鼘』下云：『鼘鼘，鼓聲也。』引詩『鼗鼓鼘鼘』。今商頌作『淵淵』，及此詩作『咽咽』，皆『鼘鼘』之叚借。『鼘』借作『咽』，猶『姻』之重文作『婣』也。釋文作『鼝』，又『鼘』字之變體。說文『淵』或省『水』，是淵、𡿺本一字。」

有駜有駜，駜彼乘牡。夙夜在公，在公飲酒。振振鷺，鷺于飛。鼓咽咽，醉言歸。于胥樂兮！【疏】傳：「『在公飲酒』，言臣有餘敬而君有餘惠。」箋：「飛，喻羣臣飲酒醉欲退也。」

有駜有駜，駜彼乘駽。夙夜在公，在公載燕。自今以始，歲其有？【注】三家「有」下多「年」字。君子有穀，詒孫子。于胥樂兮！【注】魯「詒」下有「厥」字。【疏】傳：「青驪曰駽。『歲其有』，豐年也。」箋：「『載』言『則』也。穀，善。詒，遺也。君臣安樂，則陰陽和而有豐年，其善道則可以遺子孫也。」〇釋畜：「青驪駽。」明魯毛同訓。邢疏引孫炎云：「青毛、黑毛相雜者名駽，今之鐵驄也。」「三家有下多年字」者，隸釋載西嶽華山廟碑云：「歲其有年。」孔疏云：「定本、集注皆作『歲其有年』。」此從三家本也。釋文云：「本或作『歲其有矣』，又作『歲其有年年矣』，皆衍字也。」愚案：「歲」謂每歲，「有」下得「年」字語方足，不容謂之衍。「魯詒下有厥字」者，列女魯季姜篇引詩曰：「君子有穀，貽厥孫子。」是魯有「厥」字。陳喬樅云：「釋文言：『本或作「貽厥孫子」、「詒于孫子」，皆是妄加』。今案，陸說非，是三家文與毛殊。據列女傳，是魯有『厥』字，然則或有『于』字者乃齊韓文。」黃山曰：「『駽』本平聲，『燕』三聲並讀，皆與『年』韻。鴥鴥『既取我子』，『子』讀入聲，與『穀』韻，是三家文異而讀仍協也。」

有駜三章，章九句。

泮水

泮水【疏】毛序：「頌僖公能修泮宮也。」○三家無異義。釋文：「頖宮，音『判』，本多作『泮』。」

思樂泮水，薄采其芹。【疏】傳：「泮水，泮宮之水也。天子辟廱，諸侯泮宮。言水則采取其芹，宮則采取其化。」箋：「芹，水菜也。言己思樂僖公之修泮宮之水，復伯禽之法，而往觀之，采其芹也。辟廱者，築土雝水之外，圓如璧，四方來觀者均也。『泮』之言『半』也，『半水』者，蓋東西門以南通水，北无也。天子諸侯宮異制，因形然。」○白虎通辟雍篇：「天子辟雍，諸侯泮宮何？以知有水也。詩曰：『思樂泮水，薄采其荇。』詩訓曰水圓如璧，諸侯曰泮宮，半於天子宮也，明尊卑有差，所化少也。『半』者，象璜也，獨南面禮儀之方有水耳，其餘壅之。言垣（愚案：「言」疑作「以」。）宮名之，別尊卑也，明不得化四方也。不曰『泮雍』何？嫌但半天子制度也。詩云：『穆穆魯侯，克明其德。既作泮宮，淮夷攸服。』」陳喬樅云：「此魯說。毛作『芹』，與『旂』韻，疑『荇』爲字誤也。」水經泗水注：「『魯泮宮在高門直北道西，宮中有臺高八十尺。臺南水東西一百步，南北六十步。臺西水南北四百步，東西六十步。臺池咸結石爲之，詩所謂「思樂泮水」也。』」禮王制鄭注：「『頖』之言『班』也，所以班政教也。」又禮器鄭注：「頖，郊之學也，詩所謂『頖宮』也。」陳喬樅云：「此齊說。說文：

『泮』，諸侯饗射之宮，西南爲水，東北爲牆。』其說獨異。攷許氏五經異義，釋『辟雍』據韓詩說。鄭君駁異義，據禮王制，謂大學卽『辟雍』，又據詩頌泮水爲『泮宮』，復與『辟雍』同義之證。然則鄭所云『半水』，謂『以南通水』，是用齊詩之說；許所云『西南爲水』，是用韓詩之說也；酈言西、南通水，與許合，其所偁詩亦當爲韓矣。」陳奐云：「思，詞也。禮禮器正義引詩作『斯樂泮水』，『斯』亦詞也。箋以『思』爲『思念』之思，失之。」又云：「王制：『天子命之教，然後爲學。小學在公宮南之左，大學在郊。天子曰辟雍，諸侯曰泮宮。』鄭注：『此小學、大學，殷之制。』案，殷制大學在郊，靈臺『辟雍』是也。周制天子大學在國，小學在郊，文王有聲『辟雍』是也。天子郊學、國學各四。諸侯用殷制，小學在國、大學在郊，各一。鄉射記：『君國中射則皮樹中，於郊則閭中。』注：『國中，城中也，謂燕射也。於郊，謂大射也，大射於大學。』此諸侯大學在郊之義證矣。明堂位曰：『米廩，有虞氏之庠也。序，夏后氏之序也。瞽宗，殷學也。頖宮，周學也。』『米廩，周之上庠，虞學也。序，周之東序，夏學也。瞽宗，周亦曰瞽宗，卽殷之右學也。頖宮，周之東膠，周人名大學爲東膠也。魯路寢明堂與周同制，於路寢明堂四門外，亦得立四代之學。惟天子四門之學總爲辟廱，故瞽宗亦稱『西廱』。若魯惟周學稱『頖宮』，則其餘三代之學不必皆依頖宮形也，此魯國學之制也。禮器：『魯人將有事於上帝，必先有事於頖宮。』注：『頖，郊之學也，詩所謂「頖宮」也。字或爲「郊宮」。』蓋周四郊之學，亦總爲辟雍。魯郊近於周郊，不必於四郊設四學，或亦從殷制，諸侯大學在郊者止有一泮宮，亦不四郊皆設泮宮也。此魯郊學之制也。魯頌『泮宮』與禮器『頖宮』同處，而與明堂位『頖宮』爲異處。泮宮在郊，其遠近未聞也。魯有國學，有郊學，國外、郊內又有州黨之學，若『矍相之圃』之類，此州長黨正爲主人，而魯侯所不至者也。魯侯之所至者，泮宮也。」

魯侯戾止，言觀其旂，其旂茷茷，鸞聲噦噦。【注】三家「鸞」作「鑾」。齊韓「噦」作「鉞」，亦作「鐬」。

無小無大，從公于邁。【疏】傳：「戾，來。止，至也。『言觀其旂』，言法則其文章也。茷茷，言有法度也。噦噦，言其聲也。」箋：「于，往。邁，行也。我采水之芹，見僖公來至于泮宮，我則觀其旂茷茷然，鸞和之聲噦噦然，臣无尊卑，皆從君行而來。稱言此者，僖公賢君，人樂見之。」○釋文：「茷，本又作伐。」馬瑞辰云：「羣經音辨三曰：『其旂伐伐。伐伐，旆貌也。』『伐伐』卽『茷茷』之省，『茷茷』又『旆旆』之叚借。六月篇『白旆央央』，釋文：『旆，本作茷。』是『茷』、『旆』古同聲通用之證。『其旂茷茷』，猶出車篇『胡不旆旆』也。說文：『旆，繼旐之旗旆然而垂也。』『旆旆』正旂之垂皃。『旆』借作『茷』與『伐』，猶『發』可借作『旆』也。」（荀子韓詩外傳並引商頌「武王載發」，毛詩作「武王載旆」。）「鸞聲噦噦」，與庭燎文句同。采菽作「鸞聲嘒嘒」，釋文：「嘒，呼惠反。」「噦，呼會反。徐又呼惠反。」（見庭燎篇。）其音同。庭燎傳：「噦噦，徐行有節也。」采菽傳：「嘒嘒，中節也。」其義亦同，說備於前，故此傳但云「噦噦，言其聲也。」禮曲禮釋文：「彗，徐音『雖醉』反。」聲讀同「歲」，故「彗」、「歲」二聲之字得以同聲通用。雲漢「有嘒其星」，說文言部亦引作「有譿其星」，云：「譿，聲也。」又口部：「嘒，小聲也。」引詩「嘒彼小星」。「噦，氣牾也。」義與「譿」、「嘒」異。是毛詩之「噦噦」就鸞聲言，本當作「譿」、作「嘒」，毛假「噦」爲「譿」，以通於「嘒」，直以爲同字耳。（「噦噦其冥」，乃气牾之義；「鳴蜩嘒嘒」，乃小聲之義，則皆用本義也。）「三家鸞作鑾。齊韓噦作鉞」者，張衡東京賦「鑾聲噦噦」，此作「噦噦」，同毛。「鸞」作「鑾」，本魯詩文。說文「鑾」、「鉞」連文：「鑾，人君乘車四馬鑣八鑾，鈴象鸞鳥聲，和則敬也。从金、从鸞省。鉞，車鑾聲也。从金，戉聲。詩曰：『鑾聲鉞鉞。』」「鑾」既从「鸞」省，是「鑾」正字，「鸞」借字。許引詩亦作「鑾」，明三家皆作「鑾」。「噦」作「鉞」，與魯毛並異，自當爲齊韓文。「亦作鐬鐬」者，說文徐鉉注以「鐬」爲「鉞」之俗字。然玉篇：「鐬，呼會切，鈴聲也。」廣韻同。又廣雅：「鐬鐬，盛也。」正言聲之盛，是張揖所見詩已有作「鐬鐬」者，不得謂爲俗也。「鉞」字得聲於「戉」，亦與「歲」聲字通用者。「歲」从「步」，「戌」聲，古讀「戌」爲舌上音，（猶「葉」音之爲「涉」，「喫」音之爲「洽」。）本於「戉」近，

（「戉」音「王伐」切，亦舌上音。）故說文目部之「眓」即讀若詩曰「施罛濊濊」，大部之「奯」亦讀若詩曰「施罛泧泧」。「眓」音同「濊」，「濊」又作「泧」，是其例，抑猶毛詩以「噧」通「噦」，通以同聲，不必拘以本聲也。馬瑞辰乃謂「歲」從「戉」聲，「鉞」讀本字，謬矣。七月之「何以卒歲」，與「發」、「烈」協；生民之「以興嗣歲」，與「軷」、「烈」協；長發之「率履不越」，與「達」、「發」、「烈」、「截」協，同也。而長發之「有虔秉鉞」，下協「烈」而上協「旆」。「旆」，與「其旆茷茷」之「茷」亦同聲通用字，尤足爲今文作「鉞鉞」之確證。古文借字作鸞、噦、噧，皆从「口」，以鳥聲爲聲，亦借也。今文正字作鑾、鉞、鐬，皆从「金」，實指金鈴之聲，亦正也。然則東京賦或本作「鑾聲鐬鐬」，後人據毛改从「金」爲从「口」耳。

思樂泮水，薄采其藻。魯侯戾止，其馬蹻蹻，其馬蹻蹻，其音昭昭。載色載笑，匪怒伊教。【疏】傳：「『其馬蹻蹻』，言彊盛也。『載色載笑』，色溫潤也。」箋：「『其音昭昭』，僖公之德音。僖公之至泮宮，和顏色而笑語，非有所怒，於是有所教化也。」○韓詩外傳三載魯有父子訟者，當舜之時，有苗不服，季孫子治魯共三條，外傳八載曾子有過一條，末俱引詩曰：「載色載笑，匪怒伊教。」明韓毛文同。

思樂泮水，薄采其茆。魯侯戾止，在泮飲酒。既飲旨酒，永錫難老。順彼長道，屈此羣醜。【注】韓說曰：屈，收也，收斂得此衆聚。【疏】傳：「茆，鳬葵也。屈，收。醜，衆也。」箋：「『在泮飲酒』者，徵先生君子，與之行飲酒之禮而因以謀事也。已飲美酒，而長賜其難使老。難使老者，最壽考也。長賜之者，如王制所云『八十月告存，九十日有秩』者與？順，從。長，遠。屈，治。醜，惡也。是時淮夷叛逆，既謀之於泮宮，則從彼遠道往伐之，治此羣爲惡之人。」○韓詩外傳三引詩曰：「『思樂泮水，薄采其茆。魯侯戾止，在泮飲酒。』樂水之謂也。」說苑雜言篇亦言「智者樂水」，引詩云：「『思樂泮水，薄采其茆。魯侯戾止，在泮飲酒。』此之謂也。」明韓魯與毛文同。「屈收也收斂得此衆聚」者，釋文引韓詩文，明韓訓亦與毛同。陳奐云：「釋詁：『屈，收聚也。』『屈』訓『聚』，亦訓『收』，轉相爲訓。文王世子曰：『凡語於郊者，必取賢斂才焉。或以德進，或以事舉，或以言揚。曲藝皆誓之，以待又語，三而一有焉，乃進其等，以其序，謂之郊人，遠之。於成均，以及取爵於上尊也。』注：『天子飲酒於虞庠，則郊人亦得酌於上尊以相旅。』鄉射記曰：『古者於旅也語。』然則云『屈，收』者，卽『敢賢斂才』之義；云『醜，衆』者，亦卽『郊人相旅』之義。毛韓解詩正與禮記合。」陳喬樅云：「王肅云：『順彼仁義之長道，以斂此羣衆』。卽用韓義以述毛也。箋釋『屈』爲『治』，蓋以『屈』爲『淈』之叚借。釋詁：『淈，治也。』某氏引此詩『淈此羣醜』。魯蓋訓『屈』爲『治』。此章未及伐淮夷之事，箋謂在泮宮謀治淮夷羣爲惡之人，與韓毛不合。」愚案：魯訓「屈」爲「治」，蓋謂順常道以治不率教之人，不如箋說。

穆穆魯侯，敬明其德。敬愼威儀，維民之則。允文允武，昭假烈祖。【疏】傳：「假，至也。」箋：「則，法也。僖公之行，民之所法傚也。僖公信文矣，爲修泮宮也；信武矣，爲伐淮夷也。其聰明乃至於美祖之德，謂遵伯禽之法。」〇案：「烈祖」，謂魯有功烈之祖，斥伯禽，如商頌「衎我烈祖」斥湯，「嗟嗟烈祖」斥大戊。此亦奚斯睎正考父之一端也。靡有不孝，自求伊祜。【疏】箋：「祜，福也。國人無不法傚之者，皆庶幾力行，自求福祿。」〇王引之云：「『孝』，本作『㚖』。說文：『㚖，效也。从子，爻聲。』『效』與『傚』同，經文作『㚖』而訓爲『效』，故箋云『無不法傚之者。』釋文正義所見本已誤爲『孝』，是以張參五經文字失收『㚖』字也。『靡有不㚖』，謂僖公無事不法傚其祖，非謂國人傚僖公也，當承『昭假烈祖』爲義。」韓詩外傳八：「魏文侯問狐卷子曰：『父賢足恃乎？』對曰：『不足。』『子賢足恃乎？』對曰：『不足。』『兄賢足恃乎？』對曰：『不足。』『弟賢足恃乎？』對曰：『不足。』『臣賢足恃乎？』對曰：『不足。』文侯勃然作色而怒曰：『寡人問此五者於子，子一以爲不足者何也？』對曰：『父賢不過堯，而丹朱放。子賢不過舜，而瞽瞍頑。兄賢不過舜，而象傲。弟賢不過周公，而管叔誅。臣賢不過湯武，而桀紂伐。望人者不至，恃人者不久。君欲治，從身始，人何可恃乎？詩曰：『自求伊祜。』」愚案：據此，韓毛文同。狐卷子語警世特深，故備録之。

明明魯侯，克明其德。既作泮宮，淮夷攸服。【疏】箋：「克，能。攸，所也。言僖公能明其德，修泮宮而德化行，於是伐淮夷，所以能服也。」○白虎通辟雍篇引詩：「穆穆魯侯，克明其德。既作泮宮，淮夷攸服。」（引詳上。）「穆穆」乃「明明」之誤，明魯毛文同。魯侯修文德以來遠人，故修泮宮而廣德化，乃淮夷所悦服，非但武功也。

矯矯虎臣，在泮獻馘。淑問如皋陶，在泮獻囚。【疏】傳：「囚，拘也。」箋：「矯矯，武貌。馘，所格者之左耳。淑，善也。囚，所虜獲者。僖公既伐淮夷而反，在泮宮使武臣獻馘，又使善聽獄之吏如皋陶者獻囚。言伐有功，所任得其人。」○釋訓：「矯矯，勇也。」釋文引舍人注：「矯矯，得勝之勇也。詩云：『矯矯虎臣。』」蔡邕明堂月令論：「詩魯頌云：『矯矯虎臣，在泮獻馘。』諸侯泮宮獻馘，即王制所謂『以訊馘告』者也。」此魯說。禮王制鄭注：「訊馘，謂所生獲斷耳者。詩曰：『在頖獻馘。』」毛詩「泮」、「頖」兩作，據此，知齊作「頖」也。漢書匡衡傳衡疏曰：「淑問揚乎疆外。」是衡讀「問」爲「聲聞」之「聞」，以「淑問」爲善名。明齊義與箋説異。

濟濟多士，克廣德心。桓桓于征，狄彼東南。【注】韓「狄」作「鬄」，云：除也。【疏】傳：「桓桓，威武貌。」箋：「多士，謂虎臣及如皋陶之屬。征，征伐也。狄，當作『剔』，剔，治也。『東南』，斥淮夷。」○班固竇車騎北征頌「克廣德心」，明齊毛文同。「狄作鬄，云除也」者，釋文引韓詩文。陳喬樅云：「士喪禮『四鬄去蹄』，注：『今文鬄作剔。』是狄、剔、鬄古皆通用，箋訓『剔』爲『治』，『治』與『除』同義，其説即本之韓詩也。」

烝烝皇皇，不吳不揚。【注】魯「吳」作「虞」，「揚」作「陽」。不告于訩，在泮獻功。【疏】傳：「烝烝，厚也。皇皇，美也。揚，傷也。」箋：「烝烝，猶『進進』也。

皇皇，當作『暀暀』，『暀暀』猶『往往』也。吳，譁也。訩，訟也。言多士之於伐淮夷，皆勸之有進進往往之心，不讙譁，不大聲。僖公還在泮宮，又無以爭訟之事告於治訟之官者，皆自獻其功。」○馬瑞辰云：「說文：『烝，火氣上行也。』引申之爲『厚』，又爲『美』。大雅『文王烝哉』，釋文引韓詩曰：『烝，美也。』以傳訓『皇皇』爲『美』推之，『烝烝』亦當爲『美』。『美』，與『盛』同義。『烝烝皇皇』，皆極狀多士之美盛耳。」「魯吳作虞，揚作陽」者，漢衞尉衡方碑作「不虞不陽」。史記武帝紀褚少孫補，褚治魯詩，引「不吳不敖」作「不虞不驁」。澤陂詩「傷如之何」，魯作「陽如之何」。是作「不虞不陽」者，魯文也。釋文：「瘍，『余章』反。」盧文弨謂，經文「揚」字，陸本原作「瘍」。阮元校釋文，駁之，謂「瘍」當指傳之「傷」字，而校毛詩又從之，謂毛作「瘍」，訓「傷」。今案，「揚」之訓「傷」，雅訓所無。「瘍」本通「傷」，（巧言傳釋文：「瘍，本亦作傷。」左襄十七年傳釋文：「傷，一本作瘍。」）廣雅釋詁又直訓爲「傷」。釋文出音，又列「吳」之下，「訩」之上，則以「瘍」爲經字，於說較長。黃山云：「吳、虞同『娛』，說在絲衣篇，此亦魯、毛同義也。娛而歡呼，與忿盭爭喧有別，『讙』與『歡』同字，讙譁即歡呼大聲，當如漢廷擊柱爭功，醉而妄呼。箋訓『吳』爲『讙譁』，『揚』爲『大聲』。讙譁係臚歡之聲，大聲抗爭，一二人之所獨，義自有別。魯詩『揚』作『陽』，玉篇訓『陽』爲『傷』，而爾雅釋詁訓『陽』爲『予』，觀郭注引魯詩『陽如之何』，則魯義當爲『予』。『予』者，以己尚人，亦爭自標許之意。玉篇所據或本韓詩，疑韓字亦作『陽』，說與毛同耳。陳喬樅謂玉篇采毛，則毛字不作『陽』，魯義不同『傷』，未能合矣。『傷』，本爲『憂傷』之傷，與『娛』反對，謂不自傷無功也。廣雅釋詁『瘍』、『殤』之訓『傷』，皆爲『憂傷』，是其證。若察夷傷，當在畢戰之時，不當在獻功之地。若有功而負傷，又非所當諱也。王肅、孔疏說爲『傷損』，似尤未合。陸於『讙譁』二字爲箋作音，明見鄭本作『揚』矣，乃於『瘍』字出音而無別作，此其上必有脫文。前詩『揚』字，惟揚之水釋文云：『揚，如字，或作『楊木』之字，非。』餘皆無音，則『瘍』亦必非『揚』之誤。而此條上文云『吳，鄭如字，謂也。王音誤，作吳；音話，同。』上音『誤』，王音也；下音『話』，『吳』字之本音，即絲衣所載何音也。明明不同，何以下贊一『同』字？尋求其例，全文當亦作：『揚，鄭如字。王讀同瘍，余章反，同。』本與『瘍』連讀也，曰『同瘍』則知本非爲『瘍』作音，而上文之有脫從可見。王所以讀同『瘍』者，亦謂『揚』不得逕訓爲『傷』。毛訓『傷』，實借『揚』爲『瘍』，猶借『吳』爲『誤』，然則非經原作『瘍』，亦非傳之『傷』作『瘍』已。」陳奐云：「『告』者，『鞫』之假借字。文王世子『告于甸人』，注：『告讀爲鞫。』與此『告』字同。『鞫』亦作『𥷚』。說文：『𥷚，窮治罪人也。』『不告于訩』，言不窮治凶惡，惟在柔服之而已。」

角弓其觩，束矢其搜。戎車孔博，徒御無斁。既克淮夷，孔淑不逆。式固爾猶，淮夷卒獲。【疏】傳：「觩，弛貌。五十矢爲束。搜，衆意也。」箋：「角弓觩然，言持弦急也。束矢搜然，言勁疾也。『博』當作『傅』，甚傅致者，言安利也。徒行者、御車者皆敬其事，又無厭倦也。僖公以此兵衆伐淮夷而勝之，其士卒甚順軍法而善，無有爲逆者。謂堙井刊木之類。式，用。猶，謀也。用堅固女軍謀之故，故淮夷盡可獲服也。謀，謂度己之德，慮彼之罪，以出兵也。」○陳奐云：「『博，猶『衆』也。『不逆』，言率從也。」

翩彼飛鴞，集于泮林。食我桑黮，懷我好音。憬彼淮夷，【注】魯韓「憬」作「獷」。韓詩曰：「獷彼淮夷。」韓說曰：獷，覺寤之貌。來獻其琛，元龜象齒，大賂南金。【疏】傳：「翩，飛貌。鴞，惡聲之鳥也。黮，桑實也。憬，遠行貌。琛，寶也。元龜尺二寸。賂，遺也。南，謂荊揚也。」箋：「懷，歸也。言鴞恆惡鳴，今來止於泮水之木上，食其桑黮，爲此之故，故改其鳴，歸就我以善音，喻人感於恩則化也。『大』猶『廣』也，『廣賂』者，賂君及卿大夫也。荊揚之州，貢金三品。」○「魯憬作獷」者，楊雄揚州牧箴：「獷彼淮夷。」是魯作「獷」。「獷彼」至「之貌」，文選齊安陸昭王碑文李注引韓詩薛君文。陳喬樅云：「釋文：『憬，說文作懬，音獷，云闊也。一曰，廣大也。』今攷說文『懬』下無引詩語，蓋文脫佚耳。『應』字訓『閟』，與毛傳『遠行』義近，是毛詩以『憬』爲『應』之叚借，又説文：『憬，覺悟也。詩云：憬彼淮夷。』此文同毛而義則同韓，是韓詩又以『獷』爲『憬』之叚借也。説文又云：『矍，讀若詩云「穬彼淮夷」之穬。』檢説文『穬』字無此訓，『穬彼』之穬，即『獷』字之譌。孟康漢書音義訓『獷』爲『彊』，孟用齊詩，音義所釋即本齊故也。是齊與魯同作『獷』，説用『彊』，『獷』本義。韓釋『獷』爲『覺悟』，疑字本作『應』。『應』或爲『懬』，形與『獷』相似，因而致誤耳。」蔡邕和熹鄧后謚議「來獻其琛」，明魯毛文同。易林萃之中孚：「元龜象齒，大賂爲寶。稽疑當否，衰微復起。」又比之噬嗑：「蒼梧鬱林，道易利通。元龜象齒，寶貝南金，爲吾歸功。」陳奐云：「傳意謂此淮夷既服，而聲教所被，雖荆楊之遠亦來，大遺元龜象齒與金也。『大賂』二字，分屬上下，與『韋顧既伐，昆吾夏桀』文法相同。」愚案：易林「元龜象齒，大賂爲寶」，亦以「大賂」包上「元龜象齒」，據下「寶」字，可爲明證。龜、象俱出荆楚，交廣尤多，雖易林之義不可究知，而「道易利通」，實由淮夷之不爲梗也。

泮水八章，章八句。

閟宮【疏】毛序：「頌僖公能復周公之宇也。」箋：「宇，居也。」○三家無異義。

閟宮有侐，實實枚枚。【注】韓「侐」或作「閾」。又云：枚枚，閒暇無人之貌也。【疏】傳：「閟，閉也。先妣姜嫄之廟在周，常閉而無事。孟仲子曰：是禖宮也。侐，清淨也。實實，廣大也。枚枚，礱密也。」箋：「閟，神也。姜嫄神所依，故廟曰神宮。」○「韓侐或作閾」者，玉篇人部：「詩曰：『閟宮有侐。』侐，清淨也。或作閾。」陳喬樅云：「韓義與毛同。釋文不言毛詩或本作『閾』，則作『閾』者乃韓詩異文，此顧氏獨采韓文也。」「宮」與「廟」通。釋宮：「宮謂之室，室謂之宮。」又：「室有東西廂曰廟，無東西廂有室曰寢。」「閟」與「毖」同。釋詁：「毖、神、溢，慎也。」郭注：「『神』未詳，餘見詩書。」邢疏引書洛誥「夙夜毖祀」，而不及詩。就書義推之，則「閟宮」者毖祀之宮也。此魯説。周禮「守祧奄八人」，鄭注：「天子七廟。」賈疏：「通姜嫄廟爲八廟，廟一人，故八人也。」又大司樂「以享先妣」，鄭注：「姜嫄履大人跡，感神靈而生后稷，是周之先母也。周立廟自后稷爲始祖，姜嫄無所妃，是以特立廟而祭之，謂之『閟宮』。閟，神之。」鄭注禮用齊詩，箋詩即以齊易毛。釋詁「神」與「毖」同訓「慎」，慎則必主清静，亦與韓詩「侐」義合，是三家説可互通。大司樂以時享爲文，姜嫄必四時皆祭，而毛傳「閟閉也」、「常閉而無事」，可謂好爲異説矣。春秋元命包：「姜嫄游於閟宮，其地扶桑，履大人跡而生稷。」謂姜嫄行桑郊外，履跡生子，周因就其地立廟。主祀先妣，因以祠禖，猶后稷本爲周郊，因以祈穀。前漢武帝既得戾太子，而議祠禖及行桑祓除，至元后時尚沿故事，皆依據今文家説，非如生民傳以呂覽「高禖」傅會「郊禖」也。姜嫄行桑於閟宮之地，亦非先有閟宮，故曰「游於閟宮，其地扶桑」，名從主人，援後之閟宮以定其地也。武帝禖祠置石，則本無神，周祀姜嫄，廟在禖地，故孟仲子有「禖宮」之説。若謂以姜嫄爲禖神，仰非「享先妣」之義矣。惟此詩本以周之閟宮興魯之寢廟，閟宮在姜嫄履跡之地，自惟西周有之，他所無也。傳據爲「周廟」，與守祧賈疏合。鄭説「享先妣」，亦本就周立廟言，而於此詩「新廟奕奕」，乃曰「新者，姜嫄廟」，實爲大謬。魯之郊禘但始后稷，不得祀帝嚳，安得祀姜嫄？后稷但祀於郊，姜嫄安敢立廟？縱有禖祀，亦在郊野，不應在寢廟之中。而曰「治正寢，上新姜嫄之廟」，經外增飾，自不可從，故詳論之。「枚枚閑暇無人之貌也」者，釋文引韓詩文。陳奐云：「傳釋『實實』爲『廣大』，末章『松桷有舄』：『舄，大貌。』義同。韓釋『枚枚』云云者，韓必連『實實』作訓，以狀其常閉，而與毛義異。」愚案：「實」、「舄」雙聲，「有舄」即「舄舄」，亦猶「實實」同訓爲「大貌」也。陸以其無異義，故置不言，而止引「枚枚」異訓耳。陳説非。赫赫姜嫄，其德不回。上帝是依，無災無害，彌月不遲。【疏】傳：「『上帝是依』，依其子孫也。」箋：「依，依其身也。彌，終也。赫赫乎顯著姜嫄也，其德貞正不回邪，天用是馮依而降精氣，其任之又無災害，不坼不副，終人道十月而生子，不遲晚。」○列女姜嫄傳引詩云：「赫赫姜嫄，其德不回，上帝是依。」明魯、毛文同。是生后稷，降之百福，黍稷重穋，稙穉菽麥。【注】韓詩曰：稙，長稼也。穉，幼稼也。奄有下國，俾民稼穡。有稷有黍，有稻有秬。奄有下土，纘禹之緒。【疏】傳：「先種曰『稙』，後種曰『穉』。緒，業也。」箋：「奄，猶『覆』也。」姜嫄用是而生子后稷，天神多與之福，以五穀終覆蓋天下，使民知稼穡之道。言其不空生也。后稷生而名弃，長大堯登用之，使居稷官，民賴其功，後雖作司馬，天下猶以后稷稱焉。秬，黑黍也。緒，事也。堯時洪水爲災，民不粒食，天神多予后稷以五穀，禹平水土，乃教民播種之，於是天下大有，故云纘禹之事也。美之，故申說以明之。」○呂覽任地篇高注：「晚種早熟爲稑，早種晚熟爲重。詩云：『黍稷重稑，稙穉菽麥。』」明魯毛文同。「稙長稼穉幼稼也」者，釋文引韓詩文。陳喬樅云：「說文：『稙，早穜也。从禾，直聲。』『穉，幼禾也。从禾，屖聲。』許於『穉』不言『後種者』，『穉』從『屖』聲，『屖』者遲也，已具『後種』之義，故但云『幼禾』，引申之爲凡幼穉者之稱。『稙』本有『長』義，釋名釋親屬曰：『青徐人謂長婦曰稙長，禾苗先生者曰稙。』義取諸此也。」陳奐云：「七月傳：『後熟曰重，先熟曰穋。』凡黍稷菽麥皆有先後種熟之異，經於黍稷言『重穋』，菽麥言『稙穉』，傳又於『重穋』言『熟』，義具於七月，而此『稙穉』言先種、後種，皆互詞以見者也。」

后稷之孫，實維太王，居岐之陽，實始翦商。【疏】傳：「翦，齊也。」箋：「翦，斷也。大王自豳徙居岐陽，四方之民咸歸往之，於時而有王迹，故云是始斷商。」○釋詁：「翦，勤也。」惠棟云：「大王自邠遷岐，始能光復祖宗，修朝貢之職，勤勞王事也。」陳喬樅云：「晉書習鑿齒傳云：『昔周人詠祖宗之德，追述翦商之功；仲尼明大孝之道，高稱配天之義。』語意亦主勤商言。釋詁之訓即魯義也。」至于文武，纘大王之緒。致天之届，于牧之野。無貳無虞，上帝臨女。敦商之旅，克咸厥功。【疏】傳：「虞，誤也。」箋：「屆，極。虞，度也。文王、武王繼大王之事，至受命致天所罰，極紂於商郊牧野。其時之民，皆樂武王之如是，故戒之云：無有二心也，無復計度也，天視護女，至則克勝。敦，治。旅，衆。咸，同也。武王克殷而治商之臣民，使得其所能，同其功於先祖也。后稷大王文王，亦周公之祖考也，伐紂周公又與焉，故述之以美大魯。」○「屆，極。虞，度」，釋言文，是箋說本魯訓，郭注：「有所限極。」則爲商祚盡於此也。「敦」通「屯」，聚也，猶「裒荆之旅」。

王曰叔父，建爾元子，【注】魯說曰：王者諸父兄不名。韓說曰：元，長也。齊「曰」作「謂」。俾侯于魯，大啟爾宇，爲周室輔。【疏】傳：「王，成王也。元，首。宇，居也。」箋云：「『叔父』，謂周公也。成王告周公曰：叔父，我立女首子，使爲君於魯。謂欲封伯禽也。封魯公以爲周公後，故云大開女居，以爲我周家之輔。謂封以方七百里，欲其彊於衆國。」○「王者諸父兄不名」者，白虎通王者臣有不名篇：「諸父諸兄不名諸父諸兄者，親與己父兄有敵體之義也。詩云：『王曰叔父。』」此魯說。何休公羊桓四年傳解詁云：「禮，君於臣而不名者有五，諸父兄不名，詩曰『王曰叔父』是也。」與白虎通合，此何用魯詩之證。又封公侯篇：「周公不之魯何？爲周公繼武王之業也。詩云：『王曰叔父，建爾元子，俾侯于魯。』周公身薨，天爲之變，成王以天子之禮葬之，命魯郊，以明至孝天所興也。」又攷黜篇：「公功成封百里，詩曰：『王曰叔父，建爾元子，俾侯于魯。』」孟子：「周公之封於魯，爲方百里也，地非不足也，而儉於百里。」此言「封百里」，與箋「七百里」異，同爲魯說。「元，長也」者，玉篇一引韓詩文，此訓「元子」爲「長子」也。漢書淮陽憲王傳王駿諭指曰：「禮爲諸侯制相朝聘之義，蓋以考禮壹德，尊事天子也。且王不學詩乎？詩云：『俾侯于魯，爲周室輔。』」駿傳吉學，此諭帝指同爲韓說。「齊曰作謂」者，見下。漢書律曆志：「成王元年正月己巳朔，此命伯禽俾侯于魯之歲也。」班治齊詩，同爲齊說。乃命魯公，俾侯于東。錫之山川，土田附庸。【疏】箋：「東，東藩魯國也。既告周公以封伯禽之意，乃策命伯禽，使爲君於東，加賜之以山川土田及附庸，令專統之。王制曰：『名山大川不以封諸侯。』附庸則不得專臣也。」○禮明堂位鄭注：「上公之封，地方五百里，加魯以四等之附庸方百里者，二十四并五五二十五，積四十九，開方之，得七百里。」詩魯頌曰：『王謂叔父，建爾元子，俾侯于魯。大啟爾宇，爲周室輔。乃命魯公，俾侯于東。錫之山川，土田附庸。』」此齊說，引詩「王曰」作「王謂」，與毛異，亦本齊經文。周公之孫，莊公之子，龍旂承祀，六轡耳耳。春秋匪解，享祀不忒。【疏】傳：「『周公之孫，莊公之子』，謂僖公也。耳耳然至盛也。」箋：「交龍爲旂。『承祀』，謂視祭事也。四馬，故『六轡』。『春秋』，猶言『四時』也。忒，變也。」○馬瑞辰云：「孔疏謂『龍旂承祀』是宗廟之祭，案司常『王建大常，諸侯建旂。』又曰：『交龍爲旂。』覲禮：『侯氏載龍旂弧韣。』是龍旂本諸侯所建，朝覲且用之，則祭天祭祖皆得建之。古毛詩說專指郊祀固非，孔疏亦泥。郊特牲：『旂十有二旒，龍章而設日月，以象天也。天垂象，聖人則之，郊所以明天道也。』是祭天之旂實兼有龍與日月。李氏黼平謂：『明堂位言日月而不言龍，此詩言龍而不言日月，皆各舉其一。』其說是也。孔疏據明堂位以駁龍旂祭天之說，誤矣。」皇皇后帝，皇祖后稷，享以騂犧，是享是宜，降福既多。【疏】傳：「騂，赤。犧，純也。」箋：「『皇皇后帝』，謂天也。成王以周公功大，命魯郊祭天亦配之以君祖后稷，其牲用赤牛純色，與天子同也，天亦饗之宜之，多予之福。」○繁露郊祀對云：「周公傅成王，成王遂及聖，功莫大於此。周公聖人也，有祭於天道，故成王令魯郊也。魯郊用純騂剛，周色上赤，魯以天子命郊，故以騂。」陳喬樅云：「董爲齊學，此詩『享以騂犧』，正魯郊用純騂之證。曲禮『天子以犧牛』，鄭注：『犧，純毛也。』謂毛之純色者。」周公皇祖，亦其福女。秋而載嘗，夏而楅衡，白牡騂剛。犧尊將將，毛炰胾羹，籩豆大房。萬舞洋洋，孝孫有慶。【疏】傳：「諸侯夏禘則不礿，秋祫則不嘗，唯天子兼之。『楅衡』，設牛角以楅之也。『白牡』，周公牲也。『騂剛』，魯公牲也。『犧尊』，有沙飾也。『毛炰』，豚也。胾，肉也。羹，大羹、鉶羹也。『大房』，半體之俎也。洋洋，衆多也。」箋：「此『皇祖』謂伯禽也。載，始也。秋將嘗祭，於夏則養牲。楅衡其牛角，爲其觸觝人也。秋嘗而言『始』者，秋物新成，尚之也。『大房』，玉飾俎也，其制足間有横，下有柎，似乎堂後有房然。萬舞，干舞也。」○馬瑞辰云：「說文『告』下云：『牛觸人，角箸横木，以告人也。』與傳箋言楅衡設於牛角者相類。至『楅』下云：『以木有所逼束也。』『衡』下云：『牛觸，横大木其角。』韻會所據小徐本無『其角』二字，段玉裁曰：說文以設於角者謂之『告』，此云『牛觸横大木』，是闌閑之謂『衡』，大木斷不可施於角，此易明者。案，段說是也。封人：『凡祭祀，飾其牛牲，設其楅衡。』鄭司農曰：『楅衡，所以楅持牛也。』杜子春云：『楅衡，所以持牛，令不得抵觸人。』皆不云『設於角』。又牛人：『凡祭祀，共其牛牲之互。』鄭司農曰：『互，謂楅衡之屬。』以說文訓『梐枑』爲『行馬』證之，『行馬』即今鹿角木，取其可以闌人也，則鄭司農亦以『楅衡』爲闌閑之類矣。易大畜六五『豶豕之牙吉』，鄭注讀『牙』爲『互』，互以禁豕放逸，與六四『童牛之牿』，牿以防牛抵觸正相類。公羊文十三年傳：『周公白牡，魯公騂犅。』何休解詁云：『白牡，殷牲。周公死有王禮，謙不敢與文武同也。騂犅，赤脊。』言『赤脊』，非純色可知。若羣公不毛，則又不盡赤脊矣。繁露郊祀對云：『武王崩，成王幼而在襁褓之中，周公繼文武之業，成二聖之功，德漸天地，功被四海，故成王賢而貴之。詩云：「無德不報。」故成王使祭周公以白牡，上不得與天子同色，下有異於諸侯，以爲報德之禮。』案，公羊繁露皆齊學，可以推見齊詩之義。『剛』者，『犅』之借字。說文：『犅，特也。』『特，牛父也。』『騂犅』猶言『騂牡』，『犅』字從『岡』，取『赤脊』之義也。」陳奂云：「犧、沙聲同，『沙』讀爲『娑』，假借字也。傳云『有沙飾』，疑『沙』下奪『羽』字。孔疏云『此傳言犧尊有沙羽飾』，是正義本有『羽』。明堂位『尊用犧象山罍』，注：『犧尊以沙羽爲畫飾。』鄭同毛說，亦有『羽』，皆可證。司尊彝：『春祠夏禴，其朝踐用兩獻尊。』鄭司農注云：『獻讀爲犧，犧尊飾以翡翠。』『翡翠』即『羽』也。鄭志張逸問曰：『犧讀如沙，沙，鳳皇也，不解鳳皇何以爲沙？』荅曰：『刻畫鳳皇之象於尊，其形娑娑然。或有作「獻」字者，齊人之聲誤耳。』禮器『犧尊』疏、『布鼏』疏引鄭云：『畫尊作鳳羽娑娑然，故謂娑尊也。』案此鄭注，即鄭志『沙』爲『鳳皇』，其實『沙』爲羽之狀，非必謂『鳳皇』也。莊子天地篇：『百年之木，破爲犧尊。』淮南俶真篇：『百圍之木，斬而爲犧尊。』則犧尊木質，而畫以沙羽爲飾。阮諶以爲『牛飾』，王肅以爲『牛形』，悉爲臆說。」禮明堂位云：「周以房俎」，鄭注：「房，謂足下跗也。上下兩間，有似於堂房。魯頌曰：『籩豆大房。』」案，鄭注與箋大同，知齊「大房」義不異。張衡東京賦云：「物牲辯省，設其楅衡。」又云：「毛炰豚胉，亦有和羹。」用魯經文。俾爾熾而昌，俾爾壽而臧。保彼東方，魯邦是常。不虧不崩，不震不騰。【注】韓說曰：騰，乘也。三壽作朋，如岡如陵。【疏】傳：「震，動也。騰，乘也。壽，考也。」箋：「此皆慶孝孫之辭也。俾，使。臧，善。保，安。常，守也。虧、崩，皆謂毀壞也。震、騰，皆謂僭踰相侵犯也。『三壽』，三卿也。岡、陵，取堅固也。」○「騰，乘也」者，文選甘泉賦及顏延年侍遊蒜山詩李注引薛君韓詩章句文。馬瑞辰云：「『震』，當讀如『三川震』之震；『騰』，當讀如『百川沸騰』之騰。『騰』者，『滕』之叚借。說文：『滕，水超涌也。』正與『騰』之訓『乘』同義。孔疏云『震、騰以川喻』，是也。」馬瑞辰云：「『三壽』，猶『三老』也。晉姜鼎銘：『保其子孫，三壽是利。』左昭三年傳『三老凍餒』，杜注：『三老，謂上壽、中壽、下壽，皆八十以上。』文選李注引養生經黃帝曰：『上壽百二十，中壽百年，下壽八十。』皆『三壽』即『三老』之證。箋說非。」陳喬樅云：「張衡東京賦云『送迎拜乎三壽』，衡治魯詩，蓋魯『作朋』之義如此。漢書禮樂志注引李奇曰：『王者父事三老，兄事五更。』詩云：『三壽作朋。』與衡賦三壽說合，當亦魯訓。」

公車千乘，朱英綠縢，二矛重弓。公徒三萬，貝胄朱綅，烝徒增增。戎狄是膺，荆舒是懲，【注】魯「膺」作「應」，「舒」作「荼」。則莫我敢承。俾爾昌而熾，俾爾壽而富。黃髮台背，壽胥與試。【注】魯「台」作「鮐」，又曰：「壽胥與試」，美用老人之言以安國也。俾爾昌而大，俾爾耆而艾。萬有千歲，眉壽無有害。【疏】傳：「大國之賦千乘。『朱英』，矛飾也。縢，繩也。『重弓』，重於鬯中也。『貝胄』，貝飾也。『朱綅』，以朱綅綴之。『增增』，衆也。膺，當。承，止也。」箋：「『二矛重弓』，備折壞也。兵車之法，左人持弓，右人持矛，中人御，萬二千五百人爲軍，大國三軍，合三萬七千五百人。言『三萬』者，舉成數也。烝，進也。徒進行增增然。懲，艾也。僖公與齊桓舉義兵，北當戎與狄，南艾荆及羣舒，天下無敢禦也。『俾爾』至『與試』，此慶僖公勇於用兵討有罪也。『黃髮台背』，皆壽徵也。胥，相也。壽而相與試，謂講氣力，不衰倦。『俾爾』至『有害』，此又慶僖公勇於用兵討有罪也，中時魯微弱，爲鄰國所侵削，今乃復其故，故喜而重慶之。『俾爾』，猶『使女』也。『眉壽』，秀眉亦壽徵。」○禮明堂位「革車千乘」，鄭注：「革車，兵車也。兵車千乘，成國之賦也。詩魯頌曰：『公車千乘，朱英綠縢。』」禮少儀鄭注：「詩云：『公徒三萬，貝胄朱綅。』亦鎧飾也。」明齊毛文同。「魯膺作應，舒作荼」者，史記建元以來侯者年表引詩：「戎狄是應，荆荼是懲。」史遷治魯詩，此魯作「應」、作「荼」異文之證。淮南衡山傳贊引詩，仍與毛同，疑後人所改。孟子云：「周公方且膺之。」又曰：「無父無君，是周公所膺也。」趙岐注：「膺，擊也。懲，艾也。周家時擊戎狄之不善者，懲止荆舒之人，使不敢侵陵也。」孟子釋文：「膺，丁本作應。」呂覽察微篇、處方篇高注並曰：「應，擊也。」攷工記「斵目必荼」，又「寬緩以荼」，先鄭皆讀「荼」爲「舒」。左襄二十三年傳「晉魏舒」，史記魏世家索隱注引世本作「魏荼」。荀子大略篇「諸侯御荼」，楊注：「荼，古『舒』字。」亦魯家「舒」作「荼」之證。漢書淮南衡山濟北王傳贊：「詩云：『戎狄是膺，荆舒是懲。』信哉是言也。」嚴朱等傳贊匈奴傳贊並引詩二句，明齊毛文同。翟灝云：「首、二章陳姜嫄后稷大王文武之功德；三章言成王封魯；四章『則莫我敢承』以上，皆言周公，『俾爾昌而熾』等句，亦謂周公俾之也；五章、六章繼周公而頌伯禽，所謂『淮夷來同』、『遂荒徐宅』，係伯禽事見於費誓者也；七章、八章方頌僖公復宇。案，孟子古說，聖門傳授，確指周公，自不可易。」陳奐謂：「首從祀帝、祀稷說起，因而享祀大廟，備陳魯以天子禮祀周公，工祝致告於僖公作嘏。下又極陳兵賦之大，征伐之美，工祝又致神意，再作嘏。此皆在廟中頌周公，不美僖公也。『萬有千歲，眉壽無有害』，皆嘏孝孫之詞。少牢禮上祝嘏主人之詞『眉壽萬年，勿替引之』，亦此意也。」愚案：「淮夷來同」，已見泮水，然序曰「僖公修泮宮」，而詩曰「既作泮宮，淮夷攸服」，亦仍是推原始作之伯禽而言，翟、陳之說非不合也。孟子引詩「戎狄是膺，荊舒是懲」，屬之周公，猶封魯謂周公之封於魯也。父在，子不得自專，故魯公之事皆就周公言之耳。「膺戎」即所以「懲楚」，不必定爲「伐楚」，故孟子之說亦重在膺新寢廟者，自爲僖公而詩仍推原所本言之，其恉一也。前疏已定，姑附其說於此。「魯台」至「壽也」，釋詁文。魯說也。張衡南都賦：「鮐背之叟，皤皤然被黃髮者。」即用魯詩語。毛詩作「台」，古文之省借。「壽胥」至「國也」，新序雜事五引詩文。「試」，蓋讀如「明試以功」之試。中論夭壽篇：「詩云：『萬有千歲，眉壽無有害。』人豈有萬千歲者，皆令德之謂也。」明魯毛文同。韋玄成傳匡衡禱廟文「眉壽無疆」，用齊經文。

泰山巖巖，魯邦所詹。【注】魯一作「魯侯是瞻」。奄有龜蒙，遂荒大東，【注】魯「奄」作「弇」，「荒」作「幠」。韓詩曰：荒，至也。至于海邦，淮夷來同。莫不率從，魯侯之功。【疏】傳：「詹，至也。龜，山也。蒙，山也。荒，有也。」箋：「奄，覆。荒，奄也。『大東』，極東。『海邦』，近海之國也。『來同』，爲同盟也。『率從』，相率從於中國也。魯侯，謂僖公。」〇「魯一作魯侯是瞻」者，應劭風俗通義十：「東方泰山。詩云：『泰山巖巖，魯邦所瞻。』尊曰岱宗，岱者，長也。」應治魯詩，明魯毛文同。說苑雜言篇：「詩曰：『泰山巖巖，魯侯是瞻。』樂山之謂也。」此魯「一作」本。韓詩外傳三引此詩，以證「仁者樂山」之說，文仍與毛同。「魯奄作弇」者，釋言：「弇，同也。」郭注引詩曰「奄有龜蒙」，「奄」當爲「弇」，郭用魯詩舊注，蓋後人誤改。漢書諸侯王表序「奄有龜蒙」，明齊毛文同。「荒作幠」者，釋詁：「幠，有也。」郭注：「詩曰：『遂幠大東』。」陳喬樅云：「荒、幠一聲之轉。禮投壺『毋幠毋敖』，大戴禮作『無荒無傲』，是通用之驗。」「荒，至也」者，釋文引韓詩文。盧文弨云：「若韓作『荒』，則與毛鄭字無異，何須別出？浦氏聲之云疑是作『巟』，故訓爲『至』。說文：『巟，水廣也。』『廣』有『大』義，『至』亦『大』也。」

保有鳧繹，【注】魯「繹」作「嶧」。遂荒徐宅，至于海邦，淮夷蠻貊，及彼南夷，莫不率從。莫敢不諾，魯侯是若。【疏】傳：「鳧，山也。繹，山也。宅，居也。淮夷，蠻貊而夷行也。南夷，荆楚也。若，順也。」箋：「諾，應詞也。『是若』者，是僖公所謂順也。」〇「魯繹作嶧」者，釋山：「屬者嶧。」御覽四十二引舊注云：「言絡繹相連。」今魯國鄒縣有嶧山，純石相積搆連屬而成山，蓋謂此也。郭注「言駱驛相連屬」。義本此。陳奐云：「『徐』讀爲『𨛦』，說文：『魯東有𨛦城』。段注：周禮雍氏注：『伯禽以王師征徐戎』，劉本『徐』作『𨛦』。魯世家：『頃公十九年，楚伐我，取徐州。』徐廣曰：『徐州在魯東。』是楚所取之徐州，卽𨛦地。『徐宅』，𨛦戎之舊居。」「南夷」，卽楚，伐楚，止帶說僖四年從齊桓伐楚兵事，非魯專主也。

天錫公純嘏，眉壽保魯，居常與許，復周公之宇。【疏】傳：「常許，魯南鄙、西鄙。」箋：「純，大也。受福曰嘏。許，許田也，魯朝宿之邑也。『常』或作『嘗』，在薛之旁，春秋魯莊公三十一年『築臺于薛』是與？周公有嘗邑，所由未聞也。六國時齊有孟嘗君，食邑於薛。」〇馬瑞辰云：「『齊語管子曰：『以魯爲主，反其侵地棠潛。』管子作『常潛』，則常邑曾見侵於齊，莊公時復歸於魯，去僖公時未遠，故詩人尚舉以爲頌美之詞。春秋桓元年：『鄭伯以璧假許田。』僖公時蓋亦復之，春秋未及載，猶齊桓反魯常潛，春秋亦未載也。」魯侯燕喜，令妻壽母，宜大夫庶士，邦國是有。既多受祉，黃髮兒齒。【注】魯「兒」作「齯」。【疏】箋：「燕，燕飲也。令，善也。喜公燕飲於內寢，則善其妻，壽其母。謂爲之祝慶也。與羣臣燕則欲與之相宜，亦祝慶也。『是有』，猶『常有』也。『兒齒』，亦壽徵」。○易林豫之否：「令妻壽母，宜家無咎。君子之歡，得以長久。」此齊說。「魯兒作齯」者，釋詁：「黃髮齯齒，壽也。」此魯說。書正義引舍人曰：「黃髮，老人髮白復黃也。」孫炎曰：「黃髮，髮落更生者，老人壽徵也。」說文：「齯，老人齒也。」「兒」者，「齯」之叚借，說文依魯詩今文也。釋名：「九十曰黃耇，鬢髮變黃也。或曰齯齒，大齒落盡更生細者，如小兒齒也。」當亦魯說。陳喬樅云：「爾雅釋文：『兒，本今皆作齯，五兮反。一音如字。』『本今皆作齯』者，謂舍人及樊孫諸本今皆作『齯』字，惟陸氏所據郭本作『兒』，故云然。然則『兒』字後人順毛所改也。」

徂來之松，新甫之柏，是斷是度，是尋是尺。松桷有舃，路寢孔碩。新廟奕奕，奚斯所作，孔曼且碩，萬民是若。【注】魯、齊「新」作「寢」，「奕」作「繹」。韓說曰：曼，長也。【疏】傳：「徂徠，山也。新甫，山也。八尺曰尋。桷，榱也。舃，大貌。路寢，正寢也。新廟，閔公廟也。有大夫公子奚斯者作是廟也。曼，長也。」箋：「孔，甚。碩，大也。奕奕，姣美也。修舊曰新，『新』者，姜嫄廟也。僖公承衰亂之政，修周公、伯禽之教，故治正寢，上新姜嫄之廟。姜嫄之廟，廟之先也。奚斯作者，教護屬功課章程也。至文公之時，大室屋壞。曼，修也，廣也。且，然也。國人謂之順也。」○唐石經「來」作「徠」。水經汶水注：「汶水西南流逕徂徠山，西山多松柏，詩所謂『徂徠之松』也。」漢地理志泰山郡有梁父縣。後魏志魯郡汶陽縣有新甫山，新甫卽梁甫也。「父」、「甫」古通用。白虎通曰：「梁甫者，泰山旁山名。」又曰：「梁，信也。甫，輔也。」「信」，古讀如「伸」，伸、辛雙聲。顏氏家訓音詞篇引字林，「伸」音「辛」，則知「梁」訓爲「伸」，「伸」讀同「辛」，故「梁甫」一作「新甫」，白虎通用魯訓也。「魯新作寢，奕作繹」者，甘泉賦云：「望通天之繹繹。」太常箴云：「寢廟奕奕。」蔡邕獨斷云：「宗廟之制，古學以爲人君之居，前曰朝，後曰寢。終則前制廟以象朝，後制寢以象寢，廟以藏主列昭穆，寢有衣冠几杖，象生之具，總謂之宮。月令『先薦寢廟』，詩云『公侯之宮』，頌曰『寢廟』，言相連也，是皆其文也。」淮南時則訓高注：「前曰廟，後曰寢。詩云：『寢廟奕奕。』言相連也。」呂覽季春紀高注引詩同。陳喬樅云：「甘泉賦正用詩語，然則魯文作『寢廟繹繹』，今楊雄太常箴、蔡邕獨斷、呂覽、淮南高注引詩俱作『寢廟奕奕』，後人據毛詩改之，並宜訂正。又蔡邕集胡太傅祠前銘『新廟奕奕』，據獨斷所言『寢廟』連文，此用詩語不得作『新廟』，皆後人妄改也。」「齊新作寢，奕作繹」者，隸僕鄭注：「詩云：『寢廟繹繹。』相連貌也，前曰廟，後曰寢。」是齊作「寢廟繹繹」，與魯同。「奚斯所作」者，言「作詩」，非言「作廟」。王延壽魯靈光殿賦云：「奚斯頌僖，歌其露寢。」文選兩都賦序李注引韓詩魯頌曰：「新廟奕奕，奚斯所作。」薛君曰：「奚斯，魯公子也。言其新廟奕奕然盛，是詩公子奚斯所作也。」王賦注引同。「曼，長也」者，文選四子講德論李注引薛君章句文。孔廣森云：「三家謂詩爲奚斯所作者，是也。此與『吉甫作頌，其詩孔碩』，文義正同。詩之章句未有長於此篇者，故以『曼』言之。毛謂奚斯作廟，則『孔碩』、『且碩』詞意窘複矣。」愚案：薛於此特明詩爲奚斯作者，慮後人溷「作詩」於「作廟」也。餘見前文。

閟宮八章，二章章十七句，一章十二句，一章三十八句，二章章八句，二章章十句。

駉四篇，二十三章，二百四十三句。

詩三家義集疏卷二十八

那第二十八　詩商頌

【注】魯説曰：宋襄公之時，修仁行義，欲爲盟主。其大夫正考父美之，故追道湯契高宗所以興，作商頌。齊説曰：商，宋詩也。韓説曰：正考父，孔子之先也，作商頌十二篇。【疏】「宋襄」至「商頌」，史記宋世家文。揚雄法言：「昔正考甫嘗睎尹吉甫矣。」大雅云：「吉甫作頌，穆如清風。」考甫睎之，即謂作商頌。雄亦習魯詩者也。「商宋詩也」者，禮樂記鄭注文，不曰「宋」而曰「商」者，孔子編詩，魯定公諱宋故也。班固漢書地理志：「宋地，房、心之分埜也。周封微子於宋，今之睢陽是，本陶唐氏火正閼伯之虚也。」班亦學齊詩者。「正考」至「二篇」，後漢曹褒傳李注引韓詩薛君章句文。孔子編詩時又佚其七篇也。史記集解亦云：『韓詩商頌章句亦美襄公。』餘詳下。黄山云：「漢之睢陽，即今河南歸德府地，商邱縣爲府治。志云『閼伯之虚』者，本左傳『昔陶唐氏之火正閼伯居于商邱』也。商之亳都，即在宋境，故路史云宋爲故亳商之舊都。殷本紀：『湯始居亳。帝仲丁遷于隞。河亶甲居相。祖乙遷于邢。盤庚渡河南，復居成湯之故居，治亳。』中宗帝乙在仲丁未遷隞之前，高宗武丁在盤庚復故居之後，是與湯皆居亳者也，遺烈具在，宋之烝嘗必及焉。『亳』亦作『薄』，管子輕重篇『湯以七十里之薄』，荀子議兵篇『昔者湯以薄』，大傳『盍歸于薄』，新序『趨歸薄兮』，皆即指亳。左莊十二年傳『公子御説奔亳』，杜注：『亳，宋邑。』哀十四年傳：『桓魋請以鞌易薄。公曰：「薄，宗邑也。」』杜注：『宗廟所在。』皆其證。三亳之分，自周始見。周書立政，後人援以説商之亳，謂西亳在偃師，南亳北亳在宋州，爲故

宋地。北亳亦名景亳，因景山得名，景山在河南府偃師縣，以山考地，皆相距不遠也。」

那【注】韓説曰：湯爲天子十三年，年百歲而崩，葬於徵，今扶風徵陌是也。【疏】毛序：「祀成湯也。微子至于戴公，其間禮樂廢壞，有正考甫者得商頌十二篇於周之大師，以那爲首。」箋：「『禮樂廢壞』者，君怠慢於爲政，不修祭祀朝聘養賢待賓之事，有司忘其禮之儀制，樂師失其聲之曲折，由是散亡也。自正考甫至孔子之時，又無七篇矣。正考甫，孔子之先也，其祖弗甫何以有宋而授厲公。」○魏源云：「讀三頌之詩，竊怪周頌皆止一章，章六七句，其詞噩噩；商頌則長發七章，殷武六章，且皆數十句，其詞灝灝，何文家之質而質家之文也？及考史記後漢書法言諸書，始知商頌與魯頌一例，宋襄與魯僖同科，猶書之附粊誓秦誓也。曰外此有徵乎？曰：樂記：『肆直而慈愛者宜歌商，温良而能斷者宜歌齊。』鄭注：『商，頌詩也。』疏謂據下文『商人識之，故謂之商；齊人識之，故謂之齊』，知此『商』爲宋人所歌之詩，宋是商後故也。（鄭注所正錯簡二條，尚有未盡，當云：「商者，三代之遺聲也，商人識之。齊者，五帝之遺聲也，齊人識之。」蓋商頌在宋、韶樂在齊故也。莊子云「曾子曳履而歌商頌，聲滿天地」，殆師乙所謂「宜歌商」者也。）左傳哀二十四年釁夏曰：『周公武公取于薛，孝惠取于商，自桓以下取于齊。』杜注：『商，宋也。』國語『吳夫差闕爲深溝于商魯之間』，韋注：『商，宋也。』又左傳哀九年曰：『利以伐姜，不利子商。』杜注：『子商，宋也。』（王引之云：「『子』，宜作『予』，通作『與』，敵也，言不利敵宋。」）逸周書王會解：『堂下三左，商公夏公立焉。』莊子、韓非均有『商太宰』，與孔子莊子同時，皆謂宋爲商之證。蓋魯定公名宋，故魯人諱宋稱商，夫子録詩，據魯太師之本，猶衞之稱邶鄘，晉之稱唐，皆仍其舊。證一。國語：『正考父校商名頌十二篇於周太師，以那爲首。』蓋考父生宋中葉，禮樂散缺，頌雖補作，難協樂章，故必從周太師審校音節，使合頌聲，乃敢施用。至衞宏續序，乃言『正考父得商頌十二篇於周太師』。夫『校』者，校其所本有；『得』者，得其所本無，改『校』爲『得』，傅會顯然。證二。或謂左氏稱正考父佐戴武宣，而史記稱其爲襄公大夫，宋世家戴襄相距百有十六年，宣襄相距亦七十九年，(戴三十四年，武十八年，宣十九年，穆九年，殤十年，莊十九年，湣十一年，桓三十年卒，子襄公立。)且考父生孔父嘉於殤公時，死華督之難，明爲嗣父執政，則考父必先卒於穆公之世，何由逮事八君？不知世家諸國年數淆訛，而穆公七年當魯隱元年，始入春秋，其前此戴武宣三世之年尤不可考，假如三公之年共止十餘載而孔父嘉嗣位，烏知非考甫中年引疾致仕，而襄公世尚存乎？(孔父豔妻行路死，甫壯年，考父佝僂循牆，中年勇退，安知懸車之後，不更存數十年耶？)商之老彭伊陟，周之君奭老聃子夏，漢之張蒼伏生竇公，皆身歷數朝，年逾百載，恭則益壽，銘鼎可徵，而那頌之『温恭朝夕，執事有恪』，亦晬然三命滋益恭之情文。證三。薛氏鐘鼎款識載正考父鼎銘云：『惟四月初吉，正考父作文王寶尊鼎，其萬年無疆，子孫永保用享。』案竹書紀年，商武丁子曰文丁，此器當成於作頌之時，稱文丁爲文王，猶稱武湯爲武王也。考父大夫，止得祀其家廟，使非奉命作頌，何由作祭器以享先王乎？則知商頌十二篇中必有祀文丁之頌，而亡之矣。證四。商頌果作於商，如箋説那之祀成湯者爲太甲，(箋云：「湯孫，太甲也。」)烈祖之祀中宗者謂仲丁，(中宗，太戊子仲丁。)元鳥之祀高宗者謂祖庚，(箋云：高宗崩，三年喪，禘于其廟，而後合祭于契廟歌是詩。)則皆以子祭父，如成王之於文武，何以遽稱之曰『自古』，古曰『在昔』，昔曰『先民』，而且一則曰『顧予烝嘗，湯孫之將』，再則曰『顧予烝嘗，湯孫之將』，豈非易世之後人往風微，庶冀先祖之眷顧而祐我孫子乎？證五。(那序「祀成湯而傳以烈祖」爲「湯有功烈之祖」。「湯孫」謂「湯爲人之孫子」，則是湯祀其先祖，非祀湯之詩矣。豈不與序相戾，且與殷武篇「湯孫之緒」相戾乎？箋謂嘉客顧念我扶助之，亦非頌體，豈有清廟之中，舍先王而專祈嘉客者乎？宋時「嘉客」，謂附庸小國，左傳隱元年疏引世本，宋之同姓有殷時來宋空同黎比髦目夷蕭。又殷本紀贊曰：「其後有殷氏來氏宋氏空桐氏稚氏比殷氏目夷氏。」又地里志：「蕭，故蕭叔國，宋別封附庸。」皆當助祭于宋者也。）元鳥詩：『武丁孫子，武王靡不勝，龍旂十乘，大糦是承。』此正猶魯頌『周公之孫，莊公之子，龍旂承祀』。明謂先代之後，尚備車服禮樂器以祀其先王也，豈如箋所云『孫子』即武丁，『龍旂』謂助祭諸侯之迂説乎？證六。（上公交龍爲旂，六月詩吉甫出征，「元戎十乘」，明爲上公之制。司馬法，每乘三十人，十乘則虎賁三百人也。是「龍旂十乘」明爲上公之制。君行師從，卿行旅從。箋乃謂「助祭之諸侯」，孔疏乃云：「諸侯當以服數來朝，而得十乘並至者，舉其有十耳，未必同時至也。」如其説，則諸侯來朝每國止一乘乎？）長發疏云：『商人禘嚳而郊冥。此詩若郊天，當以冥配，而不言冥者。馬昭謂，宋爲殷後，郊祭天以契配，不郊冥者，異於先王，故其詩惟詠契德。宋無圜丘之禮，惟以郊爲大祭，且欲別之於夏禘，故云大禘也。』馬昭學出鄭門，此實本樂記鄭注以商爲宋詩之説。孔疏反斥其虛妄，謂是商世之頌，非宋人之詩，豈知鄭之詩學不專用毛乎？證七。殷武詩三章箋云：『時楚不修諸侯之職。』四章箋云：『時楚僭號王位。』此亦鄭闇用韓詩，以三章、四章爲春秋僖四年『公會齊侯宋公伐楚』之事，故箋以『歲時來辟』責包茅不貢之文，『不借不濫』責僭號稱王之義，與魯頌『荆舒是懲』皆侈召陵攘楚之伐，同時同事同詞，故宋襄作頌以美其父。（宋桓廿四年從戰召陵，逾六年卒，至襄公戰泓之敗，齊桓已没，在此詩後矣。）楚人春秋，歷隱桓莊閔止稱『荆』，至僖二年始稱『楚』，安得高宗即有『伐楚』之名？孔疏亦窮於詞，故云周有天下始封熊繹爲楚子。於武丁之世，未審楚君何人？證八。易稱『高宗伐鬼方，三年克之』。干寶注：『鬼方，北方國。』漢書五行志：『武丁外伐鬼方，以安諸夏。』後漢西羌傳：『武丁征西戎、鬼方，三年乃克。故其詩曰：『自彼氐羌，莫敢不來王。』』范謂易既濟高宗所伐鬼方，即詩之氐羌。賈捐之傳：『武丁地西不過氐羌。』後漢西羌傳『武丁征西羌、鬼方，三年乃克。』李注引紀年：『武乙三十五年，周季歷伐西落鬼戎。』文選趙充國贊『鬼方賓服』，注引世本注：『鬼方即漢之先零戎，在涼州。』蓋『鬼』之爲言『歸』也。東方物所始生，西方物所成就，故以『西方』爲

『鬼方』，是高宗所伐者西戎，非南蠻明矣。歷攷傳記，從無殷高宗伐荆楚之文，亦無以荆楚爲鬼方之説。（或引大戴禮及楚世家「陸終取于鬼方氏，生子六人，曰季連，芊姓」，爲「荆楚」即「鬼方」之證，不知陸終以南侯而取于西戎，猶周取狄后，魯娶吴孟子，豈得謂周卽北狄、魯卽南夷哉？紂脯鬼侯，史記作「九侯」，而文王世子「西方有九國焉，君王其終撫諸正」，謂文王懷昆夷之事。）是鬼方者高宗所伐，荆楚者宋桓、襄父子所伐。蓋商初難服者莫如西戎，故詩以『昔有成湯，自彼氐羌』爲言，而匡衡疏亦以成湯之服氐羌爲懷鬼方。以史證詩，虚實立見。證九。（大雅厲王詩「内奰于中國，覃及鬼方」，卽西羌傳厲王時征犬戎之事，皆指西夷。至唐書高祖紀「夏曰熏鬻，商曰鬼方，周曰玁狁，漢曰匈奴」，此本干寶「鬼方，北方國」之説，蓋西、北二夷互相統屬，要之非東、南夷也。）文選東京賦注引韓詩曰：『宋襄公去奢卽儉。』正指殷武末章，乃箋謂『高宗之前王有廢政教不修寢廟，故高宗復成湯之道，新其路寢』。考武丁距般庚僅再世，（小辛、小乙。）般庚遷殷必立寢廟，豈十餘年遽至廢壞？蓋宋襄圖霸中興，新其父廟，並頌其父之武功，與魯僖閟宫同時擬造，故陟景山之松柏，詠斲虔於旅楹，與魯頌『徂徠』、『路寢』若同一詞，視周頌邈若皇墳，曾殷人有此浮藻乎？證十。後漢祭祀志注載東平王蒼引詩傳曰：『大樂必易，故周頌以一章成篇。』（此所引蓋魯韓詩傳。）而駉疏亦云魯雖僭頌，『體實國風，非告神之歌，故有章句』。又關雎疏云『風雅之篇，無一章者。頌以告神，不必殷勤，故不重章。高宗一人，而元鳥一章，長發殷武重章者，武丁之德下踰於魯僖，上不及成湯，明成功有大小，斯篇詠有優劣乎』？是漢唐諸儒已疑三頌之高下，皆軒周而輊商，故法言云『正考父常睎尹吉甫』，明其睎雅而不敢睎頌也。『公子奚斯睎正考父』，明其睎商頌而不敢睎周頌也。證十一。左氏季札觀周樂，爲之歌頌，曰：『美哉，盛德之所同也。』杜注：『頌有殷魯，故云盛德之所同。』若非皆周世所作，何以季札觀周樂，統之周頌中乎？證十二。路史後紀注引鄭玄六藝論云：『文王創基，至魯僖間商頌不在數矣。孔子剟詩，録此五章，豈無意哉。商邑翼翼，四方之極，我有嘉客，亦不夷懌，豈能忘哉！景山，商墳墓之所在也』云云。此又鄭君初年用韓詩釋殷武爲宋詩之明文。證十三。然此猶未及其删述之大義也，孔子自衞反魯，正禮樂，修春秋，據魯，新周，故殷，句運之三代，（見孔子世家。）是以列魯於頌，示東周可爲之志焉，次商於魯，示黜杞存宋之微權焉。合魯商於周，見三統循環之義焉。故曰：『我觀周道，幽厲傷之，吾舍魯何適矣。』又曰：『杞不足徵也。吾學殷禮，有宋存焉。』聖人之情見乎辭微，董生、太史公書其孰明之？」皮錫瑞云：「考父乃孔子之先，孔子距考父止數傳，漢初距孔子亦止數傳，年代相接，豈有謬誤。孔安國西漢大儒，史公嘗從之游，何至於孔子先人之事懵然不識？且孔子世家既載孟僖子正考父佐戴武宣之言，而十二諸侯年表戴襄相距凡百有十六年，則史公非不知考父之年必百三四十歲而後能相及也，乃宋世家仍用考父頌殷之語，其説必有所受，斷非自相矛盾。百齡以外之壽，古所恆有，父在子死，亦事之常。若謂孔父殉君，其父不應尚在，則春秋時明有其事，且即宋國之人：左文十六年傳云：『初，公子蕩卒，公孫壽辭司城，請使意諸爲之。』意諸死昭公之難，歷文十七、十八兩年，宣十八年，成八年，凡二十八年，宋公使公孫壽來納幣，明見於經傳。（左傳本不足以證三家説，以後人引左氏駁三家，故亦引左氏以間執其口。）蕩意諸見殺，其父公孫壽可來納幣，何獨孔父見殺，其父正考父不可作頌乎？古人致仕亦稱『大夫』，夫子曰『以吾從大夫之後』可證。考父作頌，年已篤老，非必尚在朝列，是皆不足以獻疑也。兩漢今、古文各有師承，毛詩左傳皆古文，同出河間博士，故其義説多相出入。三家詩則與公羊、穀梁合，與左氏不合，公羊盛稱宋襄，以爲文王不是過，史記宋世家贊明引公羊之説，云『傷中國無禮義，褒之也』，此魯詩與公羊爲一家之證。左氏則極詆宋襄，河間博士之治毛詩者，蓋習於左氏之説，以爲襄公不足頌，乃别搬異義，此其蹤迹之可尋者也。陋儒不學，乃據左傳殤公即位，君子引商頌，以駁三家。無論古文説不足以難今文，即如左氏之言，左氏作傳在春秋末，距春秋初已二百餘年，其所引『君子曰』，或亦事後追論，安見其人必爲殤公同時之人哉？魏氏列十三證，其言信而有徵，更爲推闡其義，以釋後學之疑，於十三證外，又得七證，具列於後：那『湯孫奏假』，無言傳、箋云：『湯孫，太甲也。』『於赫湯孫』，傳：『盛矣湯爲人子孫也。』箋云：『湯孫，呼太甲也。』烈祖『湯孫之將』，箋云：『中宗之享此祭，由湯之功，故本言之。』殷武『湯孫之緒』，箋云：『是乃湯孫太甲之等功業。』愚案：毛鄭解『湯孫』似皆失之，祀湯而稱『湯』爲『湯孫』，稱謂殊屬不倫。以爲太甲，不應商人頌祖德專歸美於太甲。同一『湯孫』，而前後異訓，恐非確詁。『湯孫』乃主祭君之號，即當屬宋襄公。古者立二王之後，以其祖有功德。成王賜魯以天子禮樂，亦以周公功德比之二王後也，故魯頌稱僖公曰『周公之孫』。商頌稱襄公曰『湯孫』，稱謂相同。證一。『萬舞有奕』，箋云：『其干舞又閑習。』愚案：公羊宣七年傳曰：『萬者何？干舞也。』何休解詁曰：『干，謂楯也，能爲人扞難而不使害人，故聖王貴之，以爲舞樂。萬者，其篇名，武王以萬人服天下，民樂之，故名之云爾。』箋以『萬舞』爲『干舞』，用公羊說。據何義，則萬舞之名始於周，若商頌作於商時，不得有萬舞。證二。『約軝錯衡，八鸞鶬鶬』，箋云：『諸侯來助祭者，乘篆轂金飾錯衡之車，駕四馬，其鸞鶬鶬然聲和，言車服之得其正也。』愚案：此篇上下文皆不及助祭之義，與載見辟王篇不同，此二句卽當屬宋公之車。采芑篇云：『約軝錯衡，八鸞鶬鶬。』孔疏以爲：『方叔元老，則方叔五官之長，是上公也。上公雖非同姓，或亦得乘金路矣。』據孔疏義，宋是上公而非同姓，與方叔正同，故亦得乘金路。又干旄疏引王肅云：『古者一轅之車駕三馬，則五轡。其大夫皆一轅車。夏后氏駕兩謂之麗，殷益以一騑謂之驂，周人又益一騑謂之駟。』王基駁云：『商頌云「約軝錯衡，八鸞鶬鶬。」是則殷駕四，不駕三也。』王基以商頌爲商時人作，故駁王肅之說，若如肅說，正可爲商頌作於周時之證。證三。『維女荊楚，居國南鄉』，箋云：『維女楚國，近在荊州之域，居中國之南方，而背叛乎？』愚案：此似敵國相稱之詞，『國』卽當屬宋國。楚在宋南，故曰『南鄉』，若以天子臨諸侯，不當有『居國南鄉』之語。證四。『自彼氐羌，莫敢不來享，莫敢不來王，曰商是常』。愚案：此詩與閟宮『及彼南夷，莫不率從，莫敢不諾，魯侯是若』文法大同。『曰商是常』，與『魯邦是常』句法一律。長發篇『則莫我敢曷』，亦與閟宮『則莫我敢承』句同，皆同時人作之證。證五。『命于下國，封建厥福』，傳云：『封，大也。』箋云：『命之於國，以爲天子，大立其福，謂命湯使由七十里王天下也。時楚僭號王位，此又所用告曉楚之義。』愚案：訓『封建』爲『大建』，義頗迂回，此當指周初封建微子於宋而言，謂微子深知天命，故得命于下國，封建之以錫福也。箋云『時楚僭號王位』，亦參用三家義，以此爲宋人詩，若商時，不聞楚僭王事。證六。『商邑翼翼，四方之極』，後漢樊準傳引詩作『京師翼翼，四方是則』。李注：『韓詩之文也。』荀悅漢紀匡衡疏曰：『京邑翼翼，四方是則。』張衡東京賦：『京邑翼翼，四方所視。』愚案：三家詩或作『京師』，或作『京邑』，皆從周人之稱。白虎通京師篇云：『夏曰夏邑，商曰商邑，周曰京師。』是周以前天子所居無『京師』之稱。三家以此爲周人作，故據周人所稱曰『京師』，毛以爲商人作，故據商人所稱曰『商邑』。證七。」先謙案：詩至唐時，齊魯皆亡；韓詩僅存，學官專立毛、鄭，天下靡然不復考求古義，故司馬貞作索隱，疑正考父之年歲，徑駁史記爲謬說。如陸氏音義之稱引韓詩，存什一於千百，已屬難能可貴，僧貫休君子有所思行『我愛正考父，思賢作商頌』，猶用三家義，不可謂非特出也。魏皮二十證精確無倫，即令起古人於九原，當無異議，益歎陋儒墨守，使古籍沈埋爲可惜也。「湯爲」至「是也」，御覽八十三引韓詩內傳文，應是此詩傳，亦言祀湯，而文不全。

猗與那與，置我鞉鼓。【疏】傳：「猗，歎辭。那，多也。鞉鼓，樂之所成也。夏后氏足鼓，殷人置鼓，周人縣鼓。」箋：「『置』讀曰『植』，植鞉鼓者，爲楹貫而樹之。美湯受命伐桀，定天下而作濩樂，故歎之，多其改夏之制，乃始植我殷家之樂鞉與鼓也。鞉雖不植，貫而搖之，亦植之類。」〇馬瑞辰云：「猗、那二字疊韻，皆美盛之貌，通作『猗儺』、（見檜風。)『阿難』。(見小雅。)草木之美盛曰『猗儺』,樂之美盛曰『猗那』,其義一也。上林賦:『旖旎從風。』說文:『移,禾相倚移也。』又於旗曰『旖施』,於木曰『檹施』,義並與那同。傳訓『猗』爲歎辭,失之。」愚案:班固典引「於穆猗那」,是訓「猗那」爲平列字義,不以「猗」爲歎詞。又固明堂詩「猗與緝熙」,皆用齊詩經文。禮明堂位「殷楹鼓」,鄭注:「楹謂之柱,貫中上出也。殷頌曰:『植我鼗鼓。』」愚案:齊「置」作「植」,故鄭引作「植」,此箋改讀亦用齊文也。馬瑞辰云:「說文:『植,户植也。』或从『置』作『𣙙』。是『𣙙』本『植』之或體,毛詩作『置』,即『𣙙』之省借。漢石經論語『置其杖而耘』,與詩假『置』爲『植』同。」孔疏:「禮記:『鼓無當於五聲,五聲不得不和。』是樂之所成在於鼓也,『鞉』則鼓之小者,故連言之。」胡承珙云:「小師掌教鼓、鼗,眡瞭、瞽矇掌播鼓。魯用天子樂,其官有播鼗武,蓋重之也。周鼓亦不皆懸,惟鞉鼓乃懸之。大射禮:『鼗倚于頌磬西紘。』『紘』猶『懸』也。東西兩肆皆有磬鐘鑮,建鼓自北而南陳之,則西肆不得多設一器,鼗鼓在西肆頌磬之西而特懸之,所以象西方功成。禮器『廟堂之下,懸鼓在西』,其義證也。此皆周人以『鼗鼓』爲『懸鼓』之制。爾雅:『大鼗謂之麻,小者謂之料。』鼗有大小,鄭所據其謂小者與?後儒說『鼗』,悉依鄭說矣。大司樂宗廟之中『路鼓路鼗』,『路鼗』,其大鼗也。『鼗』與『鞉』同。」奏鼓簡簡,衎我烈祖。湯孫奏假,【注】魯「假」一作「嘏」。綏我思成。【疏】傳:「衎,樂也。『烈祖』,湯有功烈之祖也。假,大也。」箋:「『奏鼓』,奏堂下之樂也。『烈祖』,湯也。『湯孫』,太甲也。假,升。綏,安也。以金奏堂下諸縣,其聲和大簡簡然,以樂我功烈之祖成湯。湯孫太甲又奏升堂之樂弦歌之,乃安我心所思而成之。謂神明來格也。禮記曰:『齊之日,思其居處,思其笑語,思其志意,思其所樂,思其所嗜。齊三日,乃見其所爲齊者。祭之日,入室,僾然必有見乎其位;周旋出户,肅然必有聞乎其容聲;出户而聽,愾然必有聞乎其歎息之聲。』此之謂『思成』。」○孔疏:「禮,設樂懸之位,皆鍾鼓在庭,故知『奏鼓』堂下樂也。」白虎通禮樂篇:「詩云:『奏鼓簡簡,衎我烈祖。』」明魯毛文同。「魯假一作嘏」者。釋詁：「嘏，大也。」郭注：「詩曰：『湯孫奏嘏。』」此舊注魯詩文。陳喬樅云：「王應麟詩攷如此，今本注引詩仍作『假』，後人順毛改之。」馬瑞辰云：「『假』爲『嘏』之叚借，故傳訓『大』，而以爲大樂也。」愚案：晉語：「黄帝以姬水成，炎帝以姜水成。」韋注：「成，謂所生長以成功也。」宋國於商之舊畿，乃湯及中宗生長成功之地，故那之詩曰「綏我思成」，烈祖之詩亦曰「賚我思成」。「湯孫」，就奏大樂者言，自不指太甲。鞉鼓淵淵，【注】三家「淵」作「鼘」。嘒嘒管聲。既和且平，依我磬聲。【疏】傳：「嘒嘒然和也。平，正平也。依，倚也。磬，聲之清者也，以象萬物之成。周尚臭，殷尚聲。」箋：「磬，玉磬也。堂下諸縣與諸管聲皆和平，不相奪倫，又與玉磬之聲相依，亦謂和平也。玉磬尊，故異言之。」〇「三家淵作鼘」者。說文：「鼘，鼓聲也。詩曰：『鼗鼓鼘鼘。』」陳喬樅云：「淵、鼘古今字，三家皆當作『鼘』。廣雅釋訓：『鼘鼘，聲也。』正用魯韓義。」「管」，簜也。陳奐云：「大射儀：『簜在建鼓之閒。』又云：『乃管新宮三終。』鄭注：『管，謂吹簜以播新宮之樂。』賈疏引禹貢注：『簜，大竹也。』諸侯下管新宮，天子下管象。」應劭風俗通義六引詩「嘒嘒管聲」，應用魯詩，明魯、毛文同。馬瑞辰云：「孟子『金聲而玉振之也』，近人通解，謂金，鎛鍾也，聲以宣之於先；玉，特磬也，振以收之於後。樂之終乃舞之始，擊磬以振動之，而樂中之衆聲悉隨磬而止，故曰『終條理』也。」漢書敘傳：「既和且平。」韓詩外傳八引詩曰：「既和且平，依我磬聲。」明齊韓與毛文同。於赫湯孫，穆穆厥聲！庸鼓有斁，【注】魯「庸」作「鏞」。萬舞有奕。【疏】傳：「『於赫湯孫』，盛矣湯爲人子孫也。大鍾曰庸。斁斁然盛也，奕奕然閑也。」箋：「穆穆，美也。於，盛矣。『湯孫』，呼太甲也。此樂之美其聲，鍾鼓則斁斁然有次序，其干舞又閑習。」〇釋文：「庸，依字作鏞。」明古文借字。廣雅：「驛驛，盛也。」文選甘泉賦注引韓詩章句曰：「繹繹，盛貌。」此傳釋「有斁」爲「斁斁然盛」，亦借字。胡承珙云：「賓之初筵『籥舞笙鼓』，傳：『秉籥而舞，與笙鼓相應。』此詩『庸鼓有斁，萬舞有奕』，則萬舞與庸鼓相應，故特盛之。」皮錫瑞云：

「祭湯而稱『湯』爲『湯孫』，稱謂不倫；以爲太甲，不應商人頌祖德專歸美於太甲。『湯孫』乃主祭君之號，自當屬宋襄公。且萬舞之名，至周始有也。」詳見上。「魯庸作鏞」者，張衡東京賦「鏞鼓設衡」，用魯詩，明魯作「鏞」。又云：「萬舞奕奕」，此用經文易字也。**我有嘉客，亦不夷懌。自古在昔，先民有作，温恭朝夕，執事有恪。**【疏】傳：「夷，説也。先王稱之曰『自古』，古曰『在昔』，昔曰『先民』。『有作』，有所作也。恪，敬也。」箋：「『嘉客』，謂二王後及諸侯來助祭者。我客之來助祭者，亦不説懌乎？言説懌也。乃大古而有此助祭禮，禮非專於今也。其禮儀温温然恭敬，執事薦饌則又敬也。」〇魏源云：「宋時嘉客，謂附庸小國，如左隱元年傳疏引世本及史記，因本紀贊所載宋同姓皆當助祭於宋者。」詳見上。陳奂云：「魯語：『其輯之亂曰：「自古在昔，先民有作。温恭朝夕，執事有恪。」先聖王之傳恭，猶不敢專，稱曰「自古」，古曰「在昔」，昔曰「先民」』。韋注：『言先聖人行此恭敬之道久矣，不敢言創之於己，乃云受之於先古也。』與箋義異。」荀子大略篇、列女傳二引「温恭朝夕，執事有恪」二句，明魯毛文同。**顧予烝嘗，湯孫之將。**【疏】箋：「顧，猶『念』也。將，猶『扶助』也。嘉客念我殷家有時祭之事而來者，乃太甲之扶助也。序助者來之意也。」〇陳奂云：「『烝嘗』，時祭也。將，大也，謂祀事大也。」愚案：「大」不屬祀，謂客顧烝嘗，卜湯孫且昌大也。

那一章，二十二句。

烈祖

【疏】毛序：「祀中宗也。」箋：「中宗，殷王太戊，湯之玄孫也。有桑穀之異，懼而修德，殷道復興，故表顯之，號爲中宗。」〇陳喬樅云：「詩正義引五經異義云：『詩魯説，丞相匡衡以爲殷中宗、周成、宣王皆以時毀。』又引古尚書説：『經稱中宗，明其廟宗而不毀。謹案春秋公羊，御史貢禹説，王者宗有德，廟不毁，宗而復毁，非尊德之義。鄭從而不駁，明亦以爲不毁也。』今攷漢書韋玄成傳元成等奏曰：『禮，王者始受命，諸侯始封之君，皆爲太祖。以下，五廟而迭毁，毁廟之主藏乎太祖，五年而再殷祭，言壹禘壹祫也。祫祭者，毀廟與未毀廟之主皆合食於太祖，父爲昭，子爲穆，孫復爲昭，古之正禮也。周之所以七廟者，以后稷始封，文王武王受命而王，是以三廟不毀，與親廟四而七。非有后稷文武受命之功者，皆當親盡而毀。成王成二聖之業，制禮作樂，功德茂盛，廟猶不世，以行爲謚而已。』玄成治魯詩者，此魯說，謂周成王廟以時毀之說也。又光祿勳彭宣、詹事滿昌、博士左咸等議，皆以爲繼祖宗以下五廟而迭毀，後雖有賢君，猶不得與祖宗並列，此亦『殷中宗周成宣王皆以時毀』之說也。滿昌治齊詩者，是齊詩與魯說同。惟王舜、劉歆議，以爲天子七廟，諸侯五廟，降殺以兩之禮：『七者，其正法數，可常數者也。宗不在此數中。宗，變也，苟有功德則宗之，不可豫爲設數。故於殷太甲曰太宗，太戊曰中宗，武丁曰高宗。周公爲無逸之戒，舉殷三宗以勸成王。繇是言之，宗無數也。或說天子五廟無見文。又說中宗、高宗者，宗其道而毀其廟。名與實異，非尊德貴功之意也。迭毀之禮，自有常經，無殊功異德，固以親疏相推及。至祖宗之序，多少之數，經傳無明文，至尊至重，難以疑文虛說定也。』歆等所言卽『古尚書說經稱中宗，明其廟宗而不毀』之義，然與魯齊詩說不合。許氏治古文者，故異義『謹案』語用古尚書說。鄭君於許氏異義從而不駁，則詩箋之義亦當以殷中宗廟爲宗而不毀矣。」黃山云：「殷禮後世無傳，匡衡謂殷中宗廟以時毀，異義據爲魯詩說，滿昌齊說復同，皆必本之此篇明矣。使三家此篇不云『祀中宗』，衡昌之說將無所昉。既祀中宗矣，又何從知其廟之與周成、宣並毀？蓋七廟以時毀者，三王之通制。宋之祀中宗，侯國之變禮，周所特許，欲表彰殷先王之功德以懷輯殷之遺民也。書多士：『自成湯至於帝乙，罔不明德恤祀。』美殷之恤祀，固當恤殷祀矣，若紂之七廟在朝歌者，於中宗早已親盡而毀，三家必嘗因說此篇而論及之，惜其詳無聞耳。魯齊既皆以商頌爲宋詩，必不以王者廟制歸之宋。衡昌論王者廟制，亦本非詮詩，孔疏徇毛，誤依七廟說之，宜不可通，而古文尚書遷就之言，尤不足道矣。」

嗟嗟烈祖，有秩斯祜。申錫無疆，及爾斯所。既載清酤，賚我思成。【疏】傳：「秩，常。申，重。酤，酒。賚，賜也。」箋：「祜，福也。賚，讀如『往來』之來。嗟嗟乎我功烈之祖成湯，既有此王天下之常福，天又重賜之以無竟界之期，其福乃及女之此所。女，女中宗也。言承湯之業能興之也。既載清酒於尊酌以裸獻，而神靈來至，我致齊之所思則用成。重言『嗟嗟』，美歎之深。」○馬瑞辰曰：「賈子禮篇：『祐，大福也。』『有秩』，卽形容福之大皃。秩、呈雙聲。說文：『𢧢，大也。』『秩』卽『𢧢』之叚借。說文引詩『秩秩大猷』，作『𢧢𢧢大猷』，是秩、𢧢通借之證。」愚案：「及爾斯所」者，「斯所」乃宋公就宋之國言，以斯國土實卽爾中宗受於成湯之舊畿，惟成湯之錫福無疆，授此土於爾，爾又遺之於我，易代受封，不失舊都，仍得祀爾於斯土，俾我於酹酒降神之初，卽思爾生長斯所之成功也。亦有和羹，既戒既平。鬷假無言，【注】齊「鬷」作「奏」。時靡有争。綏我眉壽，黃耇無疆。【疏】傳：「戒，至。鬷，總。假，大也。總大無言，无争也。」箋：「『和羹』者，五味調腥熟得節，食之於人性安和，喻諸侯有和順之德也。我既裸獻，神靈來至，亦復由有和順之諸侯來助祭也。其在廟中，既恭肅敬戒矣，既齊立平列矣，至于設薦進俎，又總升堂而齊一，皆服其職，勸其事，寂然無言語者，無争訟者，此由其心平性和，神靈用享，故安我以壽考之福。歸美焉。」○陳奐云：「『亦有』與『既載』對文，言既載清酤，亦有和羹也。『和羹』指祭祀言，不爲取喻而設。左昭二十年傳晏子曰：『和如羹焉，水火醯醢鹽梅，以亨魚肉，燀之以薪，宰夫和之，齊之以味，濟其不及，以洩其過。君子食之，以平其心，君臣亦然。君所謂可而有否焉，臣獻其否以成其可，君所謂否而有可焉，臣獻其可以去其否，是以政平而不干，民無争心。故詩曰：「亦有和羹，既戒既平。鬷嘏無言，時靡有争。」』晏子借『和羹』之和，以喻君臣之和，而詩意本無關設喻，政平無争，自釋詩無言無争之義。『君子食之以平其心』，是解和羹，不釋詩『既戒既平』也。箋與孔疏杜注皆泥於晏子引詩之義，失詩恉矣。傳訓『戒』

爲『至』，言神靈來至。平，和平也。『既戒既平』，猶言『神之聽之，終和且平』也。禮中庸引詩：『奏假無言，時靡有爭。』鄭注：『假，大也。此頌也，言奏大樂於宗廟之中，人皆肅敬，金聲玉色，無有言者，以時太平和合，無所爭也。』鄭注或本三家詩。」愚案：陳說是。「齊鬷作奏」者，鬷、奏雙聲字，故通用。左傳「假」作「嘏」，假、嘏亦通用字也。張衡東京賦「亦有和羹」，蔡邕集崔君夫人誄「黄耇無疆」，明魯毛文同。約軝錯衡，八鸞鶬鶬。以假以享，我受命溥將。自天降康，豐年穰穰。來假來享，降福無疆。【疏】傳：「『八鸞鶬鶬』，言文德之有聲也。假，大也。」箋：「『約軝』，轂飾也。鸞在鑣，四馬則八鸞。假，升也。享，獻也。將，猶『助』也。諸侯來助祭者，乘篆轂金飾錯衡之車，駕四馬，其鸞鶬鶬然聲和。言車服之得其正也。以此來朝，升堂獻其國之所有，於我受政教，至祭祀又溥助我。言得萬國之歡心也。天於是下平安之福，使年豐。『享』，謂獻酒使神享之也。諸侯助祭者來升堂，來獻酒，神靈又下與我以久長之福也。」〇「約軝錯衡」，詳采芑篇。「鸞」當作「鑾」。「鶬鶬」猶「瑲瑲」也。皮錫瑞云：「此當屬宋公之車，上公雖非同姓，亦得乘金輅。周制駕四，故八鸞。」詳見上。楚詞王注：「將，長也。」此詩「將」字，王引之亦訓爲「長」，言宋君乘此上公之車而來於廟中，以升以獻，由我受周天子之命既大且長，自天降安樂之福，得獲豐年，莫非我祖神靈之來至來享，降福無疆也。韋玄成傳匡衡謝毁廟告「受命溥將」，用齊經文。顧予烝嘗，湯孫之將。【疏】箋：「此祭中宗，諸侯來助之。所言『湯孫之將』者，中宗之享此祭，由湯之功，故本言之。」〇愚案：此「湯孫」，亦指主祭之宋公。

烈祖一章，二十二句。

玄鳥【疏】毛序：「祀高宗也。」箋：「『祀』當爲『祫』。『祫』，合也。高宗，殷王武丁，中宗玄孫之孫也，有雊雉之異，又懼而修德，殷道復興，故亦表顯之，號爲高宗云。崩而始合祭於契之廟，歌是詩焉。古者君喪，三年既畢，禘於其廟，而後祫祭於太祖。明年春，禘于羣廟。自此之後，五年而再殷祭。一禘一祫，春秋謂之大事。」○案，序云「祀高宗」，箋改「祀」爲「祫」，以避下殷武序同也。然人君免喪，祫於太祖之廟，是以太祖爲主，不當云「祫高宗」。況三家以商頌爲宋詩，則此篇即爲宋公祀中宗之樂歌，明係烝嘗時祭之所用，乃曰「崩而始合祭於契之廟」，其說固不可用矣。

天命玄鳥，降而生商，宅殷土芒芒。【注】魯作「殷社芒芒」。【疏】傳：「玄鳥，鳦也。春分，玄鳥降湯之先祖。有娀氏女簡狄，配高辛氏帝，帝率與之祈于高禖而生契，故本其爲天所命，以玄鳥至而生焉。『芒芒』，大貌。」箋：「降，下也。天使鳦下而生商者，謂鳦遺卵，娀氏之女簡狄吞之而生契，爲堯司徒，有功封商，堯知其後將興，又錫其姓焉。自契至湯八遷，始居亳之殷地而受命，國日以廣大芒芒然。湯之受命，由契之功，故本其天意。」○史記殷本紀：「殷契，母曰簡狄，有娀氏之女，爲帝嚳次妃。三人行浴，見玄鳥墮其卵，簡狄取吞之，因孕生契。契長而佐禹治水，有功。封於商，賜姓子氏。」陳喬樅云：「案司馬遷贊云：『余以頌次契之事。』則此本紀所敍契事，本之詩傳也。」「魯作殷社芒芒」者。史記三代世表：「詩傳曰：湯之先爲契，無父而生。契母與姊妹浴於玄邱水，有燕銜卵墮之，契母得，故含之，誤吞之，即生契。契生而賢，堯立爲司徒，姓之曰子氏。子者茲，茲，益大也。詩人美而頌之，曰：『殷社芒芒，天命玄鳥，降而生商。』商者質，殷號也。」愚案：此褚先生所引詩傳，與史遷微異，褚少孫亦習魯詩，不應所引傳異，索隱以爲出詩緯，故曰「詩傳」。愚意或作傳者欲神其事，以爲無父而生爾。「殷社芒芒」三語誤倒。毛詩作「土」，三家作「社」，多偏旁。緜「自土沮漆」，齊作「自杜」，亦其比也。社、土古同音通用，故「大社」稱「冢土」。公羊傳「諸侯祭土」，何注：「土，謂社也。」皆其證。楚詞天問：「簡狄在臺，嚳何宜？玄鳥致貽，女何喜？」王逸注：「簡狄，帝嚳之妃。玄鳥，燕也。簡狄侍帝嚳於臺上，有飛燕墮遺其卵，喜而吞之，因生契。」淮南修務篇高誘注：「契母，有娀氏之女簡翟也，吞燕卵而生契，愊背而生。」詩云『天命玄鳥，降而生商』是也。」淮南墬形訓:「有娀在不周之北,長女簡翟,少女建疵。」高注:「有娀,國名也。不周,山名也。『娀』,讀如『嵩高』之嵩。簡翟建疵姊妹二人在瑤臺,帝嚳之妃也。天使玄鳥降卵,簡翟吞之以生契,是爲玄王,殷之祖。詩云:『天命玄鳥,降而生商』也。」呂覽音初篇:「有娀氏有二佚女,爲之九成之臺,飲食必以鼓。帝令燕往視之,鳴若謚隘,二女愛而争搏之,覆以玉筐,少選發而視之,燕遺二卵北飛,遂不反。二女作歌一,終曰:『燕燕往飛,實始作爲北音。』」高注:「天令燕降卵于有娀氏女,吞之生契。詩云:『天命玄鳥,降而生商。』又曰:『有娀方將,立子生商。』此之謂也。」白虎通姓名篇「殷姓子氏,祖以玄鳥子生也。」潛夫論五德志篇:「娀簡吞燕卵,生子契,爲堯司徒,職親百姓,順五品。」蔡邕月令章句:「簡狄以玄鳥至之日,有事高禖,而生契焉。故詩云:『天命玄鳥,降而生商。』」以上魯説。丹鉛總録引詩含神霧曰:「契母有娀浴於玄邱之水,睇玄鳥銜卵過而墮之,契母得而吞之,遂生契。」易林晉之剥:「天命玄鳥,下生大商。造定四表,享國久長。」禮月令鄭注:「高辛氏之世,玄鳥遺卵,娀簡吞之而生契。」以上齊説。左襄四年傳引虞人之箴曰:「芒芒禹跡。」杜注:「芒芒,遠貌。」

古帝命武湯,正域彼四方。方命厥后,奄有九有。【注】韓詩曰:「方命厥后,奄有九域。」韓説曰:「九域,九州也。」【疏】傳:「正,長。域,有也。『九有』,九州也。」箋:「『古帝』,天也。天地命有威武之德者成湯,使之長有邦域,爲政於天下。方命其君,謂徧告諸侯也。湯有是德,故覆有九州,爲之王也。」○馬瑞辰云:「正義引尚書緯云:『曰若稽古帝堯。』古,天也。周書周祝解:『天爲古。』皆『天』稱『古』之證。『古帝』,猶言『昊天上帝』。『古帝命武湯』,猶『帝謂文王』,皆託天以命之也。正、域二字平列,即正其封疆之謂。『方』讀爲『旁』,『方命厥后』,猶晉語『乃使旁告於諸侯』也。」「方命」至「州也」,文選潘勖册魏公九錫文注引韓詩薛君文。徐幹中論法象篇:「成湯不敢怠遑,而奄有九域。」與韓詩字同,知三家今文作「域」也。「域」、「有」一聲之轉。

商之先后,受命不殆,在武丁孫子。【疏】傳:「武丁,高宗也。」箋：「后，君也。商之先君，受天命而行之不解殆者，在高宗之孫子。言高宗興湯之功，法度明也。」○孔疏引王肅云：「商之先君成湯受天命所以不危殆者，在武丁之爲人孫子也。」王引之以爲「武丁」當作「武王」，說詳下。**武丁孫子，武王靡不勝。龍旂十乘，大糦是承。**【注】韓「糦」作「饎」，說曰：大饎，大祭也。【疏】傳：「勝，任也。」箋：「交龍爲旂。糦，黍稷也。高宗之孫子有武功，有王德，於天下者無所不勝服，乃有諸侯建龍旂者十乘，奉承黍稷而進之者。亦言得諸侯之歡心。『十乘』者，由二王後，八州之大國與？」○馬瑞辰云：「此詩祀高宗，何不美高宗而美高宗之孫子？惟王氏引之曰：『經文兩言「武丁」，疑皆「武王」之譌，而「武王靡不勝」，則「武丁」之譌。蓋商之先君受命不怠者，在湯之孫子，故曰「在武王孫子」，「武王孫子」，猶那與烈祖之言「湯孫」也。湯之孫子有武丁者，繩其祖武，無所不勝，故曰「武王孫子，武丁靡不勝」，傳寫者上下互譌耳。』大戴用兵篇引詩『校德不塞，嗣武于孫子』，與此形聲相近，『于』卽『王』字脫下一畫耳。『在武王孫子』，下卽接言『武王孫子，武丁靡不勝』，與文王篇『侯文王孫子，文王孫子，本支百世』，文法正相似。」愚案：上言高宗之能嗣祖德，下卽接言今之承祀，文義亦復相承。黃山云：「『在武丁孫子』，猶云『在孫子武丁』，謂先后之子孫惟武丁克肖也。『武王靡不勝』，猶云『靡不勝武王』，謂武丁於湯之業皆克負荷也。二句均倒文合韻，專美高宗，正以中興餘烈長在，故易世之後，猶得龍旂承祀也。王引之乃以烈祖之言『湯孫』爲比，欲改詩文，馬瑞辰又從而附益之，豈知據三家今文，『湯孫』固不得說爲太甲乎？」魏源云：「上公交龍爲旂，六月詩吉甫出征，『元戎十乘』，明爲上公之制龍旂十乘。『大糦是承』，猶魯頌『周公之孫，莊公之子，龍旂承祀』，明謂先代之後尚備車服禮樂器以祀其先王也。」詳見上文。「大糦大祭也」者，玉篇食部引韓詩文。皮嘉祐云：「釋文引脫上二字，故陳喬樅以韓爲作『糦』，與毛同。蓋古文作『糦』，今文作『饎』。天保韓詩『吉圭爲饎』，據此，是韓皆作『饎』也。」**邦畿千里，維民所止，肇域彼四海。**【疏】

傳：「畿，疆也。」箋：「止，猶『居』也。『肇』當作『兆』。王畿千里之内，其民居安，乃後兆域正天下之經界。言其爲政自内及外。」○禮大學引詩云：「邦畿千里，惟民所止。」王制鄭注：「縣内，夏時天子所居州界名也。殷曰畿。殷頌曰：『邦畿千里，惟民所止。』周亦曰畿。」文選西京賦注引詩作「封畿千里」。西都賦亦云：「封畿之内，厥上千里。」馬瑞辰以「封畿」爲本三家詩，但「邦」、「封」字同義通，禮經注皆作「邦」，漢人文或避高祖諱改字也。馬瑞辰云：「字訓『始』者作『肁』。說文：『肁，户始開也。』訓『擊』者作『肈』。李舟切韻：『肈，擊也。』經傳中通借『肈』爲『肁』，又譌作『肇』，故玉篇云：『肈，俗肇字。』張參五經文字曰：『肈作肇，譌。』是知毛詩今作『肇』者，俗譌字也。肈、兆古同音通用，見書堯典及大雅箋。」「邦畿」以下，追述高宗中興之盛。**四海來假，來假祁祁。景員維河，殷受命咸宜，百祿是何。**【疏】傳：「景，大。員，均。何，任也。」箋：「假，至也。祁祁，衆多也。『員』，古文作『云』。『河』之言『何』也。天下既蒙王之政令，皆得其所，而來朝覲貢獻，其至也祁祁然衆多。其所貢於殷大至，所云維言何乎？言殷王之受命皆其宜也。『百祿是何』，謂當擔負天之多福。」○孔疏釋傳，謂「殷王之政甚大均，如河之潤物」。陳奐云：「高宗都景亳，在冀州域内，三面距河，故詩人言四海之朝貢來至于河者，乃大均也。」黃山云：「陳說善會詩恉，然以三家之義推之，猶未盡也。宋之國土，本卽亳殷舊疆，自盤庚五遷後還都亳，高宗因而中興。今日之山河，皆先王之遺烈所在焉。『景員維河者』，當謂景山縣亘四周於河。凡此土疆，昔爲受命所宜，今仍『百祿是何』耳。本當前之地，追念中興，其爲宋詩益明已。集傳：『景，山名，商所都。春秋傳「商湯有景亳之命」是也。』『員』，與下篇『幅隕』義同，蓋言『周』也，景山四周皆大河。」

玄鳥一章，二十二句。

長發【疏】毛序：「大禘也。」箋：「大禘，郊祭天也。禮記曰：『王者禘其祖之所自出，以其祖配之。』是謂也。」○陳奐云：「內司服賈疏引白虎通義：『周官，祭天，后夫人不與。』而詩首章先言『有娀』。盤庚言大享功臣從祀，鄭注『大享』，謂烝嘗而郊天，無『功臣從祀』之文。或亦祀高宗之詩，上篇爲『大祫』，而此篇爲『大禘』與？而詩何不一及高宗也。禮無明文，宜從蓋闕。」愚案：此或亦祀成湯之詩。黄山云：「箋以此篇爲『郊祭天』之詩，謂殷後王所用之樂歌也，此仍毛說，不足以證三家。陳氏兩疑，猶之誤也。諸經言禘多矣，無大禘爲郊天之明文，惟禮祭統：『周公既没，成王康王追念周公勳勞，而欲尊魯，故賜以重祭。外祭則郊社是也，内祭則大嘗禘是也。』宋之有禘，本與魯同。『大禘』即『大嘗禘』，抑即盤庚之『大享』，本爲内祭，功臣固得從祀，夫人亦當侍祠。諸侯不得郊天，在魯且然，宋固無郊天之事。蘇傳引盤庚『茲予大享于先王，爾祖其從與享之』，疑是禮起於殷，亦本無可疑也。殷本紀載武王『封紂子，以續殷祀，令修行盤庚之政，殷民大說』。宋國於亳殷舊都，必循盤庚舊典可知矣。朱子乃謂大禘不及羣廟之主，此宜爲祫祭之詩。然宋之大禘本即大享，變『享』言『禘』，重有禘也。魯禘於周公之廟，微子非其比，則當禘於湯之廟。詩本亦主祀湯而以伊尹從祀，其歷述先世，著湯業所由開，非皆祀之。否則宋爲諸侯，禮不得禘帝嚳，又安得及有娀乎？陳氏乃並以詩不及高宗爲疑，故曰猶之誤也。」

濬哲維商，長發其祥。洪水芒芒，禹敷下土方。外大國是疆，幅隕既長。【疏】傳：「濬，深。洪，大也。諸夏爲『外』。幅，廣也。隕，均也。」箋：「長，猶『久』也。『隕』當作『圓』，圓，謂『周』也。深知乎，維商家之德也，久發見其禎祥矣。乃用洪水，禹敷下土正四方，定諸夏，廣大其竟界之時，始有王天下之萌兆，歷虞夏之世，故爲久也。」○馬瑞辰云：「說文：『㕡，深通川也。』或作『濬』，古文作『濬』。又曰：『叡，深明也，通也。』古文作『睿』。此詩『濬』、『哲』並言，『濬』當即『睿』之叚借。廣雅叡、哲並訓『智』，是也。『濬哲』猶言『明哲』，傳箋訓『深』，非。」「外大國是疆」者，京師爲內，諸夏爲外，言禹外畫九州境界也。有娀方將，帝立子生商。【疏】傳：「有娀，契母也。將，大也。契生商也。」箋：「帝，黑帝也。禹敷下土之時，有娀氏之國亦始廣大，有女簡狄，吞鳦卵而生契，堯封之於商，後湯王因以爲天下號，故云『帝立子生商』。」○陳奐云：「史記殷本紀：『桀敗于有娀之虛。』桀都河南，有娀與桀都相去當不甚遠。淮南墬形訓『有娀在不周之北』，高注『娀』讀如『嵩高』之『嵩』。案，嵩高山在河南，於聲求義，高說自得諸師讀。書堯典鄭注：『商國在太華之陽。』括地志：『商州東八十里商洛縣，本商邑，古之商國，契所封也。』司馬貞以爲商卽相土所居商丘，誤。」契母吞鳦卵，詳玄鳥篇。又列女簡狄傳云：「契母簡狄者，有娀氏之長女也，當堯之時，與其娣浴於玄邱之水。有玄鳥銜卵過而墜之，五色甚好，簡狄與其妹娣競往取之，簡狄得而含之，誤而吞之，遂生契焉。簡狄性好人事之治，上知天文，樂於施惠，及契長而教之理，順之序。契之性聰明而仁，能育其教，卒致其名，堯使爲司徒，封於亳。及堯崩，舜卽位，乃敕之曰：『契，百姓不親，五品不遜，汝作司徒而敬，敷五教在寬，其後世世居亳。』至殷湯興爲天子，君子謂簡狄仁而有禮。詩曰：『有娀方將，立子生商。』又曰：『天命玄鳥，降而生商。』此之謂也。頌曰：『契母簡狄，敦仁厲翼，吞卵產子，遂自修飾。教以事理，推恩有德。契爲帝輔，蓋母有力。』」呂覽音初篇高誘注：「詩曰：『有娀方將，立子生商。』」楚詞離騷王逸注：「有娀，國名。謂帝嚳之妃契母簡狄也，配聖帝，生賢子。詩曰：『有娀方將，帝立子生商。』」以上皆魯說也。高注引詩作「立子生商」，與列女傳合，疑魯詩本無「帝」字，王逸注有「帝」字，或後人順毛加之。

玄王桓撥，【注】韓「撥」作「發」，曰：發，明也。受小國是達，受大國是達。率履不越，【注】三家「履」作「禮」。遂視既發。【疏】傳：「玄王，契也。桓，大。撥，治。履，禮也。」箋：「承黑帝而立子，故謂契爲玄王。遂，猶『徧』也。發，行也。玄王廣大其政治，始堯封之商爲小國，舜之末年乃益其土地爲大國，皆能達其教令，使其民循禮，不得踰越，乃遍省視之，教令則盡行也。」○「撥作發。曰發，明也」者，釋文引韓詩文，蓋以「桓」、「發」二字平列。訓「桓」爲「武」，訓「發」爲「明」，言玄王有英明之姿。白虎通瑞贄篇：「『玄王桓撥，受小國是達，受大國是達。』言湯王天下，大小國諸侯皆來見，湯能通達以禮義也。」是魯詩以「玄王」卽湯。漢書禮樂志：「昔殷周之雅頌，乃上本有娀、姜嫄，卨、稷始生，玄王公劉古公太伯王季姜女太任太姒之德。」師古曰：「卨，殷之始祖。玄王，亦殷之先祖，承黑帝之德，故曰玄王。」是齊説以「卨」、「玄王」爲二人。卨是始祖，相土卨孫，玄王成黑帝之德，而在相土前，則爲卨子，相土父卽昭明也，均與毛義異。韓詩外傳三載晉文公不賞陶叔狐事，引詩：「率禮不越，遂視既發。」蔡邕集胡公碑引「率禮不越」。漢書宣帝紀引「率禮不越」四句，「履」皆作「禮」，是三家文並與毛異。相土烈烈，海外有截。【疏】傳：「相土，契孫也。烈烈，威也。」箋：「截，整齊也。相土居夏后之世，承契之業，入爲王官之伯，出長諸侯，其威武之盛烈烈然，四海之外率服，截爾整齊。」○漢書人表：「相土，昭明子。」五行志：「相土商祖，契之曾孫，代閼伯後主火星，宋其後也。」師古曰：「據魯典籍，相土卽卨之孫，今云『曾孫』，未詳其意。」愚案：人表不誤，五行志衍「曾」字。班固封燕然山銘「勦凶虐兮截海外」，用齊經文。

帝命不違，至於湯齊。湯降不遲，聖敬日躋。昭假遲遲，上帝是祗，帝命式于九圍。

【注】齊詩曰：「帝命不違，至於湯齊。湯降不遲，聖敬日齊。昭假遲遲，上帝是祗，帝命式于九圍。」齊説曰：帝，天帝也。詩讀「湯齊」爲「湯躋」，躋，升也。降，下也。齊，莊也。昭，明也。假，至也。祗，敬也。式，用也。九圍，九州之界也。此詩云殷之先君其爲政不違天之命，至於湯升爲君，又下天之政教甚疾，其聖敬日莊嚴，其明道至於民遲遲然安和，天是用敬之，命之用事於九州，謂使王也。韓説曰：「聖敬日躋」，言湯聖敬之道上聞于天。【疏】傳：「至湯與天心齊。『不遲』，言疾也。躋，升也。『九圍』，九州也。」箋：「『帝命不違』者，天之所以命契之事，世世行之，其德浸大，至於湯而富天心。降，

下。假，暇。祇，敬。式，用也。湯之下士尊賢甚疾，其聖敬之德日進，然而以其德聰明寬暇，天下之人遲遲然。言急於己而緩於人，天用是故愛敬之也。天於是又命之，使用事於天下，言王之也。」○「帝命」至「王也」，禮孔子閒居鄭注文，引詩「躋」作「齊」，與毛異，乃據齊詩所述，亦齊義也。「謂使王也」，與此箋「言王之也」同義。「聖敬」至「于天」，文選閒居賦注引韓詩文。外傳三載孔子觀欹器，周公誡伯禽，子路盛服見孔子三事；外傳八載湯作濩，周公行謙德，田子方贖老馬，齊莊公避螳螂四事，並引「湯降不遲，聖敬日躋」而推演之。說苑敬慎篇引：「湯降不遲，聖敬日躋。」雜言篇亦載子路盛服事，引「湯降」二句而推演之，明魯韓皆作「躋」，與毛同。

受小球大球，爲下國綴旒，何天之休。【疏】傳：「球，玉。綴，表。旒，章也。」箋：「綴，猶『結』也。旒，旌旗之垂者也。休，美也。湯既爲天所命，則受小玉，謂尺二寸圭也；受大玉，謂珽也，長三尺。執圭搢珽，以與諸侯會同，結定其心，如旌旗之旒縿著焉。擔負天之美譽，爲衆所歸鄉。」○荀子臣道篇引詩：「受小球大球，爲下國綴旒。」明魯毛文同。禮郊特牲鄭注：「詩云：『爲下國畷郵。』」正義：「此所引者三家詩也。『郵』，謂民之郵舍。言成湯施布仁政，爲下國諸侯在畷民之處所，使不離散。」陳喬樅云：「鄭所引據齊詩之文，其釋『郵表畷』：『謂田畯所以督約百姓於井間之處。』引此詩『畷郵』爲證。攷說文：『畷，兩百間道也，廣六尺。』段注：『百者，百夫洫上之涂也。兩百夫之間有洫，洫上有涂。是謂兩百間道，是之謂畷。「畷」之言「綴」也，衆涂所綴也。於此爲田畯督約百姓之處，若街彈室者然，曰郵表畷。』又說文：『桓，亭郵表也。』郵亭爲督約百姓之所，故立表以示人。又玉篇田部引詩云：『爲下國畷流。畷，表也。』玉篇據韓詩之文。『畷』『綴』以音同通用，『郵』、『旒』、『流』以聲假借也。」不競不絿，不剛不柔，敷政優優，【注】魯齊「敷」作「布」。百祿是遒。【注】魯「優」作「憂」，「遒」作「揫」。【疏】傳：「絿，急也。優優，和也。遒，聚也。」箋：「競，逐也。不逐，不與人争前後。」○馬瑞辰云：「廣雅『絿，求也。』蓋本三家詩。竊謂『絿』對『競』言，從廣雅訓『求』爲是。争競者多驕，求人者多諂，『競』、『求』二義相對成文，與下句『不剛不柔』、雄雉詩『不忮不求』、左昭傳『不懦不耆』句義正同。」韓詩外傳三君子行不貴苟難章引詩「不競不絿，不剛不柔」二句，言當之爲貴」。伯夷叔齊目不視惡色章引同，「言中庸和通之謂也」。又外傳五聖人養一性而御六氣章朝廷之士爲禄章並引詩二句，「言得中也」。皆推演之詞。「齊敷作布」者。繁露循天之道篇：「德莫大于和，而道莫正于中。中和者，天地之美德達理也，聖人之所保守也。詩云：『不剛不柔，布政優優。』非中和之謂與？」董學齊詩，明齊「敷」爲「布」。外傳三王者之等賦正事章引詩曰：「敷政優優，百禄是遒。」明韓毛文同。「魯敷作布，優作憂，遒作揫」者，説文：「憂，和之行也。詩曰：『布政憂憂。』」陳奂云：「古『憂愁』作『恖』，『優和』作『憂』。許據詩作『憂憂』，本字，作『優優』叚借字。廣雅：『憂憂，行也。』蓋本三家。」愚案：齊韓並作「優優」，明作「布」、作「憂」者乃魯詩也。説文：「揫，束也。」引詩曰：「百禄是揫。」釋詁：「揫，聚也。」與毛「遒」訓「聚」合，是釋詁「揫聚」之訓正釋此詩，明魯「遒」作「揫」。「束」謂「收束」，亦「聚」之義也。

受小共大共，【注】魯「共」作「珙」，或作「拱」。爲下國駿厖。【注】魯「駿厖」作「駿蒙」，齊作「恂蒙」。何天之龍，敷奏其勇，【注】齊「龍」作「寵」，「敷」作「傅」。【疏】傳：「共，法。駿，大。厖，厚。龍，和也。」箋：「共，執也。『小共大共』，猶所執搢小球大球也。駿之言『俊』也。『龍』當作『寵』，寵，榮名之謂。」○「魯共作珙，或作拱」者，陳喬樅云：「淮南本經訓高注：『蛩，讀詩「小珙」之珙。』藏本字作『拱』，从『手』、不從『玉』，未詳孰是。」愚案：魯本作「共」，（見下。）高引蓋「亦作」本。説文無「珙」字，當作「拱」。「拱」謂「拱執」，猶言「拱璧」也。孔疏：「『拱執』，釋詁文，以此章文類於上，玉必以手執，故易傳爲『大拱小拱』也。」「魯駿厖作駿蒙」者。荀子榮辱篇引詩：「受小共大共，爲下國駿蒙。」是魯作「駿蒙」。

「齊作恂蒙」者，大戴禮衛將軍文子篇：「詩云：『受小共大共，爲下國恂蒙。何天之寵，傅奏其勇。』」是齊作「恂蒙」。馬瑞辰云：「『駿』與『恂』，『龐』與『蒙』，古並聲近通用。大學『恂慄』，鄭注讀『恂』爲『駿』。詩『狐裘蒙戎』，左傳作『厖戎』，是其證。此詩當以『恂蒙』爲正，『恂』讀爲『徇』。呂覽忠廉篇高注：『徇，猶衛也。』是『徇』有『庇衛』之義。『蒙』通作『幪』。説文：『幪，蓋衣也。』廣雅釋詁：『懞，覆也。』『懞』卽『幪』之俗。『爲下國恂蒙』，猶云『爲下國覆庇』耳。荀子榮辱篇『是夫羣居和一之道也』，下引詩此句爲證，則『恂蒙』有羣相庇廕之象。法言：『震風淩雨，然後知夏屋之爲帡幪也。』『恂蒙』猶言『帡幪』耳。上章言『敷政』，故云『爲下國之表章』；此章言『奏勇』，故云『爲下國之覆庇』，義固各有當也。董氏讀詩記引齊詩作『駿駹』，皆叚借字，説齊詩者遂以『馬』釋之，誤矣。」陳喬樅云：「大戴記師傳與齊詩同爲后蒼所授，據大戴記所引，則齊詩作『恂蒙』信而有徵。董氏無稽妄言耳。」「齊龍作寵敷作傅」，引見上。傳云：「龍，和也。」箋云「龍」當作「寵」，卽據齊詩改毛。「傅」、「敷」以聲同通用。「敷奏其勇」，孔疏釋爲「湯之陳進其勇」。

不震不動，不戁不竦，百祿是總。【疏】傳：「戁，恐。竦，懼也。」箋：「『不震不動』，不可驚憚也。」○陳奐云：「『不震不動』，言不震作動搖也。潘眉云：『不震不動，不戁不竦』二句，當在『敷奏其勇』之上，與上章一律。奐案：家語弟子行篇引詩：『不戁不竦，敷奏其勇。』是王肅本不誤，此亦一證。」

武王載旆，有虔秉鉞，如火烈烈，則莫我敢曷。【注】魯韓「旆」作「發」，「曷」作「遏」。【疏】傳：「武王，湯也。旆，旗也。虔，固。曷，害也。」箋：「『有』之言『又』也。上既美其剛柔得中，勇毅不懼，於是有武功，有王德，及建旆興師出伐，又固持其鉞，志在誅有罪也，其威勢如猛火之炎熾，誰敢禦害我。」○「魯韓旆作發，曷作遏」者，荀子議兵篇引詩云：「武王載發，有虔秉鉞，如火烈烈，則莫我敢遏。」韓詩外傳三載孫卿與臨武君議兵同。（今本皆同毛，「發」字從詩改訂正,「遏」字從元槧本改。)是魯韓皆作「發」、作「遏」也。漢書刑法志作「旆」,雖述孫卿語,而所引詩仍據齊詩之文也。五行志上亦引「有虔秉鉞,如火烈烈」二句。史記:「湯自把鉞以伐昆吾,遂伐桀。」正此詩「秉鉞」之謂,「發」即「墢」之省借。陳喬樅云:「說文:『坺,治也。一曰,臿土謂之坺。詩曰:武王載坺。』玉篇土部引詩同,又重文『墢』,與『坺』同。『坺』今詩作『伐』。案,『伐』即『茷』字,與今『旆』同。六月篇『白茷央央』,釋文:『本又作旆。一曰,「旆」與「茷」古今字殊。』又小戎篇『蒙瞂有苑』,玉篇重文作『瞂』,云與『瞂』同,本亦作『伐』。『伐』、『發』古字通用,噫嘻篇『駿發爾私』,箋云『發,伐也』可證。說文云:『臿土謂之坺』,正周禮所云『一耦之伐,廣尺深尺謂之甽也。然則說文所載『坺』字即毛詩之古文,玉篇所載『墢』字即韓詩之異文耳。」陳奐云:「繼旐曰『旆』,傳義見於六月。『旗』,爲九旗之統稱,不得以繼旐之『旆』獨擅『旗』名。」傳中「旆旗也」三字,係後人誤竄。箋云「興師出伐」,是鄭所據詩作「載伐」,不得於上又加「建旆」二字,亦明係誤衍。今漢書刑法志、新序雜事三亦作「旆」,皆後人依誤本毛詩改之耳。馬瑞辰云:「王氏引之言『發』正字,『旆』、『坺』皆借字。『發』,謂興師伐桀是也,惟既引漢書律歷志述武王伐紂,曰『癸巳武王始發』,與此『發』字同義,又以『載』爲『則』,非也。『載』與『哉』通。哉,始也,『載發』即『始發』,謂始興師。」苞有三蘖,【注】韓說曰:蘖,絕。齊「苞」作「包」,「蘖」作「枿」。莫遂莫達,九有有截。【注】魯韓「有」作「域」。【疏】傳:「苞,本。蘖,餘也。」箋:「苞,豐也。天豐大先三正之後世,謂居以大國,行天子之禮樂。然而無有能以德自遂達於天者,故天下歸鄉湯,九州齊一截然。」○「蘖,絕也」者,釋文引韓詩文。漢書貨殖傳「山不茬蘖」,注:「蘖,髡斬之也。」「髡斬」即「斷絕」之義,與韓說同。「齊苞作包,蘖作枿」者,漢書敘傳:「三枿之起,本根既朽。」劉德注:「詩云:『包有三枿。』爾雅:『枿,餘也。』謂木斫髡而復枿生也,喻魏齊韓皆滅而後起,若髡木更生也。」蘖、枿一字。廣韻引詩:「枹有三枿。」包、枹皆假借字。「魯韓有作域」者,晉書樂志四廂樂歌：「九域有截。」以玄鳥「九有」作「九域」例之，知爲魯韓詩也。方言：「逹，芒也。」「遂」與「逹」皆草木生長之稱。「莫遂莫逹」，喻三國不能復興。**韋顧既伐，昆吾夏桀。**【疏】傳：「有韋國者，有顧國者，有昆吾國者。」箋：「韋，豕韋，彭姓也。顧昆吾，皆己姓也。三國黨於桀，惡，湯先伐韋顧，克之；昆吾夏桀，則同時誅也。」○文選李注引蔡邕典引注：「韋，豕韋；顧，己姓之國，皆夏諸侯，湯誅之。詩云：『韋顧既伐。』」淮南俶真訓高注：「昆吾，夏伯，桀世也。」又墬形訓注：「昆吾，楚之祖，祝融之孫，陸終之子，爲夏伯。詩云：『昆吾夏桀。』」蔡高皆魯說。漢書人表韋鼓昆吾，係夏桀世。師古曰：「豕韋國彭姓。鼓，即顧國，己姓。昆吾，㚻姓國也。三者皆湯所誅也。」愚案：班作人表以「鼓」爲「顧」，蓋齊詩作「鼓」。而其作典引又云「因討韋顧黎崇之不恪」，蓋齊亦作「顧」也。陳喬樅云：「箋以顧昆吾皆己姓，師古以昆吾爲㚻姓，與鄭不同，蓋據舊注齊詩之說。據周語『彭姓豕韋，己姓昆吾』，而人表又有劉姓豕韋，則昆吾容或有㚻姓也。」馬瑞辰云：「人表韋有三：其一韋居下上，在夏帝癸時；其一大彭豕韋居上下，在殷南庚陽甲時；又其一劉姓豕韋居中上，在武丁時。案，表於南庚陽甲之豕韋，始言大彭豕韋，則不以湯所伐之韋在帝癸時者爲彭姓矣。蓋湯滅韋，始以改封彭姓豕韋，故鄭語但曰豕韋爲商伯，不言在夏時爲侯伯也。夏時之韋，其姓已不可考，故人表不著其姓。箋謂湯所伐即彭姓豕韋，誤矣。至世本云豕韋防姓。防、彭聲近，以旁、彭互通類之，防姓即彭姓，亦未可當此詩之韋也。顧、鼓雙聲，故通用。微子『我不顧行遯』，釋文涂仙民音『鼓』，是顧、鼓同音之證。」陳奐云：「郡國志東郡白馬有韋鄉，今河南衞輝府滑縣東南五十里有廢韋城。左哀二十一年傳『公及齊侯邾子盟于顧』，卽故顧國也。今山東曹州府范縣東南有顧城，昆吾國卽衞帝邱，帝顓頊之虚也，夏后相亦居此，相爲澆滅，而少康邑諸綸。是衞本相都，夏道既衰，昆吾作伯，當在相滅之後，其居衞亦必在相滅之後。左昭十二年傳曰：『楚之皇祖伯父昆吾，舊許是宅。』史記楚世家服虔注云『昆吾曾居於許』是也。昆吾居衞在後，居許在先。韋昭注、外傳以『舊許』連讀，遂謂昆吾遷許在封衛後，至湯伐時昆吾在許，誤也。今直隸大名府開州是其地。書序曰：『伊尹相湯伐桀，升自陑，遂與桀戰于鳴條之野。湯既勝夏，欲遷其社，不可。夏師敗績，湯遂從之，遂伐三朡，俘厥寶玉。湯歸自夏，至於大坰。』孔傳以爲『桀都安邑』，後儒皆依孔說。漢書地理志臣瓚注：『汲郡古文云：「大康居斟尋，羿亦居之。」吳起對魏武侯曰：「昔夏桀之居，左河濟，右太華，伊闕在其南，羊腸在其北。」河南城爲値之。周書度邑篇曰：「武王問太公曰：吾將因有夏之居，南望過于三塗，北瞻望于有河。」「有夏之居」，卽河南是也。』近儒金鶚又據國語『伊洛竭而夏亡』，攷水經：『伊水過伊闕中，至洛陽縣南，北入于洛；洛水東過洛陽縣南，又東北過鞏縣東，又北入于河。』『伊洛竭而夏亡』，則桀時事也，以爲桀都在今河南洛陽縣之一證。奐案：夏桀之際，昆吾最强，顧在其東，豕韋在其西，俱在漢東郡界内，連屬密邇，湯伐韋顧，勦其與黨，而昆吾已成孤立之形，斷非望西南而征許州也。湯爲諸侯時居南亳，卽今河南歸德府商邱縣地。書疏載『或説陳留平邱縣有鳴條亭』，卽今開封府陳留縣地。洛陽在商邱之西北，必經陳留，陳留當卽古桀都西郊也。湯自商邱舉師，桀必自洛陽出兵相迎，故於陳留交戰。書序『戰於鳴條之野』，猶武王與紂戰於坶之野耳。夏本紀以爲『桀走鳴條』，非實録也。湯雖戰勝，桀國未亡，故序云『遷社不可也』。桀因敗績，西走定陶，定陶故三朡國，故序云『湯從之伐三朡』也。開州在定陶北，擊柝相聞，昆吾與桀同日滅也。于是夏桀已亡，湯歸商邱，卽天子位，故序云『湯歸自夏』，尚書大傳所謂『湯放桀而歸于亳』也。因桀都洛陽之説，想當日湯伐情形，考之如此。」

昔在中葉，有震且業。允也天子，降予卿士。【疏】傳：「葉，世也。業，危也。」箋：「『中世』，謂相土也。震，猶『威』也。相土始有征伐之威，以爲子孫討惡之業，湯遵而興之。信也天命而子之，下予之卿士。謂生賢佐也。春秋傳曰：『畏君之震，師徒橈敗。』」○陳奐云：「『中世』，湯之前世也。殷武正義云：孟子『湯以七十里』，契爲上公，當爲大國，過百里。湯之前世，有君衰弱，土地減削，故至于湯時止有七十里耳。案，此卽前世震危之義也。」實維阿衡，實左右商王。【疏】傳：「阿衡，伊尹也。左右，助也。」箋：「阿，倚。衡，平也。伊尹，湯所依倚而取平，故以爲官名。『商王』，湯也。」○說文：「伊，殷聖人阿衡，尹治天下者。从人、尹。」「阿衡」蓋師保之官，特設此官名以寵異之，及太甲時改曰「保衡」。呂覽言伊尹生伊水之上，史記殷本紀又言「伊尹名阿衡」。伊尹名摯，見孫子用間篇。淮南修務訓高注：「伊尹處於有莘之野，執鼎俎，和五味，以干湯，欲調陰陽行其道。詩曰『實維阿衡，左右商王』是也。」呂覽當染篇高注：「湯，契後十二世孫，主癸之子，爲天乙。伊尹，湯相。詩云：『實維阿衡，實左右商王。』」兩引詩明魯毛文同。

長發七章，一章八句，四章章七句，一章九句，一章六句。

殷武【疏】毛序：「祀高宗也。」○魏源云：「春秋僖四年：『公會齊侯宋公，伐楚。』此詩與魯頌『荆舒是懲』，皆侈召陵攘楚之伐，同時同事同詞，故宋襄作頌以美其父。」（宋桓二十四年從戰召陵，逾六年卒，至襄公戰泓之敗，齊桓已没，在此詩後矣。）詳見上。愚案：魏說爲此詩定論，毛序之僞不足辨也。

撻彼殷武，【注】韓說云：撻，達也。奮伐荆楚。罙入其阻，裒荆之旅。【疏】傳：「撻，『疾』意也。殷武，殷王武丁也。荆楚，荆州之楚國也。罙，深。裒，聚也。」箋：「有鍾鼓曰伐。罙，冒也。殷道衰而楚人叛，高宗撻然奮揚威武，出兵伐之，冒入其險阻。謂踰方城之隘，克其軍率而俘虜其士衆。」○馬瑞辰云：「『撻』，蓋勇武之貌。釋言：『疾，壯也。』廣雅釋詁：『壯，健也。』『疾』與『壯健』義近，傳訓『疾』者，亦『壯武』之義。說文『遽』，古文『撻』。段玉裁曰：『从「虍」者，言有威也。』則『撻』字亦爲武皃。正義以爲『伐楚之疾』，失傳指矣。據鄭風，『挑達』爲行疾之皃，『達』亦『疾』也，則韓毛字異義同。」愚案：召陵之役，因伐蔡而遂伐楚，所謂出其不意，攻其無備，迅雷脱兔，正以「疾」見其武壯，孔疏未爲失也。「殷武」者，宋爲殷後，原其本稱，猶孔子之自稱「殷人」。「殷武」，猶言「宋武」也。楚入春秋，歷隱桓莊閔，止稱荆，至僖二年始稱楚，言「荆楚」者，著其實也。陳奐云：「『罙』即『突』之隷變。說文穴部：『突，深也。』本毛。网部『罙』下引詩『罙入其阻』，本三家。鄭箋於字同毛，而義用三家，若閟宫字從『翦商』，訓從『戩商』之例。」馬瑞辰云：「『裒』即『捊』之别體。說文：『捊，引聖也。』引詩『原隰捊矣』。今詩作『裒』。易謙象傳：『君子以裒多益寡。』釋文：『鄭荀董蜀才「裒」作「捊」，云，取也。』是『裒』即『捊』之證。『裒』爲『聚』，又爲『取』。廣雅：『捊，取也。』與爾雅訓『捊』爲『取』同義，故傳訓『裒』爲『聚』而箋以『俘虜』易之。」有截其所，湯孫之緒。【疏】箋：「緒，業也。所，猶『處』也。高宗所伐之處，國邑皆服其罪，更自勑整，截然齊壹，是乃湯孫太甲之等功業。」○諸侯伐楚，兵所到之處無敢抗阻，故云「有截其所」。「湯孫」，謂宋桓公。

維女荆楚，居國南鄉。昔有成湯，自彼氐羌，莫敢不來享，莫敢不來王，曰商是常。【疏】傳：「鄉，所也。」箋：「氐羌，夷狄國在西方者也。享，獻也。世見曰『王』。維女楚國，近在荆州之域，居中國之南方，而背叛乎？成湯之時，乃氐羌遠夷之國，來獻來見，曰商王是吾常君也。此所用責楚之義，女乃遠夷之不如。」○皮錫瑞云：「『國』，即宋國，此似敵國相稱之詞。楚在宋南，故曰『南鄉』，若以天子臨諸侯，不當有居國南鄉之語。」「氐羌」，即高宗所伐之鬼方。魏源說詳見上。揚雄揚州牧箴云：「自彼氐羌，莫敢不來庭，莫敢不來匡。」又并州牧箴：「莫敢不來貢，莫敢不來王。」疑皆魯詩「亦作」本。鹽鐵論論勇篇「故『自彼氐羌，莫敢不來王』，非畏其威，畏其德也。」荀悅漢紀二十：「詩云：『自彼氐羌，莫敢不來王。』」兩引詩同。蓋齊詩本無「莫敢不來享」一句也。黄山云：「此章上言『自彼氐羌』，下言『曰商是常』，則『自彼』之彼當屬湯言，蓋氐羌自湯至高宗時始一蠢動，仍爲高宗所創，常服屬於商也。『是常』與閟宫『魯邦是常』

同，若專就湯初言，不得爲『常』矣。」

天命多辟，設都于禹之績。歲事來辟，勿予禍適。稼穡匪解。【注】韓說曰：適，數也。【疏】傳：「辟，君。適，過也。」箋：「多，衆也。『來辟』，猶『來王』也。天命乃令天下衆君諸侯，立都於禹所治之功，以歲時來朝覲於我殷王者，勿罪過與之禍適，徒敕以勸民稼穡，非可解倦。時楚不修諸侯之職，此所用曉告楚之義也。禹平水土，弼成五服，而諸侯之國定，是以云然。」○馬瑞辰云：「說文：『迹，步處也。』或作『蹟』。古經傳因多叚蹟爲『績』，漢書凡『功績』字通借作『迹』是也。此詩又叚『績』爲『迹』。九州皆經禹治，因稱『禹迹』。周書立政：『以陟禹之迹』。詩云『設都于禹之績』，正謂設都于禹所治之地。箋訓爲『功績』，失之。文王有聲篇『維禹之績』，『績』亦當讀爲『迹』。左哀元年傳『復禹之績』，釋文：『績，一本作迹。』此古叚『績』爲『迹』之證。」「適，數也」者，釋文引韓詩文。王引之云：「『予』，猶『施』也。『禍』，讀爲『過』。廣雅：『謫，過責也。』勿予過責，言不施過責也。」馬瑞辰云：「傳訓『適』爲『過』者，正讀『適』爲『謫』。韓云：『適，數也。』據廣雅，數、謫並訓『責』，是韓亦讀『適』爲『謫』也。王讀『禍』爲『過』，『適』爲『謫』，正與毛鄭相發明。」愚案：「天」，謂王也，詩言周天子命衆諸侯建都於禹迹之地者，但令其歲時來王，不施過責，惟告之以勸民稼穡而已，非有所多求也。蓋宋於周爲客，惟歲事往朝，周頌有客微子助祭於周廟，是其例。荆楚既平，國家無事，重新寢廟，以妥神靈，亦告太平之意耳。

天命降監，下民有嚴。不僭不濫，不敢怠遑。命于下國，封建厥福。【疏】傳：「嚴，敬也。『不僭不濫』，賞不僭，刑不濫也。封，大也。」箋：「降，下。遑，暇也。天命乃下視，下民有嚴明之君，能明德慎罰，不敢怠惰自暇於政事者，則命之於小國，以爲天子，大立其福。謂命湯使由七十里王天下也。時楚僭號王位，此又所用告曉楚之義也。」○馬瑞辰云：「説文：『僭，儗也。』『僭』之本義爲以下儗上，引伸之爲『過差』。『濫』者，『㜮』之叚借。説文：『㜮，過差也。』引論語『小人窮斯㜮矣』。經典通作『氾濫』之濫。禮器『君子以爲濫』，鄭注：『濫，亦盜竊也。』正義曰：『是爲僭濫也。』是僭、濫二字同義。此承上文『下民有嚴』言，謂民知畏法，故不敢僭濫，非謂上之賞刑也。左襄二十六年傳引詩以證『賞不僭，刑不濫』，特斷章取義耳。傳遂引以釋詩，誤矣。」陳奐云：「『嚴』讀爲『儼』，爾雅：『儼，敬也。』荀子儒效篇『嚴嚴乎其能敬己也』，楊倞注：『嚴或爲儼。』」愚案：「有嚴」猶「嚴嚴」也。「下國」，宋公自斥其國也。詩言周天子之命，又下監觀四方在下之民，惟當嚴嚴乎敬以奉上，不敢有所僭濫於民事，不敢有所怠遑，天子乃命于下國，以封建錫其福焉。孟子所謂「慶以地」也。兩言「天命」，見宋與諸侯伐楚皆奉天子之威靈也。趙岐孟子章句十三：「不僭不濫，詩人所紀。」明魯毛文同。

商邑翼翼，四方之極。【注】三家作「京邑翼翼，四方是則。」赫赫厥聲，濯濯厥靈。壽考且寧，以保我後生。【疏】傳：「商邑，京師也。」箋：「極，中也。商邑之禮俗翼翼然可則傚，乃四方之中正也。赫赫乎其出政教也，濯濯乎其見尊敬也，王乃壽考且安，以此全守我子孫。此又用商德重曉告楚之義。」○「三家作京邑翼翼，四方是則」者，後漢樊準傳準上疏曰：「夫建化致理，由近及遠，故詩曰：『京師翼翼，四方是則。』」李注：「韓詩之文也。翼翼然盛也。」後魏書甄琛傳：「詩稱『京邑翼翼，四方是則』。」後魏時齊魯詩已亡，所引韓詩也。白帖兩引詩同，亦據韓詩。後漢魯恭傳恭疏引「四方是則」，張衡東京賦：「京邑翼翼，四方所視。」魯、張皆治魯詩，張賦作「所視」者，改文以合韻也。王符傳潛夫論浮侈篇引「商邑翼翼，四方是極」，蓋後人據毛詩改之。漢書匡衡傳衡疏曰：「道德之行，由內及外，自近者始，然後民知所法，遷善日進而不自知。是以百姓安，陰陽和，神靈應，而嘉祥見。詩曰：『商邑翼翼，四方之極。壽考且寧，以保我後生。』此成湯所以見至治、保子孫、化異俗而懷鬼方也。」荀悅漢紀載衡疏云：「詩云：『京邑翼翼，四方是則。』此教化之原本，風俗之樞機，宜先正者也。」王引之云：「漢紀之文，本於漢書匡衡傳，而傳載衡疏作『商邑翼翼，四方之極』，與漢紀不同者，後人以毛詩改之也。案，疏言『道德之行，由内及外，自近者始，然後民知所法』，故引詩『四方是則』以證之。『則』亦『法』也，若作『四方之極』，則失其指矣。顏注所見已是改竄之本，當據漢紀以正之。」皮錫瑞云：「白虎通京師篇：『夏曰夏邑，商曰商邑，周曰京師。』是周以前天子所居無『京師』之稱。三家以此爲周人作，故據周人所稱曰『京師』、『京邑』。毛以爲商人作，故據商人所稱曰『商邑』也。」釋訓：「赫赫、濯濯，迅也。」孫炎注：「赫赫，顯著之迅。」釋文：「舍人本『赫赫』作『奭奭』。」陳喬樅云：「赫、奭古通，疑舍人本是魯詩之文。」釋文：「『躍躍』，樊光本作『濯濯』。」是古本有作「躍躍」者，與「迅」義合，疑亦魯詩也。言奭奭然揚其名聲，又躍躍然敬其神靈壽考。二句言周王享世長久，與我侯國共保太平也。

陟彼景山，松柏丸丸。【注】韓詩曰：「松柏丸丸。」韓說曰：取松與柏。是斷是遷，方斲是虔，【注】魯「虔」作「榩」。松桷有梴，旅楹有閑。【注】韓說曰：閑，大也，謂閑然大也。寢成孔安。【注】韓說曰：宋襄公去奢卽儉。【疏】傳：「丸丸，易直也。遷，徙。虔，敬也。梴，長貌。旅，陳也。寢，路寢也。」箋：「『椹』謂之『虔』。升景山掄材木，取松柏易直者斷而遷之，正斲於椹上，以爲桷與衆楹。路寢既成，王居之甚安，謂施政教得其所也。高宗之前王有廢政教不修寢廟者，高宗復成湯之道，故新路寢焉。」○張衡冢賦：「陟彼景山。」明魯毛文同。「松柏」至「與柏」，文選長笛賦注引韓詩薛君文，引經明韓毛文同。馬瑞辰云：「詩大雅皇矣『松柏斯兑』，傳：『兑，易直也。』古音『兑』讀如『脫』，脫、丸一聲之轉，故『丸丸』亦爲『易直』。說文：『丸，圜也，傾側而轉者。从反仄。』段玉裁曰：『易直，謂滑易而條直，又「丸」義之引申。』至長笛賦『丸梴彫琢』，『丸梴』特節取詩詞。薛注『取松與柏』，乃總括下『是斷是遷』等句釋之，與箋云『取松柏易直者』同義，非訓『丸丸』爲『取』也。李善注誤矣。」『魯虔作榩』者，釋宮：「椹謂之榩。」陳喬樅云：「釋文：『榩，本亦作虔。詩曰：方斵是虔。』毛詩作『虔』，爾雅用魯詩，當爲『榩』字，作『虔』者或後人順毛改之。」釋詁：「旅，陳也」。又：「衆也。」皆魯訓。言陳列則必衆矣，傳訓「陳」，箋説爲「衆」，正以申傳，非異義。「閑，大也，謂閑然大也」者，文選魏都賦「旅楹閑列」李注引薛君韓詩章句文。韓詩「旅」義，注引未及。逸周書「作雒旅楹」，孔鼂注：「旅，列也。」當本韓訓，故賦以「閑列」爲文，亦本一家之説，「列」卽「陳」也。孔疏：「箋不解『閑』義。『梴』爲桷之長貌，則『閑』爲楹之大貌。王肅云：『桷楹以松柏爲之，言無彫鏤也。陳列其楹，有閑大貌。』」今以魏都賦證之，則肅義實本韓詩。「宋襄」至「卽儉」，史記司馬貞索隱、文選張衡東京賦李注引韓詩文。王肅云「無彫鏤」，正謂其「儉」也。愚案：考父頌商，本無可疑議，徒以年壽之故，致衆信不堅，今得皮氏引公孫壽爲證，足以冰釋羣惑。毛詩當漢世，雖不立學官，而好古博覽之士，亦間有取資。漢書杜欽傳之引小卞，卽是暗用毛義。至於此詩，則賈捐之傳云「武丁地南不過荆楚，西不過氐羌」，後漢黄瓊傳「詩詠成湯之不怠皇」，則不獨用毛，兼采左傳。曹植文云：「感殷人路寢之義，嘉先民泮宮之事。」蓋高宗僖公嗣世之王，諸侯之國，猶著德于三頌，騰聲于千載。植習韓詩，而亦旁參毛義，則鄭學大行之後時代爲之也。並著於此，以質學者。

殷武六章，三章章六句，二章章七句，一章五句。

那五篇，十六章，百五十四句。

南書房壬戌年二月初十日欽奉諭旨：已故前内閣學士銜降調國子監祭酒王先謙所著詩三家義集疏，發交南書房閲看。茲據奏稱：該書計二十八卷，網羅散佚，獨具苦心，折衷異同，義據精確，洵屬有益詩學，堪以留備乙覽，請旨一片。王先謙著加恩開復降調處分，以示獎勸。欽此。

附録

陳君進呈稿

爲恭進業師遺著呈請代奏仰祈聖鑒事：竊臣業師在籍已故特賞内閣學士銜前國子監祭酒王先謙，由翰林院編修光緒初累官至祭酒，歷充庚午雲南、乙亥江西、丙子浙江鄉試正副考官，甲戌、庚辰會試同考官，江蘇學政，任滿假歸修墓，因病陳請開缺。其在史館，編成東華録六百三十卷，使薄海内外仰見列聖謨烈，承顯彌昭。督學江蘇，奏刊皇清續經解一千四百三十卷、南菁書院叢書一百四十四卷，尤能昌明經術，俾宏儒效。歸里以後，歷主城南嶽麓書院，務以經典導迪，造成純懿之材。迨學堂初開，則又力挽澆漓，講明正學，既設師範館以研究教旨，復設簡易小學十餘處，以養正童蒙。裨益學風，良非淺鮮。三十二年，升任湖北按察使梁鼎芬以該祭酒覃思經術，忠愛敢言，著書滿家，士林模楷，稱爲一代大師，奏請擢用。三十三年，故大學士升任湖廣督臣張之洞會同前湖南撫臣岑春蓂，亦以該祭酒學術純正，博通古今，衛道憂時，士林宗仰，咨由學部奏派，充湖南學務公所議長。復經張之洞稱其純正博通，當今山斗，函聘爲存古學堂總教。三十四年，禮部奏纂禮書，聘爲禮學館顧問。各在案。是年，撫臣岑春蓂采進該祭酒所著尚書孔傳參正三十六卷、漢書補注一百卷、荀子集解二十卷、日本源流攷二十二卷。六月初三日，奉上諭：「前國子監祭酒王先謙所著各書，洵屬學有家法，精博淵通，淹貫古今，周知中外。著加恩賞給内閣學士銜，用示嘉奬宿儒之至意。欽此。」是該祭酒學術純正，早在先皇睿鑒之中。宣統二年，因飢民滋事案内，被已革湖廣督臣瑞澂誤劾鐫級，當時寃之。辛亥以來，遯居窮鄉，絶迹城市，流離顛沛，不忘朝廷。憂憤既深，以九年十一月二十六日在鄉病故。所著書籍除岑春蓂采進四種外，尚有詩三家義集疏二十八卷、釋名疏證補八卷、後漢書集解百二十卷、新舊唐書合注二百五十卷、元史拾補十卷、合校水經注四十卷、外國通鑑三十三卷、五洲地理志略三十六卷、莊子集解八卷、校正鹽鐵論十卷、世説新語八卷、虚受堂文集十五卷、詩集十九卷、續古文辭類纂三十四卷、駢文類纂四十四卷、律賦類纂十四卷。而詩三家義集疏一種，尤爲有益聖經。三家在西漢，本皆立於學官，非毛傳所得比肩。自鄭康成爲毛作箋，三家遂佚。該祭酒於千載後網羅殘缺，折衷異同，使西漢遺經，還爲完籍。重以義據精確，家法犂然，其功視孔氏正義殆不多讓。合之曩進尚書孔傳參正及荀子集解二種，揆諸國朝史例，實屬有光儒林。臣查漢書儒林傳，諸傳經博士，莫不稱述師説，貢之於朝。臣自愧學無所成，不足揚扢皇風，惟該祭酒係臣業師，既承授以遺經，未忍斯文之墜。兹特將所著詩三家義集疏裝潢成帙，恭呈乙覽。固爲表章師儒起見，似於典學之暇，亦不無裨助於萬一。所有恭進業師遺著緣由，理合呈請代奏，仰祈皇上聖鑒訓示。謹呈。

南書房覆奏稿

發下内閣學士銜降調國子監祭酒王先謙詩三家義集疏二十八卷，臣等公同閱看。伏查孟子説詩，謂「不以文害辭，不以辭害志，以意逆志，是爲得之。」是詩至戰國，已無確解。西漢之時，齊魯韓三家並列學官，蓋以去古未遠，師承有自，未容偏廢也。毛傳既出，鄭康成爲之作箋，三家之傳遂微。其散見於各家所徵引者，吉光片羽，搜采爲難，學者憾焉。王先謙於千載後網羅散佚，獨具苦心，使西漢經師遺言奥旨，萃於一編，朗若列眉，嘉惠來學，實非淺鮮。至其折衷異同，義據精確，尤爲有益詩學，堪以留備乙覽。再查王先謙生平著述，不下千卷。光緒三十四年，前撫臣岑春蓂采進所著尚書孔傳參正三十六卷、漢書補注一百卷、荀子集解二十卷、日本源流攷二十二卷，奉旨賞給内閣學士銜。嗣因飢民滋事案内，被已革湖廣督臣瑞澂誤劾鐫級，士林冤之。辛亥以後，遁迹窮鄉，不問世事，今其身故已久，可否加恩開復降調處分，以示獎勸之處，出自聖裁，臣等未敢擅便。謹奏。

頁碼	行數	誤	正
425	倒7	古字	古次字
639	倒1		「樂彼之園」與上段接排
666	8	自，從也	自口，自，從也
804	5	詩云「垂帶如厲」，	詩云：『垂帶如厲。』